D1436157

MINUIT 4

Stephen King

MINUIT 4

FRANCE LOISIRS
123, boulevard de Grenelle, Paris

Édition originale américaine : *Four Past Midnight*
© 1990 by Stephen King
publié avec l'accord de l'auteur c/o Raph M. Vicinanza, Ltd.

Traduit de l'anglais par William Olivier Desmond

Édition du Club France Loisirs, Paris,
réalisée avec l'autorisation des Éditions Albin Michel S.A.

Illustrations © Viking Penguin, 1990
Traduction française :
© Édition Albin Michel S.A., 1991

ISBN 2-7242-7986-7

Le Policier des Bibliothèques

MINUIT TROIS

NOTE SUR
« LE POLICIER
DES BIBLIOTHÈQUES »

Le matin du jour où cette histoire a commencé, j'étais à la table du petit déjeuner, avec mon fils Owen. Ma femme était remontée prendre sa douche et s'habiller, et les deux éléments essentiels de nos matines (il était sept heures) venaient d'être partagés : les œufs brouillés et le journal. Willard Scott, qui nous rend visite en moyenne cinq jours sur sept, via les ondes, nous parlait d'une dame du Nebraska qui venait de fêter ses cent quatre ans, et à nous deux, Owen et moi, nous devions bien avoir deux grands yeux ouverts. Jour de semaine typique chez les King, en somme.

Owen s'arracha aux pages sportives juste assez longtemps pour me demander si j'avais l'intention de me rendre au centre commercial aujourd'hui — il voulait que je lui prenne un certain livre dans le cadre d'un travail scolaire. J'ai oublié de quoi il s'agissait, de *Johnnie Tremain* ou encore de *April Morning*, le roman de Howard Fast sur la Révolution américaine, mais en tout cas de l'un de ces ouvrages que l'on n'arrive jamais à trouver dans une librairie ; ils sont soit épuisés, soit en réimpression, mais jamais sur les rayonnages.

Je suggérai à Owen de passer à la bibliothèque municipale, un excellent établissement. J'étais sûr qu'ils l'auraient. Il grommela une réponse quelconque. Je n'en saisis que deux mots, mais ceux-ci, étant donné mes centres d'intérêt, suffirent à éveiller l'un d'eux. « Flic » et « biblio ».

Je reposai ma moitié de journal, appuyai sur le bouton adéquat du contrôle à distance pour réduire Willard au silence (il s'extasiait sur le Festival de la Pêche, en Georgie), et demandai à Owen de bien vouloir répéter en articulant.

Il n'y mit aucun enthousiasme et je dus insister. Il finit par m'avouer qu'il n'aimait pas avoir recours à la bibliothèque à cause de son policier. Il savait très bien que celui-ci n'existait pas ; mais c'est le genre de racontars qui s'enfouissent profondément dans votre inconscient et continuent d'y rôder en douce. Il tenait l'histoire de Tante Stephanie qui la lui avait racontée quand il n'avait que sept ou huit ans, et était encore crédule ; depuis, elle rôdait toujours.

Je fus bien entendu ravi, ayant moi-même redouté le policier de la bibliothèque, lorsque j'étais enfant — ce représentant de l'ordre sans visage qui *viendrait vraiment à la maison* si l'on ne ramenait pas ses livres à la date prévue. En soi, c'était un événement déjà terrible... mais que dire alors, si l'on n'arrivait pas à remettre la main sur les livres en question, lorsque se présenterait l'étrange policier ? Que se passerait-il ? Que vous ferait-on ? Que risquait-on de vous prendre en compensation ? Cela faisait des années que je n'avais pas pensé au policier des bibliothèques (pas depuis l'enfance, cependant ; je me souvenais très bien l'avoir évoqué avec Peter Straub et son fils Ben, six ou huit ans auparavant), mais toutes ces anciennes questions, à la fois horribles et attirantes, me revenaient maintenant.

Je me surpris à rêvasser au policier des bibliothèques les jours suivants ; et tandis que je laissais la bride sur le cou à mon imagination, je commençai à entrevoir l'esquisse de l'histoire qui suit. C'est de cette manière que se présentent en général les histoires, chez moi, mais la période de « rêvasserie » dure en général beaucoup plus longtemps que ce ne fut le cas ici. Lorsque je jetai les premières notes, je l'intitulai « La police de la bibliothèque » ; je ne voyais pas très clairement où je voulais en venir. Je pensais que cela finirait dans le genre comique de ces cauchemars banlieusards que feu Max Shulman savait si bien ficeler. L'idée était amusante après tout, non ? Enfin, tout de même : une police des bibliothèques ! C'est d'une absurdité !

Ce que je compris, néanmoins, fut quelque chose que je savais déjà : que les peurs de l'enfance tendent à persister, sinistres et horribles, bien au-delà de nos douze ans. Ecrire relève de l'auto-hypnose ; et dans cet état se produit une sorte de réactualisation émotionnelle des souvenirs, si bien que des terreurs qui devraient être mortes et enterrées depuis longtemps se remettent à s'agiter et parler.

C'est ce qui commença à m'arriver tandis que je travaillais sur cette histoire. Je savais d'emblée que j'avais adoré la bibliothèque, petit — et cela s'explique : c'était le seul endroit où un enfant relativement pauvre comme je l'étais pouvait disposer de tous les livres qu'il voulait. Mais tandis que je continuais le travail d'écriture, je refis connaissance avec une vérité plus dissimulée : que j'en avais aussi eu peur. Peur de me perdre entre ses sombres rangées d'étagères, peur d'être oublié dans un coin mal éclairé de la salle de lecture et de me voir enfermé pour la nuit, peur du vieux bibliothécaire aux cheveux bleus, aux lunettes comme des catadioptres et à la bouche aux lèvres presque inexistantes qui vous pinçait le dos de la main et sifflait un « chuuuut ! » retenu si l'on avait le malheur d'oublier où l'on se trouvait et de se mettre à parler trop fort. Et, évidemment, peur de la police des bibliothèques.

Ce qui s'était produit dans le cadre d'un roman beaucoup plus long (*Christine*), se renouvela ici. Au bout d'une trentaine de pages, l'aspect humoristique commença à disparaître ; et au bout d'une cinquantaine, toute l'histoire bascula brutalement et plongea dans les sombres recoins que j'ai si souvent explorés et que, cependant, je connais toujours aussi mal. J'ai fini par trouver le type que je cherchais, et réussi à lever suffisamment la tête pour plonger mon regard dans ses yeux argentés impitoyables. Je me suis efforcé de vous en ramener une esquisse de portrait, ô fidèle Lecteur, mais il risque de ne pas être très bon.

C'est que, voyez-vous, mes mains tremblaient bougrement lorsque je l'ai dessiné.

CHAPITRE PREMIER

LE REMPLAÇANT

1

Tout cela, conclut plus tard Sam Peebles, fut de la faute de cet imbécile d'acrobate. S'il n'avait pas pris sa cuite au mauvais moment, jamais Sam n'aurait eu autant d'ennuis.

On dirait qu'il ne suffit pas (pensa-t-il avec une amertume qui n'était peut-être pas injustifiée) *que la vie soit comme une planche étroite jetée au-dessus d'un gouffre sans fond et sur laquelle nous devons marcher les yeux bandés. C'est déjà assez dur, mais il y a pis. Parfois, on vous pousse.*

Mais c'était plus tard. Il y eut tout d'abord, avant même le Policier des Bibliothèques, l'acrobate ivre.

2

A Junction City, le Rotary Club local donnait une conférence tous les derniers vendredis du mois. Le dernier vendredi du mois de mars 1990, il était prévu que Joe l'Epoustouflant, acrobate du cirque Curry & Trembo, s'adresserait aux membres du club et s'efforcerait de les amuser.

Le téléphone de Sam Peebles, dans son bureau d'agent immobilier et d'assurance de Junction City, sonna à quatre heures cinq le jeudi après-midi. Sam décrocha. C'était d'ailleurs toujours lui qui décrochait, soit en personne, soit par l'intermédiaire du répondeur automatique, car il était l'unique propriétaire et le seul employé de l'agence assurance-immobilier de Junction City. Il n'était pas riche, mais néanmoins raisonnablement heureux. Il aimait à raconter que sa première Mercedes se trouvait encore à une bonne distance dans l'avenir, mais sa Ford était presque neuve et il était propriétaire de sa maison, sur Kelton Avenue. « Et puis, je suis professionnellement obligé de fréquenter les bars », ajoutait-il volontiers, bien qu'en réalité, il se montrât d'une sobriété exemplaire, n'ayant bu que quelques bières depuis l'époque du collège...

« L'agence de Junction City, j'éc-

— Sam, c'est Craig. L'acrobate s'est cassé le cou.

— Quoi ?

— Tu m'as bien entendu ! gémit Craig Jones d'un ton mélodramatique. Ce con d'acrobate s'est cassé le cou !

— Oh, bon Dieu ! » dit Sam. Il réfléchit un instant et ajouta prudemment. « Est-ce qu'il est mort ?

— Non, mais en ce qui nous concerne, cela revient au même. Il est à l'hôpital de Cedar's Rapid, avec le cou immergé dans dix kilos de plâtre. Billy Bright vient juste de m'appeler. Il m'a dit que le type était arrivé rond comme une bille pour la représentation qu'il donnait aujourd'hui en matinée, qu'il a voulu faire un saut périlleux arrière et qu'il a atterri sur la nuque, en dehors de la piste. Billy dit qu'il a pu l'entendre du dernier des gradins, où il était assis. Le même bruit que lorsqu'on marche dans une flaque qui vient juste de geler, paraît-il.

— Hou la... ! s'exclama Sam avec une grimace.

— Au fond, je ne suis pas surpris ; Joe l'Epoustouflant, tu parles d'un nom pour un artiste de cirque ! Je ne sais pas moi, mais Randix l'Epoustouflant, ou Tortellini l'Epoustouflant, même, ça t'a une autre gueule, non ? Mais Joe l'Epoustouflant ! C'est un signe indiscutable de débilité mentale, tu trouves pas ?

— Bon sang, c'est trop bête.

— Trop bête ? Un vrai merdier, oui. Nous voilà sans conférencier pour demain soir, mon pote. »

Sam commença à regretter de ne pas avoir quitté son bureau à quatre heures pile. Craig serait tombé sur Sam-le-Répondeur, et Sam-l'Etre-vivant aurait bénéficié d'un temps de réflexion nettement plus long ; il soupçonnait qu'il n'allait pas tarder à avoir *besoin* de penser — et que Craig Jones n'était pas du tout disposé à lui en laisser le temps.

« Oui, admit-il, c'est fichtrement embêtant. (Il espérait donner l'impression d'un ton philosophiquement impuissant.) Quelle poisse.

— Tu peux le dire, renchérit Craig, qui dévoila alors ses batteries : Je suis sûr que tu le remplaceras avec plaisir au pied levé.

— *Moi ?* Oh, Craig, tu blagues ? Je ne suis pas capable de faire un saut périlleux avant, alors dans l'autre sens-

— J'ai pensé que tu pourrais nous parler de l'importance des entreprises indépendantes dans le cadre des petites villes, enchaîna Craig sans laisser à Sam le temps de protester davantage. Si ça ne te branche pas, il y a toujours le baseball. Sinon, il ne te restera plus qu'à baisser ton pantalon et à faire le pendule avec ta queue. Ecoute, Sam, je ne suis pas seulement le responsable du Comité des Conférences, ce qui pourtant serait déjà suffisamment catastrophique. Mais depuis que Kenny a déménagé je ne sais où et que Carl a laissé tomber, *je suis* à moi tout seul ce comité. Il faut absolument que tu m'aides. J'ai besoin de quelqu'un pour dire quelque chose demain soir. Il y a environ cinq personnes dans tout ce foutu club en qui je sens que je peux avoir confiance en cas de coup dur, et tu es l'une d'elle.

— Mais-

— Tu es aussi la seule, parmi elles, qui n'a pas eu à se taper ce genre de corvée, alors c'est à ton tour, cher ami.

— Frank Stephens-

— a remplacé au débotté le type du syndicat des camionneurs, l'an dernier, lorsque le type en question a été mis sous les verrous pour fraude fiscale ou je ne sais quoi. Sam, c'est ton tour, mon vieux. Tu ne peux pas me laisser tomber. Tu me dois bien ça.

— Mon boulot, ce sont les assurances ! protesta Sam. Et quand je ne rédige pas de contrats d'assurance, je vends des fermes ! A des banques, en plus ! La plupart des gens trouvent ce boulot d'un ennui mortel ! Et ceux qui ne trouvent pas ça d'un ennui mortel, pensent que c'est un travail dégueulasse !

— Aucune importance. » Craig n'en était plus aux banderilles : la mise à mort approchait, et il traitait les objections de Sam avec le mépris du matador pour les cornes limées du taureau. « Ils seront tous fin saouls à la fin du dîner, et tu le sais parfaitement. Ils ne se souviendront pas d'un seul mot de ce que tu auras dit dès samedi matin, mais entre-temps, *j'ai besoin que quelqu'un se lève et parle pendant une demi-heure et c'est toi qui es désigné !* »

Sam lutta en un vain combat d'arrière-garde pendant encore quelque temps, mais Craig fit un usage immodéré et impitoyable de l'impératif et des expressions en italiques.

« Bon, très bien ! finit par capituler Sam. D'accord, ça suffit, d'accord !

— Mon sauveur ! » s'exclama Craig, la voix illuminée de rayons de soleil et d'arcs-en-ciel. « N'oublie pas : inutile que ça dure plus de trente minutes, et compte environ dix minutes pour les questions. Et tu pourras même faire le balancier avec ton zizi, si ça t'amuse. Je parie que personne ne s'en rendra compte et-

— Craig, le coupa Sam, ça suffit !

— Oh, désolé ! Je fe'me ma g'ande gueule ! » caqueta Craig, légèrement ivre de soulagement, aurait-on dit.

« Et si on mettait le point final à cette discussion ? » Sam prit le rouleau de Tum, dans le tiroir de son bureau. Il avait soudain l'impression qu'il aurait besoin d'en sucer quelques-uns durant les quelque vingt-huit heures prochaines. « Je crois savoir que j'ai un petit laïus à écrire.

— Tout juste. Mais n'oublie pas : dîner à six heures, exposé à sept heures trente. Et comme ils disent dans le feuilleton *Hawaii-Five-O*, soyez présent ! Aloha !

— Aloha, Craig », répondit Sam avant de raccrocher. Il resta en contemplation devant le téléphone. Il sentait comme un gaz chaud monter lentement dans sa poitrine et passer dans sa gorge. Il ouvrit la bouche et émit un rot amer, sous-produit d'un estomac pourtant raisonnablement serein encore cinq minutes auparavant.

Il se mit à sucer le premier de ce qui allait être une longue succession de Tum.

3

Au lieu d'aller ce soir-là au bowling, comme il l'avait prévu, Sam Peebles se claquemura dans son bureau, chez lui, équipé d'un bloc-notes, de trois crayons fraîchement aiguisés, d'un paquet de Kent et d'un pack de six Jolt. Il débrancha le téléphone, alluma une cigarette et se mit à contempler le papier jaune. Au bout de cinq minutes de méditation, il écrivit ces mots sur la première ligne de la première page :

ENTREPRISES À L'ÉCHELLE DES PETITES VILLES,
OU LA DYNAMIQUE AMÉRICAINE.

Il relut le titre à voix haute et trouva qu'il sonnait bien. Enfin... pas trop mal ; mais il pourrait faire avec. Il le redit à voix haute et le trouva mieux. Un peu mieux. Il n'était pas si bon que ça, en réalité ; un peu tiré par les cheveux, pour tout dire, mais il valait tout de même mieux que « Communisme : danger ou menace », non ? Et Craig avait raison : la plupart des participants auraient trop mal aux cheveux, le samedi matin, pour se souvenir de ce qu'ils avaient entendu raconter le vendredi soir.

Muni de ces bien faibles encouragements, Sam commença à écrire.

« Lorsque je suis venu habiter à Junction City, après avoir quitté la métropole plus ou moins florissante de Ames, en 1984... »

4

« ... et c'est ce que je ressens encore maintenant, comme par cette belle matinée de septembre 1984 : la petite entreprise n'est pas seulement le sang et les nerfs de l'Amérique, elle l'est de tout le monde occidental. »

Sam s'arrêta, écrasa son mégot dans le cendrier, et leva un regard plein d'espoir sur Naomi Higgins.

« Alors, qu'est-ce que vous en pensez ? »

Naomi était une jolie jeune femme de Proverbia, une ville située à six kilomètres de Junction City. Elle vivait dans une maison délabrée, avec sa vieille maman délabrée, tout à côté de la rivière Proverbia. La plupart des rotariens connaissaient Naomi, et certains avaient lancé des paris sur la première à s'effondrer définitivement, de la maison ou de la mère. Sam ignorait si des enjeux avaient véritablement été tenus, mais si oui, l'attente des parieurs se prolongeait toujours.

Naomi était diplômée d'une école de commerce de l'Iowa, et était capable d'écrire des phrases entières parfaitement lisibles : seule femme du coin à posséder un tel talent, elle était fort demandée parmi la population (très limitée, il est vrai) des hommes d'affaires de Junction City. Elle possédait également des jambes superbes, ce qui ne gâtait rien. Elle travaillait cinq matinées par semaine, pour quatre hommes et une femme : deux avocats, un banquier, et deux agents immobiliers. L'après-midi, elle retournait dans sa maison délabrée et, quand elle ne s'occupait pas de sa vieille maman délabrée, elle tapait à la machine les textes pris sous la dictée.

Sam Peebles bénéficiait des services de Naomi tous les vendredis matins de dix heures à midi, mais ce matin-là il avait laissé tomber le courrier (en dépit de quelques lettres auxquelles il aurait fallu répondre d'urgence) et demandé à Naomi si elle voulait bien écouter sa prose.

« Mais bien sûr, si vous voulez », avait-elle répondu, l'air un peu inquiet, comme si elle s'était imaginé que Sam — avec lequel elle était sortie une ou deux fois — allait lui proposer le mariage. Lorsqu'il lui eut expliqué qu'il venait de se faire enrôler par Craig pour remplacer au pied levé l'acrobate blessé, et que c'était le texte de son discours qu'il voulait lui faire entendre, elle s'était détendue et lui avait prêté une oreille flatteusement attentive pendant les quelque vingt-six minutes qu'avait duré la chose.

« N'ayez pas peur d'être franche, ajouta-t-il avant même que Naomi eût le temps d'ouvrir la bouche.

— C'est bon. Tout à fait intéressant.

— Non, d'accord. N'essayez pas d'épargner mes sentiments. Dites vraiment ce que vous pensez.

— Mais je le pense. C'est vraiment bien. En outre, lorsque viendra le moment du speech, ils seront tous-

— Oui, je sais, ronds comme des billes. » Si cette perspective l'avait tout d'abord rassuré, elle le décevait maintenant quelque peu. En s'écoutant lire, il avait vraiment eu l'impression que son petit topo était bon.

« Il y a tout de même quelque chose, fit Naomi, songeuse.

— Oh ?

— C'est un peu... comment dire ?... sec.

— Oh », répéta Sam. Il soupira et se frotta les yeux. Il était resté debout jusqu'à une heure du matin, le temps de rédiger, de relire, de corriger.

— Mais il n'y a rien de plus facile à arranger, ajouta la jeune femme. Il suffit d'aller à la bibliothèque et de consulter l'un ou l'autre de ces livres. »

Sam ressentit un douloureux élancement dans l'abdomen et s'empara de son rouleau de pastilles. Faire des recherches pour un foutu baratin devant le Rotary de Junction City ? des recherches en *bibliothèque* ? C'était tout de même pousser le bouchon un peu loin, non ? Il n'avait jamais mis les pieds dans la bibliothèque de Junction City, à ce jour, et il ne voyait pas pour quelle raison il romprait avec cette tradition. Néanmoins, comme Naomi l'avait écouté avec beaucoup d'attention, comme elle essayait de l'aider, il serait grossier de ne pas au moins prêter l'oreille à ce qu'elle avait à dire.

« Quels livres ?

— Vous savez, ces livres dans lesquels on trouve des trucs pour les gens qui doivent prendre la parole en public. Ils sont comme... (Naomi cherchait une comparaison convaincante.) Tenez, vous savez, cette sauce piquante qu'on ajoute aux plats chinois ?

— Oui.

— Eh bien, ils sont comme ça. On y trouve des blagues, des jeux de mots. Et il y a aussi ce livre, *Les poèmes d'amour préférés des Américains*. Vous y trouverez sûrement quelque chose pour la fin. Quelque chose qui donne une note optimiste.

— On trouve dans ce livre des poèmes sur l'importance de la petite entreprise dans la vie américaine ? demanda Sam, dubitatif.

— Lorsqu'on cite un poème, ça rend les gens optimistes, d'une manière générale. Peu importe de quoi il parle.

— Et il existe vraiment des livres avec des plaisanteries conçues spécialement pour les discours ? » Sam avait du mal à le croire — lui qui n'aurait pourtant pas été surpris d'apprendre que la bibliothèque contenait des ouvrages sur des thèmes aussi ésotériques que la réparation des moteurs de modèles réduits ou l'art d'apprêter des perruques.

« Bien sûr.

— Comment le savez-vous ?

— Lorsque Phil Brakeman s'est présenté aux élections, je

n'arrêtais pas de lui taper des discours, expliqua Naomi. Il avait l'un de ces livres. Je n'arrive pas à me rappeler son titre exact. Celui qui me vient à l'esprit est *Blagues dans les gogues,* mais évidemment, ce n'est pas ça.

— J'imagine », dit Sam, songeant néanmoins que quelques extraits de *Blagues dans les gogues* lui vaudraient probablement un triomphe. Mais il commençait à comprendre ce que voulait dire Naomi, et l'idée le séduisait, en dépit de sa répugnance à franchir la porte de la bibliothèque, après tant d'années de joyeux dédain. Un peu d'épices pour relever son laïus. Oui. Utilisez vos restes, et faites-en des plats savoureux. Une bibliothèque, après tout, n'était qu'une bibliothèque ; si l'on n'arrivait pas à trouver ce que l'on cherchait, il suffisait de demander à l'un des bibliothécaires. Répondre aux questions des usagers faisait partie de leur fonction, non ?

« De toute façon, vous pouvez très bien le laisser comme ça, reprit Naomi. Je veux dire, comme ils seront tous ivres... » Elle regarda Sam avec une expression pleine de bonne volonté et de sérieux, puis vérifia sa montre. Il nous reste un peu plus d'une heure : voulez-vous me dicter un peu de courrier ?

— Non, je ne crois pas. Pourquoi ne pas taper mon discours à la place ? » Il venait de décider qu'il passerait l'heure du déjeuner à la bibliothèque.

CHAPITRE DEUX

LA BIBLIOTHÈQUE (I)

1

Sam était passé des centaines de fois devant la bibliothèque, depuis qu'il habitait à Junction City, mais c'était la première fois qu'il la regardait vraiment. Or il découvrit une chose plutôt stupéfiante : que le bâtiment lui inspirait un sentiment de répulsion immédiat.

La bibliothèque municipale de Junction City se tenait au coin de State Street et Miller Avenue, cube de granit aux fenêtres tellement étroites qu'on aurait dit des meurtrières. Un toit d'ardoise dépassait sur les quatre côtés, et lorsqu'on approchait de la façade, la combinaison de ces fenêtres avec l'ombre projetée par l'avant-toit donnait au bâtiment une tête renfrognée de robot de pierre. Il s'agissait d'un style de construction plutôt courant dans l'Iowa, au point que Sam Peebles, qui vendait des maisons depuis bientôt vingt ans, lui avait même donné un nom : le Middlewest-immonde. Du printemps à l'automne, l'aspect sinistre du bâtiment était atténué par la présence du feuillage des érables qui l'entouraient et formaient une sorte de bosquet, mais pour le moment, en cette fin d'hiver de l'Iowa, les arbres étaient encore dépouillés et la bibliothèque avait l'air d'un mausolée géant.

Il ne l'aimait pas ; elle le mettait mal à l'aise ; il ne savait pas pour quelle raison. Après tout, se répéta-t-il, ce n'était qu'une bibliothèque, pas les cachots de l'Inquisition. Il n'empêche, un nouveau rot acide lui remonta dans l'œsophage tandis qu'il s'avançait sur l'allée dallée de pierres. Il découvrit un arrière-goût sucré insolite dans son rot qui lui rappela vaguement quelque chose... quelque chose qui datait sans doute de longtemps. Il mit un Tum dans sa bouche, commença à le broyer, puis prit une décision soudaine. Son laïus était très bien comme il était. Pas génial, mais suffisamment bien. En fin de compte, c'était au Rotary Club de Junction City qu'il s'adressait, pas à la nation américaine, non ? Il était temps d'arrêter de faire joujou. Il allait retourner à son bureau et se mettre au courrier qu'il aurait dû faire ce matin.

Il avait entamé son demi-tour, lorsqu'il songea : *C'est idiot. Vraiment idiot. Tu veux faire l'idiot ? D'accord. Mais tu as accepté de prononcer ce foutu discours ; pourquoi ne pas le faire le mieux possible ?*

Il s'immobilisa sur l'allée de la bibliothèque, sourcils froncés, indécis. Il aimait à se moquer du Rotary. Craig aussi. De même que Frank Stephens. La plupart des jeunes hommes d'affaires de Junction City se gaussaient des réunions hebdomadaires. Néanmoins, ils les manquaient rarement, et Sam pensait savoir pour quelle raison : c'était l'endroit où les contacts s'établissaient. L'endroit où un type comme lui pouvait rencontrer certains des hommes d'affaires les plus rassis de Junction City. Elmer Baskin, par exemple, dont la banque l'avait aidé dans le montage financier d'un centre d'achat à Beaverton, deux ans auparavant. Ou encore George Candy qui, disait-on, était capable de trouver trois millions de dollars, pour un projet immobilier, sur un simple coup de téléphone... si l'affaire le tentait.

Tous gens qui comptaient dans une petite ville ; des types fanas de l'équipe de basket scolaire, des types qui se faisaient couper les cheveux chez Jimmy, des types qui portaient des caleçons courts et des marcels à bretelles au lieu de pyjamas, des types qui buvaient encore la bière à la bouteille, des types qui ne se sentaient pas à l'aise s'ils allaient passer la soirée à Cedar Rapids autrement qu'en costard croisé. C'était aussi ceux qui faisaient bouger les choses à Junction City et puisqu'on déballait tout, n'était-ce pas pour cette raison que Sam continuait d'assister aux soirées du vendredi soir ? Pour cette raison que Craig l'avait appelé, affolé, après que ce stupide acrobate se fut cassé son stupide cou ? On voulait se faire remarquer par ceux qui comptaient ici... mais pas en mettant la pagaille. *Ils seront tous ronds comme des billes,* avaient-ils admis l'un et l'autre, et Naomi avait renchéri. Mais Sam se souvenait maintenant qu'il n'avait jamais vu Elmer Baskin prendre quoi que ce fût de plus fort que du café. Jamais. Et il n'était probablement pas le seul. Certains seraient fin saouls, soit : mais pas tous. Et ceux qui ne le seraient pas étaient peut-être ceux qui comptaient vraiment.

Profites-en pour faire quelque chose de bien, Sam, et il n'est pas dit que tu n'en tireras pas de dividende, un jour ou l'autre.

Non, ce n'était pas dit ; improbable, mais pas impossible. En outre, il y avait quelque chose d'autre, sans rapport avec les avantages politiques souterrains que l'on pouvait trouver (ou pas) à fréquenter les soirées du Rotary Club : il s'était toujours enorgueilli de faire le mieux possible ce qu'il avait à faire. D'accord, ce n'était qu'une stupide petite conférence. Et alors ? *Ce n'était aussi qu'une stupide petite bibliothèque, dans un stupide petit patelin. Tu parles d'une affaire ! Il n'y a même pas de buissons en bordure.*

Sam s'était remis à marcher, mais il s'arrêta soudain, le front plissé. Quelle idée curieuse, tout de même ; on aurait dit qu'elle était sortie de nulle part. Quelle différence cela faisait-il, qu'il y eût ou non des buissons en bordure de la bibliothèque ? Il l'ignorait. En revanche, cela eut un effet quasi magique sur lui. Son hésitation (inhabituelle chez lui) disparut, et il reprit la direction du bâtiment dont il grimpa les quatre marches. Il s'arrêta sur le perron, de nouveau un peu mal à l'aise, sans pouvoir dire pourquoi... sauf que l'endroit paraissait bizarrement désert. Il posa la main sur la poignée de la porte en pensant : *Je parie qu'elle est fermée. Que la bibliothèque n'ouvre pas les vendredis après-midi.* Cette pensée avait quelque chose d'étrangement réconfortant.

Mais le loquet de style désuet céda sous sa poussée, et la lourde porte pivota sans bruit vers l'intérieur. Sam pénétra dans un petit hall, dont le sol de marbre était fait d'un damier de carreaux noirs et blancs. Un chevalet se dressait au milieu de ce hall, exhibant un panneau. Le message écrit dessus était rédigé en très grands caractères.

SILENCE !

lisait-on. Non pas

LE SILENCE EST D'OR

ou encore,

PAS DE BRUIT, S'IL VOUS PLAÎT

mais simplement cet ordre comminatoire :

SILENCE !

« Je veux », dit Sam. Il n'avait fait que murmurer les mots, mais l'acoustique du hall devait être excellente, car ils furent amplifiés en un grommellement grognon qui le fit se recroqueviller sur place ; on aurait dit que sa voix avait littéralement rebondi contre le plafond élevé. Il eut à cet instant-là l'impression d'être de nouveau en cours élémentaire et sur le point de recevoir une réprimande de la part de madame Glasters, pour avoir fait du tapage au mauvais moment. Il regarda autour de lui, mal à l'aise, s'attendant presque à ce qu'un bibliothécaire grincheux arrivât à grands pas de la salle principale pour voir qui avait osé profaner le sacro-saint silence.

C'est pas fini, non ? T'as quarante berges, mon vieux, et ton cours élémentaire, il ne date pas d'hier.

Sauf qu'ici, il avait l'air de dater d'hier, justement. Ici, il avait l'impression qu'il lui aurait suffi de tendre le bras pour le toucher du doigt, le cours élémentaire.

Il avança sur le sol de marbre, passa à la gauche du chevalet, allégeant inconsciemment le poids de ses talons pour ne pas faire claquer ses chaussures, et pénétra dans la salle principale de la bibliothèque de Junction City.

Un certain nombre de globes de verre pendaient du plafond (lequel, au bas mot, s'élevait à six mètres de plus que celui du hall), mais aucun d'eux n'était allumé, la lumière provenait de deux grandes verrières inclinées. Les jours de soleil, elles devaient largement suffire à éclairer la salle ; elles la rendaient même peut-être agréable et accueillante. Mais le ciel de ce vendredi était nuageux et maussade, et la lumière faible. Les coins de la salle se perdaient dans de grands pans d'obscurité.

Ce que Sam Peebles ressentait, avant tout, était l'impression que quelque chose clochait. Comme s'il avait fait davantage que franchir une porte et traverser un hall ; il avait le sentiment d'être entré dans un autre monde, un monde n'ayant absolument aucune ressemblance avec la petite ville de l'Iowa qu'il haïssait parfois, qu'il aimait à d'autres moments, mais qu'il considérait avant tout comme allant de soi. L'air, ici, semblait plus oppressant que l'air normal, et ne paraissait pas conduire la lumière comme il l'aurait dû. Le silence était aussi épais qu'une couverture. Aussi glacé que de la neige.

La bibliothèque était déserte.

Des étagères de livres s'étendaient autour de lui dans toutes les directions. De regarder vers les verrières renforcées de leurs croisillons métalliques lui donna un léger tournis, et il fut victime d'une illusion passagère : il avait l'impression d'être à l'envers, suspendu par les chevilles au-dessus d'une profonde fosse carrée emplie de livres.

Des échelles s'appuyaient ici et là contre les murs, équipées de ces roues en caoutchouc qui permettent de les déplacer facilement. Deux îlots de bois rompaient le vide entre le point où il se tenait et le bureau du personnel, de l'autre côté de la vaste salle. L'un était un long porte-revues en chêne ; les périodiques, chacun ensaché dans une couverture de plastique claire, pendaient sur ce ratelier, accrochés par leur tige de bois. On aurait dit les dépouilles d'étranges animaux, laissées là à sécher dans cette salle silencieuse. Un panneau, monté au-dessus du ratelier, ordonnait :

VEUILLEZ REMETTRE LES REVUES À LEUR PLACE EXACTE !

A la gauche du porte-revues, se trouvait une étagère réservée aux nouveautés. Le panneau, au-dessus, indiquait qu'on pouvait les réserver pour sept jours seulement.

Sam passa dans le vaste intervalle entre le porte-revue et le présentoir aux nouveautés, sans pouvoir empêcher ses talons de faire du bruit, en dépit de ses efforts. Il se prit à regretter de n'avoir pas obéi à son premier mouvement, et de ne pas avoir repris tout de suite le chemin de son bureau. Ce lieu avait quelque chose d'angoissant. Il y avait bien un appareil à visionner les microfilms allumé, qui bourdonnait sur le bureau, mais personne ne s'en occupait. Sur une petite plaque posée sur le bureau on lisait :

A. LORTZ

mais il n'y avait aucun signe de ce (ou cette) A. Lortz, ni de personne.

Il ou elle est sans doute en train de couler un bronze tout en consultant le dernier numéro de La Revue des bibliothèques.

Sam se sentit pris du désir presque irrépressible d'ouvrir la bouche et de crier : « Alors, A. Lortz, tout se passe comme vous voulez ? » Puis cette envie se dissipa rapidement. La bibliothèque de Junction City n'était pas le genre d'endroit où l'on se sentait encouragé à plaisanter.

Les pensées de Sam se tournèrent soudain vers une petite comptine qui datait de son enfance. *Fini de rire, fini de s'amuser ; la réunion de Quakers a commencé. Montrez les dents ou bien la langue, et vous serez à l'amende.*

Si l'on montre ses dents et sa langue ici, est-ce que A. Lortz vous met à l'amende ? se demanda-t-il. Il regarda de nouveau autour de lui, se laissant pénétrer de la qualité inquiétante du silence, et se dit qu'on aurait presque pu en tirer un livre.

Ayant oublié qu'il était venu chercher un ouvrage de plaisanteries à placer, ou *Les poèmes d'amour préférés des Américains*, mais fasciné en dépit de lui-même par l'atmosphère de songe et de temps suspendu de la bibliothèque, Sam se dirigea vers une porte située à la droite du présentoir aux nouveautés. Au-dessus de la porte, on lisait : Bibliothèque des enfants. Avait-il fréquenté la bibliothèque des enfants, autrefois, à Saint-Louis ? Il lui semblait bien, mais ses souvenirs étaient flous, lointains, évanescents. Il n'en ressentit pas moins une étrange et envoûtante impression. Presque comme de revenir chez soi, après longtemps.

La porte était fermée. Sur le battant était accrochée une image du petit Chaperon rouge regardant le grand méchant loup dans le lit de la Mère-grand. Le loup portait la chemise de nuit et le bonnet de Mère-grand. Il ricanait, et de la bave coulait de ses crocs dénudés. Une expression qui relevait presque de la plus exquise horreur clouait le petit Chaperon rouge sur place, et l'affiche semblait non pas suggérer, mais proclamer haut et fort que la fin heureuse de cette histoire — comme de tous les contes de fée — n'était qu'un pieux mensonge. Les parents pouvaient bien croire ces âneries, disait clairement le visage du petit Chaperon rouge, mais les enfants, eux, n'étaient pas dupes, n'est-ce pas ?

Charmant, pensa Sam. *Avec une pareille affiche sur la porte, je parie qu'il doit y avoir plein de mômes dans la bibliothèque des enfants. Je parie que les petits, en particulier, doivent en raffoler.*

Il ouvrit la porte et passa la tête.

Son impression de gêne s'évanouit ; il fut immédiatement sous le charme. Certes, l'affiche de la porte était malsaine, bien sûr, mais ce qui se trouvait derrière paraissait parfaitement normal. Il n'eut besoin que d'un coup d'œil à cet univers à échelle réduite : évidemment, il avait fréquenté la bibliothèque, enfant ! Ses souvenirs lui revinrent en force. Son père était mort jeune ; Sam, enfant unique, avait été élevé par une mère seule qui travaillait et qu'il ne voyait guère que les dimanches et pendant ses congés. Quand il n'arrivait pas à lui soutirer de l'argent pour aller au cinéma — ce qui était souvent le cas — il se rabattait sur la bibliothèque, et l'endroit qu'il découvrait maintenant déclencha en lui une vague soudaine de nostalgie, à la fois douce, douloureuse et obscurément angoissante.

Il se souvenait d'un monde miniature, et celui-ci en était bien un ; d'un monde brillamment éclairé, même par les jours de pluie les plus sinistres, et tel était aussi celui-ci. Pas de globes suspendus dans cette pièce ; des tubes fluorescents, placés dans des compartiments du faux plafond et tous allumés, derrière leur vitre dépolie, chassaient les ombres jusque dans le moindre recoin. Le haut de table était à seulement trente centimètres du sol, le siège des chaises encore plus bas. Dans ce monde, les adultes étaient les intrus, les étrangers mal à leur aise. Ils auraient soulevé les tables des genoux en voulant s'asseoir et se seraient tordus le cou en tentant de boire à la fontaine d'eau fraîche, placée contre le mur du fond.

Ici les étagères ne se perdaient pas dans une désagréable perspective qui donnait le tournis, si on les regardait trop longtemps ; le plafond était confortablement bas, sans qu'un enfant, toutefois, pût se sentir écrasé par lui. Ici, ne s'alignaient pas les reliures sombres, mais des livres flamboyant de couleurs primaires : bleus éclatants, rouges incendiaires, jaunes solaires. Dans ce monde, régnaient les elfes et les fées, et princes et princesses se pressaient à la cour des rois de légende. Ici, Sam éprouvait l'ancienne impression d'accueil bienveillant d'après l'école ; ici, les livres ne demandaient qu'à être touchés, manipulés, regardés, explorés. Et cependant ces sentiments comportaient un arrière-goût obscur.

Néanmoins, son impression la plus forte était celle d'un plaisir presque désenchanté. Sur l'un des murs, était accrochée la photo d'un chiot aux grands yeux pensifs. Au-dessous de la tête du chien exprimant un mélange d'anxiété et d'espoir, on lisait cette grande vérité première : Il est difficile d'être bon. Sur l'autre mur, un dessin représentait des canards se dandinant sur la berge d'une rivière, en direction des roseaux. Laissez passer les canetons ! claironnait la légende.

Sam regarda vers la gauche, et l'ébauche de sourire mourut peu à peu sur ses lèvres. Là, une affiche représentait une grosse voiture sombre s'éloignant à toute vitesse d'un bâtiment, sans doute scolaire. Un petit garçon regardait par l'une des fenêtres, les mains collées à la vitre, la bouche grande ouverte sur un cri. A l'arrière-plan, un homme — vague silhouette menaçante — était penché sur le volant et fonçait comme s'il avait le diable à ses trousses. Au-dessous, on lisait :

NE MONTEZ *JAMAIS* EN VOITURE AVEC UN ÉTRANGER !

Sam se rendit compte que comme celle du petit Chaperon rouge, cette affiche faisait appel aux mêmes émotions de terreur primitive, mais il trouva cette dernière beaucoup plus inquiétante. *Certes*, les enfants devaient refuser de monter en voiture avec un étranger ; *certes*, il fallait le leur inculquer : mais était-ce la bonne manière de le faire ?

Combien de mômes, se demanda-t-il, *ont-ils eu des cauchemars pendant une semaine à cause de cette affiche placée dans une bibliothèque publique ?*

Il y en avait encore une autre, située devant le bureau du personnel, qui fit passer un frisson glacé dans le dos de Sam. On y voyait deux enfants, un petit garçon et une petite fille de huit ans tout au plus, qui reculaient d'effroi devant un homme en imperméable et chapeau gris. L'homme paraissait mesurer au moins trois mètres de haut, et son ombre tombait sur les deux visages tournés vers lui. Le bord de son fédora style années quarante projetait une ombre, et les yeux de l'homme brillaient dans cette ombre, impitoyables. On aurait dit deux fragments de glace qui observaient les enfants, avec l'expression sinistre de l'Autorité incarnée. Il tenait à la main un porte-cartes avec une étoile accrochée dessus — une étoile bizarre, comportant au moins neuf branches, sinon douze. Dans le bas de l'affiche, on lisait :

ATTENTION À LA POLICE DES BIBLIOTHÈQUES !
LES ENFANTS SAGES RENDENT LEURS LIVRES *À TEMPS* !

Il avait de nouveau ce goût dans sa bouche. Ce goût désagréable-ment douceâtre. Puis une pensée étrange et effrayante lui vint à l'esprit : *J'ai déjà vu cet homme.* Ridicule, non ?

Sam songea à quel point l'affiche lui aurait fait peur, enfant, à quel point elle l'aurait volé du plaisir simple et sans mélange d'être dans le cadre rassurant de la bibliothèque, et il sentit l'indignation le gagner. Il s'en approcha et examina la bizarre étoile de plus près, sortant en même temps le rouleau de Tum de sa poche.

Il en mettait un dans sa bouche lorsqu'une voix s'éleva derrière lui : « Bonjour, monsieur ! »

Il sursauta et fit demi-tour, prêt à affronter le dragon de la bibliothèque, maintenant que celui-ci venait de se découvrir.

2

Mais aucun dragon ne le menaçait. Il s'agissait seulement d'une femme bien en chair aux cheveux blancs, d'environ cinquante-cinq ans, qui poussait un chariot de livres aux roues de caoutchouc silencieuses. Sa chevelure retombait de part et d'autre de son visage sans rides en boucles dignes du meilleur coiffeur.

« Je suppose que c'était moi que vous cherchiez, dit-elle. C'est sans doute monsieur Peckham qui vous a envoyé ici ?

— Non, je n'ai vu personne.

— Non ? Alors c'est qu'il est rentré chez lui. Ce n'est pas très surprenant, nous sommes vendredi. Monsieur Peckham vient faire la poussière et lire les journaux vers onze heures, tous les matins. C'est notre concierge à temps partiel, en quelque sorte. Il reste parfois jusqu'à une heure — une heure et demie le lundi, car c'est le jour où la poussière et les journaux sont le plus épais... Mais vous savez comme les journaux du vendredi sont minces. »

Sam sourit. « Je suppose que vous êtes la bibliothécaire ?

— En effet, elle-même », répondit Mme Lortz avec un sourire. Mais Sam trouva que seule sa bouche souriait ; ses yeux semblaient l'observer avec soin, presque froidement. « Et vous êtes... ?

— Sam Peebles.

— Oh, oui ! Immobilier et assurances !

— Je plaide coupable.

— Je suis désolée que vous n'ayez trouvé personne dans la grande salle ; vous avez dû penser que nous étions fermés et que quelqu'un avait laissé la porte ouverte par mégarde.

— A la vérité, cette idée m'a traversé l'esprit.

— De deux à sept, nous sommes trois personnes de service, expliqua Mme Lortz. C'est à deux heures que les enfants commencent à quitter l'école, vous comprenez — la petite école à deux heures, les plus grands à deux heures et demie et les lycéens à deux heures quarante-cinq. Les enfants sont nos plus fidèles clients et ceux que je vois avec le plus de plaisir, en ce qui me concerne. J'adore les petits. J'avais naguère un assistant à plein temps, mais le conseil municipal, l'an dernier, a réduit notre budget de huit cents dollars et... » Mme Lortz mima des mains un oiseau qui s'enfuyait, avec un petit geste amusant plein de charme.

Alors pourquoi, se demanda Sam, *ne suis-je ni amusé ni charmé ?*

Les affiches, sans doute. Il s'efforçait vainement de faire cadrer le petit Chaperon rouge, l'enfant fou de peur dans l'auto ainsi que le Policier des Bibliothèques au regard sinistre avec cette souriante et rondelette quinquagénaire.

Celle-ci tendit la main — une petite main, aussi ronde et potelée que le reste de son corps — dans un geste plein de confiance naturelle. Il s'aperçut que l'annulaire ne portait pas d'alliance. Ce n'était donc pas *madame* Lortz, mais *mademoiselle*. Il trouva tout à fait typique d'une petite ville (presque caricatural, à vrai dire), le fait qu'elle fût vieille fille. Sam lui serra la main.

« Vous n'êtes jamais venu dans notre bibliothèque auparavant, n'est-ce pas, monsieur Peebles ?

— Non, j'en ai bien peur. Appelez-moi Sam, je vous en prie. » Il n'était pas trop sûr d'avoir envie d'être appelé aussi familièrement par cette femme, mais quand on est dans les affaires — commerçant, pour tout dire — dans une petite ville, c'est une proposition qui vient automatiquement aux lèvres.

« Je vous remercie, Sam. »

Il attendit qu'elle réagît en lui rendant la politesse, mais elle se contenta de le regarder, attendant la suite.

« Figurez-vous que je me trouve plus ou moins coincé, dit-il. L'homme qui devait prendre la parole ce soir, au Rotary Club, a eu un accident, et-

— Oh, quelle malchance !

— Pour lui, mais aussi pour moi : on m'a chargé de prendre sa place.

— Oh ! oh !» fit Mlle Lortz d'un ton inquiet, démenti par la lueur d'amusement qu'on lisait dans ses yeux. Et néanmoins, Sam ne se sentait gagné par aucun sentiment de sympathie vis-à-vis d'elle, alors qu'il était de ces personnes qui en manifestent très vite (même si c'est d'une manière superficielle) pour les autres, d'une manière générale ; de ce genre d'homme qui n'a que peu d'amis intimes mais qui se sent néanmoins poussé à lier conversation avec les étrangers dans un ascenseur.

« J'ai écrit un petit discours, hier au soir, que j'ai lu ce matin à la jeune femme qui me tape mon courrier-

— Naomi Higgins, je parie.

— Oui. Mais comment le savez-vous ?

— Naomi est une habituée. Elle emprunte beaucoup de romans d'amour. Jennifer Blake, Rosemary Rogers, Paul Sheldon, des auteurs de ce genre. » Elle abaissa la voix et ajouta : « Elle dit que c'est pour sa mère, mais en réalité, je crois bien que c'est elle qui les lit. »

Sam rit. Naomi avait tout à fait le regard rêveur d'une femme qui dévore en cachette des romans d'amour.

« Bref, je sais qu'elle fait ce que l'on appellerait un travail d'intérimaire, dans une grande ville. J'imagine qu'ici, à Junction City, elle constitue à elle toute seule la corporation des secrétaires. Voilà pourquoi j'ai trouvé logique de mentionner son nom.

— Je comprends. Elle a trouvé mon petit laïus très bien — c'est du moins ce qu'elle m'a dit — mais un peu trop sec. Elle a suggéré-

— *Le mémento de l'orateur,* je parie.

— C'est-à-dire qu'elle ne se souvenait plus du titre, mais ça pourrait bien être celui-ci. » Il se tut un instant, puis demanda, un peu inquiet : « Est-ce qu'il comporte des plaisanteries ?

— Il y en a seulement sur trois cents pages. » Elle tendit sa main gauche, tout aussi vierge de bague que la droite, prit Sam par la manche et l'entraîna vers la porte. « Par ici. Je vais résoudre tous vos problèmes, Sam. J'espère simplement que vous n'attendrez pas la prochaine crise pour revenir dans notre bibliothèque. Elle est petite, soit, mais remarquable. C'est du moins ce que je pense — évidemment, j'ai peut-être un préjugé favorable. »

Ils retournèrent au milieu des ombres maussades de la grande salle. Mlle Lortz manipula trois interrupteurs près de la porte, et les globes s'allumèrent, projetant une douce lumière jaune qui fit paraître la salle infiniment plus chaleureuse et accueillante.

« C'est triste comme dans une église lorsque le ciel est couvert », dit-elle sur un ton confidentiel signifiant qu'ils étaient maintenant dans la vraie bibliothèque. Elle tirait toujours Sam fermement par la manche. « Evidemment, vous savez comment le conseil municipal n'arrête pas de se plaindre de la facture d'électricité... ou peut-être vous ne le savez pas, mais je parie que vous pouvez vous en douter.

— Certainement, répondit Sam, abaissant lui aussi la voix.

— Mais ce n'est rien par rapport à ce qu'ils disent en voyant la note de chauffage, l'hiver ! (Elle roula des yeux.) Le fioul est tellement cher ! C'est la faute de tous ces arabes... et maintenant, regardez où ils en sont — à engager des fanatiques religieux pour tuer des écrivains !

— Ça semble en effet un peu violent », concéda Sam, qui se prit à penser à nouveau à l'affiche avec l'homme de grande taille — celui qui avait cette étoile insolite accrochée à ses papiers d'identité, celui dont l'ombre tombait de manière si menaçante sur les deux visages d'enfant tournés vers lui. Tombait sur eux comme un piège.

« Et évidemment, j'ai un peu traîné dans la bibliothèque des enfants. Je perds toute notion du temps lorsque j'y suis.

— C'est un endroit intéressant », dit Sam avec l'intention de poursuivre et de lui demander la raison de ces affiches, mais Mlle Lortz lui coupa l'herbe sous les pieds. Sam savait maintenant clairement qui menait le jeu, dans cette petite escapade au milieu d'une journée par ailleurs tout à fait ordinaire.

« Vous pouvez le dire ! Bon, maintenant, donnez-moi une minute. » Elle posa ses mains sur les épaules de Sam — elle dut se mettre sur la pointe des pieds pour cela — et, un instant, Sam eut l'idée absurde qu'elle avait l'intention de l'embrasser. Au lieu de cela, elle le fit asseoir sur un banc de bois situé de l'autre côté du présentoir aux nouveautés. « Je sais exactement où se trouve le livre que vous cherchez, Sam. Je n'ai même pas besoin de vérifier dans le catalogue.

— Je peux très bien moi-même-

— Je n'en doute pas, mais il est rangé dans la section des références spéciales, et je n'aime pas trop que le public y fouille, si je peux faire autrement. Je suis très à cheval là-dessus, mais au moins je peux toujours mettre la main sur ce que je cherche... dans cette section, en tout cas. Les gens sont tellement désordonnés, vous ne pouvez pas savoir. Les enfants sont les pires, mais même les adultes vous fichent la pagaille, si vous les laissez faire. Ne vous souciez de rien. Je reviens dans un instant. »

Sam n'avait pas eu l'intention d'insister davantage, mais il n'en aurait même pas eu le temps, l'eût-il voulu. Elle avait disparu. Il resta assis sur le banc, se sentant une fois de plus comme un écolier... un écolier qui aurait fait des bêtises, cette fois, qui aurait fichu la pagaille et à qui on aurait interdit d'aller jouer avec les autres pendant la récré.

Il entendit Mlle Lortz qui se déplaçait derrière son comptoir, et se mit à examiner la salle, songeur. Il n'y avait rien à voir, sinon des rangées de livres — pas même un vieux retraité en train de lire un journal ou de feuilleter une revue. Cela lui paraissait bizarre. Certes, il ne se serait pas attendu à voir foule dans la bibliothèque d'une aussi petite ville, un jour de semaine ; mais personne ?

Eh bien, il y avait M. Peckham, mais il a fini de lire le journal et il est rentré chez lui. Vraiment pas très épais, les journaux du vendredi, vous savez. Tout comme la couche de poussière, très fine aussi. Puis il se rendit compte qu'il n'avait pas vu lui-même ce M. Peckham, et n'avait que la parole de Mlle Lortz.

Bon d'accord : mais pour quelle raison mentirait-elle ?

Il l'ignorait, et doutait qu'elle eût menti ; mais le fait d'émettre des réserves sur l'honnêteté de cette petite femme au doux visage qu'il venait à peine de rencontrer mettait en lumière l'aspect étrange de cette rencontre : elle ne lui plaisait pas. Doux visage ou non, elle ne lui plaisait pas du tout.

Ce sont les affiches. Tu étais prêt à n'éprouver aucune sympathie pour quiconque mettrait des affiches pareilles dans une bibliothèque pour enfants. Mais ça n'a pas d'importance, ce n'est juste qu'une escapade. Prends tes livres et fiche le camp.

Il changea de position sur le banc, leva les yeux et tomba sur une devise accrochée au mur :

> *Si vous voulez savoir comment un homme traite sa femme et ses enfants, regardez comment il traite ses livres.*
> Ralph Waldo Emerson

Cette petite homélie ne fut pas trop du goût de Sam, non plus. Il ne savait pas exactement pourquoi... peut-être, au fond, parce qu'il aurait trouvé normal qu'un homme, même un rat de bibliothèque, traitât mieux sa famille que ses livres. La citation, en lettres d'or sur le bois vernis, le foudroyait néanmoins de toute sa hauteur, comme si elle l'invitait à y penser à deux fois.

Avant qu'il en eût le temps, Mlle Lortz était de retour. Elle souleva l'abattant pratiqué dans le comptoir, et le rabaissa derrière elle d'un geste vif, après être passée.

« Je crois que j'ai trouvé ce que vous cherchiez, dit-elle d'un ton joyeux. J'espère que vous serez d'accord. »

Elle lui tendit deux livres. L'un était *Le mémento de l'orateur*, ouvrage présenté par Kent Aldeman, et l'autre *Les poèmes d'amour préférés des Américains*. Le contenu de ce dernier ouvrage, d'après le couvre-livre (lui-même protégé par une solide feuille de plastique) n'était pas exactement *présenté*, mais *sélectionné* par un certain Hazel Felleman. « Poèmes sur la vie ! Poèmes sur la mère et l'enfant ! Poèmes d'humour et de fantaisie ! Les poèmes les plus fréquemment demandés par les lecteurs du *New York Times Book Review !* » On apprenait également que Hazel Felleman avait eu le talent de « garder le doigt sur le pouls poétique du peuple américain ».

Sam la regarda, l'air tant soit peu dubitatif, et elle n'eut pas de mal à déchiffrer ses pensées.

« Oui, je sais, ils paraissent démodés. En particulier de nos jours, où ce genre de guide fait fureur. Je suppose que si vous alliez dans l'une de ces grandes librairies du centre commercial de Cedar Falls, vous trouveriez une douzaine de livres destinés aux orateurs débutants. Mais aucun ne vaudrait ceux-ci, Sam. Je crois sincèrement que pour ceux qui ne possèdent pas l'art de parler en public, c'est ce qu'il y a de mieux.

— Pour les amateurs, en d'autres termes, dit Sam avec un sourire.

— Eh bien, oui. Prenez par exemple *Les poèmes d'amour préférés des Américains*. La deuxième partie du livre — qui commence à la page soixante-cinq, si j'ai bonne mémoire — s'intitule " L'inspiration ". Vous pourrez certainement y trouver quelque chose qui vous donnera le moment fort de votre laïus. Et vous verrez, vos auditeurs se souviendront d'un vers bien choisi, même s'ils oublient tout le reste. En particulier s'ils sont un peu-

— Saouls.

— Un peu gris — c'est l'expression que je voulais employer —,

le corrigea-t-elle d'un ton de reproche aimable, mais je suppose que vous avez davantage l'habitude que moi. » Le regard qu'elle lui jeta, cependant, laissait entendre que ce n'était qu'une formule de politesse de sa part.

Elle brandit *Le mémento de l'orateur*. La couverture s'ornait d'un dessin humoristique représentant une salle drapée de rideaux, dans laquelle des hommes en tenues de soirée démodées étaient assis à des tables couvertes de verres. Tous avaient l'air de s'esclaffer. L'homme debout sur le podium — lui aussi en habit et l'orateur de la soirée — leur souriait avec une expression triomphale : manifestement, il venait d'obtenir un succès fracassant.

« Il y a un chapitre, au début, sur la *théorie* des discours d'après-dîner, reprit Mlle Lortz. Mais étant donné que vous ne me paraissez pas désireux d'en faire une carrière-

— Là, vous avez bien raison, l'approuva Sam avec ferveur.

— Je vous suggère d'aller directement au chapitre intitulé " S'exprimer de manière vivante ". Vous y trouverez des blagues et des histoires divisées en trois catégories : " Pour les mettre en condition " ; " Pour les attendrir " ; " Pour les mettre dans votre poche. " »

On dirait un manuel pour gigolos, songea Sam, gardant sa remarque pour lui.

Une fois de plus, elle lut dans ses pensées. « Oui, c'est un peu suggestif, mais ces ouvrages ont été publiés à une époque plus innocente et plus simple. A la fin des années trente, pour être précise.

— Bien plus innocente, en effet », répondit Sam, qui pensa aux fermes gagnées par le sable du dust-bowl et abandonnées, aux petites filles habillées de sacs de farine, et à ces camps de réfugiés de la misère et du chômage, surnommés les Hooverville, surveillés par des flics brandissant des matraques.

« Mais ces deux livres sont toujours aussi valables, ajouta-t-elle en les tapotant avec insistance, et c'est tout ce qui compte en affaires, n'est-ce pas, Sam ? Les résultats !

— Oui... probablement. »

Il la regarda, l'air songeur, et la bibliothécaire souleva les sourcils — avec peut-être quelque chose de légèrement défensif. « Un sou pour savoir ce que vous pensez.

— Je me disais que je vivais un événement devenu rare, depuis que je suis adulte. Non pas unique, non, mais vraiment rare : je viens ici chercher deux livres pour donner un peu de tonus à mon discours, et vous semblez m'avoir donné exactement ce dont j'ai besoin. Combien de fois ce genre de choses se produit-il, dans un monde où l'on ne peut même pas arriver à se faire servir deux bonnes côtelettes d'agneau le jour où, justement, on en a envie ? »

Elle sourit. Comme si elle était réellement ravie... sauf que Sam, une fois de plus, remarqua que ses yeux ne souriaient pas. Il avait l'impression qu'ils n'avaient pas changé d'expression depuis le moment où il était tombé sur elle — ou elle sur lui — dans la bibliothèque des enfants. Ils continuaient de l'observer, c'était tout. « Je crois que je viens de recevoir un compliment !

— Oui, chère madame. Un compliment.

— Je vous remercie, Sam. Je vous remercie sincèrement. On dit que la flatterie peut vous faire faire n'importe quoi, mais j'ai bien peur de devoir tout de même vous demander deux dollars.

— Ah oui ?

— C'est le prix de la carte d'abonnement à la bibliothèque, mais elle est valable trois ans, et il ne vous en coûtera que cinquante cents pour la renouveler. C'est une affaire, non ?

— Voilà qui me paraît tout à fait correct.

— Alors, venez par ici. »

Sam la suivit jusqu'au comptoir.

3

Elle lui donna une carte à remplir : nom, adresse, téléphone, lieu de travail.

« Je vois que vous habitez sur Kelton Avenue. Un endroit charmant.

— Oui, j'aime beaucoup.

— Les maisons sont superbes, grandes... vous devriez vous marier. »

Il fut pris de court. « Comment savez-vous que je ne suis pas marié ?

— De la même manière que vous savez que je ne le suis pas. (Son sourire avait pris quelque chose d'un rien rusé, d'un rien félin.) Rien à l'annulaire gauche.

— Oh », fit-il bêtement, avant de sourire. Mais ce n'était pas son grand sourire rayonnant habituel, eut-il l'impression, et il avait chaud aux joues.

« Deux dollars, s'il vous plaît. »

Il lui donna deux billets verts. Elle se dirigea vers un petit bureau sur lequel était posée une antique machine à écrire sans carrosserie, et tapa les renseignements sur une carte d'un orange éclatant. Puis elle la ramena au comptoir, la parapha d'une signature à enjolivures et la lui tendit.

« Vérifiez que je ne me suis pas trompée. »

Sam s'exécuta. « C'est parfait. » Le prénom de la bibliothécaire, remarqua-t-il, était Ardelia. Assez inhabituel, mais charmant.

Elle reprit la carte d'abonnement — la première depuis le collège, songea-t-il, et encore n'avait-il guère utilisé celle de sa jeunesse — et la plaça sous l'appareil à microfilm avec chacune des cartes des livres. « Vous ne pouvez les garder qu'une semaine, parce qu'ils appartiennent à la section des références spéciales. C'est une catégorie que j'ai créée moi-même pour les livres qui sont beaucoup demandés.

— Ne me dites pas qu'on se dispute les manuels pour orateurs débutants, tout de même !

— Mais si, comme les ouvrages du genre *Comment réparer sa plomberie, Cent tours simples de magie*, ou les traités de bonnes manières… Vous seriez surpris de savoir quels livres on vous demande à l'improviste.

— Je veux bien vous croire.

— Ça fait très, très longtemps que j'exerce ce métier, Sam. En fait, ces deux-là sont introuvables. N'oubliez pas de me les ramener le six avril au plus tard. » Elle leva la tête, et la lumière vint se réfléchir dans ses yeux. Sam voulut tout d'abord n'y voir qu'un scintillement… mais ce n'était pas cela. Ils avaient un éclat plat, froid et dur. Pendant un instant, on aurait dit qu'Ardelia Lortz avait eu deux pièces de cinq cents à la place des pupilles. Celles qu'on appelle des *nickels*.

« Sinon ? demanda-t-il, ayant soudain l'impression que son sourire n'était plus qu'un masque sur son visage.

— Sinon ? je serais obligée d'envoyer le Policier des Bibliothè-ques à vos trousses. »

4

Pendant un instant, leurs regards se croisèrent et Sam crut voir la véritable Ardelia Lortz : il n'y avait rien du charme et de la douceur de la bibliothécaire vieille fille, chez cette femme. Absolument rien.

Elle pourrait même être dangereuse, se dit-il, chassant aussitôt cette pensée, un peu gêné. La journée maussade — et peut-être aussi la pression d'avoir à prononcer son discours — devaient lui porter sur les nerfs. *Elle doit être aussi dangereuse qu'une boîte de pêches au sirop... Et ce n'est ni le mauvais temps ni la réunion du Rotary ce soir... ce sont ces foutues affiches.*

Il avait *Le mémento de l'orateur* et *Les poèmes d'amour préférés des Américains* sous le bras, et se trouvait déjà à la porte avant d'avoir compris qu'elle le mettait gentiment dehors. Il planta solidement les pieds dans le sol et s'arrêta. Elle le regarda, l'air surpris.

« Puis-je vous demander quelque chose, mademoiselle Lortz ?

— Bien sûr, Sam. Je suis là pour ça : répondre aux questions.

— C'est à propos de la bibliothèque des enfants et des affiches. Certaines d'entre elles m'ont surpris. Elles m'ont presque choqué, même. » Il avait cherché à prendre le ton que pourrait avoir un prédicateur baptiste en découvrant un numéro de *Playboy* glissé au milieu d'autres revues, chez l'un de ses paroissiens, mais sans succès. *Tout bêtement, parce que ce n'est pas une simple réaction conventionnelle. J'ai vraiment été choqué, et non pas « presque ».*

« Les affiches ? demanda-t-elle, fronçant les sourcils. Puis son visage s'éclaircit, et elle rit. « Oh, vous voulez sans doute parler du Policier des Bibliothèques et de Simon le Simplet.

— Simon le Simplet ?

— Vous savez, l'affiche où on met en garde les enfants contre les gens qui leur proposent une promenade. C'est le nom que les enfants donnent au petit garçon de l'affiche. Celui qui crie. Sans doute par mépris de le voir faire quelque chose d'aussi stupide. Je pense que c'est très judicieux, vous ne trouvez pas ?

— Mais il ne crie pas, il hurle de terreur », objecta Sam lentement.

Elle haussa les épaules. « Crier, hurler, quelle différence ? Ici, on n'entend ni cris ni hurlements. Les enfants sont très bien, très respectueux.

— Je n'en doute pas », dit Sam. Il était de nouveau dans le hall d'entrée, et il jeta un coup d'œil au panneau qui ne disait pas

LE SILENCE EST D'OR

ni

PAS DE BRUIT S'IL VOUS PLAÎT

mais qui ordonnait d'un ton impératif, ne souffrant pas la discussion :

SILENCE !

« D'ailleurs, tout ça n'est qu'une question d'interprétation, non ?

— Je suppose », admit Sam. Il avait l'impression d'avoir été manœuvré efficacement et mis dans une situation où il n'aurait aucune base morale sur laquelle s'appuyer : Ardelia Lortz avait pris un avantage décisif, sur le champ de bataille dialectique. Elle lui paraissait en avoir l'habitude, mais cela ne fit que le rendre plus entêté. « N'empêche, j'ai trouvé ces affiches exagérées.

— Vraiment ? » demanda-t-elle poliment. Ils avaient fait halte auprès de la porte donnant sur l'extérieur.

— « Oui, effrayantes. » Il prit son courage à deux mains et dit ce qu'il avait sur le cœur. « Je trouve qu'elles ne conviennent pas dans un endroit destiné aux petits enfants. »

Il eut l'impression de ne pas avoir pris un ton de donneur de leçon trop collet monté, et ce fut un soulagement.

Elle souriait, et ce sourire ne faisait que l'irriter. « Vous n'êtes pas le premier à exprimer cette opinion, Sam. Les adultes qui n'ont pas d'enfants rendent rarement visite à cette partie de la bibliothèque, mais ça leur arrive tout de même de temps en temps — oncles, tantes, petit ami d'une fille-mère chargés de récupérer la marmaille... ou des gens comme vous, Sam, qui me cherchent.

Des gens coincés à l'improviste, disaient ses yeux gris-bleu froids. *Des gens qui viennent réclamer de l'aide et qui, une fois qu'ils l'ont obtenue, ne se gênent pas pour critiquer la façon dont les choses se passent dans la bibliothèque publique de Junction City.*

« Vous devez sans doute vous demander de quoi je me mêle », fit Sam sur un ton conciliateur. Mais il ne se sentait pas d'humeur conciliatrice ; tout d'un coup il se sentait rien moins que de cette humeur-là, mais ce n'était qu'un réflexe professionnel, une attitude dans laquelle il se drapait pour se protéger.

« Pas du tout. C'est simplement que vous ne comprenez pas. Nous avons fait une enquête l'été dernier, Sam. Dans le cadre du programme de lecture de l'été. Chaque enfant obtient une voix par livre lu. C'est l'une des tactiques que nous avons mises au point, avec les années, pour encourager les enfants à lire. On a là l'une de nos plus importantes responsabilités, vous comprenez. »

Nous savons ce que nous faisons, disait son regard qui ne cillait pas. *Et je me montre très polie, n'est-ce pas ? En particulier dans la mesure où vous, qui n'aviez encore jamais mis les pieds ici, vous êtes permis de débarquer et de vous mettre à tout critiquer.*

Sam commença à se sentir complètement en porte-à-faux. Le champ de bataille dialectique n'appartenait pas encore complètement à Ardelia Lortz, mais il devait reconnaître qu'il battait en retraite.

« D'après l'enquête en question, le film préféré des enfants, l'an dernier, fut *Le cauchemar de Elm Stree numéro 5*. Leur groupe de rock favori s'appelle Les Revolvers ; celui qui vient en second, un certain Ozzy Osbourne, passe, si j'ai bien compris, pour décapiter des animaux vivants avec les dents pendant ses concerts. Leur roman de prédilection, *Le chant du cygne*, est un récit d'horreur d'un certain Robert McCammon. Nous n'arrivons pas à en conserver un exemplaire en rayons ; en quelques semaines, il est en lambeaux. J'en ai fait relier un en Vinabind, mais bien entendu, il a été volé. Par l'un de ces sales garnements. »

Ses lèvres se réduisaient à une ligne très fine.

« Leur deuxième choix de livre est un roman sur l'inceste et l'infanticide, *Fleurs dans le grenier*. Celui-là est resté parmi les favoris pendant cinq ans. Certains d'entre eux ont même mentionné *Peyton Place !*

Elle le regarda, l'air sévère.

« Personnellement, je n'ai jamais vu un seul film de la série des *Cauchemars sur Elm Street*. Je n'ai jamais entendu un disque de Ozzy Osbourne et n'en ai aucune envie, non plus que de lire les romans de Robert McCammon, Stephen King ou V. C. Andrews. Voyez-vous où je veux en venir, Sam ?

— Il me semble. Au fond, vous dites qu'il ne serait pas juste... (il avait besoin d'un mot, le chercha, et pensa l'avoir trouvé) de trahir les goûts des enfants. »

Elle afficha un sourire radieux — sauf dans ses yeux, qui prirent de nouveau l'aspect de deux *nickels*.

« C'est vrai, mais ce n'est pas tout. Ces affiches de la bibliothèque des enfants — aussi bien celles qui sont attendrissantes que celles qui vous ont choqué — proviennent de l'Association des bibliothèques de l'Iowa, elle-même membre de l'Association des bibliothèques du Midwest, elle-même membre de l'Association nationale des bibliothèques, dont les fonds proviennent essentiellement des impôts. Autrement dit de Dupont-Durand, c'est-à-dire vous et moi. »

Sam se dandinait d'un pied sur l'autre. Il ne voulait pas passer l'après-midi à subir un cours sur la Manière dont Votre Bibliothèque Travaille pour Vous, mais ne l'avait-il pas provoqué ? Il fallait bien admettre que oui. Seule chose dont il était absolument sûr : au fur et à mesure, il aimait de moins en moins Ardelia Lortz.

« L'Association des Bibliothèques de l'Iowa nous envoie tous les mois un catalogue comportant une quarantaine d'affiches, poursuivit Mlle Lortz, impitoyable. Nous avons le droit d'en prendre cinq gratuitement, et nous payons les autres trois dollars chacune. Je vois que vous vous impatientez, Sam, mais je vous dois une explication, et nous en arrivons au cœur du sujet.

— Moi ? Mais non, je ne m'impatiente pas », répondit Sam d'un ton impatient.

Elle lui sourit, révélant des dents trop bien rangées pour ne pas être fausses. « Nous avons un comité de la bibliothèque des enfants. Et qui le compose, d'après vous ? Des enfants, bien entendu. Ils sont neuf, trois par classe d'âge. Ils doivent avoir de bons résultats scolaires pour pouvoir y siéger. Ils choisissent certains des nouveaux livres que nous achetons, ils ont choisi les rideaux et le mobilier quand on a changé le matériel, en automne... et, ce sont évidemment eux qui ont choisi les affiches. Ce qui est, d'après l'un des jeunes membres du comité, le moment " le plus rigolo ". Vous comprenez, maintenant ?

— Oui. Ce sont les mômes qui ont choisi le petit Chaperon rouge, Simon le Simplet et le Policier des Bibliothèques. Elles leur plaisent parce qu'elles font peur.

— Exactement ! » fit Ardelia Lortz avec un grand sourire.

Soudain, il en eut assez. A cause de la bibliothèque. Non pas exactement à cause des affiches ou de la bibliothécaire, mais de la bibliothèque elle-même. Celle-ci, tout d'un coup, lui faisait l'effet d'une écharde profondément plantée, à sa grande fureur, dans la fesse. Peu importait la raison de son écœurement, il en avait par-dessus la tête.

« Dites-moi, mademoiselle Lortz, avez-vous un enregistrement de *Cauchemar sur Elm Street* dans la vidéothèque des enfants ? Ou un choix des albums des Revolvers et de Ozzy Osbourne dans leur sonothèque ?

— Vous n'avez pas vu ce que je voulais dire, Sam, dit-elle d'un ton patient.

— Et *Peyton Place* ? En avez-vous un exemplaire simplement parce que certains des mômes l'ont lu ? »

Il n'avait pas fini sa phrase qu'il se demandait : *Est-ce qu'on trouve encore quelqu'un pour lire cette vieillerie ?*

— Non », répondit-elle. Il vit une rougeur de colère venir colorer ses joues ; elle n'était pas habituée à voir ses jugements remis en question. « Mais nous avons des histoires dans lesquelles il est question de viol de propriété, de brutalités parentales et de cambriolages. Je veux évidemment parler de *Boucle d'Or et les trois ours*, de *Hansel et Gretel*, ou du *Petit Poucet*. Je me serais attendue à davantage de compréhension de la part de quelqu'un comme vous, Sam. »

Un homme que vous avez tiré d'embarras, voilà ce que vous voulez dire, mais quel rapport, chère madame ? N'êtes-vous pas payée par la ville pour faire justement ce travail ?

Puis il se ressaisit. Il ne savait pas exactement ce qu'elle avait voulu dire par « quelqu'un comme vous », il n'était pas sûr, d'ailleurs, de tenir à le savoir ; mais il comprenait que la discussion était sur le point de dégénérer et de se transformer en querelle. Il était venu ici chercher de quoi améliorer et épicer son petit discours, et non pour se bagarrer à propos de la bibliothèque des enfants avec la bibliothécaire en chef.

« Je vous prie de m'excuser si j'ai dit quelque chose qui vous a offensé... il faut que j'y aille absolument.

— Oui, je crois que vous devriez partir. » *Vos excuses ne sont pas acceptées. Pas du tout acceptées,* télégraphia son regard.

« L'idée d'avoir à faire mes débuts d'orateur doit me rendre un peu nerveux, je suppose. Et je me suis couché très tard pour travailler sur mon discours. » Il lui adressa son sourire du bon-gars-Sam-Peebles et prit son porte-documents.

Elle parut se calmer — un peu — mais ses yeux lançaient encore des éclairs. « C'est compréhensible. Nous sommes ici au service des gens, et bien entendu, nous sommes toujours intéressés par les critiques constructives des contribuables. » Elle avait très légèrement accentué le mot « constructives » de manière à lui faire savoir, supposa-t-il, que ses critiques avaient été tout sauf cela.

Maintenant que le chapitre était clos, il fut pris de l'envie — presque un véritable besoin — d'y apporter la touche finale, comme le couvre-lit que l'on tend bien sur le lit qu'on vient de faire. Egalement une habitude d'homme d'affaires, sans doute... ou un mode de protection d'homme d'affaires. Une pensée saugrenue lui vint à l'esprit : qu'il devrait faire de sa rencontre avec Ardelia Lortz le sujet de son exposé, ce soir. Elle en disait davantage sur ce qui était au cœur de la vie d'une petite ville que tout son laïus. Tout n'y était pas flatteur, mais au moins, on ne pouvait lui adresser le reproche de sécheresse. Et l'anecdote aurait un accent rarement présent lors de ces conférences hebdomadaires du Rotary : celui, impossible à falsifier, de la vérité.

« Eh bien, on s'est un peu énervé pendant deux ou trois secondes », s'entendit-il dire tandis qu'il voyait sa main droite se tendre. J'ai l'impression que j'ai été un peu trop loin. J'espère que vous ne m'en tiendrez pas rigueur. »

Elle lui toucha la main. Brièvement, pour la forme. Elle avait la peau froide et sèche. Vaguement désagréable. Impression de serrer la main à un porte-parapluie. « Pas du tout, protesta-t-elle, même si ses yeux disaient le contraire.

— Bon... eh bien, je vais y aller.

— Oui. Et n'oubliez pas : une semaine. » Elle tendit un doigt soigneusement manucuré en direction des livres qu'il tenait. Puis elle sourit. Sam trouva que ce sourire avait quelque chose d'extrêmement perturbant, mais même au prix de sa vie, il n'aurait pu dire exactement pour quelle raison. « Je ne voudrais pas avoir à lancer le Policier des Bibliothèques à vos trousses.

— Non. Je n'y tiens pas, d'ailleurs.

— C'est vrai, répondit Ardelia Lortz, sans se départir de son sourire, vous n'y tiendriez pas. »

5

A mi-chemin de l'allée, le visage de l'enfant hurlant dans la voiture
*(Simon le Simplet, les mômes l'appellent Simon le Simplet, je
trouve que c'est très judicieux)*
lui revint à l'esprit, accompagné d'une pensée — une pensée toute
simple dont le bon sens l'arrêta sur place : si on donnait l'occasion à
un jury d'enfants de prendre une telle affiche, il pourrait en effet
choisir celle-ci... mais une association de bibliothèques, fût-ce celle
de l'Iowa, du Midwest ou de toute la nation, la mettrait-elle jamais
dans sa sélection ?

Sam Peebles évoqua les petites mains suppliantes collées à la vitre
inflexible qui les emprisonnait, la bouche hurlante, tordue
d'angoisse, et trouva soudain cela de plus en plus difficile à croire.
Impossible à croire.

Et *Peyton Place* ! Que dire de ça ? Il soupçonnait que la plupart
des adultes qui fréquentaient la bibliothèque avaient dû l'oublier.
Pouvait-on vraiment croire que certains de leurs rejetons — ceux
qui étaient en âge de fréquenter la bibliothèque des enfants —
eussent redécouvert cette vieille relique ?

Ça non plus, je ne le crois pas.

Il n'avait aucune envie de s'infliger une deuxième dose d'Ardelia
Lortz en colère (la première lui avait suffi, et il était resté sur
l'impression qu'elle avait été loin de donner libre cours à toute
l'étendue de son tempérament), mais ces réflexions furent assez
puissantes pour lui faire faire demi-tour.

Elle avait disparu.

La porte de la bibliothèque était fermée, bouche fendue verticale-
ment dans cette morose tête de granite.

Sam resta où il se trouvait encore quelques instants, puis se
dépêcha de regagner sa voiture, garée au bord du trottoir.

CHAPITRE TROIS

LE DISCOURS DE SAM

1

Il connut un succès total.

Sam commença par deux anecdotes qu'il avait adaptées du chapitre « Pour les mettre en condition », du *Mémento de l'orateur* ; l'une mettait en scène un fermier qui tentait de négocier toute sa production, l'autre un homme d'affaires voulant vendre des plats surgelés à des eskimos. Il en glissa une autre dans le milieu de son discours (lequel était assez aride). Il en avait trouvé une dernière dans le chapitre « Pour les mettre dans votre poche », et même commencé à la rédiger, lorsqu'il se souvint des *poèmes d'amour préférés des Américains* et de la manière dont Ardelia Lortz en avait parlé : s'ils ne se souvenaient que d'une chose, ce serait le poème cité. Il en découvrit un, suffisamment court, dans la partie « Inspiration » du livre, exactement comme elle lui avait dit.

Il parcourut des yeux le visage de ses amis rotariens tournés vers lui et dit : « J'ai essayé de vous expliquer pour quelles raisons j'aime vivre et travailler dans une petite ville comme Junction City, et j'espère que je ne m'en suis pas trop mal sorti. Sinon, me voilà fichtrement embêté. »

Un grondement de rires bon enfant (accompagné d'une bouffée de scotch et bourbon) accueillit cette saillie.

Sam était en nage mais se sentait néanmoins tout à fait bien ; il commençait même à croire qu'il allait s'en tirer sans une égratignure. Le micro n'avait couiné qu'une seule fois, personne ne s'était discrètement esquivé, personne n'avait jeté de nourriture et il n'y avait eu que deux ou trois sifflets — et encore étaient-ils bien intentionnés.

« Je crois qu'un poète du nom de Spencer Michael Free a résumé ce que j'ai essayé de vous dire mieux que je ne pourrais jamais le faire. Voyez-vous, presque tout ce que nous avons à vendre, nous commerçants d'une petite ville, on peut le trouver à un meilleur prix dans les centres d'achat des grandes villes et des banlieues. Ces endroits aiment à se vanter que vous pouvez y trouver pratiquement tous les biens et les services dont vous pouvez avoir besoin, avec un parking gratuit, par-dessus le marché. Et il faut l'avouer, c'est presque vrai. Mais il y a une chose que le petit commerce d'une ville comme la nôtre peut vous offrir et que les grands centres d'achat ne vous donneront jamais : c'est de cela que parle le poème de Spencer Free. Il n'est pas très long, mais il dit beaucoup. Ecoutez.

> *C'est le contact humain qui compte en ce monde,*
> *Contact de votre main avec la mienne,*
> *Signifiant bien plus, pour le cœur affamé,*
> *Qu'un toit, du pain et du vin ;*
> *Qu'est-il besoin du toit, quand la nuit est finie ?*
> *Et le pain rassasie-t-il plus d'une journée ?*
> *Mais le contact de la main et le son d'une voix*
> *Chantent pour toujours dans l'âme.*

Sam quitta son texte des yeux et, pour la deuxième fois de la journée, eut la surprise de constater qu'il pensait chacun des mots qu'il venait de dire. Que son cœur débordait soudain de bonheur et de la gratitude la plus simple. C'était bon de se rendre compte que l'on avait toujours un cœur, que la routine banale des jours banals ne l'avait pas usé, et encore meilleur de découvrir que l'on était toujours capable de le laisser s'exprimer.

« Nous autres, commerçantes et commerçants des petites villes, c'est ce contact humain que nous offrons. D'un côté, ce n'est pas grand-chose, mais de l'autre, c'est essentiel. Je sais que c'est ce qui m'empêche d'en vouloir davantage. J'aimerais, pour terminer, souhaiter un prompt rétablissement à l'orateur dont j'ai pris la place, Joe l'Epoustouflant, remercier Craig Jones de m'avoir donné l'occasion de vous dire tout ceci, ainsi que vous, qui avez écouté si patiemment mon ennuyeux petit discours. Ainsi donc... merci beaucoup. »

Les applaudissements commencèrent avant même qu'il eût fini sa phrase. Ils prirent de l'ampleur pendant qu'il rassemblait les feuillets tapés par Naomi et qu'il avait passé l'après-midi à corriger ; ils atteignirent un fortissimo lorsqu'il s'assit, amusé par cette réaction.

Oh, c'est juste parce qu'ils ont bu. Ils applaudiraient même si je leur avais raconté comment j'ai arrêté de fumer après avoir rencontré Jésus au cours d'une soirée de vente de Tupperware.

Puis les gens commencèrent à se mettre debout, et il pensa qu'il devait avoir parlé trop longtemps pour qu'ils aient autant envie de partir. Ils continuaient cependant d'applaudir, et il vit alors Craig Jones qui claquait ses mains tendues vers lui ; au bout d'un instant, Sam comprit. Craig voulait qu'il se lève et salue.

Il porta un doigt à son crâne : *Tu es cinglé !*

Craig secoua la tête avec exagération et se mit à lever les mains si haut, tout en continuant à applaudir, qu'il avait l'air d'un prédicateur « revival » encourageant ses ouailles à chanter plus fort.

Sam se leva donc, et eut la stupéfaction de s'entendre acclamer, véritablement acclamer.

Au bout d'un moment, Craig s'approcha de l'estrade. Les acclamations ne cessèrent que lorsqu'il eut tapoté le micro à plusieurs reprises — le bruit d'un poing géant emmitouflé de coton heurtant à un cercueil.

« Je pense que tout le monde sera d'accord pour dire que le discours de Sam valait le déplacement, ce soir. »

Nouvelle explosion d'applaudissements chaleureux.

Craig se tourna vers Sam et dit : « Si j'avais su que tu avais ça dans le ventre, mon vieux, c'est toi que j'aurais mis en premier sur ma liste ! »

La remarque provoqua une fois de plus applaudissements et sifflets ; pendant qu'ils allaient en diminuant, Craig Jones s'empara de la main de Sam et commença à la secouer énergiquement.

« C'était fabuleux, Sam. Sur qui as-tu pompé ?

— Sur personne. » Ses joues le brûlaient, et bien qu'il n'eût pris qu'un gin-tonic (et encore, un petit) avant de parler, il se sentait un peu ivre. « C'est de moi. J'ai pris deux livres à la bibliothèque, et ça m'a aidé. »

D'autres membres du club vinrent l'entourer, et tous voulurent lui serrer la main. Il commença à se sentir comme la pompe municipale pendant la sécheresse estivale.

« Superbe ! » cria quelqu'un à son oreille. Sam se tourna vers la voix, et vit qu'elle appartenait à Frank Stephens, l'homme qui avait remplacé au pied levé le syndicaliste mis en prison. « On devrait en faire un enregistrement, on pourrait le vendre à Jésus-Christ en personne ! Bon Dieu, pour un bon speech, c'était un bon speech, Sam !

« Faudrait faire une tournée avec ! » s'exclama à son tour Rudy Pearlman. Son visage rond était tout rouge et en sueur. « C'est tout juste si j'ai pas pleuré ! Je te jure ! Où as-tu trouvé ce poème ?

— A la bibliothèque », répondit Sam. Il se sentait encore étourdi... mais le soulagement d'avoir terminé et d'être encore entier laissait peu à peu la place à une sorte de ravissement prudent. Il se dit qu'il lui faudrait donner une prime à Naomi. « Dans un livre qui s'appelle- »

Mais avant qu'il ait pu donner le titre à Rudy, Bruce Engalls s'était emparé de lui par le coude et l'entraînait vers le bar. « C'est la meilleure foutue conférence que j'ai entendue dans ce fichu club depuis deux ans ! s'exclamait Bruce. Que dis-je, cinq ans ! Qu'est-ce qu'on en a à foutre, de cet animal d'acrobate ? Permets-moi de t'offrir un verre, Sam. Bon Dieu, non, deux ! »

2

Avant de pouvoir s'échapper, Sam dut ingurgiter un total de six verres, tous offerts, et termina cette triomphante soirée en dégobillant sur son propre paillasson (avec BIENVENUE écrit dessus) peu après que Craig Jones l'eut déposé devant son domicile, sur Kelton Avenue. Au moment où son estomac avait capitulé, Sam s'efforçait d'introduire sa clef dans la serrure — un sacré travail, avec trois trous de serrure devant soi et quatre clefs à la main — et il n'eut même pas le temps d'aller se soulager dans les buissons, en bas du perron. Si bien qu'une fois la porte ouverte, il se contenta de prendre le paillasson par les côtés, avec précaution, de manière à ce que le dégueulis se mît en flaque au milieu, et de le jeter sur le côté.

Il se fit un café pour se remettre, mais le téléphone sonna par deux fois tandis qu'il le buvait. Nouvelles félicitations. Le deuxième appel provenait d'Elmer Baskin, qui n'avait même pas assisté à la soirée. Il se sentait un peu comme Judy Garland dans le film *Une étoile est née*, mais il était difficile de jouir pleinement de cette impression avec un estomac qui continuait à pétrir du liquide et une tête qui commençait à le punir des excès auxquels il s'était livré.

Sam brancha le répondeur dans le salon, monta dans sa chambre, débrancha le deuxième téléphone, prit deux aspirines, se déshabilla et s'allongea.

Il se mit à perdre rapidement conscience — il était non seulement ivre, mais aussi fatigué — ; avant de sombrer dans le sommeil, néanmoins, il eut le temps de penser : *Je dois presque tout à Naomi... et à cette femme désagréable de la bibliothèque. Horst. Bortsch. J'sais plus son nom. Je devrais peut-être lui donner une prime, à elle aussi.*

Il entendit le téléphone sonner, au rez-de-chaussée, puis le répondeur automatique se déclencha.

T'es un bon garçon, se dit un Sam ensommeillé. *Fais ton devoir — au fond, c'est bien pour ça que je t'ai acheté, non ?*

Puis ce fut l'obscurité, et il était dix heures lorsqu'il reprit conscience, le samedi matin.

3

A son retour sur la terre des vivants, il se retrouva avec des aigreurs d'estomac et un léger mal de tête, mais les choses auraient pu être bien pires. Il était navré pour son paillasson, mais content de s'être débarrassé d'au moins une partie de la gnôle avant qu'elle lui eût fait davantage enfler le crâne. Il resta dix minutes sous la douche, n'esquissant que quelques gestes pour se laver, puis il se sécha, s'habilla et descendit au rez-de-chaussée, enturbanné d'une serviette. La lumière rouge du répondeur clignotait. Le ruban ne se réenroula que sur une courte distance ; apparemment, l'appel entendu au moment où il s'endormait avait été le dernier.

Bip ! « Hello, Sam ! » Sam, qui avait commencé à dénouer la serviette, s'arrêta dans son geste, le sourcil froncé. C'était une voix de femme ; une voix de femme qu'il connaissait. Celle de qui ? « J'ai entendu dire que votre conférence avait eu un grand succès. J'en suis très contente pour vous. »

Ardelia Lortz, se rendit-il compte.

Mais comment a-t-elle eu mon numéro ? C'est à ça que servent les annuaires, non ? Et il l'avait lui-même écrit sur sa fiche d'adhérent, à la bibliothèque. Pour une raison incompréhensible, cependant, tout son dos fut parcouru d'un frisson.

« N'oubliez pas de rapporter les livres empruntés avant le six avril, continua-t-elle. (Puis, sur un ton malicieux :) N'oubliez pas non plus le Policier des Bibliothèques ! »

Il y eut ensuite le *clic !* habituel de la communication coupée. Sur le répondeur, la lampe **fin des messages** s'alluma.

« Vous me gardez une chienne de votre chienne, n'est-ce pas, ma petite dame ? » demanda Sam à la maison vide. Puis il se rendit dans la cuisine et se prépara un petit déjeuner.

4

Lorsque Naomi arriva au bureau à dix heures du matin, le vendredi qui suivit les triomphants débuts de Sam en tant que conférencier d'après banquet, il lui tendit une grande enveloppe blanche avec son nom écrit dessus.

« Qu'est-ce que c'est ? » demanda Naomi sur un ton soupçonneux, en enlevant son manteau. Il pleuvait à verse, dehors. Une pluie têtue et lugubre de début de printemps.

« Ouvrez et regardez. »

Elle obéit. Dedans, elle trouva une carte de remerciements, accompagnée d'un portrait d'Andrew Jackson — celui du billet de banque.

« Vingt dollars ! » Elle le regarda, l'air plus soupçonneux que jamais. « Mais pourquoi ?

— Pourquoi ? Parce que vous m'avez sauvé la vie en m'envoyant à la bibliothèque, répondit Sam. Mon allocution s'est très bien passée, Naomi. Sans me vanter, je crois pouvoir dire qu'elle a cassé la baraque. J'aurais bien mis un billet de cinquante, mais j'ai eu trop peur que vous refusiez. »

Elle comprenait, maintenant, mais n'en essaya pas moins de lui rendre l'argent. « Je suis vraiment contente d'avoir pu vous aider, Sam, mais ce n'est pas une rai-

— Si, c'en est une, la coupa-t-il. Vous prendriez bien une commission si je vous faisais travailler comme vendeuse, non ?

— Justement, ce n'est pas le cas. Je n'ai jamais rien pu vendre. Même quand j'étais scout, la seule personne qui m'achetait des gâteaux secs était ma mère.

— Naomi, ma chère enfant — non, ne commencez pas à prendre votre air d'animal traqué. Je ne vais pas vous faire du rentre-dedans. Nous avons réglé la question il y a deux ans de cela.

— Absolument », lui accorda précipitamment Naomi, qui n'en garda pas moins son air inquiet et vérifia que la voie était dégagée vers la porte de sortie, si jamais elle devait battre en retraite rapidement.

« Rendez-vous compte : j'ai vendu deux maisons, et j'ai rédigé pour au moins deux cent mille dollars de contrats d'assurance depuis ce fichu discours ! Bon, d'accord, la plupart concernent des polices à fortes couvertures et à faibles commissions, mais c'est toujours ça de plus pour l'achat de la Mercedes... Si vous ne prenez pas ces vingt dollars, je vais me sentir tout merdeux.

— Sam, je vous en prie ! » dit-elle, prenant un air choqué. Naomi était une Baptiste convaincue. Elle et sa mère fréquentaient une petite église de Proverbia presque autant délabrée que leur maison. Il le savait, il y était passé une fois. Mais il eut le plaisir de voir qu'elle paraissait aussi contente... et qu'elle commençait à se détendre.

Au cours de l'été 1988, Sam était sorti deux fois avec Naomi. La deuxième, il avait tenté sa chance et voulu flirter. Il s'y était pris de la manière la plus courtoise qui fût, mais enfin, il lui avait tout de même fait du rentre-dedans caractérisé. Bien mal lui en avait pris ; Naomi possédait un talent exceptionnel pour détourner ce genre d'attaque — elle aurait pu jouer arrière dans l'équipe des Bronco de Denver. Ce n'était pas qu'il ne lui plaisait pas, expliqua-t-elle ; simplement, elle était convaincue qu'eux deux, ça ne pourrait pas

marcher « sur ce plan-là ». Sam, pris au dépourvu, lui avait
demandé pour quelle raison. Naomi s'était contentée de secouer la
tête. *Certaines choses sont difficiles à expliquer, Sam, mais elles n'en
sont pas moins vraies. Ça ne pourrait jamais marcher. Croyez-moi,
jamais.* Et c'était tout ce qu'il avait pu tirer d'elle.

« Je suis désolé pour le gros mot, Naomi », lui dit-il. Il s'était
exprimé sans ironie, même s'il doutait que Naomi fût aussi
pointilleuse qu'elle voulait bien en avoir l'air. « Ce que je voulais
simplement dire, c'est que si vous n'acceptez pas ces vingt dollars,
je vais me sentir caca-pipi. »

Elle fourra le billet dans son sac à main et s'efforça de le regarder
avec une expression de grande dignité. Elle y serait presque
parvenue, si les commissures de ses lèvres n'avaient pas légèrement
tremblé.

« Voilà. Vous êtes content ?

— Pas tout à fait autant que si je vous avais donné cinquante...
voulez-vous cinquante, Omy ?

— Ah, non. Et s'il vous plaît, ne m'appelez pas Omy. Vous
savez que je n'aime pas ça.

— Désolé. Je vous présente mes excuses.

— Je les accepte. Et si on changeait de sujet de conversation ?

— D'accord, acquiesça bien volontiers Sam.

— J'ai entendu dire par plusieurs personnes que votre conférence avait été bonne. Quant à Craig Jones, il ne tarit pas de
compliments sur vous. Croyez-vous vraiment que ce soit pour cela
que vous avez fait davantage d'affaires ? »

Sam faillit répondre par une plaisanterie douteuse, mais se reprit.
« Oui, je le crois. Des fois, c'est ainsi que se font les choses. C'est
marrant, mais pourtant vrai. Le bon vieux sismographe des ventes a
crevé le plafond, cette semaine. Il va retomber, bien entendu, mais
pas jusqu'à son ancien niveau. Je ne le pense pas. Si mes nouveaux
clients apprécient la façon dont je fais mes affaires, et je me dis qu'il
n'y a pas de raison, on devrait en sentir les effets à long terme. »

Sam s'enfonça dans son fauteuil, se noua les mains derrière la
nuque et contempla le plafond d'un air songeur.

« Lorsque Craig Jones m'a appelé et m'a refilé le bébé, j'ai eu
envie de l'étrangler. Sans blague, Naomi.

— En effet, vous aviez l'air de quelqu'un qui souffre d'une crise
d'urticaire carabinée.

— Vraiment ? (Il rit.) Oui, vous avez sans doute raison. Amusant comme les choses se goupillent, parfois ; c'est le plus pur hasard. S'il y a un Dieu, c'est à se demander, par moment, s'Il a bien serré tous les boulons de la machine avant de la mettre en route. »

Il s'attendait à se faire tancer par Naomi pour son irrespect (ça n'aurait pas été la première fois), mais elle ne releva pas le défi, aujourd'hui. Au lieu de cela elle dit : « Vous avez eu encore plus de chance que vous ne l'imaginez, Sam, si ces livres vous ont vraiment aidé. D'habitude, la bibliothèque n'ouvre pas avant cinq heures le vendredi. J'avais eu l'intention de vous le dire, mais ça m'est sorti de la tête.

— Oh ?

— Vous avez dû tomber sur monsieur Price, occupé à faire du travail administratif en retard, sans doute.

— Price ? Vous ne voulez pas parler de monsieur Peckham ? le concierge lecteur de journaux ? »

Naomi secoua la tête. « Le seul Peckham dont j'ai entendu parler, par ici, a été le vieil Eddie Peckham. Il est mort il y a des années. Non, je vous parle de monsieur *Price*. Le bibliothécaire. » Elle regardait Sam comme s'il était l'individu le plus obtus de la planète... ou au moins de Junction City, Iowa. « Grand, maigre, la cinquantaine ?

— Pas du tout. Je suis tombé sur une dame du nom de Lortz, petite, rondouillarde, de l'âge où les femmes se prennent d'une passion durable pour le polyester vert fluo. »

Un mélange assez extraordinaire d'expressions traversa le visage de Naomi : de la surprise, puis de la méfiance, suivie elle-même d'une sorte d'amusement légèrement exaspéré. Une telle séquence indique à peu près toujours la même chose : qu'on se rend compte que quelqu'un se paye joyeusement votre tête. En des circonstances plus ordinaires, Sam aurait pu être intrigué, mais il avait beaucoup été sur le terrain pendant toute la semaine, si bien qu'il avait quantité de paperasserie à faire. Son esprit anticipait déjà le moment où ils allaient s'y mettre.

« Oh, fit Naomi avec un petit rire. Mademoiselle Lortz, n'est-ce pas ? Vous avez dû trouver ça drôle.

— C'est vrai, elle est un peu spéciale.

— Vous m'en direz tant. En fait, elle est absolument- »

Si elle avait pu achever sa phrase, Sam Peebles en aurait certainement été abasourdi, mais le hasard (comme lui-même venait de le remarquer) joue une part d'une absurde importance dans les affaires humaines, et c'est justement lui qui se manifesta, sous la forme d'une sonnerie.

Le téléphone.

C'était Burt Iverson, chef spirituel de la maigre tribu des hommes de loi de Junction City. Il voulait lui parler d'un gros, très gros projet de contrat d'assurance : le nouveau centre médical, avec couverture compensatoire, d'accord, on n'en est qu'au stade préparatoire, Sam, mais tu imagines ce que ça pourrait donner... si bien que lorsqu'il revint à Naomi, Sam avait complètement oublié Ardelia Lortz. Certes, il savait ce que *ça pourrait donner*. La possibilité pour lui de se retrouver au volant d'une Mercedes, en fin de compte. Et il n'avait pas envie de tellement s'attarder à calculer dans quelle mesure sa bonne fortune avait un rapport avec son stupide petit discours.

Naomi avait la certitude qu'il s'était payé sa tête. Elle savait parfaitement bien qui était Ardelia Lortz et pensait que Sam le savait aussi. Après tout, cette femme s'était trouvée au centre de l'une des plus sales affaires qui se fût jamais produites à Junction City au cours des vingt dernières années, voire même depuis la Deuxième Guerre mondiale, lorsque le fils Moggins était revenu du Pacifique, avec un petit vélo sans frein dans la tête, et avait trucidé toute sa famille avant de mettre le canon de son revolver réglementaire dans le creux de son oreille et de se régler son propre compte. Ira Moggins avait accompli son geste avant l'époque de Naomi ; il ne vint pas à l'esprit de la jeune femme que *l'affaire Ardelia* * avait éclaté bien avant que Sam ne s'installât à Junction City.

Toujours est-il qu'elle avait chassé cette histoire de son esprit et qu'elle se demandait si elle allait craquer pour des lasagnes ou préparer de la cuisine-minceur pour le déjeuner, lorsque Sam reposa le téléphone. Il lui dicta du courrier sans discontinuer jusqu'à midi, puis lui demanda si elle n'accepterait pas d'aller manger un morceau en sa compagnie chez McKenna. Naomi refusa l'invitation, sous prétexte qu'elle devait aller s'occuper de sa mère, qui avait beaucoup décliné pendant l'hiver. Il ne fut plus question d'Ardelia Lortz.

Ce jour-là, du moins.

* En français dans le texte. (*N.d.T.*)

Chapitre quatre

1

Pendant la semaine, Sam se contentait de peu de chose pour son petit déjeuner : un jus d'orange et un muffin aux céréales lui convenaient parfaitement. Mais les samedis matin (ceux, du moins, où il ne se réveillait pas avec une gueule de bois d'origine rotarienne), il aimait se lever un peu plus tard, se rendre d'un pas tranquille jusque chez McKenna sur la place, et déguster sans se presser un steak avec deux œufs à cheval tandis qu'il lisait *vraiment* le journal, au lieu de le parcourir, comme les autres jours, à toute vitesse entre deux rendez-vous.

C'est le programme qu'il suivit le lendemain matin, sept avril. Les nuages de pluie avaient disparu et le ciel était de ce bleu délavé parfait, typique du début du printemps. Sam prit tout son temps pour retourner chez lui après ce solide petit déjeuner, s'arrêtant en chemin pour admirer les crocus et les premières tulipes en fleur dans les jardins. Il était dix heures dix lorsqu'il arriva.

La lampe MESSAGES était allumée sur son répondeur. Il rembobina la bande, sortit une cigarette et enflamma une allumette.

« Hello, Sam », fit la voix douce et parfaitement reconnaissable d'Ardelia Lortz. L'allumette s'arrêta à vingt centimètres de la cigarette. « Vous me décevez beaucoup. Vous êtes en retard pour les livres.

— Ah merde ! » s'exclama Sam.

Quelque chose l'avait turlupiné pendant toute la semaine, un peu comme un mot que l'on a sur le bout de la langue et qui se sert de celle-ci comme d'un trampoline pour rebondir juste hors de portée. Les livres. Les foutus livres. Cette bonne femme devait le prendre exactement pour le philistin qu'elle voulait qu'il fût — lui et ses jugements gratuits sur les affiches qui convenaient ou non à la bibliothèque des enfants. Restait à savoir si elle avait joué de sa langue de vipère avec le répondeur ou si elle se réservait pour quand il serait en face d'elle.

Il secoua l'allumette et la laissa tomber dans le cendrier.

« Il me semblait vous avoir expliqué, continuait-elle de son ton de voix doux et juste un peu trop raisonnable, que *Les poèmes d'amour préférés des Américains* et *Le mémento de l'orateur* appartiennent à la section des références spéciales de la bibliothèque, et qu'on ne peut les garder plus d'une semaine. Je m'attendais à plus de sérieux de votre part, Sam, vraiment. »

A sa grande exaspération, Sam se rendit compte qu'il était là, dans sa propre maison, une cigarette non allumée aux lèvres, tandis qu'une rougeur de culpabilité lui remontait du cou jusqu'aux joues. Voilà qu'une fois de plus il se trouvait propulsé dans la petite école — et ce coup-ci mis au coin avec un bonnet d'âne solidement enfoncé sur la tête.

Parlant comme quelqu'un qui vous fait une faveur exception-nelle, Ardelia Lortz poursuivit : « Néanmoins, j'ai décidé de vous accorder une prolongation. Vous avez jusqu'à lundi après-midi pour rendre les livres empruntés, Sam. Ayez la gentillesse de m'éviter de devoir être désagréable. (Il y eut une pause.) Et n'oubliez pas le Policier des Bibliothèques.

— Elle commence à être un peu éculée, celle-là, mon chou »,

grommela Sam. Mais il ne s'adressait même pas à l'enregistrement ; elle avait raccroché tout de suite après avoir mentionné le Policier des Bibliothèques, et la machine s'était arrêtée automatiquement.

2

Sam fit craquer une nouvelle allumette. Il n'en était qu'à exhaler la première bouffée, lorsque l'idée de ce qu'il devait faire lui vint à l'esprit. Un peu pusillanime, peut-être, mais au moins ses comptes auprès de Mlle Lortz seraient-ils définitivement apurés. Et il y avait aussi un certain esprit de justice dans sa démarche.

Il avait donné à Naomi sa juste récompense : il ferait de même avec Ardelia. Il s'assit à son bureau, là où il avait composé son fameux discours, et prit son bloc de papier à lettres. Sous l'entête (*Le bureau de SAMUEL PEEBLES*), il griffonna le mot suivant :

Chère Mlle Lortz,
Je vous prie de bien vouloir excuser mon retard, en ce qui concerne la remise de vos livres. Ces excuses sont sincères, car ils m'ont été d'une aide précieuse pour mon petit laïus. Je vous prie d'accepter cet argent en règlement de l'amende, et de garder le reste pour vous comme gage de ma gratitude.
Sincèrement vôtre,

Sam Peebles
Sam Peebles

Sam relut le mot tout en cherchant un trombone dans le tiroir de son bureau. Il envisagea de changer « ... vos livres » par « ... les livres de la bibliothèque », puis décida de n'en rien faire. Ardelia Lortz lui avait fait l'effet de souscrire sans restriction à la philosophie de *L'Etat, c'est moi**, même si l'Etat, en l'occurrence, se réduisait à la bibliothèque municipale.

Il prit un billet de vingt dollars dans son portefeuille et l'attacha au mot avec le trombone. Il hésita encore quelques instants, tambourinant avec impatience sur son bureau.

* En français dans le texte. (*N.d.T.*)

Elle va prendre ça comme un pot-de-vin. Elle va probablement se sentir offensée et être folle de rage.

Possible, mais Sam s'en fichait. Il savait ce qu'il y avait derrière le petit coup de téléphone espiègle de la mère Lortz, ce matin — derrière ses deux coups de téléphone, vraisemblablement. Il lui avait un peu trop marché sur les pieds avec l'histoire des affiches de la bibliothèque des enfants, et elle lui rendait la monnaie de sa pièce — ou du moins, essayait-elle. Mais il n'était plus à la petite école, il ne détalait plus comme un bambin terrifié, et il n'allait pas se laisser intimider. Ni par le panneau laconiquement impératif de l'entrée de la bibliothèque, ni par les remontrances infantiles de la bibliothé-caire.

« Qu'elle aille se faire foutre, fit Sam à voix haute. Si elle ne veut pas du fric, elle n'a qu'à en faire don aux bonnes œuvres de la bibliothèque, c'est tout. »

Il laissa la note avec le billet retenu par le trombone sur son bureau. Il n'avait nulle intention de la lui donner en personne et de risquer d'essuyer une bordée de sarcasmes. Il glisserait le mot dans l'un des livres de manières à ce qu'il dépassât, attacherait les deux volumes ensemble avec de gros élastiques, et jetterait tout le bazar dans le réceptacle ad hoc de la bibliothèque. Il avait passé six ans à Junction City sans faire la connaissance d'Ardelia Lortz ; avec un peu de chance, il passerait encore six ans sans la revoir.

Il ne lui restait plus qu'à trouver les livres.

Ils n'étaient pas sur son bureau, ça crevait les yeux. Sam alla voir sur la table de la salle à manger ; c'était là, d'ordinaire, qu'il posait les choses à emporter. Il y avait d'ailleurs deux cassettes vidéo de location, une enveloppe avec *Paperboy* écrit dessus, et deux dossiers de contrats d'assurance... mais ni *Le mémento de l'orateur*. Ni *Les poèmes d'amour préférés des Américains*.

« Et merde, fit Sam en se grattant le front. Où diable... ? »

Il passa dans la cuisine. Rien sur la table, sinon le journal du matin, qu'il y avait posé lui-même en rentrant. Il le jeta machinale-ment dans la boîte en carton, à côté de la cuisinière, tandis qu'il parcourait le comptoir des yeux. Rien, là non plus, sinon l'emballage de son repas surgelé de la veille au soir.

Il monta lentement au premier pour vérifier dans les chambres, mais il était déjà en proie à un pressentiment très désagréable.

3

Vers trois heures de l'après-midi, ce pressentiment n'avait fait qu'empirer. Sam Peebles, à la vérité, fulminait. Après avoir fouillé la maison de haut en bas à deux reprises (y compris la cave, la deuxième fois), il s'était rendu dans son local commercial, même s'il était sûr d'avoir ramené les livres chez lui lorsqu'il avait quitté son travail, tard dans l'après-midi de lundi dernier. Bien entendu, il n'y trouva rien. Et voilà qu'il gaspillait un beau samedi de printemps à chercher sans succès deux ouvrages de bibliothèque qui restaient introuvables.

Il ne cessait de penser au ton espiègle d'Ardelia *(N'oubliez pas le Policier des Bibliothèques, Sam)* et de se dire combien elle aurait été ravie d'apprendre à quel point cette menace l'avait profondément atteint. S'il avait vraiment existé un Policier des Bibliothèques, Sam ne doutait pas qu'elle aurait été trop heureuse d'en lancer un à ses trousses. Plus il y pensait, plus ça l'enrageait.

Il revint dans son bureau. Le mot adressé à Ardelia Lortz, avec le billet de vingt dollars, le contemplait bêtement depuis le meuble.

« Bordel de merde ! » cria-t-il, sur le point de se lancer dans une nouvelle fouille désordonnée de la maison. Mais quelque chose l'arrêta ; il savait que ça ne servirait à rien.

Soudain, il crut entendre la voix de sa mère, morte depuis longtemps ; une voix douce et délicieusement raisonnable. *Quand tu n'arrives pas à trouver quelque chose, Samuel, il ne sert à rien, en général, de se précipiter à droite et à gauche. Assieds-toi et réfléchis à ce que tu as fait. Sers-toi de ta tête et économise tes jambes.*

Le conseil avait été bon lorsqu'il avait dix ans ; il se dit qu'il devait toujours l'être, même s'il en avait maintenant quarante. Sam s'installa donc derrière son bureau, ferma les yeux et se mit en demeure de suivre le parcours des deux foutus livres, depuis l'instant où Mlle Lortz les lui avait remis jusqu'à... quand ?

De la bibliothèque, il les avait emmenés dans son local commercial, s'arrêtant au passage au restaurant italien pour prendre une pizza qu'il avait mangée à son bureau, tout en parcourant *Le mémento de l'orateur*, à la recherche de deux choses : de bonnes plaisanteries, et la manière de les accommoder. Il se souvenait parfaitement du soin qu'il avait pris de ne pas faire tomber le moindre fragment graisseux de pizza sur le livre, ce qui n'était pas sans ironie, maintenant qu'il n'arrivait plus à mettre la main dessus.

Il avait passé l'essentiel de son après-midi à travailler sur son discours, y introduisant les plaisanteries et réécrivant toute la fin pour que le poème s'y adaptât mieux. Lorsqu'il était rentré chez lui le vendredi, en fin d'après-midi, il avait emporté le discours terminé, mais non les livres. Il en était sûr. Craig Jones était passé le prendre en voiture pour le dîner du Rotary club, et c'est encore Craig qui l'avait déposé devant chez lui un peu plus tard — juste à temps pour baptiser son paillasson (avec BIENVENUE écrit dessus.)

Il avait passé la matinée de samedi à dorloter sa gueule de bois — pas très forte, mais tout de même désagréable. Pendant le reste du week-end, il n'avait pas quitté la maison ; il avait lu, regardé la télé et, il faut bien le dire, les gars, s'était quelque peu vautré dans son triomphe. Des deux jours, il n'avait pas mis les pieds dans le local. Il en était sûr.

Bon, très bien. C'est maintenant que ça se complique. Concentre-toi. Mais il s'aperçut qu'en fin de compte, il n'en avait pas tellement besoin.

Il était sur le point de quitter le bureau, à cinq heures moins le quart, le lundi après-midi, lorsque le téléphone avait sonné, le rappelant au moment où il fermait la porte. Stu Yougman, qui voulait une solide police d'assurance pour sa maison. Première averse de la pluie de dollars de la semaine. Pendant qu'il parlait avec Stu, ses yeux étaient tombés sur les deux livres, toujours posés sur le coin de son bureau. Lorsqu'il était parti pour de bon, il tenait son porte-documents d'une main et les deux ouvrages de l'autre. De cela aussi, il était sûr.

Il avait eu l'intention de les rendre le soir même, mais Frank Stephens l'avait appelé pour l'inviter à dîner chez lui, à l'occasion du passage de sa nièce d'Omaha (lorsque l'on est célibataire dans sa petite ville, avait découvert Sam, même les simples relations deviennent d'opiniâtres entremetteurs). Ils avaient donc été au Brady'Ribs et étaient rentrés tard — vers onze heures, ce qui est tard pour un jour de semaine ; à cette heure-là, il avait complète-ment oublié les livres de la bibliothèque.

C'est après qu'il les perdait complètement de vue. Il n'avait plus pensé à les restituer, tant ce soudain surcroît de travail l'avait accaparé, jusqu'au moment du deuxième coup de téléphone de la mère Lortz.

Bon, d'accord. Je ne les ai probablement pas déplacés entre-temps. Ils doivent donc se trouver exactement à l'endroit où je les ai posés lorsque je suis rentré à la maison, lundi en fin d'après-midi.

Pendant un moment, il fut pris d'une bouffée d'espoir — peut-être traînaient-ils toujours dans la voiture ! Puis, alors qu'il se levait pour aller vérifier, il se rappela avoir pris son porte-documents avec la main qui tenait les livres lorsqu'il était arrivé chez lui, lundi, afin de pouvoir prendre sa clef. Il ne les avait pas laissés dans la voiture.

Bon. Qu'est-ce que tu as fait en entrant dans la maison ?

Il se vit déverrouillant la porte de la cuisine, entrant, posant le porte-documents sur une chaise de la cuisine, se tournant avec les livres à la main-

« Oh, non », marmonna-t-il. Le pressentiment pénible revint au triple galop.

Il y avait, posé sur le plan de travail à côté de la cuisinière, une boîte en carton de bonne taille — à l'origine un carton à bouteilles. Les gens se servent parfois de ce genre de contenants pour emballer les objets de petite taille lorsqu'ils déménagent, mais ils constituent aussi de parfaits fourre-tout. Sam se servait du sien pour y empiler les vieux journaux. Chaque jour, il y jetait celui qu'il venait de lire, comme il l'avait fait un moment auparavant. Et, environ une fois par mois-

« Dirty Dave ! » marmonna Sam.

Il se leva et se précipita dans la cuisine.

4

La boîte, ornée du désinvolte et monoclé Johnnie Walker sur le côté, était presque vide. Sam feuilleta la pile peu épaisse de journaux, sachant qu'il n'y trouverait rien mais vérifiant néanmoins, comme l'on fait lorsque l'on est tellement exaspéré que l'on en vient presque à croire que le seul fait de vouloir qu'une chose soit là pourrait la faire apparaître. Il ne trouva que les deux derniers journaux, celui qu'il venait de lire et celui de la veille. Aucun livre entre ou au-dessous, bien entendu. Sam resta planté là quelques instants, roulant de sombres pensées, puis alla téléphoner à Mary Vasser, la femme qui faisait son ménage tous les jeudis matin.

« Allô ? fit une voix teintée d'une légère pointe d'inquiétude.

— Bonjour, Mary, Sam Peebles à l'appareil.

— Sam ? Quelque chose qui ne va pas ? » demanda la voix, encore plus inquiète.

Oui ! Dès lundi soir, j'aurai à mes trousses la salope qui dirige la bibliothèque municipale ! Avec une croix et quantité de grands clous !

Evidemment, il n'était pas question de faire une telle réponse, à Mary moins qu'à quiconque ; elle faisait partie de ces infortunés qui sont nés sous une mauvaise étoile et vivent en permanence dans un nuage sombre — celui de l'attente d'une catastrophe. Les Mary Vasser du monde entier sont persuadée qu'il y a partout de gros coffres-forts noirs suspendus à dix mètres du sol, au-dessus d'un grand nombre de trottoirs, par des câbles éraillés, attendant que le destin expédie celui qu'il a marqué dans la zone de chute. Si ce n'est pas un coffre-fort, c'est un conducteur ivre, une lame de fond (dans l'Iowa ? Oui, dans l'Iowa), ou une météorite. Mary Vasser était de ces malheureux qui commencent *toujours* par demander ce qui ne va pas quand ils décrochent le téléphone.

« Non, rien, dit Sam. Tout va bien. Je me demandais simplement si vous n'auriez pas vu Dave, jeudi dernier. » La question n'était en réalité que de pure forme ; les journaux avaient disparu, et Dirty Dave était l'unique récupérateur de papiers de Junction City.

« Si, je l'ai vu. » La manière chaleureuse dont Sam l'avait assurée que tout allait bien semblait n'avoir fait qu'augmenter son angoisse. C'était tout juste si elle parvenait à dissimuler la terreur qui faisait trembler sa voix, maintenant. « Il est venu prendre les journaux. Est-ce que je n'aurais pas dû le laisser faire ? Cela fait des années qu'il passe et j'ai pensé-

— Non, pas du tout, fit Sam d'un ton démentiellement joyeux. J'ai simplement constaté qu'ils n'y étaient plus et j'ai voulu vérifier que-

— Vous n'avez jamais vérifié, avant. (Sa voix était plus assurée.) Est-ce qu'il va bien ? Il n'est rien arrivé à Dave, au moins ?

— Non, dit Sam. Je veux dire, je n'en sais rien. Simplement... (Une idée lui traversa soudain l'esprit.) Les coupons ! s'écria-t-il précipitamment. J'ai oublié de découper les coupons sur le journal de jeudi, et-

— Oh, les coupons ? je peux vous donner les miens, si vous voulez.

— Non, je ne peux pas faire ç-

— Je vous les apporterai jeudi prochain, dit-elle, lui coupant la parole. J'en ai des milliers. » *Tellement, que je n'aurai jamais la possibilité de tous les utiliser,* sous-entendait son intonation. *Après tout, il y a quelque part un coffre-fort suspendu qui n'attend que mon passage, ou un arbre prêt à me tomber dessus à la première tempête venue, ou un sèche-cheveux sur le point de dégringoler dans une baignoire, quelque part dans un motel du Dakota du Nord, au moment où, justement, je prendrai mon bain. Je vis sur du temps resquillé, alors qu'ai-je besoin d'un paquet de ces foutus coupons Folger's Crystal ?*

« Très bien, dit Sam. Ça sera parfait. Merci, Mary, vous êtes un chou.

— Vous êtes bien sûr qu'il n'y a pas autre chose ?

— Absolument rien », répondit Sam, parlant plus chaleureusement que jamais. Il avait l'impression d'être un adjudant en plein délire maniaque adjurant les quelques hommes qui lui restaient de se lancer à l'assaut d'un nid de mitrailleuses dans un emplacement fortifié. *Allons-y les gars, ils dorment peut-être !*

« Très bien », dit Mary, le doute encore dans la voix. Finalement, Sam put raccrocher.

Il s'assit lourdement sur l'une des chaises de la cuisine et contempla le carton de Johnnie Walker d'un regard plein d'amertume. Dirty Dave était passé récupérer les journaux, comme il le faisait durant la première semaine de chaque mois, mais sans le savoir il avait emporté, cette fois-ci, un petit supplément : *Le mémento de l'orateur* et *Les poèmes d'amour préférés des Américains.* Et Sam se faisait une idée très précise de l'état dans lequel étaient maintenant les deux livres.

De la pâte. De la pâte à papier recyclée.

Dirty Dave était l'un des alcooliques attitrés de Junction City. Incapable de garder un travail régulier, il tirait de maigres moyens d'existence des rebuts des autres, ce qui faisait d'ailleurs de lui un citoyen passablement utile. Il ramassait les bouteilles consignées et, de même que le petit Keith Jordan, il avait son itinéraire journalistique : mais contrairement à Keith qui distribuait tous les jours la *Junction City Gazette,* Dirty Dave se contentait de la récupérer une fois par mois, chez Sam et encore chez Dieu sait qui, dans les parages de Kelton Avenue. Sam l'avait très souvent aperçu, penché sur son caddy de supermarché plein de sacs-poubelle verts, qu'il poussait vers le centre de recyclage, situé entre l'ancien dépôt ferroviaire et le petit baraquement où Dave et les autres sans-abri du coin passaient la plupart de leurs nuits.

Il resta assis encore un moment, tambourinant sur la table de la cuisine, puis il se leva, enfila une veste et alla prendre sa voiture.

CHAPITRE CINQ

ANGLE STREET (I)

1

Celui qui avait installé le panneau avait sans doute eu les meilleures intentions du monde, mais connaissait mal l'orthographe. Il avait cloué sur l'un des montants du porche de la vieille maison, près des voies ferrées, une planche sur laquelle on lisait :

ANGLE STREET

Etant donné qu'il n'y avait pas l'ombre d'un angle sur Railroad Avenue, pour autant que Sam pouvait en juger (comme la plupart des rues et des routes de l'Iowa, celle-ci était aussi droite qu'un I), il en déduisit que le poseur du panneau avait dû vouloir écrire : *Angel* Street, la rue de l'Ange. Bon, et puis après ? Sam songea que si ce sont les bonnes intentions qui pavent la route menant à l'enfer, les gens qui s'efforcent de boucher les nids-de-poule n'en méritent pas moins une certaine reconnaissance.

Angle Street se réduisait donc à ce grand bâtiment qui avait dû abriter les bureaux de la compagnie de chemin de fer, à l'époque où Junction City méritait encore son nom de point de « jonction » des voies ferrées. Ne restaient plus en service, maintenant, que deux lignes, l'une et l'autre est-ouest. Toutes les autres rouillaient, envahies par les herbes. La plupart des traverses avaient disparu, récupérées pour faire du bois de chauffage par les mêmes sans-abri qui trouvaient refuge à Angle Street.

Sam arriva à cinq heures moins le quart. Le soleil jetait une lumière affaiblie et lugubre sur les champs vides qui commençaient ici, aux limites de la ville. Un train de marchandise, apparemment sans fin, grondait derrière les quelques bâtiments qui se dressaient encore dans le secteur. Une brise s'était levée, et lorsqu'il était descendu de voiture, il avait entendu le grincement rouillé du vieux panneau JUNCTION CITY qui se balançait au-dessus du quai désert où des voyageurs, autrefois, avaient embarqué dans des voitures à destination de Saint Louis et de Chicago, voire même dans le vieux Sunnyland Express qui faisait son unique arrêt en Iowa à Junction City, avant de s'enfoncer vers l'ouest et les fabuleux royaumes de Las Vegas et Los Angeles.

Le refuge des sans-abri avait été peint en blanc, dans le temps ; aujourd'hui, les intempéries avaient grisé le bois mis à nu. Si les rideaux des fenêtres étaient propres, ils paraissaient également bien fatigués. De mauvaises herbes essayaient de pousser dans la cour entre les scories de charbon ; Sam pensa qu'elles avaient leur chance, d'ici le mois de juin, mais que pour le moment elles ne s'en sortaient pas très bien. Un tonneau rouillé se dressait à côté des marches fendues donnant accès au porche. Sur le poteau opposé à celui du panneau « Angle Street », et cloué de la même manière, figurait ce message :

AUCUNE BOISSON TOLÉRÉE DANS CE REFUGE !
SI VOUS AVEZ UNE BOUTEILLE,
DÉPOSEZ-LA ICI AVANT D'ENTRER !

La chance était avec lui. Bien qu'on fût presque samedi soir et que tous les caboulots de Junction City attendissent, fin prêts, leur clientèle, Dirty Dave était ici et à jeun. Assis sur le porche, en compagnie de deux autres alcoolos. Ils étaient occupés à faire des affiches sur de grands rectangles de carton blanc, avec des succès divers. Le type assis à même le sol, à l'extrémité du porche, tenait son poignet droit de sa main gauche, en un vain effort pour contenir un accès carabiné de tremblote. Celui du milieu travaillait la langue tirée vers le coin de la bouche, et avait l'air d'un très, très vieil élève de maternelle s'efforçant de dessiner un arbre de son mieux, afin d'obtenir l'image d'or qu'il montrerait fièrement à Maman. Dirty Dave, installé dans une chaise berçante rafistolée près des marches, n'avait pas de peine à paraître le moins délabré du groupe, mais tous trois donnaient l'impression d'avoir été repliés sur eux-mêmes, agrafés et mutilés.

« Salut, Dave », dit Sam en grimpant les marches.

L'homme leva la tête, plissa les yeux, puis esquissa un sourire. Les dents qui lui restaient se trouvaient toutes devant. Cinq en tout, révéla le sourire.

« Monsieur Peebles ?

— Oui. Comment ça va, Dave ?

— Oh, on fait aller, on fait aller. (Il regarda autour de lui.) Eh, les mecs ! Dites bonjour à monsieur Peebles ! Il est avocat ! »

L'homme qui tirait la langue leva les yeux, hocha brièvement la tête et retourna à son affiche. Un long filet de morve pendait de sa narine gauche.

« En réalité, corrigea Sam, je m'occupe d'immobilier, Dave. Immobilier et assu-

— V'z-avez mon Slim Jim ? » demanda soudain l'homme à la tremblote. Il n'avait pas levé les yeux, mais son froncement de concentration s'accentua encore. D'où il se tenait, Sam voyait son affiche ; elle était couverte de longs tortillons orange qui ressemblaient vaguement à des mots.

« Pardon ? demanda Sam.

— Ça, c'est Lukey, intervint Dave à voix basse. L'est pas dans ses meilleurs jours, m'sieur Peebles.

— V'z-avez mon Slim Jim, v'z-avez mon Slim Jim, v'z-avez mon foutu Slim Jim ? chantonna Lukey sans lever les yeux.

— Euh… je suis désolé, commença Sam.

— Il en a pas, des Slim Jim ! cria Dirty Dave. Ferme-la et termine ton affiche, Lukey ! Sarah les veut pour six heures ! Elle vient exprès pour ça !

— Faut que j' me dégotte un foutu Slim Jim, répliqua Lukey

d'une voix basse et intense. Sinon, je crois que je vais bouffer des crottes de rats.

— Ne faites pas attention à lui, m'sieur Peebles, intervint Dave. Qu'est-ce qui se passe ?

— Eh bien, je me demandais si par hasard vous n'auriez pas trouvé deux bouquins quand vous êtes passé prendre les vieux journaux, jeudi dernier. J'ai dû les mettre au mauvais endroit, et j'ai pensé qu'il valait mieux vérifier. Je dois les rendre à la bibliothèque.

— Vous avez une pièce de vingt-cinq cents ? demanda tout d'un coup l'homme qui tirait la langue. C'est quoi déjà, le nom ? Un Thunderbird ! »

Sam porta spontanément la main à sa poche. Dave toucha son poignet pour l'arrêter, l'air de s'excuser ou presque.

« Ne lui donnez pas d'argent, m'sieur Peebles. C'est Rudolph, celui-là. Il n'a pas besoin de Thunderbird. Lui et ce machin, ça va pas trop bien ensemble. Il a juste besoin d'une bonne nuit de sommeil.

— Je suis désolé, dit Sam. J'ai rien sur moi, Rudolph.

— Ouais, vous comme les autres », répliqua Rudolph. Puis, revenant à son affiche, il grommela. « C'et quoi le prix ? deux fois cinquante.

— Non, je n'ai pas vu de livres, reprit Dirty Dave. Je suis désolé. J'ai juste pris les journaux, comme d'habitude. La petite mère Vasser était là, elle pourra vous dire. J'ai rien fait de mal. » Mais ses yeux chassieux au regard malheureux disaient assez qu'il ne s'attendait pas à être cru par Sam. Contrairement à Mary Vasser, Dirty Dave ne vivait pas dans un monde où une menace plus ou moins vague planait au coin de la rue. Il en était entouré, il pataugeait dedans, et essayait cependant de conserver ce qu'il pouvait de dignité.

« Je vous crois », dit Sam en posant une main sur l'épaule de l'homme. Dave eut tout d'abord un geste de recul, comme s'il avait cru que Sam avait l'intention de le frapper, puis il leva vers lui des yeux pleins de gratitude.

« J'ai juste renversé votre carton de journaux dans l'un de mes sacs, comme toujours. Et je n'ai pas vu un seul livre, je vous l' jure.

— Si j'avais mille Slim Jim, je les boufferais tous, reprit tout d'un coup Lukey. Je me taperai ces cochonneries, j' te dis pas ! Ça, c'est de la bouffe ! Ça, c'est de la chouette bouffe extra !

— Je vous crois », répéta Sam, en tapotant l'épaule horriblement osseuse de Dave. Il se surprit à se demander si Dave, par hasard, n'aurait pas de puces. Dans la foulée de cette pensée peu charitable, il lui en vint une autre : il se demanda, cette fois, si un seul des autres rotariens, tous ces types frais et gaillards devant lesquels il avait si bien cassé la baraque, une semaine auparavant, avait fait récemment un tour dans ce coin de la ville. Il se demanda même s'ils savaient qu'existait Angle Street. Et il se demanda enfin si Spencer Michael Free avait pensé à des hommes comme Lukey, Rudolph et Dirty Dave, lorsqu'il avait écrit que c'était le contact humain qui comptait, la main qu'on serre dans la sienne. Sam éprouva un brusque accès de honte à la pensée de son discours, qui vantait et approuvait avec tant de bonne conscience les plaisirs simples de la vie dans une petite ville.

« Bon, dit Dave. Alors je pourrai venir le mois prochain ?

— Bien sûr. Vous amenez vos vieux papiers au centre de recyclage, n'est-ce pas ?

— Ouais-ouais. » Le doigt que pointa Dirty Dave se terminait par un ongle jaune et déchiqueté. « Juste là. Mais c'est fermé. »

Sam acquiesça. « Qu'est-ce que vous faites, là ? demanda-t-il.

— Oh, on passe le temps, c'est tout. » Dave mit l'affiche dans le bon sens pour que Sam pût l'admirer.

On y voyait une jeune femme souriante tenant un plat de poulet frit, et Sam fut tout de suite frappé par la réelle qualité du dessin. Ivrogne ou non, Dave avait naturellement du talent. Au-dessus de l'image, on lisait, en caractères d'imprimerie impeccables :

GRAND DÎNER À LA PREMIÈRE ÉGLISE MÉTHODISTE
POULET À LA BROCHE !
AU BÉNÉFICE DU REFUGE DES SANS-ABRI DE ANGEL STREET
DIMANCHE HUIT AVRIL
DE 18.00 À 20.00 H
VENEZ TOUS !

« C'est avant la réunion des Alcooliques Anonymes, expliqua Dave, mais on ne peut pas parler des AA sur l'affiche. Parce que c'est une sorte de secret.

— Je sais », dit Sam. Il hésita un instant, puis lui demanda : « Vous allez chez les AA ? Vous n'êtes pas obligé de répondre si vous n'en avez pas envie. Ça ne me regarde pas.

— J'y vais, mais c'est dur, monsieur Peebles. J'arrive à tenir un mois, parfois deux, et une fois je n'ai pas bu pendant presque un an.

Mais c'est dur. (Il secoua la tête.) Y a des gens qui ne peuvent jamais aller jusqu'au bout du programme, il paraît. C'est sans doute mon cas. Mais j'essaie tout de même. »

Les yeux de Sam ne pouvaient s'empêcher de revenir sur la femme de l'affiche. L'image était trop détaillée pour se réduire à une simple esquisse de bande dessinée, sans être toutefois une peinture. Il était clair que Dirty Dave l'avait exécutée en se dépêchant, mais il avait réussi à donner aux yeux une certaine douceur et une légère expression d'humour à la bouche, comme un dernier rayon de soleil à la tombée du jour. Mais ce qu'il y avait de plus curieux était que la femme rappelait quelqu'un à Sam.

« Est-ce un vrai portrait ? » demanda-t-il à Dave.

Le sourire de l'homme s'élargit. Il acquiesça. « C'est Sarah. C'est une fille sensationnelle, monsieur Peebles. Sans elle, on aurait fermé cette baraque il y a au moins cinq ans. Elle trouve des gens pour donner de l'argent juste quand on dirait qu'on ne peut plus payer les taxes ou réparer ce qu'il faut réparer pour quand les inspecteurs du bâtiment viennent. Elle dit que les gens qui donnent l'argent sont des anges, mais l'ange, c'est elle. C'est à cause de Sarah qu'on a donné ce nom à la maison. Evidemment, Tommy St-John a fait une faute quand il a peint le panneau, mais ça partait d'un bon sentiment. » Dirty Dave resta un moment silencieux, regardant son affiche. Sans lever les yeux, il ajouta : « Bien sûr, Tommy est mort, maintenant. L'hiver dernier. Son foie n'a pas tenu.

« Oh, dit Sam qui ajouta maladroitement : je suis désolé.

— C'est pas la peine. C'est mieux pour lui comme ça.

— De la chouette bouffe ! s'exclama Lukey en se levant. De la chouette bouffe ! Est-ce que c'est pas de la foutue chouette bouffe, ça ? » Il tendit son affiche à Dave. Au-dessous des tortillons orange, il avait dessiné une femme monstrueuse dont les jambes se terminaient en ailerons de requin figurant sans doute ses chaussures. En équilibre précaire sur sa main, on voyait un plat informe chargé, apparemment, de serpents bleus. De son autre main, elle étreignait un objet cylindrique brun.

Dave prit l'affiche des mains de Lukey et l'examina. « Mais c'est pas mal du tout, Lukey ! »

Un sourire ravi découvrit les dents de l'homme. Il montra l'objet brun. « Regarde, Dave ! Elle tient un foutu Slim Jim !

— Et comment. Fichtrement bon. Va dedans et branche la télé, si tu veux. C'est l'heure de *Star Trek*. Et toi, Dolph, ça marche ?

— Je dessine mieux quand je suis cuit », répondit Rudolph qui donna à son tour son affiche à Dave. On y voyait une gigantesque cuisse de poulet entourée d'hommes et de femmes, esquissés au trait, qui levaient les yeux sur cette monstruosité. « C'est l'approche onirique », déclara Rudolph à l'intention de Sam. Il parlait sur un ton agressif.

« Elle me plaît bien », dit Sam. Il ne mentait pas. L'affiche de Rudolph lui rappelait un dessin humoristique du *New Yorker*, un de ceux qu'il lui arrivait de ne pas comprendre tant ils étaient surréalistes.

« Bon, fit Rudolph en inspectant Sam en détail. Vous êtes sûr que vous n'avez pas vingt-cinq cents ?

— Tout à fait sûr. »

Rudolph acquiesça. « D'un côté, c'est mieux, mais de l'autre, ça me fait vraiment chier. » Il suivit Lukey à l'intérieur et bientôt, le thème musical de *Star Trek* parvint à leurs oreilles par la porte ouverte. William Shatner déclara aux alcoolos et aux loques humaines d'Angle Street que leur mission consistait à se rendre, audacieusement, là où aucun homme n'avait été avant eux. Sam se dit que plusieurs de ceux qui regardaient le programme devaient déjà s'y trouver.

« Il n'y a pas grand monde qui vient aux dîners, mis à part nous et quelques AA de la ville, dit Dave, mais ça nous donne quelque chose à faire. Lukey ne parle pratiquement plus, sauf lorsqu'il dessine.

« Vous êtes vraiment quelqu'un de bien, Dave. Vraiment. Pourquoi est-ce que vous... ? » Sam s'arrêta.

« Pourquoi est-ce que je quoi ? demanda doucement Dave. Pourquoi est-ce que je ne me bouge pas un peu pour gagner ma croûte, c'est ça ? Pour la même raison qui m'empêche de garder un boulot. La journée est déjà presque finie avant que je m'y mette... »

Sam ne trouva rien à répondre.

« J'ai pourtant essayé. Savez-vous que j'ai été à l'Ecole Lorillard, à Des Moines, en tant que boursier ? La meilleure école d'art du Midwest. J'ai raté mon premier semestre. A cause de la bouteille. Peu importe. Voulez-vous entrer prendre une tasse de café, monsieur Peebles ? Si vous attendez un peu, vous rencontrerez Sarah.

— Non, il vaut mieux que je m'en aille. J'ai une course à faire. » C'était vrai.

« Comme vous voudrez. Vous êtes sûr que vous ne m'en voulez pas ?

— Pas le moins du monde. »

Dave se leva. « Je crois que je vais rentrer, moi aussi. On a eu une belle journée, mais il commence à faire frisquet. Je vous souhaite une bonne soirée, monsieur Peebles.

— Merci », répondit Sam, qui doutait cependant beaucoup de pouvoir passer un agréable samedi soir. Mais sa mère employait un autre dicton : quand un remède a mauvais goût, autant l'avaler d'un seul coup. Et c'était bien ce qu'il avait l'intention de faire.

Il descendit les marches branlantes de Angle Street, tandis que Dirty Dave Duncan entrait à l'intérieur.

2

Sam revint presque jusqu'à la hauteur de sa voiture, mais prit alors la direction du centre de recyclage. Il marchait lentement sur le sol où les herbes luttaient avec les scories et les cendres, et regardait un long train de marchandises disparaître en direction de Camden et Omaha. Les lampes rouges du wagon de queue clignotaient comme des étoiles mourantes. Pour une raison inconnue, les convois de marchandises lui donnaient toujours une impression de solitude ; et maintenant, après sa conversation avec Dirty Dave, il se sentait plus seul que jamais. Lors des rares occasions où il l'avait rencontré avant ce jour, lorsqu'il venait prendre les journaux, Dave lui avait fait l'effet d'un joyeux luron, presque clownesque. Sam avait l'impression, ce soir, d'avoir vu derrière son masque ; et ce qu'il avait aperçu l'avait laissé malheureux, en proie à un sentiment d'impuissance. Dave était un homme perdu, calme, mais définitivement perdu, utilisant ce qui était un incontestable et réel talent pour faire des affiches annonçant des repas de charité.

Le centre de recyclage était entouré d'une zone de détritus — composée tout d'abord des suppléments publicitaires jaunissant ayant échappé à de vieux numéros de la *Junction City Gazette*, ensuite de sacs-poubelle en plastique déchirés, puis finalement d'une ceinture d'orduroïdes constituée de bouteilles cassées et de boîtes de conserve écrasées. Les stores du petit bâtiment de planches étaient baissés, et un panonceau FERMÉ pendait à la porte.

Sam alluma une cigarette et repartit vers sa voiture. Il n'avait pas fait une douzaine de pas qu'il apercevait quelque chose de familier sur le sol. Il se baissa. C'était la couverture du livre *Les poèmes d'amour préférés des Américains*. Les mots PROPRIÉTÉ DE LA BIBLIOTHÈQUE MUNICIPALE DE JUNCTION CITY étaient tamponnés dessus.

Maintenant, il n'en pouvait plus douter. Il avait déposé les livres sur la pile de journaux, dans la boîte Johnnie Walker, puis les avait oubliés là. Il avait ensuite posé les journaux des jours suivants — ceux du lundi, du mardi et du mercredi par-dessus les livres. Sur quoi, le jeudi matin, Dirty Dave était venu et avait balancé tout le bazar dans son sac de ramassage en plastique. Il avait mis le sac dans son caddy, poussé celui-ci jusqu'au centre de recyclage, et c'était tout ce qu'il en restait : une couverture boueuse tatouée d'une empreinte de chaussure de tennis.

Sam laissa retomber la couverture et repartit à pas lents. Il avait une course à faire, et que ce fût à l'heure du dîner tombait à pic.

On aurait dit qu'il avait comme une couleuvre à avaler.

CHAPITRE SIX

LA BIBLIOTHÈQUE (II)

1

A mi-chemin de la bibliothèque, une idée le frappa soudain ; elle était d'une telle évidence qu'il n'arrivait pas à comprendre comment elle ne lui était pas venue plus tôt. Il avait perdu deux livres de la bibliothèque ; il avait découvert depuis qu'ils avaient été détruits ; ils n'auraient qu'à les rembourser.

C'était tout.

Il se rendit compte qu'Ardelia Lortz avait mieux réussi qu'il ne l'avait cru à le faire se sentir comme un écolier fautif. Quand un enfant perd un livre, c'est la fin du monde ; impuissant, il se recroqueville dans l'ombre grandissante de la bureaucratie et attend la visite du Policier des Bibliothèques. Mais il n'existe aucune Police des Bibliothèques et Sam, en tant qu'adulte, le savait parfaitement bien. Il n'y avait que des fonctionnaires municipaux comme Mlle Lortz, se faisant parfois une idée démesurée de leur importance, et des contribuables comme lui, qui oubliaient parfois qu'ils étaient le chien qui faisait bouger la queue, et non le contraire.

Je vais y aller, je lui présenterai mes excuses et je lui demanderai de m'envoyer la facture pour l'achat de nouveaux exemplaires. Et c'est tout. Point final.

Si simple que c'en était stupéfiant.

Se sentant encore un peu nerveux et gêné (mais ayant à peu près repris le contrôle de cette tempête dans un verre d'eau), Sam se gara de l'autre côté de la rue, en face de la bibliothèque. Les lampes de fiacre qui flanquaient l'entrée principale étaient allumées et projetaient une lumière blanche et douce sur les marches et la façade de granit du bâtiment. Le soir lui donnait quelque chose de chaud et d'accueillant qu'il n'avait pas lors de la première visite de Sam ; ou alors, cela tenait au printemps, qui annonçait clairement sa venue, depuis quelques jours, ce qui n'avait pas été le cas en cette après-midi de ciel couvert où, pour la première fois, il avait rencontré le dragon gardien des lieux. L'impression d'une tête de robot de pierre à l'expression rébarbative avait disparu. Ce n'était plus que la bibliothèque municipale.

Sam commença à sortir de la voiture et s'arrêta. Il venait d'avoir une première révélation, et voilà qu'on lui en accordait brusquement une deuxième.

Le visage, sur l'affiche de Dirty Dave, lui revint à l'esprit — celui de la femme tenant un plat de poulet frit. Ce visage lui avait paru familier, et tout d'un coup quelque circuit secret de son cerveau se brancha, et il sut pourquoi.

C'était celui de Naomi Higgins.

2

Il croisa deux gosses en blousons estampillés JC sur les marches et rattrapa le battant avant qu'il ne se refermât complètement. La première chose qui le frappa, dans le hall d'entrée, fut le bruit. Certes, aucun tapage ne régnait, au-delà de l'escalier de marbre, dans la salle de lecture ; mais elle n'était pas non plus ce lac de silence lisse qui avait accueilli Sam le vendredi à midi, un peu plus d'une semaine auparavant.

D'accord, mais nous sommes samedi soir, maintenant ; il doit y avoir des mômes là-dedans, qui révisent en vue de leurs examens.

Ardelia Lortz, cependant, pouvait-elle tolérer ces bavardages, aussi retenus qu'ils fussent ? La réponse paraissait être oui, à en juger par la rumeur, mais cela ne lui ressemblait pas.

La deuxième chose étant en rapport avec l'ordre comminatoire posé la dernière fois sur le chevalet

SILENCE !

et qui avait disparu. A sa place, on voyait un portrait de Thomas Jefferson. Au-dessous figurait cette citation :

« *Je ne saurais vivre sans livres.* »
Thomas Jefferson, dans une lettre à John Adams
(10 juin 1815)

Sam resta un instant pensif, se disant que cela changeait de fond en comble l'impression, au moment de pénétrer dans la bibliothèque.

SILENCE !

provoquait un certain émoi et de l'inquiétude (et si jamais mon ventre se mettait à gargouiller, par exemple, où si une attaque de flatulence, pas nécessairement silencieuse, devenait imminente ?)

« *Je ne saurais vivre sans livres* »,

en revanche, induisait des sentiments de plaisir et d'attente joyeuse — on se sentait comme mis en appétit.

Méditant sur le fait qu'un si petit détail pût se traduire par une différence aussi fondamentale, Sam pénétra dans la bibliothèque... et resta paralysé sur place.

3

Il faisait bien plus clair, dans la grande salle, que lors de sa première visite. Mais ce n'était pas le seul changement. Les échelles qui s'allongeaient jusque dans l'obscurité des étagères les plus hautes avaient disparu. Il n'y en avait plus besoin, parce que le plafond ne se trouvait plus qu'à trois mètres du sol tout au plus, et non à dix ou douze. Pour prendre un livre sur les étagères les plus hautes, il suffisait de monter sur l'un des escabeaux disséminés un peu partout. Les revues étaient agréablement disposées en éventail sur une vaste table, près du bureau de contrôle, le râtelier de chêne d'où elles pendaient comme des peaux d'animaux avait également disparu, ainsi que le panneau

VEUILLEZ REMETTRE LES REVUES À LEUR PLACE EXACTE !

L'étagère consacrée aux acquisitions récentes était toujours là, mais à la place du panneau restreignant le prêt à sept jours, il y en avait un autre où était écrit, LISEZ UN BEST-SELLER, JUSTE POUR LE PLAISIR !

Les gens, surtout des jeunes, allaient et venaient, parlant à voix basse. Quelqu'un pouffa d'un rire retenu, mais sans culpabilité.

Sam contemplait le plafond, essayant désespérément de comprendre ce qui avait bien pu se passer ici. Les verrières en pente avaient disparu. Le haut de la pièce était caché par un faux plafond suspendu moderne. Les globes de style démodé avaient été remplacés par des tubes fluorescents disposés dans le faux plafond.

Une femme, qui se dirigeait vers le bureau de contrôle, tenant une poignée de romans policiers à la main, suivit le regard de Sam ; elle ne vit rien d'inhabituel au plafond et, du coup, se tourna vers Sam avec curiosité. L'un des gamins assis à la table des revues poussa son camarade du coude et lui montra Sam du doigt. Un autre se tapota la tempe, et tous ricanèrent doucement.

Sam ne remarqua ni les regards ni les ricanements. Il ne se rendait pas compte de l'effet qu'il produisait, debout à l'entrée de la salle de lecture principale, regardant le plafond d'un air bête, bouche bée. Il essayait d'intégrer ce changement majeur à ses souvenirs.

Eh bien, ils ont simplement posé un faux plafond depuis la dernière fois. Et alors ? C'est certainement plus économique pour le chauffage.

Peut-être, cependant la mère Lortz n'a pas parlé un instant de ces changements.

En effet. Mais pourquoi l'aurait-elle fait ? Sam était loin d'être un habitué, non ?

Elle aurait dû être dans tous ses états. Son attachement aux traditions m'a frappé. Elle n'aurait pas aimé ça. Pas du tout.

Tout cela se tenait, mais il y avait quelque chose d'autre, d'encore plus troublant. Installer un faux plafond suspendu entraînait de gros travaux. Sam ne pouvait croire qu'il avait suffi d'une semaine pour les achever. Et les étagères du haut, avec tous leurs livres ? Où étaient-elles passées ? Où les livres étaient-ils passés ?

D'autres personnes regardaient Sam, maintenant ; l'un des bibliothécaires-assistants l'observait depuis l'autre côté du bureau de contrôle. Le bruit de fond de murmures animés ne s'entendait presque plus dans la grande salle.

Sam se frotta les yeux — au sens propre — et regarda de nouveau le faux plafond avec ses néons. L'un et les autres étaient toujours là.

Je me suis trompé de bibliothèque ! C'est ça, je me suis trompé ! pensa-t-il, frénétique.

Dans sa confusion, il se précipita sur cette idée, puis fit machine arrière, comme un chaton qui s'aperçoit qu'il vient de sauter sur une ombre. Junction City était une ville d'une taille relativement importante, comparée à la moyenne de l'Etat d'Iowa, avec ses quelque trente-cinq mille habitants, mais il était ridicule d'imaginer qu'elle pût entretenir deux bibliothèques. En outre, l'emplacement du bâtiment était le même, la configuration des lieux, identiques... c'était simplement tout le reste qui ne collait pas.

Sam se demanda pendant quelques instants s'il ne devenait pas fou, par hasard, puis rejeta cette idée. Il regarda autour de lui et, pour la première fois, remarqua que tout le monde s'était interrompu dans ses occupations pour l'observer. Il se sentit prit d'une brusque et délirante envie de leur lancer : « Retournez à ce que vous faites — j'étais juste en train de remarquer que la bibliothèque était complètement différente, cette semaine. » Au lieu de cela, il déambula jusqu'à la table aux revues et prit un exemplaire de *US News & World Report.* Il commença à le feuilleter en observant, du coin des yeux, les gens qui se remettaient à leur travail.

Lorsqu'il sentit qu'il pouvait se déplacer sans attirer spécialement l'attention, il reposa la revue sur la table et se dirigea d'un pas nonchalant vers la bibliothèque des enfants. Il se sentait un peu comme un espion en territoire ennemi. Le panneau au-dessus de la porte était parfaitement identique, des lettres d'or sur du chêne massif, sombre et chaud, mais l'affiche représentait autre chose. A la place du petit Chaperon rouge se rendant compte, terrifiée, de son erreur, on voyait les trois neveux de Donald Duck, Fifi, Riri et Loulou. Ils portaient des maillots de bain et plongeaient dans une piscine remplie de livres. Au-dessous, on lisait :

VENEZ TOUS ! C'EST AMUSANT DE LIRE !

« Mais enfin, qu'est-ce qui se passe ici ? » grommela Sam. Son cœur s'était mis à battre plus vite ; il sentait une fine pellicule de transpiration inonder son dos et ses bras. Si ça n'avait été que les affiches, il aurait pu supposer que la Lortz avait été virée... mais il n'y avait pas que les affiches. Il y avait *tout*.

Il ouvrit la porte de la bibliothèque des enfants et jeta un coup d'œil à l'intérieur. Il découvrit le même univers agréable, avec ses tables et ses chaises minuscules, les mêmes rideaux d'un bleu éclatant, la même fontaine d'eau fraîche placée contre le mur. Sauf que maintenant, le plafond suspendu correspondait à celui de la salle principale, et que toutes les affiches avaient été remplacées. L'enfant hurlant dans la voiture noire

(Simon le Simplet... c'est le nom que les enfants donnent au petit garçon de l'affiche. Celui qui crie. Je pense que c'est très judicieux, vous ne trouvez pas ?)

avait disparu, tout comme le Policier des Bibliothèques avec son imper et son étoile bizarre à branches multiples. Sam recula, fit demi-tour, et se dirigea lentement vers le comptoir du service de contrôle des entrées et sorties des livres. Il avait l'impression que son corps était entièrement de verre.

Deux assistants — un garçon et une fille n'ayant pas vingt ans — le regardèrent approcher. Sam n'était pas lui-même bouleversé au point de ne pas se rendre compte qu'ils paraissaient un rien nerveux.

Fais attention. Non... comporte-toi NORMALEMENT. *Ils ne sont déjà pas loin de penser que tu es à moitié fou.*

Il repensa soudain à Lukey et se sentit saisi d'un besoin horrible et presque incoercible d'ouvrir la bouche et de gueuler à pleins poumons, exigeant de ces deux jeunes gens nerveux quelques foutus Slim Jim, parce que ça, c'était de la bouffe, de la foutue chouette bouffe.

Au lieu de cela, il s'exprima à voix basse et calmement.

« Vous pouvez peut-être m'aider. Je dois parler à la bibliothécaire. »

Une ombre de surprise passa dans le regard des deux adolescents. « Oh, je suis désolée, répondit la jeune fille. *Monsieur* Price ne vient pas, le samedi soir. »

Sam jeta un coup d'œil au comptoir. Lors de sa précédente visite, il y avait une petite plaque avec un nom, posée à côté de l'appareil à micro-film. Elle s'y trouvait toujours mais au lieu d'y lire

A. LORTZ

on y découvrait maintenant

M. PRICE

Il se rappela Naomi lui parlant d'un homme grand, d'environ cinquante ans.

« Non, répondit-il, pas monsieur Price. Ni monsieur Peckham. L'autre. Ardelia Lortz. »

Les deux jeunes gens échangèrent un regard franchement intrigué. « Il n'y a aucune employée, ici, qui porte le nom d'Ardelia Lord, intervint le garçon. Vous devez confondre avec une autre bibliothèque.

— Pas Lord, dit Sam, qui avait l'impression que sa voix arrivait de très, très loin. *Lortz.*

— Non, dit la jeune fille. Vous devez vraiment vous tromper, monsieur. »

Ils commençaient de nouveau à avoir l'air sur leurs gardes et, en dépit de son envie d'insister, de leur dire qu'Ardelia Lortz travaillait évidemment ici puisqu'il l'y avait rencontrée seulement huit jours auparavant, il se força à battre en retraite. Et en un certain sens c'était parfaitement logique, non ? Parfaitement logique dans le contexte d'un délire total, d'accord, mais cela ne signifiait pas que la logique interne était intacte. Tout comme les affiches, les verrières, et le râtelier aux revues, Ardelia Lortz avait simplement cessé d'exister.

De nouveau, la voix de Naomi s'éleva dans sa tête. *Oh, mademoiselle Lortz, n'est-ce pas ? Vous avez dû trouver ça drôle.*

« Pourtant, Naomi a reconnu le nom », grommela-t-il.

Les deux jeunes assistants le regardaient maintenant avec une même expression de consternation sur la figure.

« Veuillez m'excuser », dit Sam, s'efforçant de sourire. Il eut l'impression de grimacer. « Je ne suis pas dans mes bons jours.

— Je vois, dit le garçon.

— Pardi », renchérit la fille.

Ils me croient fou, et vous savez quoi, les gars ? je me demande s'ils n'ont pas raison.

« Y a-t-il quelque chose d'autre que l'on puisse faire pour vous ? » demanda le garçon.

Sam ouvrit la bouche pour répondre non, avec l'idée de battre ensuite hâtivement en retraite, puis changea d'avis. Au point où il en était, il ne risquait pas grand-chose.

« Depuis quand monsieur Price est-il le bibliothécaire en chef ? »

Les deux assistants échangèrent un nouveau regard. La fille haussa les épaules. « Nous le connaissons depuis que nous sommes là, mais ça ne fait pas très longtemps, monsieur... ?

— Peebles, dit Sam en leur tendant la main. Sam Peebles. Je suis désolé. Je crois que j'ai perdu mes bonnes manières avec le reste de mon bon sens. »

Ils se détendirent tous deux un peu — de façon indéfinissable mais perceptible, et cela aida Sam à en faire autant. Bouleversé ou non, il avait réussi à conserver une partie de son très réel talent pour mettre les gens à l'aise. Un agent immobilier ou d'assurance qui n'en serait pas capable devrait d'ailleurs chercher d'urgence à se reconvertir.

« Cynthia Berrigan, dit la jeune fille en lui donnant une poignée de main indécise, et voici Tom Stanford.

— Heureux de faire votre connaissance », dit Stanford, qui n'avait pas trop l'air de penser ce qu'il disait, mais donna également une rapide poignée de main à Sam.

« Veuillez m'excuser, intervint la femme aux romans policiers. Quelqu'un peut-il m'aider ? Je vais être en retard pour ma partie de bridge.

— Je m'en occupe », glissa Tom à Cynthia, avant de gagner la partie du comptoir où l'on procédait aux sorties de livres.

« Ted et moi allons au Chapelton Junior College, monsieur Peebles. Nous sommes stagiaires, ici. Moi, depuis deux semestres, puisque monsieur Price m'a engagée le printemps dernier. Tom a été pris pendant l'été.

— Monsieur Price est-il le seul employé à plein temps ?

— En effet. » Elle avait de ravissants yeux bruns, et il y devinait une pointe d'inquiétude. « Quelque chose qui ne va pas ?

— Je ne sais pas. » De nouveau, Sam regarda en l'air ; il ne pouvait s'en empêcher. « Ce faux plafond existe-t-il depuis que vous travaillez ici ? »

Elle suivit son regard. « Je ne savais pas qu'on l'appelait comme ça, mais oui, je l'ai toujours vu ainsi.

— Je croyais me souvenir qu'il y avait des verrières.

Cynthia sourit. « Oh, mais il y en a ! On peut les voir de

l'extérieur, si l'on va sur le côté du bâtiment. Et bien sûr aussi depuis les réserves, mais elles ont été condamnées avec des planches. Je crois que cela fait des années. »

Des années.

« Et vous n'avez jamais entendu parler d'Ardelia Lortz ? »

Elle secoua la tête. « Non, désolée.

— Ni du Policier des Bibliothèques ? » demanda Sam impulsivement.

Elle éclata d'un rire retenu. « Seulement par ma vieille tante. Elle me disait que la Police des Bibliothèques m'attraperait si je ne rendais pas mes livres à temps. Mais c'était à Providence, Rhode Island, quand j'étais petite fille. Il y a longtemps. »

Tu penses, cela fait au moins dix ans, sinon douze ! A l'époque où les dinosaures régnaient sur la terre.

« Eh bien, merci pour l'information. Mon intention n'était pas de vous faire peur.

— Vous ne m'avez pas fait peur.

— Si, un peu, je crois. J'ai simplement eu un moment de confusion, pendant un instant.

— Qui est Ardelia Lortz ? demanda Tom Stanford, revenu près d'eux. Ce nom me dit quelque chose, mais je n'arrive pas à savoir quoi.

— C'est exactement ça, répondit Sam. Je ne le sais pas très bien moi-même.

— Ecoutez, nous sommes fermés demain, mais monsieur Price sera là lundi après-midi et soir. Il pourra peut-être vous éclairer sur ce que vous voulez savoir. »

Sam acquiesça. « Je crois que je vais revenir le voir. En attendant, encore merci.

— Nous sommes ici pour aider les gens, dans la mesure du possible, dit Tom. Je regrette simplement de ne pas avoir pu faire davantage, monsieur Peebles.

— Moi aussi. »

4

Il se sentit dans son état normal jusqu'à la voiture, mais une fois là, alors qu'il déverrouillait la portière, tous les muscles de son ventre et de ses jambes semblèrent le trahir. Il dut s'appuyer d'une main sur le toit du véhicule tandis qu'il ouvrait la portière de l'autre. On ne peut pas dire qu'il s'installa derrière le volant ; il s'y effondra et resta assis sur place, respirant fort et se demandant s'il n'allait pas s'évanouir.

Mais qu'est-ce qui m'arrive ? Je me sens comme l'un des personnages de ce vieux spectacle de Rod Serling. « *Soumis à votre examen, un certain Samuel Peebles, ex-habitant de Junction City, actuellement marchand de bien passant toute sa vie... au pays des Ombres.* »

Oui, voilà à quoi ça ressemblait. Sauf que voir des gens, à la télé, se colleter avec des événements inexplicables était plus ou moins drôle. Sam découvrait que l'inexplicable perdait beaucoup de son charme lorsqu'on s'y trouvait soi-même confronté.

Il regarda en direction de la bibliothèque, depuis l'autre côté de la rue ; des gens allaient et venaient sous l'éclairage paisible des deux lampes de fiacre. La vieille dame aux romans policiers descendait la rue, sans doute en route pour sa partie de bridge. Deux jeunes filles dévalèrent les marches, bavardant et riant, des livres serrés contre leur poitrine naissante. Tout paraissait parfaitement normal... et bien sûr, tout l'était. La bibliothèque *anormale* était celle dans laquelle il avait pénétré la semaine précédente. Trop préoccupé par le fichu discours qu'il devait faire, supposa-t-il, son esprit n'avait pas été frappé, comme il l'aurait dû, par toutes les anomalies qu'il avait relevées.

N'y pense plus, s'enjoignit-il à lui-même, non sans craindre d'être dans l'un de ces moments où son esprit était incapable de respecter ce genre d'injonction. *Fais ta Scarlett O'Hara, et pense à demain. Quand il fera jour, tout ça se mettra en place.*

Il démarra et ne cessa d'y penser jusque chez lui.

CHAPITRE SEPT

TERREURS NOCTURNES

1

La première chose qu'il fit, en entrant, fut d'aller consulter le répondeur. Son pouls prit un rythme légèrement plus rapide lorsqu'il vit la lampe MESSAGES allumée.

Je parie que c'est elle. Je n'ai aucune idée de ce qu'elle est, mais je commence à me dire qu'elle ne sera pas contente tant qu'elle ne m'aura pas rendu complètement cinglé.

Alors ne l'écoute pas, c'est tout, répondit une autre partie de son esprit ; Sam était dans un tel état de confusion qu'il n'arrivait même pas à déterminer si c'était une idée raisonnable ou non. Elle *paraissait* raisonnable, mais également un peu pusillanime. En réalité-

Il prit conscience d'être planté là, en sueur, se rongeant les ongles, et il poussa soudain un grognement, retenu mais exaspéré.

Directement de la petite école à l'asile de fous. Que le diable m'emporte si je te laisse faire ça, mon chou.

Il appuya sur le bouton.

« Salut ! fit une voix d'homme rabotée au whisky. Joseph Randowski à l'appareil, monsieur Peebles. Mon nom de scène est Joe l'Epoustouflant. J'appelle simplement pour vous remercier de m'avoir remplacé l'autre soir à la réunion des Kiwanis ou je sais pas quoi. Je voulais vous dire que je me sens beaucoup mieux, et que je vous fais parvenir une pleine poignée d'invitations pour le spectacle. Distribuez-les à vos amis. Prenez soin de vous. Merci encore. Salut ! »

La bande s'arrêta. La lampe MESSAGES TERMINÉS s'alluma. Sam eut un grognement de mépris à l'idée de sa nervosité : si Ardelia Lortz voulait qu'il sursautât à la première ombre venue, elle obtenait exactement ce qu'elle voulait. Il appuya sur le bouton de rembobinage et une nouvelle pensée le frappa. Cette manœuvre était devenue habituelle pour lui, mais elle signifiait que les vieux messages disparaissaient sous les nouveaux. Celui de Joe l'Epoustouflant avait dû effacer le précédent, celui d'Ardelia. Il venait de détruire sa seule preuve de l'existence de cette femme.

Mais non, c'était faux ; il restait sa carte d'abonnement à la bibliothèque. Il l'avait vue lui-même la signer de son nom, en grandes lettres ornées de fioritures, au bureau de contrôle des livres.

Sam prit son portefeuille et le fouilla à trois reprises avant d'admettre que la carte avait elle aussi disparu. En outre, il se doutait comment. Il croyait se rappeler l'avoir glissée dans la pochette intérieure des *Poèmes d'amour préférés des Américains*.

Pour plus de sûreté.

Afin de ne pas la perdre.

Génial. Vraiment génial.

Sam s'assit sur le canapé, se tenant le front de la main. Il commençait à avoir mal à la tête.

2

Un quart d'heure plus tard, il faisait réchauffer de la soupe en boîte sur sa gazinière, avec l'espoir qu'un peu de nourriture chaude calmerait son mal de tête, lorsqu'il pensa soudain à Naomi — Naomi qui ressemblait tellement à la femme dessinée par Dirty Dave, sur son affiche. La question de savoir si sa secrétaire menait une vie plus ou moins secrète sous le nom de Sarah était pour le moment passée au second plan : car Naomi savait qui était Ardelia Lortz, et cela lui paraissait beaucoup plus important. Mais la réaction de la jeune femme, lorsqu'il avait mentionné le nom de la bibliothécaire, avait été... un peu étrange, non ? Elle avait paru abasourdie pendant quelques instants, puis elle avait commencé une plaisanterie ; mais le téléphone avait sonné à ce moment-là, c'était Burt Iverson, et-

Sam essaya de rétablir la conversation dans son esprit, et se trouva chagrin de si mal s'en souvenir. Naomi avait dit qu'Ardelia était un peu spéciale, ou quelque chose dans ce genre ; il n'était sûr que de cela. La chose lui avait alors paru sans importance — ce qui en avait, à ce moment-là, était le saut quantique que sa carrière paraissait avoir fait. C'était d'ailleurs toujours cela qui importait, même si l'autre événement semblait le rapetisser. A la vérité, on aurait dit qu'il rapetissait *tout*. Son esprit ne cessait de revenir à cette aberrante histoire de faux plafond et d'étagères réduites. Il ne croyait pas être fou, pas même un peu, mais il commençait à craindre de le devenir s'il n'arrivait pas à mettre de l'ordre dans tout ça. Impression d'être tombé sur un trou au milieu de sa tête, si profond qu'on pouvait y jeter des choses sans entendre le moindre éclaboussement, quels que soient la taille de l'objet ou le temps que l'on patientait, l'oreille tendue. Il se dit que cette impression finirait par passer — peut-être — mais en attendant, elle était horrible.

Il baissa le niveau de la flamme sous la soupe, alla dans son bureau et y trouva le numéro de téléphone de Naomi. La sonnerie retentit trois fois, puis une voix fêlée et âgée demanda : « Qui est à l'appareil, je vous prie ? » Sam la reconnut tout de suite, même s'il n'en avait pas vu la propriétaire depuis deux bonnes années. C'était la mère délabrée de Naomi.

« Bonjour, madame Higgins, c'est Sam Peebles. »

Il s'arrêta et attendit qu'elle lui répondît : *Oh, bonjour, Sam* ou encore, *Comment allez-vous ?* mais il n'entendait que son souffle âpre et emphysémateux. Sam n'avait jamais tellement eu la cote avec elle, et le temps passé sans se voir ne semblait pas avoir attendri son cœur.

Puisqu'elle n'avait pas l'air de vouloir respecter le rituel des civilités, Sam décida qu'il pouvait aussi bien y procéder lui-même. « Comment allez-vous, madame Higgins ?

— Oh, il y a des jours avec et des jours sans. »

Sam resta coi pendant quelques instants. C'était le genre de remarques devant lesquelles on ne sait que répondre. *Je suis désolé pour vous* ne cadrait pas bien, mais *Ça me fait plaisir, madame Higgins !* aurait franchement été déplacé.

Il s'en tint à demander s'il pouvait parler à Naomi.

« Elle est sortie, ce soir. Je ne sais pas à quelle heure elle doit rentrer.

— Pouvez-vous lui demander de me rappeler ?

— Je vais me coucher. Et ne me demandez pas de lui laisser un mot, non plus. Mon arthrite me fait terriblement souffrir. »

Sam soupira. « J'appellerai demain.

— Nous allons à la messe demain matin, l'informa Mme Higgins de la même voix plate et peu amène, et le premier pique-nique de printemps de l'Association des jeunes Baptistes a lieu demain après-midi. Naomi a promis de les aider. »

Sam décida de ne pas insister. Il était évident que Mme Higgins s'en tenait à décliner nom, rang et numéro matricule, autant qu'elle le pouvait. Au moment de lui dire au revoir, il eut une idée. « Dites-moi, madame Higgins, est-ce que le nom de Lortz signifie quelque chose pour vous ? Ardelia Lortz ? »

La lourde respiration asthmatique s'interrompit en pleine expiration. Il y eut quelques instants de silence total sur la ligne, puis Mme Higgins répondit d'une voix basse et mauvaise : « Pendant combien de temps encore, bande de païens athées, allez-vous nous lancer le nom de cette femme à la figure ? Croyez-vous que ce soit drôle ? Croyez-vous que ce soit intelligent ?

— Vous ne m'avez pas compris, madame Higgins. Je voulais simplement savoir- »

Un claquement bruyant retentit dans son oreille. Comme si la vieille dame avait cassé un petit bâton bien sec sur son genou. La ligne était coupée.

3

Sam mangea sa soupe et passa ensuite une demi-heure à essayer de regarder la télé. Sans résultat. Son esprit ne cessait de s'évader. Par exemple, vers la femme de l'affiche de Dirty Dave, ou vers l'empreinte de pas sur la couverture des *poèmes d'amour préférés des Américains,* ou encore vers l'affiche disparue du petit Chaperon rouge. Mais peu importait par où il commençait, il se retrouvait toujours au même endroit : le plafond complètement différent de la salle de lecture de la bibliothèque municipale de Junction City.

Il renonça finalement à la télé et se traîna jusque dans son lit. C'était l'un des pires samedis dont il se souvînt, peut-être le pire de toute sa vie. Il ne désirait plus qu'une chose, pour le moment, plonger très vite dans une inconscience sans rêves.

Mais le sommeil ne vint pas.

A la place, ce fut le défilé des horreurs.

La plus terrifiante était l'idée qu'il perdait la raison. Sam n'avait jamais mesuré à quel point une telle idée pouvait être épouvantable. Il avait vu des films dans lesquels un type allait voir un psychiatre et lui disait : « J'ai l'impression de perdre l'esprit, docteur », tout en se tenant la tête d'un geste théâtral, et il en était plus ou moins venu à faire des prémisses de la folie l'équivalent d'un mal au crâne qu'une aspirine suffirait à chasser. Ce n'était nullement ainsi, comme il le découvrit pendant les longues heures entre le sept et le huit avril. Même impression que de se gratter les couilles et de découvrir une grosse masse sous ses doigts, une grosse masse qui est probablement une tumeur d'un genre ou d'un autre.

Il était *impossible* que la bibliothèque eût changé aussi radicalement en une semaine. Il était impossible qu'il eût vu les verrières depuis la salle de lecture. La jeune fille, Cynthia Berrigan, lui avait expliqué qu'on les avait condamnées, qu'elles étaient ainsi depuis son arrivée, c'est-à-dire depuis au moins un an. C'était donc lui qui devait faire une sorte de dépression nerveuse. Ou bien il avait une tumeur au cerveau. La maladie d'Alzheimer, peut-être. Pourquoi pas ? L'idée n'était pas totalement désagréable ; il avait entendu dire que les victimes de cette affection dégénérative retombaient peu à peu en enfance. Qui sait si tout cet épisode délirant n'était pas le signe d'une sénilité insidieuse et précoce ?

Une image pénible commença à lui envahir l'esprit, celle d'un tableau sur lequel étaient écrits trois mots, en lettres graisseuses comme de la guimauve rouge,

PERDRE SON ESPRIT.

Il avait mené jusqu'ici une existence ordinaire, pleine de plaisirs ordinaires, de regrets ordinaires ; une existence sur laquelle il ne s'était guère posé de questions. S'il n'avait jamais vu son nom en lettres de néon, il n'avait non plus aucune raison de mettre en doute sa santé mentale. Allongé dans son lit tout chiffonné, il se demandait maintenant si c'était ainsi que se passaient les choses lorsqu'on se détachait du monde réel et rationnel. Lorsque l'on commençait à

PERDRE SON ESPRIT.

L'idée que l'ange du refuge des sans-abri de Junction City pût être Naomi — Naomi agissant sous un pseudonyme — était encore une idée de cinglé. Cela aussi, c'était impossible, non ? Il commença même à se poser des questions sur le brusque regain d'activité de son cabinet d'assurance et d'immobilier. Qui sait s'il n'avait pas tout halluciné ?

Vers minuit, ses pensées se tournèrent vers Ardelia Lortz, et c'est alors que les choses prirent vraiment mauvaise tournure. Il se l'imagina cachée dans le placard, ou sous son lit, et c'était affreux. Il la vit qui souriait joyeusement, dans le secret de l'obscurité, et agitait des doigts se terminant par des ongles longs et effilés, tandis que des mèches échevelées lui retombaient sur le visage, comme une perruque de gorgone. Il s'imagina en train de se liquéfier en l'entendant qui lui murmurait

Vous avez perdu les livres, Sam, et je vais donc vous envoyer le Policier des Bibliothèques... vous avez perdu vos livres... vous les avez perduuuuus...

Finalement, vers minuit et demi, il n'y tint plus. Il s'assit dans le lit et chercha à tâtons l'interrupteur de la lampe de chevet. Un nouveau fantasme l'envahit à ce moment-là, si puissant qu'il en devenait presque une certitude : il ne se trouvait pas seul dans la chambre, mais son visiteur n'était pas Ardelia Lortz. Oh non. Son visiteur était le Policier des Bibliothèques, celui de l'affiche qui avait disparu de la bibliothèque des enfants. Il se tenait là dans les ténèbres, grand, blême, emmitouflé dans son imperméable ; c'était un homme au teint malsain, avec une cicatrice qui zigzaguait, blanche, sur sa joue gauche, sous l'œil, et montait jusqu'à l'arête de son nez. Sam n'avait pas vu cette cicatrice sur le visage de l'affiche, mais simplement parce que l'artiste n'avait pas pris la peine de la figurer. Sam, lui, savait qu'elle y était.

Tu t'es trompé pour les buiffons, dit le policier de sa voix qui zézayait légèrement. *Il y en a plein qui pouffent le long des bords. Plein de buiffons. Et on va les essplorer. On va les essplorer ensemble.*

Non ! Arrêtez ! Je vous en prie... arrêtez !

Tandis que sa main tremblante trouvait enfin le fil de la lampe, une planche craqua dans la pièce et il émit un petit cri sans force. Sa main étreignit l'interrupteur, et la lumière éclaira la pièce. Pendant un moment, il crut réellement voir l'homme de haute taille, puis il se rendit compte que ce n'était que l'ombre portée de la commode.

Sam posa les pieds par terre, et garda le visage enfoui dans ses mains pendant quelques instants. Puis il tendit la main vers le paquet de Kent, sur la table de nuit.

« Il faut absolument que je me ressaisisse, marmonna-t-il. Mais nom de Dieu, d'où t'arrivent ces idées ? »

Je ne sais pas, répondit aussitôt une voix au fond de lui. *Et en plus, je ne veux pas le savoir. Je ne veux jamais le savoir. Les buissons, c'était il y a très longtemps. Jamais je n'aurai besoin de penser à nouveau aux buissons. Ou à ce goût. Ce goût sucré écœurant.*

Il alluma une cigarette et inhala profondément.

Mais le pire était que la fois suivante, il serait bien capable de voir l'homme en imperméable. Ou Ardelia. Ou bien Gorgo, grand empereur de Pelucidar. Car s'il avait été capable de créer une hallucination aussi complète que sa visite à la bibliothèque et sa rencontre avec Ardelia Lortz, il pouvait halluciner n'importe quoi. Une fois que l'on a imaginé des verrières à la place d'un plafond, des gens qui ne sont pas là, et même des buissons inexistants, tout paraît possible. Comment étouffe-t-on une rébellion dans son propre esprit ?

Il descendit à la cuisine, allumant les lumières au fur et à mesure, et dut faire un effort pour résister à l'envie de regarder par-dessus son épaule pour voir si personne ne le suivait furtivement. Un homme avec un insigne à la main, par exemple. Il se dit que c'était d'un somnifère qu'il avait besoin, mais étant donné qu'il n'en détenait pas — pas même des produits en vente libre comme le Sominex — il allait devoir improviser. Il fit chauffer du lait dans une casserole, le versa dans une grande tasse à café, et y ajouta une bonne rasade de cognac. Encore quelque chose qu'il avait vu au cinéma. Il en prit une gorgée, fit la grimace, faillit jeter le diabolique mélange dans l'évier, puis regarda l'horloge numérique du four à micro-ondes. Une heure moins le quart. Cela faisait bien des heures avant l'aube, bien des heures à imaginer Ardelia Lortz et le Policier des Bibliothèques avançant à pas furtifs dans l'escalier, un couteau entre les dents.

Ou des flèches. De longues flèches noires. Ardelia et le Policier des Bibliothèques grimpant l'escalier en tapinois avec de longues flèches noires entre les dents. Spectaculaire, non, public aimé, foule en délire ?

Des flèches ?

Mais pourquoi, des flèches ?

Il ne voulait pas s'apesantir là-dessus. Il en avait assez de ces idées qui, dans un chuintement, jaillissaient d'abysses jusqu'ici insoupçonnées au fond de lui et le frôlaient comme d'horribles et puants Frisbees.

Je ne veux pas y penser. Pas question d'y penser.

Il vida son lait-cognac et retourna se coucher.

4

Il laissa sa lampe de chevet allumée, ce qui suffit à lui faire retrouver un peu de son calme. Il commença même à penser qu'il pourrait redormir un jour avant la fin du monde. Il tira la couverture jusqu'à son menton, croisa les mains derrière la tête et contempla le plafond.

Il y en a au moins UNE PARTIE qui s'est produit. TOUT ne peut pas être une hallucination... à moins que ceci ne fasse encore partie de l'hallucination et que je ne sois dans une chambre capitonnée de Cedar Rapids, ficelé dans une camisole de force et en train de m'imaginer couché dans mon lit.

Il avait bien prononcé son allocution, non ? Il avait bien utilisé les plaisanteries tirées du *Mémento de l'orateur*, et le poème de Spencer Michael Free trouvé dans *Les poèmes d'amour préférés des Américains*, non ? Et étant donné qu'il ne possédait aucun de ces volumes dans sa mince bibliothèque personnelle, il avait bien fallu qu'il les empruntât à la bibliothèque publique ! Naomi, de même que sa mère, avaient connu Ardelia Lortz — au moins de nom. Et comment ! La vieille dame avait réagi comme s'il avait jeté un pétard sous son fauteuil de repos.

*Je peux faire des vérifications. Si Mme Higgins la connaît de nom,
elle ne doit pas être la seule. Pas les stagiaires de Chapelton, peut-
être, mais des gens qui habitent Junction City depuis un bon bout de
temps. Comme Frank Stephens. Ou Dirty Dave...*

A ce stade, Sam finit par sombrer. Il traversa cette frontière
presque impalpable entre le sommeil et la veille sans s'en rendre
compte. Le flot de ses pensées ne cessa pas un instant de s'écouler ;
il se mit simplement à se métamorphoser et à prendre des formes de
plus en plus étranges et fabuleuses. A devenir rêve. Puis cauchemar.
Il était de nouveau à Angle Street, et les trois alcoolos, toujours
assis sur le porche, travaillaient à leur affiche. Il demanda à Dirty
Dave ce qu'il faisait.

Tiens, on passe le temps, pardi, répondit Dave qui tourna
timidement son affiche vers Sam.

Elle représentait Simon le Simplet. On l'avait empalé sur une
broche et placé au-dessus d'un feu. D'une main, il agrippait une
grosse poignée de réglisse fondante. Ses vêtements brûlaient, mais il
était toujours en vie. Il hurlait. Au-dessus de cette terrible image,
on lisait :

GRAND DÎNER DANS LES BUISSONS
DE LA BIBLIOTHÈQUE MUNICIPALE
MARMOTS À LA BROCHE !
SAMEDI 19 AVRIL ET DIMANCHE 20 AVRIL
DE MINUIT À DEUX HEURES
VENEZ TOUS
« ÇA C'EST DE LA CHOUETTE BOUFFE ! »

Mais Dave, c'est horrible, dit Sam dans son rêve.

Pas du tout, répondit l'homme. *Les enfants l'appellent Simon le
Simplet. Ils sont ravis de le manger. Je crois que c'est très judicieux,
pas vous ?*

Regardez ! s'écria Rudolph. *Regardez, c'est Sarah !*

Sam leva les yeux et vit Naomi s'avancer sur le terrain couvert
d'herbes folles et de débris qui séparait Angle Street du centre de
recyclage. Elle se déplaçait très lentement, car elle poussait un
caddy rempli d'exemplaires des *Poèmes d'amour préférés des
Américains* et du *Mémento de l'orateur.* Derrière elle, le soleil se
couchait au milieu d'une fournaise aveuglante d'un rouge maussade
tandis qu'un train de passagers, immensément long, passait au
ralenti dans un grondement grave pour aller se perdre dans le désert

de l'Iowa occidental. Sam comprit qu'il s'agissait d'un train funéraire.

Il se retourna vers Dirty Dave et dit : *Son nom n'est pas Sarah, mais Naomi. Naomi Higgins, de Proverbia.*

Pas du tout, répondit Dave. *C'est la mort qui vient, monsieur Peebles. La mort est femme.*

C'est alors que Lukey se mit à couiner à pleins poumons ; au comble de la terreur, on aurait dit un cochon qu'on égorgeait. *Elle a des Slim Jim ! Elle a des Slim Jim ! Oh mon Dieu, elle a des foutus Slim Jim !*

Sam se tourna pour voir de quoi voulait parler Lukey. La femme s'était rapprochée : ce n'était plus Naomi, mais Ardelia. Elle était habillée d'un imperméable de la couleur d'un nuage de tempête, l'hiver. Ce n'était pas de Slim Jim qu'était rempli le caddy, comme l'avait dit Lukey, mais de milliers de lanières entrelacées de guimauve rouge. Sous le regard de Sam, Ardelia en rafla poignée sur poignée qu'elle enfourna dans sa bouche. Elle n'avait plus son dentier, mais de longues dents décolorées. Elles lui firent l'effet de crocs de vampire, à la fois effilés et horriblement puissants. Avec une grimace, elle mordit dans l'écheveau de guimauve. Un sang d'un rouge éclatant en jaillit, dispersant un nuage rose dans l'air du soir et dégoulinant sur son menton. Des fragments de guimauve dégringolèrent sur le sol herbeux ; le sang continuait à en gicler.

Elle leva ses mains, transformées en serres crochues.

Vous aaaavez perddddu les liiiiiivres ! hurla-t-elle à Sam, se jetant sur lui.

5

Sam s'éveilla en sursaut, la respiration coupée. Ses draps n'étaient plus bordés, et il était recroquevillé sous eux, près du pied du lit, transformé en une pelote de transpiration. A l'extérieur, les premières lueurs de l'aube filtraient à travers les rideaux tirés. Son horloge indiquait 5 h 53.

Il se leva, l'air de la chambre produisant un effet rafraîchissant sur sa peau en sueur, et alla uriner dans la salle de bains. Il avait vaguement mal à la tête, soit à cause du cognac ingurgité au début de la nuit, soit à cause du stress du cauchemar. Il ouvrit l'armoire à pharmacie, prit deux aspirines et retourna s'effondrer sur son lit. Il tira les couvertures du mieux qu'il put — des résidus humides de son mauvais rêve stagnaient dans chaque repli du drap. Il sentait qu'il ne serait pas capable de se rendormir, mais au moins pouvait-il attendre là que le cauchemar commençât à se dissiper.

Lorsque sa tête se cala dans l'oreiller, cependant, il se rendit soudain compte qu'il savait autre chose, une chose aussi surprenante et inattendue que la soudaine révélation que la femme de l'affiche de Dirty Dave était sa secrétaire à temps partiel. Une chose qui avait un rapport avec l'alcoolique... ainsi qu'avec Ardelia Lortz.

C'est à cause du rêve. C'est là que je l'ai trouvée.

Sam sombra dans un sommeil profond et naturel. Il ne se souvenait d'aucun rêve en se réveillant, et son horloge marquait presque onze heures. Les cloches appelaient les fidèles à la messe, et dehors il faisait un temps splendide. La vue de toute cette lumière qui vernissait l'herbe nouvelle fit mieux que lui donner une sensation de bien-être ; il eut presque l'impression de renaître.

CHAPITRE HUIT

ANGLE STREET (II)

1

Il se prépara un brunch — jus d'orange, omelette de trois œufs à la ciboulette et beaucoup de café fort — et envisagea de retourner à Angle Street. Il se rappelait très bien ce court moment d'illumination qui l'avait saisi pendant son bref réveil, à l'aube, et il était tout à fait sûr d'avoir deviné juste ; mais il se demandait s'il avait réellement envie de pousser un peu plus loin cette démentielle affaire.

Dans la lumière chatoyante de cette matinée de printemps, ses peurs nocturnes lui paraissaient à la fois lointaines et absurdes, et il éprouva la forte sensation — presque un besoin — de tout laisser tomber. Il lui était arrivé quelque chose, se disait-il, dépourvu de toute explication raisonnable et rationnelle. La question était, et alors ?

Il avait lu des choses sur ce thème, des histoires de revenants, de prémonitions, de possessions, mais il ne leur portait qu'un intérêt réduit. Il aimait bien voir un film de fantômes, de temps en temps, mais ça n'allait pas plus loin. Homme pratique, il ne voyait aucun usage pratique aux événements paranormaux... s'il s'en produisait vraiment. Il avait fait l'expérience de... oui, d'un *événement*, c'était le mot qui convenait le moins mal. Il était maintenant passé. Pourquoi ne pas laisser tomber ?

Parce qu'elle a dit qu'elle voulait les livres demain. Qu'est-ce que tu penses de ça ?

Mais cette raison semblait maintenant n'avoir aucun effet sur lui. En dépit du message qu'elle avait laissé sur son répondeur, Sam ne croyait plus vraiment en Ardelia Lortz.

Ce qui l'intéressait, c'était sa propre réaction à ce qui s'était passé. Il se prit à évoquer un cours de biologie, au collège. Le professeur avait commencé en disant que le corps humain disposait d'un moyen extrêmement efficace de lutte contre toute incursion d'organismes étrangers. Il se souvenait comment il avait expliqué que comme ce sont les mauvaises nouvelles — cancer, grippe, maladies sexuellement transmissibles comme la syphilis — qui font la manchette des journaux, les gens avaient tendance à se croire beaucoup plus vulnérables aux maladies qu'ils ne l'étaient en réalité. « Le corps humain dispose de sa propre force d'intervention rapide ; lorsqu'il est attaqué par un étranger, mesdames et messieurs, sa réaction est fulgurante et sans merci. Il n'y a pas de quartier. Sans cette armée de tueurs entraînés, chacun de vous serait mort plus de vingt fois avant d'avoir atteint un an. »

La technique de base employée par l'organisme, dans ce combat, était l'isolation. Les envahisseurs étaient tout d'abord entourés, coupés des éléments nutritifs dont ils avaient besoin pour vivre, puis ou bien dévorés, ou bien battus, ou bien affamés. Sam découvrait maintenant — ou croyait découvrir — que le cerveau employait exactement la même tactique lorsqu'il était attaqué. Il se rappelait s'être couché à maintes occasions avec l'impression d'avoir pris froid, pour se réveiller en se sentant en pleine forme ; son organisme avait accompli son travail. Une guerre implacable s'était déroulée pendant son sommeil, et les envahisseurs avaient été balayés jusqu'au dernier. Battus, dévorés ou affamés.

La nuit précédente, il avait vécu l'équivalent mental d'un coup de froid. Et ce matin l'envahisseur, celui qui menaçait ses perceptions claires et rationnelles, avait été circonscrit. Coupé de ses éléments nutritifs. Ce n'était plus qu'une question de temps. Et une partie de lui-même le mettait en garde : à vouloir davantage pousser ses investigations, il risquait de ravitailler l'ennemi.

C'est comme ça que ça se passe. C'est pour cette raison qu'on n'est pas constamment bombardé de comptes rendus sur des phénomènes bizarres et inexplicables. L'esprit les vit... perd un moment les pédales... puis contre-attaque.

Mais voilà, il était curieux. Le problème était là. Et ne disait-on pas que si d'un côté la curiosité tue le chat, de l'autre, sa satisfaction vous rend la bête égarée ?

Qui donc ? Qui dit ça ?

Il l'ignorait. Sans doute aurait-il pu le trouver, à la bibliothèque municipale, par exemple. Sam esquissa un sourire en mettant sa vaisselle sale dans l'évier. Il s'aperçut que sa décision était prise : il allait encore creuser un peu cette histoire démentielle.

Juste un tout petit peu.

2

De retour à Angle Street vers midi trente, Sam ne fut pas excessivement surpris de trouver la vieille Datsun bleue de Naomi garée dans l'allée. Il se rangea derrière, sortit de voiture et grimpa les marches branlantes, non sans jeter un coup d'œil, au passage, au panneau intimant aux visiteurs de déposer toute bouteille dans le tonneau. Il frappa à la porte, mais il n'y eut pas de réponse. Il poussa le battant et découvrit une grande entrée sans le moindre mobilier... en dehors d'un téléphone payant guetté par la casse. Le papier peint, délavé, était néanmoins propre. Sam vit un endroit où on l'avait réparé avec de l'adhésif.

« Salut ? »

Toujours pas de réponse. Il continua d'avancer dans le vestibule, avec l'impression de se comporter en intrus ; la première porte sur la gauche donnait dans la salle commune. On y avait apposé deux affichettes.

LES AMIS DE BILL SONT LES BIENVENUS ICI !

disait celle du haut. Celle du bas parut aussi implacablement logique qu'exquisement stupide à Sam :

LE TEMPS PREND DU TEMPS.

La salle commune était meublée de chaises dépareillées et d'un canapé qui avait aussi été réparé avec de l'adhésif — électrique, cette fois. D'autres slogans ornaient les murs. Il y avait une machine à café sur une petite table, près de la télé. Ni la télé ni la machine à café n'étaient branchées.

Sam poussa jusqu'au couloir du fond de l'entrée, au-delà de l'escalier, avec l'impression de plus en plus nette d'être un intrus. Il jeta un coup d'œil dans trois autres pièces qui donnaient sur le couloir ; chacune était meublée de deux lits de camp, mais il n'y trouva personne. Les pièces étaient d'une propreté méticuleuse, mais n'en racontaient pas moins toutes la même histoire. L'une d'elle sentait le désinfectant. D'une autre, lui parvint l'odeur désagréable laissée par une grave maladie. *Soit quelqu'un est mort dans cette chambre, soit quelqu'un va y mourir bientôt,* songea Sam.

Egalement déserte, la cuisine se trouvait à l'autre bout du vestibule. C'était une grande pièce ensoleillée au sol recouvert d'un vieux lino décoloré et bosselé. Une gigantesque cuisinière, combinant le bois et le gaz, remplissait un recoin. Un évier, aussi antique que profond, exhibait un émail défraîchi taché de rouille. Les robinets étaient équipés des anciennes poignées à branches. Une vieille machine à laver Maytag et un sèche-linge à gaz occupaient un espace à côté de la resserre. On sentait encore un peu l'odeur des haricots de la veille. La pièce plut à Sam. Elle parlait certes de maigres ressources où chaque sou était pressuré jusqu'à l'ultime goutte, mais aussi d'amour, d'attentions, et d'un peu de bonheur durement gagné. Un endroit qui était un abri.

Sur le vieux réfrigérateur Amana, de taille à accommoder un restaurant, une plaque magnétique portait :

DIEU BÉNISSE CETTE MAISON SANS ALCOOL

Sam entendit un murmure de voix à l'extérieur. Il traversa la cuisine et regarda par l'une des fenêtres, que l'on avait ouverte pour laisser pénétrer toute la tiédeur de ce jour de printemps que la légère brise pourrait y entraîner.

Les premières touches de verdure pointaient dans le jardin, à l'arrière de la maison d'Angle Street ; près d'une ceinture étroite d'arbres ornés de leurs premiers bourgeons, un potager au repos attendait des jours plus chaud. Sur la gauche, un filet de volley-ball se creusait légèrement en son milieu. Sur la droite, les deux piquets d'un jeu de fer à cheval dépassaient au milieu des premières mauvaises herbes. Ce jardin n'avait rien d'attrayant — à cette époque de l'année, quels jardins l'étaient ? — mais Sam vit qu'on y avait passé le râteau au moins une fois depuis la fonte des neiges, et il n'y avait pas trace de scories alors que l'on apercevait les rails d'une voie de chemin de fer à moins de vingt mètres. Les résidents de Angle Street n'avaient peut-être pas grand-chose à eux, mais au moins en prenaient-ils bien soin.

Une douzaine de personnes, environ, étaient assises sur des chaises pliantes de camping, en un cercle approximatif, entre le filet de volley-ball et le terrain de fer à cheval. Sam reconnut Naomi, Dave, Lukey et Rudolph. Un instant plus tard, il identifia aussi Burt Iverson, l'avocat le plus prospère de Junction City, et Elmer Baskin, le banquier qui n'avait pu assister au repas du Rotary, mais qui l'avait néanmoins appelé ensuite pour le féliciter. La brise se fit un instant plus forte et souleva les modestes rideaux à carreaux de la fenêtre par laquelle regardait Sam. Elle ébouriffa aussi les cheveux argentés d'Elmer ; le banquier tourna son visage vers le soleil et sourit. Sam fut frappé par la simple expression de plaisir qu'il vit non pas sur ce visage, mais *à l'intérieur*. En cet instant-là, il fut à la fois plus et moins que le banquier le plus riche d'une petite ville ; il était l'homme qui, depuis des temps immémoriaux, saluait l'arrivée du printemps après un long hiver glacial, heureux d'être toujours en vie, intact, sans mal aux reins.

Un sentiment d'irréalité envahit Sam. Il était déjà suffisamment insolite que Naomi Higgins fût ici à frayer avec les alcoolos sans feu ni lieu de Junction City — et en plus, sous un nom d'emprunt. Mais découvrir que le banquier le plus respecté et l'aigle du barreau de la ville étaient aussi ici avait de quoi laisser pantois.

Un homme habillé d'un pantalon vert en haillons et d'un sweat-shirt des Bengal de Cincinnati leva la main. Rudolph lui fit signe. « Je m'appelle John, et je suis alcoolique », déclara l'homme.

Sam recula vivement de la fenêtre. Son visage le brûlait. Il ne se sentait plus comme un simple intrus, mais comme un espion. Il supposa qu'ils devaient habituellement tenir leur réunion des AA dans la salle commune — la présence de la machine à café le laissait penser — mais le temps était tellement beau, aujourd'hui, qu'ils avaient mis les chaises dehors. Il était prêt à parier que l'idée venait de Naomi.

Nous allons à la messe demain matin, et le premier pique-nique de printemps de l'Association des jeunes Baptistes a lieu demain après-midi. Naomi a promis de les aider, avait dit Mme Higgins. Il se demanda si elle savait que sa fille passait en réalité l'après-midi avec les alcoolos et non avec les Baptistes et supposa que oui. Il pensa également avoir compris pour quelle raison Naomi avait brusquement décidé que deux sorties avec Sam Peebles suffisaient. A l'époque, il avait pensé qu'il s'agissait d'une question religieuse, et Naomi n'avait rien dit pour le détromper. Mais après leur premier rendez-vous (ils avaient été au cinéma), elle avait accepté de sortir de nouveau avec lui. Or c'était après ce second rendez-vous qu'elle avait perdu tout intérêt sentimental pour lui. Ou paru perdre tout intérêt sentimental. Il l'avait amenée au restaurant. Et il avait commandé du vin.

Mais bon sang, pour l'amour du Ciel ! Comment pouvais-je me douter qu'elle était une alcoolique repentie ? Je ne lis pas dans les pensées, tout de même !

Evidemment, il ne pouvait pas l'avoir su... mais il se sentit cependant plus rouge que jamais.

A moins que ce ne soit pas la bouteille... ou pas seulement la bouteille. Elle a peut-être aussi d'autres problèmes.

Il se prit à se demander ce qui se passerait si Burt Iverson et Elmer Baskin, deux hommes puissants, découvraient qu'il connais-sait leur appartenance à la société secrète la plus vaste du monde. Rien, peut-être ; il n'en savait pas suffisamment sur les AA pour en être sûr. Mais il y avait cependant deux choses qu'il savait fort bien : que le deuxième A était l'abréviation d'Anonymes et que ces deux hommes pouvaient réduire à néant ses espérances profession-nelles naissantes, s'ils le décidaient.

Sam prit le parti de s'éclipser aussi vite et subrepticement que possible. A son crédit, il faut dire que ce n'était pas pour des considérations personnelles. Les gens assis en cercle dans ce jardin d'Angle Street partageaient un même et sérieux problème. Il l'avait découvert de manière accidentelle ; il n'avait aucune intention de rester — et d'espionner — intentionnellement.

Une fois de retour dans le vestibule, il vit une pile de feuilles de papier recoupées posée sur le haut du taxiphone. Un bout de crayon pendait à côté, le long du mur, au bout d'une courte ficelle. Agissant sur une impulsion, il prit une feuille et rédigea une note rapide dessus.

Dave,

Je suis passé vous voir ce matin, mais il n'y avait personne. Je voudrais vous parler d'une femme du nom d'Ardelia Lortz. Quelque chose me dit que vous devez la connaître, et j'aimerais beaucoup savoir de qui il s'agit. Pouvez-vous me téléphoner cet après-midi ou ce soir, si vous en avez l'occasion ? Mon numéro est 572-8699. Merci beaucoup.

Il signa de son nom au-dessous, plia la feuille en deux et écrivit dessus le nom de Dave en caractères d'imprimerie. Il songea un instant à retourner déposer le mot sur la table de la cuisine mais il ne voulait pas que l'un d'eux, et Naomi encore moins que les autres, soupçonnât qu'il les avait vus pendant leurs bizarres mais sans doute utiles dévotions. Au lieu de cela, il le déposa sur le dessus de la télé, le nom de Dave bien en vue. Il eut l'idée de poser une pièce de vingt-cinq cents à côté, pour le téléphone, mais s'en abstint. Dave risquait de le prendre en mauvaise part.

Il quitta alors la maison, heureux de se retrouver sous le soleil sans avoir été découvert. Tandis qu'il montait dans sa voiture, il remarqua l'autocollant, sur le pare-chocs de la Datsun de Naomi.

LAISSEZ FAIRE ET LAISSEZ DIEU FAIRE.

« Mieux vaut Dieu qu'Ardelia », marmonna Sam, faisant marche arrière vers la rue.

3

Vers la fin de l'après-midi, les effets de la mauvaise nuit que Sam avait passée finirent par se faire sentir, et il fut pris d'une puissante somnolence. Il brancha la télé, tomba sur un match-exhibition Cincinnati-Boston qui se traînait vers la huitième reprise, s'allongea sur le canapé et s'assoupit presque immédiatement. Le téléphone sonna avant qu'il eût le temps de s'enfoncer dans un profond sommeil et Sam se leva pour répondre, se sentant vaseux et désorienté.

« Allô ? »

« — Ne me dites pas que vous voulez parler de cette femme »,
attaqua Dave sans le moindre préambule. Sa voix tremblait, comme
s'il était sur le point d'en perdre le contrôle. « Il n'est même pas
question d'y penser, vous m'entendez ? »

*Pendant combien de temps encore, bande de païens athées, allez-
vous nous lancer le nom de cette femme à la figure ? Croyez-vous
que ce soit drôle ? Croyez-vous que ce soit intelligent ?*

Son état de somnolence s'évanouit en un instant. « Mais enfin,
Dave, qu'est-ce qui se passe, avec cette femme ? Ou bien les gens
réagissent comme si c'était le diable en personne, ou bien ils n'en
ont jamais entendu parler. Qui est-elle ? Qu'est-ce qu'elle a bien pu
fabriquer pour vous mettre dans un état pareil ? »

Il y eut un long moment de silence. Sam attendit, le cœur cognant
lourdement dans sa poitrine et sa gorge. Il aurait pu croire la ligne
coupée, s'il n'avait entendu la respiration hachée de Dave dans
l'écouteur.

« Monsieur Peebles, finit par reprendre Dave, vous m'avez
donné un vrai coup de main au cours de toutes ces années. Vous et
d'autres personnes, vous m'avez aidé à rester en vie quand moi-
même je n'étais pas trop sûr d'en avoir envie. Mais je ne peux pas
vous parler de cette salope. Je ne peux pas. Et si vous voulez un bon
conseil, n'en parlez à personne d'autre, non plus.

— On dirait une menace.

— Non ! » protesta Dave. Il paraissait plus que surpris : choqué.
« Non, je vous avertis, c'est tout, monsieur Peebles. Comme si je
vous voyais vous promener aux alentours d'un vieux puits caché
par les herbes, et dont on ne voit plus l'ouverture. Ne parlez pas de
cette femme, n'y pensez même pas. Laissez les morts s'occuper des
morts.

Laissez les morts s'occuper des morts.

D'une certaine manière, il ne fut pas surpris. Tout ce qui s'était
passé (à l'exception, peut-être, des messages laissés sur son répondeur) tendait à la même conclusion : qu'Ardelia Lortz ne faisait
plus partie du monde des vivants. Lui, Sam Peebles, agent
d'assurance et marchand de biens d'une petite ville de l'Iowa, avait
parlé avec un fantôme sans même s'en rendre compte. Parlé avec un
fantôme ? Fichtre, il avait été jusqu'à traiter une affaire avec, oui ! Il
lui avait donné deux dollars et elle lui avait donné une carte
d'abonnement à la bibliothèque.

Donc, il n'était pas exactement surpris... mais cela n'empêcha pas un frisson glacé de parcourir les routes blanches de son squelette. Il baissa les yeux et vit la chair de poule hérisser la peau de son bras.

Tu aurais dû tout laisser tomber, gémissait une partie de son esprit. *Je te l'avais bien dit, non ?*

« Quand est-elle morte ? demanda Sam, d'une voix qui parut apathique et morne à ses propres oreilles.

— Je ne veux pas en parler, monsieur Peebles ! » Dave frôlait l'hystérie, maintenant. Sa voix trembla et monta presque jusqu'au fausset, où elle se brisa. « Je vous en prie ! »

Laisse-le tranquille ! s'adjura Sam, en colère contre lui-même. *Crois-tu qu'il n'a pas assez de problèmes comme ça, sans qu'il ait encore à se faire du mouron pour cette connerie ?*

Oui. Laisser Dave, il pouvait le faire ; il y avait bien d'autres personnes, en ville, qui finiraient par lui parler d'Ardelia Lortz... s'il trouvait le moyen de les approcher sans qu'elles appellent police secours. Mais il y avait autre chose, une chose que seul Dirty Dave Duncan pouvait peut-être lui confirmer.

« Vous avez dessiné des affiches pour la bibliothèque autrefois, non ? Je crois avoir reconnu votre style, en voyant celle que vous prépariez hier, sous le porche. En fait, j'en suis pratiquement sûr. Il y en avait une avec un petit garçon prisonnier d'une voiture noire. Et un homme en imperméable — le Policier des Bibliothèques. Est-ce que vous- »

Avant qu'il pût achever, Dave émit un cri chargé de tant de honte, de chagrin et de colère que Sam fut réduit au silence.

« Dave ? Je-

— Fichez-moi la paix ! (Dave pleurait.) J'étais impuissant, alors je vous en supplie, laissez-moi... »

Les sanglots s'éloignèrent brusquement et il y eut un bruit de raclement ; quelqu'un d'autre venait de prendre le téléphone.

« Ça suffit, maintenant », fit la voix de Naomi. Elle paraissait elle aussi sur le point de pleurer, mais il y avait également de la colère dans son ton. « N'allez-vous pas laisser tomber, espèce de monstre ?

— Mais Naomi-

— Je m'appelle Sarah lorsque je suis ici, dit-elle d'une voix retenue, mais je vous déteste autant sous mes deux noms, Sam Peebles. Je ne remettrai plus jamais les pieds dans votre bureau. (Sa voix remonta d'un cran.) Pourquoi ne pas le laisser tranquille ?

Quel besoin avez-vous de remuer toutes ces vieilles saletés ? Quel besoin ? »

Enervé au point d'avoir lui-même de la difficulté à se contrôler, Sam rétorqua : « Et vous, quel besoin aviez-vous de m'envoyer dans cette foutue bibliothèque, pour commencer ? »

Il y eut un hoquet à l'autre bout de la ligne.

« Naomi ? Pouvons-nous- »

Il y eut un cliquetis.

Elle avait raccroché.

4

Sam resta assis à son bureau presque jusqu'à neuf heures trente, croquant des Tum et écrivant un nom après l'autre sur le même bloc-notes dont il s'était servi pour rédiger le brouillon de son discours. Il contemplait chacun de ces noms pendant quelques instants, puis les barrait. Cela lui avait semblé long, six ans passés au même endroit... mais pas ce soir. Ce soir, ces six ans paraissaient aussi courts qu'un week-end.

Craig Jones, écrivit-il.

Il contempla le nom et pensa : *Craig sait peut-être quelque chose sur Ardelia... mais il va vouloir savoir pour quelle raison je m'y intéresse.*

Connaissait-il suffisamment bien Craig pour lui donner des explications sincères ? La réponse à cette question était un « non » sans appel. Craig était l'un des jeunes hommes de loi de Junction City, un véritable arriviste. Ils avaient eu quelques déjeuners d'affaires ensemble... et il y avait bien entendu le Rotary Club ; de plus, Craig l'avait invité à dîner chez lui une fois. Lorsqu'ils se croisaient dans la rue, ils avaient un échange cordial, parfois à propos des affaires, le plus souvent sur la pluie et le beau temps. Rien qui permît de parler d'amitié, cependant, et si Sam devait révéler toute cette dinguerie à quelqu'un, il tenait à ce que ce fût à un ami, non pas à une vague relation qui vous donne du *mon pote* après son second cocktail.

Il raya le nom de Craig de la liste.

Il s'était fait deux bons amis depuis son arrivée à Junction City ; l'un était le médecin assistant du Dr Melden, l'autre, un des flics de la ville. Mais Russ Frame, le premier, avait sauté sur l'occasion de s'établir à son compte comme médecin de famille à Grand Rapids, au début de 1989 ; et depuis janvier dernier, Tom Wycliff était superviseur dans le service des patrouilles routières de l'Iowa. Il avait depuis perdu contact avec les deux hommes ; il lui fallait du temps pour se faire des amis, et il n'avait pas le talent de les conserver.

Si bien qu'il en était où, au juste ?

Aucune idée. Il savait seulement que le nom d'Ardelia Lortz produisait sur certains habitants de Junction City le même effet qu'une décharge de quinze mille volts. Il savait — ou croyait savoir — qu'il l'avait rencontrée alors qu'elle était morte. Il ne pouvait même pas se dire qu'il avait rencontré l'une de ses parentes ou une bonne femme cinglée se faisant appeler Ardelia Lortz. Parce que-

Je suis sûr d'avoir rencontré un fantôme. En fait, un fantôme à l'intérieur d'un fantôme. Je suis sûr que la bibliothèque dans laquelle je suis entré était la bibliothèque de Junction City dans l'état où elle se trouvait lorsque Ardelia Lortz vivait et en était la responsable. Je suis sûr que c'est pour cela qu'elle m'a paru si bizarre et décalée. Pas comme un voyage dans le temps, ou comme je m'imagine un voyage dans le temps. Plutôt comme si j'étais passé dans les limbes pendant un petit moment. Et c'était réel. Je suis sûr que c'était réel.

Il resta quelques instants songeurs, tambourinant sur son bureau.

D'où m'a-t-elle appelé ? Ont-ils le téléphone, dans les limbes ?

Il revint à la liste des noms rayés qu'il contempla longuement avant d'arracher la page de papier jaune, de la rouler en boule et de l'envoyer dans la corbeille à papier.

Tu aurais dû laisser tomber tout ça, geignait une partie de lui-même.

Mais il n'avait pas laissé tomber. Alors quoi, maintenant ?

Appelle un des types en qui tu as confiance. Russ Frame ou Tom Wycliff. Tu n'as qu'à prendre le téléphone et composer un numéro.

Mais il n'en avait aucune envie. En tout cas, pas ce soir. Il reconnaissait que c'était irrationnel et relevait plus ou moins de la superstition — il avait donné et reçu pas mal d'informations désagréables au téléphone, ces temps derniers, telle était son impression — mais il était trop fatigué pour se colleter encore avec ce soir. S'il pouvait avoir une bonne nuit de sommeil (et ça lui paraissait possible, pourvu qu'il laissât sa lampe de chevet allumée), peut-être quelque chose de plus concret et de mieux lui viendrait-il à l'esprit demain matin, lorsqu'il serait plus frais. En outre, il supposait qu'il allait devoir essayer de raccommoder les pots cassés avec Naomi et Dave Duncan — mais il voulait tout d'abord savoir au juste de quel genre de pots il s'agissait.

Si c'était possible.

CHAPITRE NEUF

LE POLICIER
DES BIBLIOTHÈQUES (I)

De fait, il dormit bien, d'un sommeil sans rêves. Et une idée lui vint effectivement à l'esprit pendant qu'il prenait sa douche, le lendemain matin ; lui vint naturellement et sans peine, comme nous viennent parfois les idées lorsque notre corps est reposé et que notre esprit n'a pas été encore encombré de tout un tas de conneries. La bibliothèque municipale n'était pas le seul endroit où l'information était disponible, et lorsque l'on s'intéressait à l'histoire récente — l'histoire *locale* récente — ce n'était même pas le meilleur endroit.

« *La Gazette !* » s'exclama-t-il, passant la tête sous la pomme de la douche pour rincer le savon.

Vingt minutes plus tard il était en bas, n'ayant plus que sa cravate et son veston à mettre, une tasse de café à la main. Le bloc-notes était devant lui, avec une liste de questions déjà rédigées.

1. Ardelia Lortz : Qui est-elle ? Ou qui était-elle ?
2. Ardelia Lortz : Qu'a-t-elle fait ?
3. La bibliothèque municipale de Junction City : Rénovée ? Quand ? Photos ?

A ce moment-là, on sonna à la porte. Sam jeta un coup d'œil à l'horloge en se levant pour aller répondre. Il était presque huit heures trente, le moment de partir au local commercial. Il pourrait faire un saut dans les bureaux de la *Gazette* vers dix heures, au moment de la pause-café, et jeter un coup d'œil sur de vieux numéros. Lesquels ? Il ruminait toujours là-dessus — certains se révéleraient plus instructifs que d'autres — tout en fouillant sa poche à la recherche de monnaie pour le jeune distributeur de journaux. Deuxième sonnerie.

« Je fais aussi vite que je peux Keith ! » lança-t-il une fois dans la cuisine, avant de tourner la poignée. C'est pas la peine de faire un trou dans la foutue p- »

A ce moment-là il leva les yeux et vit une forme beaucoup plus imposante que celle de Keith Jordan se profiler derrière le simple voilage qui masquait la vitre de la porte. Il avait eu l'esprit préoccupé, tout à ce qu'il allait faire aujourd'hui, et avait un peu oublié le rituel du lundi matin — payer les journaux. Mais à cet instant-là un pic à glace de terreur pure vint s'enfoncer au milieu de ses pensées vagabondes. Il n'avait nul besoin de voir le visage. Même à travers le voilage il avait reconnu la silhouette, le port... et l'imperméable, bien sûr.

Le parfum de la guimauve rouge, puissant, douceâtre et écœurant envahit sa bouche.

Il relâcha la poignée de la porte, mais un instant trop tard. Le verrouillage avait sauté avec un clic, et immédiatement, l'homme qui se tenait sous le porche enfonça la porte ; Sam, bousculé, recula en trébuchant dans la cuisine. Il fit des moulinets avec les bras pour conserver l'équilibre et réussit à faire tomber, au passage, les vêtements accrochés au portemanteau de la petite entrée.

Le Policier des Bibliothèques entra, enveloppé dans sa propre poche d'air froid. Il avança lentement, comme s'il disposait de tout son temps, et referma la porte derrière lui. Il tenait à la main le numéro de la *Gazette* de Sam, impeccablement roulé sur lui-même. Il le leva comme un bâton.

« Je vous ai apporté votre journal », dit le Policier des Bibliothèques. Il avait une voix étrangement lointaine, comme si elle parvenait à Sam à travers un épais carreau de vitre. « Je voulais auffi payer le garfon, mais il paraiffait preffé de partir. Je me demande pourquoi. »

Il s'avança vers la cuisine, c'est-à-dire vers Sam, qui battait en retraite vers le comptoir et tournait vers l'intrus l'œil exorbité et plein d'effroi d'un enfant terrifié, celui de quelque Simon le Simplet de la petite école.

Je dois imaginer ça — ou bien alors c'est un cauchemar —, un cauchemar tellement horrible qu'à côté, celui de l'autre nuit a l'air d'un doux rêve.

Mais ce n'était pas un cauchemar. Terrifiant, oui ; un cauchemar, non. Sam eut le temps d'espérer être devenu fou, en fin de compte. Etre cinglé n'était peut-être pas de tout repos, mais rien ne pouvait être aussi affreux que cette monstruosité à forme humaine qui venait d'entrer chez lui et qui s'avançait dans son propre cocon d'hiver.

La maison de Sam était ancienne et les plafonds y étaient hauts, mais le Policier des Bibliothèques dut se baisser pour franchir le seuil, et une fois dans la cuisine, la calotte de son feutre gris effleurait presque le plafond. Cela signifiait qu'il mesurait plus de deux mètres dix.

Son corps se dissimulait dans un imperméable de la couleur plombée du brouillard au crépuscule. Il avait une peau à la blancheur de craie. Son visage étroit possédait une certaine beauté mais il était également mort, comme s'il ne pouvait comprendre ni la bonté, ni l'amour, ni la miséricorde. Sa bouche était encadrée de plis exprimant une autorité absolue et sans passion, et Sam, pendant un instant de confusion, lui trouva une ressemblance avec la fente dans la tête de robot de granit qu'avait évoqué pour lui la façade de la bibliothèque. Les yeux du Policier des Bibliothèques semblaient être deux cercles d'argent qu'auraient troués deux petits plombs de chasse. Dépourvus de cils, ils étaient enchâssés dans une chair d'un rouge rosâtre qui paraissait prête à saigner. Mais le pire était qu'il s'agissait d'un visage que Sam *connaissait*. Quelque chose lui disait que ce n'était pas la première fois qu'il se recroquevillait de terreur sous ce regard noir et, très loin au fond de son esprit, Sam entendit une voix zézayante qui disait : *Viens avec moi, fifton... je suis le polifier.*

La cicatrice zigzaguait sur la géographie de ce visage, exactement comme Sam l'avait imaginé — de la joue gauche, au-dessous de l'œil, elle escaladait l'arête du nez. Mis à part la cicatrice, c'était le même homme que sur l'affiche... mais était-ce sûr ? Il commençait à en douter.

Viens avec moi, fifton, je suis un polifier.

Sam Peebles, l'enfant chéri du Rotary club de Junction City, Sam Peebles mouilla son pantalon. Il sentit sa vessie se décharger en un seul jet chaud, mais la chose lui parut lointaine et sans importance. La présence d'un monstre dans sa cuisine, voilà qui importait ; et le plus terrible était qu'il connaissait ce visage. Sam sentit une porte blindée, quelque part tout au fond de son esprit, qui se trouvait sur le point d'exploser. Pas un instant il ne pensa à fuir. L'idée de fuite se situait au-delà de ses capacités d'imagination. Il était de nouveau un enfant, un enfant qui avait été pris la main dans le sac

(le livre n'est pas Le mémento de l'orateur*)*

à faire quelque chose de très mal. Au lieu de courir

(le livre n'est pas Les poèmes d'amour préférés des Américains*)*

il s'accroupit lentement sur le fond humide de son entrejambe et s'effondra entre les deux tabourets du comptoir, se protégeant la tête des deux mains, à tout hasard.

(le livre est)

« Non » ! dit-il d'une voix rauque et sans force. Non, s'il vous plaît, non, je vous en prie, non, ne me le faites pas, s'il vous plaît, je serai sage, ne me faites pas mal comme ça. »

Il en était réduit là. Mais c'était sans importance ; le géant à l'imper couleur de brouillard

(le livre c'est La flèche noire *de Robert Louis Stevenson)*

se tenait maintenant directement au-dessus de lui.

Sam laissa retomber la tête. On aurait dit qu'elle pesait mille livres. Il fixait le plancher et priait, incohérent, pour que lorsqu'il relèverait les yeux, le personnage eût disparu.

« Regarde-moi, martela la voix lointaine et autoritaire, la voix d'un dieu mauvais.

— Non », cria Sam d'une voix aiguë et sans souffle, éclatant en sanglots impuissants. Ce n'était pas simplement de la terreur, même s'il éprouvait une terreur bien réelle et violente. Nettement séparée de cette sensation, c'était une vague profonde et glacée d'épouvante et de honte enfantines qui l'envahissait. Ces sentiments se collaient comme un sirop empoisonné à la chose dont il n'osait pas se souvenir, la chose qui avait un rapport avec le livre qu'il n'avait jamais lu, *La flèche noire* de Robert Louis Stevenson.

Flac !

Quelque chose frappa Sam à la tête et il cria.

« Regarde-moi !

— Non, ne m'obligez pas ! » supplia Sam.

Flac !

Il leva la tête, abritant ses yeux débordant de larmes d'un bras en caoutchouc, juste à temps pour voir le bras du Policier des Bibliothèques qui retombait.

Flac !

Il frappait Sam avec le journal roulé, comme on frapperait un chiot insouciant qui vient de faire pipi sur le sol.

« F'est mieux », zézaya le Policier des Bibliothèques. Il sourit, et ses lèvres s'écartèrent sur des dents pointues, pointues au point de faire penser à des crocs. Il mit la main dans la poche de son imperméable et en retira un porte-cartes en cuir. Il l'ouvrit et exhiba l'étrange étoile à pointes multiples ; elle brillait dans la lumière pure du matin.

Sam était maintenant incapable de détourner son regard du visage impitoyable, de ses yeux d'argent avec leur pupille en plombs de chasse. Il bavait et savait que cela aussi, il était incapable de l'empêcher.

« Vous avez deux livres qui nous appartiennent », déclara le Policier des Bibliothèques. Sa voix paraissait toujours venir de loin, ou de derrière un épais vitrage. « Mademoiselle Lortz est très fâchée contre vous, monsieur Peebles.

— Je les ai perdus », dit Sam, se mettant à pleurer plus fort. L'idée de mentir à cet homme au sujet de

(La flèche noire)

ces livres, au sujet de n'importe quoi, était hors de question. Il était l'autorité, le pouvoir, la force. Le juge, le jury et le bourreau.

Où est le concierge ? se demanda Sam, en pleine incohérence. *Où est le concierge qui vérifie les horloges et retourne ensuite dans le monde normal ? Le monde dans lequel des choses comme celle-là n'ont pas à se produire ?*

« Je... je... je...

— Vos excuses groffières ne m'intéreffent pas », zézaya le

Policier des Bibliothèques. Il referma son porte-cartes et le remit dans sa poche droite. En même temps, il glissa la main gauche dans son autre poche, dont il retira un couteau à la lame longue et effilée. Sam, qui avait travaillé pendant trois étés comme magasinier, afin de gagner l'argent de ses études, le reconnut. Un couteau à découper les cartons. Il y en avait certainement un identique dans toutes les bibliothèques des Etats-Unis. « Vous avez jusqu'à minuit. Ensuite... »

Il se pencha, tenant le couteau d'une main blême, cadavérique. L'enveloppe d'air glacial atteignit le visage de Sam et l'engourdit. Il essaya de crier, mais ne put émettre qu'un souffle impalpable et silencieux d'air transparent.

La pointe de la lame le piqua à la gorge. Impression d'être écorché par un glaçon. Une goutte unique, écarlate, coula de la blessure et se congela sur-le-champ, minuscule perle de sang.

« ... ensuite, je reviendrai », acheva le Policier des Bibliothèques de sa voix étrange, émoussée par son zézaiement. « Vaudrait mieux avoir trouvé ce que vous avez perdu, monsieur Peebles. »

Le couteau disparut dans la poche. Le Policier des Bibliothèques se redressa de toute sa taille.

« Il y a autre chose, reprit-il. Vous avez posé des queftions ifi et là, monsieur Peebles, ne recomenffez pas. C'est bien compris ? »

Sam tenta de répondre mais ne put qu'émettre un grognement grave.

Le Policier des Bibliothèques se pencha de nouveau en avant, précédé de son froid glacial, comme la proue plate d'une barge pousserait un bloc de glace dans une rivière gelée. « Ne vous mêlez pas de ce qui ne vous regarde pas. Est-fe que vous me comprenez ?

— Oui ! hurla Sam. Oui ! Oui ! Oui !

— Bien. Parce je vous surveillerai. Et je ne suis pas feul. »

Il se tourna, dans le bruissement rêche de son imperméable, et retraversa la cuisine jusqu'à l'entrée, sans jeter un seul regard en arrière. Il passa à travers une zone brillamment éclairée par le soleil matinal et Sam vit une chose à la fois merveilleuse et terrible : le Policier des Bibliothèques ne projetait aucune ombre.

Une fois à la porte, il prit la poignée et, sans se retourner, ajouta d'une voix basse, effrayante : « Si vous ne voulez pas me revoir, monsieur Peebles, trouvez fés livres. »

Il ouvrit la porte et sortit.

Une seule pensée paroxystique emplit l'esprit de Sam au moment où le battant se referma et où il entendit les pas du Policier des Bibliothèques sur le porche : il fallait aller verrouiller la porte.

Il se releva à moitié, puis la grisaille l'envahit et il tomba en avant, inconscient.

CHAPITRE DIX

COURONNE-O-LOGIS-QUEUE-
MENT PARLANT

1

« Puis-je... vous aider ? » demanda la réceptionniste. Son hésitation était due au deuxième regard qu'elle venait de jeter à l'homme qui venait de s'approcher de son comptoir. C'était une petite femme replète, d'une soixantaine d'années.

« Oui, répondit Sam. Je voudrais consulter quelques numéros anciens de la *Gazette de Junction City*, si c'est possible.

— Bien entendu. Mais... veuillez m'excuser de me permettre cette remarque... mais vous n'avez pas l'air très bien, monsieur. Je vous trouve très pâle.

— J'ai bien peur de couver quelque chose, en effet.

— Ces coups de froid de printemps sont les pires, n'est-ce pas ?

dit-elle en se levant. Veuillez passer par le portillon, au bout du comptoir, Monsieur... ?

— Peebles. Sam Peebles. »

Elle s'arrêta et redressa la tête, portant un doigt à l'ongle carminé au coin de sa bouche. « Vous vendez des assurances, n'est-ce pas ?

— Oui madame.

— Je pensais bien vous avoir reconnu. J'ai vu votre photo dans le journal, la semaine dernière. Avez-vous gagné quelque chose ?

— Non, madame. J'ai simplement donné une petite conférence, au Rotary club. »

Et je donnerais n'importe quoi pour être capable de remonter le temps. Je dirais à Craig Jones d'aller se faire foutre.

« Mais c'est merveilleux », répondit-elle. Elle parlait toutefois comme s'il pouvait y avoir un doute. « Vous paraissez différent sur la photo. »

Sam franchit le portillon.

« Je m'appelle Doreen McGill », reprit-elle, en lui tendant une main potelée. Sam la lui secoua et dut faire un effort pour marmonner une formule de politesse. Il songea que parler aux gens — et les toucher, notamment les toucher — allait lui demander des efforts pendant encore un bon moment. Toute son ancienne aisance paraissait l'avoir quitté.

La femme le précéda dans un escalier moquetté, allumant la lumière au passage. La volée de marches était étroite, l'ampoule faible, et Sam sentit aussitôt mille horreurs l'assiéger. Elles se bousculaient pour l'approcher, comme des fans autour de quelqu'un qui distribuerait des billets gratuits pour un fabuleux spectacle de leur vedette préférée. Le Policier des Bibliothèques était peut-être là en bas, dissimulé dans l'obscurité. Le Policier des Bibliothèques avec sa peau blanche de cadavre, ses yeux d'argent bordés de rouge et son zézaiement peu marqué mais mystérieusement familier.

Arrête ça. Et si tu ne peux pas, pour l'amour du Ciel, au moins contrôle-toi ! Il le faut. Parce que c'est ton unique chance. Que vas-tu faire si tu n'es même plus capable de descendre un vulgaire escalier de sous-sol ? Te planquer chez toi en attendant minuit ?

« Voici la morgue », dit Doreen McGill avec un geste de la main. C'était une femme qui n'en ratait jamais une, aurait-on dit. « Vous n'avez qu'à simplement-

— La morgue ? » L'interrompit Sam, se tournant vers elle. Son

cœur s'était mis à cogner méchamment dans sa cage thoracique.
« Vous avez dit la morgue ? »

Doreen McGill éclata de rire. « Tout le monde l'appelle comme
ça. C'est affreux, n'est-ce pas ? Ça doit être une tradition idiote du
journal, sans doute. Ne vous inquiétez pas, monsieur Peebles, il n'y
a aucun cadavre ici. Seulement des rouleaux et des rouleaux de
microfilms. »

Je ne serais pas aussi affirmatif, songea-t-il, en la suivant dans
l'escalier, très content qu'elle passe devant. Elle enclencha une série
d'interrupteurs au bas des marches. Des tubes fluos, encastrés dans
ce qui ressemblait à des bacs à glace géants mis à l'envers, éclairèrent
une grande pièce basse de plafond et moquettée du même bleu
foncé que l'escalier. Les murs disparaissaient derrière des rangées
d'étagères chargées de petites boîtes, sauf celui de gauche, où
s'alignaient quatre lecteurs de microfilms qui ressemblaient à des
sèche-cheveux futuristes. Ils étaient d'un bleu identique à celui de la
moquette.

« Ce que je voulais vous dire est que vous devez signer le
cahier », reprit Doreen. Elle eut un nouveau geste, cette fois pour
un gros volume attaché à un pupitre, près de la porte. « Vous y
mettrez la date, l'heure à laquelle vous êtes arrivé (elle consulta sa
montre), qui est dix heures vingt, et l'heure à laquelle vous
partirez. »

Sam se pencha sur le pupitre et signa. Le nom qui précédait le
sien était celui d'un certain Arthur Meecham, lequel était passé le
vingt-sept décembre 1989. Il y avait plus de trois mois. Il se trouvait
dans une salle bien équipée et bien éclairée, mais qui, apparemment,
ne servait guère.

« Belle installation, n'est-ce pas ? demanda Doreen McGill avec
satisfaction. C'est grâce au gouvernement fédéral. Il aide au
financement des morgues des journaux — ou des archives, si vous
préférez le mot. Moi je le préfère, d'ailleurs. »

Une ombre dansa sur l'une des rangées d'étagères et le cœur de
Sam se mit de nouveau à cogner. Mais ce n'était que celle de la
réceptionniste, qui s'était penchée pour vérifier qu'il n'avait pas
commis d'erreur dans la date. Et-

Et IL *ne projetait pas d'ombre. Le Policier des Bibliothèques. En
plus...*

Il essaya, en vain, de chasser la suite.

En plus, je ne peux pas vivre comme ça. Je ne peux pas vivre dans

une telle terreur. Je finirai par mettre la tête dans le four, si ça doit durer trop longtemps. Oui, je le ferai. Ce n'est pas simplement la peur de cet homme, si c'en est un. Mais à cause de ce que l'on ressent dans sa tête, de la manière dont ça se met à hurler quand on se rend compte que tout ce à quoi l'on croyait se dissipe comme de la fumée.

Doreen montra le mur de droite, où trois gros volumes étaient posés sur une étagère. « Là, vous avez janvier, février et mars 1990, dit-elle. Tous les mois de juillet, le journal envoie les six premiers mois de l'année à Grand Island, au Nebraska, pour qu'ils soient microfilmés. On fait de même en janvier pour les six autres mois. » Elle tendit sa main potelée, pointant un doigt à l'ongle laqué qui passa des rangées d'étagères aux lecteurs de microfilms. Elle semblait admirer la qualité de son vernis à ongle, ce faisant. « Les microfilms sont disposés dans ce sens, chronologiquement. » Elle prononça le mot de telle manière qu'il crut entendre quelque chose de vaguement exotique : *couronne-o-logis-queue-ment.* A votre droite, les plus modernes, à votre gauche les plus anciens. »

Elle sourit pour montrer qu'il s'agissait d'une plaisanterie et peut-être pour lui faire sentir combien tout cela était merveilleux. Couronne-o-logis-queue-ment, disait son sourire, qu'est-ce que c'est chouette !

« Merci, dit Sam.

— Il n'y a pas de quoi. C'est pour cela que je suis ici. Entre autres, en tout cas. » Elle posa son ongle laqué au coin de sa bouche et lui adressa de nouveau son sourire mutin. « Savez-vous faire marcher un lecteur de microfilms, monsieur Peebles ?

— Oui, merci.

— Très bien. Si vous avez besoin de quoi que ce soit, je suis juste en haut. N'hésitez pas à m'appeler.

— Vous n'allez pas- » commença-t-il avant de refermer sèchement la bouche sur le reste : *me laisser tout seul ?*

Elle souleva un sourcil.

« Non, rien », se reprit-il, en la suivant des yeux dans l'escalier. Il dut résister à une forte envie de se précipiter derrière elle. Car, moquette bleue douillette ou non, il se trouvait dans une autre bibliothèque de Junction City.

Une bibliothèque qu'on appelait la morgue.

2

Sam se dirigea lentement vers les étagères chargées de microfilms, ne sachant trop par où commencer. Il était très content que les tubes fluo fussent assez puissants pour chasser les ombres inquiétantes de presque tous les recoins.

Il n'avait pas osé demander à Doreen McGill si le nom d'Ardelia Lortz lui disait quelque chose, ni même si elle savait à quelle époque la bibliothèque avait subi des travaux de rénovation. *Vous avez posé des queftions ifi et là, monsieur Peebles,* avait dit le Policier des Bibliothèques. *Ne vous mêlez pas de ce qui ne vous regarde pas. Vous avez compris ?*

Oui, il avait compris. Et il se doutait bien qu'il risquait la colère du Policier des Bibliothèques en fouinant ici et là... mais il ne posait pas de questions, du moins pas exactement, et les choses auxquelles il s'intéressait *le regardait.* Elles le concernaient même désespérément.

Je vais faire attention. Et je ne suis pas seul.

Sam regarda nerveusement par-dessus son épaule. Ne vit rien. Et trouva néanmoins impossible de se décider. Il était allé jusqu'ici, mais ignorait s'il pouvait aller plus loin. Il se sentait plus qu'intimidé, plus que terrorisé. Il se sentait détruit.

« Il faut y aller, grommela-t-il d'un ton âpre, s'essuyant la bouche d'une main qui tremblait. Il faut absolument y aller. »

Il fit avancer sa jambe gauche. Il resta ainsi un instant, pieds écartés, comme s'il s'était arrêté pendant le franchissement d'un gué. Puis sa jambe droite rejoignit la gauche et c'est d'un pas hésitant, récalcitrant, même, qu'il s'approcha de la première étagère à côté de celle portant les gros volumes reliés. Une affichette indiquait :

1987-1989

C'était une période certainement trop récente ; en fait, les travaux de rénovation de la bibliothèque devaient avoir eu lieu avant le printemps de 1984, date de son installation à Junction City. Sinon, il aurait remarqué le chantier, il aurait entendu les gens en parler, il aurait vu des articles dans la *Gazette.* Mais en dehors du fait que les travaux ne devaient pas dater de plus de quinze ou vingt ans (le faux plafond ne lui avait pas paru tellement ancien), il ne pouvait guère réduire davantage la fourchette. Si seulement il avait pu réfléchir plus posément ! Mais il en était incapable. Ce qui lui était arrivé le matin même fichait en l'air tout effort normal pour penser rationnellement, tout comme les taches solaires, en période d'activité, fichent en l'air les transmissions radio et télé. Réalité et irréalité étaient entrées en collision comme d'énormes dalles, et Sam Peebles, minuscule échantillon d'humanité, hurlant et se débattant, avait eu la malchance de se trouver coincé au milieu.

Il se déplaça de deux rangées sur la gauche, surtout parce qu'il redoutait, s'il arrêtait trop longtemps de bouger, de se pétrifier complètement. Il arriva à hauteur de l'étagère marquée :

1981-1983

Il prit l'une des boîtes à peu près au hasard et alla s'asseoir devant l'un des lecteurs de microfilms. Il glissa le film sur la bobine de défilement, essayant de se concentrer dessus (elle était également bleue, et Sam se demanda pour quelle raison, s'il y en avait une, toutes les couleurs de cette salle impeccable et bien éclairée étaient coordonnées), et rien d'autre. Il fallait tout d'abord la monter sur l'un des axes, puis dérouler l'amorce, vérifier et s'assurer du bon accrochage sur la bobine d'enroulement. Très bien. La machine était tellement simple qu'un gamin de huit ans aurait pu facilement exécuter ces petites tâches, mais il fallut presque cinq minutes à Sam pour en venir à bout. Il devait faire avec ses mains agitées de tremblements et son esprit qui battait la campagne. Lorsqu'enfin la première image apparut sur l'écran, il découvrit qu'il avait monté la bobine à l'envers ; difficile de lire une page de bas en haut...

Il rembobina patiemment le microfilm, le tourna et le remit en place. Il s'aperçut que ce retard ne l'ennuyait pas ; répéter l'opération, pas à pas, paraissait avoir un effet calmant sur lui. Cette fois-ci, la première page du numéro du 1er avril 1981 de la *Junction City Gazette* apparut devant lui, et à l'endroit. La manchette annonçait la démission surprise d'un élu local dont Sam n'avait jamais entendu parler, mais ses yeux ne tardèrent pas à découvrir un intéressant encadré en bas de page, contenant ce message :

LRICHARD PRICE ET TOUT LE PERSONNEL DE
LA BIBLIOTHÈQUE MUNICIPALE DE JUNCTION CITY
VOUS RAPPELLENT QUE
A SEMAINE NATIONALE DES BIBLIOTHÈQUES SE TIENDRA
DU 6 AU 13 AVRIL.
VENEZ TOUS NOUS VOIR !

Est-ce que je le savais ? se demanda Sam. *Est-ce pour cette raison que j'ai pris cette boîte et non une autre ? Est-ce que je me souvenais inconsciemment que la deuxième semaine d'avril était la semaine nationale des bibliothèques ?*

Viens avec moi, lui répondit dans un murmure une voix ténébreuse. *Viens avec moi, fifton, je suis un polifier.*

Il se hérissa de chair de poule et un frisson le traversa. Sam repoussa et la question, et la voix fantôme. Après tout, peu importaient les raisons pour lesquelles il avait choisi les numéros d'avril 1981 de la *Gazette*. L'important était d'avoir eu un coup de chance.

Peut-être, un coup de chance.

Il fit défiler rapidement la bobine jusqu'au six avril, et trouva exactement ce qu'il cherchait. En chapeau, au-dessus du titre du journal, on lisait :

SUPPLÉMENT SPÉCIAL BIBLIOTHÈQUE MUNICIPALE

Sam s'y rendit tout de suite. Il s'ouvrait sur deux photos ; l'une montrait la bibliothèque vue de l'extérieur, tandis que l'autre représentait Richard Price, le bibliothécaire en chef, debout au comptoir de contrôle entrées / sorties des livres, et souriant nerveusement à l'objectif. Il était exactement comme Naomi Higgins l'avait décrit, grand, la cinquantaine, avec des lunettes et une petite moustache étroite. Sam était davantage intéressé par le second plan. On y apercevait le plafond suspendu qui l'avait tellement bouleversé lors de son deuxième passage à la bibliothèque. Les rénovations remontaient donc à une date antérieure à avril 1981.

Les articles étaient exactement ce à quoi il s'était attendu car cela faisait six ans qu'il lisait cette feuille de chou : on s'y auto-encensait allègrement, et il avait l'habitude de ces éditoriaux, style regardez-les-bons-chrétiens-que-nous-sommes. Il y avait aussi des articles d'information (plutôt laconiques) sur la semaine nationale des bibliothèques, le programme estival de lecture, la bibliomobile de Junction City, ainsi que sur la nouvelle campagne de dons qui venait de commencer. Sam ne fit que les parcourir. Sur la dernière page du supplément il trouva une étude bien plus intéressante, écrite par Price lui-même :

LA BIBLIOTHÈQUE MUNICIPALE DE JUNCTION CITY
Un siècle d'histoire

La curiosité de Sam fut rapidement déçue. Le nom d'Ardelia n'y figurait pas. Il tendait déjà la main vers le bouton de rembobinage, lorsqu'il vit mentionné le projet de rénovation, qui remontait à 1970, assorti de quelque chose d'autre, quelque chose qui n'était pas tout à fait dans le ton du reste. Sans se mit à relire la dernière partie de la bavarde note historique de M. Price, plus attentivement cette fois.

A la fin de la grande Dépression, notre bibliothèque prit un nouveau départ. En 1942, le conseil municipal de Junction City vota un budget de 5 000 $ pour la réparation des dégâts des eaux dus à l'inondation de 32, et Mme Felicia Culpepper prit le poste de bibliothécaire en chef, y consacrant tout son temps et toute son énergie. Elle ne perdit jamais de vue le but qu'elle s'était fixé : une bibliothèque complètement rénovée, au service d'un bourg en train de devenir rapidement une ville. Mme Culpepper prit sa retraite en 1951, laissant la place à Christopher Lavin, le premier bibliothécaire de Junction City ayant eu un diplôme en bibliothéconomie. M. Lavin créa le fond Culpepper, qui recueillit plus de 15 000 $, dès la première année, pour l'acquisition de nouveaux ouvrages ; la bibliothèque de Junction City était sur la voie de l'époque moderne !
Peu après avoir pris moi-même le poste de bibliothécaire en chef en 1964, je me suis donné pour but d'entreprendre une nouvelle série de rénovations. Les fonds nécessaires furent finalement réunis vers la fin de 1969, et si les subventions municipales et fédérales ont contribué à la construction du splendide bâtiment que les « rats de bibliothèque » de Junction City fréquentent aujourd'hui, ce projet n'aurait jamais pu être mené à son terme sans l'aide de tous les volontaires qui ont joué du marteau et de la scie pendant le mois « construisez votre bibliothèque », en août 1970.
Parmi les projets importants des années soixante-dix et quatre-vingt, on compte...

Sam releva les yeux, songeur. Il avait l'impression que quelque chose manquait dans cet historique détaillé et quelque peu soporifique dû à la plume de Richard Price. Non, en y repensant, le terme « manquait » était inexact. L'essai montrait que Price était manifestement un personnage pointilleux, un maniaque du détail de première grandeur — sympathique, sans doute, mais néanmoins un minutieux —, et ce genre d'individus n'oubliaient pas les détails, en particulier lorsque le sujet qu'ils traitaient leur tenait à cœur.

L'expression juste n'était pas « quelque chose manquait », mais « quelque chose était dissimulé ».

Cela ne le menait pas loin, couronne-o-logis-queue-ment ou non. En 1951, un homme du nom de Christopher Lavin avait succédé à sainte Felicia Culpepper comme bibliothécaire en chef. Price avait-il succédé à Lavin ? Sam ne le pensait pas. A un moment donné, dans ce vide de treize années, une femme du nom d'Ardelia Lortz avait dû remplacer Lavin. Et c'était à elle que Price, estimait Sam, avait succédé à son tour. Elle ne figurait pas dans le compterendu pointilleux de Richard Price parce qu'elle avait fait... *quelque chose*. Il n'en était pas pour autant plus près de deviner ce qu'était ce quelque chose, mais il avait une idée plus précise de son ampleur. Quoi que ce fût, ce qu'elle avait fait était suffisamment grave pour que Price réduisît son existence à néant, en dépit de son goût évident pour les détails et la chronologie.

Un meurtre. Il doit s'agir d'un meurtre. C'est en fait la seule chose assez grave pour que-

A cet instant, une main s'abattit sur l'épaule de Sam.

3

S'il avait hurlé, il aurait sans doute autant terrifié la personne qui venait de poser la main sur lui qu'elle l'avait déjà terrifié lui-même, mais il en fut incapable. Au lieu de cela, ses poumons lui firent l'impression de se vider complètement, comme un accordéon écrasé lentement par un pied d'éléphant, et tout devint de nouveau grisâtre. Ses muscles avaient la consistance du macaroni cuit. Il ne remouilla pas son pantalon ; c'est là, sans doute, la seule grâce qui lui fut accordée.

« Sam ? » entendit-il une voix lui demander. Elle paraissait venir de très loin — disons, du Kansas. « C'est vous, Sam ? »

Il fit brusquement demi-tour, manquant presque tomber de sa chaise, et se trouva face à Naomi. Il essaya de retrouver son souffle afin de pouvoir dire quelque chose, mais seul un sifflement asthmatique sortit de sa gorge. La pièce lui faisait l'impression d'onduler sous ses yeux. La grisaille allait et venait.

Puis il vit Naomi reculer maladroitement d'un pas, tandis que l'inquiétude lui agrandissait les yeux et qu'elle portait une main à sa bouche. Elle heurta l'une des étagères chargées de microfilms, assez fort pour manquer de peu la renverser. Celle-ci se balança, deux ou trois boîtes dégringolèrent avec un bruit sourd sur la moquette, et elle retomba en place.

« Omy », finit-il par souffler. Sa voix se réduisait à un couinement confidentiel. Il se rappelait avoir attrapé une fois, lorsqu'il était enfant à Saint Louis, une souris sous sa casquette de base-ball. Elle avait émis un son identique tout en cavalant à la recherche d'une issue.

« Mais qu'est-ce qui vous est arrivé, Sam ? » Elle aussi avait l'air de quelqu'un ayant eu le souffle coupé par la violence du choc éprouvé. A tous les deux on fait la paire, pensa Sam, Abbot et Costello Face aux Monstres.

« Qu'est-que vous fabriquez ici ? demanda-t-il. Vous venez de me flanquer une de ces putains de frousse ! »

Ça y est. Encore un de ces gros mots. Sans compter que je vous ai une fois de plus appelée Omy. Désolé pour tout ça. Il se sentit un peu mieux, envisagea de se lever, mais y renonça ; inutile de prendre ce genre de risque. Il n'était pas encore tout à fait sûr que son cœur n'allait pas caler.

« J'étais passée vous voir au bureau, expliqua-t-elle. Cammy Harrington m'a dit qu'elle avait cru vous voir entrer ici. Je voulais m'excuser. Peut-être. J'ai tout d'abord pensé que vous aviez voulu jouer une sale blague à Dave. Il m'a dit que jamais vous ne feriez quelque chose comme ça, et j'ai commencé à me dire que ça ne vous ressemblait pas, en effet. Vous avez toujours été tellement gentil...

— Merci. C'est ce qui me semblait.

— ... et vous aviez l'air... tellement bouleversé, au téléphone. J'ai demandé à Dave de quoi il s'agissait, mais il n'a rien voulu me dire d'autre. Tout ce que je sais, c'est ce que j'ai entendu... et l'air qu'il avait lorsqu'il vous parlait. On aurait dit qu'il venait de voir un fantôme. »

Non, pensa un instant lui répondre Sam. *Celui qui a vu le fantôme, c'est moi. Et ce matin, j'ai vu quelque chose de pire encore.*

« Sam, il y a quelque chose qu'il faut que vous sachiez à propos de Dave... et de moi. Je pense que pour Dave, vous vous en doutez, mais je-

— Je crois savoir, la coupa Sam. Dans le mot que j'ai laissé à Dave, je disais que je n'avais vu personne à Angle Street, mais c'était faux. Je n'ai en effet rencontré âme qui vive dans la maison, mais j'ai exploré tout le rez-de-chaussée, à la recherche de Dave. Je vous ai vus, dans le jardin de derrière. Ainsi donc... je suis au courant. Mais je n'ai pas cherché à savoir, si vous voyez ce que je veux dire.

— Oui, dit-elle. C'est sans importance. Mais... Sam... oh, mon Dieu, qu'est-ce qui est arrivé ? Vos cheveux...

— Qu'est-ce qu'ils ont, mes cheveux ? » fit-il d'un ton sec.

Elle ouvrit son sac d'une main légèrement tremblante et en tira un poudrier. « Regardez. »

Il obéit, sachant déjà ce qu'il allait voir.

Depuis huit heures trente du matin, ses cheveux étaient devenus presque complètement blancs.

4

« Je vois que vous avez trouvé votre ami », dit Doreen McGill à Naomi, lorsqu'ils remontèrent, en mettant un ongle au coin de la bouche pour leur adresser son sourire voyez-comme-je-suis-mignonne.

« Oui.

— Avez-vous pensé à signer en sortant ?

— Oui », répéta Naomi, qui avait rempli cette formalité pour tous les deux.

« Avez-vous remis en place les microfilms utilisés ? »

Cette fois, c'est Sam qui répondit oui. Il était incapable de se rappeler si lui ou Naomi avait rangé celui qu'il avait monté sur la bobine, et il s'en moquait. Il n'avait qu'une envie, sortir d'ici au plus vite.

Doreen faisait toujours des manières. Tapotant sa lèvre inférieure de l'ongle, elle tourna la tête vers Sam et lui dit : « Vous avez l'air différent, sur la photo du journal, mais je n'arrive pas à dire en quoi. »

Tandis qu'ils gagnaient la sortie, Naomi lança : « Il a fini par comprendre et a arrêté de se teindre les cheveux. »

Une fois dehors, sur les marches, Sam explosa de rire, au point de se plier en deux. Un rire hystérique, à un degré à peine au-dessous du hurlement, mais il s'en fichait. Ça faisait du bien. Ça vous nettoyait de fond en comble.

Naomi se tenait à côté de lui, et semblait n'être ennuyée ni par l'accès d'hilarité de Sam ni par les regards intrigués qu'il provoquait chez les passants. Elle leva même le bras pour saluer quelqu'un qu'elle connaissait. Sam s'appuya des mains sur les cuisses, toujours secoué d'un rire incoercible, ce qui n'empêchait pas quelque chose de plus lucide, au fond de lui, de se dire : *Elle a déjà assisté à ce genre de réaction. Je me demande bien où ?* Mais il connaissait la réponse avant même d'avoir fini de se poser mentalement la question. Naomi était une alcoolique, et travailler avec d'autres alcooliques, les aider, faisait partie de sa propre thérapie. Elle avait dû probablement assister à plus d'une crise d'hilarité hystérique, pendant les séances d'Angle Street.

Elle va me gifler, pensa-t-il, sans cesser de hululer : il s'imaginait devant le miroir de sa salle de bains, en train de passer patiemment de la Formule Grecque dans ses boucles. *Elle va me gifler, c'est comme ça qu'on fait avec les hystériques.*

Mais apparemment, Naomi savait que c'était inutile. Elle attendit patiemment à côté de lui, au soleil, qu'il eût repris le contrôle de lui-même. Finalement, les éclats de rire commencèrent à se réduire à des reniflements sauvages et à de brusques accès de ricanements. Les muscles du ventre lui faisaient mal, et les larmes brouillaient sa vision et mouillaient ses joues.

« Ça va mieux ? demanda-t-elle.

— Oh, Naomi », commença-t-il, soudain interrompu par un nouveau braiement de rire qui lui échappa pour un petit galop au soleil du matin. « Vous ne pouvez imaginer à quel point.

— Oh que si. Venez. Nous prendrons ma voiture.

— Où — (il eut un hoquet) où allons-nous ?

— A Angel Street, répondit-elle, prononçant le nom comme le peintre l'avait initialement prévu. Je suis très inquiète pour Dave. J'ai commencé par passer là-bas ce matin, mais il n'y était pas. J'ai peur qu'il ne se soit remis à boire.

— Ce ne serait pas la première fois, non ? » demanda-t-il, la suivant dans l'escalier. La Datsun était garée juste derrière la voiture de Sam, au bord du trottoir.

Elle lui jeta un coup d'œil. Bref, mais complexe : on aurait pu y lire irritation, résignation, compassion. Sam se dit que réduit à l'essentiel, il signifiait : *Vous ne savez pas de quoi vous parlez, mais ce n'est pas de votre faute.*

« Cela fait presqu'une année que Dave n'a pas bu, cette fois, mais son état de santé est mauvais, dans l'ensemble. Comme vous dites, ce n'est pas sa première rechute, mais celle-ci peut le tuer.

— Et ce serait ma faute. » Tout d'un coup, il n'eut plus envie de rire.

Elle le regarda, un peu surprise. « Non, dit-elle. La faute de personne… mais ce n'est pas une raison pour le laisser faire. Venez. Nous allons prendre ma voiture. Nous parlerons en roulant. »

5

« Dites-moi ce qui vous est arrivé, demanda-t-elle tandis qu'ils se dirigeaient vers la périphérie de la ville. Dites-moi tout. Il n'y a pas que vos cheveux, Sam ; vous avez l'air d'avoir dix ans de plus.

— Foutaises. » Il avait vu bien autre chose que ses cheveux dans le petit miroir de Naomi : sa propre image, mieux qu'il ne l'aurait voulu. « J'ai l'air d'en avoir vingt de plus, oui. Et l'impression d'en avoir cent.

— Mais qu'est-ce qui s'est passé ? »

Sam ouvrit la bouche pour répondre, pensa à l'effet qu'il pourrait produire, puis secoua la tête. « Non, dit-il, pas encore. C'est vous qui allez commencer par m'expliquer quelque chose, et me parler d'Ardelia Lortz. Vous avez cru que je plaisantais, l'autre jour ; sur le coup je ne m'en étais pas rendu compte. Alors, parlez-moi d'elle ; dites-moi ce qu'elle était et ce qu'elle a fait. »

Naomi se rangea le long du trottoir, peu après la vieille caserne des pompiers en granit de Junction City, et se tourna vers Sam. Elle avait la peau très pâle sous son léger maquillage, et ses yeux étaient agrandis. « Comment, vous ne plaisantiez pas ? Essayez-vous de me faire croire, Sam, que ce n'était pas une blague ?

— Exactement.

— Mais voyons, Sam… » Elle s'interrompit, et parut, pendant quelques instants, ne pas savoir par où continuer. Elle reprit finalement la parole, très doucement, comme si elle s'adressait à un enfant qui vient de faire quelque chose de mal en toute innocence. « Mais, Sam, Ardelia Lortz est morte. Elle est morte depuis trente ans !

— Je le sais. Je veux dire, je le sais *maintenant*. C'est le reste, que je veux apprendre.

— Enfin, Sam, qui que soit celle que vous croyez avoir vue-

— Je sais bien ce que j'ai vu.

— Dites-moi ce qui vous fait penser-

— Non, vous d'abord. »

Elle passa en première, jeta un coup d'œil dans le rétroviseur et reprit la direction d'Angle Street. « Je ne suis pas au courant de grand-chose. Je n'avais que cinq ans lorsqu'elle est morte. L'essentiel de ce que je sais vient de commérages entendus ici et là. Elle appartenait à la Première Eglise Baptiste de Proverbia — du moins c'était là qu'elle allait — mais ma mère n'en parle jamais. Tout comme tous les autres vieux paroissiens. Pour eux, c'est comme si elle n'avait jamais existé. »

Sam acquiesça. « Exactement comme dans l'article de Price, sur l'histoire de la bibliothèque. Celui que je lisais au moment où vous m'avez mis la main sur l'épaule et où vous m'avez fait vieillir de douze ans de plus. Cela explique aussi pourquoi votre mère était tellement furieuse contre moi lorsque j'ai mentionné ce nom, samedi soir. »

Naomi, surprise, lui jeta un coup d'œil. « C'est pour cela que vous avez appelé ? »

De nouveau, Sam acquiesça.

« Oh, Sam... si vous n'étiez pas encore sur la liste rouge de Maman, c'est fait, maintenant.

— Je m'y trouvais déjà, mais j'ai l'impression qu'elle m'a fait passer en tête », répliqua Sam avec un petit rire qui le fit grimacer. Il avait encore l'estomac douloureux des suites de son accès de fou rire, sur les marches de la bibliothèque, mais il était heureux de l'avoir eu : une heure auparavant, il n'aurait jamais cru pouvoir regagner autant de son équilibre. En fait, une heure auparavant, il aurait affirmé que Sam Peebles et l'équilibre étaient deux concepts ayant toute chance de rester exclusifs pour le reste de sa vie. « Continuez, Naomi.

— A peu près tout ce que j'ai pu recueillir vient de ce que les AA appellent la " véritable réunion ". Quand les gens, avant ou après, se retrouvent autour d'une tasse de café et parlent de tout et de rien. »

Sam la regarda, curieux. « Depuis combien de temps êtes-vous avec les AA, Naomi ?

— Neuf ans, répondit-elle d'un ton égal. Et cela fait six ans que je n'ai pas pris un verre. Mais j'ai toujours été alcoolique. On ne devient pas alcoolique, Sam. On naît comme ça.

— Ah, fit-il bêtement. Et est-ce qu'elle en a fait partie ? Ardelia Lortz ?

— Seigneur, non — mais cela ne signifie pas que certains des AA ne s'en souviennent pas. Elle a dû débarquer à Junction City en 1956 ou 1957, je crois. Elle a été engagée pour seconder monsieur Lavin, à la bibliothèque. Un an ou deux plus tard, Lavin est mort brusquement — attaque cardiaque ou hémorragie cérébrale, je ne sais plus — et la ville a nommé la mère Lortz à son poste. J'ai entendu dire qu'elle y faisait du bon travail, mais à en juger par ce qui s'est passé, elle excellait surtout dans l'art de mystifier les gens.

— Mais qu'a-t-elle fait, Naomi ?

— Elle a tué deux enfants et s'est ensuite suicidée, répondit simplement la jeune femme. Au cours de l'été 1960. On avait lancé une recherche pour les enfants. Personne n'avait songé à aller voir dans la bibliothèque, car elle aurait dû être fermée. On les a trouvés le lendemain, jour où elle aurait dû être ouverte mais était restée portes closes. Il y a des verrières dans le toit-

— Je sais.

— Mais à l'heure actuelle, on ne peut les voir que de l'extérieur, à cause des transformations effectuées à l'intérieur. On a abaissé le plafond pour économiser le chauffage, un truc comme ça. Bref, ces verrières comportaient de grosses poignées de cuivre qu'il fallait manœuvrer avec une longue perche pour les ouvrir, et laisser entrer l'air, je suppose. Elle a attaché une corde à l'une de ces poignées, sans doute en utilisant l'une des grandes échelles réservées aux étagères les plus hautes, et s'est pendue là. Après avoir tué les enfants.

— Je vois. » Sam avait parlé d'une voix calme, mais son cœur battait à coups lents et très puissants. « Et comment... comment a-t-elle tué les enfants ?

— Je l'ignore. Personne ne me l'a dit, et je n'ai jamais posé la question. Je suppose que c'était affreux.

— Oui, je suppose.

— Maintenant, dites-moi ce qui vous est arrivé.

— J'aimerais d'abord voir si Dave est au refuge. »

Naomi se raidit aussitôt. « C'est *moi* qui vais aller voir. Vous, vous resterez bien sagement dans la voiture. Je suis désolée de m'être trompée dans mes conclusions, hier, cependant il n'est pas question que vous rendiez Dave malade encore une fois. J'y veillerai.

— Mais Naomi, il est concerné par cette histoire !

— C'est impossible, répliqua-t-elle d'un ton de voix sous-entendant que la discussion était close.

— Bon Dieu, mais c'est *tout ça* qui est impossible ! »

Ils se rapprochaient d'Angle Street. Devant eux, une camionnette pick-up ferraillait en direction du centre de recyclage, son plateau débordant de cartons pleins de bouteilles et de boîtes de conserve.

« J'ai l'impression que vous ne comprenez pas ce que je veux dire, reprit-elle. Cela ne me surprend pas ; c'est la plupart du temps le cas, avec les Terriens. Alors ouvrez bien vos oreilles, Sam. Je vais vous le dire en mots d'une syllabe : *si Dave boit, Dave meurt*. Vous m'avez suivi ? Bien suivi ? »

Elle jeta un nouveau coup d'œil à Sam. Un coup d'œil tellement furieux qu'il fut une brûlure pour lui ; mais même dans la détresse dans laquelle il était plongé, il prit conscience de quelque chose. Auparavant, même avant les deux soirs où il était sorti avec Naomi, Sam l'avait trouvée jolie. Maintenant, il s'apercevait qu'elle était ravissante.

« Ça veut dire quoi, les Terriens ? demanda-t-il.

— Les gens qui n'ont aucun problème avec l'alcool, les pilules, le hash, le sirop pour la toux ou n'importe quoi qui vous fiche en l'air dans la tête. » Elle cracha presque les mots. « Les gens qui ont les moyens de faire la morale aux autres et de les juger. »

Devant eux, le camion s'engagea dans la longue allée truffée d'ornières qui conduisait au centre de rédemption. Angle Street se dressait devant eux. On pouvait voir quelque chose garé en bas du porche, mais pas une voiture : c'était le caddy de Dave.

« Arrêtez-vous une minute », dit Sam.

Naomi fit halte, mais sans se tourner vers lui. Elle regardait droit devant elle, à travers le pare-brise, les mâchoires contractées, les joues empourprées.

« Vous vous souciez de son sort, reprit-il, et ça me fait plaisir. Vous souciez-vous aussi du mien, Sarah ? Même si je ne suis qu'un Terrien ?

— Vous n'avez aucun droit de m'appeler Sarah. Je peux me servir de ce prénom : j'ai été baptisée Naomi Sarah Higgins. Et *eux* le peuvent aussi, car d'une certaine manière, ils sont plus proches de moi que des parents par le sang. En fait, nous sommes parents par le sang : nous avons en commun quelque chose qui fait de nous ce que nous sommes. Quelque chose dans notre sang. Vous, Sam, vous n'en avez pas le droit.

— Peut-être que si. Il n'est pas exclu que je ne fasse pas partie des vôtres, maintenant. Vous, vous avez l'alcool. Moi, le Terrien, j'ai le Policier des Bibliothèques. »

Ce fut à son tour de le regarder, une expression inquiète dans ses yeux agrandis. « Sam, je ne comp-

— Moi non plus. Je ne sais qu'une chose, j'ai besoin d'aide. J'ai désespérément besoin d'aide. J'ai emprunté deux livres dans une bibliothèque qui n'existe plus, et maintenant les livres ont également disparu. Je les ai perdus. Savez-vous où ils ont terminé ? »

Elle secoua la tête.

Sam fit un geste vers la gauche, où deux hommes, descendus de la camionnette, commençaient à décharger les cartons de bouteilles consignées. « Là-bas. C'est là-bas qu'ils ont terminé. Réduits en bouillie. J'ai jusqu'à minuit, Sarah, après quoi le Policier des Bibliothèques viendra me réduire en bouillie, moi. Et je parie qu'on ne retrouvera même pas de moi l'équivalent de la couverture. »

6

Sam resta assis dans la Datsun de Naomi pendant ce qui lui parut une éternité. Par deux fois, sa main s'approcha de la poignée, puis retomba. Elle s'était radoucie... un petit peu. Si Dave voulait lui parler, et s'il était en état de le faire, elle l'y autoriserait. Sans quoi, bernique.

Finalement, la porte de Angle Street s'ouvrit. Naomi et Dave Duncan en sortirent. Elle avait passé un bras autour de sa taille. Il traînait des pieds, et Sam sentit son cœur se serrer. Puis, alors qu'ils s'avançaient dans le soleil, Sam vit que Dave n'était pas ivre... ou du moins, ne le paraissait pas. D'une manière étrange, il avait un peu l'impression de se regarder de nouveau dans le poudrier de Naomi. Dave Duncan avait l'air d'un homme essayant d'encaisser le pire choc de son existence... sans très bien y arriver.

Sam descendit de voiture, mais resta à côté, hésitant à s'avancer.

« Venez jusqu'au porche », lui lança Naomi. Elle avait parlé d'un ton où se mêlaient résignation et peur. « Je crains les marches pour lui. »

Sam s'approcha d'eux. Dave Duncan devait avoir une soixantaine d'années. Samedi dernier, il avait eu l'air d'en avoir soixante-dix ou soixante-quinze. A cause de l'alcool, supposait Sam. Mais actuellement, tandis que l'Iowa venait se placer lentement dans l'axe de midi, il paraissait plus vieux que le temps lui-même. Cela, Sam ne l'ignorait pas, était de sa faute. Le choc de choses que Dave avaient cru définitivement enfouies depuis longtemps.

Je ne pouvais pas savoir, se dit Sam ; aussi vrai qu'elle fût, cette pensée était incapable de le consoler. En dehors des veinules éclatées de son nez et de ses joues, le visage de Dave avait la couleur du très vieux papier. L'œil larmoyant, l'air hébété, il avait les lèvres bleuâtres, et des bulles de salive crevaient dans les profondes commissures de ses lèvres.

« Je ne voulais pas qu'il vous parle, dit Naomi. Je voulais l'amener voir le docteur Melden. Mais il refuse d'y aller sans vous avoir parlé d'abord.

— Monsieur Peebles, commença Dave d'une voix faible. Je suis désolé, monsieur Peebles, tout est de ma faute, n'est-ce pas ? Je-

— Vous n'avez rien à vous reprocher, Dave, l'interrompit Sam. Venez vous asseoir ici. »

Ils le conduisirent jusqu'à une chaise berçante, dans un coin du porche, et l'installèrent dessus. Sam et Naomi tirèrent à eux des chaises au canage affaissé et s'assirent de part et d'autre de lui. Ils restèrent quelques instants sans parler, regardant vers la campagne plate, au-delà des voies de chemin de fer.

« Elle est à vos trousses, cette saloperie venue du fin fond des enfers, n'est-ce pas ? demanda Dave.

— Elle a *lancé* quelqu'un à mes trousses. Quelqu'un qui figurait sur l'une des affiches que vous avez dessinées. C'est un... je sais que ça a l'air délirant, mais c'est un... Policier des Bibliothèques. Il est venu me voir ce matin. Il a... (Sam se toucha les cheveux.) Il a fait ça. Et ça. Et ça. (Il montra le petit point rouge à sa gorge.) Et il a dit qu'il n'était pas seul. »

Dave garda longtemps le silence, le regard perdu sur le vide du paysage, sur l'horizon plat que n'interrompaient que quelques hauts silos et, au nord, la silhouette apocalyptique de l'élévateur à grains de Proverbia. « L'homme que vous avez vu n'est pas réel, finit-il par dire. Aucun d'eux n'est réel. Seulement elle. Seulement cette putain de l'enfer.

— Pouvez-vous nous expliquer, Dave ? demanda doucement Naomi. Si vous ne vous en sentez pas capable, n'hésitez pas à le dire. Mais si cela doit vous... soulager, vous... faire du bien, parlez.

— Ma chère Sarah, répondit-il avec un sourire, lui prenant la main. Je vous aime. Je vous ne l'avais jamais dit, n'est-ce pas ? »

Elle secoua la tête et lui rendit son sourire. Semblables à de petites parcelles de mica, des larmes brillaient dans ses yeux. « Non, jamais. Mais je suis contente, Dave.

— Il *faut* que je parle. La question n'est pas de savoir si ça me soulagera ou non. On ne peut pas laisser ça continuer. Savez-vous quel souvenir j'ai gardé de la première fois où j'ai assisté à une réunion des AA, Sarah ? »

Elle secoua la tête.

« Comment on expliquait que c'était un programme fondé sur l'honnêteté. Comment il fallait tout dire, pas seulement à Dieu, mais à Dieu et à une autre personne. Je me suis dit : " Si c'est ça qu'il faut pour devenir sobre, c'est foutu. On va me trouver un petit coin sur Wayvern Hill, là où ils se débarrassent de tous les ivrognes et de tous les ratés qui n'ont jamais eu un pot pour y pisser et une fenêtre par où le vider, au bout du boulevard des allongés. Parce que je ne pourrai jamais raconter toutes les choses que j'ai vues, toutes celles que j'ai faites. "

— On pense tous la même chose, au début.

— Je sais bien. Mais il ne doit pas y en avoir beaucoup qui ont vu ce que j'ai vu ou fait ce que j'ai fait. J'ai quand même essayé de faire de mon mieux. Peu à peu, j'ai fait de mon mieux. J'ai mis de l'ordre dans ma maison. Mais ces choses que j'ai vues, et celles que j'ai faites, dans le temps... cela, je ne l'ai jamais raconté. A personne, à pas une âme. J'ai trouvé un endroit, une oubliette tout au fond de mon cœur, je les ai mises là-dedans et j'ai fermé la porte à clef. »

Il regarda Sam, qui vit des larmes rouler lentement, avec peine, le long des profondes rides creusées dans les joues ravagées de Dave.

« Oui, c'est ce que j'ai fait. Une fois la porte fermée, j'ai cloué des planches en travers. Une fois les planches clouées, j'ai posé des plaques de fer par-dessus et je les ai rivetées et bien serrées. Une fois les tôles en place, j'ai poussé une commode contre tout le bazar et avant de m'en aller rassuré, j'ai entassé des briques sur la commode.

Et depuis toutes ces années, je n'ai pas arrêté de me dire que j'avais tout oublié d'Ardelia et de ses étranges façons, des choses qu'elle voulait me faire faire, des choses qu'elle m'avait dites, des promesses qu'elle m'avait faites et de ce qu'elle était réellement. J'ai pris quantité de remèdes d'oubli, mais ça n'a jamais marché. Et quand j'ai commencé avec les AA, c'est la seule chose qui m'a fait revenir. Ce qu'il y avait dans cette pièce fermée à clef. Et qui porte un nom, celui d'Ardelia Lortz, monsieur Peebles. Au bout d'un moment, quand j'arrêtais de boire, je commençais à faire de mauvais rêves. Souvent des rêves sur les affiches que je dessinais pour elle — celles qui faisaient tellement peur aux enfants — mais ce n'étaient pas celles-là les pires. »

Sa voix s'était réduite à un murmure tremblé.

« Il s'en fallait même de beaucoup.

— Il vaudrait peut-être mieux vous reposer un peu », suggéra Sam. Il venait de découvrir qu'en dépit de tout ce qui pouvait dépendre de Dave et de ce que celui-ci allait dire, quelque chose en lui n'avait aucune envie de l'entendre. Quelque chose en lui avait *peur* de l'entendre.

« Laissez tomber le repos, reprit Dave. Le toubib dit que je suis diabétique, que mon pancréas est en ruine et que mon foie tombe en morceaux. Je ne vais pas tarder à partir pour les grandes vacances permanentes. Au Ciel ou en enfer, je n'en sais rien, mais je suis bien tranquille que d'un côté comme de l'autre, les bars et les marchands de vin sont fermés, et je remercie Dieu pour ça. Non, le moment n'est pas venu de se reposer. Si jamais je dois parler, ce doit être maintenant. (Il regarda attentivement Sam.) Vous savez que vous êtes dans le pétrin, n'est-ce pas ? »

Sam acquiesça.

« Oui, mais vous ne savez pas à quel point. C'est pourquoi il faut que je parle. Je crois qu'elle est obligée de... comment dire ? d'hiverner de temps en temps. Mais cette période est terminée, et c'est vous qu'elle a choisi, monsieur Peebles. Oui, et c'est pour ça que je dois parler. Pas parce que j'en ai envie. Hier au soir, après le départ de Naomi, je suis sorti et je me suis acheté une cruche d'un gallon de vin. Je suis parti avec dans la gare de triage et je me suis assis au même endroit qu'autrefois, au milieu des herbes, du mâchefer et des verres cassés. J'ai dévissé le bouchon, j'ai porté la cruche à mon nez et je l'ai reniflée. Vous savez ce que ça sent, une cruche d'un gallon de vin ? Pour moi, ça a toujours eu l'odeur du papier peint dans les chambres d'hôtel minables, ou celle d'une rivière qui aurait traversé une décharge publique en cours de route. N'empêche, j'ai tout de même toujours aimé cette odeur, parce que c'est aussi celle du sommeil.

» Et pendant tout le temps que je tenais la cruche et que je la reniflais, j'entendais cette reine des salopes qui jacassait dans l'oubliette où je l'avais enfermée. Loin derrière les briques, la commode, les tôles, les planches et la porte verrouillée. Qui parlait comme quelqu'un d'enterré vivant. La voix était un peu étouffée, mais je l'entendais tout aussi bien. Je l'entendais qui disait : " T'as raison, Dave, c'est la réponse, c'est la seule réponse pour les types comme toi, la seule qui marche, et ce sera la seule réponse dont tu auras besoin jusqu'au jour où les réponses n'auront plus aucune importance. "

» J'ai renversé la cruche pour y prendre une bonne grosse rasade, mais à la dernière seconde je lui ai trouvé l'odeur de cette salope… et je me suis souvenu de son visage, à la fin, tout couvert de ces espèces de petits tortillons… et comment sa bouche avait changé… et j'ai jeté la cruche. Je l'ai cassée sur une traverse de chemin de fer. Parce qu'il fallait mettre un terme à ce merdier. Je ne voulais pas la laisser s'en prendre encore à cette ville ! »

Sa voix s'éleva, tremblante comme celle d'un vieil homme, mais néanmoins puissante. « Ce merdier a assez duré ! »

Naomi posa une main sur le bras de Dave. On lisait la peur et l'incertitude sur son visage. « Mais de quoi parlez-vous, Dave ? De quoi s'agit-il ?

— Je veux en être d'abord bien sûr, répondit Dave. Parlez le premier, monsieur Peebles. Dites-moi tout ce qui vous est arrivé, ne laissez rien de côté.

— D'accord, mais à une condition. »

Dave eut un faible sourire. « Et quelle condition ?

— Vous devez me promettre de m'appeler Sam… et moi, de mon côté, je ne vous appellerai plus jamais Dirty Dave. »

Son sourire s'élargit. « Affaire conclue, Sam.

— Parfait. (Il prit une longue inspiration.) Tout est de la faute de ce foutu acrobate », commença-t-il.

7

Il lui fallut plus de temps qu'il ne l'aurait cru, mais il éprouva un inexprimable soulagement — presque une joie — à tout raconter, à ne rien cacher. Il parla à Dave de Joe l'Epoustouflant, de l'appel au secours de Craig, de la suggestion de Naomi de rendre son texte plus vivant. Il leur parla de l'aspect qu'avait eu la bibliothèque et de sa rencontre avec Ardelia Lortz. Les yeux de Naomi s'agrandissaient au fur et à mesure qu'il parlait. Quand il en arriva au petit Chaperon rouge de l'affiche, sur la porte de la bibliothèque des enfants, Dave acquiesça.

« C'est la seule que je n'ai pas dessinée, dit-il. Elle l'avait avec elle. Je parie qu'on ne l'a jamais retrouvée et qu'elle l'a encore quelque part. Elle aimait les miennes, mais celle-là était sa préférée.

— Que voulez-vous dire ? » demanda Sam.

Dave secoua la tête et lui dit de continuer.

Il leur parla alors de la carte d'abonnement, des livres qu'il avait empruntés, et de l'étrange petite dispute qu'ils avaient eue au moment où il repartait.

« C'est ça, fit Dave d'un ton neutre. Ça ne prend pas autre chose. Vous pourriez ne pas le croire, mais moi je la connais. Vous l'avez rendue furieuse. Je parie tout ce que vous voudrez. Vous l'avez mise en colère, et maintenant, elle a décidé de s'en prendre à vous. »

Sam acheva son histoire aussi vite qu'il le put, mais son débit se ralentit et il finit presque par s'arrêter lorsqu'il en fut à la visite du Policier des Bibliothèques, avec son imperméable couleur de brouillard. Lorsqu'il eut terminé, il avait les larmes aux yeux et ses mains s'étaient remises à trembler.

« Est-ce que je pourrais avoir un verre d'eau ? demanda-t-il à Naomi d'une voix étranglée.

— Bien sûr », dit-elle, se levant pour aller le chercher. Elle fit deux pas, puis revint et embrassa Sam sur la joue. Ses lèvres étaient douces et fraîches. Et avant de s'éloigner, elle dit trois mots qui sonnèrent comme une bénédiction à son oreille : « Je vous crois. »

8

Sam porta le verre à ses lèvres à deux mains, pour ne pas en renverser le contenu, et le vida à moitié en une seule fois. Lorsqu'il le reposa, il demanda : « Et vous, Dave ? Est-ce que vous me croyez ?

— Ouais », fit le vieil homme d'un ton presque absent, comme s'il ne faisait que confirmer une évidence. Sam se dit que ce devait sans doute être le cas, pour lui. Après tout, il avait connu personnellement Ardelia Lortz, et à voir son visage ravagé et prématurément vieilli, on pouvait supposer que leur relation avait été plus qu'orageuse.

Dave resta encore un moment sans rien dire. Il avait toujours le regard perdu vers les guérets, de l'autre côté de la voie de chemin de fer. Ils allaient se mettre à verdoyer de jeunes pousses de maïs dans cinq à six semaines, mais pour l'instant ils paraissaient stériles. Ses yeux suivaient l'ombre en forme de faucon d'un nuage qui traversait les vastes étendues de l'Iowa.

Il finit cependant par paraître s'éveiller et se tourna vers Sam.

« Mon Policier des Bibliothèques — celui que j'ai dessiné pour elle — n'avait aucune cicatrice », déclara-t-il.

Sam évoqua le long visage blême de l'étranger. Il avait bien eu cette cicatrice fine et irrégulière qui lui traversait la joue, juste au-dessous de l'œil, pour aller mourir sur l'arête du nez.

« Et est-ce que cela a une signification particulière ?

— Pour moi, non ; mais cela doit vouloir dire quelque chose pour vous, mons- Sam. L'écusson… ce que vous appelez l'étoile à pointes multiples, je le connais. Je l'ai trouvé dans un livre d'héraldisme, ici même, à la bibliothèque de Junction City. On appelle ça une étoile de Malte. Les chevaliers musulmans — eh oui, ils en avaient aussi — les portaient sur la poitrine lorsqu'ils allaient combattre les croisés. On leur attribuait des pouvoirs magiques. J'ai été tellement intéressé par cette forme que je l'ai mise dans l'affiche. Mais… une cicatrice ? Non. Pas sur la tête de *mon* Policier des Bibliothèques. Qui donc était *votre* Policier des Bibliothèques, Sam ?

— Je ne… je ne sais pas de quoi vous voulez parler », répondit lentement Sam, mais la voix, lointaine, moqueuse, angoissante,

s'éleva de nouveau en lui : *Viens avec moi fifton, je suis un polifier.*
Et la bouche fut une fois de plus envahie par ce goût. Le goût
douceâtre et gluant de la guimauve rouge. Ses papilles gustatives se
rétractèrent, son estomac fut pris de crampes. Mais c'était stupide.
Vraiment stupide. Il n'avait jamais mangé de guimauve rouge de sa
vie. Il avait ça en horreur.

*Si tu n'en as jamais mangé, comment sais-tu que tu l'as en
horreur ?*

« Je ne vous suis vraiment pas, reprit-il d'un ton plus ferme.

— Non, mais vous êtes tout de même tombé sur quelque chose,
intervint Naomi. On dirait que vous venez de recevoir un coup de
pied dans l'estomac. »

Sam lui jeta un coup d'œil, ennuyé. Elle le regardait calmement,
et il sentit son rythme cardiaque s'accélérer.

« Laissons ça pour le moment, fit alors Dave. Mais il faudra bien
y revenir, et plutôt tôt que tard, Sam, si vous voulez ne pas perdre
tout espoir de vous en sortir. Laissez-moi vous raconter mon
histoire. Je ne l'ai encore jamais fait, et je ne le referai jamais... mais
le moment est venu. »

Chapitre onze

1

« On ne m'a pas toujours appelé Dave Duncan le Crasseux, commença-t-il. Au début des années cinquante, il y avait simplement ce bon vieux Duncan, et tout le monde m'aimait bien. J'étais membre de ce même Rotary où vous avez parlé l'autre soir, Sam. Pourquoi pas ? J'avais ma propre entreprise, et je gagnais bien ma vie. J'étais peintre d'enseigne, et je m'en tirais sacrément bien. J'avais tout le travail que je voulais, entre Junction City et Proverbia, mais il m'arrivait parfois de pousser jusqu'à Cedar Rapids. J'ai même peint une fois une pub pour Lucky Strike sur le mur de droite d'un terrain de baseball de la petite ligue, à Omaha, c'est-à-dire au diable Vauvert. J'étais très demandé, et je méritais de l'être. Parce que j'étais tout simplement le meilleur peintre d'enseigne de la région.

Je restais ici parce que la grande peinture était ce qui m'intéressait et que j'estimais qu'on pouvait s'y adonner partout. Je n'avais pas suivi de formation académique — j'ai essayé, mais je me suis fait jeter — et je savais que ça me nuisait, mais aussi que certains artistes s'en étaient sortis sans tout ce pataquès, à commencer par Gramma Moses ; elle n'avait pas besoin de permis de conduire pour aller sans se tromper en ville.

J'aurais même pu y arriver. J'ai vendu quelques toiles, mais pas beaucoup — ce n'était pas nécessaire. Je n'étais pas marié et je m'en sortais bien avec mon entreprise. En plus, je préférais garder mes œuvres afin de pouvoir faire une exposition, comme le font les artistes, en principe. Et d'ailleurs, j'en ai eues. A commencer par ici, puis à Cedar Rapids, puis à Des Moines. Pour celle-là, j'ai même eu une critique dans le *Democrat*, et on avait l'air de dire que j'étais un nouveau Whistler. »

Dave se tut quelques instants, réfléchissant. Puis il releva la tête et regarda de nouveau les champs dénudés.

« Aux AA, on vous parle des types qui ont un pied dans le passé et un autre dans l'avenir et qui passent leur temps à pisser sur le présent à cause de ça. Mais parfois, c'est dur de ne pas se demander ce qui se serait produit, si on avait fait les choses juste un peu différemment. »

Il regarda Naomi, l'air presque coupable : elle lui sourit et lui pressa la main.

« Vous comprenez, j'étais vraiment bon, et j'ai bien failli m'en sortir. Mais je buvais beaucoup, déjà, même à cette époque. Ça ne me posait pas de problème — bon Dieu ! J'étais jeune et costaud, et en plus, est-ce que tous les grands artistes ne boivent pas un peu ? C'était ce que je pensais. Et j'aurais encore pu m'en sortir, ou au moins faire quelque chose pendant un certain temps, si Ardelia Lortz n'était pas venue à Junction City.

Son arrivée signa ma perte. »

Il se tourna vers Sam.

« Je l'ai reconnue d'après votre histoire, Sam, mais elle n'avait pas le même aspect, à l'époque. Vous vous attendiez à tomber sur une vieille dame comme bibliothécaire, et comme cela l'arrangeait, c'est exactement ce que vous avez trouvé. Mais lorsqu'elle est arrivée à Junction City, l'été 1957, elle avait les cheveux blond cendré, et les seuls endroits où elle était rebondie étaient ceux où une femme doit l'être.

A l'époque, je vivais à Proverbia et me rendais de temps en temps à l'église baptiste. Pas tellement pour la religion, mais il y avait quelques filles pas désagréables à regarder. Comme votre maman, Sarah. »

Naomi partit d'un petit rire incrédule.

« Ardelia s'entendit tout de suite très bien avec les gens du coin. A l'heure actuelle, quand les paroissiens baptistes parlent d'elle — si jamais ça leur arrive —, je parie qu'ils disent des choses comme : " J'ai tout de suite su qu'il y avait quelque chose de louche chez cette femme ", ou encore " Jamais son regard ne m'a inspiré confiance ". Mais laissez-moi vous dire qu'ils ont mauvaise mémoire. Ils lui tournaient autour, hommes et femmes, exactement comme des abeilles autour de la première fleur du printemps. Elle n'était pas depuis un mois en ville qu'elle décrochait son poste d'assistante-bibliothécaire, auprès de monsieur Lavin, alors qu'elle enseignait déjà le catéchisme aux petits enfants de Proverbia depuis quinze jours.

Ce qu'elle leur apprenait exactement, je préfère ne pas trop y penser, mais vous pouvez parier votre dernier dollar que ce n'était pas l'Evangile selon saint Matthieu. Toujours est-il qu'elle les catéchisait et chacun de vous jurer combien les petits l'aimaient. Eux aussi le juraient, à vrai dire, mais il y avait une expression au fond de leur regard, quand ils le disaient... une expression lointaine, comme s'ils ne savaient pas très bien où ils en étaient, ni même qui ils étaient.

Bref, elle m'a tapé dans l'œil, et j'ai tapé dans le sien. A me voir comme je suis maintenant, on ne s'en douterait pas, mais j'étais plutôt beau gosse, à l'époque. Toujours bronzé, à cause du travail à l'extérieur, bien musclé, les cheveux presque blonds à force d'être décolorés par le soleil, et le ventre aussi plat que votre planche à repasser, Sarah.

Ardelia avait loué une ferme à un peu plus de deux kilomètres de l'église, une petite bicoque charmante, mais le bâtiment avait autant besoin d'un bon coup de peinture qu'un homme dans le désert a besoin d'un grand verre d'eau. C'est pourquoi, à la sortie de l'église, la deuxième semaine après que je l'avais remarquée — je n'y allais pas souvent et on était déjà à la mi-août — je lui proposai mes services.

Elle avait les yeux les plus grands que l'on puisse imaginer. Je suppose que la plupart des gens auraient dit qu'ils étaient gris, mais quand elle vous regardait bien en face, vous auriez juré qu'ils étaient argentés. Et c'est comme ça qu'elle m'a regardé ce jour-là, devant l'église. Elle portait un parfum que je n'avais jamais senti avant et que je n'ai jamais senti depuis. Je ne vois pas comment le décrire, mais je me souviens qu'il m'a toujours fait penser à ces petites fleurs blanches qui ne s'épanouissent qu'après le coucher du soleil. Quant à moi, j'étais refait. Comme ça, sur-le-champ.

Elle se tenait près de moi — presque à me toucher. Elle était habillée de ce genre de robe noire informe que portent les vieilles dames, avec un chapeau et une petite voilette impeccable, et elle tenait son sac à main devant elle. Tout à fait bon chic bon genre. Mais ses yeux, eux, n'avaient pas bon genre. Non, m'sieur. Pas bon genre du tout.

" J'espère que vous n'allez pas barbouiller ma maison avec des réclames pour l'eau de javel ou le tabac à chiquer. "

" Non, ma'am. Je pensais simplement donner deux bonnes couches de blanc, c'est tout. Les maisons, ce n'est pas exactement ma partie, de toute façon, mais comme vous êtes nouvelle ici et tout ça, je me suis dit qu'en bon voisin...

— Oui, en effet. " Elle me répondit ça et me toucha à l'épaule. »

Dave jeta un regard d'excuse à Naomi et reprit :

« Je crois que je devrais vous laisser l'occasion d'aller faire un tour, si vous voulez. Je ne vais pas tarder à raconter des trucs un peu salés, Sarah. J'en ai honte, mais je veux liquider tout ce qui est resté sur l'ardoise à cause d'elle. »

Naomi tapota sa vieille main crevassée. « Continuez, dit-elle, n'omettez rien. »

Il prit une profonde inspiration et poursuivit.

« Au moment où elle m'a touché, j'ai su qu'il faudrait que je l'aie ou que je crève en essayant. Ce simple petit effleurement me fit me sentir mieux — et plus cinglé — que n'importe quel contact physique avec une femme au cours de toute ma vie. Elle ne l'ignorait pas, de son côté. Je le voyais dans son regard. Un regard sournois. Avec aussi quelque chose d'ignoble, mais c'était peut-être ce qui m'excitait le plus.

" Ce serait très gentil, Dave, et moi aussi je tiens à me montrer une *très* bonne voisine. "

Je l'ai donc raccompagnée jusque chez elle. En laissant tous les autres jeunes gars plantés devant la porte de l'église, à fulminer et, sans aucun doute, à maudire mon nom. Ils n'avaient pas idée de la chance qu'ils avaient. Vraiment pas.

Ma Ford était au garage et elle n'avait pas de voiture ; nous voilà donc partis pedibus gambus. Ça m'était parfaitement égal, et à elle aussi, on aurait dit. On a pris la route Truman, qui n'était pas encore goudronnée, même si la voirie envoyait de temps en temps un camion l'asperger d'huile de vidange pour coller la poussière au sol.

On était à mi-chemin de sa maison lorsqu'elle s'arrêta. Nous étions tout seuls, au beau milieu de la route Truman, en plein midi, par une belle journée d'été, quelque chose comme dix mille hectares de maïs d'un côté, et vingt mille hectares de maïs de l'autre, montant bien plus haut que nos têtes, et qui produisait ce bruissement typique secret qu'on entend même lorsqu'il n'y a pas de vent. Mon grand-père disait que c'était le bruit du maïs qui pousse. Je ne sais pas si c'est vrai ou non, mais c'est un son qui a quelque chose d'inquiétant.

« Regardez ! Vous le voyez ? »

J'ai regardé, mais je n'ai rien vu, rien que du maïs. C'est ce que je lui ai dit.

« Je vais vous montrer ! » Et voilà qu'elle part en courant dans le maïs, en robe du dimanche, talons hauts et tout. Sans même enlever son chapeau à voilette.

Je restai stupide pendant quelques secondes, comme paralysé. Puis je l'entendis rire. Elle riait dans le maïs. Alors j'ai couru après elle, en partie pour voir ce qu'elle avait vu, mais surtout à cause de ce rire. Il était tellement émoustillé ! Je ne sais pas comment vous dire...

Je la vis qui se tenait dans la rangée, pour s'évanouir dans la suivante, toujours en riant. Je me mis moi aussi à rire et à la poursuivre, sans trop me soucier de casser le maïs de Sam Orday. Avec une telle surface, il ne s'en apercevrait même pas. Mais une fois dans la rangée suivante, de la barbe de maïs dans les cheveux et une feuille en travers de la cravate comme une épingle d'un modèle nouveau, je m'arrêtai tout d'un coup de rire : elle avait disparu. C'est alors que je l'entendis derrière moi. Je n'arrivais pas à comprendre comment elle avait pu passer dans mon dos sans que je m'en aperçoive, et pourtant elle l'avait fait. Je retournai juste à temps dans la première rangée, en cassant quelques tiges au passage, pour la voir disparaître à nouveau.

On a joué comme ça à cache-cache pendant une demi-heure ou à peu près, sans que je puisse l'attraper. Seul résultat, j'avais de plus en plus chaud et j'étais de plus en plus excité. Je la croyais à une rangée devant moi, j'y passais, et je l'entendais à deux rangées derrière ! Parfois je voyais son pied, ou sa jambe ; bien entendu, elle laissait des empreintes dans la terre, mais elles ne servaient à rien parce qu'elles avaient l'air d'aller dans toutes les directions à la fois.

Puis, au moment où je commençais à devenir furieux — j'avais trempé de sueur ma meilleure chemise, dénoué ma cravate, et mes chaussures étaient couvertes de terre —, je tombai sur son chapeau accroché à une tige de maïs, la voilette soulevée par le peu de brise qui passait dans les rangs.

" Allez, Dave, attrape-moi ! " Je pris le chapeau et fonçai de biais dans la rangée suivante. Elle avait disparu, mais je pouvais voir les tiges s'agiter là où elle était passée, et elle avait laissé ses chaussures derrière elle. Dans la rangée suivante, elle avait suspendu ses bas de soie à un épi de maïs. Et je l'entendais qui riait toujours ! Dans mon dos, évidemment : quant à comprendre comment la garce était arrivée là, Dieu seul le savait. A vrai dire, je m'en fichais à ce moment-là.

J'arrachai ma cravate et lui courus après, dans tous les sens, en nage, haletant comme un crétin de chien qui n'a pas compris qu'il faut rester tranquille par une chaleur pareille. Et je vais vous dire quelque chose. Je cassais le maïs partout où j'allais. J'ai laissé derrière moi une véritable piste de tiges cassées et piétinées. Mais elle n'en a pas plié une seule. Elles oscillaient un peu quand elle passait, comme si elle n'avait pas plus de consistance que cette petite brise d'été.

J'ai trouvé sa robe, son slip et son porte-jarretelles. Puis son soutien-gorge et sa combinaison. Je n'entendais plus son rire. Il n'y avait plus que le bruissement du maïs. Je restai debout dans l'une des rangées, soufflant comme une locomotive, tous ses vêtements en paquet contre ma poitrine. Son parfum en montait et me rendait fou.

" Où êtes-vous ? " Mais elle ne me répondit pas. Finalement, je perdis le peu de bon sens qui me restait... et bien entendu, c'était exactement ce qu'elle voulait. " Où êtes-vous passée, nom de Dieu ? " Cette fois-ci, je hurlai. Un long bras blanc passa entre deux tiges de maïs et vint me caresser le cou du bout du doigt. Ça me fit l'effet d'une putain de décharge électrique.

" Je vous attendais ! Pourquoi avez-vous mis tout ce temps ? Vous ne voulez pas voir ? " Alors elle m'attrapa et me tira à travers le maïs, et elle était là, les pieds plantés dans la terre, pas une égratignure sur le corps, et les yeux aussi argentés que la pluie par un jour de brouillard. »

2

Dave prit une longue gorgée d'eau, ferma les yeux, et continua.

« Nous n'avons pas fait l'amour dans le maïs — pendant tout le temps que je l'ai connue, ce n'est pas l'amour que nous avons fait. Mais nous avons fait *quelque chose*. J'ai possédé Ardelia de toutes les façons imaginables dont un homme peut posséder une femme, et même d'autres façons qui ne le sont pas. Je suis incapable de me souvenir de toutes, mais je n'ai pas oublié son corps, en revanche, et combien il était blanc ; ni ses jambes ni la manière qu'elle avait de recroqueviller ses orteils sur les plantes qui sortaient de la terre, comme pour les sentir ; je n'ai pas oublié non plus comment elle faisait aller et venir ses ongles sur ma nuque et ma gorge.

On a continué, continué — je ne sais pas combien de fois, sans que j'ai l'impression de me fatiguer. Quand nous avons commencé, je me sentais tellement excité que j'aurais pu violer la Statue de la Liberté, mais à la fin, j'étais exactement dans le même état. Je n'arrivais pas à me rassasier d'elle. C'était comme l'alcool. Il n'y avait aucun moyen pour que je me sente jamais rassasié. Et elle le savait, elle aussi.

Mais on s'est finalement arrêté. Elle a mis les mains derrière la tête, elle a remué ses épaules blanches contre la terre noire, elle m'a regardé avec ces yeux d'argent qu'elle avait et elle a dit : " Eh bien, Dave ? Est-ce que nous sommes bons voisins ? "

Je lui ai dit que je voulais recommencer, et elle m'a répondu de ne pas abuser de la chance que j'avais. J'ai essayé tout de même de la grimper, mais elle m'a repoussé aussi facilement qu'une mère repousse un bébé de son sein si elle n'a plus envie de le nourrir. J'ai essayé encore et elle m'a lancé un coup de griffe à la figure qui m'a ouvert deux sillons dans la joue. Du coup, je me suis un peu calmé. Elle était aussi rapide qu'un chat et deux fois plus forte. Quand elle a vu que j'avais compris que la récré était terminée, elle s'est habillée et m'a entraîné hors du champ. J'étais aussi docile que le petit agneau de Mary.

On a fait à pied le reste du chemin jusque chez elle. Personne ne nous croisa, et sans doute valait-il mieux. Mes frusques étaient toutes couvertes de terre et de barbe de maïs, un pan de chemise dépassait de mon pantalon, un bout de ma cravate pendait de la poche revolver où je l'avais fourrée en boule, et partout où mon linge me touchait, je me sentais la peau à vif. Et elle, elle avait l'air aussi lisse et fraîche qu'une crème glacée dans une vitrine réfrigérée. Pas une mèche de cheveux en désordre, pas le moindre débris terreux sur ses chaussures et pas le moindre fil de barbe de maïs sur sa robe.

Une fois à la maison, pendant que j'en faisais le tour pour essayer d'estimer la quantité de peinture qu'il me faudrait, elle m'amena à boire dans un grand verre. Il y avait une paille dedans, ainsi qu'un brin de menthe fraîche. Je crus que c'était du thé glacé jusqu'au moment où j'en pris une gorgée. Du whisky pur.

" Seigneur Jésus ! " c'est tout juste si je ne m'étouffai pas.

" Vous n'en voulez pas ? " En disant ça, elle avait son sourire moqueur. " Vous préférez peut-être le café glacé ? "

" Oh, non, j'en ai très envie. " Mais c'était plus que de l'envie, un véritable besoin. A l'époque, j'essayais de ne pas boire dans la journée, car c'est comme ça qu'on devient alcoolique. Terminé, ce beau principe. Pendant tout le temps que j'ai passé avec elle, j'ai bu pratiquement en permanence, tous les jours. Pour moi, les trois dernières années de la présidence d'Eisenhower n'ont été qu'une longue cuite.

Pendant que je peignais sa maison et que je lui faisais tout ce qu'elle me laissait lui faire chaque fois que je pouvais, elle s'installait à la bibliothèque. Monsieur Lavin l'avait engagée au débotté, juste le temps de le dire, et lui avait donné la responsabilité de la bibliothèque des enfants. J'y passais dès que j'avais une minute, c'est-à-dire souvent, puisque j'étais mon propre employeur. Lorsque monsieur Lavin m'en fit la remarque, je lui promis de peindre gratuitement tout l'intérieur de la bibliothèque. Alors il me laissa aller et venir comme je voulais. Ardelia m'avait dit que ça marcherait, et bien entendu elle avait eu raison, comme d'habitude.

Je n'ai aucun souvenir cohérent de la période que j'ai passée prisonnier de sa magie — parce que j'étais bien victime d'un enchantement, d'un sort jeté par une femme qui en réalité n'en était pas une du tout. Je n'étais pas dans cet état de stupeur hébétée de certains ivrognes, non ; c'était plutôt comme si je me dépêchais d'oublier les choses dès qu'elles étaient passées. Si bien que ce que j'ai, ce sont des souvenirs séparés les uns des autres, plus ou moins à la queue leu leu, comme ces îles du Pacifique. Archie Pell, ou je sais pas quoi.

Je me rappelle qu'elle avait mis l'affiche du petit Chaperon rouge sur la porte de la bibliothèque des enfants environ un mois avant la mort de monsieur Lavin, et comment elle avait pris un petit garçon par la main pour la lui montrer. " Tu vois cette petite fille ? " avait demandé Ardelia. " Oui. " " Sais-tu pourquoi la méchante bête est prête à la dévorer ? " Le petit garçon a répondu " non ", apeuré, les yeux écarquillés et se remplissant de larmes. " Parce qu'elle a oublié de ramener ses livres à la date prévue. Tu n'oublieras pas, toi, Willy, hein ? " " Non, jamais. " Et Ardelia : " Il vaut mieux. " Puis elle l'entraîna par la main dans la bibliothèque des enfants, pour l'heure du conte. Le môme — c'était Willy Klenmart, tué plus tard au Vietnam — a regardé par-dessus son épaule dans ma direction. J'étais debout sur mon échafaudage, un pinceau à la main. J'ai pu lire dans ses yeux aussi bien qu'on lit une manchette de journal. *Tirez-moi de ses griffes, monsieur Duncan, je vous en prie !* Mais comment l'aurais-je pu ? Je n'arrivais pas à m'en sortir moi-même. »

Dave exhuma un foulard propre mais archi-froissé du fond de sa poche revolver et se moucha bruyamment dedans.

« Monsieur Lavin avait commencé par croire qu'Ardelia était presque capable de marcher sur l'eau, mais il finit par changer d'avis au bout d'un moment. Ils eurent une sacrée prise de bec à propos de l'affiche au petit Chaperon rouge, une semaine avant sa mort. Elle ne lui avait jamais plu. Peut-être ne se faisait-il pas une idée très claire de ce qui se passait pendant l'heure de lecture des contes — je vais y venir — mais il n'était pas entièrement aveugle. Il voyait bien comment les enfants regardaient cette affiche. Finalement, il lui demanda de l'enlever. C'est là que la bagarre a commencé. Je n'ai pas tout entendu, du haut de mon échafaudage, parce que l'acoustique était mauvaise ; mais assez tout de même. Il a dit quelque chose comme quoi ça terrifiait les enfants, que ça les blessait aussi, je crois, et elle a répondu que ça l'aidait à contrôler les éléments les plus chahuteurs. Elle disait que c'était un instrument pédagogique — comme la canne de bambou.

Mais il ne voulut rien savoir et elle dut finalement l'enlever. Ce soir-là, chez elle, elle fut comme un tigre dans un zoo quand un gamin a passé la journée à l'asticoter avec un bâton. Elle allait et venait à grands pas, complètement à poil, sa crinière flottant derrière elle. Quant à moi j'étais au lit, rond comme une balle. Mais je me souviens qu'à un moment donné elle s'est tournée vers moi et que ses yeux n'étaient plus argentés, mais d'un rouge éclatant, comme si son cerveau avait pris feu, et que sa bouche avait un aspect bizarre ; on aurait dit qu'elle essayait de s'allonger devant son visage, quelque chose comme ça. J'ai eu peur au point de presque dessaouler complètement. Je n'avais jamais rien vu de semblable, et je ne tenais pas à le revoir.

"Je vais lui régler son affaire", me dit-elle. "Je vais lui régler son affaire, à ce vieux gros lard, Davey. Tu vas voir. "

Moi, je lui ai répondu de ne pas faire de bêtises, de ne pas se laisser emporter par la colère et tout un tas de conneries de ce genre qui ne valaient pas tripette. Elle m'écouta pendant quelques secondes, puis elle traversa la chambre en courant à une telle vitesse que... je ne sais pas comment le dire. A un moment donné elle se tenait à l'autre bout, près de la porte, au suivant elle me sautait dessus, les yeux rouges et brillants, la bouche toute déformée comme si elle voulait tellement m'embrasser que sa peau s'étirait pour y parvenir ; j'ai eu l'impression qu'au lieu de me griffer, cette fois, elle allait m'enfoncer les doigts dans le cou et me déchiqueter jusqu'aux vertèbres.

Mais non. Elle approcha son visage du mien et me regarda. Je ne sais pas ce qu'elle vit — sans doute à quel point j'avais la frousse — mais ça lui a probablement fait plaisir car elle a renversé la tête en arrière au point que ses cheveux venaient me caresser les cuisses, puis elle a éclaté de rire. " Tais-toi donc un peu, bougre d'ivrogne, et fourre-moi plutôt ! Tu n'es bon qu'à ça ! "

Et c'est ce que j'ai fait. Parce que c'était vrai : à l'époque, je n'étais bon qu'à deux choses, picoler et la baiser. Pouvez être sûr que les peintures, je n'en faisais plus. Quant à mon permis de conduire, on me l'avait sucré au bout de la troisième arrestation en état d'ivresse. En 58 ou au début 59. Et les gens se plaignaient de plus en plus de mon travail. C'est que je le faisais n'importe comment, vous comprenez ; il n'y avait qu'une chose que je voulais : elle. On commença à raconter un peu partout qu'on ne pouvait plus faire confiance à Dave Duncan... Mais la raison invoquée était toujours la boisson. A peu près personne ne savait quelle était la vraie nature de nos relations. Là-dessus, elle était prudente comme le diable. Ma réputation s'effondra en chute libre, mais la sienne ne fut pas éclaboussée de la moindre tache.

Je crois que monsieur Lavin se doutait de quelque chose. Au début, il devait sans doute penser que j'avais le béguin pour elle et qu'elle ne se rendait même pas compte que je lui faisais les yeux doux du haut de mon échafaudage, mais il me semble qu'à la fin, il s'en doutait. Et puis, il est mort. On a prétendu que c'était une crise cardiaque, mais je connais la vérité, moi. Nous étions dans le hamac, sur le porche derrière la maison, le soir suivant, et ce fut elle, cette fois, qui n'arriva pas à en avoir assez. Elle me baisa jusqu'à ce que je demande grâce. Après, elle s'allongea contre moi et me regarda avec l'air satisfait d'un chat qui vient d'avoir son content de crème, et ses yeux avaient de nouveau cette lueur de rouge profond. Ce n'est pas quelque chose que j'ai imaginé ; je voyais le reflet de cette lueur sur la peau de mon bras. Et je pouvais la *sentir*. Comme si j'avais été assis à côté d'un poêle qu'on aurait bourré de bois et qui s'éteindrait peu à peu. " Je t'avais dit que je lui ferais son affaire, Davey. " Elle avait parlé tout d'un coup, de sa voix ignoble et excitante.

Moi, j'étais saoul et à moitié mort à force d'avoir baisé — à peine si je faisais attention à ce qu'elle disait. J'avais l'impression de m'enfoncer au milieu de sables mouvants. " Et qu'est-ce tu lui as fait ? " je lui ai demandé, à moitié endormi.

" Je l'ai embrassé. J'ai des étreintes spéciales, Davey — tu ne les connais pas, et avec un peu de chance tu ne les connaîtras jamais. Je l'ai coincé entre les rayons, j'ai passé mes bras à son cou et je lui ai montré de quoi j'avais vraiment l'air. Alors il s'est mis à pleurer. Tellement il avait peur. Il s'est mis à pleurer ses larmes spéciales, et je les ai bues, et lorsque ça a été fini, il était mort dans mes bras. "

" Ses larmes spéciales ", c'est comme ça qu'elle a dit. Et alors son visage… s'est transformé. Il s'est mis à onduler, comme s'il avait été sous l'eau. Et j'ai vu quelque chose… »

La voix de Dave mourut, tandis que son regard se perdait, sans voir, sur l'horizon avec son élévateur à grains et ses champs vides. Des mains, il agrippait la rambarde du porche. Ses doigts l'étreignaient, se détendaient, l'étreignaient de nouveau.

« Je ne me souviens pas, finit-il par reprendre. Ou peut-être je ne veux pas m'en souvenir. Sauf de deux choses : des yeux rouges sans paupières, et des paquets de chairs molles autour de sa bouche,

tombant en multiples replis. Et pas de peau. Ça avait l'air...
dangereux. Puis toutes ces chairs donnèrent l'impression de bouger,
et je crois que j'ai commencé à crier. Et plus rien. Tout avait
disparu. Il n'y avait plus qu'Ardelia, qui m'observait comme un joli
chaton curieux et qui souriait.

   " Ne t'en fais pas, Davey. Tu n'es pas obligé de voir, toi. Tant
que tu feras ce que je te dirai, bien sûr. Tant que tu seras un Bon
Petit. Tant que tu te tiendras bien. Ce soir, je suis folle de joie, parce
que je suis enfin débarrassée de ce vieux fou. Le conseil municipal
va me donner sa place, et je pourrai diriger les choses à ma
manière. "

   Que Dieu nous vienne en aide — voilà ce que j'ai pensé, mais
sans le dire. Vous auriez fait comme moi, vous aussi, si vous aviez
vu cette chose aux yeux rouges blottie contre vous dans un hamac,
au fin fond d'une campagne où vous auriez pu hurler à pleins
poumons sans être entendu de personne.

   « Un peu plus tard, elle est allée dans la maison chercher deux
grands verres de whisky, et je me suis bientôt retrouvé une fois de
plus vingt mille lieues sous les mers, là où plus rien n'est important.

   Elle laissa la bibliothèque fermée pendant une semaine... par
respect pour monsieur Lavin, comme elle disait. A la réouverture,
le petit Chaperon rouge était de nouveau sur la porte de la
bibliothèque des enfants. Une semaine ou deux après, elle m'a
demandé de lui faire de nouvelles affiches pour cette salle. »

   Il se tut un instant, puis reprit, d'une voix plus basse et plus
lente :

   « Il y a une partie de moi-même, encore maintenant, qui a envie
d'enjoliver l'histoire, de me donner un rôle un peu plus reluisant.
J'aimerais pouvoir vous dire que j'ai lutté contre elle, que j'ai
discuté pied à pied, que je lui ai dit qu'il n'était pas question pour
moi de faire quelque chose qui effraierait les mômes... mais ce serait
faux. J'ai fait exactement ce qu'elle voulait. Oui, et que Dieu me
vienne en aide... En partie parce que déjà, elle me faisait peur. Mais
surtout parce que j'étais encore envoûté par elle. Sans compter qu'il
y avait autre chose. Un côté ignoble et méchant en moi — je ne
pense pas qu'il soit en tout le monde, mais il existe chez beaucoup, à
mon avis — qui aimait ce qu'elle était en train de faire. Oui, qui
aimait ça.

   Vous vous demandez peut-être maintenant ce que j'ai fait
exactement, sauf que je ne peux pas vous le dire à coup sûr. En fait,

mes souvenirs sont brouillés. Tout s'emmêle, dans cette période ; on dirait les jouets cassés entassés dans le grenier, et qu'on donne à l'Armée du Salut rien que pour être débarrassé de ces cochonneries.

Je n'ai tué personne. C'est la seule chose que je peux affirmer avec certitude. Elle le voulait... et j'ai failli lui obéir... mais à la fin, j'ai fait machine arrière. C'est la seule raison pour laquelle j'ai pu continuer de vivre dans ma peau : parce qu'à la fin, j'avais été capable de me sortir de ce merdier. Elle m'avait volé une partie de mon âme — la meilleure, peut-être — mais une partie seulement. »

Il regarda tour à tour Naomi et Sam, l'air songeur. Il paraissait plus calme, maintenant, davantage maître de lui ; voire même en paix avec lui-même, se dit Sam.

« Je me souviens... c'était un jour de l'automne 59 — enfin, *je crois* que c'était en 59 —, quand elle m'a dit qu'elle voulait une affiche pour la salle des enfants. Elle l'a décrite avec précision, et j'ai été tout à fait d'accord pour la faire. Je n'y voyais rien de mal. Je crois que je trouvais même ça plus ou moins amusant, en fait. Il fallait dessiner un petit garçon aplati par un rouleau-compresseur au milieu d'une rue. Au-dessous, il devait y avoir écrit RIEN NE SERT DE COURIR ! RAMENEZ VOS LIVRES À TEMPS À LA BIBLIOTHÈQUE !

Je n'y voyais qu'une blague, comme dans les dessins animés où le coyote poursuit Road Runner et se fait écraser par un train ou un rocher. Alors j'ai dit d'accord. Elle était ravie. Je me suis installé dans son bureau et je lui ai fait son affiche, ce qui n'a pas pris longtemps : ce n'était qu'un dessin au trait.

J'ai pensé qu'il lui plairait, mais non. Elle a froncé les sourcils, et a tellement serré les lèvres qu'on ne voyait plus qu'une ligne. J'avais dessiné un petit garçon de caricature avec des croix à la place des yeux, et ajouté une bulle pour le conducteur du rouleau compresseur, qui disait : " Avec un timbre, vous pourriez l'envoyer comme carte postale. "

Elle n'esquissa même pas un sourire : " Non Davey, tu n'as pas compris. Ce n'est pas *ça* qui fera que les enfants rendront leurs livres à temps. Ça n'arrivera qu'à les faire rire, et ils y passent déjà trop de temps. "

" Ah bien, j'ai répondu. Je n'ai pas saisi ce que tu voulais. "

On se tenait à ce moment-là derrière le comptoir, et de la salle, on ne nous voyait que le buste et la tête. Elle me prit brusquement les couilles dans la main et me regarda avec ces grands yeux d'argent qu'elle avait. " Je veux que ce soit *réaliste*, vu ? "

Il me fallut deux ou trois secondes pour comprendre ce qu'elle désirait vraiment ; mais je n'arrivais pas à y croire. " Voyons, Ardelia, tu ne te rends pas compte de ce que tu dis. Si un gamin passe vraiment sous un rouleau compresseur- "

Elle me serra les couilles, serra pour me faire mal — comme pour me rappeler par où elle me tenait, et dit : " Mais si, je m'en rends compte. Je ne veux pas qu'ils *rient*, Dave. Je veux qu'ils *pleurent*. Alors, qu'est-ce que tu attends pour retourner t'y mettre et faire ça correctement, cette fois ? "

Je revins dans son bureau. Je ne sais pas ce que j'avais l'intention de faire, mais je ne tardai pas à avoir ma petite idée. Il y avait une feuille vierge du bon format sur le bureau, un grand verre de whisky avec un brin de menthe fraîche dedans, et un mot d'Ardelia qui disait : " Ne lésine pas sur le rouge, ce coup-ci. "

Il regarda de nouveau Naomi et Sam, l'air calme.

« Sauf qu'elle n'y avait pas mis les pieds, voyez-vous. Pas un instant. »

3

Quand Naomi ramena un nouveau verre d'eau à Dave, Sam remarqua la pâleur de son visage et comment le coin de ses yeux paraissaient rouges. Mais elle s'assit très calmement et fit signe à Dave de continuer.

« Je fis ce que les alcooliques font le mieux, reprit-il. Je vidai le verre et exécutai le dessin. J'étais pris d'une... d'une sorte de frénésie, pourrait-on dire. Je passai deux heures à son bureau, travaillant à l'aide d'une boîte d'aquarelles de prisunic. La peinture volait partout, et je m'en fichais complètement. Je n'aime pas trop me souvenir du résultat... mais je m'en souviens tout de même. Un petit garçon étalé sur Rampole Street, avec la tête écrabouillée comme un morceau de beurre qui a fondu au soleil, ayant perdu ses chaussures. L'homme qui conduisait le rouleau compresseur n'était qu'une silhouette, mais il regardait derrière lui, et on devinait un sourire sur sa figure, ce type ne cessait de revenir dans les affiches que je lui dessinais. C'est lui qui conduisait la voiture dans celle dont vous avez parlé, Sam, l'affiche où on recommande de ne jamais accepter de monter en voiture avec un étranger.

Mon père a laissé tomber ma mère un an après ma naissance, il l'a laissé tomber comme ça, et je me doute maintenant de l'identité du type que j'essayais de dessiner dans toutes ces affiches. Je l'appelais l'homme noir, et ce devait être mon père. Je crois que c'est Ardelia, je ne sais comment, qui l'a fait surgir de moi. Bref, lorsque je lui ai montré la deuxième affiche, elle l'a trouvée très bien. Elle a ri. " C'est parfait, Davey ! Tu vas voir comme ils vont filer doux après ça, tous ces morveux ! Je vais l'accrocher tout de suite ! " Et elle est allée la mettre devant le comptoir, dans la bibliothèque des enfants. J'ai vu à ce moment-là quelque chose qui m'a glacé le sang. Ce n'était pas n'importe quel petit garçon que j'avais dessiné, mais Willy Klenmart. Je l'avais fait sans m'en rendre compte, et l'expression, sur ce qui restait de son visage, était celle que je lui avais vue le jour où elle l'avait entraîné dans la bibliothèque des enfants.

J'étais là lorsque les mômes sont arrivés pour l'heure du conte et qu'ils ont vu l'affiche pour la première fois. Elle leur faisait peur. Ils ouvraient de grands yeux, et une petite fille s'est mise à pleurer. Et le fait qu'ils aient peur me plaisait ! Je me suis dit : *Ça va les faire filer doux, et comment ! Ça va leur apprendre ce qui risque de leur arriver, s'ils la mettent en colère, s'ils ne font pas ce qu'elle leur dit.* Tandis qu'une autre partie de moi se disait : *Tu commences à penser comme elle, Dave. Tu ne vas pas tarder, si ça continue, à être comme elle, et alors tu seras perdu. Perdu pour toujours.*

Mais tout ça ne m'a pas empêché de continuer. J'avais l'impression d'être monté avec un aller simple et qu'il n'était pas question de descendre avant le terminus. Ardelia engageait des étudiants du collège, mais elle les mettait toujours dans la grande salle ou au service des références ; c'était toujours elle qui s'occupait des enfants… ils étaient les plus faciles à effrayer, vous comprenez. Et c'était eux qui avaient les *meilleures* frayeurs, celle qui la nourrissaient le mieux. Parce que c'était ce qui la faisait vivre ; c'était de leur peur qu'elle tirait sa substance. Et je fis d'autres affiches. Je ne me les rappelle pas toutes, mais je n'ai pas oublié le Policier des Bibliothèques. Il y en a eu beaucoup sur ce thème. Dans l'une, intitulée LE POLICIER DES BIBLIOTHÈQUES PART EN VACANCES, AUSSI, il pêchait au bord d'une rivière. Sauf que comme appât, il avait mis Simon le Simplet au bout de sa ligne. Sur une autre, il avait ficelé Simon le Simplet sur la pointe d'une fusée et s'apprêtait à appuyer sur le bouton qui devait l'expédier dans l'espace. Celle-là disait : APPRENEZ-EN PLUS SUR LES SCIENCES ET LA TECHNOLOGIE À LA BIBLIO-

THÈQUE — MAIS N'OUBLIEZ TOUT DE MÊME PAS DE RAMENER VOS LIVRES À TEMPS.

Nous avions transformé la bibliothèque des enfants en musée des horreurs pour les gamins qui la fréquentaient », continua Dave. Il parlait toujours lentement, et on le sentait prêt à pleurer. « Elle et moi. Nous avons fait ça aux enfants. Mais vous savez quoi ? Ils revenaient toujours. Pour en avoir plus. Et ils n'ont jamais, jamais rien dit. Elle y veillait.

— Mais les parents ! » s'exclama Naomi si brusquement et d'un ton si aigu que Sam sursauta. « Les parents ne pouvaient pas ne pas voir-

— Non ! répondit Dave. Leurs parents n'ont jamais rien vu. Rien. La seule affiche inquiétante qu'ils ont jamais eue sous les yeux était celle du petit Chaperon rouge et du loup. Ardelia laissait celle-là tout le temps, mais elle ne mettait les autres que pendant l'heure de lecture du conte — après l'école, les jeudis soirs et les samedis matins, ce n'était pas un être humain, Sarah. Il faut bien vous mettre ça dans la tête. *Elle n'était pas humaine.* Elle savait quand des adultes s'approchaient et elle enlevait mes affiches avant leur arrivée, pour les remplacer par d'autres normales, du genre LISEZ DES LIVRES JUSTE POUR LE PLAISIR.

Je me souviens de m'être trouvé là au moment de l'heure du conte — à cette époque, je restais près d'elle dès que j'avais une minute de libre, et des minutes de libres, j'en avais : j'avais arrêté de peindre, j'avais perdu toute ma clientèle pour les enseignes, et je vivais sur le peu que j'avais économisé. D'ailleurs, l'argent ne dura pas longtemps, et j'avais commencé à vendre des choses — ma télé, ma guitare, ma camionnette et finalement ma maison. Mais ça n'a pas d'importance. Ce qui compte, c'est que j'étais très souvent avec elle et que j'ai vu ce qui se passait. Les petits disposaient leur chaise en rond autour d'Ardelia. Moi, je me mettais au fond de la salle, assis aussi sur l'une de ces petites chaises, la plupart du temps habillé de ma salopette tachée de peinture, saoul comme une grive, pas rasé, puant le whisky. Et elle lisait — leur lisait l'une de ses histoires spéciales — puis quand elle s'arrêtait, elle tournait la tête de côté, comme si elle tendait l'oreille. Alors les mômes s'agitaient et paraissaient mal à l'aise. Ils regardaient ailleurs, eux aussi, comme s'ils s'éveillaient d'un sommeil profond dans lequel elle les aurait plongés.

Elle souriait et disait : " Nous allons avoir de la visite, c'est agréable, n'est-ce pas, les enfants ? Est-ce qu'il y a des volontaires, parmi tous mes bons petits, pour m'aider à tout mettre en ordre pour les grandes personnes ? " *Tous* levaient la main quand elle leur demandait ça, parce qu'ils voulaient tous être des bons petits. Les affiches que j'avais faites leur montraient ce qui arrivaient aux méchants petits, à ceux qui se conduisaient mal. Même moi je levais la main, assis au fond de la salle et ivre ; je devais avoir l'air, avec ma vieille salopette crasseuse, de l'enfant le plus vieux et le plus fatigué du monde. Ils se levaient, certains décrochaient mes affiches, d'autres posaient à la place les affiches normales, qui se trouvaient dans le dernier tiroir de son bureau. Ensuite ils se rasseyaient et elle passait de l'horrible histoire qu'elle leur racontait à un conte comme la Princesse au Pois, et ça ne ratait jamais : quelques minutes plus tard, on voyait une mère passer le nez par la porte, admirer tous ces bons petits en train d'écouter la gentille mademoiselle Lortz leur faire la lecture, et sourire à leur bambin, qui lui rendait son sourire, et tout baignait.

— Que voulez-vous dire, " l'horrible histoire qu'elle leur racontait " ? » demanda Sam. Il avait la voix rauque, la gorge desséchée. Il avait suivi le récit de Dave avec un sentiment croissant d'horreur et d'écœurement.

« Des contes de fées. Mais elle les transformait en récits d'épouvante. Vous seriez surpris du peu de travail qu'il y avait à faire sur la plupart pour y arriver.

— Pas moi, dit Naomi d'un ton sinistre. Je me souviens de ces histoires.

— Evidemment, mais vous ne les avez jamais entendu raconter par Ardelia. Et les enfants les aimaient, ou du moins quelque chose en eux les aimaient, comme ils l'aimaient, elle, parce qu'elle les attirait et les fascinait comme elle m'avait attiré et fasciné. Non, pas exactement, parce qu'il n'y avait rien de sexuel — du moins, je ne crois pas — mais son côté noir séduisait leur côté noir. Vous me comprenez ? »

Et Sam, qui n'avait pas oublié sa fascination pour l'histoire de Barbe-Bleue ou pour les balais dansants de *Fantasia*, croyait comprendre, lui aussi. Les enfants haïssent et redoutent les ténèbres... mais elles les attirent aussi, non ? Elles leur adressent des signaux,

(Viens avec moi, fiston)

n'est-ce pas ? Elles leur chantent leur chant de sirène,

(je suis un polifier)
n'est-ce pas ?
N'est-ce pas ?
« Je comprends ce que vous voulez dire, Dave », dit-il.
L'homme acquiesça. « Avez-vous trouvé, Sam ? Qui était *votre* Policier des Bibliothèques ?
— Non, je n'ai toujours pas compris cet aspect. » Mais ce n'était plus tout à fait vrai. On aurait dit que son esprit était comme un lac profond d'eaux noires au fond desquelles gisait un bateau coulé — mais pas n'importe quel bateau. Non, il s'agissait d'un brigantin de pirates, plein de cadavres et du fruit de pillages, qui commençait à bouger dans la boue dans laquelle il était retenu depuis si longtemps. Bientôt, craignait-il, cette épave fantomatique éblouissante referait surface, ses mâts tronqués drapés de varech noir, et un squelette au sourire à cent mille dollars encore ligoté aux restes pourrissants de la barre.

« Je pense que si, dit Dave, ou que du moins vous commencez à le comprendre. Et il faudra bien que ça vienne, Sam, croyez-moi.

— Je ne vois pas très bien ce que viennent faire ces histoires, intervint Naomi.

— L'une de ses préférées, Sarah, et aussi l'une des préférées des enfants, il faut bien comprendre ça, était celle de *Boucle d'Or et les trois Ours*. C'est un conte que vous connaissez, mais pas dans la version qu'ont entendue certaines personnes de cette ville ; des personnes qui sont maintenant des adultes, des banquiers, des avocats ou de gros fermiers avec toute une flottille de tracteurs. Au fond de leur cœur, c'est celle d'Ardelia qu'ils conservent, voyez-vous. Il se peut même que certains d'entre eux l'aient racontée à leurs propres enfants, sans savoir qu'il en existait une différente. C'est déplaisant de se dire ça, mais au fond de moi je sais que c'est vrai.

Dans la version d'Ardelia, Boucle d'Or est une méchante petite fille qui refuse de se conduire bien. Elle vient dans la maison des trois Ours et la met exprès dans un état épouvantable : elle arrache les rideaux de maman Ours, traîne le linge dans la boue, déchire toutes les revues et les papiers de papa Ours, donne des coups de couteau dans son fauteuil préféré. Ensuite, elle met en pièces tous leurs livres. C'était l'endroit qu'Ardelia aimait le mieux, je crois : quand Boucle d'Or dépeçait les livres. Et elle ne se contentait pas de manger leur porridge, oh non ! Pas quand Ardelia racontait l'histoire ! Dans la version d'Ardelia, Boucle d'Or s'emparait d'un paquet de mort-aux-rats, sur une étagère haute, et en saupoudrait tout le porridge comme si c'était du sucre en poudre. Elle ignorait tout des gens qui habitaient la maison, mais elle voulait tout de même les tuer, tellement elle était méchante.

— Mais c'est *horrible !* » s'exclama Naomi. Elle venait de perdre tout son sang-froid et son calme, de les perdre vraiment, pour la première fois. Elle avait les mains pressées sur la bouche, et regardaient Dave par-dessus, les yeux démesurément agrandis.

« Oui, horrible. Mais ce n'est pas tout. Boucle d'Or était tellement fatiguée d'avoir tout mis sens dessus dessous, voyez-vous, que lorsqu'elle montait au premier pour mettre la pagaille dans les chambres, elle s'endormait dans le lit du petit Ours. Et lorsque les trois Ours la trouvaient en rentrant chez eux, ils lui tombaient dessus (c'est exactement comme ça qu'Ardelia disait), ils lui tombaient dessus, donc, et mangeaient vivante cette méchante petite fille. Ils commençaient par les pieds, pendant qu'elle hurlait et se débattait. Tout, sauf la tête. Ils la gardaient de côté, parce qu'ils savaient ce qu'elle avait fait au porridge. Ils avaient senti l'odeur du poison. " Ils en étaient capables parce que c'était des ours ", avait l'habitude de dire Ardelia et tous les enfants, les bons petits d'Ardelia, faisaient " oui, oui " de la tête, pour montrer qu'ils comprenaient bien. Ils descendaient dans la cuisine avec la tête de Boucle d'Or qu'ils faisaient bouillir, et ils lui mangeaient la cervelle au petit déjeuner. Tous les trois la trouvaient excellente... et ils vivaient ensuite toujours heureux. »

4

Un silence lourd, presque mortel, tomba sur le porche. Dave tendit la main vers son verre d'eau et ses doigts tremblants faillirent le faire tomber de la rambarde. Il le rattrapa au dernier moment et, le tenant à deux mains, but à longs traits. Puis il le reposa et dit à Sam : « Etes-vous surpris, maintenant, que je me sois mis à boire comme un trou ? »

Sam secoua la tête.

Dave se tourna vers Naomi et reprit : « Et vous, vous comprenez pour quelle raison je n'ai jamais pu raconter mon histoire ? Pour quelle raison je l'ai jetée au fond de cette oubliette ?

— Oui, répondit-elle dans un soupir chevrotant. Et je comprends aussi pourquoi les enfants n'ont jamais rien dit. Certaines choses sont trop... simplement trop monstrueuses.

— Pour nous, peut-être, remarqua Dave. Mais pour les enfants ? Je ne sais pas, Sarah. Je ne suis pas sûr que les enfants identifient si bien que ça les monstres au premier coup d'œil. Ce sont leurs parents qui leur disent comment les reconnaître. En plus, elle possédait un autre atout. Vous vous souvenez, quand je vous ai dit que les enfants avaient l'air de s'éveiller d'un profond sommeil, quand elle leur disait qu'un parent venait ? Eh bien, ils dormaient, d'une certaine manière. Ce n'était pas de l'hypnose — il ne me semble pas, en tout cas — mais quelque chose d'approchant. Et lorsqu'ils retournaient chez eux, ils ne se rappelaient pas, pas d'une manière consciente, les histoires et les affiches. A un autre niveau, je crois qu'ils se souvenaient d'un tas de choses... tout comme quelque part au fond de lui, Sam sait qui est son Policier des Bibliothèques. Je crois qu'ils s'en souviennent tous aujourd'hui, les banquiers, les avocats et les gros fermiers qui ont été autrefois les bons petits d'Ardelia. Je les vois encore, en culottes courtes et en tablier, assis sur leur petite chaise, regardant Ardelia avec des yeux grands et ronds comme des soucoupes. Et je crois que lorsque la nuit vient et que l'orage monte, ou que lorsqu'ils dorment et qu'arrive l'heure des cauchemars, ils redeviennent des mômes. Je crois que des portes s'ouvrent et qu'ils voient les trois Ours, les trois Ours d'Ardelia, en train de dévorer la cervelle de Boucle d'Or directement dans sa tête avec leur cuillère à porridge en bois, qu'ils voient petit Ourson avec la perruque blonde et bouclée de Boucle d'Or sur la tête. Je crois qu'ils se réveillent en sueur, se sentant malades et effrayés. Je crois que c'est ce qu'elle a laissé derrière elle dans cette ville. Ces cauchemars secrets sont son héritage.

Mais je n'en suis pas encore au pire. Ces histoires, voyez-vous — c'était parfois les affiches, mais le plus souvent les histoires — provoquait de temps en temps une crise de nerfs chez l'un d'eux, quand ils ne s'évanouissaient pas ou quelque chose comme ça. Quand ça arrivait, elle disait aux autres : " Baissez la tête et reposez-vous pendant que j'emmène Billy (ou Sandra, ou Tommy) dans les toilettes pour qu'il se sente mieux. "

Et tous laissaient tomber la tête d'un seul coup. Comme s'ils étaient morts. La première fois que j'ai assisté à ça, j'ai attendu environ deux minutes après son départ avec une gamine, et je me suis approché des autres. J'ai commencé par Willy Klenmart.

« Willy ! » J'ai tout d'abord commencé à voix basse, en le touchant à l'épaule. « Est-ce que ça va, Willy ? »

Il n'a pas bronché ; alors je l'ai un peu secoué et j'ai répété son nom. Toujours rien. Je l'entendais respirer — en reniflant sa morve, comme font souvent les enfants qui n'arrêtent pas d'attraper des rhumes — mais sinon, il paraissait toujours aussi mort. Ses paupières étaient entrouvertes, mais je ne voyais que le blanc de son œil, et un long filet de bave qui pendait de sa lèvre inférieure. J'avais la frousse et j'ai été en voir trois ou quatre autres, mais pas un n'a levé les yeux ou n'a émis un son.

— Vous voulez dire qu'elle les enchantait, c'est ça ? demanda Sam. Comme Blanche-Neige après avoir mangé la pomme empoisonnée.

— Oui. Ils étaient comme ça. Et d'une autre manière, moi aussi j'étais plongé dans le même état. Au moment où je m'apprêtais à attraper Willy Klenmart et à le secouer comme un prunier, j'ai entendu Ardelia qui revenait des toilettes. J'ai couru jusqu'à mon siège pour qu'elle ne me voie pas. Parce que j'avais infiniment plus peur de ce qu'elle pourrait me faire que de ce qu'elle aurait pu avoir fait aux enfants.

La petite fille, qui était partie aussi grise qu'un drap sale et à moitié inconsciente, avait l'air d'avoir avalé un formidable remontant. Elle était bien réveillée, le rose aux joues, les yeux pétillants. Ardelia lui donna une claque sur les fesses, et elle courut jusqu'à son siège. Puis Ardelia frappa dans ses mains et dit : « Tous les bons petits lèvent la tête ! Sonja se sent beaucoup mieux, et elle a envie qu'on finisse l'histoire, n'est-ce pas, Sonja ? »

« Oh oui, madame ! » La petite avait l'air aussi guilleret qu'un rouge-gorge dans un bain d'oiseau, et on n'aurait jamais cru que deux secondes avant, la salle avait eu l'air remplie de petits cadavres.

La troisième ou quatrième fois, je la laissai sortir et la suivis. Je savais qu'elle les terrorisait volontairement, et j'avais ma petite idée sur la raison qui la faisait agir ainsi. J'étais moi-même presque mort de frousse, mais je voulais voir ce qui se passait.

Cette fois-ci, c'était le petit Willy Klenmart. Il avait commencé à devenir hystérique pendant l'histoire de Hansel et Gretel, version Ardelia. J'ouvris la porte avec mille précautions, et vis Ardelia à genoux devant Willy, à côté du lavabo. Il avait arrêté de pleurer, mais en dehors de ça, je n'aurais pu rien dire. Elle me tournait le dos et Willy était tellement petit que même à genoux, je ne voyais rien de lui, sinon ses mains posées sur les épaules d'Ardelia, et un bout de manche rouge. Mais j'ai entendu quelque chose, une sorte de bruit de succion épais, comme lorsqu'on boit du lait avec une paille et qu'on arrive au fond. J'ai cru sur le moment qu'elle le… qu'il s'agissait de sévices… vous comprenez — mais ils n'étaient pas du genre que je croyais.

Je me suis un peu avancé en me déplaçant de côté, sur la pointe des pieds pour ne pas faire claquer mes talons. J'étais cependant presque sûr qu'elle allait m'entendre… elle avait une ouïe aussi fine que de foutues antennes-radar et je m'attendais à ce qu'elle se retourne et me cloue sur place avec ses yeux rouges. Mais je ne pouvais m'arrêter ; il fallait que je voie. Et en avançant de côté, j'ai fini par voir.

La tête de Willy a commencé à apparaître peu à peu par-dessus son épaule, comme la lune à la fin d'une éclipse. D'elle, je ne pus voir tout d'abord que sa masse de cheveux blonds, une vraie crinière, toute en boucles et ondulations, puis j'ai progressivement découvert son visage. Et j'ai alors vu ce qu'elle faisait. J'ai senti mes jambes se vider de leur force comme de l'eau disparaît dans un trou. Ils ne risquaient pas de me voir ; il aurait fallu que je me mette à cogner sur un tuyau pour les tirer de là. Ils avaient les yeux fermés, mais ce n'était pas la raison ; ils étaient perdu dans ce qu'ils faisaient, vous comprenez, et perdus tous deux au même endroit, physiquement reliés.

Le visage d'Ardelia n'avait plus rien d'humain. Il s'était étiré comme du caramel mou et transformé en une forme d'entonnoir qui lui aplatissait le nez et lui bridait les yeux jusque sur le côté ; on aurait dit un insecte… une mouche, ou une abeille, peut-être. Sa bouche avait aussi changé pour devenir comme ce que j'avais commencé à voir le soir du jour où elle avait tué monsieur Lavin, dans le hamac. C'était elle qui formait la partie étroite de l'entonnoir. On voyait des rayures rouges bizarres dessus, que j'ai tout d'abord pris pour du sang, ou pour des veines sous sa peau ; puis j'ai compris que c'était du rouge à lèvres. Elle n'avait plus du tout de lèvres, mais les traces de rouge marquaient leur emplacement.

Elle se servait de cette espèce d'aspirateur pour sucer les yeux de Willy. »

Sam regardait Dave, abasourdi. Il se demanda pendant un instant si le vieil alcoolique n'avait pas perdu l'esprit. Les fantômes, d'accord ; mais ça, c'était autre chose. Il n'avait pas la moindre idée de ce que cela signifiait. Et néanmoins, la sincérité et l'honnêteté brillaient sans conteste sur la figure de Dave. *S'il ment,* songea Sam, *il ne s'en rend pas compte.*

« Voulez-vous dire qu'Ardelia buvait les larmes du petit garçon, Dave ? demanda Naomi, hésitante.

— Oui... et non. C'était ses larmes *spéciales* qu'elle buvait. Elle avait le visage complètement étiré jusqu'à lui, un visage qui pulsait comme un cœur et dont tous les traits avaient été aplatis. Comme la tête qu'on pourrait dessiner sur un sac en papier pour faire un masque de Halloween.

Ce qui sortait du coin des yeux de Willy était collant et rose, comme de la morve ensanglantée, ou des morceaux de chair qui se seraient presque liquéfiés. Elle le suçait avec le gargouillis que j'avais entendu. C'était sa *peur* qu'elle buvait. Elle l'avait matériali-sée, je ne sais comment, et rendue tellement intense qu'il fallait qu'elle sorte sous la forme de ces affreuses larmes ou sinon, il serait mort.

— En somme, si j'ai bien compris, Ardelia était une sorte de vampire, selon vous ? » demanda Sam.

Dave parut soulagé. « Oui, c'est ça. Lorsque j'ai repensé à ce que j'ai vu ce jour-là — les rares fois où j'ai osé — c'est ce que je me suis dit qu'elle était. Toutes ces vieilles histoires de vampires qui mordent les gens au cou pour boire leur sang sont fausses. Pas de beaucoup, mais c'est comme je disais : dans cette affaire, à peu près ne suffit pas. Ils boivent, d'accord, mais pas comme ça. Ils deviennent gros et gras sur ce qu'ils prélèvent à leur victime, et qui n'est pas du sang. Le... produit est peut-être plus rouge, plus *sanglant,* quand ils le prélèvent sur des adultes. Peut-être en a-t-elle pris sur monsieur Lavin. Je le crois. Mais ce n'est pas du sang.

C'est de la peur. »

5

« Je n'ai aucune idée du temps pendant lequel je suis resté planté là à la regarder, mais ça n'a pas dû durer longtemps ; elle ne partait jamais plus de cinq minutes. Au bout d'un moment, ce qui coulait des yeux de Willy a commencé à devenir de plus en plus pâle ; il y en avait aussi de moins en moins. Je me rendais compte que... vous savez, ce truc qu'elle avait...

— Son proboscide, dit doucement Naomi. On appelle ça un proboscide.

— Ah bon ? très bien. Bon, je voyais son probo-chose qui s'allongeait de plus en plus pour ne pas en perdre une goutte, et j'ai compris qu'elle avait presque terminé. Et qu'ils allaient se réveiller et me voir. Et que dans ce cas, elle me tuerait probablement.

Je suis parti à reculons, lentement, un pas après l'autre. J'avais l'impression que je n'y arriverais jamais, mais finalement j'ai cogné la porte avec les fesses. J'ai failli crier, avec l'impression qu'elle venait, je ne sais comment, de passer derrière moi. J'en étais sûr, alors que pourtant, je pouvais la voir encore agenouillée devant moi.

J'ai dû me mettre la main sur la bouche pour empêcher mon cri de sortir et j'ai franchi la porte. Je suis resté jusqu'à ce qu'elle se soit refermée sur ses gonds pneumatiques ; ça n'en finissait pas. Puis j'ai couru jusqu'à la porte principale. J'étais à demi fou. Je n'avais qu'un désir : m'enfuir d'ici et ne jamais revenir. J'aurais voulu courir éternellement.

J'étais déjà dans le hall d'entrée, là où vous avez vu le panneau marqué SILENCE ! Sam, quand je me suis ressaisi. Si elle ne me trouvait pas en ramenant le petit Willy dans la bibliothèque des enfants, elle comprendrait que je l'avais vue. Elle me poursuivrait et m'attraperait aussi. J'étais prêt à parier que ça ne lui serait même pas difficile. Je n'avais pas oublié ce premier jour, dans le champ de maïs, quand elle avait tourné autour de moi sans transpirer un seul instant.

J'ai donc fait demi-tour et je suis retourné m'asseoir sur ma petite chaise, dans la bibliothèque des enfants. C'est la chose la plus pénible que j'ai faite de toute ma vie, mais je réussis, je ne sais comment, à aller jusqu'au bout. Je n'avais pas posé mes fesses depuis plus de deux secondes quand je l'entendis arriver. Et bien entendu, Willy était tout heureux, souriant, l'air béat, et elle aussi. L'air prête à faire trois tours de circuit avec Carmen Basilio et à le laisser comme deux ronds de flanc.

" Tous les bons petits relèvent la tête, maintenant ! " elle dit en tapant dans ses mains. Tous obéirent et la regardèrent. " Willy se sent beaucoup mieux, et il voudrait bien qu'on finisse l'histoire. N'est-ce pas, Willy ?

— Oui madame. " Elle l'embrassa et il courut à son siège. Elle poursuivit son histoire. Je ne bougeai pas et écoutai. Et lorsque l'heure du conte fut terminée, je me mis à boire. Et à partir de ce jour-là, je n'ai jamais réellement arrêté. »

6

« Mais comment ça s'est fini ? demanda Sam. Que savez-vous sur ce qui s'est passé ?

— Pas autant que ce que j'aurais pu apprendre, si je n'avais pas été aussi constamment saoul, mais plus que je n'aurais souhaité. Cette dernière partie, je ne suis même pas capable de vous dire combien de temps elle a duré. Quatre mois, il me semble, mais c'est peut-être six, ou même huit. C'est à peine si je voyais passer les saisons, à l'époque. Quand un ivrogne comme moi est sur la mauvaise pente, Sam, son seul baromètre est le niveau de la bouteille. Cependant, il y a deux choses que je sais, et ce sont en fait les seules qui comptent vraiment. Quelqu'un a commencé à lui filer le train : ça, c'est la première. Et il était temps pour elle de retourner hiberner. Pour se métamorphoser. C'est la seconde.

Je me souviens d'un soir, chez elle — elle n'est jamais venue chez moi, pas une fois —, où elle me dit : " Je deviens endormie, Dave. Je suis tout le temps de plus en plus endormie. Il va bientôt falloir que je prenne un long repos. Quand le moment sera venu, je veux que tu viennes dormir avec moi. Je me suis attachée à toi, vois-tu. "

J'étais évidemment saoul, mais ses paroles m'ont tout de même refroidi. Je croyais savoir ce qu'elle voulait dire, mais quand je lui posai la question, elle se contenta de rire.

" Oh non, pas *ça.* " Elle me regardait avec une expression de mépris et d'amusement à la fois. " Il est simplement question de dormir, pas de mourir. Mais il faudra que tu te nourrisses avec moi. "

Alors ça, ça m'a tout de suite dégrisé. Elle pensait que je ne savais pas de quoi elle parlait, mais elle se trompait. Je l'avais vue.

Après cette entrée en matière, elle a commencé à me poser des questions sur les enfants. Sur ceux que je n'aimais pas, ceux que je trouvais sournois, ceux qui n'arrêtaient pas de faire du bruit, ceux qui étaient les plus morveux. " Ce sont des sales gosses et ils ne méritent pas de vivre ", elle me disait. Ils sont grossiers, brise-tout, et ramènent leurs livres avec des marques de crayon et des pages déchirées. Lesquels méritent de mourir, Davey, d'après toi ? "

C'est là que j'ai compris qu'il fallait que je fiche le camp, et que si le suicide était le seul moyen de lui échapper, il faudrait en arriver là. D'ailleurs, elle subissait des changements. Ses cheveux devenaient ternes, et sa peau, qui avait toujours été parfaite, commençait à se flétrir par endroits. Mais il y avait autre chose : je voyais ce truc, ce probo-machin en quoi s'était transformée sa bouche, tout le temps, juste en dessous de sa peau. Sauf qu'il commençait à avoir l'air tout ridé et flasque et qu'on aurait dit que des toiles d'araignée étaient collées dessus.

Un soir, alors que nous étions au lit, elle me surprit en train de regarder ses cheveux. Elle me tapota l'épaule. " Tu as remarqué que je changeais, Davey ? C'est normal ; c'est tout à fait naturel. Ça se passe toujours de la même manière avant que j'aille me rendormir. Je vais devoir y penser bientôt, et si tu as l'intention de venir avec moi, il faut que tu t'occupes sans tarder d'un enfant. Ou de deux. Ou de trois ! Plus on est de fous plus on rit ! " Et elle rit elle-même, de son rire dément. Lorsqu'elle me regarda de nouveau, ses yeux étaient une fois de plus devenus rouges. " De toute façon, je n'ai pas l'intention de te laisser derrière moi. En dehors de toute autre considération, ce ne serait pas prudent. Tu t'en doutais bien, non ? "

Je lui ai répondu que oui.

" Alors si tu ne veux pas mourir, Davey, il faut que ce soit bientôt. Très bientôt. Et si tu n'es pas décidé, tu devrais me le dire tout de suite. Nous pourrions achever notre temps ensemble agréablement et sans souffrir, ce soir même. "

Elle se pencha sur moi, et je sentis son haleine. On aurait dit de la nourriture pour chien avariée, et je n'arrivais pas à croire que j'avais pu baiser les lèvres d'où sortait une telle odeur, à jeun ou ivre. Mais il y avait sans doute quelque chose en moi, une toute petite partie, qui voulait vivre, car je lui ai répondu que je voulais l'accompagner, mais qu'il me fallait encore un peu de temps pour me sentir prêt. Pour me préparer mentalement.

" Tu veux dire pour boire. Tu devrais tomber à genoux et remercier ta mauvaise et misérable étoile de m'avoir, Dave Duncan. Sans moi, tu serais mort dans un caniveau depuis au moins un an. Avec moi, tu pourras vivre presque éternellement. "

Sa bouche s'étira pendant à peine une seconde, s'étira jusqu'à me toucher la joue. Je ne sais pas comment, je suis parvenu à ne pas crier. »

Dave les regarda tour à tour avec quelque chose de profond et hanté dans les yeux. Puis il sourit. Sam Peebles n'oublia jamais tout ce que ce sourire avait eu de surnaturel, et il le revit longtemps dans ses rêves.

« Mais ça ne fait rien, reprit-il. Quelque part, tout au fond de moi, je n'ai pas cessé de hurler depuis ce jour-là. »

7

« J'aimerais pouvoir vous dire que je finis par rompre le charme dans lequel elle me tenait, mais ce serait un mensonge. Ce fut simplement le hasard. Ou ce que les gens du Programme, aux AA, appellent une puissance supérieure. Il faut comprendre qu'en 1960, j'étais complètement coupé du reste de la ville. Vous n'avez pas oublié que je faisais partie du Rotary, Sam ? Eh bien, en février 1960, les autres membres ne m'auraient même pas engagé pour nettoyer leurs chiottes. Pour Junction City, je n'étais qu'un sale gosse de plus, vivant comme une cloche. Des gens que je connaissais depuis toujours changeaient de trottoir pour ne pas avoir à me croiser. J'avais une constitution de fer, à cette époque, mais à force de la tremper dans l'alcool elle finissait par rouiller, et ce que l'alcool n'attaquait pas, Ardelia Lortz me le piquait.

Je me suis demandé plus d'une fois si elle n'allait pas s'en prendre à moi pour ce dont elle avait besoin, mais non. Je n'étais peut-être bon à rien pour elle en ce domaine... mais je ne crois pas que ce soit ça. Je ne crois pas non plus qu'elle m'aimait — à mon avis, Ardelia était incapable d'aimer qui que ce soit — mais par contre, je pense qu'elle était très seule. Qu'elle avait vécu, si on peut appeler ça vivre, très longtemps, et qu'elle avait eu... »

La voix de Dave mourut. Ses doigts crochus tambourinaient nerveusement sur ses genoux, et ses yeux cherchèrent l'élévateur à grain, sur l'horizon, comme pour se reposer dessus.

« ... des *compagnons*. C'est le mot qui me paraît convenir le mieux. Je pense qu'elle avait eu des compagnons pendant certaines parties de sa longue vie, mais que ça ne s'était pas produit depuis longtemps lorsqu'elle était arrivée à Junction City. Ne me demandez pas ce qu'elle a pu me dire pour que j'aie cette impression, j'ai oublié. Comme une bonne partie du reste. Mais je suis à peu près sûr que c'est vrai. Et c'est moi qu'elle avait engagé pour le boulot. Je suis aussi à peu près sûr que je serais parti avec elle, si elle n'avait pas été découverte.

— Qui l'a démasquée, Dave ? demanda Naomi, se penchant en avant. Qui ?

— Le shérif adjoint John Power. A cette époque, le shérif du comté de Homestead était Norman Beeman ; ceux qui militent en faveur de la nomination des shérifs, au lieu d'une élection, ne pourraient pas trouver de meilleur exemple que Norm. Les électeurs lui avaient donné le boulot en 45, lorsqu'il était revenu à Junction City avec une brochette de médailles récoltées en Allemagne avec l'armée de Patton. C'était un sacré bagarreur, personne n'aurait pu dire le contraire, mais en tant que shérif, il ne valait pas plus qu'un pet dans un ouragan. Ses principaux avantages se réduisaient à un grand sourire plein de dents d'un blanc éblouissant, et à des tombereaux d'un baratin infâme. Et bien entendu, il était républicain. C'est ce qui a toujours compté le plus dans le comté de Homestead. Je crois qu'il aurait encore été réélu s'il n'était pas mort d'une attaque foudroyante pendant qu'il se faisait raser chez Hughie, pendant l'été 1963. Ça, je m'en souviens bien ; à cette époque, cela faisait un moment qu'on était débarrassé d'Ardelia, et je revoyais un peu le jour.

Le succès de Norm s'explique par deux secrets, en plus de son grand sourire et des conneries qu'il racontait. Tout d'abord, il était honnête. Pour autant que je sache, il n'a jamais touché un sou. Ensuite, il s'arrangeait toujours pour avoir au moins un shérif adjoint capable de penser vite tout en n'ayant pas envie de se présenter à sa place. Il jouait toujours franc-jeu avec ses sous-fifres ; ils sont tous partis avec des recommandations en béton armé lorsque le moment est venu pour eux de grimper dans la hiérarchie. Norm s'en est occupé. En cherchant un peu, je crois qu'on pourrait trouver six ou huit chefs de police et même des colonels, éparpillés un peu partout dans le Midwest, qui ont passé deux ou trois ans à Junction City, à pelleter de la merde pour Norm Beeman.

Pas John Power, cependant. Il est mort. D'après sa biographie officielle, d'une attaque cardiaque — bien qu'il n'ait eu que trente ans et aucune de ces mauvaises habitudes qui court-circuitent parfois la tocante des gens prématurément. Je connais la vérité —

pas plus que Lavin, John n'est mort d'une attaque cardiaque. Il est mort parce qu'*elle* l'a tué.

— Qu'est-ce qui vous permet de le dire, Dave ? demanda Sam.

— Parce que je sais qu'il aurait dû y avoir *trois* enfants de tués dans la bibliothèque, le dernier jour. »

Dave avait répondu d'une voix calme, mais Sam sentait la terreur dans laquelle cet homme avait si longtemps vécu courir juste sous la surface, comme un flux électrique de faible voltage. Même en supposant que seulement la moitié de ce qu'avait raconté Dave cet après-midi fût vrai, il devait avoir vécu ces trente dernières années avec des angoisses qui dépassaient la capacité d'imagination de Sam. Pas étonnant qu'il ait eu recours à la bouteille pour les tenir à l'écart. Mais cela expliquait peut-être aussi, en dépit des trous de mémoire, la qualité et la précision de son récit, comme s'il l'avait souvent répété au fond de lui pour pouvoir le dire un jour, sans hésiter, dans toutes ses dimensions.

« Deux sont morts : Patsy Harrigan et Tom Gibson. Le troisième devait constituer mon prix d'admission à l'espèce de cirque dont Ardelia était le Monsieur Loyal. Une fille, qu'elle voulait plus que les autres, parce que c'était elle qui avait tourné les projecteurs sur elle, au moment où cette salope avait eu plus que jamais besoin d'opérer dans l'ombre. La gamine devait être pour moi, parce qu'elle n'avait plus la permission d'aller à la bibliothèque et qu'Ardelia ne pouvait pas l'approcher. Cette troisième sale petite était Tansy Power, la fille du shérif adjoint.

— Ne me dites pas que vous voulez parler de Tansy Ryan ? demanda Naomi, d'un ton presque suppliant.

— Et si. Tansy Ryan, qui travaille à la poste, Tansy Ryan qui vient avec nous aux réunions, Tansy Ryan qui a commencé par s'appeler Tansy Power. Pas mal des mômes qui ont connu l'heure du conte d'Ardelia fréquentent maintenant les AA, Sarah. Faites-en ce que vous voulez. Au cours de l'été 1960, j'ai bien failli tuer Tansy Power... et ce n'est pas le pire. Si seulement ça l'était... »

8

Naomi s'excusa et, comme plusieurs minutes s'étaient écoulées, Sam se leva pour aller la chercher.

« Laissez-la, dit Dave. C'est une femme merveilleuse, Sam, mais elle a besoin d'un peu de temps pour digérer tout ça. Vous en auriez besoin aussi, si vous veniez de découvrir que l'un des membres du groupe le plus important de votre vie a bien failli assassiner votre meilleure amie. Laissez-la se remettre. Elle va revenir. Elle est solide, notre Sarah. »

Elle revint en effet, au bout d'un moment. Elle s'était lavé la figure (elle avait encore les cheveux mouillés et brillants aux tempes), et elle portait un plateau avec trois verres de thé glacé dessus.

« Ah, on repique aux boissons fortes, je vois ! » la taquina Dave.

Naomi fit de son mieux pour lui rendre son sourire. « Pardi ! Je ne pouvais plus y tenir. »

Sam trouva l'effort qu'elle faisait mieux que bon ; il était noble. N'empêche, les glaçons babillaient à propos menus et hachés dans les verres. Sam se leva de nouveau et prit le plateau de ses mains tremblantes. Elle le regarda avec gratitude.

« Bon, dit-elle en reprenant place. Continuez, Dave. Jusqu'au bout. »

9

« Je tiens d'elle une bonne partie de ce qui reste à dire, reprit Dave, parce qu'à ce moment-là, je n'étais pas en mesure d'être moi-même témoin de ce qui se passait. Vers la fin de l'année 59, Ardelia me dit de ne plus venir à la bibliothèque ; que si elle me voyait, elle me ficherait dehors, et que si je traînais dans les environs, elle m'enverrait les flics ; que j'étais devenu vraiment trop minable, et qu'on commencerait à jaser si on me voyait encore là.

" A cause de toi et de moi ? " je lui ai demandé. " Voyons, Ardelia, qui pourrait le croire ? "

" Personne. Ce n'est pas ce genre de ragots qui m'inquiète. "

" Alors quoi ? "

" Ce qu'on pourrait dire sur toi et les enfants. " Je crois que c'est la première fois que j'ai vraiment mesuré à quel niveau j'étais tombé. Vous m'avez vu bien bas, depuis toutes ces années où nous avons été ensemble aux réunions des AA, Sarah, mais vous ne m'avez jamais vu aussi bas. J'aime autant.

Restait sa maison. J'avais la permission de la voir là, à condition de venir bien après la tombée de la nuit. Et de ne pas continuer par

la route au-delà de la ferme des Orday. Après, je devais prendre à
travers champs. Elle me dit que si je trichais, elle le saurait, et je l'ai
crue ; lorsque ses yeux d'argent devenaient rouges, Ardelia voyait
tout. Je me pointais d'habitude entre onze heures et une heure du
matin, ça dépendait de ce que j'avais bu, et en général rond comme
une balle. Je n'ai pas beaucoup de souvenirs de ces mois-là, mais je
peux vous assurer qu'entre 1959 et 1960, l'hiver a été bougrement
dur dans l'Iowa. Il y a eu des tas de nuits où un type à jeun aurait
gelé à mort dans ces fichus champs de maïs.

Il n'y avait aucun problème de ce genre dans la nuit dont je veux
vous parler ; on devait être quelque chose comme en juillet 1960, et
il faisait plus chaud que dans le vestibule de l'enfer. Je me rappelle
encore l'aspect congestionné et rouge de la lune suspendue au-
dessus des champs, cette nuit-là. On aurait dit que tous les chiens
du comté de Homestead s'étaient donné le mot pour hurler à cette
lune.

Aller chez Ardelia, par une pareille nuit, c'était comme s'avancer
sous la toupie d'un cyclone. Pendant toute la semaine (mais ça
durait depuis peut-être un mois), elle avait marché au ralenti,
endormie — sauf cette nuit-là. Elle était bien réveillée et en rage. Je
ne l'avais pas vue dans cet état depuis le soir où monsieur Lavin
avait exigé qu'elle enlève l'affiche du petit Chaperon rouge qui
faisait peur aux enfants. Au début, elle n'avait même pas l'air de se
rendre compte que j'étais là. Elle allait et venait au rez-de-chaussée
de la maison, nue comme le jour de sa naissance (si elle est vraiment
née un jour), la tête baissée et les poings serrés. Plus furax qu'un
ours qui vient de prendre une décharge de chevrotines dans les
fesses. Elle portait d'habitude les cheveux noués en chignon de
vieille fille, à la maison, mais quand je me glissai par la porte de la
cuisine, ce soir-là, ils étaient défaits et volaient derrière elle, tant elle
marchait vite. Elle émettait des sortes de crépitements, comme si
elle débordait d'électricité statique. Elle avait les yeux aussi rouges
que du sang ; ils luisaient comme ces lampes de chemin de fer qu'on
plaçait dans le temps sur les voies, quand la ligne était bloquée, et
on aurait dit qu'ils allaient jaillir de leurs orbites. Elle avait le corps
trempé de sueur, et en dépit de l'état dans lequel j'étais moi-même,
je sentais son odeur ; on aurait dit celle d'un lynx en chaleur. Je
revois encore les grosses gouttes huileuses qui dégoulinaient sur ses
seins et son ventre. La transpiration faisait briller ses hanches et ses
cuisses. C'était une de ces nuits calmes que nous avons parfois l'été,

à l'atmosphère lourde, sentant la verdure, qui vous écrase la poitrine sous une chape de plomb, avec l'impression d'avaler de la barbe de maïs à chaque fois qu'on respire. On n'espère qu'une chose, que l'orage éclate et qu'il y ait une bonne averse, mais ça n'arrive jamais, des nuits comme ça ; on voudrait au moins que le vent se lève, et pas seulement pour qu'il vous rafraîchisse, mais parce qu'il rendrait plus facile à supporter le bruissement du maïs... cette impression qu'il se hisse du sol tout autour de vous, comme un vieil homme arthritique qui essaierait de sortir du lit le matin sans réveiller sa femme.

Puis je me suis rendu compte qu'elle avait aussi peur, cette fois — quelqu'un avait réussi à lui flanquer une frousse du tonnerre de Dieu. Le changement, en elle, s'accélérait. Aucune idée de ce qui lui était arrivé, mais il était passé à la vitesse supérieure. Elle n'avait pas exactement l'air plus âgée ; elle paraissait plutôt moins *présente*. Ses cheveux semblaient plus fins, comme des cheveux de bébé ; on voyait la peau de son crâne dessous. Et sa peau donnait l'impression de se recouvrir d'une nouvelle pellicule, une sorte de réseau fin, brumeux, sur ses joues, autour de ses narines, au coin de ses yeux, entre ses doigts. C'était dans les plis de la peau qu'on le voyait le mieux. Ça palpitait un peu pendant qu'elle marchait. Voulez-vous que je vous dise quelque chose d'insensé ? Quand la foire passe en ville, depuis, je ne supporte pas de m'approcher de la baraque de barbe à papa. Vous savez, cette machine qui la fabrique ? Elle ressemble à un gros anneau qui tourne et tourne, et le type plonge un cône de papier dedans sur lequel s'enroule le sucre rose ? C'était cet aspect que prenait la peau d'Ardelia, celui du sucre filé. Je crois savoir, maintenant, ce que j'ai vu. Elle faisait ce que font les chenilles quand elles doivent se métamorphoser. Elle fabriquait son cocon.

Je m'immobilisai dans l'entrée, à la regarder aller et venir. Elle resta un bon moment sans me remarquer. Elle était trop occupée à se débattre au milieu des orties dans lesquelles elle avait roulé. Par deux fois, elle donna dans la cloison des coups de poing qui la traversèrent — papier, plâtre et lattis, tout. Avec un bruit d'os cassés, mais ça ne parut pas lui faire le moindre mal, et il n'y avait aucun sang. Elle hurla à chaque fois, mais pas de douleur. J'avais plutôt l'impression d'entendre crier une chatte folle de rage... mais, comme j'ai dit, il y avait de la peur sous la colère. Et ce qu'elle criait était le nom du shérif adjoint.

" John Power ! " qu'elle criait, et crac ! son poing traversait la cloison. " Que le diable t'emporte, John Power ! je vais t'apprendre à te mêler de mes affaires, moi ! Tu veux me voir ? Parfait ! Je vais t'apprendre comment faire ! Je vais t'apprendre, mon bon-homme ! " Puis elle se remettait à marcher, si vite qu'elle courait presque, et ses pieds nus heurtaient si violemment le plancher que toute la foutue maison en tremblait, on aurait dit. Elle grommelait des choses tout en arpentant la pièce. Puis ses lèvres se retroussaient, ses yeux devenaient encore plus rouges, et crac ! son poing repartait à travers le mur, d'où tombait un peu de poussière de plâtre. " John Power, fais gaffe ! Si jamais tu oses me mettre en colère… ! "

Mais il suffisait de regarder son visage pour comprendre qu'elle avait peur qu'il ose, justement. Et si vous aviez connu le shérif adjoint Power, vous vous seriez dit qu'elle n'avait pas tort de s'inquiéter. Il était intelligent, et il n'avait peur de rien. Un excellent adjoint, et un homme à qui il ne fallait pas chercher des poux.

Elle en était à son quatrième aller et retour dans la maison lorsqu'elle me découvrit tout d'un coup sur le seuil de la porte. Elle me foudroya du regard et sa bouche commença à se déformer en trompe, à cette différence près qu'elle était maintenant couverte de ces filaments en toile d'araignée, et je crus ma dernière heure venue. Si elle ne pouvait mettre la main sur John Power, elle m'avait toujours sur place.

Elle bondit vers moi et je me laissai glisser contre le chambranle de la porte. Elle vit l'espèce de flaque que j'étais devenu et s'arrêta. La lumière rouge disparut de son regard ; en un clin d'œil elle avait changé. A voir la manière dont elle se comportait et s'exprimait, on aurait dit qu'elle m'accueillait à un cocktail chic, et non que je l'avais trouvée en train d'arpenter sa maison, à minuit, complète-ment nue, donnant des coups de poing à trouer les cloisons.

" Davey ! Je suis tellement contente que tu sois là ! Prends un verre. Que dis-je, prends-en deux ! "

Si elle avait envie de me tuer — je le vis dans ses yeux — elle avait aussi besoin de moi, mais plus comme compagnon. Elle avait besoin de moi pour tuer Tansy Power. Elle était sûre de pouvoir avoir le flic, mais elle tenait à ce qu'il sache avant que sa fille était morte. Et pour ça, je lui étais nécessaire.

" On n'a pas beaucoup de temps. Est-ce que tu connais cet adjoint, Power ? " elle me demande.

Je lui ai répondu que je devrais ; il m'avait arrêté pour ivresse sur la voie publique une bonne demi-douzaine de fois.

" Qu'est-ce que tu en penses ? "

" Que c'est un sacré dur à cuir. "

" Qu'il aille se faire foutre et toi avec ! "

Là, je n'ai rien répondu. Ça me paraissait plus sage.

" Ce nom de Dieu de puritain est venu cet après-midi à la bibliothèque et a demandé à voir mes références. Et il n'a pas arrêté de me poser des questions. Il voulait savoir où j'avais été avant d'arriver à Junction City, l'école que j'avais fréquentée, où j'avais grandi. Tu aurais dû voir la manière dont il me regardait, Davey — mais je vais lui apprendre, moi, comment on doit regarder une dame comme moi. Tu vas voir, si je ne vais pas le faire. "

" T'as pas intérêt à te tromper avec le shérif Power, je lui ai dit. A mon avis, il n'a pas peur de grand-chose. "

" Mais si. Il a peur de moi. Simplement, il ne le sait pas encore. " Cependant, j'avais vu de nouveau la petite lueur de frayeur dans ses yeux. Il avait choisi le pire moment pour lui poser des questions, vous comprenez ; elle se préparait à sa période d'hibernation et de transformation, et ça l'affaiblissait plus ou moins.

— Est-ce qu'Ardelia vous a dit comment il en était venu à la soupçonner ? demanda Naomi.

— C'est évident, intervint Sam. Par sa fille.

— Non, dit Dave. Je ne lui ai pas demandé, pas dans l'humeur dans laquelle elle était, mais je ne crois pas que Tansy lui ait parlé d'Ardelia. Je ne crois pas qu'elle aurait pu. Pas d'une manière assez cohérente, en tout cas. Lorsqu'ils quittaient la bibliothèque, voyez-vous, les mômes oubliaient tout ce qu'elle leur avait raconté... et fait. Non seulement ils oubliaient, mais elle leur farcissait la tête de faux souvenirs, si bien qu'ils retournaient chez eux gais comme des pinsons. La plupart des parents pensaient qu'Ardelia Lortz était un don du ciel fait à la bibliothèque de Junction City.

J'ignore ce qu'elle avait pris à Tansy pour mettre la puce à l'oreille de son père, et le shérif adjoint Power avait dû faire pas mal de recherches avant de se décider à venir l'interroger à la bibliothèque. Je ne sais pas ce qu'il a remarqué chez Tansy, parce que les enfants n'étaient ni pâles ni abattus, comme les gens dont on suce le sang dans les films de vampires, et il n'y avait aucune marque sur leur corps. N'empêche, elle leur prenait *quelque chose*, et John Power l'avait vu ou senti.

— Mais même s'il avait remarqué ce quelque chose, comment en est-il venu à soupçonner Ardelia ? demanda Sam.

— Je vous ai dit qu'il avait le nez creux. A mon avis, il avait dû poser des questions à Tansy — rien de direct, tout en finesse, si vous voyez ce que je veux dire — et les réponses de la petite avaient dû suffire à le mettre dans la bonne direction. Lorsqu'il avait débarqué à la bibliothèque, ce jour-là, il ne *savait* rien, mais il *soupçonnait* quelque chose. Assez pour mettre Ardelia sur ses gardes. Je me rappelle que ce qui l'avait rendue le plus furieuse — et lui avait fait le plus peur — c'était la manière dont il l'avait regardée. " Je vais lui apprendre à me regarder " — elle ne cessait de répéter cette phrase. Je me suis demandé, par la suite, depuis combien de temps on ne l'avait pas regardée en nourrissant de vrais soupçons... depuis combien de temps quelqu'un n'avait pas reniflé ce qu'elle était vraiment. Je suis prêt à parier que cela lui faisait peur à plus d'un titre. Prêt à parier qu'elle se demandait si elle n'était pas finalement en train de perdre son doigté.

— Peut-être avait-il aussi parlé avec d'autres enfants, fit Naomi d'un ton hésitant. En comparant les histoires, il avait pu s'apercevoir que certaines choses ne cadraient pas. Qui sait s'ils ne la voyaient pas chacun de façon différente ? Comme vous et Sam l'avez vue de façon différente.

— C'est possible ; tout cela est possible. Toujours est-il que la peur la poussa à agir plus vite.

Elle me dit : " Je serai à la bibliothèque demain toute la journée. Je vais m'arranger pour que des tas de personnes m'y voient. Mais toi, tu vas faire une petite visite à la maison du shérif adjoint Power. Tu attendras que la gamine soit toute seule ; à mon avis ça ne prendra pas trop de temps. Alors tu t'en empareras et tu l'emmèneras dans les bois. Tu lui feras tout ce que tu voudras, mais arrange-toi pour lui trancher la gorge, pour finir, et pour la laisser sur place. Je veux que ce salopard l'apprenne avant que je le retrouve. "

J'étais incapable de parler. Il valait probablement mieux pour moi avoir la langue paralysée, car elle aurait mal pris n'importe quoi de ce que j'aurais pu dire, et elle m'aurait sans doute écrabouillé la tête. Mais je restai assis à la table de la cuisine, mon verre à la main, la regardant les yeux ronds, et elle a vraisemblablement pris mon silence pour un acquiescement.

Après ça, nous sommes allés dans sa chambre. Ce fut la dernière fois. Je me souviens avoir pensé que je n'allais pas être capable de la sauter, qu'un homme qui a peur n'arrive pas à bander. Mais ça s'est bien passé, grâce à Dieu. Ardelia était aussi une magicienne dans ce domaine. On a remis ça, remis ça, jusqu'à ce que je m'endorme ou devienne inconscient. Mon souvenir suivant, c'est Ardelia me virant du lit à coups de pied, pour me faire tomber dans un rayon de soleil matinal. Il était six heures et quart, j'avais tellement d'acidité dans l'estomac qu'on aurait pu y développer des photos, et ça cognait dans ma tête comme dans un abcès à la mâchoire.

Elle me dit : " C'est le moment d'aller t'occuper de tes affaires. Arrange-toi pour que personne ne te voie rentrer en ville, Davey, et n'oublie pas ce que je t'ai dit. Cueille-la ce matin même. Emmène-la dans les bois et finis-en. Ensuite, cache-toi jusqu'au soir. Si tu te fais prendre avant, je ne pourrai rien faire pour toi. Mais si tu peux tenir jusque-là, tu ne risqueras plus rien. Je vais m'arranger pour que deux mômes viennent demain à la bibliothè-que, même si elle est fermée. Je les ai déjà choisis, ce sont les deux pires morveux de la ville. Nous irons à la bibliothèque ensemble... ils viendront... et quand toute cette bande d'abrutis nous trouvera, ils nous croiront morts. Mais toi et moi, nous ne serons pas morts, Davey ; nous serons libres. On les aura bien eus, n'est-ce pas ? "

Et puis elle s'est mise à rire. Elle était assise sur son lit, nue, avec moi rampant à ses pieds, malade comme un rat qui a bouffé du grain empoisonné, et elle riait, riait, riait ! Bientôt sa figure s'est mise à reprendre son aspect d'insecte, avec le probo-chose qui poussait un peu comme ces cornes de viking, et ses yeux qui s'étiraient sur le côté. Je savais que tout ce que j'avais dans l'estomac allait remonter à toute vitesse, et j'ai filé dehors pour vomir dans son lierre. Derrière moi, je l'entendais qui riait... riait... riait...

J'étais en train de m'habiller à côté de la maison, lorsqu'elle me parla par la fenêtre. Je ne la voyais pas, mais je l'entendais parfaitement bien. " Ne me laisse pas tomber, Davey. Ne me laisse pas tomber ; sinon, je te tue. Et tu mourras lentement.

— Je ne te laisserai pas tomber, Ardelia ", je lui ai répondu, mais sans me retourner pour la voir passer la tête par la fenêtre de la chambre. Je savais que je n'arriverais pas à supporter de la revoir, ne serait-ce qu'une fois de plus. J'étais au bout du rouleau. Et cependant... quelque chose en moi voulait aller avec elle, même si cela signifiait commencer par devenir fou, et j'étais presque sûr que c'était ce que je finirais par faire. A moins qu'elle n'ait prévu de me tendre un piège et de me faire porter le chapeau pour tout. Je la croyais capable de ça ; je la croyais capable de *n'importe quoi.*

Je partis à travers champs en direction de Junction City. D'habitude, la marche me dessoûlait un peu, et calmait le plus pénible de mon mal de crâne. Pas ce jour-là, pourtant. Je m'arrêtai par deux fois pour vomir, et la seconde, je crus bien que je n'y arriverais pas. J'y parvins tout de même, mais il y avait du sang sur les tiges de maïs près desquelles je m'étais agenouillé. Le temps que j'atteigne la ville, j'avais plus mal à la tête que jamais, et je voyais double. Je crus que j'allais mourir, et cependant je ne pouvais m'empêcher de penser à ce qu'elle m'avait dit : d'en faire ce que je voulais, mais de finir par lui trancher la gorge.

Je n'avais aucune envie de faire de mal à Tansy Power, mais je me disais que c'était pourtant ce qui allait se passer ; que je serais incapable de m'opposer à ce que voulait Ardelia... et qu'ensuite je serai damné à jamais. Et je me disais aussi que le pire de tout aurait été qu'Ardelia dise la vérité, et que je continue à vivre... à vivre presque éternellement avec cette chose au fond de moi.

A cette époque, la gare comprenait deux dépôts de trains de marchandises ; le quai nord du deuxième n'était guère utilisé. J'allai me réfugier dessous et y dormis environ deux heures. A mon réveil, je me sentais un peu mieux. Je savais que je n'avais aucun moyen de l'arrêter ou de m'arrêter, et je repartis donc pour la maison de John Power, afin d'enlever sa fillette. J'allais tout droit vers le centre, sans regarder personne, avec une seule idée en tête que je ne cessais de me ressasser : " Je peux faire ça très vite. Je peux faire ça pour elle, au moins. Je lui romprai le cou, le temps de le dire, et elle ne s'apercevra de rien. " »

Dave sortit de nouveau le foulard qui lui servait de mouchoir et s'essuya le front d'une main agitée d'un fort tremblement.

« Je ne suis pas allé plus loin que le Prisunic. Il a disparu, maintenant, mais à l'époque c'était le dernier commerce avant le quartier résidentiel, sur O'Kane Street. Je n'étais qu'à quatre coins de rue de la maison de Power, et je me disais que j'allais bientôt voir le jardin, et la petite Tansy. Qu'elle y serait seule... et que les bois n'étaient pas loin.

Sauf que j'ai regardé dans la vitrine du Prisunic et que ce que j'ai vu m'a cloué sur place. Un empilement d'enfants morts, tous avec de grands yeux, des bras emmêlés, des jambes tordues. J'ai commencé à crier et je me suis encore une fois mis la main sur la bouche. J'ai fermé les yeux de toutes mes forces. Quand je les ai rouverts, j'ai vu qu'il ne s'agissait que d'un lot de poupées que la vieille madame Segers avait déballé pour les mettre en montre. Elle m'a aperçu a eu un geste avec l'une d'elles qui voulait dire : va-t'en, vieil ivrogne. Mais je ne bougeai pas. Je n'arrêtais pas de regarder ces poupées. J'essayais de me dire qu'elles n'étaient que ça, des poupées, n'importe qui pouvait s'en rendre compte. Mais quand je fermai et ouvris les yeux une deuxième fois, c'était de nouveau des cadavres. Madame Segers disposait tout un lot de petits cadavres dans la vitrine du Prisunic et ne s'en rendait même pas compte. Il me vint à l'esprit que quelqu'un essayait de m'envoyer un message, un message qui disait qu'il n'était pas trop tard, même maintenant. Je ne pouvais peut-être pas arrêter Ardelia — mais ce n'était pas sûr. Et même si je n'y arrivais pas, je pouvais peut-être au moins éviter d'être entraîné avec elle dans le trou.

C'est la première fois que j'ai réellement prié, Sarah. Pour avoir de la force. Je ne voulais pas tuer Tansy Power, mais c'était plus que ça : je voulais tous les sauver si je pouvais.

Je suis retourné vers la station-service Texaco — là où se trouve le Piggy Wiggly, actuellement. En chemin, j'ai ramassé quelques cailloux dans le caniveau. Il y avait une cabine téléphonique à côté de la station — elle y est toujours, en fait. Je me suis tout d'un coup rendu compte que je n'avais pas un cent sur moi. En dernier recours, j'ai tâté de la main le creux où retombent les pièces. Il y avait une pièce de dix cents. Depuis ce jour-là, quand quelqu'un me dit qu'il ne croit pas en Dieu, je pense à ce que j'ai ressenti lorsque j'ai glissé mes doigts dans ce clapet et que j'ai senti la pièce.

J'ai tout d'abord pensé appeler madame Power, puis j'ai décidé qu'il valait mieux essayer le bureau du shérif. Quelqu'un passerait le message à John Power, et s'il était déjà aussi soupçonneux qu'Ardelia paraissait le penser, il prendrait les mesures qui convenaient. J'ai refermé la porte de la cabine et j'ai cherché le numéro — c'était l'époque où on trouvait encore de temps en temps un annuaire dans les cabines téléphoniques, avec un peu de chance — mais avant même de faire le numéro, je me suis mis les cailloux dans la bouche.

C'est John Power lui-même qui décrocha le téléphone, et je crois que c'est pour ça que Patsy Harrigan et Tom Gibson sont morts... pour ça que Power lui-même est mort... et pour ça qu'Ardelia n'a

pas été arrêtée à ce moment-là. Je m'attendais à tomber sur la
standardiste — Hanna Verril, à l'époque ; je lui aurais dit ce que je
savais, et elle l'aurait répété à l'adjoint.

Au lieu de ça, j'ai entendu la voix dure de Power, genre on-ne-
fait-pas-le-con-avec-moi : " Bureau du shérif, adjoint Power à
l'appareil, j'écoute. " J'ai failli avaler mes cailloux et je n'ai rien pu
dire pendant un bon moment.

" Foutus garnements ", il commence — et je comprends qu'il va
raccrocher.

" Attendez ! " A cause des cailloux, on aurait dit que je parlais
avec du coton dans la bouche. " Ne raccrochez pas, adjoint !

" Qui est à l'appareil ? "

" C'est sans importance. Eloignez votre fille de la ville, si vous y
tenez, et quoi que vous fassiez, surtout ne la laissez pas s'approcher
de la bibliothèque. C'est sérieux. Elle est en danger. "

Là-dessus, j'ai raccroché. Juste comme ça. Si Hannah avait
répondu, je crois que je lui en aurais dit davantage. J'aurais donné
des noms, celui de Tansy, de Tom, de Patsy... et aussi celui
d'Ardelia. Mais il me fichait la frousse. J'avais l'impression que si je
ne raccrochais pas, il allait me voir depuis l'autre bout de la ligne,
debout dans la cabine et puant comme un panier de pêches
pourries.

J'ai recraché les cailloux dans ma main et je suis ressorti
précipitamment de la cabine. Le pouvoir qu'elle avait sur moi était
rompu — le coup de téléphone avait eu au moins ce résultat — mais
j'étais pris de panique. Avez-vous jamais vu un oiseau qui rentre
par erreur dans un garage et qui se cogne partout, tant il est affolé,
en cherchant la sortie ? Voilà comment j'étais. Tout d'un coup, ce
n'était plus pour Patsy Harrigan, Tom Gibson ou même Tansy
Power que je m'inquiétais. J'avais l'impression que celle qui me
cherchait, c'était Ardelia ; qu'elle savait ce que j'avais fait, et qu'elle
était à mes trousses.

Je voulais me cacher — bon Dieu, il fallait que je me cache ! Je me
suis précipité dans Main Street, et le temps que j'arrive au bout, je
courais presque. A ce moment-là, tout se mêlait dans mon esprit,
Ardelia, le Policier des Bibliothèques et l'homme noir, celui qui
pilotait le rouleau compresseur et la voiture avec Simon le Simplet
dedans. Je m'attendais à les voir tous les trois apparaître au coin de
la rue dans la vieille Buick de l'homme noir, lancés à ma recherche.
Je retournai jusqu'au dépôt de chemin de fer et me glissai à nouveau

sous la plate-forme de chargement. Je me recroquevillai là au fond, tremblant de tous mes membres, attendant qu'elle arrive pour me faire ma fête ; j'ai même pleuré un peu, je n'arrêtais pas de me dire que si je levais les yeux j'allais voir sa tête apparaître sous la dalle de béton de la plate-forme, les yeux rouges et luisants, la bouche transformée en probo-chose.

Je m'étais reculé jusqu'au fond, et je découvris alors la moitié d'une cruche de vin sous une pile de feuilles mortes et de vieilles toiles d'araignée. Je l'avais planquée là Dieu seul sait quand et complètement oubliée. Je crois que j'ai dû la vider en trois gorgées. Puis j'ai voulu revenir en rampant vers le devant de cet espace, sous la plate-forme, mais je suis tombé dans les pommes à mi-chemin. Quand je me suis réveillé, j'ai tout d'abord pensé qu'il ne s'était pratiquement pas écoulé de temps, parce que les ombres et la lumière étaient à peu près les mêmes. Sauf que je n'avais plus mal à la tête, et que mon estomac gargouillait de faim.

— Je parie que vous aviez fait le tour du cadran ? suggéra Naomi.

— Non, presque *deux fois* le tour du cadran. J'avais appelé le bureau du shérif vers dix heures le lundi matin. Lorque je suis sorti de sous la plate-forme, la cruche vide toujours à la main, il était sept heures à peine passées, le mercredi matin. Sauf que je n'avais pas dormi, pas vraiment. Il ne faut pas oublier que je ne sortais pas d'une simple cuite ou même d'une java d'une semaine. Cela faisait *deux ans* que je n'avais pratiquement jamais dessoûlé, et ce n'était pas tout : il y avait eu Ardelia, la bibliothèque, les gamins et l'heure du conte. Deux ans sur un manège d'enfer. Je crois que ce qui me restait de lucidité et d'envie de vivre au fond de la tête a décidé que la seule chose à faire était de tout débrancher et de fermer la boutique pour quelque temps. Lorsque je me suis réveillé, tout était terminé. On n'avait pas encore trouvé les corps de Patsy Harrigan et Tom Gibson, mais c'était bel et bien fini. Je le savais même avant de pointer le museau de sous la plate-forme. Il y avait un vide en moi, comme un trou dans une gencive quand on vient de perdre une dent. Sauf que ce trou était dans mon esprit. J'avais compris. Elle était partie. Ardelia était partie.

J'ai donc quitté ma tanière, et c'est tout juste si la faim ne m'a pas fait m'évanouir à nouveau. J'ai aperçu Brian Kelly, le responsable du fret, à l'époque. Il comptait des sacs de quelque chose sur l'autre plate-forme de chargement et pointait sur une liste. Je réussis à me traîner jusqu'à lui. Il m'a vu, et il a pris une expression dégoûtée. Il y avait eu un temps où on se payait mutuellement un verre au Domino — une boîte qui a brûlé bien avant votre époque, Sam — mais ces jours-là étaient finis depuis longtemps. Lui, tout ce qu'il voyait, c'était un ivrogne crasseux immonde, avec des feuilles et de la terre dans les cheveux, un ivrogne qui puait la pisse et le Old Duke.

" Fiche le camp d'ici, pépère, où j'appelle les flics. "

Ce fut une première pour moi, ce jour-là. Vous savez, quand on est un alcoolo, on n'arrête pas de franchir de nouvelles étapes. Oui, ce fut la première fois que je mendiai de l'argent. Je lui demandai s'il n'aurait pas vingt-cinq cents à me passer pour une tasse de caoua et des tartines au boui-boui de la route 23. Il fouilla dans sa poche et en sortit de la monnaie. Il ne me la donna pas ; il se contenta de la jeter vaguement dans ma direction. Je dus me mettre à quatre pattes dans le mâchefer pour la ramasser. Je ne crois pas qu'il l'ait lancée pour me faire honte. Il ne voulait pas me toucher, c'est tout. D'ailleurs, je ne lui en veux pas.

Quand il vit que j'avais terminé, il me dit : " Et maintenant, va te faire pendre ailleurs, pépère. Et si jamais je te revois, j'appelle les flics, ça fera pas un pli. "

" Tu parles ", je lui dis en partant. Il ne m'avait même pas reconnu, et j'en suis bien content.

A mi-chemin du resto, je suis passé devant une boîte à journaux, et j'ai vu la *Gazette* du jour dedans. C'est à ce moment-là que je me suis rendu compte que j'étais resté deux jours et non pas un dans mon trou. La date elle-même ne signifiait rien pour moi — je me moquais bien des calendriers — mais je savais qu'on était lundi, lorsque Ardelia m'avait viré de son lit à coups de pied pour la dernière fois, et que j'avais donné ce coup de téléphone. Puis j'ai vu les titres. J'avais dormi pendant les journées les plus sensationnelles de l'histoire de Junction City, on aurait dit. ENFANTS DISPARUS : LES RECHERCHES CONTINUENT, on lisait d'un côté. Il y avait une photo de Tom Gibson et une autre de Patsy Harrigan. De l'autre, il y avait : D'APRÈS LE CORONER, L'ADJOINT POWER SERAIT MORT D'UNE CRISE CARDIAQUE. Au-dessous, photo de John Power.

J'ai pris un des journaux et j'ai laissé une pièce de cinq cents sur la pile, parce que c'était comme ça, à cette époque où les gens se faisaient presque toujours confiance. Je me suis assis sur le bord du trottoir et j'ai lu les deux informations. Celle à propos des mômes était la plus courte. C'est qu'on n'était pas encore très inquiets à ce moment-là ; le shérif Brennan pensait à une histoire de fugue.

Il faut l'avouer, elle les avait bien choisis ; ces deux-là étaient de véritables garnements de la même farine. On les voyait toujours fourrés ensemble. Ils vivaient dans le même quartier, et ils avaient eu des ennuis la semaine précédente, lorsque la mère de Patsy Harrigan les avait surpris en train de fumer dans la grange de derrière. Le petit Gibson avait un oncle de pas grand-chose, fermier dans le Nebraska, et Norm était bien tranquille qu'ils avaient filé par là — je vous l'ai dit, il était en retard, le jour de la distribution de matière grise. Mais comment aurait-il pu se douter de quelque chose ? Il avait au moins raison sur un point : ce n'était pas le genre de gosses à tomber dans un puits ou à se noyer dans la Proverbia. Mais moi, je savais où ils étaient, et je savais aussi qu'Ardelia avait une fois de plus gagné sa course contre la montre. Je savais qu'ils les trouveraient tous les trois ensemble, et c'est ce qui arriva plus tard, ce jour-là. J'avais sauvé Tansy Power, je m'étais sauvé moi-même, mais cela ne me consolait guère.

L'article sur le shérif adjoint était plus long ; il n'arrivait en second que parce qu'on n'avait découvert Power qu'en fin d'après-midi, lundi. Sa mort avait été signalée dès le lendemain, sans autres explications. On l'avait trouvé effondré derrière le volant de sa voiture de patrouille à environ deux kilomètres à l'ouest de la ferme Orday. Un endroit que je connais plutôt bien, puisque c'était celui où je quittais d'habitude la route pour passer dans le maïs, quand je me rendais chez Ardelia.

Je n'eus pas tellement de mal à compléter ce que l'article ne disait pas. John Power n'était pas du genre à se laisser pousser l'herbe entre les doigts de pied et il devait avoir foncé chez Ardelia dès que j'avais raccroché le téléphone, à la station Texaco. Il avait sans doute dû appeler sa femme avant, pour lui dire de garder Tansy à la maison jusqu'à ce qu'il la rappelle. Ça n'était pas dans le journal, bien sûr, mais je suis prêt à parier qu'il l'avait fait.

Quand il est arrivé, elle a sans doute tout de suite compris que je l'avais dénoncée et que la partie était terminée. Alors elle l'a tué. Elle... elle l'a serré à mort dans ses bras comme elle avait serré à mort monsieur Lavin. Il avait beau être un dur à cuire, comme je le lui avais dit, même les pois chiches finissent par se ramollir dans l'eau bouillante, si on les laisse assez longtemps sur le feu. Je me dis qu'elle a dû le chauffer à blanc.

Une fois mort, elle l'a sans doute ramené dans sa proche voiture de flic jusqu'à l'endroit où on l'a trouvé. Ce bout de chemin avait beau ne pas être très fréquenté, à l'époque, il fallait tout de même un sacré sang-froid pour faire ça. Mais avait-elle le choix ? Pouvait-elle appeler le bureau du shérif et dire que John Power venait d'avoir une crise cardiaque en lui parlant ? Ça n'aurait fait que déclencher une avalanche de questions à un moment où elle voulait avant tout se faire oublier. Et je peux vous dire que même Norm Beeman se serait demandé pour quelle raison Power était si fichtrement pressé de parler à la bibliothécaire de la ville.

Elle l'a donc conduit par la route Garson jusqu'à la ferme Orday ; elle a garé la voiture sur le bas-côté, puis elle est retournée chez elle par le même chemin que le mien : à travers le maïs. »

Dave regarda Sam, puis Naomi, avant de revenir sur Sam.

« Je suis prêt à parier que je sais ce qu'elle a fait ensuite. Elle s'est mise à ma recherche.

Je ne dis pas qu'elle a sauté dans sa voiture (elle en avait acheté une entre-temps) et qu'elle s'est mise à faire le tour des bistrots et bouis-bouis de Junction City ; elle n'en avait pas besoin. Des dizaines et des dizaines de fois, elle s'était pointée là où je me trouvais quand elle avait eu besoin de moi, ou bien elle m'envoyait un gamin avec un mot. Je pouvais bien être assis au milieu d'un tas de cartons dans l'arrière-cour de la boutique du coiffeur, en train de pêcher dans la rivière ou de cuver mon vin derrière la gare de triage — elle savait toujours où me trouver. C'était l'un de ses dons.

Mais pas cette fois-là, cette fois où elle aurait tant voulu me trouver, pourtant. Et je crois savoir pourquoi. Je vous ai dit que je ne m'étais pas simplement endormi ou évanoui après avoir donné le coup de fil ; que c'était plutôt une sorte de coma, que j'étais comme mort. Et lorsqu'elle a branché son espèce de radar intérieur pour me chercher, elle n'est pas arrivée à me trouver. Je n'ai aucune idée du nombre de fois que le rayon de son radar a pu passer sur moi là où j'étais vautré, et je ne tiens pas à le savoir. La seule chose dont je suis sûr, c'est que si elle m'avait découvert, elle n'aurait pas envoyé un môme avec un billet. Elle serait venue en personne, et je ne peux même pas imaginer ce qu'elle m'aurait fait pour avoir eu le culot de contrarier ses plans.

Elle aurait probablement fini par me trouver si elle avait eu davantage de temps, mais ce n'était pas le cas. Ses dispositions étaient prises et surtout, il y avait l'accélération de sa métamorphose. Le moment d'entrer en hibernation approchait pour elle, et elle ne pouvait gaspiller son temps à me chercher. En plus, elle devait savoir qu'elle aurait une chance à tenter, un peu plus tard. Et le moment est maintenant venu.

— Je ne comprends pas ce que vous voulez dire, remarqua Sam.

— Bien sûr que si. Qui a pris les livres qui vous ont fichu dans ce pétrin ? Qui les a expédiés au moulin à papier, avec vos journaux ? Moi. Croyez-vous qu'elle ne le sache pas ?

— Croyez-vous qu'elle vous veuille encore ? demanda Naomi.

— Oui, mais pas comme autrefois. Maintenant, elle ne désire qu'une chose, me tuer. (Il tourna son visage, et son regard brillant et plein de tristesse plongea dans celui de Sam.) C'est vous qu'elle veut, maintenant. »

Sam rit, mal à l'aise. « Je suis sûr que c'était une vraie bombe sexuelle il y a trente ans, dit-il, mais elle a pris de la bouteille. Ce n'est vraiment pas mon genre.

— En fin de compte, je crois que vous n'avez pas compris, répondit Dave. Elle ne veut pas vous baiser, Sam. Elle veut *être* vous. »

10

Au bout de quelques instants, Sam répondit : « Attendez. Attendez une seconde.

— Vous m'avez bien entendu, mais sans comprendre tout ce que cela impliquait », poursuivit Dave. Son ton était patient, mais las, terriblement las. « Alors permettez-moi de vous expliquer encore quelque chose.

Après avoir tué John Power, Ardelia a laissé le corps assez loin de chez elle pour ne pas être la première soupçonnée. Puis elle est allée ouvrir la bibliothèque cet après-midi-là, comme tous les jours, en partie parce qu'un coupable attire davantage les soupçons s'il s'écarte de sa routine, mais ce n'était pas tout. Sa métamorphose était en cours, *et elle avait besoin de la vie de ces enfants.* Surtout ne me demandez ni comment ni pourquoi, parce que je l'ignore. Elle est peut-être comme un ours, qui a besoin de se bourrer la panse avant d'entrer en hibernation. Tout ce que je peux affirmer est qu'elle devait s'arranger pour avoir son heure du conte, ce jour-là. Et qu'elle l'a eue.

A un moment donné pendant cette heure, alors que tous les enfants étaient assis autour d'elle et mis en transes par elle, elle a dit à Tom et à Patsy qu'ils devaient venir le lendemain matin, même si la bibliothèque était fermée les mardis et jeudis matins, pendant l'été. Ils lui ont obéi, elle les a liquidés et elle s'est mise en hibernation. Cet état qui ressemble tant à la mort. Et voilà maintenant que vous arrivez, Sam, trente ans après. Vous me connaissez, et Ardelia a encore un compte à régler avec moi : c'est déjà un début. Mais il y a beaucoup mieux que ça. Il y a le Policier des Bibliothèques.

— Je ne vois pas en quoi-

— Non, vous ne voyez rien, et c'est encore mieux pour elle. Car des secrets qui sont tellement terribles qu'on se les cache à soi-même, pour quelqu'un comme Ardelia Lortz, sont les meilleurs de tous. En plus, il y a les avantages secondaires : vous êtes jeune, célibataire, et vous n'avez aucun ami proche. C'est bien vrai, non ?

— C'est ce que j'aurais dit jusqu'à aujourd'hui, répondit Sam après un instant de réflexion. J'aurais dit que les seuls amis que je m'étais faits depuis mon installation à Junction City avaient déménagé. Mais je vous considère, vous et Naomi, comme des amis, Dave. Comme d'excellents amis, même. Les meilleurs. »

Naomi prit la main de Sam et la pressa un bref instant.

« Je suis sensible à ça, dit Dave, mais c'est sans importance, parce qu'elle a bien l'intention de nous liquider aussi, Sarah et moi. Plus on est de fous, plus on rit, comme elle m'a dit un jour. Il lui faut des vies pour réussir sa métamorphose... mais le moment où elle se réveille est aussi un moment de métamorphose.

— Vous voulez dire qu'elle a l'intention de posséder Sam d'une manière ou d'une autre, c'est bien ça ?

— Je crois, Sarah, que je veux dire encore plus que ça. A mon avis, elle a l'intention de détruire tout ce qui en Sam fait de lui ce qu'il est ; de le vider comme les enfants vident une citrouille, pour Halloween, afin d'en faire une lanterne ; elle va ensuite l'endosser comme on mettrait un costume neuf. Et cela fait — si elle y arrive — il continuera d'avoir l'air d'être le bon vieux Sam Peebles que tout le monde connaît, mais il ne sera plus un homme, pas plus que Ardelia Lortz n'était une femme. Il y a quelque chose d'inhumain, un *ça* qui se cache sous sa peau, et je crois que je l'ai toujours su. A l'intérieur, mais elle restera toujours un être venu de l'extérieur. D'où débarque-t-elle, au fait ? Où habitait-elle avant de venir à

Junction City? Je suis sûr que, si l'on pouvait vérifier, on s'apercevrait que tous les renseignements qu'elle a fournis à monsieur Lavin, pour être embauchée, sont faux, et qu'en ville, personne n'en savait rien. Je crois que c'est la curiosité de John Power pour ce détail qui a scellé son destin de flic. Mais je crois aussi qu'il y a eu une véritable Ardelia Lortz autrefois... à Pass Christian, dans le Mississippi ; ou à Harrisburg, en Pennsylvanie, ou à Portland, dans le Maine... et que le *ça* s'en est emparé pour l'habiter. Et maintenant, elle veut recommencer. Si nous la laissons faire, je parie qu'un peu plus tard, cette année, dans une autre ville, à San Francisco, en Californie, ou à Butte, dans le Montana, ou à Kingston, sur Rhode Island, un homme du nom de Sam Peebles va apparaître. La plupart des gens l'aimeront bien. Il plaira beaucoup aux enfants, en particulier... ils en auront peut-être aussi peur, d'une manière qu'ils ne comprendront pas et dont ils ne pourront parler.

Et bien entendu, il sera bibliothécaire. »

CHAPITRE DOUZE

DES MOINES-JUNCTION CITY-DES MOINES

1

Sam jeta un coup d'œil à sa montre-bracelet et constata avec surprise qu'il était presque trois heures de l'après-midi. Il ne restait que neuf heures avant minuit : alors, l'homme de haute taille aux yeux d'argent reviendrait. Ou Ardelia Lortz. Voire les deux, ensemble.

« Que croyez-vous que je devrais faire, Dave ? Me rendre au cimetière du coin, trouver la tombe d'Ardelia Lortz et lui enfoncer un pieu dans le cœur ?

— Ce serait un sacré tour de prestidigitation si vous pouviez y arriver, vu que le cadavre de la dame en question a été incinéré.

— Oh. » Sam se renfonça dans sa chaise avec un petit soupir d'impuissance.

Naomi reprit sa main. « Dans tous les cas, vous ne ferez rien tout seul, dit-elle d'un ton ferme. D'après Dave, elle veut aussi notre peau, mais ce n'est même pas la question, au fond. Les amis, c'est pour quand on a des ennuis. C'est ça, la question. Sinon, à quoi serviraient-ils ? »

Sam attira à lui la main de la jeune femme et y déposa un baiser. « Merci. Mais je ne vois pas ce que vous pouvez faire. Ni moi, d'ailleurs. Il semble qu'il n'y ait rien à faire. A moins que... (Il regarda Dave avec une lueur d'espoir dans les yeux.) A moins de s'enfuir ? »

Dave secoua la tête. « Elle — ou *ça* — vous voit. Je vous l'ai déjà dit. J'ai l'impression que vous pourriez arriver à Denver d'ici à minuit, à condition d'appuyer sur le champignon et de ne pas se faire prendre par les flics, mais Ardelia Lortz serait là pour vous saluer au moment où vous descendriez de voiture. Ou alors, en pleine nuit, vous tourneriez la tête et verriez le Policier des Bibliothèques assis à côté de vous. »

Cette seule idée — le visage blême et les yeux d'argent illuminés par la lueur verdâtre du tableau de bord — suffit à faire frissonner Sam.

« Alors quoi, si c'est comme ça ?

— Je pense que vous savez tous les deux ce que vous devez faire pour commencer », répondit Dave. Il finit le reste de son thé glacé et déposa le verre sur le porche. Réfléchissez une minute. »

Ils contemplèrent tous les trois l'élévateur à grain pendant un moment. La confusion la plus folle régnait dans l'esprit de Sam. Il n'arrivait à saisir que des bribes de la confession de Dave Duncan, ainsi que la voix du Policier des Bibliothèques avec son étrange zézaiement qui disait : *Ze veux rien favoir de vos mauvaises esscuses... Vous avez jusqu'à minuit... Alors, ze reviendrai.*

Ce fut le visage de Naomi que la compréhension illumina en premier.

« Bien sûr ! Que je suis idiote ! Mais... »

Elle posa une question à Dave, et les yeux de Sam, qui comprenait enfin, s'agrandirent à leur tour.

« Il y a bien une boutique à Des Moines, pour autant que je m'en souvienne. Pell's. S'il y a un endroit au monde où l'on pourra vous dépanner, c'est bien là. Pourquoi ne pas donner un coup de fil, Sarah ? »

2

Naomi partie, Sam remarqua : « Même s'ils peuvent nous dépanner, je ne vois pas comment arriver avant l'heure de fermeture. Je peux essayer, je suppose...

— Ce n'est pas en voiture que vous allez faire ce déplacement. Non. Vous allez prendre l'avion à l'aérodrome de Proverbia, avec Sarah. »

Sam cligna des yeux. « J'ignorais la présence d'un aérodrome à Proverbia. »

Dave sourit. « Eh bien... je crois que le mot est un peu exagéré. Mais il y a un petit kilomètre de terre bien tassée que Stan Soames a baptisé piste de décollage. Son salon constitue le siège social de la Western Iowa Air Charter. Vous et Sarah parlerez à Stan. Il possède un petit Navajo. Il vous amènera à Des Moines, et vous serez de retour à huit heures, à neuf heures au plus tard.

— Et s'il s'est absenté ?

— Alors on essaiera de trouver autre chose. En dehors de voler, Sam n'aime rien tant que s'occuper de sa ferme et quand arrive le printemps, rares sont les fermiers qui vont se promener. Il vous dira certainement qu'il ne peut pas, à cause de son jardin, d'ailleurs. Que vous auriez dû prendre rendez-vous quelques jours avant, afin de pouvoir réserver les services du fils Carter pour faire le baby-sitting de ses poireaux. S'il vous sort ça, dites-lui que c'est Dave Duncan qui vous envoie, et que Dave a dit qu'il était temps de payer pour le base-ball. Vous vous en souviendrez ?

— Oui, mais qu'est-ce que ça signifie ?

— Aucun rapport avec ce qui nous occupe. Il vous prendra, c'est ça qui est important. Et lorsque vous serez de retour, inutile de venir jusqu'ici. Allez tous les deux directement en ville. »

Sam sentit la terreur s'infiltrer dans son corps. « A la bibliothèque.

— Oui.

— Dave, c'était très gentil, ce qu'a dit Naomi à propos des amis. C'est même peut-être vrai. Mais je pense qu'à partir de maintenant, c'est à moi de jouer. Aucun de vous deux n'a besoin d'être mêlé à ça. C'est moi qui suis responsable de- »

Dave vint s'emparer du poignet de Sam avec une force inattendue. « Si c'est ce que vous pensez, vous n'avez pas écouté un mot de ce que je vous ai raconté. Vous n'êtes responsable de *rien du tout*. Je porte la mort de John Power et de deux petits enfants sur la conscience — sans parler des moments de terreur qu'ont dû vivre beaucoup d'autres enfants — mais je n'en suis pas responsable, moi non plus. Pas vraiment. Je n'ai jamais décidé de devenir le compagnon d'Ardelia Lortz, pas plus que je n'ai décidé d'être alcoolique pendant trente ans. C'est arrivé, c'est tout. Mais elle a une dent contre moi, Sam. Si je ne suis pas avec vous quand elle viendra, c'est à moi qu'elle rendra visite en premier. Et je ne serais pas le seul à avoir affaire à elle. Sarah a raison, Sam. Ce n'est pas que nous devons rester tous les deux près de vous pour vous protéger ; nous devons rester ensemble pour nous protéger mutuellement. Sarah est *au courant* pour Ardelia, vous comprenez ? Si Ardelia l'ignore encore, elle le saura dès qu'elle débarquera, ce soir. Elle a prévu de quitter Junction City en tant que Sam Peebles, Sam. Croyez-vous qu'elle puisse laisser derrière elle quelqu'un qui connaîtrait son identité ?

— Mais-

— Mais rien du tout. En fin de compte, le choix est très simple, et même un vieux soûlot comme moi peut comprendre ça : ou nous l'affronterons ensemble, ou nous mourrons par sa main. »

Il se pencha en avant.

« Si vous voulez tirer Sarah des griffes d'Ardelia, Sam, n'essayez pas de jouer au héros, mais tentez plutôt de vous rappeler qui était *votre* Policier des Bibliothèques. Il le faut. Parce qu'à mon avis, Ardelia ne peut pas s'emparer de n'importe qui. Il n'y a qu'une coïncidence dans cette affaire, mais elle est de taille mortelle : ce Policier des Bibliothèques, vous l'avez connu. Et il faut faire revenir ce souvenir.

— J'ai essayé », dit Sam, sachant qu'il mentait. Car à chaque fois qu'il orientait son esprit vers

(viens avec moi, fifton... je suis un polifier)

cette voix, elle le fuyait. Il sentait le goût de la guimauve rouge, une sucrerie qu'il n'avait jamais mangée et haïssait, et c'était tout.

« Il faut essayer plus énergiquement, dit Dave. Sans quoi, c'est sans espoir. »

Sam prit une profonde inspiration et expira. La main de Dave vint le saisir à la nuque et serra doucement.

« C'est la clef de toute l'affaire, reprit-il. Vous vous apercevrez

même peut-être que c'est la clef de toutes vos difficultés personnelles. De votre solitude et de votre tristesse. »

Sam le regarda, stupéfait. Dave sourit.

« Oh oui, vous êtes seul, et vous êtes triste. Et fermé aux autres.
Pour le baratin, vous êtes très fort, mais vous ne mettez pas en
pratique ce que vous dites. Jusqu'à aujourd'hui, je n'étais rien pour
vous sinon Dirty Dave, Dave le crasseux, le type qui vient ramasser
vos journaux une fois par mois, mais un homme comme moi
observe beaucoup de choses, Sam. Et seul un homme peut en
connaître un autre.

— La clef de tout », murmura Sam, songeur. Il se demandait si
une telle commodité existait, en dehors des romans à quatre sous et
des films de série B, avec leur Bon Psychiatre, et leurs Infortunés
Patients.

« Si, c'est vrai, insista Dave. De telles choses ont un pouvoir
terrifiant, Sam. Je ne vous critique pas de ne pas avoir envie de vous
lancer dans une telle recherche. Mais vous êtes capable d'y arriver,
si vous le voulez. Vous avez ce choix.

— Encore quelque chose que vous avez appris aux AA, Dave ? »

Il sourit. « Oui, on vous l'apprend ici. Mais c'est un truc que j'ai
toujours su, je crois bien. »

Naomi fit son apparition sur le porche. Elle souriait, et son
regard pétillait.

« Est-ce qu'elle n'est pas magnifique ? demanda Dave d'une voix
douce.

— Oui, répondit Sam. Magnifique. » Il avait nettement conscience de deux choses : qu'il était en train de tomber amoureux et
que Dave Duncan le savait.

3

« Le libraire a mis tellement de temps à vérifier que je commençais à
m'inquiéter, expliqua Naomi. Mais nous avons de la chance.

— Bon. Vous allez donc vous rendre chez Stan Soames, tous les
deux, dit Dave. Est-ce que la bibliothèque ferme toujours à vingt
heures en période scolaire, Sarah ?

— Oui, j'en suis à peu près sûre.

— J'irai y faire un tour vers cinq heures, alors. Je vous
retrouverai à l'arrière, là où se trouve la plate-forme de chargement,

entre huit heures et neuf heures. Pour l'amour du ciel, essayez de ne pas être en retard.

— Comment y entrerons-nous ? demanda Sam.

— Je m'en occuperai, ne vous inquiétez pas. Faites ce que vous avez à faire.

— Nous devrions peut-être appeler ce Soames d'ici, suggéra Sam. Pour vérifier qu'il est bien disponible. »

Dave secoua la tête. « Inutile. La femme de Stan l'a quitté pour un autre il y a quatre ans. Elle l'accusait d'être marié à son travail, une excuse qui en vaut une autre quand une femme a envie d'un petit changement. Ils n'ont pas d'enfants. Il sera dehors, dans ses champs. Allez, filez, maintenant. L'heure tourne. »

Naomi se pencha sur Dave et l'embrassa sur la joue. « Merci de nous avoir raconté.

— Je suis content de l'avoir fait. Ça m'a rudement fait du bien. »

Sam commença à tendre sa main à Dave, puis se reprit ; il se pencha sur lui et serra le vieil homme dans ses bras.

4

De haute taille, maigre à faire peur, Stan Soames avait un visage affable dans lequel deux yeux coléreux vous foudroyaient, et la peau aussi bronzée qu'en été, même si le calendrier prétendait que le premier mois du printemps n'était pas encore écoulé. Sam et Naomi le trouvèrent dans son champ, derrière la maison, comme Dave le leur avait dit. A moins de cent mètres de l'endroit où tournait au ralenti le motoculteur couvert de terre de Soames, Sam aperçut ce qui ressemblait à une route de terre... mais étant donné qu'on voyait aussi un petit avion bâché à l'une des extrémités, et une manche à air flottant au sommet d'un mât rouillé à l'autre, il en conclut qu'il s'agissait de l'unique piste de l'aéroport de Proverbia.

« Peux pas, répondit Soames. J'ai vingt hectares à retourner cette semaine, et personne ne va le faire à ma place. Vous auriez dû m'appeler il y a deux-trois jours.

— C'est un cas d'extrême urgence, intervint Naomi. Vraiment, monsieur Soames. »

Il poussa un soupir et écarta les bras, comme pour y prendre toute la ferme. « Vous voulez savoir ce que c'est qu'un cas d'extrême urgence ? Que fait le gouvernement pour des fermes comme celle-ci et des types comme moi ? Voilà un foutu cas d'urgence. Ecoutez, il y a un type à Cedar Rapids qui pourrait-

— Nous n'avons pas le temps d'aller à Cedar Rapids, objecta Sam. Dave nous a dit que vous prétendriez probable-

— Dave ? le coupa Soames, se tournant vers lui, en marquant un intérêt soudain plus net. Dave qui ?

— Dave Duncan. Il m'a dit de vous dire qu'il était temps de payer pour les balles de base-ball. »

Les sourcils de Soames se froncèrent. Ses mains se serrèrent, et pendant un bref instant, Sam crut que l'homme allait le frapper ; au lieu de cela, il éclata soudain de rire en secouant la tête.

« Après toutes ces années, voilà-t-y pas que Dave Duncan nous sort du bois avec sa reconnaissance de dette roulée dans la manche ! Bon Dieu ! »

Il se dirigea vers le motoculteur, se tournant pour leur crier à pleins poumons, afin de couvrir les jappements enthousiastes du moteur : « *Allez jusqu'à l'avion pendant que je range cette foutue machine ! Attention à la partie boueuse, juste au bord de la piste, elle est capable de vous aspirer vos souliers !* »

Soames enclencha une vitesse. C'était difficile à dire, avec tout ce bruit, mais Sam avait l'impression qu'il riait encore. « J'aurais bien cru que ce vieux chnoque d'ivrogne allait claquer avant que j'aie pu régler mes comptes avec lui. »

Il passa devant eux dans un grondement de moteur, laissant Naomi et Sam estomaqués.

« Qu'est-ce que c'est que cette histoire ? demanda-t-elle.

— Aucune idée. Dave n'a rien voulu me dire. (Il lui offrit le bras.) Si madame veut bien m'accompagner...

— Monsieur, je vous remercie », répondit-elle en le prenant. Ils firent de leur mieux pour éviter la fondrière dont Stan Soames leur avait parlé, sans y réussir tout à fait. Naomi s'y retrouva enfoncée jusqu'à la cheville et effectivement, la boue retint sa chaussure de sport quand elle tira pour se dégager. Sam se pencha pour la récupérer, puis enleva Naomi dans ses bras.

« Non, Sam ! protesta Naomi, prise de fou rire. Vous allez vous rompre les reins !

— Mais non. Vous êtes légère. »

Oui, elle était légère... et sa tête se sentait soudain légère aussi. Il la porta jusqu'à l'avion, par la piste surélevée, avant de la reposer au sol. Les yeux de Naomi se tournèrent vers les siens, empreints d'une lumineuse clarté. Sans réfléchir, Sam se pencha sur elle et l'embrassa. Elle hésita un instant, puis passa les bras autour de son cou et lui rendit son baiser.

Quand il la regarda de nouveau, il était légèrement hors d'haleine. Naomi souriait.

« Vous pouvez m'appeler Sarah quand vous voulez », dit-elle. Sam rit et l'embrassa de nouveau.

5

Voler comme passager du Navajo de Stan Soames, c'était comme chevaucher dans une course d'obstacles où il n'y aurait *que* des obstacles. Ils rebondissaient, ballottés en tout sens sur les vents folâtres du printemps, et Sam crut bien, une fois ou deux, qu'ils allaient berner Ardelia d'une manière que même cette étrange créature n'aurait pu prévoir : en allant s'écraser dans un champ de maïs de l'Iowa.

Stan Soames n'avait pourtant pas l'air de s'en faire ; il chantait à tue-tête de vieilles et vénérables romances comme « Sweet Sue » et « The Sidewalks of New York » tandis que le Navajo se traînait vers Des Moines à trois mille mètres et que Naomi, fascinée, regardait par la vitre, routes, champs et maisons qui défilaient au-dessous, les mains lui abritant les yeux de l'éblouissante lumière.

A la fin, Sam lui tapota l'épaule. « On dirait que c'est la première fois que vous montez en avion ! » cria-t-il pour couvrir le zonzonnement de moustique géant de l'appareil.

Elle se tourna un bref instant vers lui, avec un sourire extasié d'écolière. « C'est la première fois ! » répondit-elle, se retournant aussitôt vers le paysage.

« C'est la meilleure ! » s'exclama Sam, qui resserra sa ceinture de sécurité après un nouveau bond gigantesque de l'avion.

6

Il était quatre heures vingt lorsque le Navajo dégringola du ciel pour atterrir à l'aéroport du comté de Des Moines. Soames le fit rouler jusqu'au terminal de l'aviation civile, coupa le moteur et ouvrit la porte. Sam fut amusé de ressentir une petite pointe de jalousie lorsque le pilote passa un bras autour de la taille de Naomi pour l'aider à descendre.

« Merci » ! dit-elle d'une voix entrecoupée. Elle avait les joues écarlates et les yeux qui pétillaient. « C'était fabuleux ! »

Soames sourit ; soudain, il parut avoir quarante ans, et non soixante. « Moi aussi, j'ai toujours aimé... et ça vaut largement mieux que de se casser les reins tout un après-midi sur le motoculteur, je dois avouer. (Il se tourna vers Sam.) Pouvez-vous me dire ce que c'est, ce truc urgent ? Je vous aiderai si je peux. Je dois un peu plus à Dave qu'un simple saut de puce entre Proverbia et Des Moines.

— Nous devons aller en ville, répondit Sam, chez un libraire, Pell's Book Shop. Ils ont deux livres de côté pour nous. »

Stan Soames ouvrit de grands yeux. « Vous pouvez répéter ?

— Pell's-

— Je connais Pell's. Les nouveautés devant, les livres anciens derrière. Le plus grand choix de tout le Midwest, dit la pub. Non, ce que je veux dire, c'est ça : vous m'avez sorti de mon jardin et fait traverser la moitié de l'Etat pour venir récupérer *deux livres* ?

— Ce sont deux livres extrêmement importants, monsieur Soames », intervint Naomi, qui posa une main sur le bras tanné du fermier. « Actuellement, c'est à peu près ce qu'il y a de plus important dans ma vie... ou dans celle de Sam.

— Dans celle de Dave aussi, ajouta Sam.

— Si vous me disiez ce qui se passe, est-ce que je pourrais comprendre ?

— Non, dit Sam.

— Non », confirma Naomi, avec un petit sourire.

Soames laissa passer un profond soupir par ses vastes narines et fourra les mains dans les poches de son pantalon. « Au fond, je me dis que ça n'a pas d'importance, de toute façon. Je dois ça à Dave depuis dix ans, et il y a eu des moments où ça m'a plutôt pesé sur la conscience. (Son visage s'éclaira.) Et il fallait que je donne son baptême de l'air à une ravissante jeune femme. Jamais une jolie fille n'est aussi jolie qu'après son premier vol, si ce n'est après son premier- »

Il s'interrompit brusquement et se mit à taper du pied contre la piste. Naomi regarda discrètement vers l'horizon. Un camion-citerne approcha à ce moment-là. Soames se dirigea vivement vers lui et se lança dans une grande conversation avec le chauffeur.

« Vous avez beaucoup impressionné notre intrépide pilote.

— C'est bien possible. Je me sens merveilleusement bien, Sam. C'est délirant, non ? »

D'une caresse, il ramena une boucle de cheveux rebelle derrière son oreille. « C'est toute cette journée qui a été délirante. C'est la plus délirante de toute ma vie, pour autant que je me souvienne. »

Mais la voix intérieure s'éleva alors, s'éleva de ce profond puits où les grands objets ne cessent de se mouvoir, et lui dit que ce n'était absolument pas vrai. Il avait connu une autre journée tout aussi délirante. Plus encore. Le jour de *La flèche noire* et de la guimauve rouge.

La sensation étrange de panique étouffée monta de nouveau en lui, et il se ferma à cette voix.

Si vous voulez tirer Sarah des griffes d'Ardelia, Sam, n'essayez pas de jouer au héros mais tentez plutôt de vous rappeler qui était votre Policier des Bibliothèques.

Je ne peux pas ! Je ne peux pas ! Je... je ne dois pas !

Il faut faire ressurgir ce souvenir.

Je ne dois pas ! C'est interdit !

Il faut essayer plus sérieusement, sans quoi c'est sans espoir.

« Je dois vraiment rentrer à la maison, maintenant », murmura Sam.

Naomi, qui s'était éloignée pour étudier les gouvernes des ailes, l'entendit et revint vers lui.

« Vous avez dit quelque chose ?

— Non, rien. C'est sans importance.

— Je vous trouve bien pâle.

— Je suis très tendu », répondit-il sèchement.

Stan Soames retourna vers eux et du pouce, indiqua le chauffeur du camion-citerne. « Dawson dit qu'il peut me prêter sa voiture. Je vais vous conduire en ville.

— On peut appeler un taxi- » commença Sam.

Naomi secoua la tête.

« On n'a pas trop de temps. Merci beaucoup, monsieur Soames.

— Oh, c'est rien, répondit le pilote avec un sourire de petit garçon. Vous pouvez m'appeler Stan. Allons-y. Dawson dit qu'un front dépressionnaire arrive du Colorado. J'aimerais bien être de retour à Junction City avant qu'il se mette à pleuvoir. »

7

Pell's était une grande construction faisant penser à une grange, à la limite du quartier des affaires de Des Moines — l'antithèse même des librairies de centre d'achat. Naomi demanda un certain Mike. On les dirigea vers un comptoir de service, semblable à ceux des douanes, qui séparait la section de livres neufs de celle des occasions.

« Je m'appelle Naomi Higgins. C'est moi que vous avez eue au téléphone il y a un moment.

— Ah, oui », répondit Mike. Il fouilla dans l'une des piles encombrées qui l'entouraient, et en sortit deux ouvrages. L'un était *Les poèmes d'amour préférés des Américains,* et l'autre *Le mémento de l'orateur,* présenté par Kent Adelman. Jamais de sa vie Sam n'avait été aussi heureux de voir deux livres, et il était démangé de l'envie de les arracher des mains du vendeur pour les serrer contre sa poitrine.

Pour *Les poèmes d'amour préférés des Américains,* c'était facile, expliqua Mike, mais *Le mémento de l'orateur* est épuisé. Je suis prêt à parier que nous sommes les seuls, d'ici à Denver, à en avoir un exemplaire en aussi bon état... en dehors de ceux des bibliothèques, évidemment.

— Pour moi, c'est absolument parfait, dit Sam, tout à fait sincère.

— Est-ce un cadeau ?

— Oui, en quelque sorte.

— Je peux vous faire un paquet-cadeau, si vous voulez. Il y en a pour une minute.

— Ce ne sera pas nécessaire », dit Naomi.

Le prix combiné des deux ouvrages était de vingt-deux dollars et soixante-quinze cents.

« Je n'arrive pas à y croire », dit Sam, pendant qu'ils sortaient du magasin et se dirigeaient vers l'endroit où Stan avait garé la voiture empruntée. Il serrait dans sa main les deux livres emballés. « Je n'arrive pas à croire que ce soit aussi simple que... que juste rendre deux livres.

— Ne vous en faites pas, le rassura Naomi. Ça ne le sera pas. »

8

Tandis qu'ils roulaient vers l'aéroport, Sam demanda à Stan s'il pouvait lui expliquer la signification des balles de base-ball.

« Si c'est trop personnel, je ne vous ai rien demandé. Simple curiosité. »

Stan jeta un coup d'œil au paquet que Sam tenait sur ses genoux. « Moi aussi je suis un peu curieux, pour cette histoire de livres. Je vous propose un marché. L'histoire des balles de base-ball est arrivée il y a dix ans. Je vais vous la raconter, si vous me permettez de me raconter celle des livres dans dix ans, à compter d'aujourd'hui.

— Marché conclu, fit Naomi depuis le siège arrière, ajoutant tout de suite ce que Sam avait également pensé : « Si nous sommes tous encore vivants, évidemment. »

Soames éclata de rire. « Ouais... je suppose que c'est encore une possibilité, non ? »

Sam acquiesça. « Il vous arrive parfois de sales coups.

— Oh oui. C'est ce qui est arrivé à mon fils, en 1980. Mon seul enfant. Les médecins appelaient ça une leucémie, mais c'est ce que vous avez dit, un de ces sales coups qui vous tombent parfois sur la tête.

— Oh, je suis désolée, dit Naomi.

— Merci. Il m'arrive de temps en temps de penser que c'est fini, et puis ça me retombe dessus par où je ne m'y attendais pas. Je crois qu'il faut beaucoup de temps à certaines choses pour se régler, et qu'il y en a qui ne se règlent jamais.

Il y en a qui ne se règlent jamais.

Viens avec moi, fifton... Je suis un polifier.

Je dois vraiment retourner à la maison... mon amende est-elle payée ?

D'une main tremblante, Sam se toucha le coin des lèvres.

« Bon sang, je connaissais Dave depuis longtemps, quand c'est arrivé », reprit Soames. Ils passèrent devant un panneau indiquant que l'aéroport se trouvait à cinq kilomètres. « On a grandi ensemble, on est allés à l'école ensemble, et on a fait les quatre cents coups ensemble. La seule chose, c'est qu'un jour j'ai arrêté, et que Dave a continué. »

Soames secoua la tête.

« Ivre ou à jeun, c'est le type le plus gentil que j'aie jamais connu. Mais il a fini par être plus souvent saoul qu'à jeun, et nous avons plus ou moins perdu contact. On dirait que l'époque la plus dure, pour lui, ç'a été la fin des années cinquante. Pendant toute cette période, il était ivre en permanence. Après quoi, il a commencé à aller aux AA, et on aurait pu croire qu'il allait aller mieux... mais il n'arrêtait pas de replonger, et ça faisait mal.

Je me suis marié en 68 et j'aurais bien aimé lui demander d'être mon témoin, mais je n'ai pas osé. En fin de compte, il est arrivé sans avoir bu — cette fois — mais on ne pouvait jamais se fier à lui sur ce chapitre.

— Je sais ce que vous voulez dire », dit calmement Naomi.

La remarque fit rire Stan Soames. « J'en doute un peu. Une gentille petite comme vous ne peut pas savoir dans quel malheur se plonge un alcoolique invétéré — mais croyez-moi sur parole. Si j'avais demandé à Dave d'être mon témoin, Laura — c'est mon ex — en aurait fait une maladie. Mais Dave est finalement venu, et je l'ai revu un peu plus souvent après la naissance de notre fils, Joe, en 1970. Dave semblait avoir un penchant particulier pour les enfants pendant toutes ces années où il essayait de se sortir de la bouteille.

Ce que Joe aimait le plus, c'était le base-ball. Il en était fou. Il collectionnait les autocollants, les emballages de chewing-gum... il me bassinait même pour que j'achète une antenne parabolique de réception : il voulait voir les parties des Royal — c'était ses préférés — et celles des Cubs, aussi sur WGN, la station de Chicago. A huit ans, il connaissait la moyenne de tous les joueurs des Royal et le palmarès d'à peu près tous les batteurs de la Ligue Américaine. Dave et moi, nous l'avons amené voir des parties trois ou quatre fois. C'était quelque chose, d'amener ce môme dans une visite guidée du paradis. Dave l'a emmené seul deux fois, lorsque j'étais pris par mon travail. Laura était furibarde. Elle disait qu'il allait revenir rond comme une balle, en ayant laissé le gamin tout seul dans les rues de Kansas City, qu'on allait le retrouver au commissariat... mais ça n'est jamais arrivé. A ma connaissance, Dave n'a jamais pris un verre quand il y avait Joe dans les parages.

Lorsque Joe est tombé malade, le pire a été quand les médecins lui ont dit qu'il ne pourrait assister à aucune partie cette année, au moins jusqu'en juin, et peut-être pas du tout. Ça le déprimait plus que de penser qu'il avait un cancer. Quand Dave est venu le voir, Joe s'est mis à pleurer à cause de ça. Dave l'a serré dans ses bras et lui a dit : " Si tu ne peux pas aller voir les parties, Joe, eh bien, je t'amènerai les Royal, moi. "

Joe l'a regardé et lui a demandé : " Comment, en personne, Oncle Dave ? " C'est comme ça qu'il l'appelait, Oncle Dave.

" Non, là, je ne peux pas, mais je peux faire presque aussi bien, tu vas voir ", il a répondu. »

Soames arriva au terminal civil et donna un coup d'avertisseur. La barrière gronda sur son rail et il dirigea la voiture vers l'endroit où était garé le Navajo. Puis il coupa le moteur et resta un moment immobile derrière le volant, regardant ses mains.

« J'avais toujours su que cet animal de Dave était bourré de talent, reprit-il finalement. Ce que je ne sais pas, c'est comment il s'y est pris pour aller aussi fichtrement vite. Tout ce que je peux imaginer, c'est qu'il a dû travailler jour et nuit, parce qu'il avait terminé en dix jours. Et c'était bougrement réussi.

Il savait bien qu'il fallait aller vite. Les toubibs nous avaient dit la vérité, à Laura et à moi, vous comprenez, et je l'avais dite à Dave. Joe n'avait pratiquement aucune chance de s'en sortir. On s'était aperçu trop tard de ce qu'il avait. Ça lui bouffait le sang à la vitesse d'un feu de prairie.

Dix jours après lui avoir fait sa promesse, Dave est arrivé dans la chambre de Joe, à l'hôpital, un sac en papier dans chaque bras. " Qu'est-ce que t'apportes, Oncle Dave ? " que demande Joe, en s'asseyant sur son lit. Il avait été plutôt bas, toute la journée, surtout parce qu'il perdait ses cheveux, je crois ; à cette époque, si les gosses n'avaient pas les cheveux qui leur tombaient jusque dans le dos, c'est qu'il n'était vraiment pas dans le coup. Mais quand Dave est entré, il s'est mis à reprendre vie.

" Les Royal, évidemment, répond Dave. Je te l'avais dit, non ? "

Alors il a posé les deux sacs sur le lit et les a renversés. Il fallait voir l'expression sur la figure du petit... Jamais, jamais je n'avais vu ça. Il s'est illuminé comme un arbre de Noël... et... et merde, je ne sais pas... »

La voix du pilote était devenue de plus en plus étranglée. Il se pencha sur le volant de la Buick de Dawson et déclencha l'avertisseur. Il tira un grand mouchoir de sa poche-revolver, s'essuya les yeux et se moucha.

Naomi s'était inclinée vers lui ; de la main, elle lui toucha la joue. « Si c'est trop dur pour vous, monsieur Soames-

— Non, non », répondit-il avec un faible sourire. Sam vit une larme qui avait échappé au mouchoir rouler, sans que Stan s'en rendît compte, le long de sa joue éclairée par les rayons obliques du soleil. « C'est juste que ça me rappelle trop de choses. Ça fait mal, mais ça fait aussi du bien. Les deux choses sont impossibles à séparer, miss.

— Je comprends, dit-elle.

— Lorsque Dave a retourné les sacs, ce sont des balles de base-ball qui sont tombées, plus de deux douzaines. Mais pas n'importe quelles balles car il y avait un visage de peint sur chacune, celui d'un des joueurs de l'équipe 1980 des Kansas City Royal. C'était pas non plus — comment on dit, déjà ? des caricatures. Non, c'était aussi bien que les têtes de Norman Rockwell pour les premières pages du *Saturday Evening Post*. J'avais vu le travail de Dave, ce qu'il faisait avant de s'être mis à boire vraiment sérieusement, et c'était bon, mais ça ne valait pas ça. Il y avait Willie Aikens, Frank White, U. Washington, George Brett.. Willie Wilson et Amos Otis... Dan Quisenberry, qui avait l'air aussi mauvais qu'un méchant dans un vieux film de cow-boy... Paul Splittorff et Ken Brett... je ne me souviens pas de tous les noms, mais c'était toute la foutue équipe, y compris Jim Frey, l'entraîneur.

Et avant de venir apporter les balles à Joe, il est allé à Kansas City et s'est débrouillé pour que tous les joueurs les signent, sauf un. C'est Darrel Porter, un receveur, qui n'était pas là. Il était chez lui, avec la grippe, mais il a promis de signer sa balle dès qu'il pourrait. Et il l'a fait.

— Bon sang, dit Sam doucement.

— Voilà ce que Dave était capable de faire. Ce type dont les gens se moquent en ville en l'appelant Dave le Crasseux. Je vais vous dire, parfois, quand j'entends les gens l'appeler comme ça et que je me souviens de ce qu'il a fait pour Joe, en train de mourir de leucémie, j'ai bien envie de... »

Soames ne finit pas sa phrase, mais ses poings se serrèrent sur ses larges cuisses. Et Sam, qui s'était lui-même servi de ce sobriquet jusqu'à aujourd'hui, qui avait ri avec Craig Jones et Frank Stephens du vieil ivrogne avec son caddy plein de journaux, Sam sentit une chaleur désagréable de honte lui monter aux joues.

« C'était une idée merveilleuse, n'est-ce pas ? demanda Naomi, effleurant de nouveau la joue du pilote.

— Vous auriez dû voir son expression, répondit Soames d'une voix lointaine. Vous n'auriez pas cru ça possible, de le voir assis dans son lit, en train de regarder toutes ces figures avec leurs casquettes aux couleurs de Kansas City posées sur leur tête ronde. Je sais pas comment le décrire, mais jamais je ne l'oublierai... Vous auriez dû voir son expression...

Joe s'est beaucoup affaibli vers la fin, mais jamais au point de ne pas pouvoir voir les Royal à la télé, ou de ne pas écouter le reportage à la radio, et les balles étaient toutes rangées dans sa chambre. Le rebord de la fenêtre était cependant la place d'honneur. C'était là qu'il disposait les neuf hommes qui jouaient la partie qu'il regardait, ou dont il écoutait la retransmission. Si Frey changeait de batteur, Joe l'enlevait du bord de la fenêtre et mettait le nouveau à la place. Et quand le joueur était à la batte, Joe prenait la balle avec sa tête à la main. Ainsi- »

Soames s'interrompit brusquement et enfonça le visage dans son grand mouchoir. Deux secousses agitèrent sa poitrine, et Sam vit sa gorge se contracter pour retenir un sanglot. Puis le pilote s'essuya à nouveau les yeux et enfonça d'un geste vif le mouchoir dans sa poche.

« Bon, maintenant vous savez pourquoi je vous ai emmené à Des Moines aujourd'hui, et pourquoi je vous aurais emmené à New York pour aller chercher ces deux bouquins s'il avait fallu aller là-bas. C'est pas moi qui ai régalé, mais Dave. Il est un peu spécial, ce type.

— Je crois que vous le valez bien sur ce plan », remarqua Sam.

Soames lui sourit, d'un sourire insolite et un peu grimaçant, et ouvrit la portière. « Eh bien, merci. Merci beaucoup. Et maintenant, je crois qu'il faudrait mettre les voiles si nous voulons être plus rapides que la pluie. N'oubliez pas vos livres.

— Pas de danger, répondit Sam en descendant à son tour, le paquet serré contre lui. Croyez-moi, je ne risque pas. »

CHAPITRE TREIZE

1

Vingt minutes après avoir décollé de Des Moines, Naomi s'arracha à la contemplation du paysage (elle avait repéré la route 79 et s'émerveillait de voir les voitures aller et venir, réduites à des jouets) pour se tourner vers Sam. Son aspect l'effraya. Il s'était endormi, la tête contre l'une des fenêtres, mais la sérénité ne régnait pas sur son visage ; il avait au contraire l'air de souffrir profondément, renfermé sur lui-même.

Des larmes s'écoulaient lentement entre ses paupières closes avant de dévaler ses joues.

Elle se pencha pour le secouer, voulant le réveiller, et l'entendit déclarer, d'une voix tremblante de petit garçon : « J'ai fait quelque chose de mal, monsieur ? »

Le Navajo infléchit sa trajectoire dans les nuages qui s'accumulaient maintenant sur l'Iowa occidental et se remit à jouer au yo-yo, mais c'est à peine si Naomi y fit attention. Elle garda quelques instants la main au-dessus de l'épaule de Sam, puis la retira.

Qui était votre Policier des Bibliothèques, Sam ?

Qui ce que ce soit, il l'a sans doute retrouvé, pensa-t-elle. *Je suis désolée, Sam... mais je ne peux pas vous réveiller. Pas maintenant. Pour l'instant, je pense que vous vous trouvez là où il faut vous trouver... où vous devez impérativement vous trouver. Je suis désolée, mais continuez de rêver. Et n'oubliez pas ce qui est venu vous hanter quand vous vous réveillerez. N'oubliez pas.*

N'oubliez pas.

2

Dans le rêve de Sam Peebles, un petit Chaperon rouge quittait une masure de guingois, un panier couvert d'un torchon au bras ; elle partait pour la maison de sa grand-mère, où le loup l'attendait pour la dévorer des pieds à la tête. Il finirait par lui faire sauter la boîte crânienne et lui manger la cervelle à même la tête, avec une longue cuillère de bois.

Sauf que rien de tout cela ne tenait debout, parce que dans son rêve, le petit Chaperon rouge était un garçon et la masure branlante, le duplex de Saint Louis où il avait vécu avec sa mère après la mort de son père, sans compter qu'il n'y avait rien à manger dans le panier. C'était un livre qui s'y trouvait, *La Flèche noire* de Robert Louis Stevenson ; il l'avait lu, il n'en avait pas sauté une ligne et il ne se rendait pas chez Grand-mère, mais à la succursale de Briggs Avenue de la bibliothèque municipale de Saint Louis, et il devait se dépêcher parce qu'il était déjà en retard de quatre jours.

C'était un de ces rêves dans lesquels on se voit.

Il vit donc le petit Sans-Chaperon Sam attendre que le feu passe au vert au coin de Dunbar Street et de Johnstown Avenue ; il le vit détaler avec le livre à la main... le panier avait maintenant disparu. Il vit le petit Sans-Chaperon Sam entrer dans un bureau de tabac de Dunbar Street, et il se trouva à son tour à l'intérieur, où lui parvint un ancien mélange d'odeurs, camphre, confiserie, tabac à pipe ; il vit le petit Sans-Chaperon Sam s'approcher du comptoir avec un paquet de guimauve rouge Bull's Eye à cinq cents, sa préférée. Il vit le petit garçon retirer avec soin le billet de un dollar que sa maman avait glissé dans le porte-carte du livre. Il vit l'employé le prendre et lui rendre quatre-vingt-quinze cents... largement de quoi payer l'amende. Il vit le petit Sans-Chaperon Sam quitter la boutique et s'arrêter sur le trottoir, le temps de ranger la monnaie dans sa poche et de déchirer le paquet de guimauve avec les dents. Il vit le petit Sans-Chaperon Sam poursuivre son chemin (plus que trois coins de rue, maintenant) tout en grignotant un long ruban rouge de guimauve.

Il essaya de crier pour avertir le garçon.

Attention ! Attention ! Le loup t'attend ! Fais attention au loup ! Fais attention au loup !

Mais le garçon continua de marcher et de grignoter sa guimauve rouge ; il arriva sur Briggs Avenue, et la bibliothèque, énorme tas de briques rouges, se dressa devant lui.

A ce stade, Sam — le Sam qui était dans l'avion — essaya de quitter son rêve. Il sentait que Naomi, Stan Soames et *l'univers des choses réelles* se tenaient juste à l'extérieur de l'infernal cocon de cauchemar dont il était prisonnier. Il entendait le ronronnement du moteur du Navajo, sous les bruits de son rêve : la circulation sur Briggs Avenue, le *drinnng-drinnng !* impératif d'une sonnette de vélo de gosse, les oiseaux qui jacassaient dans le riche feuillage des ormes à la mi-été. Il ferma les yeux, dans le rêve, tout tendu vers le monde à l'extérieur du cocon, le monde des choses réelles. Il sentait même qu'il pouvait l'atteindre, qu'il suffirait de percer la coque-

Non, Sam, fit la voix de Dave. *Non, ne faites pas ça. Si vous voulez sauver Sarah d'Ardelia, renoncez à sortir de ce rêve. Il n'y a qu'une coïncidence dans cette affaire, mais elle est mortelle : autrefois, vous avez eu votre Policier des Bibliothèques, vous aussi. Et il faut retrouver ce souvenir.*

Je ne veux pas voir. Je ne veux pas savoir. Ç'a été suffisamment terrible une fois.

Mais pas aussi terrible que ce qui vous attend, Sam.

Il ouvrit les yeux ; non pas ceux de l'extérieur, mais les yeux intérieurs du rêve.

Le petit Sans-Chaperon Sam se trouve maintenant sur l'allée bétonnée qui donne sur l'aile est de la bibliothèque publique, l'allée bétonnée qui conduit à la bibliothèque des enfants. Il se déplace d'un mouvement lent, chargé de mauvais présages, et chaque pas produit le léger bruissement d'un balancier oscillant dans la gorge vitrée d'une pendule comtoise, et tout est clair et net : les minuscules particules de mica et de quartz brillant dans le ciment du trottoir ; les roses riantes qui le bordent ; le lourd parfum de verdure qui émane des buissons alignés sur le côté du bâtiment ; le lierre qui escalade les briques rouges ; l'étrange et quelque peu inquiétante devise en latin, *Fuimus, non sumus,* sculptée en un court demi-cercle au-dessus des portes vertes aux épais panneaux de verre renforcé.

Et le Policier des Bibliothèques qui se tient sur les marches est aussi clair et net.

Il n'est pas blême, mais congestionné. Il a des boutons sur le front, rouges et luisants. Il n'est pas grand, mais de taille moyenne, avec des épaules extrêmement larges. Il ne porte pas un imper, mais un pardessus, ce qui est très bizarre parce que c'est une journée d'été, une chaude journée d'été à Saint Louis. Ses yeux sont peut-être argentés ; le petit Sans-Chaperon Sam ne peut en distinguer la couleur, car le Policier des Bibliothèques porte de petites lunettes noires rondes — des lunettes d'aveugle.

Ce n'est pas le Policier des Bibliothèques ! C'est le loup ! Attention ! C'est le loup ! le loup de la bibliothèque !

Mais le petit Sans-Chaperon Sam n'entend pas. Le petit Sans-Chaperon Sam n'a pas peur. On est en plein jour, et il y a plein de gens bizarres, dans la ville ; bizarres et amusants. Il a vécu toute sa vie à Saint Louis, et il n'en a pas peur. Voilà qui va très bientôt changer.

Il se rapproche de l'homme, et il remarque alors la cicatrice : un mince fil blanc qui commence haut sur la joue gauche, descend sous l'œil et vient s'arrêter sur l'arête du nez.

Salut, fifton, dit l'homme aux lunettes noires rondes.

Salut, répond le petit Sans-Chaperon Sam.

Ça t'ennuierait de me dire quelque chose fur le livre, avant d'entrer ? demande l'homme. Il parle d'un ton de voix doux et poli, nullement menaçant. Un léger zézaiement lui fait parfois prononcer les " s " comme des " f " et les " j " comme des " z ". *Ze travaille pour la bibliothèque, tu comprends.*

Le titre, c'est La Flèche noire, répond poliment le petit Sans-Chaperon Sam. *C'est de Robert Louis Stevenson. Il est mort. De tubré-culose. C'était très bien. Y a de grandes batailles.*

Le garçon attend que l'homme aux petites lunettes rondes fasse un pas de côté et le laisse entrer, mais l'homme aux petites lunettes rondes ne bouge pas. Il se contente de se pencher pour l'examiner de plus près. Grand-père, comme vous avez de drôles d'yeux noirs et ronds.

Une autre queftion, dit l'homme. *Es-tu en retard pour le rendre ?*

Le petit Sans-Chaperon Sam commence à avoir peur.

Oui... mais pas de beaucoup. Seulement quatre jours. Il est très long, vous comprenez, et j'avais un match de base-ball, une sortie de randonnée et-

Viens avec moi, fifton... ze suis un polifier.

L'homme aux lunettes noires et au manteau tend la main. Un instant, Sam est sur le point de s'enfuir. Mais il est un enfant : l'homme est un adulte. Un adulte — inquiétant avec son inquiétante cicatrice et ses lunettes noires — incarnant l'Autorité. On ne peut fuir l'Autorité ; elle est partout.

Timidement, le petit Sans-Chaperon Sam s'approche. Il commence à lever la main — celle qui tient le paquet de guimauve rouge, lequel est maintenant presque vide — puis tente de la retirer à la dernière seconde. Trop tard. L'homme s'en est emparé. Le paquet de guimauve rouge Bull's Eye tombe sur le trottoir. Le petit Sans-Chaperon Sam ne mangera plus jamais de guimauve rouge.

L'homme attire Sam à lui, à la manière dont un pêcheur remonte une truite. La main qui broie le poignet de Sam est très puissante. Elle lui fait mal. Sam commence à pleurer. Le soleil brille toujours, l'herbe est toujours verte, mais soudain le monde extérieur paraît lointain, réduit à un mirage cruel dans lequel on lui aurait un moment permis de croire.

L'haleine de l'homme sent le Sen-Sen. *J'ai fait quelque chose de mal, monsieur ?* demande-t-il, espérant de chaque fibre de son corps que l'homme va répondre non.

Oui, dit l'homme. *Oui, tu as fait quelque chose de TRES mal. Et si tu veux te sortir de là, il faudra faire exactement ce que ze te dirai de faire, compris ?*

Le petit Sans-Chaperon Sam est incapable de répondre. Il n'a jamais eu aussi peur de sa vie. Il ne peut que regarder l'homme avec de grands yeux pleins de larmes.

L'homme le secoue. *Tu m'as compris ou non ?*

Oui, oui, hoquète le petit Sans-Chaperon Sam. Il sent une pression presque irrésistible dans sa vessie.

Laiffe-moi te dire exactement qui ze suis, reprend l'homme en lâchant de petites bouffées de Sen-Sen au visage de Sam. *Ze suis le biblioflic de Briggf Avenue, et c'est moi qui suis chargé de punir les garfons et les filles qui ramènent leurs livres en retard.*

Le petit Sans-Chaperon Sam se met à pleurer plus fort. *J'ai l'argent!* réussit-il à clamer au milieu de ses sanglots. *J'ai quatre-vingt quinze cents! Vous pouvez le prendre! Vous pouvez tout prendre!*

Il essaie de sortir la monnaie de sa poche. En même temps, le Policier des Bibliothèques tourne brusquement la tête et son large visage prend un aspect aigu, celui d'un renard ou d'un loup qui vient de réussir à pénétrer dans le poulailler mais qui sent le danger.

Allez, viens, dit-il en entraînant d'une secousse le petit Sans-Chaperon Sam hors de l'allée, parmi les grands buissons qui poussent le long de la bibliothèque. *Quand le polifier te dit de venir, tu viens!* C'est sombre là-dedans, sombre et mystérieux. L'âcre odeur des baies de genévrier emplit l'air ; la terre est noire de feuilles en décomposition. Sam sanglote bruyamment, maintenant.

La ferme! grogne le Policier des Bibliothèques, secouant Sam violemment. Dans la main de Sam, les os sont comme broyés, sa tête oscille sur ses épaules. Ils ont atteint un endroit un peu dégagé au milieu de la jungle des buissons, maintenant, une petite crique où les genévriers ont été écrasés et les fougères aplaties, et Sam comprend que c'est une clairière que le Policier des bibliothèques non seulement connaît, mais a faite lui-même. *La ferme, ou alors l'amende ne sera que le commenfement! Je devrais appeler ta mère et lui dire quel méchant garfon tu es! C'est ce que tu veux?*

Non, sanglote Sam. *Je paierai l'amende, m'sieur. Je la paierai, mais ne me faites pas de mal, je vous en prie!*

Le Policier des Bibliothèques fait faire un brusque demi-tour au petit Sans-Chaperon Sam.

Pose tes mains fur le mur! Ecarte les zambes! Allez, vite!

Toujours pleurant à chaudes larmes, mais terrifié à l'idée que sa mère pût apprendre qu'il avait fait quelque chose de tellement mal qu'il avait mérité ce traitement, le petit Sans-Chaperon Sam s'exécute. Les briques rouges sont fraîches, dans l'ombre des buissons, accumulés en tas irréguliers et emmêlés, le long de ce côté du bâtiment. Il aperçoit une étroite fenêtre au niveau du sol. Elle donne dans la chaufferie de la bibliothèque. Des ampoules nues, sous des abat-jour de tôle en forme de chapeaux chinois, pendent au-dessus de la chaudière géante, et les tuyaux dessinent des ombres comme de bizarres tentacules de pieuvre. Puis il voit le concierge, à l'autre bout, tournant le dos au soupirail, qui consulte des cadrans et prend des notes.

Le Policier des Bibliothèques prend le pantalon de Sam et le lui baisse. Son slip descend avec. Il sursaute lorsqu'il sent l'air froid sur ses fesses.

Bouze pas, halète le Policier des Bibliothèques. *Bouze pas. Une fois l'amende payée, fifton, fe fera terminé, et perfonne n'aura besoin de savoir.*

Quelque chose de lourd et de chaud se presse contre ses fesses. Le petit Sans-Chaperon Sam sursaute de nouveau.

Bouze pas, répète le Policier des Bibliothèques. Il halète plus fort, maintenant ; Sam sent les chaudes bouffées de son haleine sur son épaule gauche, sent l'odeur du Sen-Sen. Il est fou de terreur, mais il ressent également autre chose : de la honte. On l'a entraîné dans l'ombre, on l'oblige à se soumettre à cette grotesque punition dont il n'a jamais entendu parler, et tout ça parce qu'il remet *La flèche noire* avec un peu de retard. Si seulement il s'était douté que les amendes pouvaient être aussi élevées !

La chose pesante s'enfonce dans son derrière et lui écarte les fesses. Une horrible douleur déchire toutes les parties vitales du petit Sans-Chaperon Sam. Jamais il n'a souffert comme ça, jamais de la vie.

Il laisse tomber *La flèche noire* et s'enfonce le poignet dans la bouche, pour étouffer ses propres cris.

Bouze pas, hoquète le Loup des Bibliothèques, dont les mains viennent s'appuyer sur les épaules de Sam et se mettent à le secouer d'avant en arrière, entrant et sortant, d'avant en arrière, entrant et sortant. *Bouze pas... bouze paaas... ooooh ! Bououououououze...*

Ahanant et le secouant, le Biblioflic martèle le derrière de Sam avec ce qui paraît être une énorme barre d'acier brûlante. Sam, les yeux exorbités, regarde le sous-sol de la bibliothèque, qui est un autre univers, un univers où règne l'ordre, où des choses aussi abominables ne se produisent jamais. Il voit le concierge hocher la tête, mettre la planchette sur laquelle il prenait ses notes sous le bras et se diriger vers la porte, à l'autre extrémité de la pièce. Il suffirait que l'homme tourne légèrement la tête et lève un peu le regard, pour voir le visage blême aux yeux démesurés d'un petit garçon à la bouche barbouillée de guimauve rouge. Quelque chose en Sam le désirait — pour le sauver comme le bûcheron sauve le petit

Chaperon rouge — mais il était par ailleurs persuadé que le concierge ne ferait que se détourner, dégoûté de voir encore un autre méchant petit garçon soumis à une juste punition de la part du Flic de la Bibliothèque de l'Avenue Briggs.

Bouououonze paaaaaaaaas! éructe dans un cri retenu le Loup de la Bibliothèque tandis que le concierge franchit la porte et disparaît dans le reste de son univers bien ordonné, sans regarder autour de lui. Le Loup s'enfonce encore un peu plus profondément, et pendant une angoissante seconde, le petit Sans-Chaperon Sam a tellement mal qu'il est persuadé que son ventre va éclater, que la chose que le Flic de la Bibliothèque lui a enfoncé entre les fesses va finir par le traverser complètement, en repoussant ses intestins.

Le Biblioflic s'effondre contre lui, gluant d'une sueur rance, avec des halètements hachés, et Sam, sous son poids, tombe à genoux. Ce faisant, l'objet massif — déjà beaucoup moins volumineux — se retire de lui, et Sam sent son derrière couvert d'humidité. Il a peur d'y porter la main. Il a peur de découvrir sur ses doigts qu'il est devenu le petit Chaperon rouge de sang.

Soudain, le Policier des Bibliothèques prend Sam par le bras et lui fait faire un nouveau et violent demi-tour. Sa figure est plus rouge que jamais, et flamboie en bandes congestionnées qui lui font comme des peintures de guerre sur le front et les joues. *Regarde-toi!* dit l'homme. Son visage prend une expression de mépris et de dégoût. *Regarde-toi, avec tes pantalons baiffés et ton petit bidule qui se balanfe! T'as aimé ça, hein? T'as aimé ça!*

Sam est incapable de répondre. Il ne peut que pleurer. Il remonte ensemble slip et pantalons, comme ils ont été descendus. Il y sent des débris végétaux qui piquent ses fesses violées, mais il s'en fiche. Il se tortille pour se dégager, jusqu'à ce qu'il soit adossé au mur de briques. Il sent les rudes branches de lierre, comme les os d'une grande main sans chair, s'enfoncer dans son dos. Il s'en fiche aussi. Tout ce qui l'habite, pour le moment, c'est la honte, la terreur et un sentiment d'indignité, le pire étant la honte. La honte est au-delà de toute compréhension.

Fale garfon! lui crache le Biblioflic. *Fale petit garfon!*

Il faut vraiment que je retourne chez moi, dit le petit Sans-Chaperon Sam, les mots jaillissant de sa bouche fragmentés par ses sanglots rauques. *Mon amende est payée?*

L'homme s'avance vers Sam à quatre pattes, et ses petites lunettes rondes et noires le fixent comme les yeux aveugles d'une taupe;

c'est la touche finale de grotesque. Sam pense : *Il va encore me punir*, et à cette idée, quelque chose dans son esprit, un hauban trop tendu, une armature trop sollicitée, se brise avec un claquement mouillé qu'il a presque l'impression d'entendre. Il ne pleure pas, il ne proteste pas ; il est au-delà des larmes et des protestations. Il se contente de regarder le Policier des Bibliothèques, silencieux, apathique.

Non, répondit le Biblioflic. *Ze te laiffe partir, c'est tout. Z'ai pitié de toi, mais si zamais tu en parles à quelqu'un... ze reviendrai et ze recommenferai ! Jusqu'à ce que l'amende foit payée. Et débrouille-toi pour que ze te revois pas dans les parages, fifton. C'est compris ?*

Oui, répondit Sam. Bien sûr qu'il reviendra et qu'il recommencera, si Sam parle. Il sera caché dans la penderie, la nuit ; ou sous le lit, ou perché sur un arbre comme quelque corbeau gigantesque et mal bâti. Lorsque Sam regardera les nuages se former dans le ciel, il y verra le visage tout déformé et méprisant du Policier des Bibliothèques. Il sera n'importe où ; il sera partout.

Cette idée épuisa Sam, et il ferma les yeux pour ne plus voir cette tête démente de taupe, pour ne plus rien voir du tout.

Le Biblioflic le saisit et le secoua de nouveau. *Oui quoi ?* siffla-t-il. *Ouis quoi, fifton ?*

Oui, je comprends, répondit Sam sans ouvrir les yeux.

Le Policier des Bibliothèques le lâcha. *Bon. T'as pas intérêt à oublier. Quand les méchants garfons et les méchantes filles oublient, ze les tue.*

Le petit Sans-Chaperon Sam reste longtemps prostré contre le mur, les yeux fermés, s'attendant à être de nouveau puni par le Biblioflic ; s'attendant même à être tué par lui. Il voudrait pleurer, mais les larmes ne viennent pas. Il faudra des années pour qu'il puisse à nouveau pleurer sur quelque chose. A la fin, il ouvre les paupières et s'aperçoit qu'il est seul dans la tanière du Biblioflic, au milieu des buissons. Le Policier des Bibliothèques est parti. Il n'y a que Sam et son exemplaire de *La flèche noire*, gisant ouvert à ses pieds.

Sam entreprend de ramper vers la lumière sur les mains et les genoux. Les feuilles chatouillent son visage en sueur sillonné de larmes, les branches lui étrillent le dos et tapent ses fesses meurtries. Il emporte *La flèche noire* avec lui, mais il ne ramènera pas le livre à la bibliothèque. Il n'y retournera pas, il ne retournera plus jamais dans une bibliothèque : c'est la promesse qu'il se fait en rampant du lieu où il a été puni. Il se fait aussi un autre serment : jamais personne ne devra savoir la terrible chose qui vient de se passer, car il a l'intention d'oublier qu'elle s'est jamais produite. Il sent qu'il pourra y arriver. S'il essaie très, très fort, et il a bien l'intention de commencer à essayer tout de suite, très, très fort.

Lorsqu'il atteint la limite des buissons, il regarde à l'extérieur, comme un petit animal pourchassé. Il voit des enfants qui traversent la pelouse. Mais pas le Biblioflic, ce qui évidemment ne signifie rien, car il le voit, *lui*. A partir d'aujourd'hui, le Policier des Bibliothèques ne sera jamais loin.

Finalement, il n'y a plus personne sur la pelouse. Un garçon, minuscule, ébouriffé, le petit Sans-Chaperon Sam, se tortille pour se dégager des buissons, des feuilles dans les cheveux et de la terre sur la figure. Un pan de chemise retombe mollement derrière lui. Son regard aux yeux agrandis, fixes, a quelque chose qui n'est plus tout à fait normal. Il se coule jusqu'à l'escalier de béton, jette un coup d'œil terrifié à la mystérieuse devise latine inscrite au-dessus de la porte, et pose son livre sur l'une des marches avec le même soin et la même panique qu'une fille-mère dépose son enfant sans nom sur le seuil d'une maison étrangère. Puis le petit Sans-Chaperon Sam devient le petit Sam qui court très vite. Il traverse la pelouse au trot, il tourne le dos à la succursale de Briggs Avenue de la bibliothèque municipale de Saint Louis et court ; mais peu importe qu'il coure plus ou moins vite. Il ne peut dépasser le goût de la guimauve rouge dans sa bouche et sa gorge, goût douceâtre et gluant ; il ne peut semer le Loup de la bibliothèque qui court avec lui, qui se tient juste derrière son épaule, là où il ne peut le voir, le Loup de la bibliothèque qui murmure, *Viens avec moi, fifton... Ze suis un polifier,* et qui murmurera toujours ces paroles, qui les murmurera pendant toutes ces années, dans ces rêves sombres dont Sam n'osera pas se rappeler... Oui, il murmurera ça et Sam fuira toujours cette voix en criant. *J'ai payé maintenant ? J'ai payé mon amende ? Oh mon Dieu, j'ai payé mon amende, non ?* Et la réponse est toujours la même : *Elle ne sera zamais payée, fifton ; elle ne sera zamais payée.*

Zamais.

Za-

CHAPITRE QUATORZE

LA BIBLIOTHÈQUE (III)

1

L'approche finale de ce que Stan appelait, sans complexe, la piste d'atterrissage de l'aéroport de Proverbia fut chahutée à faire peur. Le Navajo descendit, se faufilant au milieu de rafales furieuses de vent, et toucha le sol sur un dernier et brutal plongeon. A ce moment-là, Sam émit un cri étranglé et ses paupières battirent.

Naomi avait patiemment attendu cet instant. Elle se pencha aussitôt en avant, ignorant la ceinture qui lui coupait la taille, et passa les bras autour de lui. Elle ignora aussi son geste d'effroi et son mouvement instinctif de recul, tout comme la première bouffée, brûlante et désagréable, de son haleine viciée par l'horreur. Elle avait réconforté bien des alcooliques en proie à une crise de delirium tremens ; la différence n'était pas bien grande. Elle sentait battre le cœur de Sam, en se pressant contre lui. On aurait dit qu'il bondissait juste en dessous de sa chemise.

« Tout va bien, Sam, tout va bien. Ce n'est que moi, et vous êtes de retour. Ce n'était qu'un rêve. C'est fini. »

Pendant quelques instants, il continua de se recroqueviller sur son siège. Puis il s'effondra, devenant tout mou. Ses bras se levèrent et il serra la jeune femme avec la frénésie de la panique.

« Naomi, dit-il d'une voix rauque et étouffée. Naomi, oh, Naomi, oh mon Dieu, quel cauchemar, quel abominable cauchemar. »

Stan avait envoyé un message radio, et quelqu'un était venu brancher les lumières de la piste d'atterrissage. Ils roulaient maintenant entre elles, vers l'extrémité de la piste. En fin de compte, la pluie les avait pris de vitesse ; elle tambourinait sur le fuselage de l'appareil, qui sonnait le creux. Devant eux, Sam braillait à tue-tête un air qui pouvait être « Camptown Races. »

« Est-ce que c'était un cauchemar ? » demanda Naomi, se dégageant un peu pour pouvoir le regarder. Il avait les yeux injectés de sang.

« Oui, mais c'était aussi vrai. Entièrement vrai.

— Etait-ce le Policier des Bibliothèques, Sam ? *Votre* Policier des Bibliothèques ?

— Oui, murmura-t-il, enfonçant le visage dans sa chevelure.

— Savez-vous maintenant de qui il s'agit, Sam ? Le savez-vous ? »

Au bout d'un long moment, Sam répondit dans un murmure : « Oui, je le sais. »

2

Stan Soames jeta un coup d'œil à Sam en descendant de l'avion et prit aussitôt un air contrit. « Désolé de vous avoir autant secoué, j'espérais vraiment qu'on irait plus vite que le mauvais temps. Simplement, avec le vent en face...

— Ça va aller », dit Sam qui, en fait, paraissait déjà un peu mieux.

Naomi surenchérit. « Oui, il va se remettre. Merci, Stan. Merci infiniment. Dave vous remercie, aussi.

— Eh bien, du moment que vous avez ce que vous vouliez...

— Nous l'avons, le rassura Sam, nous l'avons bien.

— Faisons le tour par le bout de la piste, leur dit Stan. Si on passe par la fondrière, maintenant, on va se retrouver pris dedans jusqu'à la taille. Venez à la maison. On va prendre un café. Il y a aussi un reste de tarte aux pommes, je crois. »

Sam jeta un coup d'œil à sa montre. Il était déjà sept heures et quart.

« Il faudra remettre ça à plus tard, Stan. Naomi et moi devons rapporter ces livres en ville tout de suite.

— Vous devriez au moins venir vous sécher. Vous allez être trempés, le temps de regagner votre voiture. »

Naomi secoua la tête. « C'est extrêmement important.

— Ouais. A vous voir tous les deux, je le crois. Simplement, n'oubliez pas que vous m'avez promis de me raconter l'histoire.

— On le fera », répondit Sam. Il jeta à Naomi un coup d'œil et lut sur son visage une pensée identique à celle qui lui était venue : *Si nous sommes encore en vie pour cela.*

3

Sam prit le volant, et dut résister à l'envie d'enfoncer l'accélérateur jusqu'au plancher. Il était inquiet pour Dave. Mais ce n'était pas en allant jeter la voiture de Naomi dans le fossé qu'il manifesterait le plus intelligemment son inquiétude, et les quelques gouttes qui les avaient accueillis à l'atterrissage s'étaient transformées en une pluie battante, poussée par des rafales de vent de plus en plus fortes. Les essuie-glaces ne pouvaient lutter avec elle, même au maximum, et la lumière des phares se dissipait au bout de sept ou huit mètres. Sam n'osait pas rouler à plus de quarante à l'heure. Il jeta un coup d'œil à sa montre, puis à Naomi, assise à côté de lui, les livres sur les genoux.

« J'espère qu'on pourra arriver à huit heures, mais je n'en suis pas sûr, dit-il.

— Faites du mieux que vous pouvez, Sam. »

Une paire de phares, qui oscillaient comme ceux d'une soucoupe de plongée sous-marine, grossit devant eux. Sam ralentit et serra sa droite, tandis qu'un trente tonnes passait dans un grondement — forme massive à peine entrevue dans l'obscurité et la pluie.

« Pouvez-vous en parler ? Je veux dire, de votre rêve ?

— Je pourrais, oui, mais pas pour le moment. L'heure n'est pas venue de le faire. »

Naomi réfléchit un instant. « Très bien.

— Je peux cependant vous dire au moins ceci : Dave a raison lorsqu'il affirme que les enfants sont sa meilleure nourriture, il a raison lorsqu'il affirme que son véritable aliment, c'est la peur. »

Ils venaient d'atteindre les faubourgs de la ville. Au carrefour suivant, ils trouvèrent les premiers feux de circulation. A travers le pare-brise de la Datsun, on ne voyait qu'une tache verte brillante dansant en l'air, reflétée sur le revêtement lisse et mouillé de la chaussée.

« J'ai une course à faire avant que nous allions à la bibliothèque, reprit Sam. Le Piggly Wiggly est bien sur notre trajet, non ?

— Oui, mais si nous devons retrouver Dave derrière la bibliothèque à huit heures, nous n'avons pas une minute à perdre. Ce temps n'arrange rien, qu'on le veuille ou non.

— Je sais. Je n'en aurai pas pour longtemps.

— De quoi avez-vous besoin ?

— Je n'en suis pas sûr. Je le saurai en le voyant. »

Elle le regarda, et il fut de nouveau stupéfait par ce que sa beauté avait de renardesque et de fragile ; il n'arrivait pas à comprendre comment il ne s'en était encore jamais aperçu avant aujourd'hui.

Tu es tout de même sorti avec elle, non ? C'est bien que tu avais senti QUELQUE CHOSE.

Mais non. Il était sorti avec elle parce qu'elle était jolie, présentable, libre et à peu près de son âge. Il était sorti avec elle parce que les célibataires, dans les villes qui ne sont que des bourgs montés en graine, en fait, sont supposés se comporter ainsi... s'ils tiennent à se faire un trou dans la communauté commerciale du coin. Si on ne sort pas avec une fille, les gens... certaines personnes, en tout cas... vont s'imaginer que vous êtes

(un polifier)

un peu bizarre.

Mais j'étais un peu bizarre, pensa-t-il. *A bien y penser, j'étais très bizarre. Quoi qu'il en soit, je crois que je suis différent, maintenant. Et je la vois ; oui, je la vois vraiment.*

Naomi, pour sa part, était frappée par la pâleur de Sam et par la tension qui régnait sur son visage, en particulier autour de ses yeux et de sa bouche. Son air avait quelque chose d'étrange, mais il ne paraissait plus terrorisé. Elle se dit : *Il a l'air d'un homme qui vient de se voir accorder l'occasion de faire face à son pire cauchemar... et qui tient une arme puissante à la main.*

Un visage, songea-t-elle, dont elle pourrait devenir amoureuse, et cette idée la mit profondément mal à l'aise.

« Cet arrêt... il est important, n'est-ce pas ?

— Je crois, oui. »

Cinq minutes plus tard, il garait la Datsun dans le parking du Piggly Wiggly et bondissait jusqu'à la porte sous la pluie.

A mi-chemin, il s'arrêta. Il venait de voir la cabine téléphonique, la même, certainement, qu'avait utilisée Dave pour appeler le shérif adjoint, il y avait bien des années. Un appel qui n'avait pas tué Ardelia... mais qui l'avait mise sur la touche pour un bon moment.

Sam y entra. La lumière s'alluma. Il n'y avait rien à voir, sinon un taxiphone avec des numéros et des graffitis gribouillés sur ses parois de métal. L'annuaire avait disparu, et Sam se rappela Dave parlant du temps où, avec un peu de chance, on trouvait encore des annuaires dans les cabines téléphoniques.

Puis il regarda par terre, et vit ce qu'il cherchait. Un emballage. Il le ramassa, le défroissa et lut ce qui était écrit dessus : Guimauve rouge Bull's Eye.

Il entendit Naomi donner des coups d'avertisseur impatients, derrière lui. Sam quitta la cabine, l'emballage à la main, lui fit signe et courut dans le magasin sous la pluie battante.

4

L'employé du Piggly Wiggly avait l'air d'un jeune homme que l'on aurait cryogénisé en 1969 et décongelé depuis une semaine à peine. Ses yeux possédaient cette rougeur et cet aspect légèrement vitreux des vieux fumeurs de hasch. Ses cheveux longs étaient retenus par un lacet de cuir brut. A un doigt, il portait un anneau d'argent orné du symbole pacifiste. Sa blouse, aux couleurs de la maison, recouvrait une chemise flottante au motif floral extravagant. Agrafé au col, un bouton portait cette injonction :

ON FERME DANS CINQ MINUTES
ALORS GROUILLEZ !

Sam se demanda si le gérant du magasin aurait approuvé… mais il pleuvait, et le gérant en question demeurait invisible. Sam était le seul client, et l'employé l'observa de l'œil amusé de celui qui s'en fout, lorqu'il se dirigea vers le présentoir à confiseries et commença à prendre des paquets de guimauve rouge. Il vida tout le stock, environ vingt paquets.

« Eh, mon vieux, vous êtes sûr que vous en avez assez ? » demanda l'homme lorsque Sam s'approcha du comptoir et y déversa son trésor. « Je crois qu'il en reste encore un ou deux cartons dans la réserve. Je sais ce que c'est, que d'être salement en manque.

— Ça devrait faire l'affaire. Et *grouillez*, voulez-vous ? Je suis pressé.

— Ouais, tout le monde est pressé, dans cet univers mon cul. » Ses doigts s'emmêlèrent, avec ce ralenti particulier des gens d'ordinaire pétés, sur les touches de la caisse enregistreuse.

Un élastique traînait sur le comptoir. « Puis-je l'avoir ? demanda Sam en le prenant.

— Je vous l'offre, mon pote. Un cadeau de ma part, le prince du Piggly Wiggly, à vous, le Seigneur de la Guimauve, par un lundi pluvieux. »

Au moment où Sam glissa l'élastique à son poignet (qui y pendit comme un bracelet trop grand), une rafale de vent plus violente secoua le bâtiment et fit vibrer les vitres. Les lumières vacillèrent.

« Houla, mon pote, s'exclama le prince du Piggly Wiggly, ce n'est pas ce qu'ils ont dit, à la météo. Simples averses, en principe. Quinze dollars quarante et un », ajouta-t-il.

Sam lui tendit un billet de vingt dollars avec un petit sourire amer. « Ce truc-là était fichtrement moins cher quand j'étais gamin.

— Eh oui, acquiesça le vendeur. L'inflation nous ronge tous. » Il retourna lentement vers ce recoin moelleux, dans la couche d'ozone, où il se trouvait lorsque Sam était entré. « Vous devez drôlement aimer ce truc, mon vieux. Moi, je m'en tiens toujours à ces bons vieux Mars, pour rugir de plaisir.

— Si je l'aime ? » Sam eut un petit rire en empochant sa monnaie. « J'ai ça en horreur. C'est pour quelqu'un d'autre. (Il rit de nouveau.) Disons que c'est un cadeau. »

L'employé découvrit quelque chose dans le regard de Sam et fit soudain un grand pas précipité en arrière, manquant de peu renverser tout un présentoir de Skoal Bandits.

Sam l'observa avec curiosité, et décida de ne pas demander de sac.

Il fourra les paquets au hasard des poches de sa veste de sport, celle qu'il avait enfilée il y avait mille ans, et quitta la boutique. A chacun de ses pas, la cellophane crépitait frénétiquement.

5

Naomi s'était glissée derrière le volant, et c'est elle qui fit le reste du chemin jusqu'à la bibliothèque. Tandis qu'elle quittait le parking du Piggly Wiggly, Sam sortit les deux livres de leur emballage et les regarda, lugubre, pendant quelques instants. *Tout ce cirque. Tout ce cirque pour un recueil démodé de poèmes et un manuel pour orateurs débutants...* Sauf, bien entendu, que là n'était pas la question. La question n'avait jamais été ces deux ouvrages.

Il prit l'élastique à son poignet et le passa autour des deux livres ; puis il sortit son portefeuille, retira un billet de cinq dollars de ses réserves liquides en forte diminution, et le glissa sous l'élastique.

— C'est pourquoi ?

— Pour l'amende. Celle que je dois pour ces deux-là, et celle pour il y a très longtemps — pour *La flèche noire*, de Robert Louis Stevenson. Ça clôt l'affaire. »

Il posa les livres sur la console, entre les deux sièges-baquets, et sortit un paquet de guimauve de sa poche. Quand il l'ouvrit, l'ancienne odeur sucrée lui parvint aussitôt avec la force d'une gifle brutale. On eût dit qu'elle passait directement de son nez à sa tête, d'où elle dégringolait dans son estomac, lequel se contracta en un poing dur et glissant. Pendant un horrible instant, il crut qu'il allait vomir sur ses propres genoux. Apparemment, certaines choses ne changeaient jamais.

Il continua malgré tout à ouvrir les paquets, et malaxa les rubans de guimauve en une pelote flexible à la texture cireuse. Naomi ralentit, le feu du carrefour suivant étant passé au rouge, puis s'arrêta, même si l'on ne voyait aucun véhicule se présenter dans les autres directions. Le vent fouettait de pluie la petite voiture. Ils n'étaient plus qu'à quatre coins de rue de la bibliothèque. « Au nom de Ciel, Sam, qu'est-ce que vous fabriquez ? »

Et parce que ni au nom du Ciel ni à celui de la Terre il ne savait ce qu'il faisait, il répondit : « Si la peur est l'aliment d'Ardelia, nous devons trouver l'autre chose, celle qui est l'opposée de la peur. Quoi que ce soit, ce sera son poison. Ainsi donc... il s'agit de quoi, d'après vous ?

— Je doute tout de même que ce soit de la guimauve rouge. »

Il eut un geste d'impatience. « Comment pouvez-vous être aussi affirmative ? Les croix passent pour tuer les vampires — ceux qui sucent le sang, du moins — mais une croix, ce n'est que deux bouts de bois ou de métal placés à angle droit. Une tête de laitue serait peut-être aussi efficace... convenablement utilisée. »

Le feu passa au vert. « Une laitue chargée d'énergie, fit Naomi, songeuse, en redémarrant.

— Exactement ! » Sam brandit une demi-douzaine de longs rubans rouges. « Tout ce que je sais, c'est que j'ai au moins ça. C'est peut-être grotesque. Probablement, même. Mais je m'en fiche. C'est un symbole sacré de *toutes* les choses que mon Policier des Bibliothèques m'a enlevées : l'amour, l'amitié, le sentiment d'être enraciné quelque part. Je me suis senti sur la touche pendant *toute ma vie*, Naomi, sans jamais comprendre pourquoi. Maintenant, j'ai trouvé. Gamin, *j'adorais* ce truc. Aujourd'hui, c'est à peine si je peux en supporter l'odeur. Ce n'est pas grave ; ça, je peux m'en arranger. Mais il faut que je trouve comment le charger d'énergie. »

Sam continua de rouler les rubans de guimauve entre ses paumes, et obtint bientôt une boule gluante. Il avait cru que l'odeur était ce qu'il y avait de plus écœurant dans la guimauve rouge, mais non ; sa texture était encore pire... sans compter qu'elle commençait à déteindre sur ses mains, qui prenaient une sinistre couleur rouge foncé. Il continua néanmoins, ne s'interrompant, environ toutes les trente secondes, que pour ajouter le contenu d'un nouveau paquet à la masse ductile.

« Je me creuse peut-être un peu trop la tête, reprit-il. Qui sait si le contraire de la peur, ce n'est pas tout simplement le bon vieux courage ? La bravoure, si vous préférez un mot plus noble. Est-ce cela ? N'est-ce que cela ? Le courage constitue-t-il la différence entre Naomi et Sarah ? »

Elle parut prise de court. « Me demandez-vous s'il m'a fallu du courage pour arrêter de boire ?

— J'ignore ce que je vous demande, mais je crois que vous êtes dans le bon secteur, au moins. Je n'ai pas besoin de vous interroger sur la peur. La peur, je sais ce que c'est. Une émotion qui bloque et interdit le changement. Renoncer à boire a-t-il ou non été un acte de courage ?

— Je n'y ai jamais réellement renoncé, répondit-elle. Ce n'est pas ainsi que procèdent les alcooliques. Ils ne pourraient pas. Au lieu de cela, on emploie toutes sortes de subterfuges. Un jour après l'autre, une chose à la fois, vivre et laisser vivre, des trucs comme ça. Mais l'idée centrale est celle-ci : il faut renoncer à croire que l'on peut *contrôler* sa consommation d'alcool. Une idée qui est la fable que l'on se raconte, et c'est cela, à quoi il faut renoncer. La fable, le mythe. D'après vous, est-ce du courage ?

— Bien sûr. Mais pas un courage baïonnette-au-canon.

— Du courage baïonnette-au-canon ! » répéta-t-elle avec un rire. Ça me plaît. Mais vous avez raison. Ce que je fais — ce que nous faisons — pour ne pas prendre le premier verre, ne relève pas de ce genre de courage. En dépit de films comme *Lost Weekend,* je crois que ce que nous faisons n'a rien de bien spectaculaire. »

Sam se souvenait de l'affreuse apathie qui s'était emparée de lui, après avoir été violé dans les buissons longeant la bibliothèque de Saint Louis, sur Briggs Avenue. Violé par un homme qui s'était dit policier. Bien peu spectaculaire, au fond, ça aussi. Rien qu'un sale tour, un sale et stupide tour joué à un petit garçon par un individu affligé de troubles mentaux sérieux. Sam supposait qu'en fin de compte, il aurait dû se dire qu'il avait eu de la chance ; le Biblioflic aurait pu le tuer.

Devant eux, brillaient dans la pluie les globes ronds et blancs de la bibliothèque municipale de Junction City. D'un ton hésitant, Naomi dit : « Je crois que le véritable contraire de la peur est l'honnêteté. L'honnêteté et la confiance. Qu'en pensez-vous ?

— L'honnêteté et la confiance », répéta-t-il doucement, goûtant les mots. Il écrasa la boule de guimauve rouge dans sa main droite. « Pas mal, il me semble. De toute façon, il faudra faire avec. Nous y sommes. »

6

19:57 indiquait en chiffres verts la pendule numérique du tableau de bord. Ils avaient réussi à arriver avant huit heures, en fin de compte.

« Il vaut peut-être mieux attendre et s'assurer que tout le monde est parti avant de passer par-derrière, suggéra Naomi.

— C'est une bonne idée, je crois. »

Ils roulèrent jusqu'à un emplacement libre, dans le parking en face de la bibliothèque. Les globes scintillaient délicatement dans la pluie. Le bruissement des arbres n'avait pas cette subtilité, car le vent devenait de plus en plus violent. On aurait dit que les grands chênes rêvaient, tous, de mauvais rêves.

A huit heures deux, un minibus à la vitre arrière décorée d'un gros chat (Garfield) et de l'autocollant : MAMAN-TAXI vint se garer de l'autre côté de la rue. Au coup d'avertisseur, la porte de la bibliothèque (paraissant moins sinistre, moins tête de robot à Sam, même dans cette lumière, que lors de sa première visite), s'ouvrit aussitôt. Trois enfants de douze à treize ans dévalèrent les marches en direction du minibus, deux d'entre eux relevant leur blouson pour s'abriter la tête de la pluie. La porte latérale s'ouvrit avec un grondement, et le trio s'empila sur un même siège. Leurs éclats de rire atténués parvenaient jusqu'à Sam, qui se prit à les envier. Comme ce devait être bon, de sortir d'une bibliothèque, le rire aux lèvres... Une expérience qu'il avait manquée, grâce à l'homme aux lunettes noires rondes.

Honnêteté, songea-t-il. *Honnêteté et confiance. L'amende est payée, l'amende est payée, nom de Dieu !* ajouta-t-il en lui-même. Il déchira l'emballage des deux derniers paquets de guimauve, et commença à pétrir les rubans dans le reste de la boule rouge collante à l'odeur écœurante. Il regardait l'arrière du MAMAN-TAXI, et voyait le vent mettre en lambeaux la fumée de l'échappement. Soudain, il prit conscience des raisons de sa présence ici.

« Une fois, pendant que j'étais en terminale, dit-il, j'ai vu des mômes faire une blague à un autre gosse qu'ils n'aimaient pas. A cette époque, observer était ce que je savais faire le mieux. Avec une poignée d'argile à modeler, prise dans la classe d'Art, ils avaient bouché le tuyau d'échappement de la Pontiac de l'autre. Vous savez ce qui s'est passé ? »

Elle le regarda, se demandant où il voulait en venir. « Non, quoi ?

— Le pot a éclaté, coupé en deux. Un morceau de chaque côté de la voiture. Deux véritables fragments d'obus. Le pot d'échappement était le point faible, vous comprenez. Je suppose que si les gaz avaient reflué, ils auraient pu faire aussi bien exploser le moteur.

— De quoi parlez-vous au juste, Sam ?

— D'espoir. Je vous parle d'espoir. Je crois que l'honnêteté et la confiance doivent venir un peu après. »

Le MAMAN-TAXI déboîta, ses phares trouant les fils argentés de la pluie.

Il était 20:06 à l'horloge numérique, lorsque la porte de la bibliothèque s'ouvrit de nouveau. Un homme et une femme en sortirent. L'homme, un parapluie coincé sous le bras, avait du mal à boutonner son pardessus ; il s'agissait incontestablement de Richard Price. Sam le reconnut aussitôt, alors qu'il n'avait vu qu'une photo de lui, dans un vieux journal. La femme était Cynthia Berrigan, l'assistante à laquelle il avait parlé le samedi soir.

Price dit quelque chose à la jeune fille. Sam crut entendre celle-ci rire. Il se rendit soudain compte qu'il se tenait raide comme un piquet dans le siège-baquet de la Datsun, les muscles tendus à se rompre. Il voulut se décontracter et s'aperçut qu'il en était incapable.

Comment se fait-il que ça ne me surprenne pas ? se dit-il.

Price leva son parapluie. Le couple descendit les marches en courant, Cynthia Berrigan retenant de la main le capuchon en plastique qu'elle avait placé sur sa tête. Ils se séparèrent au pied de l'escalier, Price se dirigeant vers une vieille Impala de la taille d'une péniche, et la femme vers une Yugo garée à quelque distance. Price fit demi-tour dans la rue (Naomi se recroquevilla sur place, surprise, lorsque les phares balayèrent l'intérieur de la Datsun) et donna un léger coup d'avertisseur en passant à hauteur de la Yugo. Cynthia Berrigan lui répondit de même, puis s'éloigna à son tour, dans la direction opposée.

Il n'y avait maintenant plus qu'eux, la bibliothèque — et peut-être Ardelia, les attendant quelque part à l'intérieur.

En compagnie du vieil ami de Sam, le Policier des Bibliothèques.

7

Naomi roula au ralenti pour faire le tour du bloc jusqu'à Wegman Street. A mi-chemin, sur la gauche, un panneau discret signalait une brève interruption de la haie. On y lisait :

LIVRAISONS DE LA BIBLIOTHÈQUE SEULEMENT

Une rafale de vent suffisamment violente pour secouer la Datsun jeta un paquet de pluie sur les vitres avec tant de force que les gouttes crépitèrent comme du sable. Il y eut un craquement, pas très loin, celui d'une branche ou d'un petit arbre qui se rompait. Il fut suivi du coup sourd de la chute sur la chaussée.

« Seigneur, fit Naomi d'une petite voix misérable, ça ne me plaît pas !

— Je ne peux pas dire que ça m'enthousiasme », répondit Sam qui l'avait à peine entendue, songeant encore à l'aspect de l'argile à modeler, quand elle s'était mise à gonfler dans le tuyau d'échappement. On aurait dit un furoncle.

Naomi s'engagea dans l'allée de service. Elle débouchait rapidement sur une petite zone goudronnée, réservée au chargement et au déchargement. Une unique lampe au sodium orangée pendait au-dessus du petit périmètre. Elle jetait une lumière forte et pénétrante, et les branches des chênes qui entouraient la zone jetaient des ombres dansantes folles sur l'arrière du bâtiment. Pendant quelques instants, deux de ces ombres parurent se confondre au pied de la plate-forme de chargement, créant une silhouette presque humaine : comme si quelqu'un, après les avoir attendus là, sortait lentement pour les accueillir.

Dans une ou deux secondes, pensa Sam, *cette lumière orangée aveuglante va faire éclater ses lunettes — ses petites lunettes noires rondes — et il me regardera directement à travers le pare-brise. Il ne regardera pas Naomi : seulement moi. Et il dira, « Salut, fifton, ze t'attendais. Toutes ces années, ze t'ai attendu. Viens avec moi, maintenant. Viens avec moi, parce que ze suis un polifier. »*

Il y eut un autre craquement bruyant, et une branche tomba à moins d'un mètre de l'arrière de la Datsun, projetant dans toutes les directions des morceaux d'écorce et de bois pourri où grouillaient des insectes. Si elle était tombée sur le toit de la voiture, elle l'aurait enfoncé comme une boîte de conserve.

Naomi poussa un cri.

Le vent, forcissant toujours, lui répondit d'un hurlement.

Sam tendait un bras vers elle pour la prendre par les épaules et la rassurer, lorsque la porte, à l'arrière de la plate-forme de chargement, s'ouvrit partiellement, juste assez pour laisser passer Dave Duncan. Il s'accrochait à la poignée pour empêcher le vent de la lui arracher des mains. Sam trouva le visage du vieil homme bien trop blanc et empreint d'une terreur presque grotesque. Il leur adressait des signes frénétiques de sa main libre.

« Naomi ! Dave est là !

— Où ? Ah ! oui, je le vois (Ses yeux s'agrandirent.) Mon Dieu, il a une tête épouvantable ! »

Elle commença à ouvrir sa portière. Une rafale plus forte la lui arracha des mains, et balaya l'intérieur de la Datsun d'une petite tornade qui lança les emballages de guimauve dans une sarabande effrénée.

Naomi réussit à retirer sa main suffisamment vite pour ne pas être cognée, et peut-être blessée, par le rebond de la portière. Puis elle sortit, les cheveux comme agités par une tempête, et sa jupe fut instantanément détrempée et collée à ses cuisses.

Sam dut peser de toutes ses forces sur sa propre portière et descendit malhabilement à son tour. Il eut le temps de se demander d'où diable pouvait débarquer cette tempête ; le prince du Piggly Wiggly lui avait dit que les prévisions météo n'avaient parlé que d'averses, non de ce temps de chien.

Ardelia. C'était peut-être la tempête d'Ardelia.

Comme une confirmation, leur parvint la voix de Dave, pendant une courte accalmie. « Dépêchez-vous ! Je peux sentir sa cochonnerie de parfum partout ! »

Sam trouva obscurément terrifiante l'idée que le parfum d'Ardelia pût précéder sa matérialisation.

Il était à mi-chemin de l'escalier de la plate-forme, lorsqu'il s'aperçut que s'il tenait toujours la boule morveuse de guimauve à la main, il avait laissé les livres dans la voiture. Il fit demi-tour, s'arcbouta sur la portière et les récupéra. A ce moment-là, la qualité de la lumière changea, passant de l'orangé éclatant au blanc. Sam vit le changement sur la peau de ses mains, et pendant un moment ses yeux se pétrifièrent dans leurs orbites. Il ressortit vivement de la voiture, les livres à la main, et se retourna.

La lampe de sécurité à arc de sodium avait disparu, remplacée par un ancien lampadaire de rue à vapeur de mercure. Les arbres qui s'agitaient et grinçaient autour du périmètre de la cour étaient plus grands, et les ormes majestueux prédominaient, dépassant sans difficulté les chênes. L'aspect de la plate-forme de chargement avait changé, et un fouillis de lierre grimpant escaladait l'arrière de la bibliothèque — un mur nu, l'instant précédant.

Bienvenue en 1960, songea Sam. *Bienvenue à l'édition Ardelia Lortz de la bibliothèque municipale de Junction City.*

Naomi avait déjà gagné la plate-forme et disait quelque chose à Dave. Dave répondit, et regarda par-dessus son épaule. Il sursauta.

Au même instant, Naomi hurla. Sam se précipita vers les marches, les pans de sa veste se tordant derrière lui. Alors qu'il les escaladait, il vit une main blanche flotter dans l'obscurité et venir se poser sur l'épaule de Dave, puis l'entraîner violemment dans la bibliothèque.

« Attrapez la porte ! hurla Sam. Naomi, la porte ! Ne la laissez pas se refermer ! »

Mais ce fut le vent qui les aida, en l'ouvrant en grand ; le battant heurta au passage Naomi à l'épaule, et la jeune femme fut projetée en arrière, manquant tomber. Sam arriva à temps pour empêcher la porte de rebondir.

Naomi tourna vers lui des yeux sombres et horrifiés. « C'était l'homme qui est venu chez vous, Sam. Le grand, avec les yeux d'argent. Je l'ai vu. Il a pris Dave ! »

Pas le temps de réfléchir. « Venez. » Il passa un bras autour de la taille de Naomi et l'entraîna dans la bibliothèque. Derrière eux, le vent tomba, et la porte se referma avec un bruit sourd.

8

Ils se trouvaient dans une section du catalogue, sombre sans être plongée dans une totale obscurité. Une petite lampe de table à l'abat-jour frangé de rouge était allumée sur le bureau du bibliothécaire. Au-delà de cette zone encombrée de cartons et de matériel d'emballage (essentiellement du papier journal froissé, constata Sam ; on était en 1960 et on n'avait pas encore inventé les petites boulettes de polyéthylène) commençaient les rangées d'étagères. Le Policier des Bibliothèques se tenait dans l'une de ces allées, bordée de livres des deux côtés. Il tenait Dave dans un demi-nelson — soulevé, apparemment sans effort, à vingt centimètres au-dessus du sol.

Il regarda Sam et Naomi. Ses yeux d'argent brillèrent et le croissant d'un sourire anima son visage blanc. On aurait dit une lune de chrome.

« Pas un pas de plus, dit-il, ou ze lui caffe le cou comme à un poulet. Vous entendrez le craquement. »

Sam réfléchit à ça, mais pas longtemps. Il sentait l'odeur épaisse et écœurante de la lavande en sachet. A l'extérieur, le vent sifflait et mugissait. L'ombre du Policier des Bibliothèques dansait sur le mur, aussi décharnée que celle d'une grue de chantier. *Il n'avait pas d'ombre, auparavant,* songea Sam. *Qu'est-ce que ça veut dire ?*

Peut-être le Policier des Bibliothèques était-il maintenant plus réel, plus présent... parce que Ardelia, le Policier des Bibliothèques et l'homme sombre dans la voiture noire étaient une seule et même personne. Une seule et même personne qui endossait tour à tour chacun de ces trois personnages avec la même facilité qu'un enfant essaie des masques de carnaval.

« Vous imaginez-vous que je vais croire que vous le laisserez en vie, si nous restons à bonne distance ? demanda-t-il. Des clous, oui. »

Il commença à s'avancer vers le Policier des Bibliothèques.

Une expression insolite apparut sur le visage du grand maigre. La surprise. Il recula d'un pas. Son imper lui battait les mollets et frottait les gros volumes alignés dans l'étroite allée.

« Je vous avertis !

— Avertissez tant que vous voulez et allez au diable, répliqua Sam. Ce n'est pas avec lui que vous avez une querelle à vider, mais avec moi, n'est-ce pas ? D'accord, vidons-la.

— La bibliothécaire a une histoire à régler avec le vieux ! » se défendit le Policier, faisant un nouveau pas en arrière. Il se passait quelque chose de bizarre sur son visage, et il fallut deux ou trois secondes à Sam pour comprendre ce qui lui arrivait. La lumière argentée, dans les yeux du Policier des Bibliothèques, se ternissait.

« Eh bien, qu'elle la règle elle-même. Moi, c'est avec vous que j'ai une histoire à régler, grande perche, une histoire qui remonte à trente ans. »

Il passa au-delà du rayon de lumière diffusé par la lampe de table.

« Très bien, dans ce cas ! » ricana le Policier des Bibliothèques. Il fit demi-tour et propulsa Dave Duncan dans l'allée. Le vieil homme vola comme un sac de linge sale, émettant un unique petit cri de peur et de surprise. Il essaya de lever un bras en approchant de la paroi, mais ce n'était qu'un réflexe sans force, un geste à demi-avorté. Il entra en collision avec l'extincteur monté près des marches, et Sam entendit le craquement sourd de l'os qui se brise. Dave s'effondra ; le lourd extincteur rouge se détacha du mur et lui tomba dessus.

Dave ! » s'écria Naomi, se précipitant vers lui.

« Non, Naomi, non ! »

Mais elle ne fit pas attention à lui. Le sourire réapparut sur la figure du Policier des Bibliothèques. Il saisit Naomi par le bras au moment où elle essaya de passer à sa hauteur et la colla contre lui.

Sa tête s'inclina et son visage se trouva un instant caché par la chevelure châtain qui retombait sur la nuque de la jeune femme. Il émit une étrange toux étouffée et commença à l'embrasser — du moins était-ce ce que l'on aurait pu croire. Ses longs doigts blancs s'enfonçaient dans le bras de Naomi. Celle-ci cria à nouveau, puis parut s'affaisser un peu entre les mains du Policier.

Sam venait d'atteindre l'entrée de l'allée. Il prit le premier livre venu, le brandit et le lança. Le bouquin fila en tournoyant sur lui-même, ses couvertures s'écartant dans un crépitement de pages, et frappa le Policier des Bibliothèques sur le côté de la tête. Il émit un cri de rage et de surprise, et leva la tête. Naomi s'arracha à son étreinte et, trébuchant de côté, alla heurter les hautes étagères avec des moulinets du bras pour reprendre son équilibre. Les étagères oscillèrent au moment où elle rebondit dessus, avant de s'écrouler avec un fracas retentissant. Des livres qui n'avaient pas été dérangés pendant des années, peut-être, volèrent en tout sens et vinrent mitrailler le sol avec des claquements qui faisaient bizarrement penser à des applaudissements.

Naomi n'y prêta pas attention. Elle arriva à hauteur de Dave et s'accroupit, à côté de lui, ne cessant de l'appeler, en larmes. Le Policier des Bibliothèques se tourna dans sa direction.

« Ce n'est pas non plus avec elle que vous avez une querelle à vider », lui lança Sam.

Le Policier des Bibliothèques lui fit de nouveau face. A la place de ses yeux d'argent, on voyait maintenant de petites lunettes noires qui lui donnaient l'aspect d'une taupe aveugle.

« J'aurais dû te tuer la première fois », gronda-t-il en se dirigeant sur Sam. Il était accompagné d'un bizarre bruit de frottement ; l'ourlet de son imperméable balayait maintenant le sol. Il rapetissait.

« L'amende est payée », dit calmement Sam. Le Policier s'arrêta. Sam lui tendit les deux livres avec le billet de cinq dollars pris dans l'élastique. « L'amende est payée et les livres sont restitués. La question est réglée, espèce de salope… ou de salopard… peu importe ce que vous êtes. »

A l'extérieur, le vent s'éleva en un long hurlement creux qui courut sous les chéneaux, cassant comme du verre. La langue du Policier des Bibliothèques glissa entre ses lèvres, qu'elle lécha. Elle était très rouge, très pointue. Des taches flétries apparurent à son front et à ses joues. Une sueur grasse lui sourdait de la peau.

Et l'odeur de la lavande était beaucoup plus forte.

« C'est faux ! s'exclama le Policier des Bibliothèques. Faux ! ce ne font pas les livres que vous avez empruntés ! Ze le sais ! Le vieux branleur les a emportés ! Ils font-

— Détruits », acheva Sam. Il reprit sa progression vers le Policier, et l'odeur de lavande était plus puissante à chaque pas. Son cœur battait la chamade. « Je sais aussi de qui est cette idée. Mais ces exemplaires les remplaceront parfaitement. Prenez-les. » Sa voix s'éleva et prit un ton farouche, sans réplique. « *Prenez-les, nom de Dieu !* »

Il tendit les livres, et le Policier des Bibliothèques, l'air apeuré de quelqu'un qui ne sait que faire, tendit la main.

« Non, pas comme ça, reprit Sam, les brandissant au-dessus de la main. Comme ceci. »

Il abattit les livres sur la figure du Policier, de toutes ses forces. Jamais de sa vie il n'éprouva satisfaction aussi sublime qu'au moment où il sentit *Les poèmes d'amour préférés des Américains* et *Le mémento de l'orateur* frapper et casser le nez du Policier des Bibliothèques. Les lunettes noires rondes volèrent de son nez et allèrent s'écraser au sol. Au-dessous, il n'y avait que deux orbites noires bordées d'un fluide blanchâtre. De minuscules filaments flottaient sur ce magma visqueux et Sam songea à l'histoire de Dave — *on aurait dit qu'il était en train de changer de peau.*

Le Policier des Bibliothèques hurla.

« *Vous ne pouvez pas !* hurla-t-il. *Vous ne pouvez pas me blesser ! Vous avez peur de moi ! En plus, vous aimez ça ! Vous AIMEZ ça ! ESPÈCE DE SALE GOSSE, VOUS AIMEZ ÇA !*

— Faux. J'ai ça en horreur, foutrement en horreur. Maintenant, prenez ces livres. Prenez-les et tirez-vous. L'amende est payée. »

Il abattit de nouveau les livres, sur la poitrine du Policier, cette fois. Et pendant que les mains du Policier des Bibliothèques se refermaient dessus, Sam enfonça violemment le genou dans son entrejambe.

« Ça, c'est pour tous les autres mômes. Ceux que vous avez enculés et ceux qu'elle a bouffés. »

La créature se mit à gémir de douleur. Ses mains lâchèrent les livres lorsqu'il se plia en deux pour se tenir l'entrejambe. Ses cheveux noirs graisseux retombèrent sur son visage, cachant miséricordieusement ces orbites mortes que n'occupaient plus qu'une masse filamenteuse.

Bien sûr, qu'elles sont mortes, eut le temps de penser Sam. *Je n'ai jamais vu les yeux derrière les lunettes, ce jour-là... ELLE n'a donc pas pu les voir non plus.*

« Ça ne paie pas l'amende, dit Sam, mais c'est un début, n'est-ce pas ? »

L'imper du Policier des Bibliothèques se mit à onduler et se tordre, comme si quelque inimaginable transformation se déroulait au-dessous. Et quand il — *ça* — leva les yeux, Sam vit quelque chose qui le fit reculer d'horreur et de révulsion.

L'homme qui provenait pour moitié de l'affiche de Dave et pour moitié du propre esprit de Sam s'était métamorphosé en une sorte de nain déformé. Lequel nain devenait quelque chose d'autre, une ignoble créature hermaphrodite. Une tempête sexuelle se déroulait sur sa figure et sous l'imper qui tressautait et se bosselait. La moitié des cheveux étaient encore noire ; l'autre d'un blond cendré. L'une des orbites était vide, mais un œil bleu, à l'expression sauvage, brillait de haine dans l'autre.

« Je te veux, siffla la créature. Je te veux et je t'aurai.

— Essaie un peu, Ardelia, tango ou rock ? »

Il tendit la main vers la chose devant lui, mais poussa un cri et la retira vivement, dès qu'il eut touché l'imper. Ce n'était plus du tout un tissu, mais une sorte de peau molle abominable, et il avait eu l'impression d'empoigner un tas de sachets de thé que l'on viendrait d'utiliser.

La chose grimpa sur les étagères renversées et bondit dans l'ombre, de l'autre côté. L'odeur de lavande fut tout d'un coup plus forte.

Un rire brutal lui parvint de l'obscurité.

Un rire de femme.

« Trop tard, Sam, dit-elle. C'est déjà trop tard. La chose est accomplie. »

Ardelia est de retour, pensa Sam. A l'extérieur, il y eut un craquement monstrueux ; le bâtiment trembla, sous l'effet du tronc qui venait de s'abattre sur lui, et les lumières s'éteignirent.

9

Ils se trouvèrent dans des ténèbres totales pendant seulement une seconde, qui lui parut cependant s'éterniser. Ardelia éclata de nouveau de rire, un rire qui eut une étrange sonorité glapissante, comme s'il avait été démultiplié par un mégaphone.

Puis une unique ampoule de secours s'alluma sur un mur, projetant un pâle rayon de lumière dans les enfilades de rayonnages, tandis que des ombres multiples s'emmêlaient partout comme autant de fils noirs. Sam entendait le ronflement impatient de la batterie qui alimentait la lumière. Il s'avança jusqu'à l'endroit où Naomi était agenouillée auprès de Dave, manquant s'étaler à deux reprises dans les piles de livres tombés des étagères.

La jeune femme leva les yeux vers lui. Des larmes striaient son visage blême et hagard. « Je crois qu'il est mourant, Sam. »

Il s'agenouilla à son tour. Les yeux du vieil homme étaient fermés, et il respirait par à-coups râpeux et irréguliers. De fins filets de sang s'écoulaient de ses deux narines et de l'une de ses oreilles. Il y avait une profonde dépression sanglante dans son front, juste au-dessus du sourcil droit. Sam sentit son estomac se nouer en la voyant. L'une des pommettes de Dave était manifestement cassée, et la poignée de l'extincteur avait laissé son empreinte, du même côté, en lignes nettes de meurtrissures sanglantes. On aurait dit un tatouage.

« Il faut l'amener à l'hôpital, Sam !

— Croyez-vous qu'elle va nous laisser sortir, maintenant ? » demanda-t-il. Et comme pour répondre à cette question, un gros livre — le volume T de *The Oxford English Dictionary* — vola vers eux, surgissant comme un bolide de l'obscurité. Sam tira Naomi à lui, et ils s'étalèrent tous les deux dans l'allée poussiéreuse. Trois kilos de *tailler, terrible, torsion, travail* et *tuer* franchirent l'espace à l'endroit précis où se trouvait la tête de Naomi, une fraction de seconde auparavant, heurtèrent le mur et s'effondrèrent sur le sol en un tas pyramidal désordonné.

De l'ombre, leur parvint un rire suraigu. Sam se redressa à temps sur les genoux pour apercevoir une forme bossue s'engouffrer dans une allée, de l'autre côté des étagères renversées. *Ça change encore. En quoi ? Dieu seul le sait,* se dit Sam. La silhouette vira à gauche et disparut.

« Attrapez-la, Sam », fit Naomi d'une voix étranglée. Elle saisit l'une de ses mains. « Attrapez-la, je vous en prie, attrapez-la.

— Je vais essayer. » Il se leva, enjamba le corps de Dave et s'enfonça dans les ombres plus profondes, au-delà du casier renversé.

10

L'odeur avait de quoi rendre fou — l'arôme de la lavande en sachet mélangé aux relents poussiéreux des livres accumulés avec les ans. Ce remugle, confondu avec le grondement de locomotive du vent, dehors, lui donnait l'impression d'être comme le voyageur, dans *La machine à explorer le temps,* de H. G. Wells... et que la bibliothèque, dont la vaste masse l'entourait, était cette machine elle-même.

Il s'avança lentement dans l'allée, pétrissant nerveusement la boule de guimauve rouge dans sa main gauche. Les livres l'entouraient de partout et semblaient lui faire les gros yeux. Ils grimpaient jusqu'à une hauteur de deux fois sa taille. Il entendait couiner ses chaussures sur le vieux lino.

« Où êtes-vous ? cria-t-il. Si vous me voulez, Ardelia, il faut venir me prendre ! Je suis juste ici ! »

Pas de réponse. Mais elle allait devoir se montrer tôt ou tard, non ? Si Dave avait raison, elle était en cours de métamorphose, et ne disposait que de peu de temps.

Minuit. Le Policier des Bibliothèques m'a donné jusqu'à minuit ; c'est donc peut-être le temps dont elle dispose. Mais cela fait encore plus de trois heures et demie... Dave ne peut pas attendre aussi longtemps.

Puis une autre pensée, encore moins agréable, lui vint à l'esprit : et si Ardelia revenait vers Naomi et Dave en faisant un détour, pendant qu'il perdait son temps dans ces allées sombres ?

Il arriva à l'extrémité de celle dans laquelle il se trouvait, tendit l'oreille, n'entendit rien, et se glissa dans la suivante. Vide. Il entendit comme un faible murmure au-dessus de lui et leva la tête au moment où une demi-douzaine de gros bouquins lui dégringolaient dessus, de l'étagère la plus haute. Il bondit en arrière avec un cri, et les livres vinrent le frapper aux cuisses tandis que le rire dément d'Ardelia partait depuis l'autre côté du casier.

Il l'imaginait, accrochée là-haut comme une araignée gorgée de venin, et son corps parut agir avant que son esprit eût le temps de réfléchir. Il pivota sur les talons comme un soldat ivre tentant un demi-tour de parade et se jeta dos contre les étagères. Le rire se transforma en un hurlement de peur et de surprise lorsque le rayonnage de livres s'inclina sous le poids de Sam. Il entendit un bruit étouffé et flasque, celui de la chose qui venait de se jeter de son perchoir. Une seconde plus tard, le rayonnage s'effondrait.

Sam n'avait pas prévu ce qui se passa alors : les étagères qu'il avait renversées, non seulement bombardèrent l'allée suivante d'une avalanche de livres, mais allèrent heurter le rayonnage suivant, lequel fit de même pour le troisième, le troisième pour le quatrième ; tous se renversaient comme des dominos, dans cet énorme secteur sombre qui servait de réserve, faisant un vacarme infernal et éparpillant leur contenu, des *Œuvres* de Marriot jusqu'aux *Contes* des frères Grimm. Il entendit Ardelia hurler sans fin, et il se lança sur le premier rayonnage qu'il avait renversé ; il l'escalada comme une échelle, chassant les livres à coups de pied pour trouver une prise, se tirant plus haut d'une seule main.

Il sauta de l'autre côté et découvrit une créature blanchâtre aux infernales déformations, qui tentait de s'arracher au jeu de jonchets constitué par un empilement d'atlas et de livres de voyage. Ça avait des cheveux blonds et des yeux bleus, mais la ressemblance avec quelque chose d'humain s'arrêtait là. Toute illusion était dissipée. La créature était une chose nue et obèse, dotée de bras et de jambes qui paraissaient se terminer en griffes articulées. Un sac de chair pendait à son cou, comme un goitre dégonflé. Des fibres, blanches et fines, tournoyaient autour de son corps. Elle avait quelque chose d'horriblement coléoptérien et Sam se sentit soudain crier intérieurement — cri silencieux, atavique, qui paraissait rayonner le long de ses os. Il éprouvait de la répulsion, mais tout aussi vite, sa terreur s'évanouit ; maintenant qu'il pouvait voir la chose telle qu'elle était, ce n'était pas si terrible.

Puis elle se mit de nouveau à se métamorphoser, et le sentiment de soulagement de Sam se dissipa. La chose n'avait pas exactement un visage, mais au-dessous des yeux bleus exorbités, une forme cornue commença à surgir, poussant sur cette tête de foire aux monstres comme une trompe d'éléphant, pour l'instant réduite à un chicot. Les yeux s'étirèrent sur le côté, s'asiatisant avant de s'insectiser. La protubérance émettait des reniflements en se tendant vers lui.

Elle était couverte de fils poussiéreux qui ondulaient.

Une partie de lui-même avait envie de fuir — lui hurlait de ficher le camp — mais le reste voulait faire face. Et lorsque le proboscide charnu de la chose le toucha, Sam ressentit quelle était sa puissance. Il fut pris d'une sorte de léthargie, dans laquelle il se disait qu'il n'avait qu'à rester tranquille et attendre que ça se passe. Le vent n'était plus qu'un hululement lointain et rêveur. Il avait un effet apaisant, comme le ronflement de l'aspirateur lorsqu'il était tout petit.

« Sam ? » l'appela Naomi. Mais sa voix était lointaine, sans importance. « Ça va bien, Sam ? »

S'était-il imaginé qu'il l'aimait ? C'était idiot. Parfaitement ridicule, si l'on y pensait un instant... tout allait mieux, quand on regardait les choses en face.

Cette créature... était une mine d'histoires.

D'histoires passionnantes.

Tout le corps de plastique blanc de la créature se concentrait maintenant sur le proboscide ; il s'y introduisait, et la trompe s'allongeait. La chose se transforma en un tube unique, le reste de son corps pendant, aussi inutile et abandonné que le goitre, un moment auparavant. Toute sa vitalité affluait dans la corne de chair, le conduit par lequel elle allait aspirer et sucer la vitalité et l'essence de Sam.

Et c'était délicieux.

Le proboscide remonta doucement le long des cuisses de Sam, pressa brièvement son entrejambe et s'éleva plus haut, caressant son ventre.

Sam tomba à genoux pour lui donner accès à son visage. Il sentit ses yeux le picoter agréablement un instant tandis qu'un liquide, pas des larmes, quelque chose de plus épais, commençait à s'en écouler.

Le proboscide se referma sur ses yeux ; il voyait un pétale de chair rose s'ouvrir et se refermer avidement à l'intérieur. A chaque fois qu'il s'ouvrait, il révélait des ténèbres de plus en plus profondes au-delà. Puis il se referma, formant un trou en son centre, un tube à l'intérieur du tube, et se mit à glisser avec une lenteur sensuelle sur ses lèvres, ses joues, vers le fluide gluant. Deux yeux déformés, bleu foncé, le fixaient avec avidité.

Mais l'amende était payée.

Faisant appel à ses ultimes ressources d'énergie, Sam referma la main sur le proboscide. Il était chaud et venimeux. Les petits filaments charnus qui le recouvraient lui piquaient la paume.

La surprise fit tressaillir la chose qui essaya de se rétracter. Un instant, Sam faillit perdre sa prise ; mais il referma les doigts en poing, enfonçant ses ongles dans la chair malsaine.

« Tiens ! hurla-t-il. Tiens, j'ai quelque chose pour toi, saloperie ! je te l'ai amené tout droit de Saint Louis ! »

De la main gauche, il enfourna violemment la boule collante de guimauve rouge dans l'extrémité du proboscide, qu'il obtura comme les garnements, il y avait si longtemps, avaient bouché le pot d'échappement de la Pontiac de Tommy Reed. La chose essaya de hurler mais ne put émettre qu'un bourdonnement étouffé ; puis elle tenta de nouveau d'échapper à l'empoignade de Sam. La boule de guimauve gonflait comme un pinçon rempli de sang, à l'extrémité de son groin agité de convulsions.

Sam se souleva sur les genoux et, tenant toujours le tube charnu tressaillant dans la main, se jeta de tout son poids sur la chose-Ardelia. Elle se tordait et pulsait sous lui, dans son effort pour le repousser. Ils roulèrent plusieurs fois l'un sur l'autre au milieu des empilements de livres. La chose avait une force terrifiante. A un moment donné, Sam se retrouva œil contre œil avec elle et faillit bien rester pétrifié par la haine et la panique qu'il lut dans son regard.

Puis il la sentit qui commençait à gonfler.

Il la lâcha et recula sur lui-même, haletant. La chose avait maintenant l'air, au milieu de l'allée jonchée de livres, d'un grotesque ballon de plage, affublé d'une trompe et couvert de poils fins qui se balançaient comme des algues dans la marée montante. Elle roula sur elle-même, le proboscide se mettant à enfler comme un tuyau de lance d'incendie auquel on aurait fait un nœud. Sam regardait, paralysé par l'horreur et la fascination, la chose qui s'était fait appeler Ardelia Lortz s'étouffer sur ses propres viscères bouillonnants.

Des vaisseaux gonflés de sang et d'un rouge brillant tendaient de plus en plus sa peau. Ses yeux s'exorbitaient, tournés vers Sam avec une expression de surprise hébétée. Elle fit un ultime effort pour expulser la boule molle de guimauve, mais le proboscide avait été trop largement ouvert, et la pâte gluante restait coincée.

Sam comprit ce qui allait se produire et s'abrita le visage du bras, une seconde avant l'explosion.

Des fragments de chair n'ayant rien d'humain volèrent dans tous les sens. Des lanières d'un sang épais éclaboussèrent les bras, le torse et les jambes de Sam. Ecœurement et soulagement se mêlaient dans le cri qu'il poussa.

L'instant suivant, la lumière de secours vacilla et s'éteignit, les plongeant de nouveau dans une obscurité totale.

11

Une fois de plus la période de noirceur fut très brève, mais dura suffisamment pour que Sam sentît le changement. Il l'éprouva dans sa tête — sensation de choses disjointes se remettant d'un seul coup en place. Lorsque les lampes de secours se rallumèrent, elles étaient quatre. Les batteries n'émettaient qu'un ronronnement bas de contentement, non un bourdonnement bruyant, et les ampoules, très brillantes, chassaient les ombres jusque dans les derniers recoins de la salle. Il ignorait si le monde de 1960 dans lequel ils étaient entrés lorsque la lampe à arc de sodium avait laissé la place à celle à vapeur de mercure avait été réel ou illusoire, mais il savait au moins qu'il s'était évanoui.

Les rayonnages renversés étaient de nouveau debout. Il y avait une douzaine de livres éparpillés sur le sol dans l'allée, mais il avait pu les renverser lui-même en se débattant pour se remettre debout. A l'extérieur, les hurlements de la tempête avaient cédé la place à un léger murmure. Sam avait l'impression qu'une petite pluie paisible susurrait sur le toit.

La chose-Ardelia avait disparu. Il n'y avait aucune éclaboussure sanglante, aucun fragment de chair, ni sur lui ni autour de lui.

Il ne restait qu'une trace d'elle : une unique boucle d'oreille, qui semblait clignoter pour attirer son attention.

Sam se redressa avec peine, chancelant, et la chassa d'un coup de pied. Puis un voile gris tomba devant ses yeux qu'il ferma ; il oscilla sur lui-même et se demanda s'il allait ou non s'évanouir.

« Sam ! » c'était Naomi ; on aurait dit qu'elle avait des larmes dans la voix. « Où êtes-vous, Sam ?

— Par ici ! » Il prit une poignée de ses propres cheveux dans la main et tira fort. Stupide, sans doute, mais ça marcha. Le voile gris, s'il ne se dissipa pas entièrement, s'éloigna. Il commença à revenir vers le bureau près de l'entrée, marchant à grandes enjambées prudentes.

C'était toujours le même meuble, un bloc de bois sans grâce aux pieds trop courts, mais la lampe démodée avec son abat-jour à glands avait cédé la place à un tube fluo. La machine à écrire branlante et l'index sur tambour avaient cédé la leur à un ordinateur Apple. Et, s'il n'avait pas été sûr, déjà, de l'époque dans laquelle il se trouvait, les cartons, sur le sol, auraient fini de le convaincre : ils étaient pleins de billes de plastique expansé.

Naomi se tenait toujours agenouillée à côté de Dave, à l'extrémité de l'allée ; lorsque Sam le rejoignit, il constata que l'extincteur (en dépit des trente années passées, on aurait toujours dit le même) était de nouveau solidement accroché à son montant... mais la forme de sa poignée était toujours imprimée dans la joue et le front de Dave.

Celui-ci avait les yeux ouverts, et il sourit lorsqu'il vit Sam. « Pas... mal, murmura-t-il. Je ne me serais jamais douté... que vous aviez ça... en vous. »

Sam éprouva une fabuleuse et enivrante sensation de soulagement. « Moi non plus... » Il se pencha et présenta trois doigts devant les yeux de Dave. « Combien en voyez-vous ? demanda-t-il.

— Environ... soixante-quatorze.

— Je vais appeler l'ambulance », dit Naomi. Elle voulut se lever, mais la main gauche de Dave l'arrêta en la saisissant par le poignet.

« Non, pas encore (ses yeux se tournèrent vers Sam). Penchez-vous. Je ne peux pas parler fort. »

Sam s'inclina vers le vieil homme, qui passa une main tremblante derrière sa nuque. Les lèvres de Dave vinrent chatouiller le lobe de l'oreille de Sam, qui dut faire un effort pour ne pas s'écarter — ça chatouillait vraiment. « Sam, murmura-t-il. Elle attend. Souvenez-vous... elle attend.

— Comment ? demanda Sam, tout déboussolé. Que voulez-vous dire, Dave ? »

Mais la main du vieil homme venait de retomber. Il regardait vers Sam, à travers Sam, et sa poitrine s'élevait et s'abaissait rapidement, à petits coups.

« J'y vais, fit Naomi, manifestement bouleversée. Il y a un téléphone là-bas, sur le bureau.

— Non ! » dit Sam.

Elle se tourna vers lui, le foudroyant du regard, les lèvres étirées en arrière, de fureur, sur ses dents bien rangées et blanches. « Que voulez-vous dire, non ? Etes-vous fou ? Il a une fracture du crâne, au moins et il-

— Il va partir, Sarah, la coupa doucement Sam. Dans très peu de temps. Restez avec lui. Soyez son amie. »

Naomi se tourna vers Dave, et vit ce que Sam avait vu. La pupille de l'œil gauche était réduite à une tête d'épingle, tandis que celle du droit était agrandie et fixe.

« Dave, murmura-t-elle, effrayée. Dave ? »

Mais Dave regardait toujours Sam. « N'oubliez pas, dit-il dans un souffle. Elle att- »

Son regard se pétrifia. Sa poitrine s'éleva encore une fois... s'abaissa... et ne se releva pas.

Naomi commença à sangloter. De la main, elle ferma les yeux de son vieil ami. Sam s'agenouilla à côté d'elle, saisi de douleur, et passa un bras autour de sa taille.

CHAPITRE QUINZE

ANGLE STREET (III)

1

Cette nuit-là et la suivante furent sans sommeil pour Sam Peebles. Il gisait dans son lit, éveillé, toutes les lumières du premier étage allumées, et pensait aux derniers mots de Dave Duncan : *elle attend.*

Vers l'aube du deuxième jour, il commença à soupçonner qu'il comprenait ce qu'avait essayé de dire le vieil homme.

2

Sam avait cru que Dave serait enterré près de l'église baptiste de Proverbia, mais découvrit, un peu surpris, qu'il s'était converti au catholicisme à un moment donné, entre 1960 et 1990. Le service religieux eut lieu à l'église Saint-Martin le onze avril, une journée venteuse durant laquelle alternèrent les nuages et un froid soleil de début de printemps.

Il y eut ensuite une réception à Angle Street. Près de soixante-dix personnes s'y trouvaient déjà, allant et venant dans les pièces du rez-de-chaussée ou rassemblées en petits groupes, lorsque Sam arriva. Toutes avaient connu Dave et en parlaient avec humour, respect et un réel amour. On buvait de la ginger ale sans alcool dans des gobelets de plastique en mangeant de petits sandwichs. Sam passait de groupe en groupe, échangeant quelques mots ici et là, mais sans s'arrêter pour bavarder. Il sortait rarement la main de la poche de son veston sombre. Il s'était arrêté au Piggly Wiggly, en venant à l'église, et cette poche contenait maintenant une demi-douzaine de paquets de cellophane, deux rectangulaires, et quatre longs et minces.

Sarah n'était pas là.

Sur le point de partir, il repéra Lukey et Rudolph assis ensemble dans un coin. Il y avait un jeu de cribbage devant eux, mais ils ne paraissaient pas jouer.

« Salut, les gars, dit Sam en s'approchant. Je suppose que vous ne vous souvenez pas de moi-

— Bien sûr que si, l'interrompit Rudolph. Pour qui que vous nous prenez ? Des tarés ? Vous êtes l'ami de Dave. Vous êtes venu le jour où on faisait les affiches.

— Exact ! dit Lukey.

— Vous avez trouvé vos livres ?

— Oui, répondit Sam avec un sourire. J'ai fini par les trouver.

— Parfait ! » s'exclama Lukey.

Sam sortit les quatre paquets longs et minces de sa poche. « Je vous ai apporté quelque chose, les gars. »

Lukey jeta un coup d'œil, et son regard s'alluma. « Des Slim Jim, Dolph ! s'écria-t-il avec un sourire ravi. Regarde ! Le petit ami de Sarah nous a apporté des foutus Slim Jim ! Super !

« Hé, donne-moi ça, vieux poivrot, fit Rudolph, en les lui subtilisant d'un geste vif. Cette tête de nœud va te vous les bouffer tous d'un coup et chier au lit cette nuit, vous comprenez », ajouta-t-il à l'intention de Sam. Il déballa l'un des Slim Jim et le tendit à Lukey. « Tiens, prends ça, crétin. Je garderai les autres pour toi.

— Tu peux en prendre un, Dolph. Vas-y.

— Tu sais bien que non. Ces trucs-là me brûlent par les deux bouts. »

Sam ignora cette petite comédie. Il observait intensément Lukey. « Le petit ami de Sarah ? Qui vous a dit ça ? »

Lukey engloutit la moitié d'un Slim Jim en une fois et leva les yeux. Il avait un air à la fois amusé et rusé. Il mit un doigt le long de son nez et dit : « Les choses se savent vite, quand on est dans le Programme, l'Ami Jim. Oh oui, très vite.

— Il ne sait pas ce qu'il raconte, m'sieur, intervint Rudolph, vidant son gobelet de ginger ale. Il fait juste claquer ses gencives parce qu'il aime le bruit que ça fait.

— C'est toi qui racontes des conneries ! protesta Lukey, en prenant une nouvelle bouchée géante. Je le sais parce que Dave me l'a dit ! la nuit dernière ! J'ai fait un rêve, il y avait Dave, et il m'a dit que ce type était l'amoureux de Sarah !

— Où est Sarah ? demanda Sam. Je croyais la trouver ici. »

C'est Rudolph qui répondit. « Elle m'a parlé après la bénédiction. Elle m'a dit que vous sauriez où la trouver plus tard, si vous vouliez la voir. Elle a dit que vous l'aviez déjà vue là une fois.

— Elle aimait vraiment beaucoup Dave », dit Lukey. Une grosse larme se forma soudain à son œil et roula sur sa joue. Il l'essuya du revers de la main. « On l'aimait tous. Dave voulait tellement s'en sortir. C'est trop bête, vous savez. C'est vraiment trop bête. » Et soudain, Lukey éclata en sanglots.

« Ecoutez, il y a une chose que je veux vous dire », dit Sam. Il s'accroupit à côté de Lukey et lui tendit son mouchoir. Il se sentait lui-même sur le point de pleurer, et il était terrifié à l'idée de ce qu'il avait à faire... ou devrait essayer de faire. « Il y est arrivé, à la fin. Il est mort sans avoir bu. Quoi qu'on vous raconte, raccrochez-vous à ça, parce que je sais que c'est vrai. Il est mort à jeun.

— Amen, fit Rudolph d'un ton de respect.

— Amen, répéta Lukey, rendant son mouchoir à Sam. Merci.

— Je vous en prie.

— Dites, vous n'auriez pas encore un de ces foutus Slim Jim, par hasard ?

— Eh non, répondit Sam avec un sourire. Vous savez bien ce qu'on dit, Lukey. Un, c'est déjà trop, et mille, jamais assez. »

Rudolph se mit à rire. Lukey sourit, puis posa une fois de plus l'index le long de son nez.

« Et vingt-cinq cents ?... Vous n'auriez pas un quarter qui traîne, non plus ? »

3

La première idée de Sam fut qu'elle était peut-être retournée à la bibliothèque, mais ça ne correspondait pas à ce que Dolph avait dit... Ils s'étaient certes vus à la bibliothèque une fois, au cours de cette terrible nuit qui lui paraissait avoir eu lieu il y a mille ans, mais ils étaient ensemble. Il ne l'y avait pas « vue », à la manière dont on voit quelqu'un à travers une fenêtre, par exemple.

Et soudain, il se souvint de l'endroit où il avait vu Sarah par une fenêtre : ici même, à Angle Street. Elle était au milieu du groupe qui, sur la pelouse du jardin de derrière, faisait ce que font les groupes des AA pour continuer à ne pas boire. Il traversa la cuisine comme il l'avait fait la première fois, saluant quelques autres personnes au passage. Burt Iverson et Elmer Baskin se tenaient au milieu de l'un des petits groupes, consommant des crèmes glacées tout en écoutant, l'air grave, une femme âgée que Sam ne connaissait pas.

Il franchit la porte de la cuisine et se retrouva sur le porche arrière ; il faisait de nouveau gris, et le vent soufflait en rafales. Le jardin était désert, mais Sam crut voir un éclair de couleur pastel au-delà des buissons qui le délimitaient, vers le fond.

Il descendit les marches et s'engagea dans le jardin, sentant son cœur qui battait de nouveau à grands coups. Il glissa la main dans la poche, d'où il ressortit cette fois les deux derniers paquets emballés de cellophane. Ils contenaient de la guimauve rouge Bull's Eye. Il les déchira et commença à les pétrir en boule, une boule bien plus petite que celle qu'il avait fabriquée dans la Datsun, le lundi soir. L'odeur douceâtre était toujours aussi écœurante. Il entendait, au loin, un train qui se rapprochait, et il repensa au rêve qu'il avait fait, dans lequel Naomi devenait Ardelia.

Trop tard, Sam. C'est déjà trop tard. La chose est accomplie.
Elle attend. N'oublie pas, Sam, elle attend.

Les rêves contenaient parfois une bonne part de vérité.

Comment avait-elle survécu pendant l'intervalle ? Pendant toutes ces années ? Ils ne s'étaient jamais posé la question, n'est-ce pas ? Comment effectuait-elle la transition d'une personne à une autre ? Ils ne s'étaient jamais posé celle-là non plus. La chose qui donnait l'illusion d'une femme du nom d'Ardelia Lortz, sous son masque et sa séduction, n'était peut-être rien de plus que l'un de ces papillons qui déposent leur cocon dans la fourche d'un arbre, bien entouré de leur bobine de soie, puis s'envolent pour mourir ailleurs. Dans le cocon, la larve demeure immobile et silencieuse, attendant.

Elle attend.

Sam marchait, toujours triturant la petite boule odorante faite de cette matière que le Policier des Bibliothèques — *son* Policier des Bibliothèques — lui avait volée pour en faire celle de ses cauchemars. La matière qu'il avait de nouveau mystérieusement métamorphosée, avec l'aide de Dave et Naomi, pour en faire celle du salut.

Le Policier des Bibliothèques, blotissant Naomi contre lui. Posant la bouche sur sa nuque, comme pour l'embrasser. Et au lieu de cela, toussant.

Le sac pendant au-dessous du cou de la chose-Ardelia. Mou. Utilisé. Vide.

Par pitié, qu'il ne soit pas trop tard.

Il s'avança au milieu des buissons peu épais. Naomi Sarah Higgins se tenait de l'autre côté, les bras serrés contre la poitrine. Elle lui jeta un bref coup d'œil, et il eut un choc en voyant la pâleur de ses joues et le regard hagard de ses yeux. Le train se rapprochait. Ils n'allaient pas tarder à le voir.

« Bonjour, Sam.

— Bonjour, Sarah. »

Sam passa un bras autour de sa taille. Elle le laissa faire, mais il sentait son corps, contre le sien, rester raide, inflexible, sans le moindre abandon. *Par pitié, pourvu qu'il ne soit pas trop tard.* Il pensa de nouveau à Dave.

Ils l'avaient laissé dans la bibliothèque, après avoir bloqué la porte arrière en position ouverte avec un coin en caoutchouc. Sam, d'une cabine téléphonique, avait signalé cette anomalie. Il avait raccroché lorsque la standardiste lui avait demandé son nom. On avait donc découvert Dave, et bien entendu établi un verdict de mort accidentelle ; les gens en ville (ceux qui prendraient seulement le temps d'y penser une seconde) feraient l'incontournable remarque : encore un vieux poivrot parti biberonner au grand alambic céleste. On considérerait comme évident qu'il s'était enfourné dans l'allée, une cruche à la main, qu'il avait vu la porte ouverte, erré ici et là, et était tombé contre l'extincteur, dans l'obscurité. Point final. Les résultats de l'autopsie, zéro pour cent d'alcool dans le sang, n'y changeraient rien, même pas pour la police, probablement. *Les gens s'attendent à ce qu'un poivrot meure comme un poivrot*, songea Sam, *même quand ce n'est pas le cas.*

« Comment vous sentez-vous, Sarah ?

— Pas si bien que ça, Sam. Pas bien du tout, même. Je n'arrive pas à dormir... je ne peux rien avaler... on dirait que j'ai la tête pleine des pensées les plus horribles... Des pensées qui semblent ne pas m'appartenir du tout... Et j'ai envie de boire. C'est le pire. J'ai envie de boire, boire, boire. Les réunions ne m'aident pas. Pour la première fois de ma vie, les réunions ne m'aident pas. »

Elle ferma les yeux et commença à pleurer. Des sanglots sans force, donnant une horrible impression de déréliction.

« Non, acquiesça-t-il doucement. Ils ne peuvent pas. Et on peut imaginer qu'elle serait ravie si vous recommenciez à boire. Elle attend... mais cela ne signifie pas qu'elle ne soit pas affamée. »

Naomi ouvrit les yeux et le regarda. « Qu'est-ce... de quoi parlez-vous, Sam ?

— De la persistance, je crois. De la persistance du mal. De sa manière d'attendre. De ses ruses, de son côté si déconcertant. »

Il leva la main et l'ouvrit lentement. « Est-ce que vous reconnaissez cela, Sarah ? »

Elle eut un mouvement de recul en voyant la boule de guimauve rouge posée sur sa paume. Pendant un instant, ses yeux, agrandis, furent bien éveillés. Un éclat de haine et de peur y brilla.

Un éclat de couleur argentée.

« Jetez ça ! murmura-t-elle. Jetez-moi cette cochonnerie ! » Sa main fila, protectrice, vers sa nuque, sous la masse de ses cheveux brun-roux.

« C'est à vous que je parle, reprit Sam d'un ton calme. Pas à elle, mais à vous. Je vous aime, Sarah. »

Elle le regarda de nouveau, et l'air affreusement épuisé revint dans ses yeux. « Oui, dit-elle, c'est possible. Et vous feriez peut-être mieux d'apprendre à y renoncer.

— Je veux que vous fassiez quelque chose pour moi, Sarah. Je veux que vous me tourniez le dos. Un train arrive. Vous allez le regarder passer, et vous ne vous retournerez pas vers moi tant que je ne vous l'aurai pas dit. Pouvez-vous faire cela ? »

La lèvre supérieure de la jeune femme se souleva. L'expression de haine et de peur mêlées envahit de nouveau son visage hagard. « Non ! Laissez-moi ! Allez-vous-en !

— Est-ce bien ce que vous voulez ? Vraiment ? Vous avez pourtant dit à Dolph où je vous trouverais. Sarah. Voulez-vous vraiment que je parte ? »

Ses yeux se refermèrent. Sa bouche se rétracta en un arc d'angoisse. Lorsque ses paupières s'écartèrent de nouveau, les larmes en débordaient et son regard était plein d'une terreur sans nom. « Oh, Sam, aidez-moi ! Il y a quelque chose qui ne va pas du tout et je ne sais pas ce que c'est, ni ce que je dois faire.

— Je sais ce qu'il faut faire, moi. Ayez confiance en moi, Sarah et confiance en ce que vous avez dit vous-même lorsque nous étions en route pour la bibliothèque, lundi soir. Honnêteté et confiance. Deux choses qui sont à l'inverse de la peur. Honnêteté et confiance.

— Pourtant, c'est dur, murmura-t-elle. C'est dur d'avoir confiance. C'est dur de croire. »

Il la regarda sans détourner les yeux.

La lèvre supérieure de Naomi se retroussa de nouveau, soudainement, tandis que sa lèvre inférieure se tendait en avant, roulée sur elle-même, ce qui lui donna un instant une forme allongée comme une corne. « Allez vous faire foutre ! glapit-elle. Tirez-vous et allez vous faire foutre, Sam Peebles ! »

Le regard de Sam ne cilla pas.

Elle porta les mains à ses tempes et pressa. « Je n'ai jamais voulu dire ça. Je ne sais pas pourquoi je l'ai dit. Je... ma tête... Sam, ma pauvre tête ! J'ai l'impression qu'elle se fend en deux. »

Le train siffla au moment où il traversa la rivière Proverbia pour rouler vers Junction City. C'était le convoi de marchandises du milieu de l'après-midi, celui qui passait sans s'arrêter et fonçait vers les entrepôts d'Omaha. Sam l'apercevait déjà.

« Il ne reste pas beaucoup de temps, Sarah. Il faut que ce soit maintenant. Tournez-vous et regardez le train. Regardez-le arriver.

— Oui, fit-elle brusquement. D'accord. Faites ce que vous voulez faire, Sam. Et si vous voyez... si vous voyez que ça ne marche pas... Poussez-moi devant le train. Vous appellerez alors les autres et vous direz que j'ai sauté... que c'était un suicide. » Elle le regarda, l'expression suppliante ; une mortelle fatigue se lisait dans ses yeux et sur son visage épuisé. « Ils savent que j'avais des problèmes — ceux du Programme. C'est impossible de dissimuler ses sentiments, devant eux. Ils vous croiront si vous leur dites que j'ai sauté, parce que je ne veux pas que ça continue comme ça. Mais ce qu'il faut savoir, Sam... ce qu'il faut savoir c'est que dans peu de temps, je crois que j'aurai justement envie que ça continue comme ça.

— Calmez-vous, répondit-il. Il n'est pas question de suicide. Regardez le train, Sarah, et souvenez-vous que je vous aime. »

Elle se tourna vers la voie ferrée. Le convoi était à environ un kilomètre et arrivait vite. Elle porta de nouveau les mains à la nuque et souleva sa chevelure. Sam se pencha... et y vit ce qu'il cherchait, blotti haut à la racine des premiers cheveux, sur la peau impeccablement blanche. Il savait que la moelle épinière se trouvait à un centimètre à peine en dessous, et il sentit son estomac se nouer de répugnance.

« *Laissez-moi tranquille !* » cria soudain Ardelia Lortz par la bouche de la femme que Sam en était venu à aimer. « *Laissez-moi tranquille, espèce de salopard !* » Mais les mains de Sarah ne bougèrent pas et maintinrent sa chevelure relevée, lui livrant accès.

« Pouvez-vous lire le numéro de la locomotive, Sarah ? » murmura-t-il.

Elle poussa un gémissement.

Il enfonça le pouce dans la boule molle de guimauve rouge, pour y pratiquer un puits légèrement plus large que le parasite tapi sur le cou de Naomi. « Lisez-moi les chiffres, Sarah. Les chiffres.

« Deux... six... oh, Sam, ma tête me fait mal... on dirait que d'énormes mains essaient de me fendre le crâne en deux...

— Lisez les chiffres, Sarah », répéta-t-il doucement, jetant la boule de guimauve sur cette excroissance obscène et animée de pulsations.

« Cinq... neuf... cinq... »

Il referma délicatement la pâte rouge et molle sur le parasite, qu'il sentit soudain s'agiter et se tortiller sous la couche sucrée. *Et si jamais ça éclate ? Et si jamais ça éclate avant que je puisse le décoller ? C'est du concentré de venin Ardelia Lortz, tout ça... et si jamais il se déchire avant ?*

Le train siffla de nouveau. Le vacarme étouffa le cri de douleur de Sarah.

« *Du calme...* »

Il retira la boulette de guimauve tout en la refermant sur elle-même. Il tenait la chose ; elle était prisonnière de la pâte de confiserie, agitée de pulsations frénétiques comme quelque cœur minuscule et malade. Sur la nuque de Sarah, on voyait trois piqûres noires, de la taille d'une tête d'épingle.

« C'est parti ! s'écria-t-elle. Sam, c'est parti !

— Pas encore », répliqua Sam d'un ton dur. Il tenait de nouveau la boulette de guimauve sur sa paume, et une bulle s'efforçait d'en crever la surface.

Le train franchissait en ferraillant le dépôt de Junction City, le dépôt où un homme du nom de Brian Kelly avait autrefois jeté quatre sous à Dave Duncan en lui disant d'aller se faire pendre ailleurs. Grondait à moins de trois cents mètres et se rapprochait rapidement.

Sam passa devant Sarah et s'agenouilla près du rail.

« Qu'est-ce que vous faites, Sam ? »

« A toi de jouer, Ardelia, murmura-t-il. Essaie donc celui-là. » Il gifla l'acier brillant de la boule de guimauve animée de pulsations.

Dans sa tête, il entendit un hurlement indescriptible de fureur et de rage rentrées. Il se releva et recula, regardant la chose prisonnière de la guimauve se débattre et pousser. La pâte se fendit... il vit quelque chose d'un rouge plus sombre, à l'intérieur, qui s'efforçait de se dégager... puis le 14 h 20 pour Omaha fondit dessus, dans le martèlement d'une tempête contrôlée de pistons et de roues.

La guimauve disparut, et à l'intérieur de la tête de Sam Peebles, le cri perçant s'interrompit d'un seul coup, comme coupé au couteau.

Il recula et se tourna vers Sarah. Elle oscillait sur elle-même, les yeux agrandis, rayonnant d'une joie hébétée. Il passa un bras autour de sa taille et la tint tandis que les wagons, fermés, à plate-forme, à citernes, défilaient dans un grondement de tonnerre, et que l'air déplacé agitait leur chevelure.

Ils restèrent ainsi jusqu'au passage du wagon de queue, dont ils regardèrent les petites lumières rouges s'éloigner vers l'ouest. Puis elle se recula un peu, sans sortir du cercle de ses bras, et le regarda.

« Je suis bien libre, Sam ? Vous m'en avez vraiment débarrassé ? C'est ce que je *ressens*, mais j'ai de la peine à y croire.

— Vous êtes bien libre, oui. Votre amende est payée, à vous aussi, Sarah. Pour l'éternité, votre amende est payée. »

Elle approcha son visage du sien et commença à couvrir ses

lèvres, ses joues et ses yeux de petits baisers. Elle ne ferma pas les paupières, pendant ce temps, et ne cessa de le regarder gravement.

Il finit par lui prendre la main et dit : « Et si nous retournions à l'intérieur, présenter nos devoirs ? Vos amis vont se demander où vous êtes passée.

— Ils pourront être aussi vos amis, Sam... si vous le désirez. »

Il acquiesça. « Je le désire, je le désire beaucoup.

— Honnêteté. Honnêteté et confiance, fit-elle en le touchant à la joue.

— Vos propres paroles. » Il l'embrassa de nouveau, puis lui offrit le bras. « Acceptez-vous de faire quelques pas avec moi, madame ? »

Elle glissa la main sous le bras offert. « Quelques pas, seulement ? Tous mes pas. Toujours, monsieur. »

Et bras dessus, bras dessous, ils retournèrent lentement, par la pelouse, jusqu'à Angle Street.

Le molosse surgi du soleil

A LA MÉMOIRE DE
JOHN D. McDONALD.
TU ME MANQUES,
VIEILLE BRANCHE...
ET QUANT
AUX TIGRES,
TU AVAIS RAISON.

MINUIT QUATRE

NOTE SUR
« LE MOLOSSE
SURGI DU SOLEIL »

Il y a toujours de temps en temps quelqu'un pour me demander, « Mais enfin, Steve, quand en auras-tu assez de ces histoires d'horreur, et te mettras-tu à écrire quelque chose de sérieux ? »

Je me suis longtemps offert l'illusion de croire que l'insulte sous-entendue par cette question était purement accidentelle ; mais avec les années, je suis de plus en plus convaincu qu'elle ne l'est pas. Je regarde la tête des gens qui balancent cette vanne et, figurez-vous, la plupart me font penser à des bombardiers qui attendent de voir si leur dernière fournée s'est perdue dans la nature ou est tombée en plein sur leur objectif, usine ou dépôt de munitions.

Le fait est que presque tout ce que j'ai écrit, y compris mes textes les plus drôles, l'a été dans un état d'esprit des plus sérieux. Je n'ai guère de souvenirs de m'être trouvé assis devant ma machine à écrire, pris d'un fou rire incontrôlable à l'idée des impayables et délirantes âneries que je venais de moudre. D'accord, je ne serai jamais ni Reynolds Price ni Larry Woiwode — ce n'est pas mon genre —, mais cela ne signifie pas que je ne me soucie pas aussi sincèrement qu'eux de ce que j'écris. Je dois faire ce que je *peux*, cependant, comme l'a remarqué un jour Nils Lofgren : « Mon sale moi-même, voilà ce qu'il faut que je sois... sans chercher d'entour-loupe. »

Si pour vous *réel*, au sens de QUELQUE CHÒSE QUI POURRAIT RÉELLEMENT ARRIVER, est votre définition d'une histoire sérieuse, vous vous êtes trompé de livre et pouvez changer de crémerie. Mais pendant que vous rassemblez vos affaires, dites-vous que je ne suis pas le seul à exploiter cette veine particulière. Franz Kafka en a extrait quelques beaux joyaux, ainsi que George Orwell, Shirley Jackson, Jorge Luis Borgès, Jonathan Swift ou Lewis Caroll. Un coup d'œil à la liste de ceux qui vont actuellement au charbon nous donne les noms de Thomas Berger, Ray Brabdury, Jonathan Carroll, Thomas Pynchon, Thomas Disch, Kurt Vonnegut Jr., Peter Straub, Isaac Bashevis Singer, Joyce Carol Oates, Katherine Dunn et Mark Halpern.

C'est pour les raisons les plus sérieuses que je fais ce que je fais : amour, argent, obsession. Conter l'irrationnel reste la manière la plus saine que je connaisse d'exprimer l'univers dans lequel je vis. Ces contes me servent d'instruments de métaphore et de morale ; ils continuent d'être pour moi la meilleure introduction à la question de savoir comment nous percevons les choses et à son corollaire, notre comportement sur la base de ces perceptions. J'ai exploré ces questions aussi bien que je l'ai pu dans les limites de mon talent et de mon intelligence. Je ne suis pas un rafleur de prix littéraires, soit ; mais il n'empêche : je suis sérieux. Et même si vous ne devez rien croire d'autre, soyez au moins persuadé de ceci : lorsque je vous prends par la main et commence à parler, mon ami, je crois chacun des mots que je prononce.

Beaucoup de choses que j'ai à dire — ces Choses Réellement Sérieuses — ont à voir avec le monde des petites villes dans lequel j'ai été élevé et où je vis encore. Histoires et romans sont des modèles réduits de ce que nous appelons par dérision la « vie réelle », et je crois que la vie, telle qu'elle est vécue dans les petites

villes, est un modèle réduit de ce que nous appelons par dérision
« la société ». Cette idée prête certainement à discussion, et je n'ai
rien contre la discussion (sans elle, bien des profs de littérature et
bien des critiques seraient au chômage) ; je prétends simplement
qu'un écrivain a besoin d'une sorte de site de lancement et, tout en
croyant fermement qu'une histoire peut honorablement exister en
soi, l'idée de la petite ville comme microcosme social et psychologique est de moi. J'ai commencé mes expériences en ce domaine avec
Carrie, et j'ai continué à un niveau plus ambitieux avec *Salem*. Je
n'ai jamais vraiment trouvé mon rythme, cependant, avant *Dead
Zone : l'accident*.

C'était, je crois, la première de mes histoires ayant Castle Rock
comme cadre. Depuis, Castle Rock est de plus en plus devenue
« ma ville », au sens où la cité mythique d'Isola est celle d'Ed
MacBain et où le village de Glory est celle de Davis Grubb. Je m'y
suis trouvé rappelé sans cesse, pour y examiner la vie de ses
résidents et la géographie qui semble gouverner leur existence, entre
lac et colline et dans le lacis de routes, à l'ouest de la ville.

Avec les années, je me suis de plus en plus intéressé, au point d'en
être complètement fasciné, par la vie secrète de cette ville et par
certaines relations cachées qui me semblaient de plus en plus claires.
Une bonne partie de ces histoires n'a pas été publiée, voire n'a
même pas été écrite : comment le shérif George Bannerman a perdu
son pucelage sur le siège arrière de la voiture de feu son père,
comment le mari d'Ophelia Todd a été tué par un moulin à vent
ambulant, comme l'adjoint Andy Clutterbuck a perdu l'index de sa
main gauche (coupé par une pale de ventilateur. C'est le chien de la
maison qui l'a dévoré).

A la suite de *Dead Zone : l'accident*, qui est en partie l'histoire
d'un psychotique, Frank Dodd, j'ai écrit une nouvelle, « Le
corps » ; puis *Cujo*, le roman dans lequel le bon vieux shérif
Bannerman mord la poussière ; ainsi qu'un certain nombre de
nouvelles plus ou moins longues sur la ville (les meilleures d'entre
elles étant, du moins à mon avis, « Mrs Todd's Shortcut » et
« Uncle Otto's Truck »). Tout cela est très bien, mais qu'un auteur
soit en transe devant le lieu qui sert de cadre à ses fictions n'est
peut-être pas ce qu'il y a de mieux pour lui. Ce le fut pour Faulkner
et Tolkien, mais deux exceptions ne font parfois que prouver la
règle ; de plus, je ne joue pas dans le même club.

Si bien qu'à un moment donné j'ai décidé (à un niveau

inconscient tout d'abord, le niveau où a lieu le Travail Vraiment Sérieux) qu'il était temps de refermer le livre sur Castle Rock, où tant de mes personnages préférés ont vécu et sont morts. Assez est assez, en effet. Le moment était venu de déménager (peut-être pour ne pas aller plus loin que Harlow, la porte à côté, ha ! ha !). Mais je refusai de simplement m'esquiver ; je tenais à *mettre un point final* aux choses, à les achever en fanfares.

Peu à peu, j'ai commencé à saisir comment je pourrais y parvenir, et au cours des quatre dernières années, je me suis trouvé embringué dans rien de moins que la rédaction d'une Trilogie de Castle Rock (excusez du peu) : les *dernières* histoires de Castle Rock. Elles n'ont pas été écrites dans l'ordre (je me dis que parfois « dans le désordre » résume l'histoire de ma vie), mais maintenant elles sont couchées sur le papier et elles sont tout ce qu'il y a de plus sérieux... J'espère néanmoins que cela ne signifie pas qu'elles sont du genre minimaliste ou ennuyeux.

La première de ces histoires, *La part des ténèbres,* a été publiée en 1989. Bien que ce soit avant tout l'histoire de Thad Beaumont et qu'elle se passe en grande partie à Ludlow (la ville où habitent les Creed dans *Simetierre),* la ville de Castle Rock est présente dans l'histoire, et le livre sert à introduire le remplaçant du shérif Bannerman, un type du nom d'Alan Pangborn. Le shérif Pangborn est au centre de la dernière histoire de la série, un long roman intitulé *Needful Things,* dont la publication est prévue pour l'année prochaine et qui doit conclure mes démêlés avec l'endroit que ses habitants appellent familièrement The Rock.

Le lien entre ces deux longs récits est l'histoire qui va suivre. Vous ne rencontrerez guère de personnages importants de Castle Rock dans « Le molosse surgi du soleil », mais vous y découvrirez Pop Merril, dont le neveu est le voyou du patelin (ainsi que la *bête noire* de Gordie LaChance dans « Le corps »). « Le molosse... » dresse également le décor pour l'ultime feu d'artifice... et existe, je l'espère, en tant qu'histoire à part entière, susceptible d'être lue avec plaisir, même si vous vous fichez de *La part des ténèbres* et de *Needful Things* comme de votre première chemise.

Reste encore une chose à dire : chaque histoire possède sa propre vie secrète, indépendamment de son cadre, et « Le molosse surgi du soleil » est une histoire d'appareil photo et de photographies. Il y a environ cinq ans mon épouse, Tabitha, a commencé à s'intéresser à la photographie ; elle s'est aperçue qu'elle s'en sortait bien et s'y est mise sérieusement, étudiant et expérimentant (photos, photos, photos). J'ai moi-même pris de mauvais clichés (je fais partie de ces gens qui coupent invariablement la tête de leur modèle, ou bien les prennent la bouche grande ouverte), et j'ai beaucoup de respect pour ceux qui en font de bonnes... c'est quelque chose, en outre, qui me fascine.

Au cours de ses expériences, ma femme s'est procuré un appareil Polaroïd, tellement simple que même un cornichon comme moi arrive à s'en servir. Ce procédé m'a fasciné. J'avais déjà vu et utilisé des Polaroïds, évidemment, mais je n'avais jamais réellement réfléchi à leur spécifité, ni regardé de près les images qu'ils produisent. Plus j'y réfléchissais, plus elles me paraissaient étranges. Après tout, ce ne sont pas simplement des images, mais des instants figés du temps... et elles ont quelque chose de particulier.

Cette histoire m'est venue presque d'un seul coup, un soir de l'été 1987, mais l'élaboration qui a abouti à son écriture a duré pas tout à fait un an. Assez sur moi et mes manies. C'était super d'être une fois de plus avec vous, mais ça ne veut pas dire que je vais vous laisser rentrer tout de suite chez vous.

Je crois qu'on vous attend pour fêter un anniversaire, dans la petite ville de Castle Rock.

CHAPITRE PREMIER

Le 15 septembre était l'anniversaire de Kevin, et il eut exactement le cadeau qu'il souhaitait : un Soleil.

Kevin Delevan fêtait son quinzième anniversaire, et ce « Soleil » était un appareil photo Polaroïd, un Soleil 660, modèle qui fait tout pour le photographe novice, mis à part les sandwichs au saucisson.

Il eut bien entendu d'autres cadeaux ; sa sœur Meg lui offrit une paire de moufles qu'elle avait tricotée elle-même, sa grand-mère de Des Moines lui avait fait parvenir un billet de dix dollars et sa tante Hilda — comme elle le faisait chaque fois — une cravate-cordon avec un horrible fermoir. Elle avait envoyé la première alors que Kevin avait trois ans, ce qui signifiait qu'il possédait déjà douze de ces horribles cordons de rideaux avec leurs horribles fermoirs dans un tiroir de sa commode, et que celui-ci serait le treizième. Il n'en avait jamais porté un seul mais n'était pas autorisé à les jeter. Tante Hilda habitait Portland. Elle n'était jamais venue pour un anniversaire de Kevin ou de Meg, mais pouvait décider un jour de le faire. Dieu sait qu'elle l'aurait pu : Portland n'est qu'à quatre-vingts kilomètres à peine au sud de Castle Rock. Et si jamais elle venait ? Si jamais elle demandait à voir Kevin avec l'une des précédentes cravates ? (Ou Meg avec l'un des précédents foulards ?) Avec certains parents, un mot d'excuse peut suffire. Avec Tante Hilda, c'était différent. Car deux faits essentiels la caractérisaient, et ouvraient des perspectives dorées pour les Delevan : Tante Hilda était Riche, et elle était Agée.

Un jour, la maman de Kevin en était convaincue, elle pourrait faire QUELQUE CHOSE pour Kevin et Meg. Il était sous-entendu que le quelque chose en question interviendrait probablement après que Tante Hilda aurait finalement cassé sa pipe, et se présenterait sous la forme d'une clause dans son testament. En attendant, on considérait judicieux de conserver les horribles cravates-cordons et les tout aussi horribles foulards. Si bien que cette treizième cravate-cordon (avec son fermoir censé représenter, jugea Kevin, un pivert) allait rejoindre les autres, tandis que Kevin écrirait à sa tante un mot de remerciement, non point sous la pression de sa mère et encore moins parce qu'il pensait que sa tante Hilda pourrait peut-être faire QUELQUE CHOSE pour lui et sa sœur plus tard (c'était le dernier de ses soucis), mais parce que c'était un garçon attentionné, d'une manière générale, avec de bonnes habitudes et sans vices réels.

Il remercia tout le monde (son père et sa mère avaient fourni évidemment d'autres cadeaux de moindre valeur — l'appareil photo étant de loin le plus important — et ils étaient ravis de le voir aussi heureux), sans oublier de faire une bise à Meg (elle pouffa et fit semblant de s'essuyer, mais sa joie était également évidente), ni de lui dire que les moufles seraient parfaites pour aller skier cet hiver ; mais l'essentiel de son attention alla au Polaroïd et aux films qui l'accompagnaient.

Il fit généreusement honneur au gâteau d'anniversaire et à la crème glacée, même si l'envie de prendre l'appareil photo et de s'en servir le démangeait manifestement. Dès qu'il put décemment le faire, il s'y mit.

C'est à ce moment-là que les ennuis commencèrent.

Il lut les recommandations du manuel aussi attentivement que son envie de commencer le lui permettait, puis il chargea l'appareil pendant que toute la famille l'observait, impatiente mais aussi pleine d'une crainte inavouée : pour quelque obscure raison, ce sont souvent les cadeaux dont on attend le plus qui ne fonctionnent pas. Il y eut un petit soupir général — oh, à peine un souffle — lorsque l'appareil recracha docilement, comme le prévoyait les instructions, le carré de carton qui surmontait le paquet du film.

On voyait, sur le boîtier de l'appareil, deux petits points, un rouge et un vert, séparés par un éclair en zigzag. La lumière rouge s'alluma au moment du chargement, et brilla pendant environ deux secondes. Tous regardaient, fascinés et silencieux, tandis que le Soleil 660 reniflait la lumière. Puis elle s'éteignit, et la lumière verte se mit à clignoter rapidement.

« C'est prêt », dit Kevin de la même voix faussement détachée que Neil Armstrong lorsqu'il avait commenté son petit-pas-grand-pour-l'humanité sur la lune ; « Tenez, mettez-vous tous ensemble.

— J'ai horreur qu'on me prenne en photo ! » s'écria Meg en se cachant la figure des mains, avec ce mélange théâtral d'anxiété et de plaisir qui est l'apanage des fillettes de moins de treize ans et des très mauvaises comédiennes.

« Allons, voyons, Meg, dit M. Delevan.

— Ne fais pas l'idiote, Meg », ajouta Mme Delevan.

La fillette laissa tomber les mains (et ses objections), et le trio se planta au bout de la table, avec en premier plan ce qui restait du gâteau d'anniversaire.

Kevin mit l'œil au viseur. « Serre-toi un peu plus contre Meg, Maman, dit-il avec un geste de la main. Toi aussi, Papa (mouvement de la main dans l'autre sens, cette fois).

— Vous m'écrabouillez ! » protesta Meg.

Kevin posa le doigt sur le bouton de prise de vue, puis se souvint brièvement de la note, dans le manuel, qui disait combien il était facile de couper la tête d'un sujet. *Qu'est-ce qu'une tête de plus ou de moins*, pensa-t-il : mais au lieu de trouver ça drôle, il ressentit un petit picotement à la base de son épine dorsale, évanoui et oublié avant même d'être remarqué ou presque. Il releva un peu l'appareil. Voilà. Ils étaient tous dans le cadre. Bon.

« Très bien ! chantonna-t-il. Souriez et dites " faire l'amour ".

— Kevin ! » s'écria sa mère, outrée.

Son père éclata de rire et Meg le gratifia de ce hululement suraigu

et dément auquel même les mauvaises comédiennes ne s'essaient
pas : ce rire est le privilège des seules fillettes ayant entre dix et
douze ans.

Kevin appuya sur le bouton.

Alimenté par la pile du film, la lampe du flash baigna la pièce, un
instant, d'une impitoyable lumière blanche.

C'est mon appareil, pensa Kevin. Ce moment aurait dû être le
temps fort de son quinzième anniversaire. Au lieu de cela, cette idée
provoqua de nouveau le bizarre petit picotement. Plus net, cette
fois.

L'appareil fit un bruit, quelque chose entre couinement et
ronronnement, bruit qui échappe à une complète description mais
que la plupart des gens identifient néanmoins sans problème : celui
d'un appareil Polaroïd crachouillant ce qui n'est peut-être pas une
œuvre d'art mais une photo souvent acceptable, et qui procure
presque toujours une immédiate satisfaction.

« Laisse-moi voir ! s'écria Meg.

— Calme-toi, poussin, lui dit son père. Il leur faut un peu de
temps pour se développer. »

Meg contemplait la surface raide et grise de ce qui n'était pas
encore une photographie avec l'expression absorbée d'une diseuse
de bonne aventure regardant sa boule de cristal.

Le reste de la famille l'entoura, prise de la même anxiété qu'au
moment de la cérémonie du chargement de l'appareil : *Famille
américaine attendant de pouvoir respirer,* aurait pu être le titre du
tableau qu'ils composaient.

Kevin sentit une terrible tension envahir ses muscles, et cette
fois-ci il n'était pas question de l'ignorer. Il n'arrivait pas à se
l'expliquer... mais elle était là. On aurait dit qu'il ne pouvait
détourner les yeux de ce bloc gris massif, pris dans son cadre blanc.

« Je crois que je me vois ! » s'exclama Meg, toute contente. Puis,
un instant plus tard : « Non, je ne crois pas. Il me semble que
c'est... »

Ils regardèrent dans un silence absolu le gris s'éclaircir, comme
sont supposées le faire les brumes dans la boule de cristal d'une
voyante, lorsque les vibrations, ou les sensations (ou n'importe
quoi) sont bonnes ; et l'image devint visible.

M. Delevan fut le premier à rompre le silence.

« Qu'est-ce que c'est que ça ? demanda-t-il, à personne en
particulier. Une blague ? »

Kevin avait reposé l'appareil sans y songer — trop près du bord de la table — afin de regarder la photo se développer. Meg vit ce qu'elle représentait et recula d'un seul pas ; on ne lisait ni peur ni stupéfaction sur son visage, rien que de la surprise ordinaire. Dans le mouvement qu'elle fit pour se tourner vers son père, sa main faucha malencontreusement le Soleil 660, qui tomba sur le sol. Mme Delevan regardait l'image en train de se révéler dans une sorte de transe, son expression étant celle d'une femme profondément intriguée ou bien qui ressent les prémisses d'une bonne migraine. Le bruit que fit l'appareil en heurtant le sol la fit sursauter. Elle poussa un petit cri, recula d'un pas, trébucha contre le pied de Meg et perdit l'équilibre. M. Delevan la rattrapa mais son geste eut pour effet de propulser Meg, qui se trouvait toujours entre eux, assez violemment vers l'avant. Non seulement M. Delevan rattrapa sa femme, mais il le fit avec une certaine grâce. Pendant un bref instant, ils auraient fait un charmant tableau. Papa et Maman, montrant qu'ils étaient encore capables de brûler les planches, immortalisés à la fin d'un tango inspiré, elle avec un bras projeté en l'air, le dos arqué en arrière, lui penché sur elle dans cette position masculine ambiguë qui, selon les circonstances, peut passer pour de la sollicitude ou du désir.

Meg avait onze ans et était moins gracieuse. Elle alla cogner brutalement de l'estomac contre la table. Le coup aurait pu la blesser, mais elle prenait depuis un an et demi des cours de danse à l'Association des Jeunes Filles Chrétiennes, trois fois par semaine. Elle dansait sans grand talent, mais elle y prenait beaucoup de plaisir, et l'exercice lui avait suffisamment renforcé la ceinture abdominale pour lui permettre d'absorber le choc avec autant d'efficacité que de bons amortisseurs absorbent les nids de poule d'un chemin. N'empêche, elle garda une bande noire et bleue au-dessus des hanches les jours suivants ; il fallut presque deux semaines pour qu'elle virât au violet, puis au jaune, avant de s'effacer... comme une photo Polaroïd à l'envers.

Au moment où se produisit cet accident digne du cinéma muet, elle ne le sentit même pas ; elle heurta simplement la table en poussant un cri. La table se souleva. Le gâteau d'anniversaire, que l'on aurait dû voir au premier plan de la première photo prise par Kevin avec son appareil tout neuf, glissa du plateau. M. Delevan n'eut même pas le temps de prononcer sa phrase, *Tu t'es fait mal, Meg ?* que les restes de pâtisserie tombaient sur le Soleil 660 avec un *splatch !* juteux, bombardant leurs chaussures, le sol et les plinthes de fragments de glaçage.

Tout barbouillé de chocolat, le viseur pointait hors du magma. C'était tout.

Joyeux anniversaire, Kevin.

Kevin et son père étaient installés sur le canapé du salon ce soir-là, lorsque Mme Delevan entra, agitant deux bouts de papier cornés et agrafés ensemble. Le père et le fils avaient chacun un livre sur les genoux, mais ils étaient surtout occupés à contempler l'appareil photo, honteusement posé parmi les clichés Polaroïd qui jonchaient la table à café. Toutes paraissaient montrer la même chose.

Meg était assise à même le sol, non loin d'eux, et regardait un film de location sur le magnétoscope. Kevin ne se rappelait plus très bien de quoi il s'agissait, mais on y voyait des tas de gens courir dans tous les sens, poussant des hurlements, et il en déduisait que c'était l'un de ces films d'horreur pour lesquels Meg nourrissait une véritable passion. Ses parents les trouvaient d'un goût abominable (M. Delevan, en particulier, se scandalisait régulièrement devant ce qu'il appelait « ces inepties sans nom ») ; mais ce soir, ni l'un ni l'autre n'avaient dit mot. Kevin supposait qu'ils étaient tout simplement soulagés de ne plus l'entendre se plaindre du coup à l'estomac ou se demander quels étaient les symptômes exacts d'une rate éclatée.

« Les voilà, dit Mme Delevan. Je les ai trouvés au fond de mon sac, à la deuxième fouille. » Elle les tendit à son mari : une facture de J. C. Penney's et un reçu de MasterCard. « Je n'arrive jamais à trouver quelque chose du premier coup. Je crois que personne n'y arrive. Il doit s'agir d'une loi de la nature. »

Debout, les mains sur les hanches, elle regarda tour à tour son mari et son fils.

« Vous faites une tête, tous les deux, comme si vous veniez de tuer le chat de la maison.

— Nous n'avons pas de chat, lui fit remarquer Kevin.

— Tu sais bien ce que je veux dire. C'est scandaleux, évidemment, mais c'est une affaire qui sera réglée le temps de le dire. Penney's se fera un plaisir de nous le changer-

— Je n'en suis pas si sûr », la coupa John. Il prit l'appareil, lui jeta un regard de dégoût (presque l'air d'être sur le point de lui cracher dessus) et le reposa. « Un éclat a sauté quand il a heurté le sol. Tu vois ? »

Mme Delevan n'y jeta qu'un coup d'œil de pure forme. « Eh bien, si Penney's ne veut pas, je suis sûre que la société Polaroïd le fera. On se rend bien compte que la chute n'a pas le moindre rapport avec ce qui cloche. La première photo est exactement comme les autres, et Kevin l'a prise avant que Meg ne fasse tomber l'appareil de la table.

— Je l'ai pas fait exprès ! » protesta Meg sans se retourner. Sur l'écran, un personnage haut comme trois pommes — une malveillante poupée du nom de Chuckie, semblait-il à Kevin — poursuivait un petit garçon. Chuckie, habillée d'une salopette, brandissait un couteau.

« Je le sais bien ma chérie. Comment va ton estomac ?

— Ça me fait mal, geigna Meg. Je crois qu'un peu de crème glacée me ferait du bien. Est-ce qu'il en reste ?

— Oui, je crois. »

Meg gratifia sa mère de son sourire le plus enjôleur. « Tu veux bien m'en apporter ?

— Certainement pas, répondit Mme Delevan d'un ton affable. Va te la chercher toi-même. Et c'est quoi, cette horreur que tu regardes ?

— *Jeux d'enfants*, répondit Megan. Il y a une poupée qui devient vivante, Chuckie. C'est chouette. »

Mme Delevan prit un air pincé.

« Les poupées ne deviennent pas vivantes comme ça, Meg », intervint son père. Il parlait sans conviction, comme s'il savait la cause perdue d'avance.

« Chuckie, si, insista Meg. Dans les films, n'importe quoi peut arriver. » Elle fit un arrêt sur image avec la télécommande et se leva pour aller chercher sa crème glacée.

« Mais quel plaisir peut-elle donc trouver à regarder ces inepties ? demanda M. Delevan à sa femme, d'un ton presque plaintif.

— Aucune idée, chéri. »

Kevin avait pris l'appareil photo d'une main et tenait une poignée de clichés de l'autre — ils en avaient tiré près d'une douzaine en tout. « Je ne sais pas si j'ai envie d'être remboursé », dit-il.

Son père le regarda, médusé. « Quoi ? Seigneur Jésus !

— Eh bien, fit Kevin, un peu sur la défensive, je dis simplement que nous devrions peut-être y réfléchir. Ce que je veux dire... ce n'est pas un défaut ordinaire, hein ? Pas comme si les photos sortaient surexposées... ou comme si elles restaient blanches... ce serait autre chose. Mais un truc comme ça, comment est-ce possible ? La même photo, encore et encore ! Mais regardez ! On est à l'extérieur, alors qu'on les a toutes prises à l'intérieur !

— C'est un canular, conclut son père. Ça ne peut être qu'un canular. Il n'y a qu'une chose à faire, échanger le foutu appareil et oublier cette histoire.

— A mon avis, ce n'est pas un canular. (Kevin revenait à la charge.) Tout d'abord, c'est trop *compliqué* pour ça. Comment bricoler un appareil pour qu'il fasse tout le temps la même photo ? En plus, d'un point de vue psychologique, ça ne tient pas.

— Et maintenant, la psychologie, fit M. Delevan en roulant des yeux vers sa femme.

— Oui, la psychologie, répliqua Kevin avec fermeté. Quand un type te donne une cigarette avec un pétard ou du chewing-gum au poivre, il reste dans le coin pour assister au spectacle, non ? Mais à moins d'imaginer que c'est toi et maman qui vous êtes payés ma tête-

— Ton père n'est pas quelqu'un qui fait ce genre de blague, mon chéri », intervint Mme Delevan, présentant cette évidence d'un ton doux.

John Delevan regardait son fils, lèvres serrées. L'expression qu'il arborait toujours lorsqu'il le voyait dériver vers l'ère de jeu, pour prendre une comparaison avec le base-ball, où il paraissait le plus à l'aise : *left field*. A gauche, *très* loin à gauche. Il y avait un aspect subtil et intuitif, chez Kevin, qui l'avait toujours intrigué et dérouté. Il ignorait d'où il provenait, mais il était sûr que ce n'était pas du côté de sa propre famille.

Il soupira et regarda de nouveau l'appareil photo. Un éclat de plastique noir avait sauté du côté gauche du boîtier, et on voyait une fêlure, aussi fine qu'un cheveu humain, courir sur une partie de l'optique du viseur. Elle devenait invisible lorsqu'on y portait un œil pour cadrer le sujet que l'on n'obtenait pas : ce que l'on obtenait se trouvait éparpillé sur la table à café et dans la salle à manger.

Ce que l'on obtenait ressemblait à quelque vagabond recueilli par la SPA du coin.

« Bon, d'accord, mais que diable vas-tu en faire ? demanda-t-il. Voyons, essaie d'envisager les choses de manière raisonnable,

Kevin. Quels sont les avantages pratiques d'un appareil photo qui reproduit à chaque fois la même chose ? »

Mais ce n'était pas à des avantages pratiques que pensait Kevin. En fait, il ne pensait rien du tout. Il éprouvait quelque chose, ou plutôt se souvenait de l'avoir éprouvé. A l'instant où il avait appuyé sur le déclencheur, une idée bien claire

(Il est à moi)

lui avait envahi l'esprit aussi complètement que la lumière blanche l'avait aveuglé. Cette idée, en elle-même achevée mais néanmoins inexplicable, avait été accompagnée par un puissant mélange d'émotions qu'il n'arrivait toujours pas à identifier entièrement... même s'il avait l'impression que la peur et l'excitation y prédominaient.

De plus, son père ne connaissait qu'une manière d'envisager les choses : *raisonnablement*. Jamais il ne serait capable de comprendre les intuitions de Kevin, pas plus que le goût de Meg pour les poupées assassines.

Meg revint avec une énorme portion de crème glacée et remit le film en marche. Quelqu'un essayait maintenant d'incinérer Chuckie avec une lampe à souder, ce qui ne l'empêchait pas de toujours brandir son couteau. « Vous vous disputez encore ?

— Nous avons simplement une discussion », répliqua John Delevan, les lèvres plus serrées que jamais.

— Bon, d'accord, admit Meg, s'asseyant de nouveau en tailleur sur le sol. C'est toujours ce que tu dis.

— Meg ? demanda Kevin aimablement.

— Quoi ?

— Si tu balances autant de crème glacée sur une rate éclatée, tu mourras dans des souffrances horribles cette nuit. Bien entendu, ta rate n'a peut-être pas vraiment éclaté, mais- »

La fillette lui tira la langue et retourna à son film.

M. Delevan regardait son fils avec une expression où se mêlaient affection et exaspération. « Ecoute, Kev, c'est ton appareil, là-dessus, nous sommes tout à fait d'accord. Tu peux en faire ce que tu veux. Cependant-

— Enfin, Papa, est-ce que ça ne t'intéresse pas au moins un peu, de chercher à savoir pourquoi il fait ce qu'il fait ?

— Pas le moins du monde. »

Ce fut au tour de Kevin de rouler des yeux. Pendant ce temps, sa mère les regardait tour à tour, avec le même plaisir que si elle suivait un bon match de tennis. La comparaison n'était pas exagérée. Cela faisait des années qu'elle observait le père et le fils dans leurs joutes, et le spectacle ne l'ennuyait toujours pas. Elle se demandait parfois s'ils découvriraient jamais à quel point ils se ressemblaient.

« Eh bien, je veux réfléchir à la question.

— Parfait. Je voulais simplement que tu saches que je peux passer chez Penney's demain et faire l'échange — si tu es d'accord, et si eux aussi le sont, étant donné l'état dans lequel est l'appareil. Si en revanche tu veux le garder, c'est également parfait. Je m'en lave les mains. » Il joignit le geste (vif) à la parole.

« Je suppose que mon opinion ne vous intéresse pas, intervint Meg.

— En effet, pas du tout, dit Kevin.

— Mais si, Meg. (C'était Mme Delevan.)

— Je crois que c'est un appareil photo surnaturel, reprit la fillette, tout en léchant la crème glacée sur sa cuillère. Je crois que c'est une Manifestation.

— Parfaitement ridicule, observa aussitôt John.

— Non, pas du tout. Il se trouve que c'est la seule explication qui tienne. Tu ne veux pas le reconnaître, parce que tu ne crois pas dans les trucs comme ça. Si un fantôme flottait devant ton nez, Papa, tu ne le verrais même pas. Qu'est-ce que tu en penses, Kev ? »

Kevin resta quelques instants sans répondre — sans être capable de répondre. Impression d'un nouvel éclair de flash, cette fois derrière ses yeux, et non devant.

« Kev ? Redescends sur terre, Kev !

— Je crois que tu tiens peut-être quelque chose, Bouchon, dit-il lentement.

— Oh, bon Dieu, fit John Delevan, se mettant debout. C'est la revanche de Freddy et Jason. Voilà mon fils qui s'imagine que son cadeau d'anniversaire est hanté. Je vais me coucher. Mais auparavant, je voudrais dire encore une chose. Un appareil photo qui prend et reprend sans cesse la même chose — en particulier quelque chose d'aussi ordinaire que ce qu'on voit sur ces clichés — est la plus *barbante* des manifestations surnaturelles.

— Et pourtant... », commença Kevin. Il tenait les photos comme des cartes douteuses pendant une partie de poker.

« Je crois qu'il est temps que nous allions tous nous coucher, fit vivement Mme Delevan. Meg, si tu tiens absolument à voir ce chef-d'œuvre du cinéma en entier, tu pourras regarder la suite demain matin.

— Mais c'est presque fini ! protesta la fillette.

— Je monterai avec elle, Maman », intervint Kevin ; un quart d'heure plus tard, une fois l'horrible Chuckie mise hors d'état de nuire (du moins jusqu'à l'épisode suivant), les enfants regagnaient leurs chambres respectives. Mais Kevin eut du mal à s'endormir. Allongé dans son lit, il écoutait un vent soutenu de fin d'été poursuivre une conversation faite de murmures agités dans le feuillage des arbres, tout en se demandant pour quelle raison mystérieuse un appareil photo pouvait bien reproduire toujours le même cliché, et quelle signification avait ce phénomène. Il ne se laissa glisser dans le sommeil que lorsqu'il se rendit compte que sa décision était prise : il garderait le Soleil 660 au moins pendant encore quelque temps.

Il est à moi, songea-t-il soudain. Il se tourna de côté et ferma les yeux ; quarante secondes après, il dormait à poings fermés.

CHAPITRE DEUX

Au milieu du caquetage et des tic-tac de ce qui semblait être au moins cinquante mille horloges, mais totalement indifférent au bruit, Reginald « Pop » Merrill, à l'aide d'un gadget encore plus fin qu'un ophtalmoscope, éclairait d'un mince pinceau de lumière l'intérieur du Polaroïd de Kevin, sous les yeux de l'adolescent. Pop, qui n'avait pas besoin de ses lunettes pour voir de près, les avait relevées sur le sommet chauve de son crâne.

« Hem-hem », fit-il en éteignant la lumière.

— Est-ce que vous avez trouvé ce qui ne va pas ? demanda Kevin.

— Eh non, répondit Pop Merrill en faisant claquer le compartiment à film, maintenant vide. Pas la moindre idée. » Et avant que Kevin eût le temps de répliquer quelque chose, les horloges se mirent les unes après les autres à sonner quatre heures ; pendant un moment, toute conversation parut absurde, même s'il demeurait possible de parler.

Je veux y réfléchir, avait-il répondu à son père le soir de ses quinze ans, trois jours auparavant, déclaration qui les avait surpris tous les deux. Enfant, il avait toujours mis un point d'honneur à ne pas penser aux choses et tout au fond de son cœur, John Delevan avait fini par se persuader que jamais Kevin n'y penserait, qu'il le dût ou non. Ils avaient été séduits, comme le sont souvent un père et son fils, par l'idée que leur comportement et leur mode très différent de penser ne changeraient jamais, que leurs relations s'en trouvaient de la sorte établies pour l'éternité... et qu'ainsi, l'enfance continuerait jusqu'à la fin des temps. *Je veux y réfléchir :* cette réplique contenait, implicitement, tout un monde de changement potentiel.

Qui plus est, en tant qu'être humain ayant jusqu'ici vécu en prenant la plupart de ses décisions par instinct plus que par réflexion (et il faisait partie de ces gens qui ont le bonheur d'avoir des instincts presque toujours bons, de ceux, en d'autres termes, qui ont le don de faire enrager les personnes raisonnables), Kevin était surpris de se trouver pris entre les deux termes d'un dilemme.

Terme 1 : il avait souhaité avoir un appareil photo Polaroïd pour son anniversaire, mais, bon Dieu de bon Dieu, un appareil en état de fonctionnement.

Terme 2 : il était profondément intrigué par le mot employé par Meg : *surnaturel.*

Dans le genre écervelée, sa petite sœur battait des records, certes, mais elle n'était pas sotte, et Kevin restait convaincu qu'elle n'avait pas employé ce mot à la légère ou sans y avoir réfléchi. Son père, qui appartenait plutôt à la tribu des Rationnels que des Instinctifs, avait réagi par des sarcasmes, mais Kevin ne se sentait pas prêt à le suivre sur ce terrain... du moins pas encore. Ce mot, ce mot exotique fascinant. Son esprit ne pouvait s'empêcher d'y tourner autour.

Je crois que c'est une Manifestation.

Kevin était amusé (et un peu vexé) que seule Meg eût été assez brillante — ou courageuse — pour dire à voix haute ce qui aurait dû leur venir à l'esprit à tous, étant donné l'étrangeté des images que produisait le Soleil 660 ; mais à la vérité, ce n'était pas si étonnant que cela. Ils n'étaient pas une famille très croyante ; ils n'allaient à l'église que tous les trois ans, pour la Noël, lorsque Tante Hilda venait passer les vacances avec eux au lieu d'aller chez d'autres parents, mais excepté les mariages et les enterrements, c'était tout. Si l'un d'entre eux croyait au monde invisible, c'était bien Megan, jamais rassasiée de cadavres qui marchent, de poupées vivantes, et d'autos intelligentes écrasant les personnes qu'elles n'aiment pas.

Aucun des deux parents de Kevin n'avait beaucoup de goût pour le bizarre. Ils ne lisaient pas leur horoscope dans le journal ; ils ne prenaient jamais les comètes et les étoiles filantes pour des présages du Tout-Puissant ; et là où certains auraient vu le visage de Jésus-Christ au fond d'une casserole d'enchilada, John et Mary Delevan ne découvraient que des haricots ayant attaché. Il n'était pas surprenant que Kevin, qui n'avait jamais vu l'homme dans la lune parce que ni son père ni sa mère n'avaient pris la peine de le lui montrer, eût été de même incapable de percevoir la possibilité d'une *Manifestation surnaturelle* dans un appareil photo qui prenait constamment le même cliché, à l'intérieur ou à l'extérieur, dans la lumière ou dans l'obscurité d'un placard, jusqu'au moment où sa sœur avait lancé cette suggestion, elle qui avait une fois envoyé une lettre d'admiratrice à Jason et reçu, par retour de courrier, la photo (sur papier glacé et signée), d'un type dissimulé par un masque de hockey taché de sang.

Une fois envisagée, cette possibilité devenait difficile à oublier ; comme l'a dit un jour Dostoïevsky, ce vieux malin de Russe, à son petit frère (lorsque l'un et l'autre étaient deux jeunes malins de Russes), essaie donc de ne pas penser, pendant les trente prochaines secondes, à un ours blanc aux yeux bleus.

Difficile.

Il avait donc passé deux jours à tourner autour du pot dans son esprit, à essayer de déchiffrer des hiéroglyphes désespérément évanescents et à tenter de déterminer ce qu'il souhaitait le plus : un appareil photo ou la possibilité d'une Manifestation. Ou, pour le dire autrement, s'il avait envie du Soleil... ou de l'homme dans la lune.

A la fin du deuxième jour (même chez les adolescents de quinze ans manifestement destinés à rejoindre la tribu des Rationnels, les dilemmes durent rarement plus d'une semaine), il avait opté pour l'homme dans la lune, au moins à l'essai.

Il avait pris cette décision pendant l'heure d'étude (septième période) et lorsque la sonnerie retentit, signalant à la fois la fin de l'étude et de la journée d'école, il avait été voir le professeur qu'il respectait le plus, M. Baker, et lui avait demandé s'il connaissait quelqu'un qui réparait les appareils de photo.

« Pas quelqu'un d'un magasin de photographie, vous comprenez, avait-il expliqué. Plutôt un type... un type astucieux.

— Un philosophe de l'ouverture 1,9 à 16, en somme ? » avait répondu M. Baker. C'était ce genre de reparties qui, entre autres, lui valait le respect de Kevin. Une réflexion imagée et astucieuse. « Un sage de l'objectif ? Un alchimiste de la focale ? Un-

— Un type qui en a vu d'autres, le coupa Kevin avec circonspection.

— Pop Merrill.

— Qui ?

— Le propriétaire de l'Emporium Galorium.

— Ah, cette boutique.

— Ouais, fit M. Baker avec un sourire, cette boutique. Si ce que tu cherches est bien le bricolo universel local.

— Oui, je crois que c'est ça.

— On trouve pratiquement tout et n'importe quoi chez lui. » Kevin ne pouvait qu'être d'accord. Bien que n'ayant jamais pénétré à l'intérieur, il passait devant l'Emporium Galorium cinq, dix, peut-être quinze fois par semaine (dans une ville comme Castle Rock, on est obligé de beaucoup passer devant *tout*, ce qui, de l'avis de Kevin Delevan, finissait par devenir d'un fabuleux ennui), et il en connaissait bien les vitrines. La boutique paraissait encombrée jusqu'au plafond, littéralement, par toutes sortes d'objets, pour la plupart mécaniques. Mais sa mère en parlait avec mépris (« une brocante de poubelles ») et son père affirmait que M. Merrill gagnait sa vie en arnaquant les touristes, l'été. Si bien que Kevin n'y était jamais entré ; s'il s'était agi d'une simple « brocante », il en aurait peut-être franchi le seuil ; très probablement, même. Mais faire ce que les touristes faisaient, et acheter quelque chose là où on les arnaquait, voilà qui était impensable. Autant partir au lycée en blouse et en jupe. Les touristes pouvaient bien faire tout ce qu'ils voulaient (et le faisaient). Ils étaient tous cinglés, et se comportaient comme tels. Etre leur contemporain, soit ; mais être confondu avec eux ? Jamais. Au grand jamais !

« ... Pratiquement tout ce qu'on peut imaginer, répétait M. Baker, et il a réparé lui-même la plupart des choses qu'il a. Il est persuadé que son numéro de philosophe de comptoir, verres en équilibre sur la tête, déclarations byzantines — tout ça épate les gens. Ceux qui le connaissent se gardent bien de le désabuser. Je ne suis pas sûr, même, que quelqu'un *oserait* le désabuser.

— Pourquoi ? Que voulez-vous dire ? »

M. Baker haussa les épaules. Un curieux petit sourire rentré lui effleura les lèvres. « Pop — je veux dire M. Merrill — trempe dans pas mal d'affaires juteuses, par ici. Tu serais surpris, Kevin. »

Kevin se moquait bien de savoir dans combien d'affaires juteuses Pop Merrill pouvait bien tremper, ou du genre de jus qui en coulait. Il ne lui restait qu'une seule question importante à poser, puisque les touristes étaient partis et qu'il pourrait probablement se faufiler dans l'Emporium Galorium sans être vu, demain après-midi, s'il profitait de l'autorisation faite à tous les étudiants, sauf ceux de première année, de sauter la dernière heure d'étude, deux fois par mois.

« Dois-je l'appeler Pop ou monsieur Merrill ? »

D'un ton solennel, le professeur répondit : « Je crois qu'il est capable de tuer toute personne de moins de soixante ans qui se permettrait de l'appeler Pop. »

Et curieusement, Kevin resta avec l'impression que M. Baker ne plaisantait pas tout à fait.

« Vous ne le savez vraiment pas, hein ? » dit Kevin lorsque pendules et horloges eurent égrené leurs coups.

Ça ne s'était pas passé comme dans un film, où toutes commencent et finissent de sonner ensemble ; il s'agissait de pendules et d'horloges réelles, et il avait l'impression que la plupart d'entre elles (comme tous les autres mécanismes ayant échoué à l'Emporium Galorium), loin de fonctionner normalement, ne faisaient que se traîner avec peine. Elles avaient commencé à sonner à 3:58 d'après sa Seiko à quartz ; puis elles avaient pris de la vitesse et du volume sonore, peu à peu (comme un vieux camion qui passe laborieusement, avec des protestations et des à-coups, de première en seconde). Il y eut environ quatre secondes pendant lesquelles elles eurent l'air de sonner toutes en même temps — sonner, tinter, dreliner, cou-couiner, du *bong* le plus grave au *ding* argentin — mais leur synchronisme n'alla pas plus loin. On ne peut pas dire non plus qu'elles se déclenchèrent, mais plutôt qu'elles renoncèrent à se retenir davantage, comme de l'eau qui finit par s'écouler avec des gargouillis dans une évacuation qui n'est pas complètement bouchée.

Il ne comprenait absolument pas pour quelle raison il se sentait aussi déçu. S'était-il vraiment attendu à quelque chose d'autre ? A ce que Pop Merrill, décrit par M. Baker comme un philosophe de l'ouverture F-quelque chose et un bricolo universel, dégage un ressort et lui dise : « Tiens, regarde. C'est à cause de cette cochonnerie de ressort qu'on voit un chien à chaque fois que tu appuies sur le déclencheur. C'est un ressort à chien, comme ceux des jouets de gosses en forme de chien, tu les remontes, ils marchent et ils aboient en bougeant la queue ; un petit rigolo, sur la chaîne d'assemblage des Soleil 660, s'amuse à en mettre dans les appareils. »

S'était-il attendu à cela ?

Non. Mais au moins... à *quelque chose*.

« Mais alors là, pas la moindre idée », répéta Pop joyeusement. Il prit derrière lui une pipe dans le style de la bouffarde de Douglas McArthur, posée sur un râtelier en forme de siège-baquet. Il entreprit de la bourrer en prenant le tabac dans une blague en simili-cuir avec HERBE DU DIABLE écrit dessus. « On peut même pas démonter ces engins, tu comprends.

— Vous pouvez pas ?

— Et non », répondit Pop. Il était gai comme un pinson. Il s'interrompit, juste le temps de donner un petit coup de pouce à la monture de ses lunettes ; elles tombèrent exactement en place avec un petit bruit mou et vinrent cacher les deux points rouges de part et d'autre de son nez. « On pouvait les démonter, autrefois », reprit-il, faisant surgir une allumette Diamond Blue Tip d'une poche de son gilet (car il portait bien entendu un gilet), et appuyant l'ongle jauni et épais de son pouce sur la partie soufrée. Oui, c'était un individu à rouler les touristes une main attachée derrière le dos (dans la mesure où ce n'était pas celle avec laquelle il pêchait ses allumettes et les enflammait). Même à quinze ans, Kevin s'en rendait bien compte. Pop Merrill avait du style. « Je veux parler des appareils Polaroïd Land. Tu n'as jamais vu un de ces chefs-d'œuvre ?

— Non. »

Pop enflamma l'allumette du premier coup d'ongle, comme il le faisait évidemment toujours, et la présenta à la bouffarde, si bien que sa réponse s'accompagna de petits signaux de fumée ravissants à voir mais d'une odeur infecte.

« Vraiment des chefs-d'œuvre. On aurait dit ces anciennes chambres noires comme celles qu'on utilisait au début du siècle, ou en tout cas avant que Kodak n'invente le boîtier Brownie. Ce que je veux dire (Kevin n'allait pas tarder à se rendre compte que c'était la phrase fétiche de Pop Merrill ; il s'en servait comme on dit « tu sais » ou « j'allais dire », pour accentuer, modifier, qualifier ou tout simplement pour prendre le temps de réfléchir), c'est qu'ils l'ont un peu bricolée, avec du chrome et des panneaux en cuir véritable, mais il avait toujours cet air démodé, comme les appareils à faire des daguerréotypes. Quand tu l'ouvrais, il étirait un cou en accordéon, parce que les lentilles avaient besoin d'au moins quinze centimètres pour obtenir une image nette. Pour avoir l'air démodé, il avait l'air démodé, à côté des Kodak des années quarante et cinquante. Et il avait en outre une autre particularité : il ne prenait que des photos en noir et blanc.

— Ah bon ? fit Kevin, intéressé malgré lui.

— Exactement ! » répliqua Pop, toujours gai comme un pinson, son regard bleu pétillant à travers la fumée qui montait de son brûle-gueule et ses lunettes rondes. Le genre de pétillement qui trahissait soit la bonne humeur, soit l'avarice. « Ce que je veux dire, c'est que ces appareils firent rire les gens comme les premières Coccinelles Wolkswagen… ce qui ne les empêcha pas d'acheter les Polaroïds comme ils achetaient les Coccinelles, parce que les Polaroïds faisaient une chose que ne faisaient ni les Nikon ni les Minolta.

— Ils prenaient des photos qui se développaient tout de suite. »

Pop sourit. « Eh bien… pas exactement. Ce que je veux dire, c'est qu'une fois la photo prise, il fallait tirer sur une sorte de volet pour la faire sortir. Il n'y avait pas de moteur, et il ne faisait pas cette espèce de petit grésillement huileux, comme les Polaroïds modernes. »

Il y avait donc bien une manière parfaite de décrire ce bruit, en fin de compte ; il suffisait de trouver un Pop Merrill pour cela. Le bruit que font les appareils photos Polaroïd en recrachant leur produit est un *petit grésillement huileux*.

« Et il fallait les chronométrer.

— Les chrono… ?

— Tiens, pardi ! fit Pop avec la plus totale satisfaction, aussi joyeux que le pinson de tout à l'heure quand il a trouvé un ver. Ce que je veux dire, c'est qu'il n'y avait pas ces charmants bidules automatiques, à l'époque. Tu tirais ta photo d'un bon coup sec, tu la posais sur la table, et tu chronométrais soixante secondes sur ta montre. Il fallait que ça soit soixante, à un poil près : au-dessous, ta photo était sous-exposée et au-dessus, surexposée.

— Houla », fit Kevin avec respect. Un respect qui n'était pas de pure forme, histoire de caresser le vieux dans le sens du poil avec l'espoir qu'il revînt au sujet — lequel n'était pas les avatars de tout un tas de vieux appareils photographiques, merveilles en leur temps, mais *son* appareil, son foutu Soleil 660 contrariant, posé sur la table de travail de Pop, entre les entrailles d'une vieille horloge de sept jours et quelque chose qui ressemblait de manière suspecte à un godemiché. Non, pas du respect bidon et Pop le savait. Il pensa soudain (ça ne serait pas venu à l'esprit de Kevin) combien fugitif était en réalité ce grand dieu blanc, « à la pointe du progrès » ; encore dix ans, et l'expression elle-même serait démodée. A l'expression fascinée du garçon, on aurait pu croire qu'il entendait parler de quelque chose d'aussi antique que le dentier de bois de George Washington, et non d'un appareil photo que tout le monde avait considéré comme un sommet absolu de la technologie seulement trente-cinq ans auparavant. Mais évidemment, cet adolescent dérivait encore dans les limbes du néant, trente-cinq ans auparavant, élément d'une femme qui n'avait même pas encore rencontré l'homme qui lui procurerait l'autre indispensable moitié.

« Ce que je veux dire, c'est qu'il y avait tout simplement une chambre noire classique entre la photo et le dos », reprit Pop, tout d'abord lentement, mais prenant de la vitesse au fur et à mesure que l'authentique intérêt qu'il prenait à la question refaisait surface (sans qu'il oubliât pour autant tout à fait de qui ce garçon était le fils, ce qu'il pourrait en tirer, et l'étrange phénomène que présentait l'appareil photo). « A la fin de la minute on tirait la photo comme on pèle un fruit ; il fallait faire attention, là aussi, parce qu'il y avait cette espèce de matière comme de la gelée qui pouvait te brûler la peau si tu l'avais trop sensible.

— Fabuleux », dit Kevin. Il ouvrait de grands yeux, et avait maintenant l'air d'un gosse qui entend l'histoire des chiottes à deux trous que lui et ses collègues d'enfance (ils étaient presque tous des collègues pour lui ; il avait bien peu d'amis d'enfance à Castle Rock, peut-être parce qu'il se préparait déjà, à l'époque, à l'affaire de sa vie, l'arnaque des touristes, ce que les autres enfants percevaient sans doute plus ou moins, comme une odeur lointaine de putois) avaient connues ; il fallait y faire ses commissions le plus vite possible, l'été, à cause des guêpes toujours en train de tourbillonner au-dessous, entre la manne et les deux trous (lesquels étaient pour elles le ciel d'où tombait la manne), et qui pouvaient décider de planter leur dard dans l'une de vos tendres petites joues inférieures ; mais il fallait également se presser l'hiver, parce que sinon, les mêmes tendres petites joues inférieures risquaient de se pétrifier en glace. *Ouais*, pensa Pop, *question appareil photo de l'avenir, c'était plutôt raté. Trente-cinq ans, et pour ce môme c'est aussi intéressant qu'une cabane à chiottes au fond d'une cour.*

« Le négatif était au dos. Et ton positif — d'accord, c'était en noir et blanc, mais fallait voir quel noir et blanc : aussi net et clair que ce qu'on peut souhaiter, même maintenant. Il y avait aussi ce petit truc rose, à peu près de la taille d'une gomme, si je me rappelle bien ; il en sortait une sorte de produit chimique avec une odeur d'éther, et il fallait en frotter la photo aussi vite que possible, pour l'empêcher de s'enrouler sur elle-même, comme un ressort de montre. »

Kevin éclata de rire, à l'idée de ces délicieuses antiquités.

Pop se tut, le temps de rallumer sa pipe. Cela fait, il enchaîna : « Cet appareil, seul les gens de Polaroïd savaient vraiment comment il fonctionnait, et c'était un groupe plutôt fermé — mais il était mécanique, leur engin. On pouvait le *démonter*. »

Il jeta un coup d'œil légèrement dégoûté au Soleil 660.

« Et bien souvent, quand un de ces Polaroïds tombait en rideau, ça suffisait. Les types arrivaient et gémissaient, ça ne marche pas, il va falloir le renvoyer chez Polaroïd, ça va prendre un temps fou et est-ce que je ne voulais pas y jeter un coup d'œil. Moi, pendant ce temps, je me doutais bien que ce n'était qu'une vis qui s'était un peu desserrée à l'intérieur, ou alors un ressort cassé ou je sais pas moi, le fiston qui avait balancé du beurre de cacahuète dans le compartiment à film. »

Il lui adressa un clin d'œil si rapide et si merveilleusement rusé que, pensa Kevin, si l'on n'avait pas su qu'il parlait des touristes, on aurait pu l'imputer aux tendances d'une imagination paranoïde ou, plus vraisemblablement, ne pas le percevoir du tout.

« Ce que je veux dire, c'est que tu avais là la situation parfaite, reprit Pop. Si tu pouvais le réparer, tu étais un véritable faiseur de miracles. Figure-toi, fiston, que je me suis mis huit dollars et cinquante cents dans la poche pour avoir enlevé des débris de chips coincés entre le déclencheur et le rideau d'obturation, et qu'en plus la femme qui m'avait apporté l'appareil m'a embrassé sur la bouche. Oui... sur la bouche ! »

Kevin devina l'œil de Pop qui se fermait une fois de plus un bref instant derrière un nuage de fumée bleue.

« Et bien entendu, si c'était quelque chose que je ne pouvais pas réparer, on ne m'en tenait pas rigueur ; ce que je veux dire, c'est qu'ils ne s'attendaient pas vraiment à ce que je sois capable de régler la question d'emblée. J'étais leur ultime recours avant qu'ils mettent l'appareil dans un emballage bien bourré de journaux pour qu'il ne se détériore pas davantage, et l'envoient par la poste à Shenectady.

Mais cet appareil-ci... » Il s'exprimait avec le ton de dégoût rituel que tous les philosophes de comptoir du monde, ceux de l'Athènes de l'âge d'or comme ceux des arrière-boutiques de brocanteur des patelins modernes, adoptent pour manifester leur sentiment sur l'entropie sans avoir à en dire plus. « Tu comprends, il n'a pas été assemblé, fiston. Ce que je veux dire, c'est qu'il a été *coulé*. Je pourrais faire sauter les lentilles, peut-être, je le ferai si tu me le demandes, et j'ai déjà regardé dans le compartiment à film, sachant déjà que je n'y verrais rien qui clochait — rien dont je puisse me rendre compte, en tout cas. Mais je ne peux pas aller plus loin. Je pourrais prendre un marteau pour l'ouvrir, le casser, je veux dire, mais le réparer ? (Il ouvrit les mains dans la fumée de sa pipe.) Non m'sieur !

— Alors je crois que je n'ai plus qu'à- » *le renvoyer, en fin de compte,* avait l'intention de continuer Kevin, mais Pop l'interrompit.

« De toute façon, fiston, quelque chose me dit que tu t'en doutais. Ce que je veux dire c'est que tu es un petit gars brillant, et que tu te rends bien compte si une chose est faite ou non en un seul morceau. Tu ne m'as pas amené cet appareil pour que je le répare, à mon avis. Je crois même que tu te doutais que même si cet appareil était démontable, personne ne pourrait réparer ce qui se passe là-dedans, en tout cas, pas avec un tournevis. A mon idée, tu me l'as amené pour me demander si je savais ce qui se passait.

— Et vous le savez ? demanda Kevin, soudain tout tendu.

— Ça se pourrait », répondit calmement Pop Merril. Il se pencha sur la pile de photos — vingt-huit en tout, maintenant, en comptant celle que Kevin avait tirée pour faire sa démonstration, et celle faite par Pop lui-même pour confirmer cette démonstration. « Elles sont dans l'ordre ?

— Pas exactement, mais à peu près. Est-ce que c'est important ?

— Je le crois, dit Pop. Elles sont légèrement différentes, non ? Pas beaucoup, mais un peu.

— Ouais. Je me rends compte de la différence sur certaines, mais...

— Sais-tu laquelle est la première ? Je devrais pouvoir la trouver tout seul, mais le temps, c'est de l'argent, fiston.

— C'est facile, répondit Kevin en en prenant une dans le désordre de la pile. Vous voyez la trace de chocolat, sur la bordure ?

— Ouais-ouais. » Pop ne jeta qu'un très bref coup d'œil à la tache. Il étudia attentivement le cliché puis, au bout d'un moment, ouvrit le tiroir de son bureau. Toutes sortes d'outils y étaient éparpillés en désordre. Sur un côté, se trouvait un objet enroulé dans un velours de bijoutier. Pop en sortit une loupe avec un interrupteur dans le manche, la brancha et se pencha sur la photo, éclairée par un cercle brillant de lumière.

« C'est super ! s'exclama Kevin.

— Ouais-ouais. » Kevin sentit que pour Pop, il n'existait plus, tant l'étude du document l'absorbait.

Quelqu'un qui aurait ignoré dans quelle circonstance il avait été pris l'aurait jugé indigne de tant d'attention. Comme la plupart des photos faites avec un appareil correct et un bon film, et par un photographe assez intelligent pour ne pas laisser traîner quelques doigts devant l'objectif, elle était claire et compréhensible... ainsi que bizarrement peu spectaculaire, comme beaucoup de clichés Polaroïd. On pouvait identifier et nommer tout ce qu'on y voyait, mais son contenu avait la platitude de sa surface à deux dimensions. Elle n'était pas bien composée, mais la composition n'était pas ce qui clochait : on ne pouvait accuser sa platitude et son absence d'intérêt de clocher, pas plus qu'on ne peut dire d'une journée réelle de la vie réelle qu'elle cloche sous prétexte qu'il ne s'y est rien passé de notable. Comme souvent, dans ce genre de photo, les choses étaient simplement *là* ; une chaise vide sous un porche, une balançoire d'enfant sans enfant dans une arrière-cour, une voiture sans passager garée au bord d'un trottoir quelconque sans même un pneu à plat pour la rendre un peu intéressante.

Ce qui clochait avec cette photo était l'impression qu'elle donnait de clocher quelque part. Kevin n'avait pas oublié cette étrange sensation de malaise, éprouvée lorsqu'il avait fait aligner sa famille pour la photo qu'il avait eu l'intention de prendre, non plus que l'onde de chair de poule qui lui avait remonté le dos quand, l'éclair aveuglant du flash presque encore présent, il avait pensé : *Il est à moi.* Voilà ce qui clochait ; et, de même que l'on ne peut pas ne plus voir l'homme dans la lune une fois qu'on l'a distingué, de même, découvrait-il, on ne peut pas se débarrasser de l'effet de certaines sensations... sensations qui, dans le cas de ces photos, étaient désagréables.

Kevin pensa : *C'est comme s'il y avait un vent — très léger et très froid — qui surgissait de cette photo.*

Pour la première fois, l'idée qu'il pût s'agir de quelque chose de surnaturel, que les photos fussent une partie d'une Manifestation, fit plus que l'intriguer. Pour la première fois, il se prit à regretter de ne pas avoir laissé tomber. *Il est à moi* — voilà ce qu'il avait pensé lorsque son doigt avait appuyé sur le déclencheur pour la première fois. Il se demandait maintenant s'il ne fallait pas, peut-être, prendre la notion à l'envers.

J'en ai peur. J'ai peur de ce qu'il fait.

Cette idée le rendit furieux, et il se pencha sur l'épaule de Pop Merrill, pourchassant les détails avec autant de férocité qu'un homme qui a perdu un diamant dans un tas de sable, bien déterminé à regarder, étudier et ne pas oublier ce qu'il verrait, quoi que ce fût (en supposant, évidemment, qu'il vît quelque chose de nouveau, ce qu'il ne croyait pas ; il avait étudié toutes ces photos et estimait avoir vu tout ce qu'il y avait à y voir). Quant à oublier... une voix douloureuse, au fond de lui, lui imposa vigoureusement l'idée que le temps d'oublier était passé, peut-être pour toujours.

Ce qu'on voyait sur la photo ? Un grand chien noir en face d'une barrière de piquets blancs. La barrière n'allait pas rester blanche bien longtemps si quelqu'un, dans le monde plat du Polaroïd, ne lui donnait pas rapidement un bon coup de pinceau. Voilà qui paraissait improbable ; elle donnait l'impression d'être mal entretenue, oubliée. La pointe de certains piquets était cassée. D'autres pendaient, à demi détachés de leur support.

Le chien se tenait sur le trottoir, devant la barrière. Il avait le train arrière tourné vers le spectateur. Longue et touffue, sa queue retombait. Il semblait renifler l'un des piquets ; probablement, d'après Kevin, parce que la barrière était ce que son père appelait une « boîte aux lettres », un endroit où les chiens étaient nombreux à lever la patte afin de laisser quelque message mystique sous forme d'arabesques dorées avant de partir plus loin.

L'animal avait l'air d'un chien errant. De la bardane était prise dans son pelage long et emmêlé. L'une de ses oreilles avait l'aspect froissé laissé par les cicatrices de quelque ancienne bagarre. Son ombre s'étirait suffisamment pour sortir du cadre, sur la pelouse tour à tour pelée et envahie d'herbes folles, de l'autre côté de la barrière. Kevin en déduisait que la photo avait été prise peu après l'aube, ou peu avant le crépuscule. Comme Kevin n'avait aucune idée de l'orientation du photographe (mais *quel* photographe ? Ah-ah !), il était impossible d'en décider ; il devait s'être tenu le dos pratiquement à l'est ou à l'ouest.

On devinait quelque chose dans l'herbe, à l'intérieur de la barrière et à gauche de la photo, qui faisait penser à une balle d'enfant en caoutchouc ; mais, l'objet étant à demi-caché par une touffe d'herbes ternes, c'était difficile à dire.

Et c'était tout.

« Reconnais-tu quelque chose ? » demanda Pop, faisant lentement aller et venir sa loupe sur la photo. L'arrière-train du chien se transforma en monticule couvert de fourrés emmêlés, noirs, exotiques ; trois ou quatre des piquets pelés prirent la taille d'anciens poteaux téléphoniques ; puis soudain, l'objet rond à demi-dissimulé devint, en effet, une balle d'enfant, même s'il avait la taille d'un ballon de football ; Kevin voyait jusqu'aux étoiles décoratives en relief qui le ceinturaient. La loupe de Pop leur révélait donc quelque chose, et dans quelques instants, Kevin allait lui-même découvrir autre chose, sans celle-ci. Mais un peu plus tard.

« Bon Dieu, monsieur Merrill. Où voulez-vous que... ?

— Parce qu'il y a un certain nombre de choses, ici », fit patiemment Pop, sans cesser de parcourir la photo. Kevin pensa à un film dans lequel les flics cherchent des prisonniers évadés depuis un hélicoptère équipé d'un projecteur. « Un chien, un trottoir, une barrière de piquets qui aurait besoin d'être retapée ou carrément démolie, une pelouse à laquelle un coup de tondeuse ne ferait pas de mal. Le trottoir ne nous dit pas grand-chose : on ne le voit qu'en partie. Quant à la maison, on n'en aperçoit même pas les fondations, mais ce que je veux dire, c'est qu'il y a le chien. Tu ne le reconnais pas ?

— Non.

— Ni la barrière ?

— Non.

— Et la balle en caoutchouc ?

— Non... à votre air, on dirait que vous croyez que je devrais la reconnaître.

— J'ai l'air de quelqu'un qui pense que tu *aurais pu* la reconnaître, le corrigea Pop. Tu n'as jamais eu de balle semblable quand tu étais petit ?

— Pas que je me souvienne, non.

— Tu as une petite sœur, paraît-il.

— Megan.

— Elle n'a jamais eu de balle comme celle-ci ?

— Je ne crois pas. Je ne me suis jamais spécialement intéressé aux jouets de Megan. Elle a eu un rebondisseur, un Bolo, et le ballon au bout était rouge, mais plus sombre.

— Ouais, je sais ce que tu veux dire. Ce n'est pas le même genre de balle, en effet. Et ce n'est pas votre pelouse ?

— Nom de D... — euh, bon sang, non ! » Kevin se sentait un peu offensé. Lui et son père entretenaient avec soin le gazon autour de leur maison. Il était d'un beau vert profond et resterait ainsi, même avec les feuilles mortes, au moins jusqu'à la mi-octobre. « Et de toute façon, nous n'avons pas ce genre de barrière avec des piquets. » *Et si nous en avions une, elle ne serait pas dans cet état,* ajouta-t-il dans son for intérieur.

Pop relâcha l'interrupteur de sa loupe, replaça l'instrument dans son carré de velours, et l'enveloppa avec un soin qui frisait la vénération avant de le remettre à la même place, dans le tiroir. Puis il regarda attentivement Kevin. Il avait posé sa pipe, et aucune fumée ne lui brouillait les yeux ; mais si son regard était toujours aussi aigu, il ne pétillait plus comme avant.

« Ce que je veux dire, c'est qu'il pourrait s'agir de votre maison avant que vous ne l'ayez achetée, qu'est-ce que tu en penses ? Il y a dix ans-

— On l'avait déjà, il y a dix ans, le coupa Kevin, confondu.

— Je ne sais pas, moi. Il y a vingt ans, trente ans ? Ce que je veux dire, reconnais-tu le coin ? On dirait que ça monte un peu.

— Notre pelouse de devant... » commença-t-il. Il réfléchit,

secoua la tête et reprit : « Non, la nôtre est plate. La pente irait plutôt dans l'autre sens, s'il y en a une. C'est peut-être pour ça qu'on a des infiltrations dans la cave, quand le printemps est très humide.

— Ouais-ouais, peut-être. Et la pelouse de derrière ?

— Il n'y a pas de trottoir, derrière. Et sur les côtés... (il s'interrompit). Vous essayez de savoir si mon appareil ne prend pas des photos du passé ! » s'exclama-t-il. Pour la première fois, il eut réellement, viscéralement peur. Sa langue, contre son palais, avait un goût métallique.

« Je posais juste une question. » Pop frotta machinalement la table du doigt, à côté des photos, et parut parler davantage pour lui-même que s'adresser à Kevin. « Tu sais, on dirait qu'il se passe des choses fichtrement bizarres, de temps en temps, avec deux gadgets qui n'ont pourtant rien d'extraordinaire. Je ne dis pas qu'elles se passent vraiment ; sauf que dans ce cas, ça voudrait dire qu'il y aurait un sacré paquet de menteurs et de mystificateurs de par le monde.

— Quels gadgets ?

— Les magnétophones et les appareils Polaroïds. » Pop avait toujours l'air de parler aux photos ou à lui-même, comme s'il n'y avait pas eu de Kevin dans cet antre poussiéreux habité de mille tic-tac, l'arrière-boutique de l'Emporium Galorium. « Les magnéto-phones, par exemple, sais-tu combien de gens prétendent avoir enregistré la voix de personnes mortes ?

— Non. » Kevin n'avait pas cherché à parler à voix basse, mais avait néanmoins répondu dans un souffle ; pour quelque étrange raison, on aurait dit qu'il n'avait pas assez d'air dans les poumons pour parler normalement.

« Moi non plus », avoua Pop, remuant les photos du bout du doigt. Un doigt tordu au bout carré, un doigt qui paraissait conçu pour exécuter des mouvements maladroits et des opérations grossières, un doigt à renverser les vases au bout des tables et à provoquer un saignement de nez chez son propriétaire, s'il avait le malheur de vouloir se débarrasser d'une crotte de nez. Cependant, en voyant les mains de l'homme, Kevin pensa qu'il y avait probablement plus de grâce dans cet unique doigt que dans tout le corps de sa sœur Meg (et peut-être que dans le sien ; le clan des Delevan n'était connu ni pour sa légèreté de pied ni pour sa dextérité, raison pour laquelle l'avait frappé l'image de son père retenant sa mère, image qu'il conserverait sans doute toute sa vie). Le doigt de Pop Merrill avait l'air d'être sur le point d'expédier toutes les photos par terre par simple maladresse ; le genre de doigt qui cogne, dérape et pince par erreur. Mais non, les photos bougeaient à peine sous ses effleurements impatients.

Surnaturel, pensa de nouveau Kevin avec un petit frisson. Un authentique frisson qui le surprit, l'effara et le gêna un peu, même si Pop Merrill ne s'en aperçut pas.

« Et il y a même une manière de le faire », reprit Pop, qui ajouta, comme si Kevin lui avait posé la question : « Qui le fait ? Du diable si je le sais. Je suppose que ce sont ces " détectives des forces psychiques ", ou ceux qui s'appellent eux-mêmes comme ça, mais à mon avis il s'agit juste de rigolos qui font les idiots avec ça, comme les gens avec les planches de Ouija, dans les soirées. »

Il leva des yeux sévères vers Kevin, comme s'il redécouvrait sa présence.

« As-tu un Ouija, fiston ?

— Non.

— As-tu joué une fois avec une de ces planches ?

— Non.

— Eh bien, ne le fais jamais, fit Pop, l'air encore plus sinistre. Ces saloperies sont dangereuses. »

Kevin n'osa pas dire au vieil homme qu'il n'avait pas la moindre idée de ce qu'était une planche Oui-da.

« Bref, ils installent un magnétophone dans une pièce vide. En principe c'est une maison ancienne, tu vois ce que je veux dire, une maison avec une histoire, s'ils peuvent en trouver une. Tu vois ce que je veux dire, par une maison qui a une histoire, fiston ?

— Je crois… une maison hantée, non ? » hasarda Kevin. Il s'aperçut qu'il transpirait légèrement, comme la dernière fois que Mme Whittaker leur avait annoncé une interrogation écrite surprise en algèbre.

« Oui, ça fera l'affaire. Ces… ces gens préfèrent avant tout une maison ayant eu une histoire *violente*, mais ils prennent ce qu'ils trouvent. Bon, ils installent leur machine dans une pièce vide. Puis, le lendemain — ce que je veux dire c'est qu'ils font toujours ça la nuit, ils ne sont contents que comme ça, et minuit est l'heure idéale pour eux —, le lendemain, ils écoutent ce qui a été enregistré.

— Dans une pièce vide ?

— Parfois, continua Pop d'une voix songeuse qui aurait pu (ou non) avoir pour but de dissimuler quelque sentiment plus profond, il y a des voix. »

Kevin frissonna de nouveau. Il y avait bien des hiéroglyphes inscrits quelque part. Rien qu'on aurait aimé lire, mais... ouais. Ils étaient là.

« De vraies voix ?

— En général, pure imagination, mais une ou deux fois, j'ai entendu des gens en qui j'avais confiance dire qu'ils avaient entendu des voix réelles.

— Et vous ? est-ce que... ?

— Une fois », répondit sèchement Pop, qui resta si longtemps sans rien ajouter que Kevin commença à croire qu'il n'en dirait pas davantage. « C'était un seul mot. Aussi clair qu'un son de cloche. Enregistré dans le salon d'une maison vide de Bath. Le type y avait tué sa femme en 1946.

— Et quel était ce mot ? » demanda Kevin, tout en sachant qu'on ne le lui dirait pas, avec autant de certitude qu'il savait qu'aucun pouvoir sur terre, en tout cas pas sa volonté, n'aurait pu l'empêcher de poser la question.

Mais Pop le lui dit.

« Bassine. »

Kevin cilla. « Bassine ?

— Ouaip.

— Ça ne veut rien dire.

— Pas forcément. Il suffit de savoir qu'il lui avait coupé la gorge et maintenu la tête au-dessus d'une bassine pour récupérer le sang.

— Oh, mon Dieu !

— Eh oui.

— Oh, mon Dieu, vraiment ? »

Pop ne fit pas l'effort de répondre.

« C'était peut-être un faux, un canular, non ? »

Du tuyau de sa pipe, le vieil homme montra les photos. « Et ça, ce sont des faux ?

— Oh, mon Dieu...

— Et maintenant, les Polaroïds », poursuivit Pop, comme un lecteur de conte qui entamerait un nouveau chapitre dans la foulée : *Alors, en un autre lieu de la forêt...* « J'ai vu des photos avec des gens, et les gens juraient qu'on y voyait d'autres personnes qui n'étaient pas avec eux au moment de la prise de vue. Et il y a cette photo célèbre faite par une femme, en Angleterre. Elle voulait prendre le retour d'une chasse au renard, à la fin d'une journée. Il faut les imaginer, une vingtaine de cavaliers qui s'engagent sur un petit pont de bois. Avant et après le pont, c'est une route bordée d'arbres des deux côtés. Les premiers l'ont déjà franchi. Et sur la droite de la photo, debout sur le bas-côté, on voit une dame en robe longue, avec un chapeau à voilette qui empêche de distinguer son visage, un petit livre sous le bras. On voit même qu'elle porte un médaillon au cou, ou bien une montre.

Eh bien, lorsque la femme qui avait pris la photo vit la dame, elle piqua quasiment une crise de nerfs, et personne n'aurait pu la blâmer, fiston, parce que ce que je veux dire, c'est qu'elle voulait immortaliser les chasseurs, un point c'est tout, et qu'il n'y avait personne d'autre que les cavaliers. Sauf sur la photo. Et lorsqu'on la regarde vraiment de près, on a l'impression de voir les arbres à travers la dame. »

Il est en train de me faire marcher et de me bourrer le mou, et il va hurler de rire dès que j'aurai tourné les talons, se dit Kevin, tout en sachant que Pop Merrill ne faisait rien de tel.

« La photographe demeurait dans l'une de ces grandes maisons anglaises comme on en voit dans les cours éducatifs à la télé, et j'ai entendu dire que lorsqu'elle a montré le cliché au propriétaire, le type s'est évanoui pour le compte. Ça, on peut toujours le simuler. C'était probablement simulé. Ça sent le coup monté, non ? Mais j'ai vu la photo dans un article à côté d'un portrait de l'arrière-grand-mère du type en question, et elle lui ressemblait bigrement. Sans qu'on puisse rien affirmer, à cause de la voilette.

— Ça pourrait être un canular, aussi, objecta Kevin d'une voix incertaine.

— Possible, répondit Pop, le ton indifférent. Les gens sont prêts à faire les trucs les plus bizarres. Tiens, prends mon neveu, par exemple. Ace. (Le nez de Pop se plissa.) Il a été tirer quatre années à Shawnshank, et pourquoi ? Pour un coup minable et foireux. Il a fait le crétin, et le shérif Pangborn l'a fichu au trou pour ça. Ce petit cornichon a eu exactement ce qu'il méritait. »

Kevin, faisant preuve d'une sagesse digne de quelqu'un du double de son âge, ne répondit rien.

« Mais lorsque les fantômes apparaissent sur les photos fiston, — ou bien, comme tu dis, lorsque les gens prétendent que ce sont des fantômes — c'est presque toujours des photos prises avec un Polaroïd. Et presque toujours accidentellement, semble-t-il. Tandis que tes fichues photos de soucoupes volantes ou du monstre du Loch Ness, elles sont presque toujours de l'autre sorte. Celle qu'un petit malin est capable de traficoter dans une chambre noire. »

Il adressa à Kevin un troisième clin d'œil qui englobait tous les traficotages (quels qu'ils fussent) qu'un photographe sans scrupule était capable d'imaginer dans une chambre noire bien équipée.

Kevin envisagea un instant de demander à Pop s'il était possible de traficoter un Oui-da, puis décida de continuer à garder le silence. Ça lui semblait l'attitude la plus judicieuse.

« Tout ça pour dire que j'ai pensé à te demander s'il n'y avait pas quelque chose que tu connaissais dans ces photos de Polaroïd.

— Non, absolument rien », répondit Kevin d'un ton si convaincu qu'il se dit que Pop allait croire à un mensonge, comme le faisait toujours sa mère lorsqu'il commettait l'erreur tactique d'explications à la véhémence trop bien contrôlée.

— Ouais-ouais, fit Pop, le croyant avec tellement de facilité que Kevin en fut presque irrité.

— Eh bien, demanda Kevin au bout d'un instant de silence (si l'on ne tient pas compte du tic-tac des cinquante mille horloges et pendules), je crois que c'est ça, non ?

— Peut-être pas. Ce que je veux dire, c'est que j'ai ma petite idée sur la question. Tu serais d'accord pour prendre d'autres photos avec cet appareil ?

— A quoi ça servirait ? Elles sont toutes pareilles.

— Justement non. »

Kevin ouvrit la bouche et la referma.

« Je suis même prêt à participer à l'achat du film », insista Pop qui, lorsqu'il vit la stupéfaction se peindre sur le visage de Kevin, ajouta précipitamment. « Au moins un peu.

— Combien voulez-vous qu'on en prenne ?

— Eh bien, on en a déjà... combien ? Vingt-huit, c'est ça ?

— Oui, je crois.

— Trente de plus, dit Pop après un instant de réflexion.

— Pourquoi ?

— Je ne te le dirai pas. Pas pour le moment. » Il exhiba une bourse rebondie accrochée à une chaînette d'acier, elle-même reliée à sa ceinture. Il l'ouvrit, en sortit un billet de dix dollars, hésita, et en ajouta deux de un avec une évidente répugnance. « Ça doit faire à peu près la moitié, je crois. »

Ouais, tout juste, pensa Kevin.

« Si le coup que fait cet appareil t'intéresse vraiment, je me dis que tu peux bien banquer pour le reste, non ? » Le regard de Pop brillait comme celui d'un vieux chat curieux.

Kevin comprit que le vieil homme s'attendait non seulement à ce qu'il répondît oui, mais qu'il était inconcevable pour lui qu'il refusât. *Si jamais je dis non, il ne m'entendra même pas ; il dira :* " *Alors comme ça, c'est d'accord* ", *et je me retrouverai sur le trottoir avec son argent dans la poche, que je le veuille ou non.*

Et il lui restait aussi l'argent de son anniversaire.

Tout de même, il y avait ce vent glacial auquel il aurait aimé réfléchir. Ce vent qui ne semblait pas souffler sur les photos mais en provenir directement, en dépit de leur trompeuse platitude, de leur surface trompeusement brillante. Il sentait le vent qui en provenait en dépit de leur muette protestation : *Nous sommes des Polaroïds, et pour une raison que nous sommes incapables d'expliquer, ni même de comprendre, nous montrons seulement la surface banale des choses.* Ce vent était là. Qu'en penser ?

Kevin hésita encore un instant, tandis que les yeux brillants le jaugeaient, derrière leurs petites lunettes. *Je vais pas te demander si tu es un homme ou une souris*, disaient les yeux de Pop Merrill. *Tu as quinze ans, et ce que je veux dire c'est que tu n'es peut-être pas encore un homme, à cet âge, pas tout à fait, mais que tu es fichtrement trop vieux pour être une souris, que nous le savons tous les deux et qu'en plus, tu n'es pas de N'importe où, mais d'ici, de Castle Rock, tout comme moi.*

« Bien sûr, répondit Kevin d'un ton faussement détaché qui ne les trompa ni l'un ni l'autre. Je crois que j'aurai le temps d'acheter le film ce soir. Je vous apporterai les photos demain, après l'école.

— Eh non.

— Vous êtes fermé, demain ?

— Eh non », répéta Pop. Et comme il était de la ville, Kevin attendit patiemment. « Tu te dis que tu vas prendre tes trente photos d'un coup, n'est-ce pas ?

— Ben oui. » Mais Kevin n'y avait même pas pensé ; cela lui avait paru aller de soi.

« Ce n'est pas comme ça que je te demande de procéder. Peu importe l'endroit où tu les prends ; ce qui compte, c'est *quand* tu les prends. Laisse-moi t'expliquer. »

Pop s'expliqua, et coucha même sur le papier un certain nombre d'heures. Kevin mit la liste dans sa poche.

« Voilà ! » fit Pop, se frictionnant les mains vivement ; elles
produisirent un bruit sec, comme deux feuilles de papier de verre
usagé que l'on frotte l'une contre l'autre. « On se revoit dans...
disons trois jours ?

— Oui... je crois que ça ira.

— Je parie que tu aimerais autant attendre lundi après l'école (il
adressa un quatrième clin d'œil à Kevin, lent, madré, et tout ce
qu'il y avait de plus humiliant). Comme ça, tes copains ne te
verront pas entrer ici et ne se ficheront pas de toi, voilà ce que je
veux dire. »

Kevin rougit, baissa les yeux vers la table et se mit à rassembler
les Polaroïds, histoire de s'occuper les mains. D'ordinaire, quand
il était gêné et ne savait qu'en faire, il se faisait craquer les
articulations.

« Je... » Il voulait avancer quelque absurde protestation qui ne
les convaincrait ni l'un ni l'autre, si bien qu'il s'arrêta, contemplant une photo.

« Oui ? » demanda Pop. Pour la première fois depuis que Kevin
était en sa présence, le vieil homme eut quelque chose qui
paraissait réellement humain dans son ton de voix. « On dirait que
tu viens de voir un fantôme, mon garçon.

— Non, pas un fantôme. Je viens de voir qui a pris la photo.
Qui a *vraiment* pris la photo.

— Nom d'un petit bonhomme, de quoi parles-tu ? »

Kevin indiqua une ombre. Lui-même, son père, sa mère, Meg et
apparemment aussi M. Merrill l'avait prise pour celle d'un arbre
qui aurait été hors cadre. Mais ce n'était pas l'ombre d'un arbre.
C'est ce que Kevin venait de comprendre, et on ne peut décom-
prendre ce que l'on a compris.

Encore d'autres hiéroglyphes.

« Je ne vois pas à quoi tu veux en venir », dit Pop. Mais Kevin
savait que le vieux n'ignorait pas qu'il en venait à *quelque chose*, et
que c'était pour cette raison qu'il avait l'air si abasourdi.

« Regardez tout d'abord l'ombre du chien, reprit Kevin. Puis
regardez celle-ci (il tapota le côté gauche de la photo). Dans la
photo, le soleil se lève ou se couche. C'est ce qui allonge les
ombres, et il est difficile de dire par quoi elles sont projetées. Mais
en la regardant, ça s'est mis en place pour moi, tout d'un coup.

— Qu'est-ce qui s'est mis en place, fiston ? » Pop eut un geste
vers le tiroir, sans doute avec l'intention d'y reprendre la loupe...

puis interrompit son mouvement. Brusquement, il n'en avait plus besoin ; brusquement, ça s'était mis en place pour lui aussi.

« C'est l'ombre d'un homme, n'est-ce pas ? demanda Pop. Je veux bien aller rôtir en enfer si ce n'est pas l'ombre d'un homme.

— Ou d'une femme. On ne peut pas dire. Ce sont des jambes, j'en suis sûr, mais ce sont peut-être celles d'une femme en pantalons. Ou même d'un gosse. Avec des ombres qui s'allongent autant...

— Ouais, on ne peut pas dire.

— De toute façon, c'est bien celle de la personne qui a pris la photo, non ?

— Ouaip.

— Mais ce n'est pas la mienne. C'est sorti de mon appareil, comme toutes les autres, mais je ne l'ai pas prise. Mais alors, qui, monsieur Merrill ? Qui ?

— Appelle-moi Pop », répondit le vieil homme d'un air absent, tout en contemplant l'ombre sur la photo, et Kevin sentit sa poitrine se gonfler de plaisir tandis que les quelques pendules encore capables d'avancer à vitesse normale commençaient à signaler aux autres que, aussi fatiguées qu'elles fussent, il était temps pour elles de sonner la demie.

CHAPITRE TROIS

Lorsque Kevin revint à l'Emporium Galorium avec les photos, le lundi après l'école, les feuilles avaient commencé à changer de couleur sur les arbres. Cela faisait deux semaines qu'il avait eu quinze ans, et cet événement avait perdu de sa nouveauté.

Ce qui n'en avait pas perdu, en revanche, était le phénomène *surnaturel*, même si, à son avis, celui-ci ne figurait pas dans la liste des bienfaits reçus. Il avait fini de tirer les photos selon le calendrier établi par Pop, le vendredi après-midi, et il comprenait maintenant — aussi clairement qu'il était possible — pour quelle raison le vieil homme avait imposé un intervalle de temps entre chaque prise : les dix premières toutes les deux heures, un temps de repos pour l'appareil, les dix suivantes toutes les deux heures, les dix dernières toutes les trois heures. Il avait pris les dernières à l'école, le vendredi, et vu alors quelque chose que personne n'aurait pu voir avant, puisque ça ne devenait visible que sur les trois derniers clichés. Il en avait été tellement terrifié qu'il avait décidé, avant même d'aller les montrer à Pop Merrill, de se débarrasser du Soleil 660. Pas de l'échanger, surtout pas : cela aurait signifié en perdre le contrôle. Il ne pouvait le permettre.

Il est à moi, avait-il pensé, et cette idée ne cessait de lui revenir à l'esprit, mais ce n'était pas une idée vraie. Si elle l'avait été (autrement dit, si le Soleil 660 ne prenait des photos du bâtard noir près de la barrière blanche que lorsque lui, Kevin, appuyait sur le déclencheur), il en aurait été différemment. Mais ce n'était pas le cas. Quelle que fût la magie sournoise contenue dans les entrailles de l'appareil, il n'était pas le seul à la provoquer. Son père avait pris la même photo (presque la même), ainsi que Pop Merrill et Meg, quand Kevin lui avait laissé tirer deux épreuves dans le cadre du programme de Pop.

« Les as-tu numérotées ? demanda Pop lorsque Kevin les lui apporta.

— Oui. De une à cinquante-huit. » Il fit défiler sous son pouce les coins inférieurs gauche ; les numéros y figuraient dans un petit cercle. « Mais je ne sais pas si c'est important. J'ai décidé de me débarrasser de l'appareil.

— De t'en débarrasser ? Ce n'est pas ce que tu veux dire.

— Non, je ne crois pas. Je vais le démolir à coups de masse. »

Pop le regarda de ses petits yeux rusés. « Ah bon ?

— Oui, répondit Kevin, sans détourner les siens du regard rusé. La semaine dernière, rien que l'idée m'aurait fait rire, mais ne je ris plus aujourd'hui. Je crois que ce truc est dangereux.

— Je me dis que tu as peut-être raison, et au fond, tu peux très bien le ficeler à un bâton de dynamite et le réduire en poussière si ça te chante. C'est ton appareil, voilà ce que je veux dire. Mais pourquoi ne pas attendre un petit peu ? Il y a quelque chose que j'aimerais faire avec ces photos. Ça pourrait t'intéresser.

— Quoi ?

— Je préfère pas le dire, des fois que ça marcherait pas. J'aurais peut-être quelque chose à la fin de la semaine. Un truc qui t'aidera à mieux te décider, dans un sens ou un autre.

— J'ai décidé, l'interrompit Kevin en tapotant la chose apparue sur les deux derniers clichés.

— Qu'est-ce que c'est ? demanda Pop. Je les ai regardés à la loupe, j'ai l'impression que je devrais savoir ce que c'est — comme un mot qu'on a sur le bout de la langue, c'est ce que je veux dire — mais je n'y arrive pas.

— Je suppose que je pourrais attendre jusqu'à vendredi, dit Kevin, faisant exprès de ne pas répondre à la question. Mais pas plus longtemps.

— La frousse ?

— Oui, j'ai la frousse, répondit-il simplement.

— Tu en as parlé à tes parents ?

— Non. Pas du tout.

— Tu pourrais en avoir envie. Tu pourrais avoir envie d'en parler à ton père, c'est ce que je veux dire. Tu auras le temps d'y penser pendant que je m'occuperai de mon côté avec ma petite idée.

— Vous pouvez faire ce que vous voulez, je l'écrase sous la masse de mon père vendredi prochain. Je ne veux même pas un nouvel appareil photo. Pas plus un Polaroïd qu'un autre.

— Où est-il, en ce moment ?

— Dans un tiroir de ma commode. Et il y restera.

— Passe au magasin vendredi, dit Pop. Amène l'appareil photo avec toi. On discutera de ma petite idée et alors, si tu veux démolir ce foutu machin, je te prêterai ma propre masse. Pour rien. J'ai même un billot dans l'arrière-cour dont tu pourras te servir.

— Affaire conclue, répondit Kevin avec un sourire.

— Qu'as-tu dit au juste à tes parents ?

— Que je ne suis pas encore décidé. Je n'ai pas voulu les inquiéter. Surtout Maman. (Kevin lui adressa un regard curieux.) Pourquoi pourrais-je vouloir en parler à mon père ?

— Si tu démolis cet appareil, il risque d'être furieux contre toi. Ça n'est pas si grave, mais il va peut-être croire aussi que tu es un peu cinglé. Du genre vieille fille qui crie au voleur et appelle la police pour un plancher qui craque, c'est ce que je veux dire. »

Kevin rougit un peu, se rappelant la colère de son père lorsque l'idée de surnaturel avait été lancée, puis soupira. Il n'avait pas songé à cette conséquence, mais il se disait maintenant que Pop avait probablement raison. Il n'aimait pas que son père soit en colère contre lui : c'était cependant quelque chose qu'il pouvait

supporter. Mais qu'il le prît pour un poltron, un fou, ou les deux...
c'était tout de même une autre paire de manches.

Pop le regardait de son air matois, déchiffrant ces pensées au fur
et à mesure qu'elles traversaient le visage de Kevin avec autant de
facilité que les gros titres d'un journal à scandales.

« Pourrait-il venir nous retrouver ici vers quatre heures, vendredi
prochain ?

— Impossible, répondit Kevin. Il travaille à Portland. Il arrive
rarement à la maison avant six heures.

— Je vais lui passer un coup de fil, si tu veux. Il viendra, si je
l'appelle. »

Kevin ouvrit de grands yeux.

Un léger sourire effleura les lèvres de Pop. « Oh, je le connais.
De longue date. Il n'aime pas plus parler de moi que toi, et je
comprends ça, mais ce que je veux dire, c'est que je le connais. Je
connais un tas de gens dans cette ville. Tu serais surpris, fiston.

— Comment l'avez-vous connu ?

— Oh, je lui ai rendu service, autrefois. » Pop enflamma une
allumette de l'ongle, et dissimula ses yeux avec assez de fumée pour
qu'il fût impossible de dire s'il y avait de l'amusement, de la
nostalgie ou du mépris dans son regard.

« Quel genre de service ?

— Ça, c'est entre lui et moi. Tout comme cette affaire (geste vers
le tas de photos) est entre toi et moi. C'est ce que je voulais dire.

— Bon... très bien... je crois. Est-ce que je dois lui dire quelque
chose ?

— Sûrement pas ! fit Pop de son ton guilleret. Tu me laisses
m'occuper de tout. » Et pendant un instant, en dépit des volutes de
fumée, il y eut quelque chose dans le regard de Pop Merrill que
Kevin Delevan aurait préféré ne pas y voir. Il partit, dans un état de
grande confusion d'esprit, muni d'une seule certitude : il lui tardait
que tout cela fût terminé.

Pop resta assis, silencieux et immobile, pendant au moins cinq
minutes après le départ de Kevin. Il laissa s'éteindre sa pipe, qu'il
avait toujours à la bouche, et se mit à pianoter avec presque
autant de dextérité qu'un concertiste, d'une main qui se dissimulait
sous l'apparence d'une paluche de terrassier, à côté de la pile de
photos.

Il reposa soudain la pipe sur son râtelier et appela une boutique de matériel photo de Lewiston. Il posa deux questions. Les deux réponses furent oui. Pop raccrocha, et se remit à tambouriner sur la table. Ce qu'il envisageait n'était pas très correct vis-à-vis du garçon, mais celui-ci avait soulevé un pan de voile sur quelque chose que non seulement il ne comprenait pas, mais ne voulait pas comprendre.

Correct ou pas, Pop n'avait pas l'intention de laisser le garçon mettre sa décision à exécution. Il n'avait pas encore choisi la marche à suivre, en tout cas pas entièrement, mais il était judicieux d'être prêt.

C'était *toujours* judicieux.

Assis, tambourinant des doigts, il se demanda ce qu'avait bien pu voir le garçon. Celui-ci avait de toute évidence cru que Pop le saurait, mais Pop n'en avait pas la moindre idée. Peut-être le lui dirait-il vendredi. Ou pas. Mais si le garçon ne voulait rien dire, son père, à qui Pop avait une fois prêté quatre cents dollars à un taux exorbitant pour qu'il pût honorer un pari sur un match de basket, pari qu'il avait perdu et dont sa femme n'avait jamais entendu parler, son père, lui, parlerait. Si, bien sûr, il le pouvait. Même les meilleurs des pères ne savent pas tout sur leurs fils quand ils atteignent les quinze ans, mais Pop jugeait que Kevin était un très jeune quinzenaire, et que son père devait être au courant d'à peu près tout... ou capable de les découvrir.

Il sourit, pianota, et toutes les horloges se mirent laborieusement à sonner cinq heures.

CHAPITRE QUATRE

Le vendredi, à deux heures de l'après-midi, Pop Merrill tourna le panonceau de la porte en position FERMÉ, se glissa au volant de sa Chevrolet 1959, laquelle était entretenue à la perfection depuis des années à la station-service Texaco de Sonny (et absolument pour rien, retombée d'un autre prêt : Sonny Jackett était encore un des citoyens de Castle Rock qui aurait préféré se faire brûler la plante des pieds plutôt que de reconnaître que non seulement il connaissait Pop Merrill, mais qu'il était endetté jusqu'au cou auprès de lui, le brocanteur l'ayant tiré d'une affaire désastreuse en 69), et se véhicula jusqu'à Lewiston, ville qu'il haïssait parce qu'elle lui donnait l'impression de n'avoir que des rues à sens unique — sauf deux, ou peut-être trois. Il arriva à Lewiston comme il n'y a qu'à Lewiston qu'on peut le faire : non pas en roulant directement jusqu'à sa destination, mais en décrivant des cercles concentriques de plus en plus serrés dans ces rues merdiques à sens unique, jusqu'à ce qu'il dût admettre se trouver aussi près qu'il était possible de son but. Il fit le reste du chemin à pied. Un homme de haute taille, maigre, chauve, à lunettes sans monture, au pantalon kaki au pli impeccable, en chemise bleue d'ouvrier boutonnée jusqu'au col.

Il y avait, dans la vitrine de la boutique, un panneau sur lequel un personnage de BD se débattait en vain dans un fouillis de pellicules de films. Le type avait l'air sur le point de tout balancer par la fenêtre. La légende disait : MARRE DE LA BAGARRE ? NOUS TRANSFÉRONS VOS FILMS EN 8 MM (ET VOS DIAPOS !) SUR CASSETTES VIDÉO !

Encore un foutu gadget, pensa Pop en ouvrant la porte pour entrer. *Le monde crève sous les gadgets.*

Mais il était de ces gens (le monde crève sous ces gens-là) qui n'ont rien contre l'utilisation de ce qu'ils méprisent, lorsque ça leur rend service. Il dit deux mots à l'employé. Celui-ci appela le propriétaire. Pop et lui se connaissaient depuis la nuit des temps (probablement depuis qu'Ulysse naviguait sur la mer noire comme du vin, auraient dit les beaux esprits). Le propriétaire l'invita à passer dans l'arrière-boutique, où ils prirent un petit verre.

« Un paquet de photos bougrement bizarres, remarqua le propriétaire.

— Ouaip.

— La bande vidéo est encore plus bizarre.

— Je m'en doute.

— C'est tout ce que ça t'inspire ?

— Ouaip.

— Va te faire foutre ! » dit le propriétaire, et tous deux éclatèrent d'un rire strident et caquetant de vieillard. Derrière son comptoir, l'employé fit la grimace.

Pop repartit vingt minutes plus tard avec deux choses : une cassette vidéo et un Polaroïd Soleil 660 flambant neuf.

De retour à la boutique, il appela chez les Delevan. Il ne fut pas surpris quand John décrocha.

« Si vous avez fait le con avec mon fils, je vous tuerai, espèce de vieux serpent », dit John sans autre préambule. Pop entendit au loin le cri indigné de l'adolescent : *Papa !* »

Les lèvres de Pop s'étirèrent et découvrirent ses dents — des dents de travers, usées, jaunies par la pipe, mais ses vraies dents, nom de Dieu — et si Kevin avait pu le voir à cet instant, il aurait fait plus que *se demander* si Pop Merrill n'était pas autre chose que la version « Castle Rock » d'un Bon Vieux Philosophe de Comptoir : il aurait tout de suite compris.

« Ecoutez, John, j'ai essayé *d'aider* votre fils avec son appareil photo. C'est absolument tout ce que j'ai fait. (Il marqua un temps d'arrêt.) Exactement comme la fois où je vous ai donné un coup de main, quand vous étiez un petit peu trop sûr des Seventy-Sixers, c'est ce que je veux dire. »

Il y eut un assourdissant silence à l'autre bout de la ligne, signifiant que John Delevan aurait eu énormément de choses à dire sur cette question — mais le gosse se trouvait dans la pièce, et là était le gag.

« Votre fils ne sait rien de tout ça, je vous rassure », reprit Pop tandis que s'élargissait son abominable sourire dans les ombres caquetantes de tic-tac de l'Emporium Galorium, où les odeurs prédominantes étaient celles des vieux journaux et des crottes de souris. « Je lui ai dit que ça ne le regardait pas, tout comme je lui ai dit que cette affaire de Polaroïd le regardait, lui. Je n'aurais même pas évoqué cette histoire de pari si j'avais pu imaginer un autre moyen de vous faire venir ici, John, voilà ce que je voulais dire. Et vous seriez bien inspiré de voir ce que j'ai à vous montrer, parce que sinon, vous n'allez pas comprendre pourquoi votre gamin veut démolir son appareil à coups de masse.

— Le démolir à coups de masse !

— Ni pourquoi je pense que c'est une fichue bonne idée. Allez-vous venir avec lui, oui ou non ?

— Je ne suis pas à Portland, il me semble.

— Ne vous occupez pas du panneau FERMÉ sur la porte », reprit Pop du ton serein d'un homme qui a l'habitude d'imposer sa manière de faire depuis des années, et qui entend bien que ça continue encore longtemps. « Frappez, c'est tout.

— Mais qui diable a pu donner votre nom à mon fils, Merrill ?

— Je ne lui ai pas demandé », répondit le brocanteur de ce

même ton serein horripilant, avant de raccrocher. Puis à l'adresse de la boutique déserte : « Tout ce que je sais, c'est qu'il est venu. Comme ils le font toujours. »

Pendant qu'il attendait, il sortit le Soleil 660 acheté à Lewiston de sa boîte et enfouit tout l'emballage au plus profond de sa corbeille à papier, à côté de sa table de travail. Il contempla l'appareil, l'air songeur, puis chargea le paquet de quatre épreuves qui allait avec. Cela fait, il déploya l'objectif ; la lumière rouge s'alluma brièvement, à la gauche du petit éclair, puis la verte se mit à clignoter. Pop se rendit compte, sans s'en étonner, qu'il était en émoi. *Dieu déteste les froussards,* se dit-il — et il appuya sur le déclencheur. Le fouillis qui régnait dans l'espèce de grange qu'était l'Emporium Galorium fut un instant baigné dans une lumière blanche aussi improbable qu'impitoyable. Le Polaroïd émit son petit grésillement huileux et recracha ce qui allait être une photo instantanée, parfaitement correcte, mais manquant tout de même d'un je-ne-sais-quoi ; une photo en deux dimensions dépeignant un univers où les navires franchiraient sans aucun doute les limites fumantes et grouillant de monstres de la terre s'ils allaient assez loin à l'ouest.

Pop la regardait avec la même expression hypnotisée qu'avait eu le clan Delevan lorsqu'il avait attendu le développement de la première photo de Kevin. Il se disait que son appareil ne ferait pas la même chose, évidemment que non, mais il n'en était pas moins tendu comme une corde de piano et, tout vieux blanchi sous le harnois qu'il était, il aurait presque à coup sûr lâché un cri si une planche avait craqué à ce moment-là.

Mais aucune planche ne craqua, et lorsque l'image se révéla, elle ne montra que ce qu'elle devait montrer : des horloges entières, des horloges en pièces détachées, des grille-pain, des paquets de journaux attachés par des ficelles, des lampes avec des abat-jour tellement affreux que seules les femmes des classes supérieures britanniques pouvaient vraiment les aimer, des étagères de livres de poche (quatre pour un dollar, et des titres comme *Après le crépuscule, Mon Ange, La chair en feu,* et *Le chandelier de cuivre*), et, à l'arrière-plan, la vitrine poussiéreuse. On distinguait, à l'envers, les lettres EMPOR, le reste étant caché par la masse volumineuse d'une commode.

Pas de créature balourde d'outre-tombe, pas de poupée en

salopette bleue brandissant un couteau. Rien qu'un appareil photo. Il se dit que ce qui l'avait poussé à prendre ce cliché, juste pour voir, montrait à quel point le phénomène l'avait affecté en profondeur.

Pop poussa un soupir et enfouit à son tour la photo dans la corbeille à papier. Il ouvrit le grand tiroir de sa table de travail et y prit un petit marteau. Tenant fermement le Polaroïd de la main gauche, il fit décrire un arc raccourci à l'outil, sans y mettre beaucoup de force. Ce n'était pas nécessaire. Tout le monde se contrefiche de la belle ouvrage, de nos jours. On vous rebat les oreilles des merveilles de la science moderne, produits synthétiques, alliages nouveaux, polymères et tout le bataclan. Ça n'y fait rien. De la crotte ; voilà de quoi sont réellement faites les choses, de nos jours, et il n'était pas bien dur de casser un appareil photo fabriqué avec ce matériau.

L'objectif se fissura. Des éclats de plastique en volèrent, ce qui rappela quelque chose d'autre à Pop. A gauche ou à droite ? Il fronça les sourcils. A gauche. Il lui semblait. Ils n'y feraient pas attention, de toute façon, ou ils ne s'en souviendraient pas, vous auriez pu parier vos économies là-dessus, mais Pop n'était pas du genre à édifier un stratagème avec des à-peu-près. Il était judicieux d'être prêt.

Toujours judicieux.

Il rangea le marteau, balaya les débris de plastique et de verre avec une petite brosse, par terre et sur la table, rangea la brosse et prit un crayon gras à pointe fine et un cutter de maquettiste. Il traça ce qu'il pensait être la forme approximative de l'éclat de plastique qui avait sauté du Soleil 660 de Kevin, lorsque Meg l'avait fait tomber, puis entailla la forme avec le cutter. Quand il pensa avoir suffisamment creusé le plastique, il rangea le cutter et provoqua la chute de l'appareil sur le sol. Ce qui s'était produit une fois devait normalement se reproduire, en particulier après le pré-découpage qu'il venait d'effectuer.

Ça marcha presque parfaitement. Il examina le boîtier, qui présentait maintenant une écaille dans sa masse en plus d'un objectif fêlé, hocha la tête, et le remisa sous la table, dans l'obscurité. Il prit soin de retrouver l'éclat de plastique qui avait sauté et de l'enfouir aussi au fond de la corbeille à papier, avec le reste.

Il ne lui restait plus rien à faire, sinon attendre l'arrivée des Delevan. Pop monta avec la cassette vidéo dans le petit appartement encombré qu'il occupait au-dessus du magasin. Il posa la cassette sur le magnétoscope qu'il avait acheté pour regarder les films de cul qu'on pouvait se procurer, de nos jours, puis s'assit pour lire le journal. Accident d'avion au Pakistan. Cent trente morts. Tous ces crétins qui se faisaient tout le temps tuer, tout de même, pensa Pop. Mais c'était bien fait pour eux. Quelques bougnouls de moins sur la planète, ça ne faisait pas de mal. Puis il alla à la page des sports, voir ce qu'avaient fait les Red Sox. Ils avaient encore une bonne chance de remporter le Tournoi de l'Est.

CHAPITRE CINQ

« De quoi s'agissait-il ? » demanda Kevin, comme ils se préparaient à partir. Ils avaient la maison à eux : Meg était à son cours de danse, et Mme Delevan avait sa partie de bridge avec des amies. Elle reviendrait à la maison à cinq heures avec une pizza géante et les derniers potins sur qui allait divorcer, ou du moins l'envisageait.

« Ça ne te regarde pas », répondit John d'une voix rude où se mêlaient colère et embarras.

La journée était fraîche. John Delevan cherchait son blouson de demi-saison. Il s'était arrêté et tourné pour regarder son fils, qui se tenait derrière lui, déjà habillé pour sortir, le Soleil 660 à la main.

« Très bien, reprit-il. Je ne t'ai jamais embêté avec cette foutue histoire jusqu'ici, et je n'ai pas trop envie de commencer. Tu sais ce que je veux dire.

— Oui », répondit Kevin, pensant à part lui, *je sais exactement de quoi tu parles, voilà ce que je veux dire.*

« Ta mère ignore tout de l'affaire.

— Je ne lui dirai pas.

— Ne dis pas ça, rétorqua vivement son père. Ne t'embarque pas sur ce chemin, sans quoi tu ne pourras jamais t'arrêter.

— Mais tu as dit que tu ne lui avais jamais-

— Non je ne lui ai jamais dit. (Il trouva enfin son blouson et l'enfila.) Elle ne m'a jamais posé de questions, et je ne lui ai jamais rien dit. Si elle ne te pose pas la question, tu n'auras pas à lui répondre. Tu dois trouver ça tordu, non ?

— Ouais. Honnêtement, je trouve ça tordu.

— D'accord, d'accord... mais c'est comme ça que ça se passe. Si la question est jamais soulevée, il faudra le lui dire. *Nous devrons* le lui dire. Sinon, rien. C'est simplement la façon de faire, dans le monde des adultes. Ça paraît un peu foireux, et parfois c'est complètement foireux, mais c'est comme ça. Es-tu capable de vivre avec ?

— Oui, je crois.

— Bon, allons-y. »

Ils s'engagèrent côte à côte dans l'allée, remontant la fermeture de leur blouson. Le vent jouait avec les cheveux de John qui retombaient sur ses tempes, et Kevin remarqua pour la première fois — surpris et mal à l'aise — qu'ils commençaient à y grisonner.

« Ce n'était pas une bien grande affaire, de toute façon », reprit John. On aurait presque dit qu'il se parlait à lui-même. « Ce n'est jamais le cas avec Pop Merrill. Ce n'est pas un type à grandes affaires, si tu vois ce que je veux dire. »

Kevin acquiesça.

« C'est quelqu'un de relativement riche, figure-toi, mais pas à cause de sa brocante. Il est la version « Castle Rock » de Shylock.

— De qui ?

— Peu importe. Tu liras un jour *Le marchand de Venise*, si l'éducation qu'on vous donne n'est pas encore complètement foutue. Il prête de l'argent à des taux d'intérêt supérieurs à ce qu'autorise la loi.

— Mais alors, pourquoi les gens lui en emprunte ? » demanda Kevin tandis qu'ils prenaient le chemin du centre ville sous des arbres dont les feuilles, dorées, rouges ou mauves, tombaient petit à petit au sol.

« Parce qu'ils ne pourraient emprunter nulle part ailleurs, répondit avec amertume John Delevan.

— Tu veux dire que leur crédit n'est pas bon ?

— Quelque chose comme ça.

— Mais nous… tu…

— Ouais. On s'en sort bien, aujourd'hui. Mais on ne s'en est pas toujours bien sorti. Quand ta mère et moi nous nous sommes mariés, on était aussi loin de s'en sortir que d'ici à l'autre bout de la ville. »

Il resta une fois de plus silencieux pendant un moment, et Kevin se garda d'intervenir.

« Voilà. Il y avait un type qui nous cassait les pieds avec les Celtics, une année. » John regardait à ses pieds, devant lui, comme s'il avait peur de marcher sur une fissure et de rompre le cou à sa mère. « L'équipe des Celtics s'était retrouvée en finale contre les Seventy-Sixers de Philadelphie. Les Celtics partaient favoris, mais beaucoup moins que les années précédentes. Je m'étais fourré dans la tête que les Seventy-Sixers allaient les battre, que c'était leur année. »

Il jeta un bref coup d'œil à son fils, un peu à la manière dont un voleur à la tire subtiliserait un article de petite taille mais de grande valeur et le glisserait sous sa veste, puis il recommença à surveiller les fissures du trottoir. Ils descendaient maintenant le long de Castle Hill, vers l'unique feux de carrefour de la ville, à l'angle de Lower Main Street et de Watermill Lane. Au-delà, le pont que les habitants du cru appelaient Tin Bridge traversait le Castle Stream. Sa superstructure dessinait des formes géométriques bien nettes dans le ciel bleu d'automne.

« Je me dis que c'est ce sentiment de *certitude*, cette impression particulière qui infectent les malheureux que l'on voit vider leur compte bancaire, perdre leur maison, leur voiture et même leurs vêtements, quand ils sont devant un tapis vert de casino ou dans les salles clandestines de poker. Cette impression d'avoir reçu un télégramme du Très-Haut. Je ne l'ai connue qu'une fois, et je remercie Dieu pour ça.

A cette époque, je faisais souvent des paris amicaux sur les parties de football des Séries mondiales, cinq dollars tout au plus, je crois, et souvent bien moins que ça, juste un pari symbolique, vingt-cinq cents ou un paquet de cigarettes. »

Cette fois-ci, ce fut Kevin qui jeta un coup d'œil à la dérobée à son père, sauf que celui-ci s'en aperçut, fissures ou pas dans le trottoir.

« Oui, à cette époque, je fumais aussi. A l'heure actuelle, je ne parie plus et je ne fume plus. Je ne parie plus depuis cette fois-là. Elle m'en a définitivement passé l'envie.

Ta mère et moi, nous n'étions mariés que depuis deux ans. Tu n'étais pas encore né. Je travaillais comme assistant-géomètre, et je ramenais quelque chose comme cent seize dollars par semaine à la maison. Ou plutôt c'était ce qui me restait dans la poche, une fois que le gouvernement avait fait sa razzia.

Ce type qui était si fier des Celtics était l'un des ingénieurs. Il portait même un haut de survêtement des Celtics pour travailler, vert avec le trèfle dans le dos. La semaine avant la finale, il n'arrêta pas de dire partout qu'il aimerait trouver quelqu'un d'assez téméraire et stupide pour parier sur les Seventy-Sixers, parce qu'il avait quatre cents dollars qui n'attendaient qu'à être multipliés par deux.

Cette voix, en dedans de moi, parlait de plus en plus fort, et la veille du jour où devaient commencer les séries, j'ai été le voir pendant la pause du déjeuner. J'avais l'impression que mon cœur allait éclater, tellement j'avais peur.

— Parce que les quatre cents dollars, tu ne les avais pas, hein ? lança Kevin. L'autre type les avait, mais pas toi. » Il regardait maintenant ouvertement son père, ayant complètement oublié le Polaroïd pour la première fois depuis sa visite initiale chez Pop Merrill. Les merveilles qu'accomplissaient le Soleil 660 disparaissaient (temporairement, certes) devant cette nouvelle et plus éclatante merveille : son père, jeune, avait fait quelque chose de spectaculairement stupide, comme Kevin savait que d'autres hommes le faisaient, comme il lui arriverait peut-être de le faire, le jour où il serait lâché dans la nature, et qu'il n'y aurait pas de membre de la Tribu des Raisonnables pour l'empêcher de céder à quelque terrible impulsion, quelque instinct imbécile. Son père, semblait-il, avait brièvement été membre de la Tribu des Instinctifs. Dur à avaler, mais la preuve n'était-elle pas là ?

« Tout juste.

— Mais tu as tout de même parié.

— Pas exactement comme ça. Je lui ai dit que je croyais que les Seventy-Sixers gagneraient le championnat, mais que quatre cents dollars, c'était une grosse somme pour quelqu'un qui n'était qu'un simple géomètre-assistant.

— Sauf que tu ne lui as pas dit carrément que tu n'avais pas l'argent.

— J'ai bien peur d'avoir fait encore pire, Kevin. J'ai laissé entendre que je les avais. J'ai simplement dit que je n'avais pas les moyens de les perdre, ce qui était hypocrite, pour ne pas dire plus. Je lui ai dit que je ne pouvais pas risquer quatre cents dollars à un contre un — je ne mentais toujours pas, vois-tu, mais je patinais juste aux limites.

— Oui.

— Je ne sais pas ce qui se serait passé — rien, peut-être — si le contremaître n'avait pas sonné la fin de la pause à cet instant-là. Mais voilà, la cloche a retenti, et l'ingénieur m'a tendu la main en disant : " Je te prends à deux contre un, fiston, si c'est ce que tu veux. Moi, ça m'est égal ; ce sera toujours quatre cents dollars de plus dans ma poche. " Et avant d'avoir compris ce qui se passait, nous nous étions serré la main devant une demi-douzaine de types. Et je me retrouvais dans le potage, pour le meilleur ou le pire. En rentrant à la maison, ce soir-là, j'ai pensé à ta mère, à ce qu'elle dirait si elle était au courant, et je me suis garé sur le bas-côté dans la vieille Ford que j'avais à l'époque, pour dégobiller. »

Une voiture de police arrivait lentement sur Harrington Street. Noris Ridgeway était au volant et Andy Clutterbuck installé à l'arrière. Clut leva la main lorsque le véhicule s'engagea à gauche, dans Main Street. John et Kevin répondirent ensemble à son salut. L'automne continuait son bonhomme de chemin autour d'eux, comme si John Delevan n'avait jamais ouvert la portière de sa vieille Ford pour dégobiller dans la poussière du chemin...

Ils traversèrent Main Street.

« On pourrait faire remarquer que j'en ai eu pour mon argent, à vrai dire. Les Sixers ont mené jusqu'à la dernière minute de la septième partie. C'est alors que l'un de ces bâtards d'Irlandais, je ne me rappelle plus lequel, a piqué le ballon à Hal Greer et a filé jusqu'au panier, et les quatre cents dollars que je n'avais pas sont passés avec le ballon dans le trou. Lorsque j'ai payé cet animal d'ingénieur, le lendemain, il m'a dit qu'il commençait à se sentir un peu nerveux vers la fin, c'est tout. Je n'avais qu'une envie, lui faire sauter les yeux avec les pouces.

— Tu l'as payé le *lendemain* ? Comment as-tu fait ?

— Je te l'ai dit, c'était comme une fièvre. A peine nous nous étions serré la main qu'elle était passée. J'espérais de toutes mes forces gagner ce pari, mais je savais qu'il fallait *penser* comme si j'allais le perdre. Il y avait bien plus en jeu que quatre cents dollars. Mon travail, pour commencer, et ce qui se passerait si je n'étais pas capable de régler le type. C'était un ingénieur, après tout, et techniquement, un supérieur. Il était assez salaud pour me faire ficher à la porte si je ne payais pas. Non pas à cause du pari, mais sous un autre prétexte, quelque chose qui serait resté en lettres rouges dans mon livret de travail. Mais ce n'était pas le pire. Non, pas le pire.

— C'était quoi, alors ?

— Ta mère. Notre couple. Quand on est jeune et qu'on n'a même pas un pot pour pisser dedans, ni une fenêtre par où le vider, tu ne peux pas imaginer dans quelle tension on vit. Peu importe que l'on s'aime à la folie, un tel mariage est comme un cheval de bât trop chargé, et toi tu sais qu'il peut trébucher à tout instant, voire même tomber par terre, raide mort, si tout se met à dérailler au mauvais moment. Je ne crois pas qu'elle aurait demandé le divorce pour un pari de quatre cents dollars, mais je suis bien content de ne pas avoir eu besoin de vérifier. Si bien qu'une fois la fièvre retombée, je me suis aperçu que j'avais peut-être parié un peu plus que quatre cents dollars. Que si ça se trouvait, c'était tout mon foutu avenir que j'avais mis dans la balance. »

Ils approchaient de l'Emporium Galorium. Ils passaient le jardin public ; John Delevan indiqua un banc à son fils.

« Ça ne sera pas long », ajouta-t-il, pris d'un rire grinçant, comprimé — on aurait dit un conducteur inexpérimenté faisant crisser un levier de vitesses. « Ça fait trop mal de tout déballer d'un coup, même après toutes ces années. »

Ils s'installèrent donc sur le banc et John acheva de raconter comment il se trouvait connaître Pop Merrill, tandis qu'ils contemplaient le jardin public, avec son kiosque à musique planté au milieu.

« Je suis allé le voir le soir même où·j'ai fait le pari, reprit-il. J'ai dit à ta mère que j'allais chercher des cigarettes. J'ai attendu la tombée de la nuit, pour ne pas être reconnu. Par quelqu'un de la ville, je veux dire. On aurait su que j'avais des ennuis, et je n'y tenais pas. Je suis rentré et Pop m'a dit : " Qu'est-ce qu'un professionnel comme vous vient faire dans un endroit comme ça, monsieur John Delevan ? " Je lui ai raconté ce que j'avais fait, et il a dit : " Vous venez juste de parier, et déjà vous vous imaginez avoir perdu. " " Si jamais je perds, je veux être bien sûr de ne pas perdre autre chose ", je lui ai répondu.

Ça l'a fait rire. Il m'a dit : " Je respecte les sages. Je crois que je peux vous faire confiance. Si les Celtics gagnent, venez me voir. Je m'occuperai de vous. Vous avez une tête d'honnête homme. "

— Et ç'a été tout ? » demanda Kevin. En huitième année, ils avaient eu un cours sur les systèmes de prêt, et il s'en rappelait encore l'essentiel. « Il ne t'a pas demandé, heu, des garanties ?

— Les gens qui vont voir Pop n'ont pas de garanties à offrir. Ce n'est pas le genre prêteur-requin que l'on voit dans les films ; il ne te fera pas casser les jambes si tu ne paies pas. Mais il a sa manière à lui de coincer les gens.

— Laquelle ?

— T'occupe. Après la fin de la dernière partie, j'ai été voir ta mère au premier pour lui dire, une fois de plus, que j'allais acheter des cigarettes. Elle était endormie, si bien que c'est un mensonge que je n'ai pas eu besoin de faire. Il était tard, tard pour Castle Rock, en tout cas, pas loin de onze heures, mais il y avait encore de la lumière chez lui. Je savais qu'il y en aurait. Il m'a donné mon argent en billets de dix. Il les a pris dans une vieille boîte de margarine. Rien que des dix. Je m'en souviens. Ils étaient tout chiffonnés, mais il les avait défroissés. Quarante billets de dix, et lui qui les comptait comme un employé de banque, avec sa pipe qui fumait et ses lunettes remontées sur le crâne... pendant une seconde, j'ai été pris de l'envie de lui casser les dents ; au lieu de cela, je l'ai remercié. Tu ne peux pas t'imaginer combien il peut être difficile de dire merci, parfois. J'espère que tu ne le sauras jamais. Il m'a dit : " Vous avez bien compris les termes ? " et j'ai répondu que oui. Ensuite il m'a dit : " Bon. Je ne m'inquiète pas. Ce que je veux dire, c'est que vous avez la tête de quelqu'un d'honnête. Commencez par vous occuper de régler cette affaire avec votre collègue de travail, et après occupez-vous de régler votre affaire avec moi. Et ne prenez plus de pari. On n'a qu'à vous regarder pour voir que vous n'avez rien d'un joueur. " J'ai donc pris l'argent, je suis rentré à la maison, et je l'ai caché sous le tapis de sol de la vieille Ford. Je me suis allongé à côté de ta mère et je n'ai pas fermé l'œil de la nuit tant je me sentais cradingue. Le lendemain j'ai donné les billets de dix dollars à l'ingénieur. Il les a tous comptés, il les a pliés, et il les a fourrés dans la poche de poitrine de sa chemise, en fermant le bouton, tout ça comme si tout ce fric n'était rien de plus qu'une note d'essence à remettre au comptable à la fin de la journée. Puis il m'a donné une claque sur l'épaule et m'a dit : " Vous savez, vous êtes un type bien, Johnny. Meilleur que ce que je croyais. J'ai gagné quatre cents dollars, mais j'en ai perdu vingt avec Bill Untermeyer. Il a parié que vous viendriez avec le pognon ce matin, sans faute, et moi que je ne le verrais pas avant la fin de la semaine. Si je le voyais jamais. " " Moi, je paie mes dettes ", je lui ai répondu. " Ne vous fâchez pas ", qu'il a fait. Alors là, j'ai vraiment été sur le point de lui arracher les yeux.

— Pop te prenait combien d'intérêt, Papa ? »

Son père le scruta du regard. « Est-ce qu'il te permet de l'appeler comme ça ?

— Ouais, pourquoi ?

— Alors, méfie-toi de lui. C'est un serpent à sonnette, ce type. »

Puis il soupira, comme s'il admettait qu'il n'attendait que cette question. « Dix pour cent.

— Ce n'est pas tellement-

— Par semaine », ajouta John.

Kevin resta médusé pendant un instant. Puis : « Mais c'est *illégal !*

— Tu parles », fit sèchement John Delevan. Il regarda son fils, sur le visage duquel se peignait une expression d'incrédulité tendue, et sa propre tension se dissipa. Il rit et donna une claque sur l'épaule de son fils. « Ainsi va le monde, Kev. De toute façon, on claque tous à la fin.

— Mais...

— Mais rien. C'était les conditions, et il savait que je m'y plierais. Je savais qu'ils cherchaient du personnel pour le quart de trois à onze, à l'usine à papier d'Oxford. Je t'ai dit que j'avais pris mes précautions, au cas où je perdrais ; je ne m'étais pas contenté d'aller voir Pop. J'avais parlé à ta mère, et je lui avais dit que j'envisageais de prendre un quart là-bas, pendant un certain temps. Après tout, elle aurait bien aimé avoir une nouvelle voiture, déménager dans un appartement plus grand, et qu'on ait un peu d'argent de côté au cas où on aurait un problème financier. »

Cette idée le fit rire.

« Eh bien, le problème financier, on l'avait, mais elle ne le savait pas, et j'étais bien décidé à tout faire pour qu'elle ne le sache jamais. Mais pour elle, il n'en était pas question. Elle disait que j'allais me tuer, à travailler seize heures par jour. Que cette usine était dangereuse, qu'on entendait tout le temps parler d'un type qui avait perdu un bras ou une jambe, ou même qui s'était fait écraser entre les rouleaux. Je lui ai dit de ne pas s'en faire, que j'avais trouvé un boulot dans l'atelier de triage, un petit salaire, mais on travaillait assis, et que si vraiment c'était trop, je laisserais tomber. Elle était toujours contre. Elle a dit qu'elle allait travailler elle-même, mais j'ai réussi à la convaincre d'y renoncer. C'était bien la dernière chose que je voulais lui voir faire, tu comprends. »

Kevin acquiesça.

« Je lui ai alors dit que j'arrêterais au bout de six mois, huit tout au plus. J'ai donc été me présenter, et on m'a engagé. Mais pas dans l'atelier de triage. On m'a mis dans celui des presses, où j'étais chargé d'alimenter en matière première une espèce de tambour géant de machine à laver. C'était un boulot dangereux, c'est vrai. Tu glisses, tu penses à autre chose (et c'était difficile de ne pas penser à autre chose, tant le boulot c'était monotone), et hop ! tu perds un membre ou tu y passes. J'ai vu un homme laisser une main sous un rouleau, une fois, et c'est un spectacle que je ne tiens pas à revoir. On aurait dit qu'un bâton de dynamite avait explosé dans un gant plein de chair à saucisse.

— Nom de Dieu », souffla Kevin. Il se permettait rarement de jurer en présence de son père, mais celui-ci ne parut pas y faire attention.

« Bref, je touchais deux dollars quatre-vingts cents de l'heure, et au bout de deux mois, trois dollars dix avec l'augmentation. C'était l'enfer. Je travaillais déjà toute la journée à la construction de la route — et encore, on était au début du printemps et il ne faisait pas trop chaud — puis je poussais la vieille Ford tant que je pouvais pour ne pas arriver en retard à l'usine. Le temps d'enfiler un vieux jean et un T-shirt, et je me retrouvais aux presses de trois heures à onze heures. J'arrivais à la maison vers minuit. Le pire, c'était quand ta mère m'attendait, ce qu'elle faisait deux ou trois soirs par semaine. Il fallait que je prenne l'air en forme et joyeux alors que j'arrivais à peine à tenir debout, tellement j'étais crevé. Mais si elle s'en était rendu compte-

— Elle t'aurait empêché de continuer.

— Oui, certainement. Alors je faisais mon numéro et je lui racontais des histoires de l'atelier de triage, et parfois je me demandais ce qui se passerait, si un soir elle décidait de venir m'apporter un repas chaud, ou quelque chose comme ça. Je ne m'en sortais pas si mal, mais ça devait tout de même se voir un peu que j'étais fatigué, parce qu'elle n'arrêtait pas de me dire que j'étais idiot de me crever autant pour si peu — et c'est vrai, il ne me restait vraiment que des clopinettes, une fois que le gouvernement et Pop s'étaient servis. Le résultat était à peu près ce qu'un gars de l'atelier de tri pouvait se faire. On était payé les mercredis après-midi, et je m'arrangeais pour encaisser mon chèque au bureau avant que les filles ne ferment.

Ta mère n'a jamais vu un seul de ces chèques.

La première semaine, j'ai donné cinquante dollars à Pop — quarante pour les intérêts, dix pour le remboursement du capital, ce qui fait qu'il me restait trois cent quatre-vingt-dix dollars à lui devoir. Je fonctionnais comme un zombie. Sur le chantier, je mangeais mon sandwich assis dans la voiture et je dormais jusqu'au coup de cloche du contremaître. Je haïssais cette foutue cloche.

Je lui ai donné cinquante dollars la deuxième semaine — trente-neuf pour les intérêts, onze pour le principal. Je ne lui devais plus que trois cent soixante-dix-neuf dollars. J'avais l'impression de vouloir déplacer une montagne à la petite cuillère.

La troisième semaine, j'ai bien failli passer moi-même dans la presse, et j'ai eu tellement peur que je me suis réveillé pendant quelques minutes — assez pour avoir une idée, au moins, si bien que ç'a été salutaire, au fond. Il fallait arrêter de fumer. Je n'arrivais pas à comprendre comment je n'y avais pas pensé auparavant. A cette époque, un paquet de cigarettes coûtait quarante cents. J'en fumais deux par jour. Cinq dollars soixante par semaine !

On avait cinq minutes de repos toutes les deux heures pour en griller une ; j'ai regardé mon paquet de Tareyton, et j'ai vu qu'il m'en restait une douzaine. Je n'en ai jamais racheté depuis.

J'ai passé un mois sans savoir si j'y arriverais ou non. Il y avait des jours, quand le réveil sonnait, à six heures, où je savais que c'était impossible, qu'il fallait que je dise la vérité à Mary et que je fasse ce qu'elle voudrait pour rembourser. Mais au début du deuxième mois, j'ai commencé à me dire que je pourrais réussir. Aujourd'hui encore, je crois que ce sont les cinq dollars soixante supplémentaires par semaine — ça, et les bouteilles consignées que je récupérais partout où je le pouvais sur le chantier de la route — qui ont fait la différence. Le capital n'était plus que de trois cents dollars, ce qui signifiait que je pouvais le faire descendre de vingt-cinq à vingt-six dollars par semaine, et plus au fur et à mesure que le temps passait.

Puis, à la fin avril, le chantier s'est trouvé terminé, et on nous a donné une semaine de congés payés. J'ai dit à Mary que je n'allais pas tarder à arrêter le boulot à l'usine, et elle a dit Dieu soit loué, et j'ai passé toute cette semaine à travailler à l'usine, faisant toutes les heures supplémentaires que je pouvais, car elles étaient payées moitié plus. Je n'ai jamais eu d'accident. J'en ai vu. J'ai vu des hommes plus frais et plus réveillés que moi en avoir, mais moi, non. Je ne sais pas pourquoi. A la fin de cette semaine, j'ai donné cent dollars à Pop Merrill et ma démission à l'usine de pâte à papier. Ensuite, j'ai pu régler le solde par petits bouts, à partir de mon salaire d'assistant, sans que ta mère ne s'en aperçoive. »

Il poussa un profond soupir.

« Tu sais maintenant comment je connais Pop Merrill, et pourquoi je ne lui fais pas confiance. J'ai passé dix semaines en enfer et il s'est gobergé de la sueur de mon front et de mon cul, aussi, en billets de dix dollars qu'il a sans doute sortis encore une fois de sa boîte de margarine pour les prêter à une autre pauvre cloche qui s'était mis dans le même genre de pétrin que moi.

— Bon sang, tu dois le haïr.

— Non, répondit John en se levant. Je ne le hais pas, et je ne me hais pas moi-même. J'ai été pris d'une poussée de fièvre, c'est tout. Ça aurait pu être pire. Notre mariage aurait pu y passer, et toi et Meg ne seriez pas nés, Kevin. Ou j'aurais pu en mourir. C'est Pop Merrill qui m'a guéri. Un remède de cheval, d'accord, mais qui a été efficace. Il me prenait jusqu'au dernier foutu centime, il écrivait dans le registre du tiroir, au-dessous de sa caisse enregistreuse, et il regardait les cernes sous mes yeux et comment mon pantalon me pendait sur les hanches, mais il ne disait rien. »

Ils se dirigèrent vers l'Emporium Galorium, avec son fronton de théâtre que rien n'excusait, et dont l'enseigne en lettres jaunes fanées et poussiéreuses montrait qu'elle était peinte depuis long-temps, comme souvent dans les vitrines de magasins campagnards. A côté, Polly Chalmers balayait le trottoir en discutant avec Alan Pangborn, le shérif. Elle avait l'air jeune et frais, avec sa queue de cheval ; il paraissait jeune et héroïque dans son uniforme impeccablement repassé. Mais les choses ne sont pas toujours ce qu'elles ont l'air ; même Kevin, à quinze ans, savait cela. Le shérif Pangborn avait perdu sa femme et son fils dans un accident de voiture, le printemps dernier, et Kevin avait entendu dire que Mme Chambers, jeune ou pas, souffrait d'arthrite précoce et qu'elle risquait de se retrouver infirme dans quelques années. Non, les choses n'étaient pas toujours comme elles en avaient l'air. Cette idée lui fit jeter un nouveau coup d'œil à l'Emporium Galorium... puis au Soleil 660, son cadeau d'anniversaire, qu'il tenait à la main.

« Il m'a même fait une fleur, reprit John Delevan, rêvant à voix haute. En m'obligeant à m'arrêter de fumer. Mais je ne lui fais pas confiance. Manœuvre avec précaution avec lui, Kevin. Et quoi qu'il se passe, laisse-moi parler. Je saurais un peu mieux m'en tirer, cette fois. »

Ils pénétrèrent donc dans le faux silence des souris mécaniques grignotant le temps, au milieu desquelles les attendait Pop Merrill, les lunettes remontées sur son crâne chauve en forme de dôme, une ou deux cartes biseautées dans sa manche.

CHAPITRE SIX

« Ah, vous voilà, le père et le fils », dit Pop avec un sourire admiratif de grand-père. Ses yeux pétillèrent derrière un voile de fumée et pendant un instant, bien qu'il fût rasé de près, Kevin lui trouva un air de ressemblance avec le Père Noël. « Vous avez un fils remarquable, M. Delevan, remarquable.

— Je sais, répondit John. J'étais dans tous mes états quand j'ai su qu'il était en affaire avec vous, justement parce que j'ai envie qu'il reste comme ça.

— C'est dur, fit Pop avec une légère pointe de reproche dans la voix. Dur de la part d'un homme qui, lorsqu'il n'avait personne vers qui se tourner-

— Cela, c'est réglé.

— Oui-oui, bien sûr, c'est ce que je voulais dire.

— Mais pas ceci.

— Ça le sera. » Le vieil homme tendit la main vers Kevin, et celui-ci lui donna l'appareil photo. « Aujourd'hui même. (Il souleva le Polaroïd, le tournant en tout sens.) Voilà du sacré beau travail. Quel *genre* de sacré beau travail, je l'ignore, mais votre fils veut le démolir parce qu'il estime que c'est dangereux. Je crois pour ma part qu'il a raison. Mais je lui ai demandé s'il ne craignait pas que son père ne le prenne pour une poule mouillée. C'est la seule raison pour laquelle je vous ai demandé de venir ici, John-

— Je préfère monsieur Delevan.

— Très bien, fit Pop avec un soupir. Je vois bien que vous n'allez pas vous radoucir ni enterrer le passé.

— En effet. »

Kevin regardait tour à tour son père et le brocanteur, une expression déconfite sur le visage.

« Bon, ça ne fait rien. » Sa voix et son visage devinrent froids avec une remarquable rapidité, et toute ressemblance avec le Père Noël disparut. « Quand je dis que le passé et mort et enterré et que ce qui est fait est fait, je suis sincère... sauf quand ça intervient dans ce que font les gens ici et maintenant. Mais je vais vous dire ceci, monsieur Delevan : je n'étrangle pas les gens, et vous le savez. »

Pop proféra ce superbe mensonge avec tant d'aplomb et de froideur que les Delevan père et fils le crurent ; John se sentit même un peu honteux, aussi incroyable que cela parût.

« Notre affaire était une affaire comme une autre. Vous m'avez dit ce que vous vouliez, je vous ai dit ce que je voulais en échange, et vous me l'avez donné, point final. Mais ça, c'est autre chose. » Pop lâcha alors un deuxième mensonge, encore plus superbe que le précédent, un mensonge simplement trop énorme pour ne pas être cru. « Je n'ai rien à gagner dans celle-ci, monsieur Delevan. Je ne cherche à faire rien d'autre qu'à aider votre fils. Il me plaît, ce gosse. »

Il sourit, et le Père Noël revint si vite que Kevin en oublia qu'il s'était absenté. Plus invraisemblable encore : John Delevan, l'homme qui avait travaillé pendant des mois aux limites de ses forces, frôlant peut-être plusieurs fois la mort entre les rouleaux d'une machine afin de payer à cet individu les sommes exorbitantes qu'il réclamait en expiation d'un bref accès de folie, John Delevan oublia aussi cette autre expression.

Pop les entraîna le long d'allées tortueuses, dans l'odeur des quotidiens défraîchis, au milieu du cliquetis mélancolique des horloges, et posa distraitement le Soleil 660 un peu trop près du bord de sa table de travail (comme Kevin après avoir pris son premier cliché) en passant à côté, avant de poursuivre son chemin jusqu'à l'escalier du fond qui conduisait au petit appartement. Un vieux miroir poussiéreux était appuyé contre le mur et Pop regarda si le garçon ou son père n'allait pas prendre l'appareil et le pousser un peu plus loin du bord. Ça lui paraissait peu probable, mais on ne savait jamais.

C'est à peine s'ils le regardèrent. Et tandis que Pop les précédait dans l'escalier étroit aux ais caoutchoutés usés, il eut un sourire qui aurait fait frémir quiconque l'aurait vu, et pensa : *Nom de Dieu, je suis bon !*

Il ouvrit la porte et les introduisit dans l'appartement.

Ni John ni son fils n'avaient jamais auparavant pénétré dans le domaine privé de Pop ; John ne connaissait d'ailleurs personne qui l'eût fait. En un sens, ce n'était pas surprenant ; jamais personne n'aurait songé à désigner Pop comme le citoyen numéro un de la ville. John pensait qu'il n'était pas impossible que le vieux salopard eût un ami ou deux (au nom du principe que la réalité dépasse souvent la fiction), mais dans ce cas, il ne les connaissait pas.

Quant à Kevin, il eut une pensée pour M. Baker, son professeur préféré. Il se demanda si par hasard celui-ci s'était jamais trouvé dans la situation d'avoir recours aux services d'un type comme Pop, pour se sortir d'un pétrin quelconque. Cela lui semblait aussi peu vraisemblable qu'à son père l'idée que le brocanteur pût avoir des amis... Toutefois, une heure auparavant, l'idée que son propre père...

Bon. Valait peut-être mieux laisser tomber.

Pop avait bien un ami (ou au moins une relation) ou deux, mais il ne les amenait jamais là. C'était son antre, et celui-ci trahissait trop sa nature profonde pour qu'il eût envie de prendre ce genre de risque. L'endroit faisait ce qu'il pouvait pour avoir l'air bien tenu, sans y parvenir. Des ronds d'humidité tachaient le papier peint ; ils n'étaient pas voyants, mais au contraire insidieux, brunâtres, comme les pensées fantômes qui viennent troubler les esprits inquiets. Des assiettes sales, encroûtées, s'empilaient dans l'évier, profond et d'un modèle démodé, et la table avait beau être propre et le couvercle mis sur la poubelle de plastique, il régnait une odeur de sardines et de quelque chose d'autre — de pieds non lavés, peut-être — un remugle dissimulé, aussi insaisissable que les ronds d'humidité sur le papier peint.

Le séjour était minuscule. Ici, le relent dominant n'était pas celui des sardines (et peut-être des pieds), mais celui de la pipe éteinte. Deux fenêtres donnaient sur une vue peu spectaculaire, l'allée qui rejoignait Mulberry Street, et si les vitres laissaient l'impression d'avoir été lavées, ou au moins d'être essuyées de temps en temps, la condensation chargée de fumée avait graissé et jauni les angles, avec les années. Toute la pièce donnait une impression de choses répugnantes glissées sous les tapis délavés aux coins cornés ou sous le fauteuil et le canapé, mobilier d'un autre temps au rembourrage démesuré, et l'un et l'autre vert clair ; mais on avait beau avoir envie de dire qu'ils étaient de couleur coordonnée, votre œil vous affirmait le contraire, car ils ne l'étaient pas. Pas du tout.

Les seuls objets de fabrication récente de la pièce étaient un poste de télé Mitsubishi avec un écran de 62 centimètres, et un magnétoscope posé à côté, en bout de table. A la gauche de la table, le râtelier de vidéo-cassettes retint l'œil de Kevin : il était vide. Pop avait trouvé plus prudent de mettre au placard les soixante-dix et quelques films de cul qu'il possédait.

La seule vidéo-cassette visible se trouvait posée, sans marque distinctive, sur le haut de la télé.

« Asseyez-vous », fit Pop avec un geste vers le canapé bosselé. Il s'approcha de la télé et sortit la cassette de son coffret.

John regarda le canapé, le visage un instant traversé d'une expression de doute, comme s'il craignait d'y attraper des morpions, puis s'assit avec précaution. Kevin s'installa à côté de lui. La peur était de retour, plus forte que jamais.

Pop brancha le magnétoscope, et y glissa la cassette. « Je connais un type en ville, commença-t-il (pour les résidents de Castle Rock et des patelins environnants, « en ville » désignait toujours Lewiston) qui tient une boutique de matériel photo depuis une vingtaine d'années. Il s'est lancé dans les magnétoscopes dès que la mode a commencé ; il disait que c'était l'avenir. Il voulait que je m'associe avec lui, mais j'ai pensé qu'il était cinglé. Eh bien, je m'étais fichu le doigt dans l'œil ce coup-ci, mais-

— Au fait, venez-en au fait, l'interrompit John.

— J'essaie, dit Pop, l'air blessé, ouvrant de grands yeux. Si vous voulez bien me laisser continuer. »

Kevin donna un coup de coude discret à son père, et celui-ci ne dit plus rien.

« Toujours est-il qu'il y a deux ans, environ, il a compris qu'on pouvait faire autre chose que louer des cassettes aux gens avec ce gadget. Il suffisait d'allonger huit cents dollars et on avait le matériel pour transposer les films et les diapos des clients pour eux. Bien plus faciles à regarder comme ça. »

Kevin fit un petit bruit involontaire et Pop sourit avec un hochement de tête.

« Eh oui. Tu as pris cinquante-huit photos avec ton engin, et nous avons tous constaté que chacune était légèrement différente de la précédente ; nous nous doutions tous un peu de ce que cela signifiait, mais je voulais le vérifier. Pas besoin d'être du Missouri pour dire montrez-moi ça, voilà ce que je veux dire.

— Vous avez essayé de faire un film avec les photos ? demanda John.

— Je n'ai pas essayé. Je l'ai fait. Ou plutôt, le type dont je vous ai parlé l'a fait. Mais c'était mon idée.

— C'est un film, alors ? » fit à son tour Kevin. Il comprenait où Pop avait voulu en venir et il regrettait presque de ne pas avoir eu lui-même cette idée — idée qui le remplissait d'émerveillement et de ravissement.

« Voyez vous-mêmes, dit Pop en branchant la télé. Cinquante-huit images. Quand ce type enregistre les photos pour les gens, il les filme en général pendant cinq secondes chacune — assez longtemps pour que l'on ait le temps de voir, mais pas trop pour qu'on n'ait pas celui de s'ennuyer. Je lui ai demandé de ne filmer chacune des nôtres que pendant une seconde, et de ne laisser aucun intervalle entre. »

Kevin se souvint d'un jeu auquel il jouait à l'école primaire quand il avait fini ses devoirs et qu'il avait un peu de temps devant lui. Il avait un petit bloc de papier, de la marque « Arc-en-ciel », pour la raison qu'il était fait de trente pages jaunes, trente pages roses, trente pages vertes, et ainsi de suite. Le jeu consistait à partir de la dernière page et à dessiner en bas un bonhomme-allumette en short trop grand et tendant les bras. Sur la page suivante, on dessinait le même bonhomme au même emplacement, avec le même short trop grand, les bras un peu plus haut... à peine un peu plus haut. On

faisait ça sur chaque page jusqu'à ce que le bonhomme eût les bras
tendus au-dessus du trait qui figurait sa tête. Puis, si on avait le
temps, on continuait en lui faisant redescendre les bras. Il suffisait
ensuite de faire défiler les pages le plus vite possible, et on obtenait
une sorte de dessin animé grossier, montrant un boxer célébrant un
KO : il levait les bras au-dessus de la tête, les agitait, les
redescendait.

Il frissonna. Son père le regarda. Kevin secoua la tête et
murmura : « Non, rien.

— Ce que je veux dire, c'est que le film ne dure qu'une petite
minute, reprit Pop. Il faut bien regarder. Prêts ? »

Non, pensa Kevin.

« Je crois que oui », dit John. Il s'efforçait d'avoir toujours l'air
de mauvaise humeur et renfrogné, mais Kevin voyait bien qu'en
dépit de lui, la démonstration l'intéressait.

« D'accord », dit Pop Merrill en mettant la bande en route.

Kevin ne cessait de se répéter qu'il était ridicule d'avoir peur. Il se le
rabâchait, même, sans que cela lui fît le moindre bien.

Il savait ce qu'il allait voir, car avec Meg, il avait remarqué que le
Soleil 660 ne se contentait pas de simplement reproduire la même
image, comme un photocopieur ; il ne leur avait pas fallu longtemps
pour se rendre compte que les photos exprimaient un mouvement,
de l'une à l'autre.

« Regarde, s'était exclamée Meg, le chien bouge. »

Au lieu de réagir par l'une des boutades amicales mais irritantes
qu'il réservait d'habitude à sa petite sœur, Kevin avait répondu,
« Oui, on dirait… mais on ne peut pas en être certain, Meg.

— Si, on peut », avait-elle rétorqué. Ils étaient dans la chambre
de Kevin qui regardait, morose, l'appareil photo posé au milieu de
son bureau ; il avait repoussé de côté les livres de classe neufs qu'il
avait eu l'intention de recouvrir. Meg avait baissé l'abat-jour de sa
lampe de travail, qui jetait ainsi un rond de lumière vive sur le sous-
main. Elle déplaça l'appareil et mit la première photo — celle avec la
tache de chocolat — au milieu du rond de lumière. « Compte les
poteaux entre le derrière du chien et le bord droit de la photo, dit-
elle.

— Pas des poteaux, des piquets-t'es-piquée, ricana-t-il.

— Ah ! ah ! Compte-les tout de même. »

Il en compta quatre, et une partie d'un cinquième, caché presque entièrement par l'arrière-train broussailleux du chien.

« Maintenant, regarde celle-là. »

Elle posa le quatrième cliché devant lui ; on voyait maintenant tout le cinquième piquet, et une partie du sixième.

C'est pourquoi il savait — ou soupçonnait — que ce qu'il allait voir tiendrait à la fois du vieux dessin animé d'avant-guerre et du carnet au boxeur qu'il dessinait, lorsque le temps lui pesait trop, à l'école.

Les dernières vingt-cinq secondes de la bande étaient bien ainsi, mais son petit carnet au boxeur était vraiment mieux réussi, pensa Kevin... Le mouvement de ses bras était moins saccadé. Dans la deuxième partie de l'enregistrement, en revanche, il était fait d'à-coups brutaux en comparaison desquels les vieux films muets, comme les Keystone Kops, paraissaient des merveilles de la technologie cinématographique.

Il n'empêche que le mot clef restait *mouvement*, et tous les trois en restèrent pétrifiés. Ils repassèrent trois fois de suite le film d'une minute, sans échanger un mot. On n'entendait que leur respiration : celle rapide et régulière de Kevin, le souffle plus profond de son père, le râle chargé de phlegmes qui montait de la poitrine étroite de Pop.

Quant aux trente premières secondes...

Il s'était attendu plus ou moins à voir un mouvement, mais pas à ce qu'il découvrit, qui n'avait rien à voir avec les dessins animés, les vieux films ou une version élaborée du carnet au boxeur : pendant trente secondes (vingt-huit pour être précis) l'enchaînement des Polaroïd donna l'impression magique d'être un film véritable. Pas une superproduction de Hollywood, bien entendu, pas même l'un de ces films d'horreur à petit budget comme ceux que Meg aimait, lui cassant les pieds pour qu'il en louât les soirs où leurs parents sortaient ; on aurait plutôt dit le plan pris par un amateur qui vient d'acheter sa première caméra super-8 et ne sait pas encore très bien s'en servir.

Au cours de ces premières vingt-huit secondes, le corniaud se déplaçait le long de la barrière par saccades presque imperceptibles, découvrant les uns après les autres les cinquième, sixième et septième piquets ; on le voyait même s'arrêter à hauteur de l'un d'eux pour le renifler, sans doute afin de déchiffrer encore un de ces télégrammes canins. Puis il reprenait sa marche, tête basse, l'arrière-

train toujours tourné vers l'objectif. Et à mi-chemin de cette
première partie, Kevin observa quelque chose qu'il n'avait pas
remarqué jusqu'ici ; le (ou la) photographe inconnu(e) avait apparemment déplacé son appareil pour conserver le chien dans le
champ. S'il (ou elle) ne l'avait pas fait, l'animal serait sorti du cadre,
et il n'y aurait plus rien eu à voir, sinon la barrière. Les piquets de
l'extrême droite des deux ou trois premiers clichés disparaissaient
en même temps qu'en apparaissaient de nouveaux à gauche. On s'en
apercevait d'autant plus facilement que le haut des deux premiers
piquets de droite était cassé. Ils avaient disparu du champ.

Le chien reniflait une dernière fois... et relevait la tête. Sa bonne
oreille se raidit ; celle qu'une bataille avait autrefois réduite en
charpie essaya d'en faire autant. On n'entendait évidemment aucun
son, mais Kevin éprouva la certitude absolue que l'animal avait
commencé à grogner. Il avait senti quelque chose ou quelqu'un.
Quoi ? Ou qui ?

Kevin étudia l'ombre qu'ils avaient tout d'abord prise pour celle
d'une branche ou peut-être d'un poteau, et comprit.

Il en éprouva le tournis... et c'est à cet instant-là que commençaient les trente secondes suivantes de cet étrange « film », trente
secondes de mouvements saccadés qui faisaient mal à la tête et aux
yeux. Pop avait eu une intuition, se dit Kevin, ou bien avait-il peut-
être entendu parler d'un phénomène dans ce genre, autrefois. D'une
manière ou d'une autre, la réalité du mouvement était prouvée, et
avec une telle évidence qu'il était inutile de discourir dessus. Tant
que les photos avaient été prises à des intervalles rapprochés (même
s'ils avaient été variables), le déplacement, dans ce film de bric et de
broc, s'était fait en douceur ; pas aussi parfaitement que dans un
vrai film, mais presque. Mais lorsqu'on en arrivait au moment où
avaient été augmentés les intervalles de temps entre les prises, l'effet
produit devenait pénible : l'œil avait envie de voir ou un mouvement, ou une série de photos différentes, et au lieu de cela, ne voyait
ni l'un ni l'autre.

Le temps passait dans ce monde plat du Polaroïd. Pas à la même
vitesse que dans le monde
   (réel ?)
sans quoi le soleil se serait levé (ou couché) trois fois déjà, et le
chien aurait achevé depuis longtemps de faire ce qu'il faisait (s'il
avait quelque chose à faire), quoi que cela fût, ou bien il serait parti,
et il ne serait plus resté que le paysage immobile à la barrière

délabrée, apparemment éternel, avec sa lugubre pelouse. Mais le temps y passait.

La tête du chien se tournait vers le photographe, vers le possesseur de l'ombre, comme sous l'effet d'une émotion soudaine : sur un cliché, le museau et même la forme du crâne se trouvaient brouillés par l'oreille pendante ; sur le suivant, on voyait un œil brun foncé entouré d'une couronne mucilagineuse qui faisait penser à du blanc d'œuf gâté à Kevin ; sur le troisième, apparaissait le museau aux babines légèrement retroussées, comme si le chien s'apprêtait à aboyer ou gronder ; et finalement, on découvrait, de trois quarts, un mufle comme aucun chien ordinaire ne devrait avoir droit d'en avoir, même le plus immonde des corniauds. Les poils blancs de son museau suggéraient qu'il n'était plus tout jeune. Tout à la fin du film, on voyait qu'il retroussait incontestablement les babines ; on devinait également un reflet blanc, sans doute une dent. Kevin n'y fit attention que lors du troisième défilement. L'œil l'avait accaparé. Une lueur homicide y brillait. Tout, dans ce bâtard, trahissait le tueur. Un tueur sans nom, comme ne l'ignorait pas l'adolescent. Il savait sans l'ombre d'un doute que ni homme, ni femme, ni enfant Polaroïd n'avaient jamais donné de nom à ce chien Polaroïd ; c'était un chien errant, né errant, ayant grandi errant et étant devenu un vieux clébard ensauvagé, sort de tous les chiens sans feu ni lieu, ni nom du monde, voués à égorger les poulets, à dévorer les détritus des poubelles qu'ils ont depuis longtemps appris à renverser, à dormir dans les égouts ou sous les porches des maisons abandonnées. L'intelligence amoindrie, mais des instincts infaillibles et meurtriers. Il-

Lorsque Pop prit la parole, Kevin fut si brutalement tiré des pensées dans lesquelles il était profondément immergé qu'il faillit crier.

« L'homme qui a pris ces photos — s'il y avait quelqu'un, je veux dire... D'après vous, qu'est-ce qu'il lui est arrivé ? »

Pop avait fait un arrêt sur image sur le dernier cliché. Une ligne d'interférence traversait l'image. Kevin aurait bien aimé la voir dissimuler l'œil, mais elle passait au-dessous. Cet œil les regardait, maléfique, stupidement meurtrier — non, pas stupidement, pas tout à fait, il avait quelque chose non pas de simplement inquiétant, mais de terrifiant — et personne n'eut besoin de répondre à la question. Inutile d'avoir d'autres photos pour savoir ce qui s'était produit ensuite. Le chien avait peut-être entendu quelque chose : bien sûr, et Kevin savait ce que c'était. Le petit grésillement huileux.

D'autres photos le montreraient achevant de se tourner, puis remplissant de plus en plus le champ jusqu'à ce que l'on ne voie plus que lui — plus de pelouse miteuse lugubre, plus de barrière, plus de trottoir, plus d'ombre. Rien que le chien.

Bien décidé à attaquer.

Bien décidé à tuer, si possible.

Le timbre sec avec lequel Kevin parla paraissait appartenir à quelqu'un d'autre. « Ce n'est pas comme si on le prenait en photo », dit-il.

Le rire sec de Pop fit le bruit du petit bois que l'on casse sur le genou pour en faire de l'allume-feu.

« Rembobinez-le, demanda John.

— Vous voulez le revoir en entier ?

— Non, juste les dix dernières secondes, à peu près. »

Pop utilisa la télécommande. Le chien tourna une fois de plus la tête, avec les mouvements heurtés d'un robot en train de se déglinguer mais qui n'en reste pas moins dangereux pour autant, et Kevin aurait aimé leur dire : *Arrêtez, maintenant. Arrêtez, c'est tout. Ça suffit, on arrête et on démolit l'appareil.* Parce qu'il y avait autre chose, n'est-ce pas ? Quelque chose à quoi il n'avait pas envie de penser mais qu'il faudrait bien finir par envisager, qu'il le voulût ou non ; il sentait que ça venait crever à la surface de son esprit comme le dos puissant d'une baleine.

« Une fois de plus, mais cliché après cliché. Est-ce possible ? demanda John Delevan.

— Ouaip, répondit Pop. Ces foutues machines font tout sauf la vaisselle. »

J'avais remarqué, pensa Kevin.

Cliché par cliché, on n'aurait plus dit un robot, ou du moins pas exactement, mais plutôt quelque insolite mouvement d'horlogerie, dans le genre des spécimens les plus bizarres possédés par Pop au rez-de-chaussée. Une saccade. Une saccade. Une saccade. La tête qui tourne. L'œil impitoyable et pas si idiot que ça qui ne va pas tarder à le regarder de nouveau.

« Qu'est-ce que c'est que ça ? demanda soudain John.

— Qu'est-ce que c'est que quoi ? » répliqua Pop, comme s'il ignorait que c'était ce dont avait voulu parler Kevin l'autre fois — la chose, il en était convaincu, qui l'avait définitivement décidé à démolir l'appareil.

« Sous son cou, fit John avec un geste. Il n'a pas de collier, mais il porte quelque chose sous le cou, au bout d'une ficelle ou d'une cordelette.

— Je sais pas, répondit Pop, imperturbable. Votre fils le sait peut-être. Les jeunes ont de meilleurs yeux que nous autres, les vieux. »

John Delevan se tourna vers son fils. « Distingues-tu ce que c'est ?

— Je... c'est vraiment très petit. »

Son esprit revint sur ce que son père lui avait dit au moment où ils avaient quitté la maison. « *Si elle ne te pose pas la question, tu n'auras pas à lui répondre... C'est simplement la façon de faire, dans le monde des adultes.* Son père venait de lui demander s'il pouvait distinguer ce qu'il y avait sous le cou du chien. Il n'avait pas réellement répondu à la question ; il avait répondu quelque chose qui n'avait rien à voir. *C'est vraiment très petit.* C'était vrai. Qu'il pût savoir de quoi il s'agissait en dépit de cela... eh bien...

Comment son père avait-il dit, déjà ? Patiner aux limites du mensonge...

A la vérité, il ne le *voyait* pas vraiment. Non. N'empêche, il savait. L'œil ne faisait que suggérer ; le cœur comprenait. De même qu'il comprenait que s'il avait raison, il fallait détruire l'appareil. Absolument.

A ce moment-là, Pop Merrill fut soudain pris d'une judicieuse inspiration. Il se leva et éteignit la télé. « J'ai les photos en bas, dit-il. Je les ai ramenées avec la cassette. J'avais vu ce détail et je l'ai même regardé à la loupe, sans pouvoir arriver à dire... et pourtant, bon Dieu, il a l'air familier. Attendez, je vais les chercher, avec la loupe.

— On peut aussi bien descendre avec vous », proposa Kevin. C'était bien la dernière chose que désirait le brocanteur, mais John intervint, disant qu'ils pourraient avoir envie de regarder de nouveau la bande, après.

« Il n'y en a que pour une minute », dit Pop qui se précipita vers l'escalier, aussi vif qu'un moineau sautant de branche en branche sur un pommier, avant qu'aucun des Delevan eût le temps d'émettre une protestation (en admettant qu'ils en eussent envie).

Ce n'était d'ailleurs pas le cas de Kevin. L'idée venue des

profondeurs, de son dos monstrueux, avait finalement crevé la surface de son esprit et, que ça lui plût ou non, il était bien obligé de la regarder en face.

Elle était simple, tout comme le dos d'une baleine — à l'œil, du moins, de qui n'étudie pas les baleines en professionnel — et de même colossale.

Pas une idée, en fait, une simple certitude. Une certitude en rapport avec cette insolite impression de platitude que semblent toujours donner les photos à développement instantané, avec cette façon qu'elles ont de vous montrer les choses en deux dimensions, bien que toutes les autres formes de photographie fassent la même chose ; simplement, les autres paraissent au moins vous *suggérer* l'idée de troisième dimension, même celles prises avec un vulgaire Kodak 110.

Les objets, dans *ses* photos, photos qui montraient des objets qu'il n'avait jamais vus par le viseur du Soleil 660 (ni ailleurs, entre parenthèses), étaient ainsi : platement et irrémédiablement à deux dimensions.

Sauf le chien.

Le chien n'était pas *plat*. Le chien n'était pas un objet sans signification affective. Non seulement l'animal semblait suggérer la troisième dimension, mais paraissait la posséder réellement, à la manière dont un hologramme, ou encore de l'un de ces films 3-D pour lesquels il faut porter des lunettes spéciales.

Ce n'est pas un chien Polaroïd, songea Kevin, et il n'appartient pas à l'univers dont les Polaroïds prennent des photos. C'est du délire, je le sais bien, mais je sais aussi que c'est vrai. Alors, qu'est-ce que ça signifie ? Pourquoi mon appareil prend-il toujours un cliché de ce même endroit... et pourquoi l'homme ou la femme au Polaroïd prend-il cliché sur cliché de cet endroit ? Est-ce qu'il (ou elle) voit seulement le chien ? Si c'est un chien à trois dimensions dans un monde à deux dimensions, peut-être ne le voit-il (elle) même pas. Peut-être ne peut-il (elle) même pas le voir. Il paraît que pour nous, le temps est la quatrième dimension ; nous savons bien qu'il existe, et pourtant nous ne pouvons pas le voir. On n'arrive même pas à le sentir passer, même si parfois, en particulier lorsqu'on s'ennuie, on dirait qu'on le peut.

Mais à y regarder de plus près, tout ça n'avait peut-être pas d'importance, et ses questions étaient bien trop ardues pour qu'il pût les résoudre, de toute façon. Il y en avait d'autres qui lui paraissaient plus essentielles, littéralement vitales, même.

Pourquoi le chien se trouvait-il dans *son* appareil, par exemple ?

Voulait-il quelque chose de lui en particulier, ou bien de n'importe qui ? Il avait tout d'abord pensé que la réponse était n'importe qui, puisque n'importe qui pouvait prendre la photo sans interrompre le mouvement. Mais cette chose qu'il avait autour du cou et qui n'était pas un collier... elle avait un rapport avec lui, Kevin Delevan, et avec personne d'autre. La bête voulait-elle lui faire quelque chose ? Si la réponse à cette question était oui, on pouvait laisser tomber les autres, car ce que voulait le chien était bougrement évident. On le lisait dans son œil trouble, dans le retroussement de babines qu'on voyait s'esquisser. Il voulait deux choses.

Tout d'abord, s'échapper.

Puis tuer.

Il y a un homme ou une femme là-bas avec un appareil photo, qui ne voit même pas le chien, et si le photographe ne peut voir le chien, le chien ne voit peut-être pas le photographe... dans ce cas, il est en sécurité. Mais si le chien est réellement à trois dimensions, peut-être voit-il au-delà de la surface plane, peut-être voit-il l'utilisateur de l'appareil, quel qu'il soit. Ce n'est peut-être pas forcément moi, spécifiquement, mais celui qui appuie sur le déclencheur qui constitue sa cible.

Restait la chose qu'il portait autour du cou. Que fallait-il en faire ?

Il pensa à l'œil sombre du clébard, qu'une simple étincelle de malveillance sauvait de la stupidité. Dieu seul savait comment l'animal s'était retrouvé dans le monde Polaroïd, mais lorsqu'on prenait sa photo, il pouvait voir *au-dehors* de ce monde, il voulait en sortir, et Kevin était convaincu, au fond de lui, qu'il voulait commencer par le tuer ; la chose qu'il portait autour du cou le disait, le proclamait — commencer par le tuer. Mais ensuite ?

Eh bien ensuite, n'importe qui ferait l'affaire.

Absolument n'importe qui.

D'une certaine manière, c'était comme ce jeu auquel on jouait, non ? Le Pas de Géant. Le chien marchait le long de la barrière. Le chien avait entendu le Polaroïd, le petit grésillement graisseux. Il s'était tourné et avait vu... quoi ? Son propre monde, son univers ? Un monde ou un univers suffisamment semblable au sien pour au moins sentir qu'il pourrait y vivre et y chasser ? Peu importait. Maintenant, chaque fois que quelqu'un prendrait une photo de lui, le chien serait plus près. De plus en plus près, jusqu'à ce que... jusqu'à ce que quoi, au fait ? Jusqu'à ce qu'il fasse irruption par l'appareil ?

« Stupide. Ça ne tient pas debout, marmonna-t-il.

— Quoi ? fit son père, tiré de ses propres réflexions.

— Rien, dit Kevin. Je parlais tout seul, et- »

C'est alors que leur parvint d'en bas, étouffée mais parfaitement audible, une bordée de jurons lâchée par Pop Merrill : « Bordel de Dieu de nom de Dieu ! *Nom de Dieu !* »

Kevin et son père se regardèrent, surpris.

« Allons voir ce qui s'est passé, dit John en se levant. J'espère qu'il n'est pas tombé et ne s'est pas cassé le bras ou autre chose. Je veux dire... ça ne m'attristerait pas outre mesure, mais enfin... tu comprends. »

Kevin pensa : *Et si jamais il a pris de nouvelles photos ? Si le chien se trouve là en bas ?*

Mais il n'avait pas senti de peur dans la voix du vieux brocanteur ; en plus, comment imaginer qu'un chien, apparemment de la taille d'un berger allemand, pût franchir l'objectif d'un appareil de la taille du Soleil 660, ou sortir de l'une des photos qu'il faisait ? Autant essayer de faire passer une machine à laver par un trou de souris.

Cela ne l'empêchait pas d'éprouver de la peur pour eux deux — pour eux trois — tandis qu'il emboîtait le pas à son père dans l'escalier étroit conduisant dans la pénombre du bazar.

En dégringolant l'escalier, Pop Merrill était aussi heureux qu'un renard dans un poulailler.

Il s'était préparé à procéder à l'échange directement sous leurs yeux, s'il avait fallu. Manœuvre qui aurait pu devenir problématique s'il n'y avait eu que le garçon, qui se trouvait encore à deux ou trois ans de penser qu'il savait tout, mais le père... ah, mystifier ce brave homme aurait été aussi facile que de piquer son biberon à un nourrisson. Avait-il raconté à son fils dans quel pétrin il s'était fourré, autrefois ? A la manière dont le garçon le regardait, avec une sorte de prudence étonnée dans les yeux, Pop pensait que oui. Et que lui avait-il encore raconté ? Voyons un peu. *Est-ce qu'il te permet de l'appeler Pop ? Alors ça veut dire qu'il manœuvre pour te rouler dans la farine.* Ça, c'était les hors-d'œuvre. *C'est un serpent à sonnette caché dans l'herbe, fiston.* L'entrée. Puis, évidemment, le plat de résistance : *Laisse-moi parler, Kev. Je le connais mieux que toi. Laisse-moi régler cette affaire, ne t'en mêle pas.* Les hommes comme John Delevan étaient pour Pop Merrill comme une bonne portion de poulet frit pour certains : tendre, gouteuse, juteuse, la chair se détachant de l'os juste comme il fallait. Delevan s'était comporté autrefois à peine mieux qu'un gosse lui-même, et il ne comprendrait jamais pleinement que ce n'était pas Pop qui lui avait coincé les couilles dans l'étau, mais qu'il les y avait mises lui-même. Il aurait tout aussi bien pu aller voir son épouse, qui aurait tapé sa vieille taupe de tante, dont les fesses en deuil étaient bordées de billets de cent dollars, et Delevan aurait couché pendant quelque temps dans la niche du chien ; mais elle aurait fini par le laisser sortir. Non seulement il n'avait pas envisagé cette solution, mais elle ne lui était même pas venue à l'esprit. Et maintenant, sous le prétexte idiot que du temps était passé (comme si son passage, sur lequel nous sommes impuissants, prouvait quoi que ce soit), il croyait ne rien ignorer de tout ce qu'il fallait savoir sur Reginald Marion Merrill.

Le genre de situation que Pop adorait.

Il aurait tout aussi bien pu changer les appareils sous le nez du type, au lieu de laisser tomber celui du garçon sur le sol, de l'envoyer d'un coup de pied sous la table, et de se relever en tenant le modèle qu'il avait acheté en ville et ébréché, et Delevan ne se serait aperçu de rien, tellement il était sûr de bien connaître son Pop.

Mais ça, c'était encore mieux.

On ne fixe jamais de rendez-vous à Dame Chance ; elle a l'art de poser des lapins au moment où on a le plus besoin d'elle. Mais si la fantaisie lui prend de se montrer d'elle-même... eh bien, il est judicieux de laisser tomber ce qu'on est en train de faire, quoi que ce soit, et de l'amener dîner aux chandelles et au champagne — de la traiter du mieux qu'on peut. Cette salope s'allonge toujours si on la traite convenablement.

Il alla donc rapidement à sa table de travail, se pencha et sortit le Soleil 660 qu'il avait maltraité de la pénombre qui régnait au-dessous. Il le posa sur la table, prit un porte-clef dans sa poche (non sans donner un rapide coup d'œil par-dessus son épaule pour vérifier qu'aucun des deux Delevan n'avait finalement décidé de le rejoindre), et sélectionna la petite clef qui ouvrait le profond tiroir constituant tout le côté gauche de la table. Dedans, se trouvait un certain nombre de Krugerrands en or ; un album de timbres dont le moins cher était estimé à six cents dollars dans le dernier catalogue de philatélie ; une collection de pièces d'une valeur approximative de dix-neuf mille dollars ; deux douzaines de photos glacées d'une femme aux yeux chassieux s'accouplant avec un poney Shetland ; et du liquide pour un montant de plus de deux mille dollars.

Les billets, qu'il entreposait dans différentes boîtes métalliques, étaient ceux qui servaient à ses prêts ; John Delevan les aurait reconnus. Rien que des dix froissés.

Pop rangea le Soleil 660 de Kevin dans le tiroir qu'il referma, et remit la clef dans sa poche. Puis il poussa (une fois de plus) l'appareil dont il avait brisé l'objectif de la table et s'écria alors, « Bordel de Dieu de nom de Dieu ! *Nom de Dieu !* » suffisamment fort pour être entendu de l'appartement.

Il prit l'expression de circonstance, chagrinée et confuse, et attendit qu'ils vinssent au triple galop, voir ce qui se passait.

«Pop ? cria Kevin. Monsieur Merrill, vous allez bien ?

— Ouais-ouais. Il n'y a que mon bon Dieu d'orgueil de blessé dans l'affaire. On n'a vraiment pas de chance avec cet appareil, il faut croire. Je me suis penché pour ouvrir le tiroir aux outils, voilà ce que je veux dire, et je l'ai fichu par terre. Sauf que j'ai l'impression que ça ne l'a pas amélioré, cette fois. Je sais pas si je dois dire que je suis désolé ou non. Je veux dire, tu étais sur le point de... »

Il eut un geste d'excuse en tendant le Polaroïd à Kevin ; celui-ci le prit et examina l'objectif fêlé et le plastique écaillé du boîtier. « Non, ça ne fait rien », répondit Kevin, retournant l'appareil dans ses mains. Mais il ne le tenait plus aussi précautionneusement qu'avant (comme s'il n'avait pas été fait de plastique et de verre, mais taillé dans de la dynamite). « Oui, j'avais de toute façon l'intention de le démolir.

— Je crois que je t'ai épargné ce souci.

— Je me sentirais mieux, si...

— Oui-oui, bien sûr. C'est comme pour moi avec les souris. Ça va peut-être te faire rire, mais si j'en piège une, je lui donne un coup de balai, même si elle est morte. Pour être bien sûr, c'est ce que je veux dire. »

Kevin esquissa un sourire, puis regarda son père. « Il a dit qu'il avait un billot dans la cour, Papa-

— Et aussi une bonne masse dans l'appentis, si personne ne me l'a barbotée.

— Ça ne t'ennuie pas, Papa ?

— C'est ton appareil, Kev », répondit John. Il jeta un coup d'œil méfiant à Pop, mais c'était un coup d'œil méfiant par principe, non pour quelque raison spécifique. « Et si tu dois te sentir mieux après, je crois que c'est une bonne décision.

— Bon. » L'adolescent eut l'impression qu'on lui ôtait un poids énorme de dessus les épaules — non, de dessus le cœur. Avec l'objectif brisé, l'appareil était certainement inutilisable... mais il ne se sentirait complètement soulagé que lorsqu'il le verrait réduit en mille morceaux autour du billot de Pop Merrill. Il le retourna encore dans ses mains, regardant tour à tour l'avant et l'arrière, amusé et stupéfié de se sentir aussi content de le voir dans cet état.

« Je crois que je vous dois le prix de cet appareil, Delevan, dit Pop, sachant parfaitement comment réagirait son ancien débiteur.

— Non. Démolissons-le, et tâchons d'oublier que toute cette histoire démente est arriv... Mais j'allais oublier. Nous devions regarder ces dernières photos avec la loupe. J'aimerais savoir si je peux distinguer l'objet que porte le chien. J'ai le sentiment que c'est quelque chose que je connais.

— On pourra le faire après nous être débarrassés de l'appareil, non ? Dis, Papa, d'accord ?

— Bien sûr.

— Après quoi, ce sera peut-être une bonne idée de brûler les photos elles-mêmes, ajouta Pop. On pourra le faire dans mon poêle.

— Ça, c'est une excellente idée, s'exclama Kevin. Qu'est-ce que tu en penses, Papa ?

— Je crois que madame Merrill n'a pas élevé une portée d'idiots, répondit son père.

— Eh bien, fit Pop avec un sourire énigmatique derrière des volutes de fumée bleue, nous étions tout de même cinq. »

Le ciel était d'un bleu éclatant lorsque Kevin et son père s'étaient rendus à l'Emporium Galorium à pied ; une parfaite journée d'automne. Il était maintenant quatre heures trente, les nuages

l'avaient envahi et on aurait dit qu'il allait pleuvoir avant la tombée
de la nuit. Kevin sentit sur ses mains le premier véritable froid de
l'automne. Elles allaient devenir toutes rouges s'il restait trop
longtemps dehors, mais il ne pouvait rien y faire. Sa maman serait à
la maison dans une demi-heure, et il se demandait ce qu'elle dirait
lorsqu'elle les verrait revenir ensemble, et ce que son père
répondrait.

Cela, c'était pour plus tard.

Kevin posa le Soleil 660 sur le billot de la petite arrière-cour, et
Pop Merrill lui tendit la masse. L'usage avait rendu le manche
parfaitement lisse, mais la tête métallique rouillait, comme si on
l'avait abandonnée par négligence sous la pluie, non pas une ou
deux fois, mais souvent. Cela ne l'empêcherait pas de faire le
travail ; aucun doute là-dessus. Le Polaroïd, avec son objectif fendu
et son boîtier tout fissuré avait l'air fragile et sans défense, posé sur
la surface couturée de cicatrices du billot, là où l'on se serait
davantage attendu à voir une bûche de frêne ou d'érable, attendant
d'être fendue en deux.

Kevin empoigna le manche lisse à deux mains.

« Tu es bien sûr de ce que tu fais, fiston ? demanda John.

— Oui.

— Très bien, alors vas-y », ajouta-t-il avec un coup d'œil à sa
montre.

Pop se tenait de côté, la pipe entre les dents, les mains passées
dans les poches arrière de son pantalon. L'air matois, il regarda tour
à tour le fils, le père, puis à nouveau le fils, mais ne dit rien.

Kevin brandit la masse et, pris d'une soudaine colère qu'il ne se
connaissait pas contre l'appareil, l'abattit avec tout ce qu'il avait de
force.

Trop fort, eut-il le temps de penser. *Tu vas le manquer et tu auras
de la chance si tu ne t'écrabouilles pas le pied, et il va rester là, rien
de plus qu'un tas de plastique creux qu'un gosse de quatre ans
pourrait aplatir sans même avoir à se forcer, et même si tu as la
chance de te manquer le pied, Pop te regardera. Il ne dira rien : ce
ne sera pas la peine. Tout tiendra dans la façon dont il te regardera.*

Et aussi : *Peu importe que je l'écrase ou non. C'est de la magie,
c'est une sorte d'appareil photo magique, et on ne peut pas le casser.
Même si je tape en plein milieu, la masse va rebondir, comme les
balles sur la poitrine de Superman.*

Puis il n'eut plus le temps de penser à quoi que ce soit : la masse venait de s'abattre en plein milieu de l'appareil. Kevin avait effectivement frappé beaucoup trop fort pour ajuster tant soit peu son coup, mais il eut de la chance. Le pesant outil ne rebondit pas et ne vint pas le heurter juste entre les yeux, le tuant comme dans la scène finale d'un film d'horreur.

Le Soleil 660 explosa plus qu'il ne cassa. Des morceaux de plastique volèrent dans tous les sens. Un long rectangle, terminé par un carré noir brillant à une extrémité (une photo qui ne serait jamais prise, se dit Kevin) voleta jusqu'au sol et se posa à l'envers à côté du billot.

Il y eut un moment de silence si complet dans l'arrière-cour qu'ils entendirent distinctement non seulement les voitures qui passaient dans Lower Main Street, mais des enfants qui jouaient à chat perché dans le parking du magasin général Wardell, lequel avait déposé son bilan deux ans auparavant et était à l'abandon depuis.

« Eh bien ça, c'est un coup de masse, dit Pop. Tu as cogné aussi fort que notre Paul Bunyan national, Kevin ! Que le dos me pèle si je mens ! Inutile de faire ça », ajouta-t-il à l'intention de John qui se baissait pour ramasser les morceaux de plastique avec des gestes aussi précautionneux que s'il recueillait les débris d'un verre. « J'ai un commis qui vient de temps en temps me nettoyer la cour. Je sais bien que ça ne se voit pas beaucoup, mais je préfère ne pas penser de quoi elle aurait l'air, autrement.

— On pourrait peut-être alors aller regarder les photos avec votre loupe », répondit John, qui se releva et jeta les quelques morceaux qu'il avait ramassés dans un incinérateur rouillé, avant de s'essuyer les mains.

« Tout à fait d'accord, dit Pop.

— Et n'oubliez pas de les brûler ensuite, ajouta Kevin.

— Je n'oublierai pas. Moi aussi je me sentirai mieux quand elles auront été liquidées. »

« Bon Dieu ! » s'exclama John Delevan. Penché sur la table de travail de Pop Merrill, il étudiait l'avant-dernière photo à la loupe, celle sur laquelle on voyait le plus clairement l'objet rond qui pendait au cou du chien ; dans la dernière, le mouvement de balancier le rejetait en arrière. « Regarde ça, Kevin, et dis-moi si tu penses à ce que je pense. »

Kevin prit à son tour la loupe. Il savait bien entendu ce qu'il allait

voir, mais ce ne fut pas pour la forme qu'il regarda. Sans doute
Clyde Tombaugh dut-il regarder avec la même fascination la photo
de la planète Pluton, la première jamais faite ; depuis les travaux de
Lowell, on savait que cette planète devait forcément se trouver dans
ce secteur, à cause de distorsions dans les trajectoires de Neptune et
Uranus. Mais le savoir était une chose... qui n'enlevait rien à la
fascination qu'il y avait à l'observer pour la première fois.

Kevin éteignit la loupe et la rendit à Pop. « Ouais, dit-il à son
père. C'est bien ce que tu penses. » Il avait parlé d'une voix aussi
plate que... que les objets dans l'univers Polaroïd, et il se sentit pris
d'une envie de rire. Il ne l'extériorisa pas, non parce qu'il aurait été
inconvenant de rire (c'eût été le cas) mais parce que son rire aurait
sonné... platement.

Pop attendit, et lorsqu'il devint clair pour lui qu'ils allaient avoir
besoin d'un petit encouragement, il dit : « Vous n'allez pas me
laisser danser comme ça d'un pied sur l'autre ! De quoi diable s'agit-
il ? »

Kevin n'avait pas eu envie de le lui dire, et n'en avait toujours pas
envie. Il n'y avait aucune raison à cela, mais-

*Arrête donc d'être aussi stupide ! Il t'a aidé lorsque tu avais besoin
d'aide ; peu importe comment il gagne sa croûte. Dis-lui, et brûlons
les photos et partons d'ici avant que toutes les horloges ne se mettent
à sonner cinq heures.*

Oui. S'il était encore dans le secteur quand se déchaînerait le
carillonnement, il deviendrait complètement cinglé et on n'aurait
plus qu'à le conduire en camisole de force jusqu'à Juniper Hill,
tandis qu'il délirerait sur des molosses réels dans des univers
factices de Polaroïd, et sur des appareils photo qui prennent et
reprennent constamment le même cliché, sauf que pas tout à fait.

« L'appareil photo était un cadeau d'anniversaire, s'entendit-il
dire de la même voix sèche. Ce qu'il porte au cou aussi. »

Pop remonta lentement ses lunettes sur son crâne chauve et plissa
les yeux. « Je crois que je ne te suis pas très bien, fiston.

— J'ai une tante, expliqua l'adolescent. En fait, c'est ma grand-
tante, mais on ne l'appelle pas comme ça, parce qu'elle dit que ça la
fait se sentir vieille. Tante Hilda. Bref, le mari de tante Hilda lui a
laissé beaucoup d'argent — Maman dit qu'il y en a pour plus d'un
million de dollars — mais qu'est-ce qu'elle est radine ! »

Il s'arrêta, laissant à son père le temps de protester, mais celui-ci
se contenta d'acquiescer avec un sourire amer. Pop Merrill, qui

connaissait parfaitement la situation (il y avait en réalité peu de situations, à Castle Rock et dans les environs, que Pop ne connaissait pas peu ou prou), ne fit aucun commentaire et attendit simplement la suite.

« Elle vient passer la Noël avec nous une fois tous les trois ans, et c'est à peu près la seule fois où nous allons à l'église, parce qu'elle y va, elle. On mange aussi beaucoup de brocolis quand elle est là. On a tous horreur de ça, et c'est tout juste si ça ne fait pas dégobiller ma petite sœur, mais tante Hilda *adore* les brocolis, alors on en mange. Dans le programme de lecture de l'été, il y avait un livre, *Les grandes espérances,* avec une bonne femme juste comme tante Hilda. Ce qui la fait bicher, c'est de remuer son fric sous le nez de ses parents, et-

— Et qu'est-ce qu'elle t'a envoyé comme cadeau ? » le coupa Pop, que ces digressions sur Dickens n'intéressaient pas.

« Une cravate-cordon, comme celle que porte les musiciens dans les orchestres de musique country. Le fermoir représente quelque chose de différent chaque année, mais c'est toujours une cravate-cordon. »

Pop s'empara de la loupe et se pencha sur la photo. « Nom d'un chien ! s'exclama-t-il en se redressant, une cravate-cordon ! C'est exactement ça ! Comment se fait-il que je ne l'ai pas vu ?

— Parce que ce n'est pas le genre de collier que l'on met d'habitude à un chien, à mon avis », remarqua Kevin, toujours du même ton de voix. Cela ne faisait que quarante-cinq minutes qu'ils étaient entrés dans l'Emporium Galorium, mais il avait l'impression d'avoir vieilli de quinze ans depuis. *Ce qu'il ne faut pas oublier une minute,* ne cessait-il de se répéter, *c'est que l'appareil est démoli. Réduit en miettes. Et même les types qui fabriquent les Polaroïds à l'usine de Shenectady ne seraient pas capables de remettre celui-ci en état.*

Oui, grâce à Dieu. Parce que le point final était mis. En ce qui concernait Kevin, si jamais il devait à nouveau se trouver confronté au *surnaturel,* même de loin, fût-ce à quatre-vingts ans, ce serait encore trop tôt.

« Oui, mais c'est très petit, ajouta John Delevan. J'étais là lorsque Kevin a ouvert le paquet, et nous savions tous ce qu'il y aurait dedans. Le seul mystère concernait le fermoir. C'est même un sujet de plaisanterie entre nous.

— Et qu'y a-t-il sur ce fermoir ? » demanda Pop, se penchant de nouveau sur la photo pour la scruter.

« Un oiseau, répondit Kevin. Je suis à peu près sûr que c'est un pivert. Et que c'est ça que porte le chien de la photo. Une cravate-cordon avec un fermoir en forme de pivert.

— Nom de Dieu ! » s'exclama Pop. Avec son air de ne pas y toucher, c'était un prodigieux comédien, mais il n'eut pas besoin de simuler la surprise.

Brusquement, John rassembla tous les clichés en un seul tas. « Foutons ces cochonneries tout de suite dans le poêle. »

Lorsque Kevin et son père arrivèrent chez eux, à cinq heures dix, une petite pluie commençait à tomber. La Toyota de Mme Delevan n'était pas dans l'allée, mais elle était venue et repartie. Elle avait laissé un mot sur la table de la cuisine, sous la salière. Lorsque Kevin le déplia, il en tomba un billet de dix dollars.

> Mon Kevin,
> Jane Doyon m'a demandé si Meg et moi aimerions dîner avec elle à Bonanza. Son mari est en voyage d'affaires à Pittsburgh, et elle tourne en rond dans sa maison. J'ai dit que nous en serions ravies. Meg, en particulier. Tu sais comme elle aime sortir « entre femmes » ! J'espère que ça ne t'ennuiera pas trop de manger dans une « splendide solitude ». Tu n'as qu'à te commander une pizza et un soda, ton père commandera la sienne à son arrivée. Il ne les aime pas réchauffées, et il voudra sans doute une ou deux bières avec.
> Grosses bises,
> Maman

Ils échangèrent un regard *(voilà au moins une chose dont nous n'aurons pas à nous préoccuper)* sans dire mot. Apparemment, ni Mary ni Meg n'avaient remarqué la présence de la voiture de John dans le garage.

« Est-ce que tu veux que je... ? » mais il n'eut pas besoin d'achever, car son père le fit pour lui : « Oui, va vérifier, tout de suite. »

Kevin grimpa les marches quatre à quatre. Dans sa chambre il avait une commode et un bureau ; le dernier tiroir de celui-ci était plein de ce que Kevin appelait des « trucs » ou des « machins » : des choses qu'il aurait trouvé plus ou moins criminel de jeter, bien qu'il n'en eût pas réellement l'usage. La montre de gousset de son grand-père, par exemple, un énorme oignon au boîtier superbement gravé, pesant... mais tellement rouillé que le joaillier de Lewiston, après avoir jeté un bref coup d'œil, l'avait reposé sur le comptoir en secouant la tête. Il y avait deux jeux de boutons de manchettes, deux autres dépareillés, un dépliant de *Penthouse*, un livre de poche intitulé *Les plaisanteries les plus grossières*, et un baladeur Sony qui avait la détestable manie de boulotter les bandes qu'il aurait dû se contenter de lire. Des trucs et des machins, c'était le mot.

Avec au milieu, bien entendu, les treize cravates-cordons envoyées par tante Hilda pour ses anniversaires.

Il les sortit une à une, les compta, en trouva douze au lieu de treize, fouilla une fois de plus le tiroir et recompta. Toujours douze.

« Elle n'est pas là ? »

Kevin, qui se trouvait accroupi devant le tiroir, poussa un cri et bondit sur ses pieds.

« Je suis désolé, s'excusa John depuis le seuil de la porte. C'était idiot.

— C'est rien », dit Kevin, qui se demanda un instant jusqu'à quelle vitesse pouvait battre un cœur avant d'exploser. « C'est moi qui suis... tendu. C'est ridicule.

— Non, pas du tout, répondit son père d'un ton calme. Quand j'ai regardé l'enregistrement, j'ai tellement eu la frousse que j'ai vu le moment où j'allais me mettre les doigts dans la bouche pour me renfoncer l'estomac à sa place. »

Kevin jeta un regard de gratitude à son père.

« Elle n'est pas là, c'est ça ? reprit ce dernier. Celle avec le pivert ou je ne sais quel bon Dieu d'oiseau à la noix ?

— Non, elle n'y est pas.

— Est-ce que tu mettais l'appareil dans ce tiroir ? »

Kevin hocha lentement la tête. « Pop m'avait demandé de ne pas y toucher entre les prises. Ça faisait partie de son programme. »

Quelque chose lui titilla brièvement l'esprit, puis disparut.

« Alors je le fourrais là.

— Bon sang, fit doucement John.

— Ouais. »

Ils se regardèrent dans la pénombre de la pièce, et soudain un sourire, comme un rayon de soleil passant entre les nuages, vint illuminer le visage de Kevin.

« Quoi ?

— J'étais en train de me rappeler la sensation... J'ai balancé la masse tellement fort... »

John Delevan avait aussi commencé à sourire. « J'ai bien cru que tu allais t'arracher le-

— Et quand elle a fait ce bruit de craquement-

— Ça s'est mis à voler dans tous les sens-

— BOUM ! terminé ! » conclut Kevin.

Ils se mirent à rire tous les deux dans la chambre, et Kevin se trouva presque (*presque*) content que tout cela fût arrivé. Le sentiment de soulagement était aussi inexprimable et néanmoins aussi parfait que ce que l'on ressent lorsque, soit par un hasard heureux, soit par quelque guidage télépathique, une autre personne arrive à vous gratter à l'endroit qui vous démange tellement dans le dos et que vous ne pouvez atteindre vous-même : elle tombe pile dessus, la démangeaison devint merveilleusement pire pendant une fraction de seconde, au moment où elle la touche des doigts... puis c'est l'indicible soulagement.

Même chose avec l'appareil photo et le fait que son père avait compris.

« C'est fini, dit Kevin, il n'existe plus.

— Pas davantage que Hiroshima après le largage de la bombe A par l'*Enola Gay*, répondit John, ajoutant : Réduit en bouilli, voilà ce que je veux dire. »

Kevin resta un instant bouche bée, puis éclata d'un rire hystérique, presque des hurlements. Son père l'imita. Peu après, ils commandaient une pizza royale. Lorsque Kate et Meg Delevan revinrent, à sept heures vingt, ils avaient encore le fou rire.

« Vous m'avez l'air un peu trop joyeux, tous les deux. Vous tramez quelque chose de louche », remarqua Mme Delevan, un peu intriguée. Elle avait trouvé dans leur hilarité, faisant appel à cette sensibilité féminine à laquelle les femmes n'ont pleinement recours, semble-t-il, qu'au moment des accouchements ou des désastres, une note légèrement malsaine. Ils avaient l'air de gens qui viennent de manquer de justesse d'avoir un grave accident de voiture. « Est-ce qu'on peut participer ?

— Juste deux célibataires qui prennent du bon temps, répondit John.

— Du sacré bon temps », insista Kevin — sur quoi son père trouva bon d'ajouter : « Voilà ce que je veux dire », ce qui les fit hululer de plus belle.

Meg, complètement éberluée, regarda sa mère et dit : « Mais pourquoi ils font ça, Maman ?

— Parce qu'ils ont un pénis, ma chérie. Va accrocher ton manteau. »

Pop Merrill laissa sortir les Delevan *père et fils** et verrouilla la porte derrière eux. Il éteignit toutes les lumières sauf celle de sa table de travail, sortit son jeu de clefs, et ouvrit son propre tiroir fourre-tout. Il en sortit le Soleil 660 de Kevin, en parfait état, en dehors de l'éclat qui avait sauté et d'une légère fêlure du viseur, et le contempla fixement. Il avait terrifié le père et le fils. Pop l'avait bien vu ; il l'avait aussi terrifié. Mais de là à le poser sur le billot et à le pulvériser ? Il ne fallait pas exagérer, tout de même.

Il y avait un moyen de se faire quelques sous avec le foutu machin.

Il y en a toujours un.

Pop le remit dans le tiroir. Il allait dormir là-dessus, et demain matin, il saurait comment procéder. A la vérité, il s'en faisait déjà une idée assez précise.

Il se leva, éteignit la lampe, et se faufila jusqu'à l'escalier conduisant à son appartement. Il se déplaçait avec la sûreté de pied et la grâce nées d'une longue pratique.

A mi-chemin, il s'arrêta.

Il éprouvait le besoin, un besoin très fort, de retourner jeter un coup d'œil à l'appareil. Mais pourquoi donc, au nom du Ciel ? Il n'avait même pas un film à mettre dans la diabolique machine... non qu'il eût l'intention de prendre des photos avec. Si quelqu'un d'autre voulait en prendre et observer la progression du chien, l'acheteur était le bienvenu. Que l'empereur se débrouille avec, comme il aimait à dire. Quant à lui, autant pénétrer dans une cage aux lions sans même un fouet ou une chaise.

Et cependant...

« Laisse tomber », dit-il d'une voix étranglée, dans l'obscurité. Le son de sa propre voix le fit sursauter, et il repartit vers l'escalier sans un seul coup d'œil en arrière.

* En français dans le texte. (*N.d.T.*)

CHAPITRE SEPT

Très tôt, le lendemain matin, Kevin Delevan fit un cauchemar si horrible qu'il ne put s'en souvenir qu'en partie, comme les fragments d'une mélodie entendue à la radio lorsque la réception est mauvaise.

Il marche dans une petite ville industrielle cradingue. Equipé d'un sac à dos, il est apparemment en cavale. Le nom de la ville est Oatley, et Kevin a l'impression de se trouver soit dans l'état de New York, soit au Vermont. *Vous savez où on peut trouver du boulot ici, à Oatley ?* demande-t-il à un vieil homme qui pousse un caddie sur un trottoir fissuré. Pas de produits d'épicerie dans le caddie ; rien que d'indéfinissables détritus. Kevin se rend compte qu'il a affaire à un alcoolo. *Taille-toi !* lui crie l'ivrogne. *Fous le camp ! enfoiré de voleur ! tire-toi, sale enfoiré de voleur !*

Kevin court, traverse la rue à toutes jambes, plus par peur de la folie de l'homme qu'à l'idée qu'on puisse le prendre, lui, Kevin, pour un voleur. L'ivrogne lui lance : *Et ce n'est pas Oatley, ici ! C'est Hildaville ! Barre-toi de la ville, petit enculé de voleur !*

C'est alors qu'il comprend qu'il n'est ni à Oatley ni à Hildaville, ni dans aucune ville avec un nom normal. Comment une ville aussi aberrante pourrait avoir un nom normal ?

Tout — rues, bâtiments, signalisation, véhicules, les rares passants — tout est à deux dimensions. Les choses ont de la hauteur, de la largeur... mais aucune épaisseur. Il croise une femme qui aurait pu ressembler au professeur de danse de Meg si celle-ci avait eu soixante kilos de plus. Elle porte un pantalon de survêt couleur de chewing-gum Bazooka. Comme l'ivrogne, elle pousse un caddie. L'une des roues grince. Il est plein de Polaroïd Soleil 660. Elle observe Kevin avec une méfiance grandissante au fur et à mesure qu'il se rapproche d'elle. A l'instant où il arrive à sa hauteur, elle disparaît. Son *ombre* est encore visible, et il entend toujours le grincement cadencé, mais la grosse femme n'est plus là. Puis elle réapparaît, tournant vers lui sa tête au visage plat et à l'expression soupçonneuse, et Kevin comprend pour quelle raison elle a un instant disparu. Parce que le concept de « vue latérale » n'existe pas et ne peut exister dans un univers où tout est parfaitement plat.

Je suis à Polaroïdville, pense-t-il avec une étrange sensation de soulagement et d'horreurs mêlés. *Et ça signifie que ce n'est qu'un rêve.*

Puis il voit la barrière de piquets blancs, et le chien, et le photographe qui se tient dans le caniveau. Il porte des verres sans monture juchés sur son crâne. C'est Pop Merrill.

Eh bien, fiston, tu l'as trouvé, lui dit le Pop à deux dimensions, sans décoller l'œil du viseur. *C'est le chien, juste là. Celui qui a massacré cet enfant, à Shenectady. Ton chien, voilà ce que je veux dire.*

Kevin se réveille alors dans son lit, craignant d'avoir hurlé, avant tout angoissé non par le rêve, mais par l'idée qu'il n'est peut-être pas retourné à la réalité dans ses trois dimensions.

Mais non. Quelque chose, cependant, va de travers.

Un rêve stupide. Laisse tomber, qu'est-ce que ça peut faire ? C'est terminé, toutes les photos sont brûlées. La caméra est en mille mor...

Le fil de ses pensées se rompt, sous l'effet de ce quelque chose qui va de travers, et qui vient de nouveau le titiller.

Non, ce n'est pas fini. Ce n'est pas...

Mais avant qu'il ait pu achever, Kevin Delevan s'endort d'un sommeil profond et sans rêves. Au matin, c'est à peine s'il se souvient d'avoir fait un cauchemar.

Chapitre huit

Les deux semaines qui suivirent furent pour Pop Merrill les quinze jours les plus exaspérants, les plus enrageants et les plus humiliants de toute sa vie. Bien des citoyens de Castle Rock seraient convenus que personne ne méritait mieux cela que le brocanteur. Non que les déboires de Pop eussent transpiré... ce qui restait son unique consolation. Consolation qui ne lui valait qu'un bien maigre réconfort. Etique, à vrai dire.

Mais qui aurait jamais pu supposer que la secte des Chapeliers Fous allaient le laisser tomber aussi impitoyablement?

Il y avait de quoi se demander s'il n'avait pas perdu un peu les pédales.

Dieu m'en garde...

CHAPITRE NEUF

Au moment où il avait fait son coup, il ne s'était même pas demandé s'il vendrait ou non le Polaroïd ; la seule question était dans quel délai, et à quel prix. Les Delevan avaient employé le terme de *surnaturel,* et Pop ne les avait pas corrigés, même s'il savait que les amateurs de ce genre de phénomènes l'auraient classé dans le paranormal plutôt que dans le surnaturel. Il aurait pu le leur dire, mais les Delevan auraient pu aussi se demander par quel mystère le propriétaire de la brocante (et usurier à ses heures) d'un trou perdu comme Castle Rock était tellement versé en sciences occultes. Il en savait beaucoup pour une bonne et solide raison : il était avanta-geux d'être savant dans ce domaine à cause de la tribu de ce qu'il appelait, en un hommage involontaire à Lewis Carroll, les « Chapeliers fous ».

Les Chapeliers fous étaient par exemple ces personnes qui dépensaient une fortune en matériel de prise de son, non pas pour capter le chant de l'alouette ou les débordements verbaux d'une soirée trop arrosée, mais pour l'abandonner, tournant dans une pièce vide, soit qu'elles crussent passionnément à l'existence d'un monde invisible et voulussent en prouver l'existence, soit qu'elles désirassent tout aussi passionnément entrer en contact avec des amis et/ou des parents ayant « passé » (c'était l'expression qu'ils employaient toujours ; les parents et amis des Chapeliers fous ne se contentaient pas de mourir comme tout le monde).

Non seulement les Chapeliers fous manipulaient la planche Ouija, mais ils avaient des conversations régulières avec des « guides spirituels » venus de « l'autre monde » (jamais l'enfer ni le paradis, non plus que « le lieu de repos des morts », mais « l'autre monde »), lesquels les mettaient en contact avec amis, parents, reines et rois, vedettes du rock and roll, et même avec les plus grands affreux de l'histoire. Pop connaissait un Chapelier fou du Vermont qui avait ses deux conversations hebdomadaires avec Hitler. Celui-ci lui avait confié que tout ça n'était qu'un coup monté, qu'il avait fait des propositions de paix en janvier 1943 et que ce fils de pute de Churchill les avait rejetées. Hitler lui avait également dit que Paul Newman était un extraterrestre né dans une grotte sur la lune.

Les Chapeliers fous allaient à leur séance avec autant de régularité (et poussés par un besoin aussi puissant) que les drogués rendent visite à leur revendeur. Ils achetaient des boules de cristal et des amulettes censées leur porter bonheur ; ils organisaient leurs propres petites sociétés et enquêtaient dans les maisons réputées hantées, sur les phénomènes habituels : ectoplasmes, tables et lits flottants, points brûlants, et bien entendu, fantômes. Qu'ils fussent réels ou imaginaires, ils les consignaient tous, avec le même enthousiasme qu'un écolo guettant le passage d'un héron bleu hors saison.

La plupart d'entre eux s'en payaient une sacrée bonne tranche ; d'autres, non. Prenez par exemple l'histoire du type de Wolfeboro. Il était allé se pendre dans la notoirement célèbre Maison Tecumseh, où un petit nobliau, environ un siècle auparavant, rendait de menus services à ses contemporains le jour, et les mettait au menu de ses services le soir venu, lors de festins somptueux dans la cave de son manoir. La table était dressée sur un sol de terre battue imprégnée de restes en décomposition d'au moins une douzaine d'individus, sinon du double, tous des vagabonds. Le type de Wolfeboro, avant de se pendre, avait laissé un mot en style télégraphique, à côté de sa planche ouija : *Impossible quitter maison. Portes toutes fermées à clef. Les entend manger. Essayé le coton. Sans effet.*

Et ce pauvre couillon qui croyait très probablement qu'il les entendait, avait songé Pop, lorsque cette histoire lui avait été rapportée par une source en qui il avait toute confiance.

Il y avait également ce bonhomme de Dunwich, dans le Massachusetts, à qui Pop avait un jour vendu, pour quatre-vingt-dix dollars, une soi-disant trompette spirituelle. Le bonhomme avait été faire un tour avec dans le cimetière de Dunwich, et sans doute s'était-il trouvé en présence de quelque chose d'excessive-ment déplaisant, car au bout de six ans, il délirait encore dans une cellule capitonnée d'Arkham, totalement fou. En partant pour son expédition nocturne, il avait les cheveux bruns ; lorsque ses cris eurent réveillé les quelques voisins à portée d'oreille du boulevard des allongés, et que la police débarqua, il les avait aussi blancs que son masque hululant.

On trouvait encore le cas de cette femme de Portland qui avait perdu un œil au cours d'une séance de Ouija ayant tourné à la catastrophe... celui de l'homme de Kingston (Rhode Island), qui avait perdu trois doigts lorsque la porte de la voiture dans laquelle deux adolescents venaient de se suicider se referma sur sa main... celui de la vieille dame qui atterrit à l'hôpital avec une oreille en moins, lorsque Claudette, sa chatte (elle aussi d'un âge certain) avait été prise d'une crise de folie au cours d'une séance...

Pop croyait certaines de ces choses, rejetait les autres, mais était avant tout sans opinion ; non pas parce qu'il ne disposait pas de preuves suffisamment solides pour faire pencher la balance d'un côté ou de l'autre, mais parce qu'il se moquait comme de sa première chemise des fantômes, des séances, des boules de cristal, des trompettes spirituelles, des chats en délire ou du mythique Nostradamus. En ce qui concernait Reginald Marion « Pop » Merrill, les Chapeliers fous pouvaient tout aussi bien aller tous se faire foutre sur la lune.

Dans la mesure, évidemment, où l'un d'eux accepterait de lui glisser quelques gros billets dans la main pour l'achat de l'appareil photo de Kevin, avant d'embarquer dans le prochain voyage de la navette.

Pop n'appelait pas ces enthousiastes des Chapeliers fous à cause de leur passion pour les spectres ; il les désignait ainsi parce que dans leur grande majorité (sinon tous, était-il parfois tenté de penser) ils paraissaient être riches, à la retraite, et ne demander qu'à se faire plumer. Si l'on avait la patience de passer un quart d'heure avec eux, d'approuver et acquiescer lorsqu'ils vous racontaient qu'ils étaient capables de reconnaître un vrai médium d'un mystificateur rien qu'en pénétrant dans la pièce, ou mieux encore, de s'asseoir à une table pour une *séance,* si vous étiez d'accord pour consacrer encore un quart d'heure à écouter des gargouillements enregistrés sur magnétophone n'ayant qu'un vague rapport avec des paroles articulées, l'expression estomaquée de circonstance peinte sur la figure, vous pouviez leur vendre un vulgaire presse-papier de verre pour cent billets, en leur disant qu'un homme y avait vu feu sa maman, une fois. Avec un sourire en plus, il vous signait un chèque de deux cents dollars. Quelques mots d'encouragements, et c'était mille dollars qu'ils inscrivaient. Et si vous faisiez tout ça en même temps, ils vous passaient quasiment le carnet de chèques pour que vous y inscriviez vous-même le montant.

Aussi facile que de piquer son biberon à un nourrisson.

Jusqu'à maintenant.

Pop n'avait aucun dossier intitulé CHAPELIERS FOUS, pas plus que de dossiers COLLECTIONNEURS DE PIÈCES ou COLLECTIONNEURS DE TIMBRES dans son classeur. Il ne possédait pas de classeur. La chose qui s'en rapprochait le plus était un vieux carnet de numéros téléphoniques qu'il trimballait dans sa poche revolver (lequel, comme le portefeuille de l'autre côté, avait fini par prendre la forme à la courbe dénuée de toute générosité de sa fesse étique, avec le temps). Pop gardait ses dossiers là où un homme qui traite le genre d'affaires qu'il traitait doit *toujours* les conserver : dans sa tête. Il y avait ainsi huit Chapeliers fous confirmés avec lesquels il avait traité au cours des années, des gens qui ne se contentaient pas de fleureter avec l'occulte, mais qui se vautraient et se roulaient dedans. Le plus riche était un industriel à la retraite du nom de McCarty qui vivait sur son île privée, à environ dix-huit kilomètres de la côte. Ce type n'avait que dédain pour les bateaux et employait à plein temps un pilote qui le transportait sur le continent quand il avait besoin de s'y rendre.

Pop lui rendit visite dès le 28 septembre, le lendemain du jour où il avait subtilisé l'appareil à Kevin (il n'arrivait pas à y penser comme à un vol ; après tout, le gamin était décidé à le réduire en morceaux, et quel mal y avait-il s'il en avait démoli un autre ?). Il se rendit dans sa vieille voiture parfaitement entretenue jusqu'à une piste privée, juste au nord de Bothbay Harbor, puis il serra les dents et ferma férocement les yeux, tandis que ses mains étreignaient le coffre d'acier dans lequel était relégué l'appareil photo Soleil 660, alors que le Beechcraft du Chapelier fou fonçait sur la piste de terre comme un cheval emballé, s'élevait dans les airs à l'instant précis où Pop était sûr qu'ils allaient s'écraser sur les rochers au-dessous et l'emportait dans l'empyrée d'automne. Il avait déjà fait ce voyage par deux fois, et s'était juré, l'une et l'autre, de ne jamais remonter dans ce foutu cercueil volant.

L'appareil bondissait et jouait à saute-mouton à deux cents mètres au-dessus de l'Atlantique bavant de faim, et le pilote ne cessa de bavarder joyeusement pendant tout le chemin. Pop acquiesçait et disait ouais-ouais au jugé, beaucoup plus inquiet de leur chute imminente que curieux de ses propos.

Puis l'île fut en vue, avec sa piste d'une longueur horriblement et suicidairement courte et sa vaste maison en pin et galets ; le pilote piqua de l'aile, et le malheureux Pop sentit son estomac déferlant d'acidité demeurer quelque part au-dessus de sa tête. Ils heurtèrent sèchement le sol avant de rouler, par quelque stupéfiant miracle, jusqu'au bout de la piste où ils s'arrêtèrent, sains et saufs, en un seul morceau... le brocanteur put de nouveau croire que Dieu n'était qu'une invention des Chapeliers fous, du moins jusqu'au voyage retour, quand il devrait remettre les pieds dans la foutue mécanique.

« Une journée superbe pour voler, n'est-ce pas, monsieur Merrill ? » lui demanda le pilote en déployant l'escalier.

— Parfaite », grommela Pop avant de prendre la direction de la maison, sur le seuil de laquelle l'attendait un pigeon de la taille d'une dinde, que l'impatience et l'excitation faisaient sourire. Pop lui avait promis de lui montrer « l'objet le plus foutrement dément de tous ceux sur lesquels [il était] jamais tombé », et Cedric McCarty paraissait n'en plus pouvoir d'attendre. Il allait jeter un coup d'œil dessus pour la forme, se disait Pop, et avaler toute la salade. Il retourna sur le continent quarante-cinq minutes plus tard, sans prêter attention aux sauts de carpe ni aux trous. d'air qui émaillèrent le chemin du retour en Beechcraft. Déconfit, perplexe.

Il avait tourné l'objectif vers le Chapelier fou et pris sa photo. Pendant qu'ils attendaient le développement, le Chapelier fou avait pris une photo de Pop... mais au moment où avait jailli l'éclair du flash, n'avait-il pas entendu quelque chose ? N'avait-il pas perçu le grondement bas et hideux de ce chien noir ? Ou bien n'était-ce qu'un effet de son imagination ? Un effet de son imagination, très vraisemblablement. Pop avait réussi quelques affaires mirobolantes, dans le temps, et il en fallait pour cela.

Néanmoins...

Cedric McCarty, industriel à la retraite *par excellence* et Chapelier fou *extraordinaire* * regarda les photos avec la même impatience enfantine ; mais lorsqu'elles devinrent finalement claires, il prit un air amusé et même légèrement méprisant, et Pop comprit, avec l'infaillible intuition qu'il peaufinait depuis près de cinquante ans, qu'aucun argument, qu'aucune cajolerie, pas même une allusion à un éventuel autre client mourant d'envie d'acheter l'appareil — qu'aucune de ces techniques éprouvées ne marcherait. Un grand panneau en lettres fluo PAS D'ACHAT venait de s'allumer dans la tête de Cedric McCarty.

Pourquoi ?

Mais pourquoi, bon Dieu ?

Dans la photo prise par Pop, le point blanc au milieu des plis de la babine était clairement devenu une dent — sauf que *dent* n'était pas le mot qui convenait, même avec un gros effort d'imagination. Il s'agissait d'un croc, d'une défense. Dans la photo de McCarty, on voyait la naissance de la dent suivante.

Cette saloperie de clébard a une gueule comme un piège à ours, pensa Pop. Sans être sollicitée, l'image de son bras pris dans ces mâchoires lui vint à l'esprit. Il vit le chien non pas le mordre, non pas le dévorer, mais le mettre en lambeaux, de la même manière que les multiples dents d'une débroussailleuse déchirent écorce, feuilles et petites branches. *Combien de temps lui faudrait-il ?* se demanda-t-il. Il regarda ces yeux chassieux qui le fixaient au milieu de la toison hirsute de la tête, et comprit que ça ne traînerait pas. Et si le chien l'attrapait par l'entrejambe au lieu de cela ? Supposons...

* Les deux expressions en italique sont en français dans le texte. (*N.d.T.*)

Mais McCarty avait dit quelque chose et attendait une réaction. Pop se tourna vers lui, et le mince espoir qui lui restait de faire une vente s'évapora. Le Chapelier fou capable de passer avec joie un après-midi en votre compagnie, à essayer d'évoquer le fantôme de feu votre oncle Ned, cet homme-là avait disparu, laissant la place à l'autre facette de McCarty : le réaliste à tout crin qui, pendant douze années consécutives avait figuré sur la liste des douze hommes les plus riches des Etats-Unis de la revue *Fortune*. Et non pas pour avoir été quelque fils à papa écervelé, ayant eu la chance non seulement d'hériter de beaucoup d'argent mais aussi d'une équipe honnête pour le gérer, mais parce qu'il avait été un génie dans le domaine de l'aérodynamique appliquée. Il n'était pas aussi riche que Howard Hughes, mais il n'était pas non plus aussi cinglé à la fin de sa vie. Lorsqu'il était question de phénomènes de parapsychologie, McCarty était un Chapelier fou. En dehors de ce domaine, c'était un requin à côté duquel Pop et ses émules n'étaient que des têtards tournant dans une flaque d'eau.

« Désolé, dit Pop, je battais un peu la campagne, monsieur McCarty.

— Je disais que c'est fascinant, en particulier la subtile indication du temps qui passe d'une photo à l'autre. Comment ça marche ? Il y a un autre appareil photo dans l'appareil ?

— Je ne vois pas où vous voulez en venir.

— Non, pas un appareil photo », dit McCarty, parlant pour lui-même. Il prit le Polaroïd et le secoua près de son oreille. « Non, c'est plutôt un système de rouleau. De rouleau à fentes. Oui, c'est ça, des rouleaux à fentes ! »

Pop ouvrait un œil rond, ne comprenant rien à ce que disait son interlocuteur... sinon que c'était en lettres de feu que s'inscrivait maintenant la conclusion : LA VENTE EST FOUTUE. Avoir fait ce putain de Dieu de nom de Dieu de vol dans cette foutue machine — devoir recommencer — et tout cela pour des clous. Mais pourquoi ? Pourquoi ? Il était tellement sûr de ce type, qui aurait probablement cru que le pont de Brooklyn n'était qu'une illusion spectrale venue de l'autre bord si on le lui avait affirmé avec suffisamment d'aplomb. Alors, *pourquoi* ?

« Des fentes, évidemment ! s'exclamait McCarty, ravi comme un enfant. Il y a une courroie d'entraînement montée en boucle dans le boîtier, avec un certain nombre de fentes dessus. Chacune contient une photo Polaroïd exposée du chien. La continuité suggère que le chien a peut-être été filmé, et que les Polaroïds ont été faites d'après les images du film. La batterie est assez puissante pour entraîner la courroie en position pour le cliché suivant, et *voilà** ! »

Son sourire aimable venait soudain de disparaître et Pop découvrit un homme qui paraissait tout à fait capable d'avoir fait son chemin en foulant aux pieds les cadavres sanglants de ses concurrents... et d'y avoir pris plaisir.

« Joe va vous ramener », dit-il. Sa voix était devenue glaciale, impersonnelle. « Vous êtes fort, monsieur Merrill (jamais plus cet homme ne l'appellerait Pop, comprit le brocanteur, morose), je dois l'admettre. Vous avez fini par en faire trop, mais vous m'avez roulé pendant longtemps. De combien m'avez-vous filouté ? Ne m'avez-vous refilé que de la bouillie pour les chats ?

— Je ne vous ai pas volé d'un rouge liard, répondit Pop, mentant effrontément. Je ne vous ai jamais vendu un seul objet qui, à ma connaissance, n'était pas un article authentique, et ce que je veux dire, c'est que c'est vrai aussi pour l'appareil photo.

— Vous m'écœurez. Non pas parce que je vous ai fait confiance ; j'ai déjà fait confiance à des mystificateurs et des imposteurs. Non pas parce que vous m'avez pris mon argent ; pour moi, c'était des sommes insignifiantes. Vous m'écœurez parce que c'est à cause d'individus comme vous que les recherches scientifiques, en matière de parapsychologie, en sont encore au Moyen Age ; à cause d'individus comme vous, qu'elles sont l'objet de la risée universelle, et considérées comme le domaine exclusif des fêlés et des demeurés. Notre seule consolation est que tôt ou tard, les gens de votre espèce finissent par en faire trop. Vous devenez gourmands et vous essayez de nous refiler quelque chose d'aussi ridicule que ce bidule. Je ne veux plus vous voir ici, monsieur Merrill. »

Pop avait la pipe à la bouche et tenait une Diamond Blue Tip d'une main tremblante. McCarty tendit l'index vers lui, et le regard glacial, au-dessus, transformait le doigt en canon de revolver.

« Et si vous vous avisez d'allumer cette puanteur ici, Joe va vous l'arracher de la bouche et vous collera les braises dans le

---

* En français dans le texte. (*N.d.T.*)

pantalon. Alors si vous ne voulez pas quitter ma maison avec vos maigres fesses en feu, je vous suggère-

— Mais qu'est-ce qui vous prend, McCarty ? chevrota Pop. Ces photos ne se sont développées qu'après être sorties ! Vous les avez vues se développer sous vos propres yeux !

— N'importe quel gamin avec la panoplie du petit chimiste à douze dollars peut vous arranger ça, répliqua froidement McCarty. Il ne s'agit pas du fixatif à catalyse mis au point par Polaroïd, mais ça y ressemble. Vous tirez vos Polaroïds, ou vous les créez à partir d'un film, si c'est ce que vous avez fait, puis vous passez dans une chambre noire classique et vous les enduisez de votre produit. Une fois sèche, vous les chargez. Quand elles sortent, elles ressemblent à n'importe quelle photo Polaroïd qui n'a pas encore commencé à se développer. Un gris foncé bordé de blanc. Puis la lumière frappe votre émulsion, celle-ci s'évapore, et on voit le cliché que vous avez pris des heures ou des jours avant. Joe ? »

Avant que Pop eût le temps de dire quoi que ce soit, on le prenait par le bras et il était propulsé plutôt qu'entraîné hors du spacieux séjour aux grandes baies vitrées. De toute façon, il n'aurait rien dit. Un homme d'affaires sérieux doit savoir quand il s'est fait baiser. Et cependant, il aurait eu envie de crier par-dessus son épaule : *Il suffit que la dernière des connasses avec des cheveux teints et une boule de cristal achetée par correspondance fasse flotter un livre, ou une lampe, ou une foutue feuille de papier à musique dans une pièce sombre et vous faites pipi partout, mais quand je vous montre un appareil qui prend des photos d'un autre monde, alors là, vous me virez par le fond de mon pantalon ! Vous êtes aussi fou qu'un chapelier, d'accord ! Eh bien, allez vous faire foutre ! Ce ne sont pas les poissons qui manquent dans la mer !*

Ils ne manquaient pas, en effet.

Le 5 octobre, Pop se mit au volant de sa voiture parfaitement entretenue et partit pour Portland, rendre visite aux Sœurs Pus.

Jumelles identiques, les Sœurs Pus vivaient ensemble à Portland ; elles avaient quelque chose comme quatre-vingts ans, mais l'air plus vieux que Stonehenge ou Carnac. Elles fumaient des Camel à la chaîne, et cela depuis l'âge de dix-sept ans, avouaient-elles avec ravissement. Elles ne toussaient jamais en dépit des six paquets qu'elles consommaient quotidiennement à elles deux. Un chauffeur les conduisait, les rares fois où elles quittaient leur demeure de style colonial en brique rouge, dans une Lincoln Continental de 1958 d'aspect aussi réjouissant qu'un corbillard. Ce chauffeur était une femme noire à peine plus jeune que les Sœurs Pus elles-mêmes ; elle était probablement muette, mais il n'était pas impossible que son cas fût plus étrange encore : l'une des très rares créatures réellement taciturnes créées par Dieu. Pop ne le savait et ne l'avait jamais demandé. Cela faisait près de trente ans qu'il faisait des affaires avec les Sœurs Pus, il avait toujours vu la femme noire, soit conduisant la voiture, soit parfois la lavant ou bien taillant les haies autour de la maison, ou encore se rendant jusqu'à la boîte aux lettres du coin de la rue pour y jeter les lettres que les Sœurs Pus écrivaient à Dieu savait qui (il ignorait également si la femme noire entrait jamais dans la maison et si elle y était autorisée ; il ne l'avait simplement jamais vue à l'intérieur), et pendant tout ce temps, il n'avait jamais entendu cette merveilleuse créature proférer un seul mot.

La grande maison coloniale se trouvait dans Bramhall, le quartier chic de Portland, équivalent de Beacon Hill à Boston. Dans cette dernière ville, on dit que les Cabot ne parlent qu'aux Lowell et que les Lowell ne parlent qu'à Dieu, mais les Sœurs Pus et les quelques contemporains qui leur restaient vous auraient affirmé, le plus calmement du monde, que les Lowell avaient transformé une ligne privée en foire publique des années après que les Deere et leurs contemporains de Portland avaient établi le branchement original.

Et bien entendu, personne sain d'esprit ne les aurait appelées les Sœurs Pus devant elles, pas plus qu'une personne saine d'esprit ne mettrait son nez contre une scie à ruban pour calmer une petite démangeaison. Elles étaient les Sœurs Pus quand elles ne se trouvaient pas dans le secteur (et quand on était sûr de la compagnie dans laquelle on se trouvait), mais leur véritable nom était mademoiselle Eleusippus Deere et madame Meleusippus Verrill. Leur père, bien déterminé à faire montre à la fois de dévotion chrétienne et d'érudition, les avait baptisées du nom de deux des triplés devenus plus tard des saints... mais, malheureusement, des saints de sexe masculin.

Le mari de Meleusippus était mort bien des années auparavant, pendant la bataille du golfe de Leyte, en 1944, mais sa veuve avait résolument conservé son nom depuis, ce qui rendait impossible de simplifier et de les appeler tout bonnement les demoiselles Deere. Non : il fallait s'entraîner à prononcer ces foutus noms à coucher dehors jusqu'à ce qu'ils glissent entre vos dents aussi aisément qu'un pet sur une tringle à rideaux. Il suffisait de bafouiller une fois pour qu'elles vous en voulussent, et on pouvait perdre leur clientèle pendant six mois, voire un an. Bafouiller une deuxième fois, et il devenait inutile de se représenter. Jamais.

Pop, la boîte en acier contenant l'appareil posée à côté de lui, conduisait en répétant ces prénoms à voix basse. « Eleusippus. Meleusippus. Eleusippus et Meleusippus. Ouaip. Ça va. »

Mais il s'avéra que ce fut bien la seule chose. Elles n'avaient pas plus envie du Polaroïd que McCarty... Et pourtant, Pop était revenu tellement secoué de son entrevue avec le milliardaire qu'il était arrivé prêt à demander dix mille dollars de moins, voire de réduire de cinquante pour cent le prix auquel il avait tout d'abord estimé, confiant, l'appareil photo.

La vieille femme noire ratissait les feuilles mortes, révélant un gazon qui, octobre ou pas, était encore aussi vert qu'un tapis de billard. Pop lui adressa un signe de tête. Elle le regarda, ou plutôt regarda à travers lui, et continua de ratisser ses feuilles. Pop sonna et, quelque part au fond de la maison, une cloche retentit. « Manoir » était le meilleur terme pour décrire le domicile des Sœurs Pus. Bien que loin d'être de la taille des autres antiques demeures de Bramhall, la pénombre perpétuelle qui régnait à l'intérieur le faisait paraître beaucoup plus vaste. Le son de la cloche semblait vraiment provenir de pièces lointaines et de corridors sans fin, et évoquait toujours une image précise dans l'esprit de Pop : la charrette des morts passant dans les rues de Londres pendant l'année de la grande Peste, tandis que son conducteur sonnait sans trêve son glas tout en criant : « Sortez vos morts ! Sortez vos morts ! Au nom de Jésus notre Sauveur, sortez vos morts ! »

Celle des Sœurs Pus qui ouvrit la porte quelque trente secondes plus tard n'avait pas seulement l'air morte, mais embaumée ; une momie, entre les lèvres de laquelle un petit plaisantin avait glissé un mégot allumé.

« Merrill », dit la dame. Elle portait une robe bleu sombre, assortie à la couleur de ses cheveux. Elle s'efforçait de s'adresser à lui comme une grande dame s'adresserait à un vendeur qui se serait présenté par erreur à la mauvaise porte, mais Pop se rendait parfaitement compte qu'elle était, à sa manière, tout aussi excitée que l'avait été ce fils de pute de McCarty ; la différence tenait à ce que les sœurs Pus étaient nées dans le Maine, y avaient été élevées et y mourraient, alors que McCarty sortait d'un bled du Midwest où, apparemment, l'art et la manière de la taciturnité n'étaient pas considérés comme essentiels dans l'éducation donnée aux enfants.

Une ombre traversa fugitivement l'extrémité du vestibule qui jouxtait le salon, à peine visible par-dessus l'épaule osseuse de la jumelle qui venait d'ouvrir. La deuxième. Oh, elles étaient impatientes ; fort bien. Pop commençait à se demander s'il n'allait pas pouvoir leur soutirer douze *grands*, douze billets de mille, après tout. Voire quatorze.

Pop savait qu'il aurait pu dire : « Est-ce à mademoiselle Deere ou à madame Verrill que j'ai l'honneur de m'adresser ? » et se montrer ainsi parfaitement correct et bien élevé, mais il avait déjà eu affaire à ces deux vieilles excentriques et savait que si celle qui lui avait ouvert ne soulevait pas un sourcil, ne fronçait pas une narine et lui disait simplement à laquelle il parlait, il aurait déjà perdu mille dollars en l'abordant ainsi. Elles étaient très fières de leurs étranges prénoms masculins, et avaient tendance à voir d'un œil meilleur ceux qui essayaient de les identifier que les pusillanimes utilisant le stratagème des noms de famille.

C'est pourquoi, après une brève prière afin que sa langue ne fourchât pas, maintenant que le moment était venu, il fit de son mieux et eut le plaisir d'entendre les noms couler de sa bouche aussi aisément qu'un verre de vin dans le gosier d'un ivrogne. « Est-ce à Eleusippus ou à Meleusippus que j'ai l'honneur... ? » demanda-t-il, avec sur le visage l'expression de quelqu'un qui trouve ces noms tout aussi courants que ceux de Kate ou de Joan.

« A Eleusippus, monsieur Merrill », répondit-elle. Ah, bon, il était maintenant *monsieur* Merrill ; il fut du coup aussi sûr qu'homme au monde peut l'être que tout allait se passer comme sur des roulettes, ce en quoi il se trompait autant que tout homme au monde peut se tromper. « Donnez-vous la peine d'entrer.

— Merci beaucoup », répondit Pop, qui pénétra sur ces mots dans les entrailles glauques du Manoir Deere.

« Oh, mon Dieu », fit Eleusippus, lorsque la photo commença à se développer.

« Mais ce chien est un monstre », ajouta Meleusippus, d'un ton qui trahissait un authentique effroi.

Le molosse devenait plus affreux que jamais, Pop devait le

reconnaître, mais il y avait quelque chose qui l'inquiétait davantage : la séquence temporelle entre les images semblait accélérer.

Il avait fait poser les Sœurs Pus sur leur sofa de style Queen Anne pour les besoins de la démonstration. L'appareil déclencha le flash et, pendant un bref instant, transforma la pièce, d'un antre du purgatoire au confluent du monde des vivants et de celui des morts dans lequel survivaient ces deux antiques reliques, en quelque chose de plat et clinquant, comme une photo de police prise dans un musée où un crime aurait été commis.

Si ce n'est que la photo (grésillement huileux) qui émergea ne montra pas les Sœurs Pus assises sur leur sofa, comme deux serre-livres identiques. Elle représentait le chien noir, qui faisait maintenant complètement face à l'objectif et au photographe (quel qu'il fût) assez cinglé pour continuer à le mitrailler. On voyait tous ses crocs, exhibés en un ricanement homicide et dément, et sa tête avait pris une légère inclinaison sur la gauche qui accentuait son air de prédateur. Cette tête, pensa Pop, continuerait à s'incliner au fur et à mesure que l'animal continuerait son bond vers sa victime, un mouvement qui remplissait deux fonctions : protéger la zone vulnérable du cou d'une attaque potentielle et placer la gueule de telle manière qu'une fois les dents solidement plantées dans la chair, il lui suffirait de la faire tourner de nouveau vers le haut pour arracher un gros morceau de tissu vivant à sa cible.

« Mais c'est absolument affreux ! s'exclama Eleusippus, portant une main momifiée à la chair desquamée de son cou.

— Absolument terrible ! » ajouta Meleusippus dans ce qui était presque un gémissement, avant d'allumer une nouvelle Camel au mégot de la précédente d'une main tellement tremblante qu'elle faillit brûler la commissure gauche fissurée et craquelée de ses lèvres.

« C'est totalement inexplicable ! » s'écria un Pop Merrill triomphant, non sans penser à part soi : *Dommage que tu ne sois pas ici, McCarty, espèce d'imbécile heureux. Dommage. Regarde ces deux bonnes femmes qui ont franchi le Cap Horn je ne sais combien de fois : elles ne me disent pas, elles, que ce Polaroïd n'est qu'un vulgaire gadget pour foire ambulante !*

« Est-ce que ça montre quelque chose qui s'est passé ? murmura Meleusippus.

— Ou quelque chose qui va se passer ? continua Eleusippus sur le même ton confidentiel plein d'effroi.

— Je sais pas, répondit Pop. La seule chose que je sais, c'est que j'ai vu des choses sacrément bizarres, dans ma vie, mais rien de comparable à ces photos.

— Je ne suis pas surprise (Eleusippus).

— Ni moi ! » (Meleusippus.)

Pop était déjà prêt à orienter la conversation sur la question du prix — une délicate négociation en toutes circonstances, mais jamais autant que lorsqu'on traitait une affaire avec les Sœurs Pus. Quand elles en arrivaient à ce stade, elles devenaient aussi farouches que deux vierges (ce qui était sans doute le cas pour l'une des deux, d'après ce que savait Pop). Il venait d'opter pour l'approche *A vrai dire, il ne m'était pas venu à l'idée de vendre cet appareil, tout d'abord, mais...* (un truc plus ancien que les Sœurs Pus elles-mêmes, ce qui n'était pas peu dire, mais lorsqu'on négociait avec des Chapeliers fous, ça n'avait pas la moindre importance ; en réalité, ils *adoraient* ce genre d'entrée en matière, tout comme les enfants aiment à entendre répéter le même conte de fées, *ad nauseam*), lorsque Eleusippus le désarçonna complètement en disant : « Je ne sais pas ce qu'en pense ma sœur, monsieur Merrill, mais je ne me sentirai pas à l'aise pour examiner tout ce que vous avez à... (légère hésitation peinée) nous proposer tant que vous n'aurez pas remis ce... cet appareil photo ou Dieu sait quoi... dans votre automobile.

— Je suis tout à fait de cet avis », renchérit Meleusippus, qui écrasa sa Camel à demi fumée dans un cendrier en forme de poisson.

« Les photographies de fantômes, reprit Eleusippus, sont une chose. Elles ont une certaine...

— Une certaine *dignité*, suggéra Meleusippus.

— Oui, dignité ! Mais ce chien... (Un vrai frisson secoua la vieille femme.) On dirait qu'il est prêt à bondir de la photographie pour venir mordre l'un de nous.

— Pour nous mordre tous ! » corrigea Meleusippus.

Jusqu'à ce dernier échange entre les deux sœurs, Pop était resté convaincu — ou s'était efforcé de rester convaincu — que les deux sœurs n'avaient fait que poser les premiers jalons de leur marchandage, avec une admirable habileté. Mais il était incapable de ne pas croire à leur ton de voix, à leur attitude, à l'expression de leur visage (en admettant qu'il fût possible, dans leur cas, de parler de visage). Elles ne doutaient pas des propriétés paranormales du Soleil 660...

en fait, trop paranormales pour leur convenir. Elles ne marchandaient pas ; elles ne faisaient pas semblant ; elles ne manœuvraient pas pour faire baisser le prix. Lorsqu'elles disaient qu'elles ne voulaient plus voir l'appareil ni les choses tordues qui en surgissaient, elles disaient tout bêtement ce qu'elles pensaient. Elles ne lui faisaient pas non plus l'affront de supposer, voire même de rêver, que *vendre l'appareil* eût été l'objet de sa visite.

Pop regarda le salon, autour de lui. Il se serait cru dans cet appartement d'une vieille dame qu'il avait vu dans un film d'horreur — un navet du nom de *Burnt Offerings*, où une espèce de vieil obèse essayait de noyer son propre fils dans la piscine, sans que personne ne pense à enlever un seul instant ses vêtements. Un appartement rempli, trop rempli, bourré même de photographies, récentes et anciennes. Elles recouvraient si parfaitement les murs que l'on n'aurait même pas pu décrire les motifs du papier peint, en dessous.

Le salon des Sœurs Pus n'en était pas à ce stade, mais il contenait néanmoins une multitude de photos, cent cinquante, peut-être, qui paraissaient trois fois plus nombreuses, vu l'exiguïté de la pièce en question. Pop était venu suffisamment souvent ici pour les avoir presque toutes remarquées, ne fût-ce qu'en passant, et il y en avait qu'il connaissait fort bien, pour la simple raison que c'était lui qui les avait vendues aux Sœurs Pus.

Elles en possédaient bien davantage, un millier, peut-être, mais apparemment, elles s'étaient rendu compte que les limites de la pièce (sur le plan de l'espace, sinon du bon goût) étaient trop étroites pour les contenir toutes. Le reste des photos de fantômes, comme disait Eleusippus, était dispersé parmi les quatorze autres pièces du manoir. Pop les avait toutes visitées. Il faisait partie de ces rares et heureux mortels qui s'étaient vu accorder le privilège de ce que les Sœurs Pus appelaient, en toute simplicité, le Tour. Mais c'était ici, dans le salon, qu'elles conservaient les documents les plus précieux, le plus précieux de ces plus précieux attirant l'œil par le simple fait qu'il se dressait, dans un splendide isolement, sur le quart de queue Steinway, entre les deux fenêtres en saillie. On y voyait un cadavre en lévitation au-dessus de son cercueil, devant cinquante ou soixante personnes. Il s'agissait bien entendu d'un faux. Un enfant de dix ans — que dis-je, de huit — s'en serait aperçu. A côté, la photo des elfes dansants qui avait tellement ensorcelé le pauvre Conan Doyle vers la fin de sa vie était un comble de raffinement. En fait, en parcourant la pièce des yeux, Pop ne vit que deux clichés qui n'étaient pas des faux évidents. Il aurait fallu les étudier de plus près pour élucider la façon dont ils avaient été trafiqués. Et voilà que ces deux vieilles connes, qui avaient collectionné toute leur vie des « photos de fantômes » et se prétendaient grandes expertes en ce domaine, se comportaient comme deux adolescentes devant un film d'horreur quand on leur montrait non pas une simple photo paranormale, mais un putain de Dieu d'appareil photo *paranormal,* lequel ne se contentait pas de faire le tour une fois, comme celui qui avait pris la dame fantôme lors du retour des chasseurs, mais qui le faisait à chaque fois qu'on appuyait sur le poussoir… et combien avaient-elles dépensé pour se procurer toutes ces conneries ? Des milliers de dollars ? Des dizaines de milliers ?

« … nous montrer ? » lui demandait Meleusippus.

Pop Merrill força ses lèvres à se relever et réussit sans doute à imiter quelque chose qui ressemblait raisonnablement bien à un sourire bon enfant, car il n'enregistra aucune réaction de surprise ou de méfiance.

« Veuillez me pardonner, chère madame, s'excusa-t-il, mais j'étais en train de battre un peu la campagne. Je crois que cela nous arrive à tous, avec l'âge.

— Nous avons quatre-vingt-trois ans et l'esprit aussi clair qu'une vitre, protesta Eleusippus.

— Qu'une vitre qui vient d'être nettoyée, ajouta Meleusippus. Je vous demandais si vous aviez de nouvelles photos, que vous auriez l'obligeance de nous montrer… une fois que vous aurez rangé ce… cette chose abominable, évidemment.

— Cela fait une éternité que nous n'en avons pas vu de réellement bonnes, commenta Eleusippus, allumant une nouvelle Camel.

— Nous sommes allées à la Convention de Parapsychologie et de Tarot de Nouvelle-Angleterre, à Providence, le mois dernier, et si les conférences ont été passionnantes-

— Enthousiasmantes-

— La plupart des photos n'étaient que des faux notoires ! Même un enfant de dix ans-

— De sept !

— S'en serait rendu compte. C'est pourquoi… » Meleusippus s'interrompit. Son visage adopta une expression perplexe, mais comme si elle risquait de lui faire mal (les muscles de sa figure étaient depuis longtemps atrophiés, limités qu'ils étaient à deux expressions, léger plaisir et connaissance sereine) « ... je suis intriguée, monsieur Merrill. Je dois admettre que je suis légèrement intriguée.

— J'étais sur le point de dire la même chose.

— Pourquoi avoir amené cet objet abominable ? demandèrent en chœur les Sœurs Pus, la parfaite harmonie de leur voix gâtée, cependant, par la raucité tabagique de leur timbre.

L'envie de répondre *Parce que je ne savais pas quelle paire de vieilles connasses timorées vous faisiez* fut si forte que pendant une horrible seconde, Pop crut avoir parlé à voix haute et se fit tout petit, s'attendant à ce que s'élèvent, dans la pénombre sacrée du salon, des protestations scandalisées jumelles, des cris semblables au crissement d'une scie à ruban rouillée attaquant un nœud récalcitrant dans un tronc, et qui seraient montés dans leurs aigus jusqu'à ce que les vitres de chacune des photos bidon de la pièce explosent dans une angoisse de vibrations.

L'idée qu'il aurait pu prononcer cette terrible phrase à voix haute ne dura qu'une fraction de seconde ; mais lorsqu'il revécut plus tard ce moment, dans ses nuits d'insomnie, tandis que les horloges grignotaient le temps au-dessous (et que le Polaroïd de Kevin Delevan veillait aussi, tapi au fond du tiroir fermé à clef de la table de travail), il lui paraissait à chaque fois avoir duré beaucoup plus longtemps. Au cours de ces heures sans sommeil, il lui arrivait même de souhaiter l'avoir dite, et il se demandait alors s'il ne perdait pas l'esprit.

Ce qui se passa, en réalité, c'est qu'il réagit avec une vitesse et un extraordinaire instinct d'auto-conservation qui frisaient la noblesse. Envoyer les Sœurs Pus se faire foutre aurait été merveilleusement gratifiant, mais la gratification, hélas ! aurait été de courte durée. Tandis que s'il leur montait le bourrichon (ce qui était exactement ce qu'elles attendaient, ayant passé leur vie à se le faire monter) il pourrait peut-être leur refiler pour encore trois ou quatre mille dollars de « photos de fantômes » bidon, pourvu qu'elles persévèrent à éviter le cancer du poumon qui aurait pourtant dû venir à bout de l'une d'elles, sinon des deux, depuis au moins douze ans.

Car après tout, il y avait d'autres Chapeliers fous dans le classeur mental de Pop Merrill, quoique pas autant que ce qu'il se disait, le jour où il était parti voir Cedric McCarty. Une petite vérification lui avait appris que deux d'entre eux étaient morts et qu'un autre apprenait l'art de tresser des paniers dans l'une de ces luxueuses maisons de retraite californiennes qui prennent en charge les gens incroyablement riches ayant eu aussi le malheur d'être devenus complètement gâteux.

« En réalité, dit-il donc, je vous ai amené cet appareil, mesdames, pour que vous puissiez l'examiner. Ce que je veux dire, se hâta-t-il d'ajouter en observant leur expression consternée, c'est que je sais que vous avez une grande expérience dans ce domaine. »

La consternation se transforma en vanité satisfaite ; les deux sœurs échangèrent des regards satisfaits et Pop se prit à souhaiter bourrer leur troufignon resserré de vieille fille d'un ou deux paquets de leurs foutues Camel, de les arroser d'allume barbecue et d'y mettre le feu. Pour fumer, elles fumeraient, les deux toquées. Comme des locomotives, voilà ce qu'il voulait dire.

« J'ai pensé que vous pourriez me conseiller sur ce que je dois faire de cet appareil, voilà ce que je voulais dire, acheva-t-il.

— Détruisez-le, répliqua immédiatement Eleusippus.

— J'emploierais même la dynamite, ajouta Meleusippus.

— Commencez par l'acide, avant la dynamite.

— Oui. Il est dangereux. Vous n'avez même pas besoin de regarder ce chien diabolique pour vous en rendre compte. » Elle le regarda, cependant ; toutes deux le regardèrent, une même expression de révulsion et de peur sur le visage.

« Rien qu'à le voir, on sent qu'il est maléfique », fit Eleusippus d'une voix tellement chargée de menaces et de mauvais présages qu'elle aurait dû paraître risible, comme une adolescente jouant une des sorcières de *Macbeth* ; et pourtant, elle ne l'était pas. « Détruisez-le, monsieur Merrill. Avant que ne se produise quelque chose d'affreux. Avant, peut-être — vous remarquerez que je dis seulement *peut-être* — qu'il ne vous détruise.

— Tout de même, tout de même, répondit Pop, chagrin de découvrir qu'il se sentait malgré tout mal à l'aise, lui aussi, c'est pousser les choses un peu loin. Ce n'est qu'un vulgaire appareil photo, voilà ce que je veux dire. »

D'un ton calme, Eleusippus Deere observa : « Tout comme la planchette Ouija qui rendit aveugle la pauvre Colette Simoneaux, il y a quelques années. Ce n'était qu'un vulgaire morceau de bois.

— Oui, jusqu'à ce que ces gens insensés mettent la main dessus et la réveille », conclut Meleusippus, d'un ton encore plus calme.

Il semblait qu'il n'y eût plus rien à ajouter. Pop prit l'appareil — prenant soin de le soulever par le harnais, sans toucher le boîtier lui-même (non sans se dire que c'était pour le bénéfice de ces deux vieilles connes) et se leva.

« Bien. Vous êtes les experts. » Les deux vieilles dames se rengorgèrent.

Oui, battre en retraite. Battre en retraite était la seule solution, du moins pour le moment. Mais il ne se déclarait pas vaincu. Tout le monde a son jour de poisse, vous pouvez parier là-dessus. « Je ne veux pas abuser davantage de votre temps, et encore moins vous incommoder.

— Oh, mais il n'en a rien été ! protesta poliment Eleusippus, se levant à son tour.

— Nous avons tellement peu de visites, à l'heure actuelle », expliqua Meleusippus, imitant sa sœur.

— Allez le poser dans votre voiture, monsieur Merrill, et revenez prendre le thé !

— Une vraie collation ! »

Et Pop avait beau avoir envie plus que tout au monde de ficher le camp d'ici (et de leur dire exactement ceci : *Merci, mais non merci, je n'ai qu'un désir, me tirer de votre cambuse !*), il esquissa une petite courbette assortie d'une excuse dans le même goût. « Ce serait un plaisir, mais j'ai un autre rendez-vous, j'en ai peur. Je ne viens pas aussi souvent en ville que j'aimerais. » Quant à faire un mensonge, autant en faire dix, tel était l'un des aphorismes favoris du père de Pop, que ce dernier mettait volontiers en pratique. Il regarda ostensiblement sa montre. « Je suis resté déjà trop long-temps. C'est vous mesdames, qui m'avez mis en retard, mais je suppose que ce n'est pas la première fois que vous faites ça à un homme. »

Elles pouffèrent, et une rougeur identique leur monta aux joues, avec l'éclat de très anciennes roses. « Voyons, monsieur Merrill, roucoula Eleusippus.

— Je ne dis pas non pour la prochaine fois, dit-il, leur adressant son sourire le plus large. Invitez-moi et par le lord Harry, vous verrez si je ne vous dis pas oui, et plus vite que ça ! »

Il sortit, et tandis que l'une des jumelles refermait rapidement la porte dans son dos (elles pensaient peut-être que le soleil risquait de faner leurs foutues photos bidons de fantômes, pensa amèrement Pop), il se tourna vers la femme noire, toujours occupée à ratisser les feuilles, et la prit avec le Polaroïd. Il avait agi impulsivement, comme un pervers, sur une route de campagne, donnerait un coup de volant pour écraser une moufette ou un raton laveur.

La lèvre supérieure de la femme noire se souleva et lui découvrit les dents, et Pop la vit avec stupéfaction tendre vers lui deux doigts écartés, comme pour repousser le mauvais œil.

Il se glissa au volant de sa voiture et fit une marche arrière précipitée dans l'allée.

L'arrière du véhicule était à moitié engagé dans la rue et il se tournait pour vérifier qu'aucune voiture ne venait, lorsque ses yeux tombèrent sur le cliché qu'il venait juste de prendre ; il n'était pas complètement développé et avait encore cet aspect laiteux de toutes les photos Polaroïd en cours de révélation.

Il en vit cependant assez pour rester l'œil rond, l'air qu'il avait normalement commencé à respirer lui manquant soudain, son flux interrompu comme une brusque accalmie de brise. Son cœur lui-même lui donnait l'impression de s'être arrêté au milieu d'un battement.

Ce que Kevin avait imaginé était en train de se produire. Le chien avait terminé son mouvement de rotation sur lui-même et entamait son approche finale, imparable, indiscutable, vers l'appareil photo et la personne, quelle qu'elle fût, qui le tenait... ah, mais c'était lui qui l'avait tenu cette fois, non ? Lui, Reginald Marion « Pop » Merrill, l'avait brandi en direction de la vieille femme noire ; c'était lui qui avait appuyé sur le déclencheur dans un moment de colère, comme un enfant qui vient de recevoir une correction casse des bouteilles de soda à coups de carabine à air comprimé parce qu'il ne peut pas tirer sur son père, alors même qu'il n'aurait pas mieux demandé, dans les instants douloureux et humiliants ayant suivi la fessée.

Le chien venait, Kevin avait compris ce qui allait se passer ensuite, et Pop l'aurait aussi compris s'il avait pris la peine d'y réfléchir — bien qu'à partir de ce moment, il allait trouver difficile de penser à quelque chose d'autre quand il penserait à l'appareil photo, et constater que ses réflexions occupaient de plus en plus son temps, en période de veille comme de sommeil.

Il rapplique, pensa Pop, prit du même sentiment d'horreur paralysant qu'on pourrait éprouver, seul dans le noir, tandis qu'une Chose, une Chose innommable et insupportable s'approcherait avec ses griffes effilées comme des rasoirs et ses dents pointues. *Oh mon Dieu ce chien rapplique, ce chien rapplique...*

Mais il ne faisait pas que rappliquer : il se transformait.

Impossible de dire comment. Pris entre ce qu'ils voyaient et ce qu'ils auraient dû voir, les yeux de Pop lui faisaient mal ; à la fin la seule explication qu'il put trouver ne le réconforta guère : on aurait dit que quelqu'un avait changé l'objectif de l'appareil pour mettre à la place un très grand angle, si bien que le front du chien, avec ses touffes de poils hirsutes et emmêlés, paraissait à la fois saillir et s'éloigner, tandis que ses yeux meurtriers semblaient s'être remplis de reflets rouges à peine visibles, comme ceux que l'éclat du flash met parfois dans les yeux des gens.

Le corps du chien donnait l'impression de s'être allongé sans pour autant devenir plus fin ; s'il y avait changement, sur ce point, il s'était plutôt épaissi. Il paraissait non pas plus gras, mais plus lourdement musclé.

Et ses crocs étaient plus gros. Plus longs. Plus effilés.

Pop se souvint brusquement du saint-bernard de Joe Camber, Cujo. Cujo, devenu enragé, avait tué son maître, outre ce vieil ivrogne de Gary Pervier et Big George Bannerman. Il avait empêché une mère et son jeune fils de sortir d'une voiture en panne, près de la maison de Camber, un endroit isolé, et l'enfant était mort au bout de deux ou trois jours. Et Pop se demandait maintenant si c'était ce qu'ils avaient vu pendant les longues journées passées dans le véhicule surchauffé ; cela, ou quelque chose de semblable, des yeux troubles et rougeâtres, de longs crocs acérés-

Un coup d'avertisseur impatient retentit.

Pop poussa un cri, son cœur démarrant en trombe comme le moteur d'une Formule-1.

Une fourgonnette contourna la vieille Chevrolet, dont l'arrière encombrait toujours la moitié de la rue. Son conducteur passa le poing par la fenêtre et leva un majeur obscène.

« Va te faire enculer, fils de pute ! » hurla Pop. Il finit sa marche arrière, mais de manière si brutale qu'il alla heurter le trottoir en face. Il tourna furieusement le volant (appuyant involontairement sur l'avertisseur) et démarra. Mais à trois coins de rue de là, il dut se garer et rester assis derrière son volant pendant dix minutes, attendant que ses tremblements eussent suffisamment diminué pour pouvoir reprendre la route.

Ras le bol, les Sœurs Pus.

Au cours des cinq jours suivants, Pop passa et repassa en revue les noms qui restaient sur sa liste mentale. Son prix d'appel, fixé à vingt mille dollars pour McCarty, diminué de moitié pour les Sœurs Pus (sans avoir cependant jamais pu aller jusqu'à le mentionner, dans un cas comme dans l'autre), dégringolait régulièrement avec les noms qu'il égrenait. Il ne lui resta finalement plus que celui de Emory Chaffee, dont il pourrait peut-être tirer deux mille cinq cents. Sait-on jamais.

Chaffee présentait un fascinant paradoxe ; parmi tous les Chapeliers fous que Pop avait rencontrés (et son expérience était grande et incroyablement variée), Emory Chaffee était le seul, parmi tous ces gens croyant à « l'autre monde », à être totalement dépourvu d'imagination. Qu'il eût consacré plus d'une pensée à cet autre monde avec une telle tournure d'esprit était déjà surprenant en soi ; qu'il y eût cru était stupéfiant ; qu'il payât en bon argent pour collectionner des objets s'y rapportant, aux yeux de Pop, était carrément renversant. Mais il en était ainsi, et Pop l'aurait placé bien plus haut sur la liste de ses pigeons, s'il n'y avait eu un petit détail embêtant : la fortune de Chaffee était loin d'être comparable, très loin, même, à celle de ses autres Chapeliers fous. D'où la dégringolade de prix pour le Polaroïd de Kevin.

Mais voilà, pensait Pop en s'engageant dans l'allée envahie d'herbes de ce qui avait été, dans les années vingt, l'une des plus charmantes résidences d'été du lac Sebago et qui se trouvait maintenant à deux doigts d'être le domicile permanent le plus délabré du lac Sebago (la résidence des Chaffee dans le quartier Bramhall de Portland ayant été vendue quinze ans auparavant pour payer les impôts en retard), *si quelqu'un doit acheter cette saloperie, faut admettre que ce sera Emory.*

La seule chose qui le chagrinait vraiment (et qui l'avait de plus en plus chagriné au fur et à mesure qu'il épuisait les noms de sa liste), était d'avoir à effectuer la démonstration. Il pouvait *décrire* ce que faisait l'appareil jusqu'à en être aphone, mais même un gogo du calibre d'Emory Chaffee ne sortirait pas ses billets sur la base d'une simple description.

Pop se disait parfois qu'il avait été stupide de demander à Kevin de tirer toutes ces photos pour pouvoir faire le montage vidéo. Mais quand on considérait les choses dans leur ensemble, il n'était pas sûr que cela aurait fait une grande différence. Le temps passait dans cet autre monde (car, comme Kevin, il en était venu à adopter cette hypothèse : un monde réel), même s'il y passait beaucoup plus lentement... mais n'y avait-il pas accélération depuis que le chien s'était tourné vers l'objectif ? Pop le pensait. Le déplacement de l'animal le long de la barrière avait été à peine visible ; il ne l'avait pas remarqué, sur le coup, pour dire la vérité. Mais maintenant, seul un aveugle ne se serait pas rendu compte que le chien était plus près à chaque nouveau déclic du déclencheur. On s'en apercevait même sur deux photos prises coup sur coup. Comme si le temps, dans cet autre monde, essayait de... de rattraper celui de la Terre, de devenir synchrone.

C'était déjà pas mal, mais ce n'était pas tout.

Ce chien n'était pas un chien, nom de Dieu.

Pop ignorait ce qu'il était, mais il savait très bien, comme il savait que deux et deux font quatre, que ce molosse n'était pas un chien.

Il pensait que l'animal avait dû être un chien, quand il suivait la piste odorante le long de la barrière, située maintenant à trois bons mètres derrière lui ; il avait présenté toute l'apparence d'un chien, si ce n'est qu'il avait eu l'air exceptionnellement féroce lorsqu'il avait commencé à tourner la tête, et était devenu visible.

Mais Pop était de plus en plus convaincu qu'il n'avait rien à voir avec une créature existant sur la Terre du bon Dieu, pas même avec un monstre de l'enfer de Lucifer. Ce qui le troublait encore plus était ce détail : les rares personnes pour lesquelles il avait pris des photos en démonstration ne paraissaient pas s'en rendre compte. Elles avaient inévitablement un mouvement de recul, elles ne pouvaient s'empêcher de dire que c'était le bâtard le plus immonde et à l'aspect le plus féroce qu'elles avaient jamais vu, mais c'était tout. Pas une n'avait émis l'idée que le molosse du Soleil 660 de Kevin se transformait en une espèce de monstre au fur et à mesure qu'il se rapprochait du photographe. Au fur et à mesure qu'il se rapprochait de l'objectif, qui pouvait constituer une sorte de sas entre son monde et ce monde-ci.

Pop pensa de nouveau (comme l'avait fait Kevin) : *Mais il ne pourra jamais le franchir. Jamais. Si quelque chose doit se produire, je vais te dire ce que c'est, moi, parce que cette créature est un animal, un animal foutrement moche, peut-être, un animal effrayant, je veux bien, voire même le genre de créature qu'imagine un enfant lorsque sa maman a éteint la lumière, mais ce n'est néanmoins qu'un animal, et si quelque chose doit se produire, ce sera ceci : il y aura une dernière photo qui sera entièrement floue parce que le clébard diabolique aura sauté, on voit bien qu'il s'apprête à le faire, après quoi, soit l'appareil ne fonctionnera plus, ou s'il fonctionne, ce sera pour donner des rectangles noirs, pour la bonne raison que l'on ne peut pas prendre de photos avec un appareil dont l'objectif est cassé ou dont le boîtier s'est fendu en deux, et si celui qui le tient le lâche au moment où le molosse lui tombera dessus, ce qui ne manquera pas de se passer, il tombera probablement sur le trottoir où il se brisera tout aussi probablement. Ce foutu machin n'est fait que de plastique, après tout, et le plastique contre le ciment, c'est le pot de terre contre le pot de fer.*

Mais Emory Chaffee venait de sortir sur son porche où la peinture s'écaillait, où les planches se gauchissaient et où les stores, crevés par endroits de trous béants, prenaient la couleur rouille du sang séché ; quant à Emory Chaffee lui-même, il portait un blazer autrefois d'un bleu pimpant mais auquel de trop nombreux nettoyages avaient donné ce gris indescriptible des costumes de liftier ; Emory Chaffee, dont le front haut fuyait, fuyait, jusqu'à ce qu'il fût enfin dissimulé par ce qui lui restait de cheveux et qui arborait son sourire *salut les gars, quel beau temps, hop hop !* — sourire qui révélait de gigantesques incisives lui donnant l'aspect que Bug's Bunny aurait pu avoir s'il avait été victime de quelque cataclysmique arriération mentale.

Pop prit l'appareil par son harnais — Seigneur, comme il en était venu à le haïr ! — sortit de voiture et dut se forcer pour rendre à l'homme et son salut et son sourire.

Les affaires, que voulez-vous, sont les affaires.

« Pas vraiment mignonne, la gentille bête, n'est-ce pas ? »

Chaffee étudiait le cliché, dont le développement était maintenant presque complètement achevé. Pop lui avait expliqué ce que faisait l'appareil, et l'intérêt sincère et la curiosité de Chaffee l'avaient encouragé. Puis il lui avait donné le Soleil 660 en l'invitant à prendre une photo de n'importe quoi.

Emory Chaffee, son répugnant sourire en touches de piano aux lèvres, tourna l'objectif en direction de Pop.

« Sauf vers moi, ajouta précipitamment le brocanteur. Je préférerais que vous me visiez avec votre fusil de chasse, plutôt qu'avec cet appareil.

— Quand vous vendez quelque chose, vous savez vous montrer

crédible », dit Chaffee avec admiration ; mais il se plia néanmoins sans insister à la demande de Pop et tourna le Soleil 660 en direction de la baie vitrée donnant sur le lac. C'était une vue magnifique qui, contrairement à la famille Chaffee, avait conservé toute sa richesse depuis l'époque dorée entre les deux guerres — un doré qui laissait de plus en plus apparaître le cuivre depuis les années soixante-dix.

Il appuya.

L'appareil grésilla.

Pop grimaça. Il se rendit compte qu'il grimaçait à chaque fois qu'il entendait ce bruit — ce petit grésillement huileux. Il voulut retenir sa grimace, et se rendit compte, à son grand désarroi, qu'il n'y arrivait pas.

« Oui, m'sieur, une sacrée brute, et fichtrement laide, à part ça ! » répétait Chaffee en examinant le cliché développé. Pop eut l'amère satisfaction de constater que le répugnant sourire en piquet de cricket *hop-hop* avait enfin disparu. L'appareil avait eu au moins cet effet.

Cependant, il était également très clair que l'homme ne voyait pas ce que lui, Pop, découvrait dans la photo. Pop était préparé à cette éventualité ; il n'en était pas moins rudement secoué, sous son masque impassible de Yankee. Il se disait que si Chaffee avait eu le don (car il semblait que c'en fût un) de voir ce que Pop voyait, cette espèce d'enfoiré aurait foncé vers la porte la plus proche, et au triple galop, encore.

Le chien — d'ailleurs ce n'était pas un chien, ce n'en était plus un, mais il fallait bien le désigner d'une manière ou d'une autre, même *molosse* devenait insuffisant — n'avait pas encore commencé à bondir sur le photographe, mais il s'y préparait ; son arrière-train se ramassait sur lui-même, se rapprochant simultanément du trottoir craquelé anonyme, d'une manière qui rappelait plus ou moins à Pop les voitures aux moteurs gonflés des courses de *hot-rod*, au moment où le pilote commence à embrayer, l'autre pied encore sur le frein, pendant les dernières secondes du feu rouge ; l'aiguille du compte-tour fleurette déjà avec les 60 × 10 tours-minute, le moteur hurle de tous ses échappements chromés, les pneus énormes sans rainures sont prêts à faire fumer le macadam de leur baiser brûlant.

La tête de chien était complètement méconnaissable. Tordue, déformée, on aurait dit un monstre de foire qui n'aurait eu qu'un seul œil, noir et méchant, ni rond ni ovale, mais plus ou moins coulant, comme un jaune d'œuf dans lequel on aurait piqué la fourchette. Son museau était devenu un bec noir dans lequel deux profondes narines étaient percées, de chaque côté. De la fumée montait de ces trous — comme les fumerolles sur les flancs d'un volcan ? Peut-être — à moins que ce ne fût son imagination.

Ça fait rien, pensa Pop. *Tu n'as qu'à continuer d'appuyer sur ce déclencheur, ou laisser des gens comme ce cinglé le faire, et tu vas finir par savoir, n'est-ce pas ?*

Mais il n'en avait aucune envie. Il contemplait cette créature noire et meurtrière, dont le pelage collé retenait deux douzaines de bardanes griffues, cette créature qui ne possédait plus exactement une fourrure, mais un revêtement de piquants vivants, et une queue comme une masse d'arme médiévale. Il se rendit compte que l'ombre (il avait fallu que ce fût un moutard enchifrené qui en comprît la signification) avait aussi changé. L'une des jambes semblait avoir fait un pas en arrière — un pas très long, même en tenant compte de l'effet multiplicateur du soleil levant (ou couchant ; couchant sans doute. Pop était de plus en plus convaincu que c'était la nuit qui tombait dans cet autre monde).

Le photographe du monde en question avait fini par comprendre que son modèle n'avait pas l'intention de poser sagement pour lui ; qu'il ne l'avait jamais eue. Qu'il avait l'intention de le bouffer, point final.

De le bouffer et, d'une manière qu'il ne comprenait pas, de s'échapper.

Vas-y, cherche ! Continue ! Continue à prendre des photos ! Tu vas trouver ! Tu vas trouver des tas de choses !

« Et vous, monsieur », disait Emory Chaffee, qui n'avait été arrêté qu'un instant, car les êtres doués de peu d'imagination sont rarement arrêtés bien longtemps par des choses aussi triviales que des considérations. « Et vous, monsieur, vous êtes un sacré vendeur ! »

Le souvenir de l'épisode McCarty était encore frais dans la mémoire de Pop et le titillait toujours.

« Si vous estimez que c'est un faux..., commença-t-il.

« Un faux ? Pas du tout ! Vraiment... pas du tout. » Les dents en touches de piano de Chaffee se découvrirent dans toute leur répugnante splendeur. Il tendit la main dans un geste vous-devez-plaisanter. « Je crains néanmoins que nous ne puissions faire affaire dans ce cas, monsieur Merrill. Je suis désolé de devoir vous le dire, mais...

— Pourquoi ? aboya Pop. Si vous estimez que ce foutu machin est authentique, pourquoi diable n'en voulez-vous pas ? » Le brocanteur eut l'étonnement de s'entendre parler d'une voix plaintive, qui s'étranglait de fureur rentrée. Jamais il n'avait existé quelque chose de semblable, jamais depuis que le monde était monde, Pop en était convaincu, jamais il n'en existerait d'autre. Et cependant, on aurait dit qu'il n'y avait pas moyen de s'en débarrasser. Ne serait-ce que de la *donner*.

« Mais... » Chaffee paraissait perplexe, comme s'il ne savait comment exprimer ce qu'il voulait dire, tant cela lui semblait évident. Il avait l'air d'un jeune instituteur de maternelle, sympathique mais peu doué, essayant d'apprendre à un enfant retardé l'art de nouer ses lacets. « Mais il ne fait rien de spécial, n'est-ce pas ?

— Rien de spécial ? » C'est tout juste s'il ne hurla pas. Il n'arrivait pas à croire avoir pu autant perdre le contrôle de lui-même, alors qu'il le perdait de plus en plus. Que lui arrivait-il ? Ou pour être plus précis, quel effet cette saloperie d'appareil avait-il donc sur lui ? « Rien de spécial ? Vous êtes aveugle, ou quoi ? Ce truc prend des photos *d'un autre monde* ! Il prend des photos à des intervalles de temps donnés, et peu importe où et quand vous les prenez dans ce monde-ci ! Et ce... cette chose... ce monstre... »

Oh, mon Dieu. Il avait fini par craquer ; il avait fini par aller trop loin. Il s'en rendait compte à la manière dont Chaffee le regardait.

« Mais c'est simplement un chien, non ? » objecta-t-il d'une voix basse et réconfortante. Le genre de ton qu'on prend pour tenter de calmer un fou, le temps que les infirmières courent chercher leur seringue et les abrutissants à lui injecter.

« Ouaip, fit Pop lentement, le timbre fatigué. C'est rien qu'un clébard, d'accord. Mais vous avez vous-même parlé d'une brute affreuse, ou quelque chose comme ça.

— C'est vrai, c'est vrai », admit Chaffee, beaucoup trop rapidement. Pop songea que si le sourire de l'homme continuait à s'élargir, il allait finir par avoir droit au spectacle des deux tiers supérieurs de sa tête d'idiot lui tombant sur les genoux. « Mais... vous devez certainement comprendre, monsieur Merrill... le problème que cela représente pour un collectionneur. Pour un collectionneur *sérieux*.

— Non, je crois que je ne vois pas. » Cependant, après avoir parcouru toute la liste des Chapeliers fous, liste qui lui avait tout d'abord paru tellement prometteuse, il commençait à saisir. En fait, il commençait même à soupçonner que le Polaroïd Soleil 660 représentait toute une gamme de problèmes pour le collectionneur sérieux. Quant à Emory Chaffee… Dieu seul savait ce qu'il pensait, exactement.

« Il existe très certainement des photos de fantômes », expliqua Chaffee d'une voix riche au ton pédant, ce qui donna à Pop l'envie de l'étrangler. « Mais celles-ci ne sont pas des photos de fantômes. Elles-

— Mais enfin, ce ne sont tout de même pas des photos normales, c'est évident, non ?

— C'est exactement là où je voulais en venir, répondit Chaffee en fronçant légèrement les sourcils. Mais de quelle sorte de photo s'agit-il ? Difficile à dire, non ? Il ne serait pas bien compliqué d'installer un appareil de manière à ce qu'il prenne un chien qui s'apprête à bondir, n'est-ce pas ? Une fois qu'il aurait sauté, il serait sorti du cadre de la photo. A ce stade, deux ou trois choses peuvent se produire. L'appareil peut se remettre à prendre des photos normales, c'est-à-dire des photos des objets qu'il cadre ; il peut ne plus prendre de photos du tout, une fois atteint son objectif, à savoir photographier le saut du chien ; ou bien il peut simplement continuer à mitrailler cette barrière blanche avec sa pelouse mal entretenue derrière. » Il se tut un instant, puis ajouta : « Je suppose que quelqu'un pourrait passer, à un moment donné, au bout de quarante photos, ou de quatre cents, comment savoir ? Mais à moins que le photographe ne redresse son objectif, ce qu'il ne semble pas avoir fait jusqu'ici, on ne verrait ces passants que de la taille aux pieds. Plus ou moins. » Puis, se faisant sans le savoir l'écho du père de Kevin, il conclut : « Veuillez me pardonner de vous dire ceci, monsieur Merrill, mais vous venez de me montrer quelque chose que je n'aurais jamais cru voir : un phénomène paranormal pratiquement irréfutable, et malheureusement des plus ennuyeux. »

Cette observation stupéfiante mais apparemment sincère obligea Pop à oublier tout ce que l'homme pouvait penser de sa santé mentale, et à demander de nouveau : « Il ne s'agit vraiment que d'un chien, d'après vous ?

— Bien sûr, répondit Chaffee, légèrement surpris. Un corniaud errant qui me paraît doté d'un caractère particulièrement épouvantable. »

Il soupira.

« Et bien entendu, on ne le prendrait pas au sérieux. Ce que je veux dire, c'est qu'il ne serait pas pris au sérieux par des gens qui ne vous connaissent pas personnellement, monsieur Merrill. Des gens qui savent que vous êtes quelqu'un d'honnête, et à qui on peut faire confiance sur ces questions. On dirait une mystification, comprenez-vous ? Même pas très bonne. Quelque chose de l'ordre d'un tour de magie pour enfant. »

Deux semaines auparavant, Pop aurait bataillé ferme pour rejeter cette idée. Mais c'était avant d'avoir été viré — non, proprement éjecté — de chez McCarty.

« Bon, si c'est votre dernier mot », dit Pop, qui se leva en prenant l'appareil photo par son harnais.

« Je suis tout à fait désolé que vous ayez fait tout ce voyage pour aussi peu de chose. » L'horrible sourire reparut, tout en lèvres caoutchouteuses et en touches de piano humides de salive. « J'étais sur le point de me faire un sandwich au jambon lorsque vous êtes arrivé. Voulez-vous partager ce modeste repas, monsieur Merrill ? Je suis un spécialiste des sandwichs au jambon, si je peux me permettre. J'y ajoute un peu de raifort et de l'oignon des Bermudes — c'est mon secret — et ensuite, je-

— Je vous remercie », fit Pop pesamment. Comme dans le salon des Sœurs Pus, il n'avait plus qu'une envie, ficher le camp et mettre le plus de kilomètres possible entre lui et ce type au sourire idiot. Pop était victime d'une allergie carabinée aux endroits où il avait misé gros et perdu. Depuis quelque temps, ils paraissaient se multiplier ; se multiplier foutrement trop. « J'ai déjà dîné, c'est ce que je veux dire. D'ailleurs, je dois rentrer. »

Chaffee rit de bon cœur. « Le labeur de qui s'échine dans le vignoble est dur, mais il rapporte au centuple », dit-il sentencieusement.

Pas en ce moment. En ce moment, ça ne m'a rapporté ni au centuple ni même au triple ou au double.

« Eh oui, c'est la vie », répliqua Pop, qui finit par être autorisé à quitter la maison, laquelle était humide et froide (Pop préférait ne pas penser à ce que cela devait donner en février) et dégageait cette odeur de moisi et de crottes de souris qui provenait peut-être de rideaux et de tissus d'ameublement pourrissants... A moins que ce ne fût simplement le relent que laisse derrière lui l'argent, lorsqu'il est resté longtemps en un endroit avant de le quitter. Il pensa que

l'air frais d'octobre, à peine chargé des effluves du lac et des exhalaisons plus fortes des aiguilles de pin, ne lui avait jamais paru aussi agréable.

Il monta dans sa voiture et lança le moteur. Emory Chaffee, contrairement aux Sœurs Pus qui ne l'avaient pas raccompagné plus loin que la porte (la refermant précipitamment sur lui comme si elles redoutaient d'êtres réduites en poussière par les rayons du soleil, à l'instar des vampires) se tenait sur le porche de la façade, son sourire crétin aux lèvres, et agitait la main comme si Pop partait pour une croisière en mer.

Et, sans réfléchir, de même qu'il avait pris la photo (ou du moins pointé l'appareil sur elle) de la vieille femme noire sans réfléchir, il prit Chaffee et sa maison en voie de délabrement avancé. Il ne se rappelait pas avoir soulevé le Polaroïd qu'il avait jeté, dégoûté, sur le siège du passager avant de refermer sa portière, et ne s'était même pas rendu compte qu'il le tenait jusqu'au moment où il avait entendu le grésillement du moteur poussant la photo comme une langue chargée d'un fluide gris — du lait de magnésie, par exemple. Ce bruit semblait faire vibrer ses terminaisons nerveuses et les faire hurler ; la même impression que lorsqu'un liquide trop froid ou trop chaud touche une dent cariée.

Il eut vaguement conscience de Chaffee en train de s'esclaffer comme si c'était la meilleure foutue plaisanterie de la terre, avant d'arracher le cliché, pris d'une sorte d'horreur furieuse, se disant qu'il avait imaginé le bref grognement étouffé, semblable au bruit d'un moteur hors-bord que l'on entend la tête sous l'eau, qu'il avait imaginé l'impression fugitive que l'appareil avait gonflé entre ses mains, comme si une puissante pression, à l'intérieur, avait un instant déformé les parois du boîtier. Il ouvrit le vide-poche d'un coup sec, lança la photo à l'intérieur et le referma avec une telle violence qu'il se déchira tout l'ongle du pouce.

Il démarra de manière saccadée, faillit caler, et manqua de peu l'un des sapins chenus qui flanquaient l'extrémité (côté maison) de la longue allée ; et tandis qu'il la remontait, il eut l'impression d'entendre Emory Chaffee et ses éclats de rire aussi bruyants qu'imbéciles : *Ouah ! Ouah ! Ouah !*

Son cœur cognait dans sa poitrine et il avait l'impression qu'on lui donnait des coups de marteau à l'intérieur de la tête. Les amas de veines nichés au creux de ses tempes pulsaient régulièrement.

Il regagna progressivement le contrôle de lui-même. Au bout de sept ou huit kilomètres, le gnome qui prenait son crâne pour une enclume arrêta de frapper. Au bout d'une quinzaine (presque à mi-chemin de Castle Rock) ses battements de cœur étaient redevenus presque normaux. Il ne cessait de se répéter : *Pas question de la regarder. T'entends ? pas question ! Laisse donc cette saloperie pourrir ici. Tu n'as pas besoin de la regarder, tu n'as pas besoin d'en prendre d'autres, non plus. Il est grand temps de passer ce truc en pertes et profits. Grand temps de faire ce que tu aurais dû commencer par laisser faire au môme.*

Et évidemment, lorsqu'il arriva au belvédère de Castle Rock, point de vue d'où l'on avait l'impression d'embrasser tout le Maine occidental et une bonne moitié du New Hampshire, il s'arrêta, coupa le moteur, ouvrit la boîte à gants et en sortit la photo qu'il avait prise sans s'en rendre compte, dans un état quasi somnambulique. Elle s'y était développée comme le font toutes les Polaroïds, qu'elles soient dans l'obscurité ou la lumière.

Le pseudo-molosse était maintenant complètement accroupi. Aussi ramassé sur lui-même qu'il pouvait l'être, une tête de gâchette complètement ramenée en arrière. Ses dents dépassaient de sa gueule, si bien que son retroussement de babines semblait davantage une nécessité organique qu'une expression de rage ; comment auraient-elles pu se refermer sur des crocs de cette taille ? Comment de telles mâchoires pouvaient-elles mâcher ? Il ressemblait davantage à quelque espèce monstrueuse de sanglier qu'à un chien, maintenant, mais en réalité, il ne ressemblait à rien que Pop eût déjà vu. Le regarder lui faisait plus que mal aux yeux ; ça lui faisait mal à *l'esprit.* Il avait l'impression de devenir fou.

Pourquoi ne pas se débarrasser tout de suite de cet appareil ? pensa-t-il soudain. *Rien de plus simple. Descends de voiture, va jusqu'au garde-fou, et balance-le par-dessus. Terminé. Bye-bye.*

Mais ç'aurait été un geste impulsif, et Pop Merrill appartenait à la tribu des Rationnels — lui appartenait corps et âme, voilà ce que je veux dire. Il refusait de faire quoi que ce soit de cette manière, car il risquait de le regretter par la suite, et-

C'est si tu ne le fais pas que tu le regretteras plus tard.

Mais non. Et non. Et non. On ne peut aller à l'encontre de sa nature ; ce n'est pas naturel. Il avait besoin de temps pour réfléchir. Pour être sûr.

Il fit un compromis : il jeta la photo au lieu de l'appareil, et repartit rapidement. Pendant une ou deux minutes, il eut l'impression qu'il allait dégobiller, mais l'envie passa. Il se sentit alors un peu remis. De retour dans la sécurité de sa boutique, il déverrouilla le coffret d'acier, sortit le Soleil 660, manipula son trousseau de clefs jusqu'à ce qu'il eût trouvé celle qui ouvrait son tiroir spécial, et voulut y déposer l'appareil... mais il interrompit son geste, sourcil froncé. L'image du billot, dans la cour, lui était venue à l'esprit avec une telle clarté et une telle précision dans les détails qu'elle était presque comme une photographie elle-même.

Laisse tomber ces histoires qu'un homme ne peut pas aller contre sa nature. C'est des conneries, tu le sais bien. C'est pas dans la nature d'un homme de bouffer de la terre, mais tu serais capable d'en avaler une pleine assiette, putain de Dieu, si un type te collait le canon d'un pistolet sur le crâne. Tu sais l'heure qu'il est, mon vieux ? L'heure de faire ce que le gamin a voulu faire le premier. Après tout, ce n'est pas comme si tu avais un investissement là-dedans.

C'était le mot à ne pas évoquer, car une autre partie de son esprit protesta avec colère et violence. *Quoi ? Pas d'investissement ? Et comment ! Le môme a mis en pièce un Polaroïd en parfait état de marche ! Il ne le sait peut-être pas, mais ça ne change rien au fait que j'en suis de cent trente-neuf dollars de ma poche, sans compter les douze dollars pour le film, et tous ces déplacements !*

« Oh, merde en bâton ! grommela-t-il, agité. C'est pas la question ! Ce n'est pas une putain de question de fric ! »

Non, ce n'était pas le putain de fric. Il pouvait au moins admettre que ce n'était pas une question d'argent. Il pouvait se permettre une telle perte ; il aurait pu se permettre beaucoup, d'ailleurs, y compris d'acheter un manoir en toute propriété dans le quartier Bramhall de Portland et la Mercedes à mettre dans le garage. Des achats qu'il n'envisagerait jamais de faire — il comptait tous ses sous et estimait que son avarice quasi pathologique n'était que ce bon vieux sens yankee de l'économie — mais cela ne signifiait pas qu'il n'aurait pas pu s'offrir ces choses, s'il l'avait voulu.

Ce n'était pas une question d'argent, mais de quelque chose de beaucoup plus important que ne pourrait jamais l'être l'argent. La question était de ne pas *s'être fait avoir.* Pop en avait fait un objectif existentiel et, les rares fois où ça lui était arrivé, il avait eu l'impression que des fourmis rouges grouillaient sous son crâne.

Tenez, l'affaire du tourne-disque de Kraut, par exemple. Lorsqu'il avait appris qu'un antiquaire de Boston — du nom de Donahue, il s'en souvenait — avait obtenu cinquante dollars de plus que ce qu'il aurait dû pour un gramophone Victor-Graff de 1915 (lequel s'était avéré n'être que le modèle 1919, beaucoup plus courant), Pop avait perdu pour trois cents dollars de sommeil, allant jusqu'à échafauder divers plans de vengeance (tous plus farfelus et ridicules les uns que les autres), se traitant de fou, se disant qu'il devait vraiment perdre la boule pour qu'un citadin comme ce Donahue pût rouler Pop Merrill. Il lui arrivait d'imaginer cet enfoiré en train de raconter à ses partenaires de poker avec quelle facilité il l'avait baisé, qu'ils n'étaient tous qu'une bande de ploucs, dans leur cambrousse, et que s'il proposait au plus taré d'entre eux, un certain Pop Merrill de Castle Rock, de lui vendre le pont de Brooklyn, celui-ci lui demanderait : « Combien ? » Et il se les représentait s'effondrant dans leur siège autour de la table de poker (pourquoi se les imaginait-il toujours dans cette situation, au cours de ce fantasme morbide, Pop l'ignorait), tétant leur gros cigare à un dollar pièce et morts de rire comme une bande de trolls.

L'affaire du Polaroïd le rongeait comme de l'acide, mais il n'était toujours pas prêt à laisser tomber.

Pas tout à fait.

Tu es cinglé ! lui cria une voix intérieure. *Tu es complètement cinglé de t'entêter !*

« Que je sois pendu si j'avale celle-là », grommela-t-il d'un ton boudeur à l'intention de cette voix, dans la boutique vide où régnaient les ombres et où les tic-tac égrenaient le temps comme une bombe dans un porte-documents. « Que je sois pendu ! »

Cela ne signifiait cependant pas qu'il fallait continuer à battre les buissons et courir les routes, à la recherche d'un acheteur pour ce fils de pute d'appareil photo à la noix ; et il n'avait en aucun cas l'intention de prendre un nouveau cliché avec. Il estimait qu'il en restait au moins trois « sans danger », et probablement même sept, mais il n'avait pas la moindre envie de vérifier. Pas la moindre.

Cependant, quelque chose pouvait se présenter. On ne sait jamais. Et il ne risquait pas de lui faire de mal, enfermé qu'il était dans un tiroir, n'est-ce pas ?

« Non », admit vivement Pop pour lui-même. Il déposa l'appareil à l'intérieur, referma le tiroir, remit son trousseau de clefs en poche, alla jusqu'à la porte et retourna le panneau fermé sur ouvert, l'air d'un homme qui vient de régler définitivement un problème agaçant.

CHAPITRE DIX

Pop se réveilla à trois heures du matin, baigné de sueur et scrutant craintivement l'obscurité. Les horloges venaient juste de se lancer dans un nouveau et laborieux tour de ronde.

Ce n'était pas ce bruit qui l'avait réveillé, ce qui aurait pu être cependant le cas, car il n'était pas dans son lit, mais au rez-de-chaussée, dans la boutique elle-même. L'Emporium Galorium était une caverne de ténèbres où s'entassaient des ombres massives, engendrées par le lampadaire de la rue, lequel envoyait juste assez de lumière, au travers des vitrines sales, pour donner cette désagréable impression de choses se dissimulant au-delà des limites de la vision.

Il ne fut pas réveillé par les horloges, mais par le flash.

Horrifié, il se rendit compte qu'il se tenait, en pyjama, à côté de sa table de travail, le Polaroïd Soleil 660 à la main. Le tiroir « spécial » était grand ouvert. S'il n'avait pris qu'un seul cliché, il avait conscience d'avoir appuyé à de nombreuses reprises sur le bouton du déclencheur. Il en aurait tirés bien plus que celui qui dépassait de la fente, au bas de l'appareil, sans un coup de pouce du hasard : il ne restait plus qu'une seule vue dans le paquet de film.

Pop commença à abaisser les bras — il tenait l'appareil dirigé vers le devant de la boutique, le viseur à la fêlure presque invisible à hauteur de son œil ouvert mais endormi — et lorsqu'ils arrivèrent à hauteur de sa cage thoracique, ils se mirent à trembler, puis les muscles articulés sur ses coudes parurent complètement le lâcher. Ses bras retombèrent, ses mains s'ouvrirent et le Polaroïd dégringola bruyamment dans le tiroir « spécial ». La photo qu'il avait prise se détacha de la fente, voleta jusque sur le rebord du tiroir, pencha vers l'intérieur, comme si elle voulait rejoindre l'appareil, puis glissa finalement au sol.

Crise cardiaque. Je vais avoir une putain de crise cardiaque, pensa-t-il, affolé.

Il voulut lever le bras droit pour se masser le côté gauche de la poitrine, mais le membre refusa de bouger. La main pendait, à son extrémité, aussi inerte que celle d'un pendu. L'univers, autour de lui, devenait plus ou moins flou. Le tintement des horloges (les traînardes finissaient d'égrener leurs coups) se réduisait à un lointain écho. Puis la douleur diminua dans sa poitrine, les choses reprirent un peu de leur relative netteté, et il comprit qu'il essayait de s'évanouir.

Il voulut s'asseoir sur la chaise à roulettes de sa table, et si le mouvement commença bien, comme lorsqu'il avait commencé à baisser les bras, les autres articulations, celles de ses genoux, celles qui reliaient ses cuisses et ses mollets, le lâchèrent à leur tour, et il s'effondra dans le siège plus qu'il ne s'y assit. Il roula en arrière sur trente centimètres, heurta une caisse pleine de vieux magazines et s'immobilisa.

Pop abaissa la tête, comme on est supposé le faire lorsqu'on a le tournis, et le temps passa. Combien, il n'en avait pas la moindre idée. Il n'est pas impossible qu'il se soit rendormi quelques instants. Mais lorsqu'il se redressa, il allait à peu près bien. Il ressentait des élancements sourds et réguliers à ses tempes et derrière son front, probablement pour s'être congestionné le ciboulot en le laissant pendre aussi longtemps, mais il se sentait capable de se lever. Il savait ce qui lui restait à faire. Que la chose le domine au point de le contraindre à se lever dans son sommeil (son esprit se révolta à ce verbe, *contraindre,* mais il persista), puis à prendre des photos, voilà qui suffisait. Il n'avait aucune idée de ce qu'était cette saloperie d'appareil, mais une chose était claire : aucun compromis n'était possible avec.

Il est grand temps de faire ce que tu aurais dû commencer par laisser faire au gamin.

D'accord, mais pas cette nuit. Il était épuisé, trempé de sueur, secoué de frissons. Il songea qu'il aurait déjà le plus grand mal à escalader l'escalier qui menait à l'appartement ; alors, soulever cette masse... Il aurait bien pu faire le boulot sur place, en prenant l'appareil dans le tiroir et en le jetant à plusieurs reprises au sol, mais il y avait une vérité plus profonde, à laquelle il devait se soumettre mordicus : pas question d'avoir de nouveau affaire à la chose cette nuit. Demain matin conviendrait parfaitement... et l'appareil ne pourrait rien faire d'ici là, n'est-ce pas ? Il ne contenait plus de film.

Pop referma le tiroir à clef. Puis il se leva lentement, l'air d'avoir dix ans de plus, et se traîna jusqu'à l'escalier. Il grimpa les marches une à une, se reposant entre chacune, accroché à la rampe (laquelle n'était pas non plus bien solide) d'une main, tenant son lourd trousseau de clefs de l'autre. Il arriva enfin en haut. Une fois la porte refermée derrière lui, il se sentit un peu moins faible. Il retourna se coucher sans sentir plus que d'habitude le puissant remugle jaune de sueur et de pets de vieillard qui régnait — il changeait les draps tous les premiers du mois, et s'en trouvait très bien.

Je ne vais pas arriver à dormir... Si, tu vas dormir. Tu vas dormir parce que tu le peux, et tu le peux parce que demain tu vas prendre la masse et me réduire cette saloperie en mille morceaux, qu'on n'en parle plus.

Le sommeil le prit sur cette pensée, et Pop dormit sans rêver, presque sans bouger, tout le reste de la nuit. Lorsqu'il s'éveilla, il eut la surprise d'entendre les horloges, au-dessous, sonner un coup de plus : huit au lieu de sept. Ce n'est que lorsqu'il vit le rayon oblique de soleil sur **le** plancher qu'il se rendit compte qu'il était vraiment huit heures ; **pour la première** fois depuis dix ans, il ne s'était pas réveillé à son heure habituelle. Puis les souvenirs de la nuit lui revinrent. Maintenant, à la lumière du jour, tout l'épisode lui paraissait moins délirant ; n'avait-il pas failli s'évanouir ? Ou n'avait-il pas éprouvé une faiblesse naturelle de somnambule qui s'éveille brusquement ?

Mais évidemment, le fait était là, bien net et carré, non ? Et ce n'était pas un petit matin ensoleillé qui allait y changer quelque chose : il avait eu une crise de somnambulisme, il avait pris au moins une photo et il en aurait pris davantage si le film en avait contenu d'autres.

Il se leva, s'habilla et descendit dans la boutique, avec l'intention de démolir la chose avant même d'avoir pris son café.

CHAPITRE ONZE

Kevin avait prié pour que sa première visite à Polaroïdville fût aussi la dernière, mais il ne fut pas exaucé. Au cours des treize nuits qui suivirent celle du premier cauchemar, il y retourna de plus en plus souvent. Si ce rêve imbécile manquait un rendez-vous nocturne — *un petit congé, Kev, mais je vais revenir bien vite* —, il avait tendance à se présenter deux fois la nuit suivante. Il savait maintenant toujours que c'était un rêve, et dès qu'il commençait, il se disait qu'il n'avait qu'une chose à faire, se réveiller, *nom de Dieu, réveille-toi donc!* Parfois, effectivement, il se réveillait, à la fin ; d'autres fois, le rêve se dissolvait dans un sommeil plus profond, mais il ne réussit jamais à s'en arracher par sa seule volonté.

Il se retrouvait toujours à Polaroïdville, plus jamais à Oatley ou Hildaville, les deux premières tentatives maladroites de son esprit pour identifier le lieu. Et comme pour les photos, chaque nouveau rêve faisait légèrement avancer le déroulement de l'action. Tout d'abord l'homme au caddie, caddie qui n'était jamais vide, mais toujours rempli d'un fouillis d'objets... surtout des horloges, toutes en provenance de l'Emporium Galorium et toutes avec cet aspect surnaturel de photographies découpées dans des revues plutôt que de choses réelles, alors que néanmoins elles s'empilaient de manières paradoxales, invraisemblables, dans un caddie qui, étant lui-même à deux dimensions comme les objets, n'avait aucun volume lui permettant de les contenir. Et pourtant ils étaient là, tandis que le vieil homme se courbait dessus pour les protéger et disait à Kevin de ficher le camp, qu'il n'était qu'un sale enfoiré de voleur... sauf que maintenant, il ajoutait que s'il ne déguerpissait pas : « J'irai voir à voir d't'envoyer le clébard à Pop ! T'verras si je l'ferai pas ! »

La grosse femme qui ne pouvait pas être grosse parce qu'elle était parfaitement plate mais était grosse quand même venait ensuite, poussant son propre caddie plein d'appareils photo Soleil 660. Elle lui adressait également la parole quand il la croisait. « Fais attention, mon garçon, disait-elle de la voix sans timbre mais forte de quelqu'un de totalement sourd. Le chien de Pop a rompu sa laisse, et c'est un mauvais, çui-là. Il a mis en morceaux trois ou quatre personnes de la ferme Trenton à Camberville avant de rappliquer ici. C'est dur de prendre sa photo, mais tu pourras pas l'faire si t'as pas d'appareil. »

Elle se penchait pour choisir dans le tas et allait parfois jusqu'à en soulever un, vers lequel il tendait la main, sans comprendre pourquoi la femme pensait qu'il devait prendre la photo du chien, ou qu'il en avait envie... peut-être essayait-elle simplement de se montrer polie ?

D'une manière ou d'une autre, ça ne faisait aucune différence. Ils se déplaçaient tous les deux avec la solennelle lenteur de nageurs au fond de l'eau, comme cela arrive souvent en rêve, et ils n'arrivaient jamais à être en contact ; lorsque Kevin pensait à cette partie du rêve, elle évoquait souvent à son esprit la célèbre fresque de Michel-Ange, la création d'Adam, au plafond de la Chapelle Sixtine : les deux protagonistes tendaient le bras, tendaient aussi l'index, et les deux doigts se touchaient presque, mais pas tout à fait.

Puis elle disparaissait un instant, n'ayant pas d'épaisseur, et était hors de portée lorsqu'elle réapparaissait. *Eh bien, tu n'as qu'à retourner vers elle,* se disait Kevin à chaque fois que le rêve atteignait ce point, mais il en était incapable. Ses pieds, insouciants et sereins, le portaient vers l'avant, vers la barrière de piquets délabrée, vers Pop et vers le chien... sauf que le chien n'était plus un chien, mais une entité chimérique, qui dégageait de la chaleur et de la fumée comme un dragon, et présentait les défenses et le groin tordu, couturé de cicatrices, d'un vieux sanglier. Pop et le chien du Soleil se tournaient en même temps vers lui, et Pop portait l'appareil — Kevin savait que c'était le sien, parce qu'un éclat avait sauté sur le côté du boîtier — à hauteur de son œil droit. Le gauche était fermé et plissé. Ses lunettes sans monture brillaient au sommet de son crâne, dans la lumière du soleil atténuée par la brume. Pop et le chien du Soleil étaient en trois dimensions ; ils étaient les seuls dans ce cas, dans la petite ville minable et fantomatique.

« C'est lui ! s'écriait Pop d'une voix aiguë et terrorisée. C'est lui le voleur ! Chope-le, mon gars ! *Etripe-le, voilà ce que je veux dire !* »

Et tandis qu'il hurlait cette menace, l'éclair sans chaleur du flash se déclenchait, et Kevin faisait demi-tour pour s'enfuir en courant. Le rêve s'était interrompu à ce stade, la deuxième fois. A chaque nouvelle reprise, il allait un peu plus loin. Il se mouvait toujours avec la lenteur aquatique d'un danseur dans un ballet sous-marin. Il avait l'impression que s'il avait pu se voir, il se serait trouvé une apparence de danseur, les bras moulinant l'air comme les pales d'une hélice au démarrage, la chemise se tordant pour suivre le mouvement de son corps et se tendant sur sa poitrine et son ventre tandis que les pans sortaient de son pantalon dans le bas de son dos, avec un bruit râpeux, amplifié, de papier de verre.

Il courait alors dans la direction d'où il était venu, chacun de ses pieds s'élevant tour à tour lentement avant de redescendre avec une lenteur de rêve (évidemment, de rêve, quoi d'autre, idiot ?) pour venir frapper le ciment craquelé et morne du trottoir ; les semelles de ses chaussures de tennis s'aplatissaient sous son poids et soulevaient des petits nuages de poussière se déplaçant si lentement qu'il apercevait les différentes particules qui tourbillonnaient comme des atomes.

Il courait lentement, oui, bien sûr, et le chien du Soleil, cette espèce de bâtard sans nom, venu de nulle part, qui ne signifiait rien, et avait autant de sens qu'un cyclone mais existait néanmoins, le chien du Soleil le pourchassait lentement... mais pas tout à fait aussi lentement.

La troisième nuit, le rêve s'estompa et laissa place à un sommeil normal juste au moment où Kevin commençait à tourner la tête, toujours avec cette insupportable lenteur, pour voir de quelle avance il bénéficiait sur le chien. Puis le rêve sauta une nuit. Il revint la suivante, par deux fois. La première, il arrivait à tourner à moitié la tête, et ne voyait que la rue s'allonger derrière lui et disparaître dans les limbes ; la deuxième (ce fut son réveille-matin qui le tira de celui-ci, et il se retrouva en sueur, pelotonné en position fœtale à l'autre bout du lit), il se tourna suffisamment pour voir le chien au moment où ses antérieurs retombaient dans ses propres empreintes ; les pattes creusaient de petits cratères grumeleux dans le ciment, à cause de leurs griffes... et de chacune des articulations inférieures de ses membres, jaillissait une sorte de longue épine effilée en os qui faisait penser à un éperon. Les yeux rougeâtres troubles de l'entité étaient vrillés sur Kevin, des flammèches lui sortaient des narines. *Seigneur Jésus, Jésus, il a la truffe en feu*, pensa-t-il ; et lorsqu'il se réveilla, il fut horrifié de s'entendre répéter dans un murmure hâtif : « Sa truffe est en feu, sa truffe est en feu, sa truffe est en feu... »

Nuit après nuit, le chien gagnait du terrain sur lui. Même lorsqu'il ne se retournait pas, il sentait, *au bruit*, que le chien se rapprochait. Il avait conscience d'une nappe chaude qui partait de son entrejambe et savait qu'il avait assez peur pour s'être fait pipi dessus, même si ses émotions lui parvenaient de manière aussi diluée et étouffée que la façon dont il semblait devoir se déplacer dans ce monde. Il entendait les pattes du chien du Soleil frapper le béton, et les crissements secs du ciment qui se rompait sous son poids. Il entendait le râle brûlant de sa respiration, l'air qui sifflait en passant entre ces dents démesurées.

Et la nuit où Pop se réveilla pour découvrir que non seulement il avait marché en dormant mais aussi pris au moins une photo de plus, Kevin sentit pour la première fois l'haleine du chien, en plus de l'entendre respirer : un souffle d'air chaud sur ses fesses comme la bouffée suffocante que pousse devant lui une rame de métro qui ne s'arrête pas à la station. Il savait le chien assez près, maintenant, pour pouvoir lui sauter sur le dos ; c'était ce qui allait venir ensuite ; il aurait une autre sensation de souffle, non plus chaude, celle-ci, mais brûlante, aussi brûlante qu'un reflux massif de digestion dans la gorge, puis cette gueule de travers en forme de vivant piège à ours s'enfoncerait profondément dans son dos, entre les omoplates, arrachant chair et peau de sa colonne vertébrale — et s'imaginait-il que ce n'était qu'un rêve ? Vraiment ?

Il se réveilla de ce dernier juste au moment où Pop arrivait en haut des marches et soufflait une dernière fois avant de regagner son lit. Ce coup-ci, Kevin se retrouva sur son séant, raide comme un piquet, draps et couverture chiffonnés autour de la taille, couvert de sueur et cependant glacé, avec la chair de poule et un million de poils plus ou moins visibles dressés sur son ventre, sa poitrine, son dos et ses bras, comme des stigmates. Même ses joues semblaient se hérisser.

Et ce n'était pas au rêve qu'il pensait, du moins pas directement. *C'est faux, ce chiffre est faux ; il dit que c'est trois, mais...*

Puis il retomba sur le dos et, à la manière des enfants (car même à quinze ans, il était resté pour l'essentiel un enfant et le resterait jusqu'à un peu plus tard ce jour-là), il s'enfonça de nouveau dans un sommeil profond.

La sonnerie le réveilla à sept heures trente, comme tous les jours d'école, et il se retrouva de nouveau assis dans son lit, les yeux grands ouverts, toutes les pièces du puzzle soudain en place. Le Soleil 660 qu'il avait écrabouillé n'était pas le sien, et c'était pour cette raison qu'il ne cessait de faire toujours et encore le même rêve. Pop Merrill, le gentil vieux philosophe de comptoir, réparateur d'appareils photo, d'horloges et de petit matériel, les avait roulés dans la farine, son père et lui, aussi impeccablement qu'un joueur de poker, sur les bateaux à aubes du Mississippi, roule le pied-tendre dans un vieux Western.

Son père !

Il entendit la porte d'entrée qui claquait, en bas, et bondit hors de son lit. Il avait fait deux grandes enjambées vers la porte, en sous-vêtements, quand il eut une meilleure idée ; il fit demi-tour, souleva la fenêtre à guillotine et hurla « Papa ! » juste au moment où son père s'installait derrière le volant pour partir au travail.

CHAPITRE DOUZE

Pop alla pêcher son porte-clef au fond de sa poche, ouvrit le tiroir « spécial » et saisit l'appareil, en prenant une fois de plus bien soin de ne le tenir que par le harnais. Il étudia le devant du Polaroïd, avec l'espoir de constater que l'objectif s'était cassé lors de sa dernière dégringolade, que l'œil de la chose avait été en quelque sorte crevé ou arraché, mais son père avait eu aussi coutume de dire que la chance est toujours du côté du diable, et cela semblait être le cas avec le foutu Polaroïd de Kevin Delevan. L'endroit écaillé du boîtier était un peu plus écaillé, c'était tout.

Il referma le tiroir et, ce faisant, vit sur le sol, posée à l'envers, la photo qu'il avait prise pendant son sommeil. Aussi incapable de ne pas la regarder que la femme de Loth de ne pas se retourner pour voir la destruction de Sodome, il la ramassa de ces gros doigts carrés qui savaient si bien cacher leur dextérité au monde, et la retourna.

La créature canine avait entamé son bond. Ses antérieurs venaient à peine de quitter le sol, mais le long de cette épine dorsale déformée, et dans les muscles qui se nouaient sous la peau dont la fourrure hirsute se redressait en filaments rigides et noirs de brosse métallique, il devinait toute l'énergie cinétique qui commençait à se libérer. Sa tête et son mufle étaient en fait légèrement flous tandis que sa gueule béait de plus en plus et que, montant de la photo comme un son entendu à travers une vitre, lui parvenait, croyait-il, un grondement bas, guttural, qui enflait en rugissement. L'ombre du photographe paraissait vouloir faire un nouveau pas en arrière, maladroitement, mais qu'est-ce que cela changeait ? Des orifices ouverts dans le museau de la créature, jaillissait de la fumée — très bien, *de la fumée !* — et d'autres volutes se glissaient par les commissures de ses babines, à la jointure de ses mâchoires, dans l'espace étroit où s'arrêtait la barrière de piquets tordus et désordonnés de ses crocs ; n'importe quel homme aurait bondi en arrière, saisi d'horreur devant un tel spectacle, n'importe quel homme aurait fait demi-tour pour s'enfuir. Mais Pop n'avait qu'à regarder la photo pour pouvoir affirmer que l'homme (car bien sûr il s'agissait d'un homme, qui avait certes pu être naguère un garçon, un adolescent, mais qui donc possédait l'appareil, maintenant ?), qui avait pris la photo dans un pur réflexe de surprise, par simple crispation de son index... cet homme n'avait pas *l'ombre* d'une chance. Qu'il restât sur ses pieds ou qu'il trébuchât, la seule différence serait qu'il mourrait debout, dans le premier cas, et sur son derrière dans le deuxième.

Pop froissa la photo entre ses mains et remit le trousseau de clefs au fond de sa poche. Il se tourna, tenant ce qui avait été le Polaroïd Soleil 660 de Kevin Delevan et était maintenant *son* Polaroïd Soleil 660 par le harnais, et se dirigea vers le fond du magasin. Il ne s'arrêterait en chemin que le temps de prendre la masse. Cependant, tandis qu'il approchait de la porte donnant sur l'arrière-cour, un éclair de flash, énorme, blême et silencieux, se déclencha non pas devant ses yeux mais derrière, dans sa tête.

Il se tourna, les yeux aussi vides que ceux d'un homme temporairement aveuglé par une lumière éclatante. Il passa devant la table de travail, l'appareil tenu à hauteur de la poitrine, comme l'on porterait une relique ou une offrande votive à caractère religieux. Il arriva à hauteur d'une commode couverte d'horloges, avec sur la gauche l'un des poteaux de bois qui composaient la structure en forme de grange du magasin. Accrochée à un clou, on y voyait une autre pendule, une copie de coucou allemand. Pop la saisit par le toit, indifférent aux contrepoids dont les chaînes s'emmêlèrent aussitôt, ainsi qu'au pendule lui-même, qui se détacha de son support lorsque les chaînes commencèrent à s'enrouler autour de lui. La petite porte, sous le pignon du toit, s'entrouvrit ; l'oiseau de bois, l'œil rond, pointa le bec. Il émit un son unique, étranglé — *couk !* — comme pour protester contre ce traitement brutal, avant de battre en retraite à l'intérieur.

Pop accrocha le Soleil 660 par son harnais à la place du coucou, puis repartit vers le fond du magasin pour la deuxième fois, le regard toujours aussi vide et ébloui. Il étreignait la pendule par le toit, la balançant d'un geste indifférent au bout de son bras, sans entendre les claquements et les caquettements étranglés qui en provenaient, comme si l'oiseau essayait de s'échapper, ni remarquer que l'un des contrepoids, après avoir heurté un montant de lit, s'était détaché et avait été rouler dessous, laissant une trace profonde dans la poussière accumulée depuis des années. Il se déplaçait avec la détermination aveugle d'un robot. Dans le hangar, il prit la masse par son manche lisse ; les deux mains occupées, il dut se servir de son coude pour faire sauter le crochet de la porte donnant sur l'arrière-cour.

Il alla poser la copie de coucou sur le billot et resta quelques instants immobile, la tête inclinée, tenant maintenant à deux mains le manche de la masse. Son visage restait aussi vide, son regard aussi hébété, mais une partie de son esprit non seulement pensait clairement, mais croyait penser dans toute son intégrité. Et cette partie active voyait non pas un coucou qui n'avait jamais valu grand-chose et ne valait plus rien dans l'état où il se trouvait maintenant, mais le Polaroïd de Kevin. Cette partie de son esprit était persuadée qu'il était descendu prendre le Soleil 660 avant d'aller directement dans la cour, ne s'arrêtant un instant que pour prendre la masse.

Et c'était cette partie de son esprit qui garderait plus tard le souvenir des événements... à moins qu'il ne fût plus pratique de se rappeler une autre vérité. N'importe quelle autre vérité.

Pop Merrill souleva la masse au-dessus de son épaule droite et l'abattit avec force — pas avec autant de hargne que Kevin, mais avec suffisamment d'énergie pour faire le travail. Elle atteignit la copie de coucou allemand en plein sur le toit. La malheureuse pendule ne se cassa pas, elle *gicla* en morceaux ; des fragments de plastique imitant le bois, des pignons et des roues dentées minuscules volèrent dans toutes les directions. Et ce que cette petite partie de Pop qui voyait se rappellerait (sauf s'il devenait plus pratique de se souvenir d'autre chose), serait des fragments *d'appareil photo* volant en tous sens.

La masse retirée, il resta immobile quelques instants, contemplant le gâchis d'un œil qui ne voyait pas. L'oiseau, un bloc de photos pour Pop, un bloc de photos Polaroïd, gisait sur le dos, ses petites pattes de bois toutes raides, l'air encore plus mort que n'importe quel oiseau, mis à part ceux des dessins animés, et néanmoins miraculeusement intact. La scène bien enregistrée, il revint vers le hangar qui lui servait d'arrière-boutique.

« Bon, marmonna-t-il. Bonne chose de faite. »

Quelqu'un qui se serait trouvé près de lui, très près, même, n'aurait peut-être pas été capable de distinguer les mots, mais aurait pu difficilement ne pas être frappé par le soulagement qu'ils exprimaient.

« Faite et bien faite. Plus besoin de s'inquiéter davantage de ça. Bon, et quoi, maintenant ? Une petite pipe ? »

Mais lorsqu'il se rendit au magasin, de l'autre côté de la rue, un quart d'heure plus tard, ce n'est pas du tabac à pipe qu'il demanda, sauf dans le souvenir qu'il en garda. Il demanda une pellicule.

Une pellicule pour Polaroïd.

CHAPITRE TREIZE

« Kevin, je vais arriver en retard à mon travail si je ne-

— Tu peux avertir, les appeler, non ? Appelle-les et dis que tu ne pourras peut-être pas venir, d'accord ? Si c'est vraiment quelque chose de très, très important ? »

Inquiet, John Delevan demanda : « C'est quoi, ce quelque chose ?

— Tu les appelleras ? »

Kate Delevan venait d'apparaître dans l'encadrement de la porte de la chambre, Meg sur les talons. Avec curiosité, elles regardaient toutes les deux l'homme en costume d'affaire et le garçon monté en graine encore en sous-vêtements.

« Je suppose que oui, on peut toujours. Mais pas tant que je ne saurai pas de quoi il s'agit. »

Kevin baissa la voix, et jetant un bref coup d'œil en direction de la porte, murmura : « C'est à propos de Pop Merrill et du Polaroïd. »

John, tout d'abord intrigué par le coup d'œil oblique de son fils, se dirigea vers la porte. Il murmura quelque chose à sa femme, qui acquiesça. Puis il referma la porte, sans faire davantage attention aux gémissements de protestation de Meg qu'à un oiseau pépiant à tort et à travers sur les fils du téléphone.

« Qu'est-ce que tu as dit à Maman ?

— Que c'était une histoire entre hommes, répondit John en esquissant un sourire. Je crois qu'elle pense que tu veux me parler de masturbation. »

Kevin s'empourpra.

John parut inquiet. « Tu ne le fais pas, n'est-ce pas ? Je veux dire, tu sais que-

— Je sais, je sais », le coupa hâtivement Kevin. Il n'avait pas envie de dire à son père (il n'était pas sûr qu'il aurait pu trouver les mots qu'il fallait pour ça, même s'il l'avait voulu) que ce qui l'avait momentanément désarçonné avait été de découvrir que son géniteur n'ignorait rien de la branlette — ce qui, évidemment, n'aurait pas dû le surprendre, mais cependant le prenait au dépourvu, et le laissait surpris de sa propre surprise — mais que sa mère était également au courant.

Peu importait. Tout cela n'avait rien à voir avec les cauchemars, ni avec la nouvelle certitude qui venait de s'emparer de son esprit.

« C'est à propos de Pop, je t'ai dit. Et de mauvais rêves que j'ai faits. Mais surtout, à propos de l'appareil photo. Parce que Pop me l'a volé, je ne sais pas comment.

— Voyons, Kevin-

— Je sais, je sais, je l'ai démoli moi-même sur son billot. Mais ce n'était pas le mien. C'était un autre appareil. Et il y a pire encore. Il prend encore des photos avec *mon* appareil ! Et ce chien va sortir ! Et quand il sortira, je crois qu'il viendra me tuer ! Dans cet autre monde il a déjà commencé à s-s-s- »

Il fut incapable d'achever. Kevin se trouva une fois de plus surpris par sa propre réaction : il éclata en sanglots.

Le temps que John Delevan eût calmé son fils, il était huit heures moins dix, et il s'était résigné à être au moins en retard à son travail. Il tenait Kevin dans ses bras — quoi que ce fût, le gamin était sacrément secoué, et s'il ne s'agissait que d'une série de cauchemars, John supposait qu'il trouverait un problème sexuel en dessous de tout ça.

Lorsque Kevin, encore secoué de frissons, se mit à aspirer l'air à brusques bouffées entre d'occasionnels sanglots sans larmes, John alla ouvrir doucement la porte, avec l'espoir que Kate avait entraîné Meg en bas. Le couloir était vide. *C'est déjà un bon point pour nous,* se dit-il en revenant vers son fils.

« Peux-tu parler, maintenant ?

— Pop m'a subtilisé mon appareil », répondit Kevin d'une voix étranglée. L'œil rouge, encore baigné de pleurs, il regardait son père d'un air presque myope. « Je ne sais pas comment, mais il s'en sert.

— Et c'est quelque chose que tu as rêvé ?

— Oui... mais il y a aussi autre chose dont je me souviens.

— Kevin... c'était *ton* Polaroïd. Je suis désolé, fiston, mais c'était le tien. On voyait même le petit morceau qui s'était écaillé, sur le côté.

— Il a dû trafiquer ça-

— Ça me paraît tout de même un peu tiré par les ch-

— Ecoute-moi (Kevin parlait d'un ton précipité, maintenant), vas-tu m'écouter, à la fin ?

— Très bien, je t'écoute.

— Ce dont je me souviens, c'est que lorsqu'il m'a donné l'appareil — au moment de sortir pour l'écrabouiller, tu te rappelles ?

— Oui.

— J'ai regardé dans la petite fenêtre qui sert à compter les photos restantes. Et il y avait le chiffre trois, Papa ! Trois !

— Et alors ?

— Alors ? Ça veut dire qu'il contenait un film ! un film ! D'ailleurs, je me souviens du truc noir brillant qui est tombé en voletant, quand j'ai cassé l'appareil.

— Je te répète, et alors ?

— *Il n'y avait aucun film dans l'appareil quand je l'ai donné à Pop !* Voilà quoi. J'avais fait vingt-huit photos. Il m'a demandé d'en prendre trente de plus, pour en avoir cinquante-huit en tout. J'aurais peut-être acheté davantage de films si j'avais connu l'idée qu'il avait en tête, mais sans doute que non. J'avais déjà peur des choses qui-

— Oui, moi non plus, je n'étais pas tranquille. »

Kevin le regarda avec un respect nouveau. « Vraiment ?

— Ouais. Continue. Je crois que je vois où tu veux en venir.

— J'allais juste dire qu'il a participé à l'achat des films, mais pas beaucoup, même pas la moitié. C'est vraiment un sale radin, Papa. »

John eut un sourire retenu. « Exactement, mon garçon. L'un des plus sales radins de la Terre, si je puis dire. Mais vas-y, achève. Le *tempus* est en train de *fugiter* comme un fou. »

Kevin jeta un coup d'œil à sa pendulette. Presque huit heures. Aucun des deux ne le savait, mais Pop allait se réveiller dans deux minutes et vaquer à ses affaires matinales — affaires matinales dont il conserverait un souvenir assez bizarre.

« Très bien. Tout ce que j'essaie de dire, c'est que je n'aurais pas pu acheter de film supplémentaire, même si je l'avais voulu. Je me suis servi de tout l'argent que j'avais. J'ai même emprunté un dollar à Megan, en échange de quoi je lui ai laissé prendre deux photos.

— A tous les deux, vous avez tiré tous les clichés ? Sans exception ?

— Oui ! bien sûr ! Il a même dit lui-même qu'il y en avait vingt-huit. Et entre le moment où j'ai fini de prendre toutes les photos et celui où nous sommes allés voir la bande qu'il avait faite, je n'en ai pas racheté. Il était complètement vide lorsque je lui ai rapporté le Polaroïd, Papa ! Dans la petite fenêtre, le chiffre était zéro ! Je l'ai vu, je m'en souviens ! Alors, si c'était mon appareil, comment se fait-il qu'il y avait *trois* lorsque nous sommes redescendus ?

— Il n'aurait tout de même pas... » Son père s'interrompit et une étrange expression sinistre, inhabituelle chez lui, se peignit sur son visage : il venait de comprendre que Pop avait très bien pu, justement. Et que la vérité était celle-ci : lui, John Delevan, n'avait pas envie d'y croire ; l'expérience pourtant bien plus amère qu'il avait eue avec le brocanteur n'avait pas suffi à le vacciner contre sa propre candeur, et Pop avait réussi à lui jeter de la poudre aux yeux tout aussi bien qu'à son fils.

« Il n'aurait tout de même pas quoi ? A quoi penses-tu, Papa ? Quelque chose vient de te frapper ! »

En effet, quelque chose venait de le frapper. La manière empressée avec laquelle Pop avait tenu à descendre pour prendre les clichés originaux afin qu'ils puissent tous les trois mieux voir l'objet qui pendait au cou du chien — l'objet qui s'avéra être la dernière cravate-cordon de tante Hilda, celle ornée de ce qui était probablement un pivert en guise de fermoir.

Kevin avait proposé qu'ils descendent avec lui, mais Pop s'était précipité, gai et vif comme un pinson, non ? *Il y en a pour une minute*, avait-il dit ou à peu près ; et John dut le reconnaître, c'était à peine s'il avait prêté attention à ce que le vieux brocanteur disait ou faisait, car il avait envie de revoir encore une fois le maudit enregistrement. Autre chose : Pop n'avait même pas eu besoin de faire son tour de passe-passe sous leurs yeux — même si, maintenant que les siens s'étaient dessillés, John devait admettre à contrecœur que la vieille fripouille s'était probablement préparée à faire exactement ce numéro-là, et qu'il aurait probablement pu y parvenir, soixante-dix berges bien sonnées ou non. Mais eux au premier, et lui au rez-de-chaussée, sous prétexte d'aller chercher les photos de Kevin, il aurait pu tranquillement escamoter vingt appareils.

« Papa ?

— Je suppose qu'il a pu le faire. Mais pourquoi ? »

Kevin se résigna à secouer la tête. Il ignorait la réponse. Mais ça ne faisait rien ; son père pensait qu'il avait pu le faire, et c'était un soulagement. Les honnêtes gens n'ont peut-être pas besoin de réapprendre constamment les vérités les plus élémentaires ; peut-être certaines de ces vérités leur restent-elles solidement accrochées dans le crâne. Il n'eut qu'à poser la question à voix haute pour trouver la réponse. Pourquoi tous les Pop Merrill du monde se donnent du mal ? Pour en tirer un profit. C'était la raison, toute la raison, l'unique raison. Kevin avait voulu détruire l'appareil ; après avoir visionné l'enregistrement, John avait été d'accord avec son fils. Des trois, lequel avait été capable de voir un peu plus loin ?

Pop, évidemment. Reginald Marion « Pop » Merrill.

Resté jusqu'ici assis sur le bord du lit, un bras passé autour des épaules de Kevin, John se leva. « Habille-toi. Moi je descend téléphoner. Je dirai à Brandon que je serai sans doute simplement en retard, mais qu'il fasse comme si je ne devais pas venir du tout. »

Cette démarche le préoccupait, et il préparait déjà dans sa tête ce qu'il allait dire à Brandon Reed, mais pas au point de ne pas remarquer l'expression de gratitude qui vint illuminer le visage inquiet de son fils. John esquissa un sourire, et l'expression sinistre et inhabituelle qu'il arborait disparut rapidement. Il y avait au moins ceci de clair : son fils n'était pas encore assez grand pour se passer du réconfort qu'il pouvait lui apporter, ou pour ne pas l'accepter comme une puissance supérieure à laquelle on pouvait parfois s'adresser, sachant qu'elle agirait en conséquence ; et lui-même n'était pas trop vieux pour être réconforté du réconfort qu'il apportait à son fils.

« Je crois, dit-il en se dirigeant vers la porte, que nous devrions faire une petite visite à Pop Merrill. » Il jeta un coup d'œil à la pendulette, sur la table de nuit de Kevin. Il était huit heures dix, et à cet instant-là, dans l'arrière-cour de l'Emporium Galorium, une masse s'abattait sur une copie de coucou allemand. « Il ouvre d'habitude autour de huit heures trente. Le bon moment pour débarquer, à mon avis, pourvu que tu te grouilles un peu. »

Il s'arrêta avant de sortir, et un sourire froid étira un instant ses lèvres. Il n'était pas adressé à son fils. « Je crois qu'il a quelques explications à nous donner, voilà ce que je veux dire. »

John Delevan sortit et referma la porte derrière lui. Kevin commença à s'habiller rapidement.

CHAPITRE
QUATORZE

Le Super Drug Store LaVerdiere de Castle Rock était bien plus qu'un simple drugstore. Pour présenter les choses autrement, il n'était en fait une pharmacie que par raccroc. Comme si quelqu'un, au dernier moment (par exemple juste avant l'ouverture en fanfares), s'était aperçu que l'enseigne comportait le mot « Drug » — drogue, soit un synonyme de médicament. Comme si ce quelqu'un avait pris une note mentale pour dire à un autre quelqu'un, à la direction de la société, disons, qu'ils venaient encore d'ouvrir un LaVerdiere et avaient une fois de plus négligé de corriger l'enseigne, afin qu'on ne lise plus (ce qui serait plus simple et plus approprié) que Super Store LaVerdiere... Après quoi, l'auteur de la note mentale avait retardé l'ouverture d'un jour ou deux, juste le temps de glisser un comptoir pharmaceutique de la taille d'une cabine téléphonique dans le recoin le plus sombre, le plus sinistre et le plus éloigné de la porte du magasin.

Le Super Drug Store LaVerdiere n'était en fait rien de plus qu'une sorte de Monoprix. Le véritable dernier magasin de ce genre de la ville, une vaste salle mal éclairée par des globes conchiés des mouches et suspendus à des chaînes, se reflétant vaguement dans le plancher abondamment ciré aux craquements arthritiques, s'était appelé le Ben Franklin Store. Il avait tiré le rideau en 1978 pour laisser la place à une arcade de jeux vidéo, parties gratuites le mardi, où les moins de vingt ans n'avaient pas accès à l'arrière-salle.

LaVerdiere vendait tout ce que le vieux Ben Franklin avait eu en rayon, mais les objets y baignaient dans l'impitoyable lumière de barres fluo Maxi-Glo qui donnaient à la moindre babiole un éclat fiévreux. *Achetez-moi !* proclamaient-elles toutes d'un ton strident. *Achetez-moi, sinon vous pourriez mourir ! Vous ou votre femme ! Ou vos enfants ! Peut-être même tous vos enfants d'un coup ! Ou votre meilleur ami ! Pourquoi ? Quoi, pourquoi ? Moi, je ne suis qu'une babiole décervelée posée sur une étagère en préfabriqué, chez LaVerdiere. Mais est-ce que ça ne sonne pas juste ? Vous savez bien que si ! Alors achetez-moi, achetez-moi tout de suite... MAINTENANT !*

Il y avait une allée pour la mercerie, deux pour les produits de soins et les remèdes à la gomme, une pour les bandes audio et vidéo (vierges ou enregistrées). Il y avait un long présentoir à journaux, se prolongeant par des étagères de livres de poche, une vitrine de briquets sous l'une des caisses enregistreuses numériques, et une vitrine de montres sous une autre (une troisième caisse se dissimulait dans le coin sombre où le pharmacien officiait, solitaire, au milieu des ombres). Les friandises de Halloween avaient envahi l'essentiel de l'aile des jouets (ceux-ci non seulement reviendraient après Halloween, mais finiraient par conquérir deux allées complètes au fur et à mesure que s'avanceraient, impitoyables, les fêtes de Noël). Et, semblable à quelque chose de trop incroyable pour se manifester dans la réalité, sauf à admettre aveuglément l'existence d'un concept comme celui de Destin avec un grand D, sauf à admettre encore que ce Destin puisse, à sa manière, donner des indices de l'existence de cet « autre monde » dont Pop, jusqu'ici, ne s'était jamais soucié (si ce n'est dans la mesure où il était source de revenus, cela va de soi) et auquel Kevin Delavan n'avait pas encore eu l'occasion de penser, sur le présentoir principal, à l'entrée du magasin, s'étalait un chef-d'œuvre d'étalagiste sous un panneau proclamant : FESTIVAL D'AUTOMNE DE LA PHOTO.

L'étalage consistait en un panier d'où des feuilles aux couleurs de l'automne débordaient sur le plancher en une vague multicolore (vague trop grosse pour avoir été contenue dans le panier, aurait remarqué un observateur attentif). Parmi les feuilles, étaient disposés un certain nombre d'appareils Kodak et Polaroïd — dont plusieurs Soleil 660 — et toute une gamme de matériel relatif à la photo : rangements, albums, pellicules, blocs de flash. Au milieu de cette insolite corne d'abondance, se dressait un tripode ancien qui faisait penser aux machines martiennes à semer la mort inventées par H. G. Wells dans *La guerre des mondes*. Un panonceau y était accroché, indiquant à l' « aimable clientèle » (celle qui prenait la peine de contempler ce déballage) que cette semaine, elle pouvait obtenir des SUPER-RÉDUCTIONS SUR LES APPAREILS POLAROÏD ET LEURS ACCESSOIRES !

A huit heures trente ce matin-là, soit une demi-heure après l'ouverture du magasin, toute « l'aimable clientèle » se réduisait à la seule personne de Pop Merrill. Il ne fit pas attention à l'étalage, mais se dirigea droit sur le seul comptoir ouvert, où Molly Durham venait juste de terminer la mise en place des montres, sur leur tissu en imitation de velours.

Oh ! non, voilà maintenant le vieux Mateur, pensa-t-elle avec une grimace. La meilleure façon que connaissait Pop de tuer le temps pour une durée équivalente à celle qu'il fallait à Molly pour faire sa pause-café, consistait à dériver à une vitesse d'escargot vers le comptoir où travaillait la jeune femme (il la choisissait toujours, y compris s'il devait faire la queue ; elle le soupçonnait même de préférer qu'il y eût la queue) pour acheter une pochette de tabac à pipe Prince Albert. Un achat que n'importe qui aurait fait en trente secondes, peut-être : elle considérait néanmoins qu'elle s'en était bien sortie si elle arrivait à se débarrasser du vieux Mateur en moins de trois minutes. Il conservait tout son argent dans une bourse en cuir craquelé, retenue par une chaîne, et commençait par l'extraire d'une profonde méritant bien son nom, non sans faire au passage un petit câlin à ses valseuses (telle était l'impression qu'avait Molly). Puis il l'ouvrait ; elle émettait un petit crissement et on s'attendait à en voir sortir une mite, tout comme du porte-monnaie des radins ridiculisés par les dessinateurs humoristiques. Sur le dessus de ce qu'elle contenait, on voyait un amas de petites coupures, des billets qui donnaient envie de les manipuler avec des pincettes, tant la couche de crasse qui les recouvrait faisait l'effet d'un paradis à microbes ; au-dessous, les pièces. Pop commençait par repêcher un billet de un dollar puis, retenant sur le côté la masse des autres billets avec l'un de ses doigts épais, il farfouillait dans la monnaie métallique — jamais il n'aurait donné deux dollars, non-non, les choses auraient été trop rapides pour lui — et finissait par en extirper les pièces. Pendant tout ce temps, ses yeux ne cessaient de s'activer, ne jetant que quelques brefs coups d'œil vers la bourse (il se fiait à son toucher pour sélectionner ses pièces) et rampaient des nénés de Molly à son ventre, à ses hanches, pour remonter de nouveau à ses nénés. Jamais jusqu'à son visage ; même pas jusqu'à ses lèvres, partie de l'anatomie des filles qui semblait pourtant passionner la plupart des hommes ; non, Pop Merrill s'intéressait exclusivement à tout ce qui se trouvait entre le cou et le haut des cuisses. Lorsqu'il avait terminé — quel que fût le temps réel mis, il paraissait toujours trop long à Molly — et repassait enfin la porte pour aller au diable, elle était régulièrement prise de l'envie d'aller prendre une longue douche.

Elle s'arma donc de tout son courage, figea sur son visage le masque il-est-huit-heures-trente-et-je-dois-sourire-comme-ça-jus-qu'à-ce-soir, et resta bravement derrière son comptoir tandis que Pop s'approchait. Elle se dit : *Il ne fait que me regarder, les types n'ont pas arrêté de le faire du jour où tu as eu des nénés...* exact : mais là, ce n'était pas pareil. Parce que Pop Merrill n'était pas comme la plupart des types qui laissaient traîner leurs yeux sur la carrosserie éminemment regardable de Molly depuis l'époque en question, dix ans auparavant. Cela tenait en partie à ce que Pop était vieux, mais ce n'était pas tout. La vérité était que certains types vous regardaient tandis que d'autres — beaucoup plus rares — paraissaient vous tripoter avec les yeux, et Pop Merrill était du nombre. Son regard donnait l'impression de peser sur vous ; pendant qu'il fouillait dans son porte-monnaie crissant de vieille fille, au bout de sa grosse chaîne à la virilité incongrue, c'était comme si elle avait senti ses yeux la toucher partout où ils se posaient, grouillant le long de ses courbes comme des têtards, au bout de leur nerf optique, se coulant avec une souplesse de larve dans ses creux. Ces jours-là, elle regrettait de ne pas porter une robe de religieuse. Ou mieux, une armure complète.

Sa mère avait coutume de dire qu'il fallait endurer ce que l'on ne pouvait changer, et tant que personne n'aurait découvert un moyen de peser les regards des jeunes comme des vieux cochons et de les mettre hors la loi, ou, plus vraisemblablement, tant que Pop Merrill ne ferait pas à la population de Castle Rock le plaisir de claquer afin que l'on pût enfin jeter à bas cette verrue de piège à touristes qu'était sa boutique, elle devrait se faire une raison.

Mais aujourd'hui, une agréable surprise l'attendait. Ce fut du moins sa première impression. En lieu et place de son œil avide et glouton, Pop avait non pas le regard des clients ordinaires, mais un visage totalement dénué d'expression. On ne pouvait dire qu'il regardait à travers elle, ou que son regard rebondissait sur elle. Il semblait tellement perdu dans ses pensées que ce regard d'ordinaire si inquisiteur n'arrivait à faire que la moitié du chemin, aurait-on dit, et là, se dissolvait. Le regard d'un homme qui cherche à identifier, à l'œil nu, une étoile au fin fond de la galaxie.

« Puis-je vous aider, monsieur Merrill ? » demanda-t-elle tandis que ses chevilles s'apprêtaient déjà pour un demi-tour rapide en direction des pochettes de tabac. Avec Pop, c'était un geste qu'elle avait coutume de faire le plus vivement possible, car lorsqu'elle lui tournait le dos, elle sentait deux yeux qui grouillaient littéralement sur ses fesses, descendaient un bref instant sur ses jambes, et remontaient à son postérieur pour un dernier pelotage oculaire, voire un petit pincement, avant qu'elle lui fît de nouveau face.

« Oui », répondit-il d'un ton calme et serein ; et vu le peu d'intérêt qu'il manifestait, il aurait pu tout aussi bien s'adresser à un guichet automatique de banque. Pour Molly, c'était parfait. « Je voudrais des » — puis ensuite soit un mot qu'elle n'avait pas compris, soit un absolu charabia. Si c'était du charabia, se dit-elle avec un certain espoir, peut-être était-ce le signe avant-coureur que le réseau compliqué de digues, talus, écluses et déversoirs que ce vieux chnoque avait édifié contre la marée montante de la sénilité allait enfin lâcher.

On aurait dit qu'il avait prononcé quelque chose comme _pellabacapulle_, un produit que la maison n'avait pas en stock... à moins qu'il ne s'agisse d'une ordonnance.

« Je vous demande pardon, monsieur Merrill ?

— Des pellicules », se reprit-il, d'un ton si ferme et net que

Molly fut plus que désappointée ; elle était convaincue qu'il avait commencé par prononcer de travers exprès, pour qu'elle ne pût comprendre. Peut-être était-ce elle, dont les digues commençaient à craquer.

« Quel genre voulez-vous ?

— Polaroïd. Deux paquets. » Elle ne savait pas très bien ce qui se passait, mais il ne faisait aucun doute que le premier des vieux cochons de Castle Rock n'était pas lui-même, aujourd'hui. Ses yeux ne s'accommodaient toujours pas, et sa façon de parler... ça lui rappelait quelque chose, quelque chose qui avait un rapport avec sa nièce de cinq ans, Ellen, mais elle n'arrivait pas à voir quoi.

« Pour quel modèle, monsieur Merrill ? »

Elle trouvait qu'elle s'exprimait d'un ton particulièrement seyant et étudié, mais Pop Merrill n'y prêta pas la moindre attention. Pop dérivait dans la couche d'ozone.

Après quelques instants de réflexion pendant lesquels il ne la regarda pas du tout, mais demeura au contraire l'air absorbé par la contemplation du présentoir à cigarettes, par-dessus l'épaule de la jeune femme, il lâcha soudain : « Pour un Polaroïd Soleil. Modèle 660. »

C'est alors que ça lui revint, au moment où elle lui répondait qu'elle devait aller la prendre dans l'étalage. La nièce de Molly possédait un gros panda en peluche qu'elle avait baptisé Paulette, pour des raisons que seule une autre petite fille de son âge aurait pu comprendre. Dans le corps de Paulette était installé un système électronique avec en mémoire environ quatre cents phrases simples, comme « J'aime qu'on me prenne dans les bras, pas toi ? » ou encore « Je voudrais être toujours avec toi ». A chaque fois que l'on donnait un petit coup sur le nombril en fourrure de Paulette, il y avait un court silence, puis tombait l'une de ces délicieuses petites remarques, comme éructée par une voix lointaine et dépourvue d'émotion, dont le ton semblait contredire le sens des paroles. Ellen était folle de Paulette. Molly lui trouvait quelque chose d'inquiétant et s'attendait à ce qu'un jour ou l'autre, le panda en peluche les surprit tous (sauf tante Molly de Castle Rock) en disant ce qu'il avait réellement en tête. « Je crois que cette nuit, je vais t'étrangler dans ton sommeil », peut-être, ou, plus simplement encore : « J'ai un couteau. »

Le ton de Pop Merrill était semblable à celui de Paulette le Panda, ce matin. Son regard **quasi** vitreux rappelait mystérieusement celui de la peluche. Molly s'était imaginé que tout événement qui transformerait l'attitude libidineuse du vieil homme serait le bienvenu. Elle s'était trompée.

La jeune femme se pencha sur l'étalage, pour une fois inconsciente de la manière provocante dont sa croupe ressortait, et essaya de trouver la pellicule le plus vite possible. Elle était sûre que lorsqu'elle se retournerait, Pop regarderait tout ce qu'on voudrait, sauf elle. Ce coup-ci, elle eut raison. Lorsqu'elle revint, la pellicule à la main, Pop était toujours perdu dans la contemplation des paquets de cigarettes alignés, l'air tellement concentré, apparemment, qu'on aurait pu croire qu'il en faisait l'inventaire. Il fallut à Molly une ou deux secondes pour se rendre compte que cette expression traduisait en fait une absence d'expression, une espèce de vacuité presque divine.

Je vous en prie, allez-vous-en d'ici, supplia mentalement Molly. *S'il vous plaît prenez votre paquet de pellicules et allez-vous-en. Et quoi qu'il arrive, ne me touchez pas, surtout ne me touchez pas.*

Sinon, Molly était sûre qu'elle crierait. Pourquoi le magasin était-il donc si désert ? Comment se faisait-il qu'il n'y eût pas un seul client, le shérif Pangborn, de préférence ? Ou, puisqu'il était manifestement occupé ailleurs, n'importe qui ? M. Constantine, le pharmacien, devait se trouver quelque part dans le LaVerdiere, mais le comptoir de la pharmacie semblait se trouver à au moins quatre cents mètres, et même si elle savait bien qu'il n'était pas aussi loin, pas vraiment, il le restait tout de même trop pour que le potard pût arriver rapidement, si jamais le vieux Merrill décidait de la toucher. Et si M. Constantine avait été prendre un café chez Nan's avec M. Keeton, le secrétaire de mairie ? Plus elle pensait à cette possibilité, plus celle-ci se transformait en certitude. Lorsque quelque chose d'aussi aberrant se produisait, fallait-il donc toujours que ce fût quand on était toute seule ?

Il est en train de faire une sorte de dépression mentale.

Molly s'entendit dire, avec une voix faussement joyeuse : « Voilà, monsieur Merrill. » Elle posa la pellicule sur le comptoir dont elle fit rapidement le tour pour aller se mettre à l'abri, derrière la caisse.

L'antique bourse de cuir sortit de la poche de pantalon de Pop Merrill, tandis que les doigts de Molly bégayaient sur le clavier ; elle dut refaire le total.

Il lui tendait deux billets de dix dollars.

Elle tâcha de se convaincre qu'ils étaient simplement chiffonnés à force d'être restés tassés avec les autres dans ce petit porte-monnaie, de se persuader qu'ils n'étaient probablement pas si vieux que ça, même s'ils en avaient l'air. Cela n'arrêta cependant pas son esprit lancé au triple galop, qui voulait absolument qu'ils ne fussent pas seulement froissés, mais aussi gluants ; d'après lui, le mot *vieux* ne convenait pas, il n'était même pas de mise : ces billets étaient des antiquités, des billets préhistoriques, imprimés avant la naissance du Christ et la construction des pyramides, avant que Néanderthal, avec son crâne bas et son cou rentré dans les épaules, sortît de sa caverne. Ils appartenaient à une époque où Dieu lui-même était un bébé.

Elle ne voulait pas les toucher.

Il le fallait, cependant.

Le vieux allait vouloir sa monnaie.

Rassemblant tout son courage, elle prit les billets et les fourra dans le tiroir-caisse, aussi loin que possible, mais si brutalement qu'elle se cogna un doigt et en déchira presque tout l'ongle, douleur d'ordinaire exquise que, dans l'état où elle se trouvait, elle ne remarquerait qu'un peu plus tard... lorsqu'elle aurait repris suffisamment le contrôle de ses nerfs pour se morigéner de s'être comportée comme une gamine hystérique à la veille de ses premières règles.

Sur le moment, néanmoins, elle ne pensa qu'à une chose, enfoncer les billets aussi loin que possible et retirer sa main ; mais même plus tard, elle se souviendrait de la sensation qu'ils lui avaient procurée. Impression de les sentir grouiller et bouger sous le bout de ses doigts ; comme si des milliards de microbes, des microbes tellement énormes qu'on aurait presque pu les voir à l'œil nu, se précipitaient vers elle, pressés de la contaminer de la maladie *qu'il* avait.

Oui, mais il allait vouloir sa monnaie.

Elle se concentra sur cette idée, les lèvres tellement serrées qu'elles étaient d'une pâleur mortelle. Quatre billets de un dollar, qui ne voulaient pas, absolument pas se détacher de la pince qui les retenait dans le tiroir. Puis une pièce de dix cents, oh bordel, il n'y avait pas de pièces de dix, mais qu'est-ce qu'elle avait, qu'est-ce qu'elle avait, qu'avait-elle fait au bon Dieu pour avoir si longtemps sur le dos ce vieil homme tout bizarre, justement le matin même où, pour la première fois depuis des temps immémoriaux, il paraissait vouloir ressortir d'ici le plus vite possible ?

Elle récupéra une pièce de cinq cents, la présence silencieuse et malodorante du brocanteur pesant sur elle (impression que lorsqu'elle devrait finalement relever la tête elle le verrait penché vers elle par-dessus le comptoir), puis trois pièces d'un cent, quatre, cinq, échappa la cinquième parmi celles de vingt-cinq cents, dut la repêcher avec des doigts froids et engourdis... Elle faillit la lâcher une deuxième fois ; elle sentait la sueur qui jaillissait sur sa nuque et au-dessus de sa lèvre supérieure. Ensuite, étreignant les pièces dans la main et non sans prier pour qu'il ne tendît pas la sienne pour les recevoir et la faire risquer ainsi de devoir toucher sa peau sèche et reptilienne, mais sachant cependant qu'il allait le faire, elle releva les yeux, tandis que les muscles de son visage étiraient ses joues en un joyeux sourire LaVerdiere qui avait tout du hurlement rentré, essayant de se raidir contre *ça* aussi, se disant qu'après ce serait fini, et t'occupe de l'image que son imbécile d'imagination tentait à tout prix d'évoquer, image de cette main sèche se refermant brusquement sur la sienne comme la serre de quelque horrible oiseau, non pas un oiseau de proie, non, mais un charognard ; elle se dit alors que non, qu'elle ne voyait pas ces images, absolument pas, quoi qu'elle les vît tout de même — elle leva les yeux le sourire hurlant sur son visage avec autant d'intensité qu'un hurlement d'assassin par une chaude nuit d'été, mais le magasin était vide.

Pop était parti.

Sorti pendant qu'elle cherchait sa monnaie.

Molly se mit à frissonner de tout son corps. Si elle avait eu besoin d'une nouvelle preuve que le vieux chnoque ne tournait pas rond, elle la tenait. Une preuve absolue, indubitable, une preuve en béton armé : pour la première fois (et pas seulement dans ses souvenirs, aurait-elle pu parier sans risque, mais dans ceux des citoyens les plus anciens de cette ville), Pop Merrill, qui refusait de donner le moindre pourboire même dans les rares occasions où il était obligé de manger dans un restaurant qui ne livrait pas à domicile, venait de quitter un lieu de transaction financière sans prendre sa monnaie.

Molly voulut ouvrir la main et relâcher les pennies, le nickel et les quatre billets d'un dollar. Médusée, elle se rendit compte qu'elle n'y arrivait pas. Elle dut se servir de son autre main pour desserrer ses doigts. La monnaie de Pop dégringola sur le dessus en verre du comptoir, et elle la repoussa de côté, ne voulant plus y toucher davantage.

Comme elle ne voulait plus jamais revoir Pop Merrill.

CHAPITRE QUINZE

Pop conserva la même vacuité de regard après avoir quitté LaVerdiere. Il la conserva toujours en traversant le trottoir, les boîtes de film à la main. Elle disparut pour laisser la place à une expression de vigilance plus ou moins inquiète au moment où il atteignit le caniveau... dans lequel il s'arrêta brusquement, un pied encore sur le trottoir, l'autre posé parmi les mégots de cigarettes et les emballages de chips vides. Apparut alors encore un Pop Merrill que Molly n'aurait pas reconnu, mais qu'auraient immédiatement identifié tous ceux qui s'étaient fait rançonner par lui. Ce n'était ni Merrill le Vicelard ni Merrill le Robot, mais Merrill l'animal, tous ses sens en éveil. Il se trouva *là* sur-le-champ, totalement inscrit dans le présent d'une manière qu'il affichait rarement en public. Laisser voir autant de soi-même aux autres, de l'avis de Pop, n'était pas une bonne idée. Ce matin, cependant, il était loin d'avoir la maîtrise de tous ses moyens, et de toute façon, il n'y avait personne pour l'observer. Un badaud, s'il s'en était trouvé un, n'aurait pas vu Pop, le folklorique philosophe de comptoir, ni même Pop, le roi du marchandage, mais quelque chose comme *l'esprit* de cet homme. En cet instant de présence absolue, Pop avait l'air d'être lui-même une fripouille de chien, un clébard errant ensauvagé qui vient de s'immobiliser dans un poulailler, au cœur de la nuit, ses oreilles en lambeaux redressées, la tête droite, montrant légèrement des crocs rouges de sang, à l'écoute de bruits en provenance de l'habitation de ferme, un maraudeur qui pense au fusil de chasse avec ses deux trous noirs en forme de huit couché. Le chien ignore tout de ce symbole, mais même un corniaud est capable de reconnaître la forme imprécise de l'éternité si ses instincts sont suffisamment affûtés.

De l'autre côté de la place, il voyait la façade jaune pipi de l'Emporium Galorium, légèrement en retrait par rapport à ses plus proches voisins : l'immeuble vacant qui avait abrité une laverie automatique jusqu'au début de l'année, le restaurant Nan's Luncheonnette, et Cousi-Cousette, le magasin de confection qui faisait également mercerie, magasin tenu par l'arrière-petite-fille de Evvie Chalmers, Polly — une femme dont nous aurons l'occasion de reparler ailleurs.

Il y avait des places de parking en épi, en face des boutiques de Lower Main Street, toutes inoccupées... toutes sauf une, dans laquelle venait de se glisser une Ford break que Pop reconnut aussitôt. On entendait parfaitement le bruit de son ralenti dans l'air calme du matin. Puis le moteur s'arrêta, les feux de stop s'éteignirent, Pop retira le pied posé dans le caniveau et battit prudemment en retraite vers l'angle du LaVerdiere. Là, il resta aussi immobile que le chien dans le poulailler alerté par un bruit anormal — le genre de bruit que pourraient négliger des chiens moins vieux ou moins expérimentés que celui-ci, dans la frénésie du carnage.

John Delevan descendit du côté du conducteur, le garçon du côté du passager. Ils allèrent à l'Emporium Galorium. L'homme cogna avec impatience à la porte, assez fort pour que le bruit parvînt nettement à Pop, comme l'avait fait le ralenti du moteur. Delevan s'interrompit, l'homme et son fils tendirent l'oreille, et le père recommença, mais en martelant cette fois le battant. Pas besoin d'être un extra-lucide pour se rendre compte qu'il était en pétard.

Ils ont compris, pensa Pop. *Je ne sais pas comment, mais ils ont compris. Heureusement que j'ai démoli le foutu appareil.*

Il resta au coin du LaVerdiere encore un moment, parfaitement immobile, mis à part quelques battements de ses lourdes paupières, puis il se faufila dans l'allée qui séparait le drugstore de la banque voisine. Il se déplaçait avec une telle souplesse qu'un homme ayant cinquante ans de moins aurait pu envier la précision sans effort de ses mouvements.

Pop songea que, ce matin, il serait peut-être plus prudent de retourner chez lui par l'omnibus de l'arrière-cour.

CHAPITRE SEIZE

Comme il n'y avait toujours pas de réponse, John Delevan cogna une troisième fois à la porte, avec tellement de force que les vitres tremblèrent dans leurs gencives de mastic pourri, et qu'il en eut mal à la main. C'est la douleur qui lui fit se rendre compte à quel point il était en colère. Non pas qu'il trouvait sa colère injustifiée au regard de ce que Pop Merrill avait fait, si Kevin ne s'était pas trompé, d'autant que plus il y pensait, plus il était sûr que son fils avait vu juste. Mais avoir attendu jusqu'à maintenant pour comprendre les raisons de sa colère le surprenait.

On dirait bien que c'est une journée où je vais en apprendre sur moi-même, songea-t-il, non sans un peu de cuistrerie. Du coup il sourit et se détendit un peu.

Kevin ne souriait pas et n'avait aucunement l'air détendu.

« Trois choses ont pu se produire, à mon avis, dit John à son fils. Soit Merrill n'est pas levé, soit il ne veut pas répondre à la porte, soit il a compris qu'on avait flairé quelque chose et il a filé avec ton appareil. » Il se tut, puis partit d'un petit rire. « Je me demande s'il n'y en a pas une quatrième. Il est peut-être mort dans son sommeil.

— Non, il n'est pas mort. » Kevin avait la tête tout contre la vitre sale de la porte qu'il regrettait si amèrement d'avoir franchie un jour. Il se tenait les mains en coupe pour faire de l'ombre, le soleil du matin, par-dessus le côté est de la place, jetant des reflets aveuglants sur la vitre. « Regarde. »

John imita son fils, et appuya du nez contre la vitre. Côte à côte, tournant le dos à la place, ils scrutaient la pénombre de l'Emporium Galorium : jamais on n'avait vu d'amateurs de lèche-vitrine aussi passionnés. « Eh bien, remarqua-t-il au bout de quelques secondes, s'il a filé, c'est en abandonnant toute sa merde, on dirait.

— Ouais, mais c'est pas ça que je veux dire. Tu ne le vois pas ?

— Je devrais voir quoi ?

— Accroché au poteau. Celui à côté de la commode avec toutes les horloges dessus. »

Au bout d'un instant, John le découvrit à son tour : un Polaroïd pendu par son harnais à un crochet fiché dans le poteau. Il avait même l'impression de voir la partie écaillée, mais ce n'était peut-être que son imagination.

Ce n'est pas ton imagination.

Le sourire s'évanouit de ses lèvres lorsqu'il commença à comprendre qu'il ressentait la même chose que Kevin : la certitude malsaine et désolante qu'un mécanisme simple mais terriblement dangereux continuait de fonctionner... et, contrairement aux horloges de Pop, sans le moindre retard.

« A ton avis, est-il là-haut dans son appartement, en train d'attendre simplement notre départ ? » John ne faisait que penser à voix haute. Le verrou qui fermait la porte avait l'air neuf et coûteux. Il était cependant prêt à parier que si l'un d'eux — Kevin, probablement plus en forme, de préférence — se jetait avec assez de force sur le battant, il ferait éclater les montants vétustes. Il songea avec raison : *Une serrure vaut ce que vaut la porte. Les gens n'y pensent jamais.*

Kevin tourna un visage tendu vers son père. John en fut frappé tout comme Kevin l'avait été par le sien, il n'y avait pas si longtemps. Il pensa : *Je me demande combien de pères ont l'occasion de voir la tête qu'aura leur fils, une fois adulte ? Il n'aura pas toujours cette expression tendue et ces traits tirés — Seigneur, j'espère bien que non ! — mais c'est à ça qu'il ressemblera. Et bordel, quel bel homme il fera !*

Comme Kevin, il eut ce moment de temps arrêté au milieu de ce qui se passait (quoi, au juste ?), un moment bref, mais qu'il n'oublia jamais, lui non plus ; il resta toujours à portée de sa pensée.

« Quoi ? fit Kevin d'une voix étranglée. Quoi, Papa ?

— Tu veux démolir la porte ? Parce que je suis d'accord.

— Pas encore. Je ne crois pas que ce sera la peine. Je ne pense pas qu'il soit là… mais il n'est pas loin. »

Tu ne peux pas savoir un truc pareil. Tu ne peux même pas le penser !

Mais son fils le pensait, et il pensait que son fils avait raison. Une sorte de lien s'était constitué entre Kevin et Pop. « Une sorte de lien ? » Sois sérieux, mon vieux. Tu sais très bien de quoi il s'agit. De cette saloperie d'appareil photo accroché là, et plus ça durait, plus le mécanisme continuait à fonctionner, plus ses pignons et ses cardans vicieux et sans âme tournaient, moins il aimait ça.

Démolis l'appareil, romps ce lien, pensa-t-il avant de dire : « En es-tu bien sûr, Kev ?

— Faisons le tour par-derrière. La porte sera peut-être ouverte.

— C'est un portail. Il y aura sûrement un cadenas.

— On pourra toujours l'escalader.

— D'accord. »

Et John Delevan emboîta le pas à son fils pour descendre les marches de l'Emporium Galorium et rejoindre l'allée, se demandant s'il n'avait pas perdu l'esprit.

Mais le portail n'était pas fermé. A un moment donné, Pop avait oublié ; et si John n'avait pas trop aimé l'idée d'escalader le portail, voire d'en tomber au risque de s'écraser les couilles, le fait de trouver le portail ouvert lui plaisait encore moins. Ils entrèrent néanmoins dans l'arrière-cour en pagaille de Pop ; même les amas de feuilles mortes de l'automne n'arrivaient pas à améliorer son aspect.

Kevin se faufila au milieu des tas d'ordures que Pop avait virés de la boutique sans se soucier de les transporter à la décharge, suivi de son père. Ils arrivèrent au billot à peu près à l'instant où Pop sortait de l'arrière-cour de Mme Althea Linden pour passer sur Mulberry Street, à un coin de rue à l'ouest. Son intention était de suivre cette rue jusqu'à la hauteur des bureaux de la Wolf Jaw, une entreprise d'exploitation forestière. Même si les camions chargés de grumes de la Wolf Jaw roulaient déjà depuis un moment, même si les tronçonneuses de la Wolf Jaw miaulaient et hurlaient depuis six heures trente dans les forêts en voie de disparition de l'ouest du Maine, les bureaux, eux, ne verraient personne avant neuf heures, ce qui lui laissait un bon quart d'heure. L'arrière-cour de la société, minuscule, était entourée d'une haute palissade dont le portail était fermé à clef — mais Pop avait un double de cette clef. Il passerait par ce portail et, de là, dans sa propre arrière-cour.

Kevin atteignit le billot. John arriva à son tour et suivit le regard de son fils. Il cligna des yeux, ouvrit la bouche pour demander ce que cela pouvait bien vouloir dire, nom d'un foutre, puis la referma. Il commençait à se faire une petite idée de ce que cela pouvait bien vouloir dire, sans avoir besoin de poser la question à Kevin. Il était malsain d'avoir de telles idées, elles n'étaient pas naturelles, et il savait d'expérience (une expérience amère dans laquelle Reginald Marion « Pop » Merrill avait joué un rôle, comme il l'avait raconté récemment à son fils) qu'agir sous le coup d'une impulsion était un excellent moyen de prendre la mauvaise décision et de rater son coup, mais ça n'avait plus d'importance. Même s'il ne se le disait pas en ces termes, John Delevan espérait bien remplir un formulaire de réadmission dans la Tribu des Rationnels-Raisonnables quand tout cela serait terminé.

Il crut tout d'abord contempler les restes émiettés d'un appareil Polaroïd. Ce n'était bien entendu que son esprit qui tentait de mettre un peu d'ordre en revenant à des choses connues ; ce qui gisait sur le billot et tout autour ne ressemblait en rien à des débris d'appareil photo, Polaroïd ou autres. Tous ces pignons et toutes ces roues dentées ne pouvaient appartenir qu'à une horloge. Puis il aperçut l'oiseau mort de bande dessinée et sut même de quel type de pendule il s'agissait. Il ouvrit la bouche pour demander à Kevin pourquoi, au nom du ciel, Pop aurait démoli un coucou à coups de masse. Puis il réfléchit et songea qu'au fond, la question était inutile. La réponse commençait à se former dans son esprit. Il aurait préféré rester dans l'ignorance, car elle concluait à la crise de démence, à une échelle qui semblait démesurée à John Delevan ; mais n'empêche, elle se formait.

Un coucou, ça s'accrochait quelque part. Forcément, à cause des contrepoids. Et à quoi l'accrochait-on ? A un crochet, évidemment.

Un crochet ou un clou dépassant d'un poteau, par exemple.

Comme celui où se trouvait accroché le Polaroïd de Kevin.

Il parla enfin, et les mots paraissaient venir de très loin : « Qu'est-ce qui lui arrive, Kevin ? Est-il devenu fou ?

— Pas *devenu* », répondit Kevin, dont la voix paraissait elle aussi venir de très loin tandis qu'il se tenait à côté du billot, parcourant des yeux les restes de la malheureuse pendule. « Il a été poussé à la folie. Par l'appareil.

— Il faut qu'on le démolisse », observa John. Ses paroles lui donnaient l'impression de venir flotter à ses oreilles longtemps après avoir été prononcées par sa bouche.

« Pas encore, dit Kevin. On va commencer par aller au Drugstore. Ils font une promotion spéciale en ce moment.

— Une promotion spéciale sur qu- »

Kevin lui toucha le bras. John le regarda. L'adolescent avait la tête tournée vers lui, et ressemblait à un daim qui sent l'odeur de l'incendie. Il était plus que beau, en cet instant-là, presque divin, comme un jeune poète à l'heure de sa mort.

« Quoi ? fit John d'un ton précipité.

— Tu n'as pas entendu quelque chose ? » L'expression de qui-vive laissa lentement la place au doute.

« Une voiture qui passait dans la rue. » Combien d'années comptait-il de plus que son fils ? se demanda-t-il soudain. Vingt-cinq ? Bordel, il était peut-être temps de commencer à en tenir compte, non ?

Il repoussa la sensation d'étrangeté, s'efforçant de la maintenir à bout de bras. Il tenta désespérément de rassembler son expérience et sa maturité, et ne put en glaner que quelques éléments épars. Les endosser était comme revêtir un manteau bouffé des mites.

« Tu es bien sûr qu'il n'y avait pas autre chose, Papa ?

— Oui. Tu es à cran, Kevin. Ressaisis-toi, sinon… » Sinon quoi ? Mais il le savait et fut secoué d'un rire nerveux. « Sinon, on va détaler tous les deux comme des lapins. »

Kevin le regarda un instant, songeur, comme quelqu'un qui sort d'un profond sommeil, voire même d'une transe, puis acquiesça. « Viens.

— Voyons, Kevin ! Qu'est-ce que tu veux ? Il est peut-être tout simplement en haut, et fait exprès de ne pas répondre.

— Je te le dirai quand nous serons là-bas, Papa. Allez, viens. » C'est tout juste s'il n'entraîna pas de force son père hors de l'arrière-cour encombrée.

« Est-ce que tu veux m'arracher le bras ou quoi, Kevin ? demanda John une fois qu'ils furent de nouveau sur le trottoir.

— Il était là-bas. Il se cachait. Il attendait que nous partions. Je l'ai senti.

— Il était… (John s'interrompit un instant.) Bon. Disons qu'il y était. Disons-le pour le besoin de la cause ; dans ce cas, est-ce qu'on ne devrait pas aller le cravater ? » Puis à retardement. « Au fait, *où* était-il ?

— De l'autre côté de la palissade. » Les yeux de Kevin paraissaient flotter, et John aimait de moins en moins ça. « Il y a déjà été. Il obtient toujours ce dont il a besoin. Il va falloir se dépêcher. »

Kevin fonçait déjà en direction du LaVerdiere, à travers la place, lorsque son père l'attrapa comme un contrôleur qui vient de surprendre un resquilleur voulant monter sans payer dans le train. « Voyons, Kevin, de quoi parles-tu ? »

C'est alors que Kevin prononça les paroles : il se tourna vers son père et les prononça. « Ça vient, Papa. Je t'en supplie. C'est de ma vie qu'il s'agit. » Il regardait John, la figure pâle, les yeux flottants, comme saisi d'une vision. « Le chien arrive. Ça ne servirait à rien de rentrer par effraction et de prendre l'appareil. C'est trop tard. Je t'en prie, ne m'arrête pas. Ne me réveille pas. C'est ma vie. »

John Delevan fit un ultime effort pour ne pas s'abandonner à la folie qui le gagnait… puis y renonça.

« Viens, dit-il en empoignant son fils par le coude et en l'entraînant à travers la place. Quoi que ce soit, réglons cette affaire… Est-ce qu'on dispose d'assez de temps ?

— Je n'en suis pas sûr, répondit Kevin, qui ajouta à contrecœur : Je ne crois pas. »

CHAPITRE
DIX-SEPT

Pop attendit derrière la palissade, observant les Delevan par un nœud qui avait sauté d'une planche. Il avait mis le tabac dans sa poche revolver afin de pouvoir serrer et desserrer les poings, serrer, desserrer.

Vous êtes sur ma propriété, murmurait-il dans sa tête ; et si son esprit avait eu le pouvoir de tuer il les aurait frappés tous les deux à mort. *Vous êtes sur ma propriété, nom de Dieu, vous êtes sur ma propriété !*

Tu sais ce que tu devrais faire ? Aller chercher ce bon vieux représentant de l'ordre pour qu'il les coince, avec leur gueule des beaux quartiers. Voilà ce qu'il aurait dû faire. Et il l'aurait fait sur-le-champ, s'ils n'étaient pas restés plantés devant les débris de l'appareil photo que le garçon avait lui-même démoli, deux semaines auparavant, avec apparemment la bénédiction de Pop. Cela ne l'aurait peut-être pas empêché de passer outre, mais il n'ignorait pas ce qu'on pensait de lui dans la ville. Pangborn, Keeton et tous les autres. Du fumier. Voilà ce qu'on pensait de lui : qu'il était du fumier.

Jusqu'au moment où ils se coinçaient le troufignon dans un sac de nœuds et où la nuit tombait, faut dire.

Serrer, desserrer. Serrer, desserrer.

Ils parlaient, mais Pop ne cherchait pas à saisir ce qu'ils disaient. Son esprit était un brasier ardent. La litanie s'était transformée : *Ils sont sur ma foutue propriété, et je ne peux rien y faire ! Ils sont sur ma foutue propriété, et je ne peux rien y faire ! Qu'ils aillent se faire foutre ! Qu'ils aillent se faire foutre !*

Finalement, ils partirent. Lorsqu'il entendit le grincement rouillé du portail, Pop se servit de sa clef pour franchir la porte de la palissade. Il traversa l'arrière-cour au pas de course jusqu'à la porte de son hangar fourre-tout, se déplaçant avec une inquiétante agilité pour un homme de soixante-dix ans, une main étreignant fermement le haut de sa cuisse, comme si, agile ou pas, il luttait contre un douloureux rhumatisme à cet endroit. En fait, Pop n'avait pas mal du tout. Il craignait simplement les tintements que pourraient produire ses clefs ou sa petite monnaie. Au cas où les Delevan seraient toujours là, planqués quelque part, à l'affût. Pop n'aurait pas été surpris s'ils avaient manigancé quelque chose de ce genre. Quant on est en affaire avec des putois, faut s'attendre à des coups puants.

Il sortit le trousseau de sa poche. Les clefs tintèrent et, bien qu'assourdi, le bruit lui parut faire le vacarme d'une chaîne d'ancre. Il jeta un bref coup d'œil sur la gauche, sûr d'apercevoir le visage de mouton du morveux qui l'observait. Une grimace de peur, dure et tendue, tordait la bouche de Pop. Personne.

Pour l'instant, en tout cas.

Il trouva la bonne clef, la glissa dans la serrure et entra. Il prit soin de ne pas ouvrir la porte en grand, car les gonds grinçaient en fin de course.

Une fois à l'intérieur, il donna un violent tour de verrou et se rendit dans le magasin. Il était totalement chez lui au milieu de toutes ces ombres ; il aurait pu négocier tous les détours des allées encombrées de rebut les yeux fermés — ce qu'il avait fait, pendant son sommeil, mais pour le moment, il l'avait complètement oublié, comme bien d'autres choses.

Sur le côté du magasin, se trouvait une petite fenêtre crasseuse donnant sur l'allée qu'avaient empruntée les Delevan pour gagner l'arrière-cour. Proche de la façade, elle permettait de voir, sous un angle fermé, une partie du trottoir et de la place en face.

Pop se glissa jusqu'à cette fenêtre au milieu de piles de magazines sans intérêt et sans valeur, exhalant leur relent poussiéreux de musée dans l'atmosphère glauque qui régnait. Il vit que l'allée était vide, mais aperçut les Delevan, l'air d'onduler comme des poissons dans un aquarium à travers les déformations de la vitre, qui traversaient la place et passaient juste à côté du kiosque à musique. Il n'attendit pas qu'ils disparussent, il ne se précipita pas vers la vitrine pour avoir une meilleure vue. Il se doutait de leur destination : LaVerdiere, où ils poseraient des questions sur lui. Que pourrait bien leur raconter la petite conne ? Qu'il était venu et reparti. Et quoi d'autre ?

Qu'il avait acheté deux paquets de tabac à pipe.

Pop sourit.

Ce n'est pas pour ça qu'on le pendrait.

Il trouva un sac en papier kraft, commença par prendre la direction du billot, réfléchit et, au lieu de cela, se rendit près du portail donnant sur l'allée. Ce n'était pas parce que l'on avait été négligent une fois qu'il fallait l'être une deuxième.

Le portail cadenassé, il alla ramasser les débris du Polaroïd éparpillés autour du billot. Il fit aussi vite que possible, mais il lui fallut un certain temps pour en venir à bout.

Il recueillit tous les morceaux, à l'exception des éclats les plus minuscules, ceux qui se confondaient anonymement avec le reste des rognures diverses jonchant le sol. Un laboratoire de police serait sans doute capable d'identifier certains de ces éclats ; Pop avait vu des séries policières (quand il ne regardait pas des films porno sur sa vidéo), dans lesquels des scientifiques se rendaient sur les lieux du crime équipés d'une brosse, d'un aspirateur et même de pinces à épiler, à l'aide desquelles ils mettaient les choses dans des sacs en plastique ; mais le bureau du shérif de Castle Rock ne disposait pas d'un tel labo. Et Pop doutait fortement que le shérif

Pangborn pût convaincre la Police d'Etat d'envoyer ses spécialistes, même s'il était lui-même convaincu de la nécessité d'une telle investigation — ce qui ne serait probablement pas le cas pour le vol d'un appareil photo, seule chose dont les Delevan pouvaient l'accuser s'ils ne voulaient pas passer pour un peu givrés. Une fois le secteur nettoyé, il revint à l'intérieur, déverrouilla son tiroir « spécial », et déposa le sac en papier kraft à l'intérieur. La clef une fois de retour dans sa poche, il s'estima satisfait. Il savait également tout sur les mandats de perquisition. Il neigerait en enfer avant que les Delevan ne convainquissent Pangborn d'aller en réclamer un devant le tribunal de district. Et même dans ce cas, les restes de l'appareil auraient disparu — définitivement — bien avant que le mandat soit signé. Essayer de se débarrasser des débris, aujourd'hui, aurait été plus dangereux que de les laisser dans le tiroir ; les Delevan risquait de débarquer au mauvais moment et de le prendre sur le fait. Mieux valait attendre.

Parce qu'ils allaient revenir.

Pop le savait, aussi sûr que deux et deux font quatre.

Plus tard, peut-être, lorsque tout ce remue-ménage et cette excitation seraient retombés, se sentirait-il capable d'aller voir le garçon et de lui dire : *Oui, c'est vrai. J'ai fait tout ce que tu as pensé que j'ai fait. Et maintenant, pourquoi ne pas laisser tomber et faire comme si on ne se connaissait pas... d'accord ? On peut se le permettre. Ce n'est peut-être pas ton avis, pour le moment, mais je t'assure que nous le pouvons. Ecoute : tu voulais le démolir parce que tu le trouvais dangereux, et moi je voulais le vendre, parce que je pensais qu'il avait de la valeur. En fin de compte, il s'est avéré que tu avais raison, et moi tort, ce qui est la meilleure vengeance dont tu puisses rêver, non ? Si tu me connaissais mieux, tu saurais pourquoi : ils ne sont pas nombreux, dans cette ville, à m'avoir entendu le dire. Ça me fiche la colique rien que d'y penser, voilà ce que je veux dire, mais ça ne fait rien ; quand je me trompe j'aime bien pouvoir me dire que j'ai les moyens d'encaisser, aussi mal que ça fasse. Finalement, mon garçon, j'ai fait ce que tu avais l'intention de faire au départ. On se balade tous dans la même rue, voilà ce que je veux dire, et je crois que ce qui est passé est passé. Je sais ce que tu penses de moi, et je sais ce que je pense de toi, et aucun de nous deux ne voterait pour l'autre, pour le poste de Monsieur Loyal de la grande parade du quatre juillet, mais c'est très bien comme ça. On peut y survivre, non ? Ce que je veux dire, c'est juste ça : nous sommes bien contents, tous les deux, que le maudit appareil n'existe plus. Alors disons que la question est réglée, et n'en parlons plus.*

Mais cela, c'était pour plus tard, et encore, au conditionnel. Ce n'était sûrement pas le moment, pour l'instant, sûrement pas. Ils auraient besoin de temps pour se calmer. Pour le moment, ils n'avaient qu'une envie, lui faire sa fête comme...

(comme le chien de la photo)

comme... peu importe comme quoi. L'important était d'être dans le magasin, ouvert comme d'habitude, l'air aussi innocent qu'un nouveau-né, lorsqu'ils reviendraient.

Parce qu'ils allaient revenir.

Mais pas de problème. Pas de problème parce que-

« Parce que tout baigne, murmura Pop pour lui-même. Voilà ce que je veux dire. »

Il se rendit donc à la porte d'entrée, tourna le panneau côté OUVERT vers l'extérieur (le retournant vivement côté FERME, mais Pop ne se vit pas faire le geste et n'en garda aucun souvenir). Très bien. Et ensuite ? Donner l'impression que c'était un jour comme un autre, ni plus ni moins. Il fallait jouer la surprise, mais-de-quoi-diable-parlez-vous-donc, quand ils arriveraient, la fumée leur sortant par les oreilles, prêts à vaincre ou mourir pour une chose qui était déjà aussi morte que la momie de Ramsès II.

Bon... à quelle occupation des plus normales devrait-il se livrer lorsqu'ils reviendraient, escortés ou non du shérif Pangborn ?

Les yeux de Pop tombèrent sur le coucou accroché à un montant, à côté de cette jolie commode qu'il avait remportée lors d'une vente aux enchères à Sebago, il y avait un mois ou six semaines. Le coucou n'était pas terrible, un objet probablement acheté en échange de timbres par une pauvre âme s'imaginant faire une bonne affaire (de l'avis de Pop, les pauvres âmes désorientées qui ne pouvaient qu'essayer de faire de bonnes affaires dérivaient dans la vie, dans un état de déception aussi permanent que vague). Néanmoins, s'il arrivait à le réparer et à le faire marcher (au moins un peu), il pourrait peut-être le fourguer à l'un des skieurs qui feraient leur apparition, d'ici un mois ou deux, quelqu'un ayant besoin d'une horloge pour sa résidence secondaire, la bonne affaire précédente l'ayant laissé en carafe, et qui ne comprenait pas (ne comprendrait sans doute jamais) qu'une autre bonne affaire n'était pas la solution, mais le problème.

Pop serait désolé pour cette personne, et marchanderait avec elle aussi honnêtement qu'il le pourrait, mais il ne décevrait pas son acheteur. *Caveet Emperor**, aimait-il à se dire, allant même jusqu'à le répéter à voix haute. Il fallait bien qu'il vécût, non ?

Il allait donc rester bien tranquillement assis à sa table de travail, et s'occuper les mains avec cette horloge, voir s'il pouvait arriver à la faire fonctionner, si bien que les Delevan le trouverait attelé à cette tâche, à leur arrivée. Il y aurait peut-être même un ou deux curieux dans le magasin, même si cette époque de l'année était la saison creuse pour lui. Les clients seraient comme la cerise sur le gâteau. L'important était l'impression que *lui* donnerait : un type qui n'a rien à cacher, qui vaque à ses affaires à un rythme ordinaire, par une journée ordinaire.

Pop se dirigea vers le poteau et décrocha le coucou, en prenant bien soin de ne pas laisser les contre-poids s'emmêler. Il le transporta jusqu'à la table de travail et le posa dessus, fredonnant dans sa barbe. Puis il tâta sa poche revolver. Un paquet de tabac tout neuf. Quoi de plus agréable ?

Pop se dit qu'il se fumerait bien une petite pipe tout en travaillant.

---

* Les latinistes auront reconnu le *Caveat emptor* — que l'acheteur se méfie... (*N.d.T.*)

CHAPITRE DIX-HUIT

« Mais tu ne peux pas *savoir* qu'il est venu ici ! » protestait toujours John, mais plus faiblement, tandis qu'ils entraient dans le LaVerdiere.

Sans répondre, Kevin se dirigea droit vers le comptoir où officiait Molly Durham. Son envie de vomir était passée, et elle se sentait beaucoup mieux. Toute cette histoire lui paraissait maintenant un peu idiote, comme ces cauchemars dont on se réveille avec une sensation de soulagement et dont on se dit, au bout d'un moment : *Comment, j'ai eu peur de ÇA ? Comment ai-je pu croire un instant, même en rêve, que cela m'arrivait ?*

Mais lorsque le jeune Delevan se présenta, avec son visage aux traits tirés, elle comprit à quel point on pouvait être effrayé, oui, oh oui, même de choses aussi ridicules que celles qui se produisent en rêve, car elle venait de dégringoler à nouveau dans son propre cauchemar éveillé.

A vrai dire, Kevin Delevan avait presque la même expression de vacuité que Pop sur son visage : comme s'il se trouvait enfoncé loin, loin quelque part, et que, lorsque sa voix et son regard lui parvenaient, l'une et l'autre avaient perdu toute force.

« Pop Merrill vient de sortir d'ici, dit-il. Qu'est-ce qu'il a acheté ?

— Veuillez excuser mon fils, s'empressa John Delevan. Il ne se sent pas très- »

C'est alors qu'il remarqua le visage de Molly, et il s'interrompit. Elle avait l'air de quelqu'un qui vient de voir un ouvrier perdre son bras sous une presse.

« Oh, dit-elle, oh, mon Dieu !

— A-t-il acheté une pellicule ? insista Kevin.

— Mais qu'est-ce qu'il a fait ? demanda Molly d'une voix mourante. J'ai su que quelque chose n'allait pas dès que je l'ai vu entrer. Qu'est-ce qui est arrivé ? Est-ce qu'il a... fait quelque chose ? »

Bon Dieu de nom de Dieu, pensa John Delevan. *Il sait vraiment. Il n'invente rien.*

A cet instant, John prit une décision héroïque : il renonça complètement à prendre la direction des événements. Il abandonna toute autorité et s'en remit à son fils quant à ce qu'il devait croire, quant à ce qui était vrai ou faux.

« C'est bien ça, n'est-ce pas ? » fit Kevin, devenant pressant. Son visage impatient était un reproche vivant pour les hésitations et les peurs de la jeune femme. « Une pellicule pour Polaroïd. Comme celles-là ? ajouta-t-il avec un geste vers l'étalage.

— Oui. » Elle était devenue d'une blancheur de porcelaine, si bien que le peu de rouge qu'elle avait mis en se maquillant, ce matin, ressortait en taches pourpres, fiévreuses. « Il était telle-ment... bizarre. Comme une poupée qui parle. Qu'est-ce qui lui est arrivé ? est-ce- »

Mais Kevin s'était vivement retourné vers son père.

« J'ai besoin d'un appareil, dit-il, la voix plus étranglée que jamais. Tout de suite. Un Polaroïd Soleil 660. Ils en ont. Ils sont même en promotion. Tu vois ? »

Et en dépit de sa décision, John Delevan n'arriva pas à retenir un début de protestation, au nom de ce qui lui restait d'esprit rationnel.

« Mais pourquoi- » Kevin ne le laissa pas aller plus loin.

« *Je n'en sais rien !* » hurla-t-il. Molly Durham poussa un gémissement. Elle ne craignait pas de vomir, maintenant ; Kevin Delevan lui faisait peur, mais pas à ce point-là. Non, ce qu'elle aurait voulu faire était simple : rentrer chez elle, se fourrer au lit et tirer les couvertures par-dessus sa tête. « *Mais il m'en faut un, et les minutes nous sont comptées, Papa !*

— Donnez-moi l'un de ces appareils », dit John Delevan, tirant son portefeuille avec des mains qui tremblaient, et sans même se rendre compte que Kevin courait déjà jusqu'à l'étalage.

« Servez-vous, fit une voix tremblante que Molly eut de la peine à reconnaître comme la sienne ; Servez-vous et partez. »

CHAPITRE
DIX-NEUF

De l'autre côté de la place, Pop Merrill, croyant être occupé à réparer paisiblement un coucou sans valeur, finissait de charger le Polaroïd de Kevin avec la pellicule qu'il venait d'acheter. Il referma l'appareil, qui émit son petit grésillement huileux.

Ce foutu coucou chante comme s'il nous faisait une laryngite carabinée. Un boulon desserré, je parie. Mais j'ai un remède pour ça.

« Je vais te réparer », dit-il à haute voix, soulevant l'appareil. Il porta un œil éteint au viseur dont le verre était si finement fendu qu'on ne s'en rendait même pas compte. L'objectif était tourné vers le devant du magasin, mais ça n'avait pas d'importance. Quelle que soit sa direction, il se pointait sur un certain chien noir qui n'était pas une créature du bon Dieu et hantait une petite ville que faute de mieux, on appelait Polaroïdville, laquelle le Grand Architecte n'avait non plus jamais conçue.

FLASH !

Petit grésillement huileux, et une nouvelle photo s'extirpe de l'appareil.

« Voilà, dit Pop avec une tranquille satisfaction. Peut-être que je vais faire mieux que te rendre la parole, l'oiseau. Ce que je veux dire, c'est que j'arriverai peut-être à te faire *chanter*. Je ne promets rien, mais je vais essayer. »

La peau tannée de Pop s'étira en un sourire sec, tandis qu'il appuyait de nouveau sur le bouton.

FLASH !

Ils étaient au milieu de la place lorsque John Delevan vit un éclair blanc silencieux emplir les vitrines crasseuses de l'Emporium Galorium. L'éclair de lumière fut silencieux, mais un instant plus tard, comme après coup, un grondement sinistre lui parvenait de la boutique de vieilleries du vieux chnoque... mais seulement parce que la boutique de vieilleries du vieux chnoque était la seule issue qu'il pût trouver. En réalité, il semblait *émaner* de dessous la terre... ou était-ce parce que les entrailles de la terre, seules, étaient assez vastes pour abriter le propriétaire d'une voix aussi monstrueuse ?

« Courons, Papa ! Il a commencé ! »

L'éclair se reproduisit, illuminant les vitrines de leur décharge électrique froide. Il fut suivi de nouveau du grondement infra-sonique, fracas d'une soufflerie gigantesque, rugissement d'un animal, horrible au-delà de toute compréhension, que l'on tire de son sommeil à coups de pied.

John Delevan, incapable de s'arrêter et sans presque se rendre compte de ce qu'il faisait, ouvrit la bouche pour dire à son fils qu'une lumière de cette intensité ne pouvait sortir du petit flash incorporé d'un Polaroïd, mais Kevin avait déjà commencé à courir.

John prit aussi le pas de gymnastique, sachant parfaitement bien ce qu'il voulait faire : rattraper son fils, le prendre par le collet et l'entraîner bien loin, avant que quelque chose de tellement épouvantable qu'il ne pouvait en avoir idée ne se produisît.

CHAPITRE VINGT

Le deuxième cliché pris par Pop chassa le premier de la fente ; celui-ci tomba sur le plateau de la table, et le heurta plus lourdement que n'aurait dû le faire un simple carton enduit de produits chimiques. Le chien du Soleil emplissait maintenant complètement le cadre ; sa tête impossible monopolisait le premier plan, avec les trous noirs des yeux, les mâchoires pleines de dents et fumantes. Le crâne donnait l'impression de s'allonger en forme d'obus ou de larme sous l'effet combiné de la vitesse et du rapprochement de l'objectif. Seul le haut des piquets, derrière lui, demeurait visible ; la masse des épaules fléchies de l'entité dévorait ce qui restait d'espace.

Le fermoir de la cravate d'anniversaire de Kevin apparaissait au bas du cadre, renvoyant un reflet du soleil brumeux.

« J'ai bien failli t'avoir, ce coup-ci, fils de pute », s'exclama Pop d'une voix haut perchée qui s'étranglait. La lumière l'avait aveuglé. Il ne voyait ni le chien ni l'appareil photo. Il voyait seulement le coucou aphone, soudain devenu l'œuvre de sa vie. « Tu chanteras, saloperie ! Je te ferai chanter, moi ! »

FLASH !

La troisième photo poussa la seconde. Elle tomba trop vite, davantage comme une pierre que comme un morceau de carton, troua l'antique sous-main effiloché et fit voler des éclats de bois du plateau, au-dessous.

Sur cette photo, la tête du monstre était encore plus floue et s'était transformée en une longue colonne de chair qui lui donnait un aspect étrange, presque à trois dimensions.

Dans la troisième, qui dépassait toujours de la fente, au bas du Polaroïd, le museau du Chien du Soleil paraissait, de manière invraisemblable, redevenir net. Invraisemblable, parce qu'il se trouvait pratiquement au contact de l'objectif — si proche, que l'on aurait dit le mufle de quelque monstre marin au moment où il va crever la fragile surface de l'eau.

« Ce foutu machin marche toujours de travers », grommela Pop.

Son doigt appuya une nouvelle fois sur le déclencheur.

CHAPITRE
VINGT ET UN

Kevin bondit sur les marches de l'Emporium Galorium. Son père tendit la main, n'attrapa que de l'air à deux centimètres du pan de la chemise de son fils, trébucha, et atterrit sur la paume des mains. Elles glissèrent d'une marche à l'autre, assaillies de mille piqûres rugueuses.

« Kevin ! »

John leva la tête et pendant un instant, le monde disparut presque complètement dans un nouvel éclair blanc aveuglant. Le rugissement, cette fois, fut beaucoup plus fort. C'était le hurlement d'un animal furieux sur le point de mettre en pièces la cage fragile dans laquelle il est confiné. Il vit Kevin baisser la tête, portant la main devant ses yeux pour se protéger du flamboiement blanc, figé dans cet éclat stroboscopique comme s'il était lui-même devenu photographie. Il vit aussi des craquelures, comme des zigzags de vif-argent, parcourir en un éclair toutes les vitrines, de haut en bas.

« Kevin, fais attention ! »

Les vitres explosèrent en une averse scintillante, et John Delevan rentra la tête. Une véritable bourrasque de verre souffla tout autour de lui. Il sentit les fragments se prendre dans ses cheveux et eut les deux joues écorchées, mais ni le père ni le fils ne furent profondément entaillés ; à quelques exceptions près, les vitres avaient été pulvérisées.

Il y eut un fracas de bois qui éclate. John leva de nouveau la tête et vit que Kevin avait forcé l'entrée exactement comme il l'avait envisagé un moment auparavant : en enfonçant la porte, maintenant dépourvue de vitres. Le verrou neuf avait sauté, arrachant des débris de bois pourri.

« *Kevin, nom de Dieu !* » brailla-t-il. Il se leva, faillit retomber sur un genou en s'emmêlant les pieds, se redressa lourdement et plongea dans le sillage de son fils.

Quelque chose allait complètement de travers, dans ce foutu coucou. Quelque chose de malsain.

Il n'arrêtait pas de sonner — mais ce n'était pas le pire. Il prenait aussi du poids dans les mains de Pop... et paraissait devenir désagréablement chaud, également.

Pop le regarda et voulut soudain hurler d'horreur, entre deux mâchoires qui donnaient l'impression d'avoir été ficelées l'une à l'autre.

Il comprit qu'il venait d'être frappé de cécité, mais aussi, brusquement, que ce n'était nullement le coucou qu'il tenait à la main.

Il essaya de desserrer son étreinte mortelle sur l'appareil et, à son immense horreur, constata qu'il ne pouvait en détacher les doigts. Le champ de gravité, autour du Polaroïd, donnait l'impression d'avoir augmenté. Et l'abominable chose devenait de plus en plus brûlante. Entre les doigts écartés aux ongles blêmes de Pop, le boîtier en plastique gris commençait à fumer.

Son index droit se mit à ramper vers le bouton rouge du déclencheur, comme un insecte blessé.

« Non, marmonna-t-il ; (puis sur un ton suppliant :) S'il vous plaît... »

Son doigt n'y prêta aucune attention. Il atteignit le bouton rouge et se posa dessus juste au moment où Kevin faisait son entrée fracassante dans le magasin. Ce qui restait des vitres de la porte dégringola en mille morceaux.

Pop n'appuya pas sur le bouton. Même aveuglé, même alors qu'il sentait la peau de ses doigts qui commençait à se carboniser, il savait qu'il ne l'avait pas pressé. Mais, tandis que son doigt venait se placer au-dessus, le champ gravitationnel parut doubler, puis tripler. Pop s'efforça de tenir son doigt relevé, écarté du bouton. C'était comme vouloir faire une pompe sur la planète Jupiter.

« Lâchez-le ! » hurla le môme depuis quelque part, aux limites de sa cécité. « Lâchez-le, bon Dieu ! »

— Non ! répondit Pop dans un hurlement. Ce que je veux dire, c'est que je peux pas ! »

Le bouton rouge commença à descendre vers le point de déclenchement.

Kevin se tenait jambes écartées, penché sur l'appareil qu'ils venaient juste de prendre chez LaVerdiere, l'emballage à terre, à ses pieds. Il avait réussi à faire pivoter le devant du boîtier sur son axe et essayait vainement d'y placer un paquet de films — on aurait dit que le Polaroïd refusait de le prendre et le trahissait par sympathie pour son frère.

Pop hurla à nouveau, un son inarticulé cette fois, qui n'exprimait que souffrance et peur. Kevin sentit une odeur de plastique surchauffé et de chair grillée. Levant la tête, il vit que le Soleil 660 fondait, fondait vraiment, entre les mains pétrifiées du brocanteur. Sa forme cubique se déformait et se redisposait en une silhouette gibbeuse étrange. Mystérieusement, les verres du viseur et de l'objectif étaient également devenus semblables à du plastique. Au lieu de casser ou d'être expulsés de la carcasse de plus en plus informe de l'appareil, ils s'allongeaient et coulaient comme du caramel mou, devenant une paire d'yeux grotesques, comme ceux d'un masque de tragédie.

Le plastique sombre, porté à l'état pâteux d'une cire chaude, envahissait les mains de Pop en coulures épaisses, creusant des rigoles dans sa chair. Il cautérisait au fur et à mesure ce qu'il brûlait, mais Kevin vit du sang jaillir du bord de ces rigoles et commencer à tomber sur la table, en gouttelettes fumantes qui grésillaient comme de l'huile chaude.

« Tu n'as pas déballé ton film ! hurla John derrière lui, rompant la paralysie de Kevin. Défais-le ! Donne-le-moi ! »

John se précipita, et faillit le faire tomber en le bousculant. Il lui arracha le paquet de films des mains, et déchira l'extrémité de l'emballage épais.

« A l'aide ! » s'égosilla Pop. Ce furent les derniers mots cohérents que le père et le fils l'entendirent prononcer.

« Vite, vite ! » s'écria John en lui rendant le paquet de films.

Grésillement de la chair qui se carbonise. Le plitch-plotch du sang sur la table qui se transforme en un vrai gargouillis au fur et à mesure que sont atteintes les veines et artères les plus grosses dans les mains de Pop ; le sang gicle comme par un joint pourri qui a commencé à fuir en plusieurs endroits et qui maintenant se désintègre complètement sous une pression insistante.

Pop hurlait comme un animal.

Kevin essayait toujours d'enfourner, vainement, le paquet de films dans l'appareil. « Bordel !

— Il est à l'envers ! » rugit John Delevan, qui voulut arracher le Polaroïd des mains de Kevin ; mais celui-ci se dégagea, laissant son père avec un pan déchiré de chemise à la main et rien de plus. Il retira le film à l'envers du logement et, pendant un instant, crut bien qu'il allait le laisser tomber au sol — lequel, il en était sûr, n'attendait que ça pour se transformer en poing et l'écraser.

Finalement il le rattrapa du bout des doigts, le retourna, le mit en place et referma sèchement le boîtier, qui pendait mollement comme une créature à la mâchoire rompue.

Pop hurla de nouveau et-

FLASH !

CHAPITRE VINGT-DEUX

Cette fois-ci, ce fut comme se tenir au milieu d'une étoile qui se transforme en super-nova, en une brutale décharge lumineuse sans chaleur. Kevin eut l'impression que son ombre lui avait été arrachée des talons pour être sertie dans le mur. Ce qui était peut-être partiellement vrai, car toute la paroi, derrière lui, se trouva recuite et parcourue des milliers de fissures affolées, sauf dans la zone où son ombre portait. Sa silhouette, aussi nette et reconnaissable que si on l'avait découpée dans du papier, se présentait avec un coude relevé en coin, saisi à l'instant où il relevait le bras pour porter le nouvel appareil à hauteur de l'œil.

Le haut de celui que tenait Pop se détacha violemment du reste,

avec un bruit d'obèse s'éclaircissant la gorge. Le chien du Soleil
gronda, et cette fois-ci son tonnerre grave fut assez fort, assez clair,
pour provoquer l'éclatement des vitres protégeant les horloges ou
les gravures dans leurs cadres : horloges, cadres et miroirs vomirent
leurs débris de verre sur le sol en autant d'arcs cristallins fugitifs,
d'une surprenante et improbable beauté.

L'appareil ne grésilla pas, ne gémit pas, cette fois ; son mécanisme
émit un hurlement, suraigu, perçant, comme une femme mourant
dans les affres d'un accouchement aux forceps. Le carré de papier
qui se força un chemin par l'ouverture inférieure dégageait de la
fumée ; puis la fente sombre commença elle-même à fondre, un côté
se gauchissant vers le bas, l'autre vers le haut, dans un bâillement de
bouche édentée. Une bulle gonflait à la surface de la dernière photo,
qui pendait encore de la gueule de plus en plus béante par laquelle le
Soleil 660 donnait naissance à ses clichés.

Sous le regard d'un Kevin pétrifié, regard occulté par un rideau
de points scintillants et fulgurants nés de la dernière explosion
blanche, le chien du Soleil rugit de nouveau. Le son était
maintenant un peu affaibli et donnait moins cette impression de
venir de nulle part et partout à la fois, mais il était plus terrifiant car
il donnait aussi celle d'être davantage présent, davantage réel.

Une partie de l'appareil en pleine dissolution se gonfla vers
l'arrière en une grosse masse, frappa Pop Merrill au cou et s'étendit
en collier autour de lui. Soudain, la veine jugulaire et la carotide du
brocanteur éclatèrent en même temps, dans des jaillissements de
sang qui s'élancèrent vers le haut et sur le côté en dessinant des
spirales d'un rouge éclatant. La tête de Pop, désarticulée, partit en
arrière.

La bulle, à la surface de la photo, ne cessait de croître. L'image
elle-même commençait à s'agiter dans la fente béante du bas de
l'appareil maintenant décapité. Ses bords se mirent à s'étaler comme
si le cliché n'était plus en carton mais fait de quelque substance
souple comme du nylon tricoté. La photo se tortillait d'avant en
arrière dans la fente, et Kevin pensa aux santiags qu'il avait reçues
deux ans plus tôt pour son anniversaire, et dans lesquelles ils
devaient tortiller les pieds pour entrer, parce qu'elles étaient un peu
trop serrées.

Les bords de la photo frappèrent ceux de la fente de l'appareil,
lesquels auraient pourtant dû la maintenir fermement. Mais le
Polaroïd n'était plus un solide et perdait toute ressemblance avec ce

qu'il avait été. Les bords du cliché entaillèrent le boîtier aussi impeccablement qu'un bon couteau à découper entaille un rôti bien tendre. Ils crevèrent les parois, et éparpillèrent en l'air des gouttes grises de plastique fumant. L'une d'elle atterrit sur une pile de vieux *Popular Mechanics*, tout secs et rongés, dans laquelle elle creusa un tunnel calciné.

Le chien rugit encore, un grondement affreux, coléreux, le cri d'un être qui n'a qu'une chose en tête, tuer et massacrer. Uniquement cette chose.

L'image resta en équilibre sur ce qui restait de la fente déliquescente, et qui ressemblait maintenant davantage au pavillon déformé d'un instrument à vent qu'à autre chose, puis tomba sur la table à la vitesse d'une pierre dégringolant dans un puits.

Kevin se sentit agrippé à l'épaule.

« Qu'est-ce qu'il fabrique ? demanda son père d'une voix rauque. Par le Seigneur Tout-Puissant, qu'est-ce qu'il peut bien fabriquer, Kevin ? »

D'une voix lointaine, dans laquelle on ne distinguait presque aucun intérêt, l'adolescent s'entendit répondre : « Il naît. »

CHAPITRE VINGT-TROIS

Pop Merrill mourut effondré dans le siège de sa table de travail, là où il avait passé tellement d'heures, assis... assis et fumant, assis et réparant les choses de manière à ce qu'elles fonctionnent suffisamment pour lui permettre de vendre ce qui ne valait rien à ceux qui ne pensaient à rien ; assis et prêtant de l'argent à l'impulsif et à l'imprudent, le soir, après le coucher du soleil. Il mourut en contemplant le plafond d'où retombait, goutte à goutte, son propre sang — sur son front, ses joues et ses yeux ouverts.

Puis sa chaise perdit l'équilibre et son corps, mou comme une poupée de chiffon, roula sur le sol. Son porte-monnaie et son trousseau de clefs tintèrent.

Sur la table de travail, le dernier cliché du Polaroïd continuait de se tortiller fébrilement. Ses flancs s'écartèrent et Kevin pressentit l'avènement d'une chose inconnue, à la fois vivante et inerte, grognant dans les affres horribles de douleurs inconnues.

« Faut sortir d'ici », haleta son père, le tirant par le bras. Agrandis par la panique, les yeux de John Delevan restaient rivés sur la photographie qui s'agrandissait et ondulait, et recouvrait maintenant la moitié du plateau de la table. Elle n'avait plus rien d'une photo, d'ailleurs. Ses flancs se gonflaient comme les joues de quelqu'un qui s'efforce désespérément de siffler. La bulle brillante, haute d'une trentaine de centimètres, se bosselait et frissonnait. Des couleurs étranges, inqualifiables, couraient sans but à la surface d'une peau qui donnait l'impression d'exsuder une sorte de sueur huileuse. Le rugissement, débordant de frustration et d'un appétit frénétique, ne cessait de lui déchirer le cerveau, menaçant de le lui rompre et de le laisser fou.

Kevin se dégagea de la prise de son père, déchirant sa chemise jusqu'à l'épaule. Il parla d'une voix pleine d'un calme profond, étrange. « Non. Ça ne ferait que nous suivre. Je crois que c'est moi qu'il veut, parce que s'il n'avait voulu que Pop, c'est déjà fait, et parce que de toute façon, l'appareil m'a appartenu en premier. Mais il ne s'arrêterait pas là. Ton tour viendrait ensuite. Et il n'est pas sûr qu'il ne continuerait pas.

— Mais tu ne peux rien faire ! hurla son père.

— Si. J'ai une chance. »

Et il brandit l'appareil photo neuf.

Les limites de la photo démesurée atteignirent le rebord de la table. Au lieu de se mettre à pendre, elles s'enroulèrent en hauteur et continuèrent à grandir en se tordant. Elles ressemblaient à d'étranges ailes qui seraient équipées de poumons et tenteraient de respirer, chaque inhalation étant une torture.

Toute la surface de la chose amorphe et pulsante poursuivait sa croissance ; la surface plane de la photo avait laissé la place à une épouvantable tumeur dont les flancs bosselés et crevés de cratères laissaient suinter un liquide répugnant ; il s'en dégageait les effluves douceâtres du fromage de tête.

Les rugissements de l'entité, devenus continus, faisaient penser aux furieux aboiements étranglés d'un chien de l'enfer cherchant à s'échapper, et certaines des horloges de feu Pop Merrill se mirent à sonner, sonner, comme pour protester.

Le besoin pressant de prendre la poudre d'escampette de John Delevan s'était évanoui ; il se sentait envahi par une profonde et dangereuse lassitude, une sorte de sommeil mortel.

Kevin porta le viseur à son œil. Il n'avait été chasser le cerf qu'à deux ou trois reprises, mais il n'avait pas oublié l'impression que l'on ressentait lorsque venait son tour d'attendre, caché, le fusil tourné vers les autres chasseurs avançant vers vous dans le bois en faisant le plus de bruit possible pour rabattre le gibier ; on restait immobile, tourné vers le secteur dans lequel on pouvait faire feu sans danger. Il ne fallait pas s'inquiéter du risque de toucher les chasseurs, mais du risque de manquer le cerf.

On avait le temps de se demander si l'on en serait ou non capable, si jamais l'animal se montrait. Le temps, aussi, de se demander si l'on aurait le courage de faire feu. Le temps d'espérer que le cerf resterait hypothétique, afin d'éviter d'avoir à passer l'épreuve... ce qui était arrivé à chaque fois pour Kevin. La seule fois où un animal s'était présenté, il avait été dans l'angle de tir de Bill Robertson, un ami de son père. Bill avait logé la balle exactement où il le fallait, au défaut de l'épaule, et ils s'étaient fait photographier avec l'animal (un douze-cors que tout chasseur aurait aimé pouvoir se vanter d'avoir tué), par le garde-chasse.

Je parie que t'aurais bien aimé que ce soit ton tour, hein, fiston ? lui avait dit le garde-chasse en lui ébouriffant les cheveux (il n'avait alors que douze ans, et la crise de croissance qui avait commencé environ dix-sept mois auparavant ne l'avait pas encore amené à son 1 m 80 actuel... ce qui signifiait qu'il ne pouvait en vouloir à un homme qui lui ébouriffait les cheveux). Kevin avait acquiescé, se gardant bien de trahir son secret : il était trop heureux de ne pas s'être trouvé au bon endroit, de ne pas avoir tenu le fusil qui devait tirer la balle mortelle... sans compter que s'il avait eu le courage d'appuyer sur la détente, il se serait trouvé face à une responsabilité encore plus écrasante : abattre le douze-cors proprement. Il ignorait s'il aurait eu le courage de tirer une deuxième fois, au cas où la première n'aurait pas suffi, ou la force de se mettre sur la trace de son sang et de ses déjections fumantes, provoquées par la peur, pour finir ce qu'il avait commencé, au cas où l'animal se serait enfui.

Il avait tourné un visage souriant vers le garde-chasse et acquiescé, et son père avait pris une photo de cet instant ; il n'avait jamais eu besoin de lui avouer que la pensée qui traversait ce front levé, sous la main rude du garde-chasse, avait été : *Non, pas du tout. Le monde est plein d'épreuves, mais à douze ans, on est encore trop jeune pour s'y soumettre. Je suis bien content que ce soit monsieur Robertson. Je ne suis pas encore prêt à passer des épreuves d'homme.*

Mais maintenant, c'était lui qui se trouvait à la bonne place, non ? Et il n'avait pas affaire à un paisible herbivore, cette fois, n'est-ce pas ? Il avait en face de lui une machine à tuer assez monumentale et assez mauvaise pour dévorer un tigre entier, une machine qui avait justement l'intention de le tuer, lui, en hors-d'œuvre, et c'était lui qui se trouvait chargé de l'arrêter.

L'idée de passer le Polaroïd à son père lui traversa l'esprit, mais un bref instant seulement. Au plus profond de lui, quelque chose connaissait la vérité : ce geste reviendrait à assassiner son père et à se suicider. Son père croyait vaguement à *quelque chose*, mais ce n'était pas assez précis. L'appareil photo ne fonctionnerait pas pour son père, même s'il arrivait à rompre son état actuel de léthargie et à appuyer sur le déclencheur.

Il ne fonctionnerait que pour lui.

Il attendit donc l'épreuve, l'œil collé au viseur de l'appareil comme si c'était la ligne de mire d'un fusil de chasse, observant la photo qui continuait à s'étendre et à gonfler, cette bulle brillante et gluante, qui devenait de plus en plus large, de plus en plus haute.

C'est alors que la véritable naissance au monde du Molosse du Soleil commença. L'appareil donnait l'impression de s'alourdir et de se changer en plomb tandis que la chose poussait rugissement sur rugissement, les claquements d'un fouet armé de billes d'acier. Le Polaroïd se mit à trembler dans ses mains et il sentait bien que ses doigts humides et glissants n'avaient qu'une envie, tout lâcher. Il s'agrippa, avec une grimace qui lui tira les lèvres en arrière et découvrit ses dents en un ricanement désespéré. De la transpiration lui coula dans l'œil, dédoublant momentanément sa vision. Il rejeta la tête en arrière, dégageant les cheveux retombés sur son front, et remit l'œil au viseur au moment même où un énorme bruit craquant, prolongé, comme si deux mains titanesques déchiraient de la toile à voile, emplissait l'Emporium Galorium. La surface brillante de la bulle géante creva. Une fumée rouge, comme de la vapeur colorée par un tube de néon, sortit en tourbillons.

La chose poussa à nouveau son rugissement coléreux et homicide. Une mâchoire gigantesque, remplie de dents plantées dans tous les sens, fit éclater la membrane de la bulle qui se mit à se ratatiner et à s'effondrer ; on aurait dit qu'une baleine tueuse venait de crever la surface de l'eau. Les mâchoires déchiraient et mâchaient la membrane, qui cédait avec des bruits mous et caoutchouteux.

Les horloges sonnaient, frénétiques, affolées.

Son père le saisit de nouveau, si brutalement que les dents de Kevin heurtèrent le boîtier et qu'il s'en fallut d'un cheveu que l'appareil ne lui échappât des mains, au risque de se briser sur le sol.

« Vas-y, prends-la ! s'égosilla John pour couvrir les barrissements de la chose. Prends-la, Kevin, si tu le peux, vas-y maintenant, nom de Dieu de bordel de merde, il va- »

Kevin s'arracha à la prise de son père. « Pas encore lança-t-il, pas enc- »

La chose hurla au bruit de la voix de Kevin. Le Molosse du Soleil surgit de là d'où il venait, écartelant un peu plus la photo, qui s'étira avec une sorte de grognement, bientôt remplacé par le bruit de tissu qui se déchire.

Et soudain, le Molosse du Soleil fut debout, sa tête noire, taillée à la serpe et broussailleuse, dressée à travers le trou dans la réalité comme quelque invraisemblable périscope, tout un fouillis de métal et de lentilles scintillantes, aveuglantes... sauf que ce n'était pas du métal que voyait Kevin, mais la fourrure épineuse et torsadée, ce n'était pas des objectifs qu'il fixait, mais des yeux débordant de démence et de fureur.

Il resta pris par le cou, les épines de sa fourrure égratignant les rebords et lui donnant un insolite aspect de coup de soleil. Il rugit encore, et une flamme d'un jaune brunâtre maladif jaillit de sa bouche.

John Delevan fit un pas en arrière et heurta une table chargée de vieilles revues de science-fiction, *Weird Tales* et *Fantastic Universe*. La table s'inclina et il fut impuissant à se retenir ; ses talons le trahirent et homme et table se renversèrent bruyamment. Le Molosse du Soleil rugit encore, puis, courbant la tête avec une grâce insoupçonnée, déchira la membrane qui le retenait encore. Celle-ci s'ouvrit. La chose cracha une flamme fine qui y mit le feu et la réduisit en cendres. La bête se redressa de nouveau et Kevin s'aperçut que l'objet qui lui pendait au cou n'était plus son fermoir de cravate, mais le petit instrument en forme de cuillère avec lequel Pop Merrill nettoyait sa pipe.

A ce moment-là, un calme absolu envahit l'adolescent. Son père poussait des meuglements de surprise et de peur en tentant de se dégager, mais Kevin n'y fit pas attention. Ses cris semblaient provenir d'une grande distance.

Tout va bien, Papa, se disait-il tout en cadrant dans son viseur, plus fermement que jamais, le monstre qui se débattait pour émerger. *Tout va bien, ne vois-tu pas ? En tout cas, tout peut aller bien... parce que le charme qu'il porte au cou a changé.*

Il songea que le Molosse du Soleil avait peut-être un maître, et que ce maître venait de se rendre compte que Kevin n'était plus une proie aussi assurée.

Et peut-être existait-il un piégeur de chien, dans cette étrange ville de nulle part qu'il appelait Polaroïdville ; certainement, même, sans quoi, que faisait la grosse femme dans ses rêves ? C'était elle qui lui avait dit ce qu'il fallait faire, soit d'elle-même, soit parce que le piégeur de chien l'avait placée sur son chemin pour qu'ils comprît : la femme à deux dimensions avec son caddie à deux dimensions plein de Polaroïds à deux dimensions. *Fais attention, mon garçon. Le chien de Pop a brisé sa laisse et c'est un mauvais... C'est dur de prendre sa photo, mais tu ne pourras pas le faire si tu n'as pas un appareil.*

Mais il avait un appareil entre les mains, maintenant, non ? Il n'était pas bien sûr de lui, mais au moins, il l'avait.

Le Molosse s'immobilisa un instant, sa tête donnant l'impression de tourner sans but... jusqu'au moment où son regard bourbeux et brûlant se posa sur Kevin Delevan. Ses babines noires se retroussèrent sur ses défenses torsadées de sanglier, son museau s'ouvrit et révéla le conduit fumant de sa gorge, et il lâcha un hululement de fureur, perçant, suraigu. Les antiques globes qui éclairaient la salle, la nuit, explosèrent les uns après les autres, expédiant en tout sens des fragments de verre translucides couverts de chiures de mouche. Il donna une poussée et sa poitrine puissante, haletante, surgit de la membrane qui séparait les mondes.

Le doigt de Kevin se posa sur le bouton.

Le Molosse donna une autre poussée et ses pattes antérieures se dégagèrent à leur tour ; les cruels éperons osseux, comme des épines gigantesques, griffèrent le plateau de la table, à la recherche d'un appui stable ; elles laissaient de longues balafres dans le dur bois d'érable. Kevin entendit le bruit de frottement de ses pattes postérieures qui travaillaient comme deux pistons pour se trouver un appui là-bas en dessous (quant à ce qu'était ce *là-bas en dessous...*), et il comprit que commençaient à s'égrener les ultimes secondes pendant lesquelles il pourrait le faire prisonnier et l'avoir à sa merci ; à la prochaine poussée convulsive, il bondirait au-dessus de la table, et une fois dégagé du trou dans lequel il se tortillait encore, il se déplacerait aussi vite que la mort liquide, dans une charge éclair qui mettrait ses vêtements en feu de son haleine brûlante, une fraction de seconde avant de le dévorer vivant.

Articulant à la perfection, Kevin lui conseilla : « Dis *cheese*, espèce de fumier. »

Et il appuya sur le déclencheur.

CHAPITRE
VINGT-QUATRE

L'éclair fut si aveuglant que Kevin, plus tard, n'arrivait plus à le concevoir ; n'arrivait plus, en fait, à se le rappeler. L'appareil qu'il tenait ne devint pas chaud, ne fondit pas ; au lieu de cela, il entendit trois ou quatre claquements brefs d'éléments qui se cassaient définitivement à l'intérieur, tandis qu'explosaient les lentilles et que les ressorts se brisaient ou se désintégraient.

Dans la blancheur éblouissante qui persista un instant, il vit le Molosse du Soleil se pétrifier, devenir une parfaite photo Polaroïd en noir et blanc ; sa tête était renversée en arrière et chaque détail, chaque pli et chaque crevasse de sa fourrure rude et sauvage ressortait comme la topographie compliquée d'une rivière à sec. Ses dents brillaient, non plus couleur d'ivoire, mais d'un blanc éclatant, un blanc aussi sinistre que celui d'anciens ossements dans un désert qui n'a pas vu l'eau depuis des millénaires. Son œil unique et gonflé, auquel l'impitoyable éclair avait dérobé le trou sombre et ensanglanté de l'iris, était aussi blanc que l'œil d'une statue grecque. Une morve fumante dégouttait de ses narines dilatées et coulait comme de la lave chaude entre ses babines retroussées et ses gencives.

C'était comme un négatif de tous les Polaroïds que Kevin avait vus : noir et blanc et non en couleur, en trois dimensions et non en deux. Le même effet que de voir une créature changée sur le champ en pierre, pour avoir regardé par inadvertance la tête de Méduse.

« T'es foutu, espèce de saloperie ! » hurla Kevin d'une voix étranglée par l'hystérie ; et comme si la créature exprimait son accord, ses pattes pétrifiées perdirent leur appui sur la table et commencèrent à disparaître dans le trou d'où elle avait surgi. Elle s'effondra dans un tapage de pierraille et de glissement de terrain.

Que verrait-on si on allait se pencher sur ce trou ? se demandat-il, incohérent. *Verrais-je la maison, la barrière, le vieil homme avec son caddie ouvrant un œil démesuré à l'aspect de ce géant, non pas un garçon mais un monstre de garçon, le regardant à travers une ouverture déchirée et carbonisée dans son ciel brumeux ? Serais-je aspiré à l'intérieur ? Qu'y a-t-il ?*

Au lieu de cela, il lâcha le Polaroïd et porta les mains à son visage.

Seul John Delevan, qui avait commencé à se redresser, assista à la phase finale : la membrane morte et plissée se recroquevilla sur ellemême, puis se ramassa en un petit nodule tarabiscoté autour du trou, lequel s'effondra sur lui-même, comme s'il s'auto-inhalait.

Il y eut un bruit d'air aspiré, tout d'abord violent, puis réduit au sifflement d'une bouilloire sous laquelle on a éteint le feu.

Sur quoi le nodule se retourna, tel un gant, et disparut. Comme s'il n'avait jamais été là.

Achevant lentement de se relever sur des jambes de coton, John Delevan s'aperçut que l'aspiration (ou l'expiration, selon le point de vue que l'on adoptait) de l'air avait entraîné le sous-main et les autres photos Polaroïd avec elle.

Son fils, debout au milieu de la salle, pleurait le visage enfoui dans ses mains.

« Kevin », dit-il doucement, passant un bras autour des épaules du garçon.

— Il fallait que je fasse cette photo, Papa. » Il avait parlé dans ses mains, d'une voix entrecoupée de sanglots. « C'est ce que je veux dire.

— Oui. (Il le serra plus fort.) Oui, et tu l'as fait. »

Kevin regarda son père, les yeux pleins de larmes. « C'était comme ça qu'il fallait que je la fasse, tu comprends ?

— Oui. Oui, je comprends. » Il embrassa la joue brûlante de son fils. « Allez, on rentre à la maison, fiston. »

Il agrippa plus fermement Kevin par les épaules, avec l'intention de le conduire vers la porte et de l'éloigner du cadavre fumant et ensanglanté du vieux brocanteur (Kevin ne l'avait pas encore vraiment remarqué, croyait John, mais ne manquerait pas de le faire s'ils s'attardaient) ; un instant, l'adolescent lui résista.

« Qu'est-ce que les gens vont dire ? » demanda Kevin, d'un ton si collet monté et offusqué que John Delevan ne put s'empêcher de rire, en dépit de l'état de ses nerfs.

« Ils pourront bien raconter tout ce qu'ils voudront. Jamais ils n'arriveront à moins de cent lieues de la vérité, et je doute que quelqu'un essaie vraiment de la connaître, de toute façon. (Il marqua une pause.) Personne ne l'aimait beaucoup, tu sais.

— Cent lieues de la vérité, c'est encore trop près pour moi, murmura Kevin. Rentrons à la maison.

— Oui. Je t'aime, Kevin.

— Moi aussi, je t'aime, Papa », répondit-il d'une voix enrouée. Ils sortirent, quittant l'air enfumé et la puanteur de vieilles choses qu'il valait mieux oublier, pour gagner l'éclatante lumière du jour.

ÉPILOGUE

Pour son seizième anniversaire, Kevin reçut exactement ce qu'il désirait : un ordinateur WordStar 70 PC. C'était un joujou de mille sept cents dollars que ses parents n'auraient jamais pu lui offrir auparavant, mais en janvier, environ trois mois après l'ultime confrontation de l'Emporium Galorium, tante Hilda était morte paisiblement, pendant son sommeil. Elle avait effectivement « fait quelque chose pour Kevin et Meg » ; en fait, elle avait même fait beaucoup pour toute la famille. Lorsque le testament eut été définitivement enregistré, au début du mois de juin, les Delevan se retrouvèrent plus riches de près de soixante-dix mille dollars... une fois les droits de succession réglés.

« Bon Dieu, c'est chouette ! Merci ! » s'exclama Kevin en embrassant sa mère, son père et même sa sœur Meg (qui pouffa de rire mais qui, plus âgée d'une année, ne fit pas semblant de s'essuyer ; Kevin se demanda si ce changement d'attitude allait dans la bonne direction ou non). Il passa une bonne partie de l'après-midi dans sa chambre, à pianoter sur le clavier et à tester le programme d'essai.

Vers quatre heures, il descendit dans le bureau de son père. « Où sont Maman et Meg ? demanda-t-il.

— Tu sais bien, à l'exposition d'artisanat de... Kevin ? Qu'est-ce qui ne va pas, Kevin ?

— Il vaudrait mieux que tu viennes voir », répondit-il d'une voix caverneuse.

A la porte de la chambre, il tourna sa figure pâle vers son père, tout aussi blême que lui. Il y a encore autre chose à payer, s'était dit John Delevan en suivant son fils au premier. Evidemment, il y avait quelque chose à payer. N'était-ce pas Reginald Marion « Pop » Merrill qui lui avait appris cette leçon ? La dette que l'on contracte, c'est ça qui fait mal.

Mais ce sont les *intérêts* qui vous rompent le dos.

« Est-ce qu'on peut en avoir un autre à la place ? » demanda Kevin avec un geste en direction de l'ordinateur qui trônait sur son bureau ; l'écran projetait un reflet oblongue d'un jaune mystique sur le sous-main.

« Je ne sais pas », répondit son père en s'approchant. Kevin se tenait derrière lui, toujours aussi pâle. « Je pense que oui, s'il le fallait... »

Il s'arrêta et étudia l'écran.

« J'ai appelé le programme de traitement de texte et j'ai tapé la phrase, *The quick brown fox jumped over the lazy sleeping dog**, expliqua Kevin. Et voilà ce qui est sorti de l'imprimante. »

John, debout, lut la page que son fils lui tendait. Une sensation de froid gagna son front et ses mains. Six phrases se succédaient.

---

* J'ai laissé cette phrase en anglais (« le renard brun, rapide, sauta sur le chien paresseux endormi ») car elle a la particularité de servir à tester une machine à écrire, comportant toutes les lettres de l'alphabet, et est connue comme telle. (*N.d.T.*)

Le chien s'est de nouveau détaché.

Il ne dort pas.

Il n'est pas paresseux.

Il va venir te chercher, Kevin.

La dette elle-même faisait mal, pensa-t-il de nouveau, mais ce sont les intérêts qui vous rompent le dos. Les deux dernières lignes disaient :

Il est très affamé.

Et il est très en colère.

Achevé d'imprimer en juillet 1994
sur presse CAMERON
dans les ateliers de B.C.A.
à Saint-Amand-Montrond (Cher)
pour le compte de France Loisirs
123, boulevard de Grenelle, Paris

Nº d'édition : 26354. Nº d'impression : 94/451.
Dépôt légal : septembre 1994.

Imprimé en France